永井荷風のニューヨーク・パリ・東京

造景の言葉

南 明日香

翰林書房

永井荷風のニューヨーク・パリ・東京　造景の言葉◎目次

●────はじめに

1　セントルイス万国博覧会日本地区

はじめに

荷風と歩く。ニューヨークを、パリを、リヨンを、そして昭和の東京を。これは実に楽しい読解のスタンスである。読むものはその場所に行かずとも、論者を通して荷風と視線を一体化し、街の魅力に浸る。荷風という都市の優れた語り部は、街路の構成から道端の草木まで余すことなく筆に載せる。そこにふさわしい人物を配置し、その背景となる街の個性を引き立たせる物語を紡ぎあげる。さらに作家自身の記憶の風景を重ね合わせて、彼此の風景を併置させつつそれぞれに思いを馳せ、比較してその差異を確認し、ほろ苦い諦観の世界に落ち着く。

この楽しみに引かれて多くの論者が荷風の歩いた空間を実証的に追跡調査した。[*1] その成果によって荷風のイメージも変化したようだ。従来代表作『ふらんす物語』について、描かれた欧米の都市や自然はゾラやボードレールなどのフランス文学のフィルターを通して見た「文学的」なものに過ぎなく、現実は異なると批判されることも多かった。しかし今日では、現場をよく知る論者が歴史的な資料を調べ上げ、それと荷風の記述とを付き合わせることで、むしろその卓越した観察を評価するようになった。客観的に「本当のニューヨーク」や「本当のパリ」など示しえないという、テクスト論的な認識が行き渡ったということもある。加えて荷風の都会の独身者という個性的な生き方が注目された。確かに文学に限らず美術の世界でも建築の世界でも、出来上がった作品よりもその制作者のほうに関心が持たれ、その作者の個性や人格がその作品の質を保証するものとして考えられる日本であるとしても、荷風の場合は突出しているといえよう。[*2]

ところでこうした都市単独歩行者《フラヌール》としての荷風論は、実は一九九五年に完結した新版『荷風全集』（岩波書店）の編集にも負うところが大きい。この版では従来のジャンル別編成ではなく、編年体にテクストを収録し、かつ作家が生前最後に手を入れた本文を決定稿とするのではなく、初版本の本文を採用した。[*3] これによって、たとえば全集の四巻で『あめりか物語』初版本と洋行時代の記録をもとに発表した『西遊日誌抄』とが読めるようになり、荷風のアメリカ時代が一挙に具体性をもってイメージできるようになったのである。つまり全集という媒体《メディア》が、荷風という作家の日々の生活と思いとをイメージするための、情報源になったというわけである。

わたしたちがこれから試みようとしているのは、荷風のテクストに描かれた空間の現場に立ってそれを検証することではない。テクスト生成の現場にたって、いかにどのような言葉でイメージ豊かな空間を創造していったかを辿ろうとするのである。広津柳浪に弟子入りしたばかりの彼は、街の片隅でうなだれる娘の嘆きを綴る作家であった。それが新しい言葉との出会いによって、新しい空間を構築できるようになっていった、その過程をつぶさに見ていきたい。取り上げる時代は、ちょうど日本の作家たちが従来の表現に飽き足らず外国文学に学びながら何を何処までどのように書くかを模索していた時期、すなわち一九一〇年前後の十年余りになる。一般にこの時期の文学の傾向には自然主義や耽美派や人道主義といった括りがされているが、荷風その人も自然主義に振り分けられたり享楽派にみなされたり、またそのような区分とは別に小品文というジャンルにおいては最も優れた書き手の一人と目されていたというように、さまざまな表現が試みられていた時代にあって、奮闘し続けていた一人であったのだ。

そうした只中にあって荷風は多産であり、しかも表現において抜きんでいたのには、大きくみて二つの理由がある。ひとつは書いている場所が目新しかったこと。住む場所をアメリカの西海岸と東海岸、フランスの地方都市と首都、市区改正前後の東京とドラスティックに場所をかえてその場所を言語化している。そして場所の描き方やそこでの感想が新鮮であった。この描写や感想の表現の多くが、実はフランス文学とそれに関するテクストに拠っていたことは、あまり追求されていない。勿論これまでにもモティーフの面で、ゾラやモーパッサン等よく知られた作家との影響関係は指摘されてきたが、それだけにとどまるものではない。時に原文のコンテクストを換骨奪胎し、さらにフランス語の多義性を活かし、フランス語の音声を取り入れ、文字の配列を織り交ぜ、英語訳された文章中の表現も使ったりしていたのである。また小説のみならず文藝雑誌掲載の評論や作家紹介、美術研究書からも、自身の感覚が受け止めたものの表現のために言葉を得ていた。

外国語とのいわばインターテクストとしての読解によって、何を書いたかではなく、いかに書いたかというレヴェルで荷風文学の魅力を捉え直すことができよう。「小説をつくる時、わたくしの最も興を催すのは、作中人物の生活及び事件が開展する場所の選択と、その描写とである。わたくしは屢人物の性格よりも背景の描写に重きを置き過るやうな誤に陥つたこともあつた。」（『濹東綺譚』「東京・大阪毎日新聞」一九三七年四月十六日〜六月十五日）と記した作家らしい、さまざまな出来事が交錯する日常の中でふと見つける幸福な情景。それはさまざまな感覚表現を通して、体感された空間としてあらわされる。また時に生きがたい日常でさえ、ほろ苦くも甘やかな物語に変えてしまう言葉のマジック。新たに学んだ表現によって都市や自然と関わる技術を、荷風文学のartと言い換えられるかもしれない。一方、荷風自身が登場しているテクストにあって、その饒舌な自己言及がふと宙吊りになってしまう瞬間。物語のエアポケットのような、言葉を巧みに扱う作家がふと陥ったその間隙。環境の激変というストレスにあって、自己を取り巻く社会と風土と切り結ぶ方法を得て行った荷風像を、わたしたちは見出すことになるだろう。

わたしたちは読解の拠りどころとして空間という概念を用いることで、物語の中で登場人物の心情ではなく時間の重層性をも含む空間の構成のあり方、描写の特色とその成立の過程に眼を向けたい。[*4] 時にはテクストが読者に喚起する場の世界を説明するのに、概念として建築や都市計画の領域で空間の質を表現するための用語（「パノラマ」「遠近法」「ヴィスタ」「場所」「緩衝空間《バッファスペース》」等）も用いていく。[*5] これによって、執筆場所が日本とアメリカとフランスとにまたがるテクスト間での変化が明確化するという効果も期待できる。その上で異なった性格の場に身をおき、その都度視点人物及びその周辺世界との関わり方を変化させて、それが定型化するまですなわち一九一五年頃までの軌跡を見ていく。[*6]

荷風の引用は『荷風全集』（岩波書店一九九二年〜九五年）および新発見の荷風書簡（竹盛天雄の解説と共に四二通が「季刊 文学 秋号」一九九九年十月及び三三通が「文学」二〇〇四年一・二月号に掲載）を用い、参考として初出雑誌名発表年月や明らかな場合は成稿年月を付す。なお欧文資料も多いことから全て西暦を用いている。元号との連関性は巻末の年表に付してあるので参照されたい。引用文でルビは適宜省略し、特に断りのない場合傍線は南によるものとする。新編集の方針に準じて新しく文庫本も発刊され、文学展も開催され、荷風プロパーの研究者以外の論考でも目覚しい成果が上がっている。本書での先行研究についての言及が充分でないのは紙幅の都合とはいえ、内心忸怩たるものがある。*7 また敬称は割愛した。非礼を許されたい。参考文献は注に記したので改めて一覧にはしなかった。図版はあくまで視覚的にイメージを明らかにするために選択し、解説をつけた。尚、図版と年表によって、同時代の文学・美術・建築などの本文で言及しきれなかった事例についての補足にもしている。いささか遅すぎた感はあるが、本書がより深い荷風テクスト読解の一助となれば幸いである。

I　ゾライズムの時代
あるいはペイザジスト（paysagiste）の誕生

2　ゾラ撮影蒸気機関車（1898年頃）

永井荷風（一八七九〜一九五九年）が本格的に小説を書き始めたのは広津柳浪（一八六一〜一九二八年）の門下に入った一八九八年秋以降になる。荷風はまだ十九歳で、高等商業学校附属外国語学校の清語科に籍を置く身だった。この時期はモラトリアムといってもよく、寄席の楽屋に出入りしたあげく同校を除籍になり、懸賞小説に応募する一方で柳浪の加筆を受け雑誌発表にこぎつけたりしていた。高座にあがる見込みがなくなった後で、一九〇〇年六月からは歌舞伎座立作者の福地櫻痴（一八四一〜一九〇六年）の見習いになった。そのせいであろう、当時の作品は概して女性の悲劇を扱った柳浪風悲惨小説や新派芝居を思わせる筋で、登場人物の会話によって心情、背景、筋の展開を説明していた。[*1]風景は芝居の書割と同程度のものでしかなかった。

その作風に変化が現れるのは、一九〇二年の春になる。半年ほど小説執筆から遠ざかっていたのが、最初の単行本『野心』（美育社四月）を出してから、以後『闇の叫び』（「新小説」六月）、『地獄の花』（金港堂九月）、『新任知事』（「文藝界」十月）と立て続けに発表して注目を集めた。これが文学史でよく知られている、荷風のゾライズムの時期である。

教科書風にいえばゾライズムは「前期自然主義」の傾向で、エミール・ゾラ Émile Zola（一八四〇〜一九〇二年）に学んだ文学論を応用した小説の作風ということになる。日本でのゾラの紹介は、森鷗外（一八六二〜一九二二年）の『小説論』（「読売新聞」一八八九年一月三日、のち『医学の説より出でたる小説論』と改題）に遡る。けれども具体的なイメージを伴って日本の文学者に影響を与えるのは、二十世紀に入ってからであった。その時荷風がゾライズムのマニフェストともみなされる文章で主張した、「肉体の生理的誘惑」への注目や、「祖先の遺伝と境遇に伴ふ暗黒なる幾多の感情、腕力、暴力等の事実」の「活写」が（『地獄の花』跋、一九〇二年六月執筆）、小杉天外（一八六五〜一九五二年）の『はやり唄』（春陽堂一九〇二年一月）「叙」の主張と共に、[*2]モデルタイプになった。[*3]この場合ゾラの名前から連想されたのは、人間の理性では統御できない欲望の徹底的な詳述であった。[*4]

荷風はゾラを英訳で読んでおり、それは一九〇一年の年末に始まる。書簡などから少なくとも翌年の春にかけて、短編集『軍隊の栄光』、長編小説『ボヌール・デ・ダム百貨店』『ナナ』『大地』『愛の一頁』『獣人』は読んでいたといえる。ちなみに一九〇三年五月発売の「学燈」によれば、当時丸善が輸入していた英語訳は二七冊にもなる。東京近辺では長編小説のほとんどが入手可能であったということになる。一九〇二年九月二九日にゾラが不慮の事故で命を落としたために、この作家に再び注目が集まったという事情もあるだろう。荷風は単行本『女優ナ、』（新声社一九〇三年九月）収録の解説文『ヱミールゾラと其の小説』では、ゾラの伝記とその作品を短いながらも網羅的に紹介しており、英語訳での解説に依拠しながら書いたと考えられる。『女優ナ、』の校了は一九〇三年の夏で、九月二二日には横浜からアメリカの西海岸に向けて旅立った。ここで荷風のゾライズムは一区切りを迎える。

もっとも一口にゾライズムといっても、同じく前期自然主義に括られる『重右衛門の最後』（新声社一九〇二年五月）で、欲望をむき出しにする野生児を書いた田山花袋（一八七一～一九三〇年）のそれとはいささか異なる。荷風のゾラからの影響で注目すべきは、大きく分けて二つある。一つは物語を展開させていく手法である。一般的に言って小説家は一旦登場人物や舞台を決めると、あとはあらすじを厳密に用意しておかなくても物語の方で進んでいくという。ここで問題にしたいのがその物語を進めていく機動力である。ゾライズム時代の荷風は、人物の欲望の叙述以外で、物語の推し進め方においてゾラから学んだものがあった。もう一つは風景描写が物語内で重要な要素になったことである。書割からより効果的にドラマを盛り上げたり、登場人物の心情に影響を与えたりするようになるのだ。

そこでわたしたちは荷風によるゾラの翻訳を補助線として、渡米前の荷風の小説を考えていく。キーポイントは汽車という交通手段によってもたらされる速度感、都会の燈火の輝きそして月の光である。前者は時間と距離の感覚を変え、さらにダイアグラムの間隙に無目的な時空間を作り出す。後者は物理的に実際にある場所を背景として取り込むのとは異なる、感覚によってとらえた（イメージした）空間を、物語内に作り出す装置として機能している。つまり荷風のゾライズムは人間の欲望に目を向けたばかりではなく、ゾラを精読することで、人間の欲望に影響を与えるないし欲望を相対化する風景の存在に気づいたと考えるのである。あえていえばペイザジストの誕生である。

ペイザジスト paysagiste ＝風景作家というフランス語は、もともと「風景画家」を意味する。が、現代では英語で言うランドスケープ・アーキテクトを指し、主として景観工学に基づいて都市や庭園、橋梁や道路などの景観や生活環境のデザインに従事するものを指す。[*5] 絵画の制作と景観の設計（造景）との大きな違いは、前者があるひと時の表情を切り取るのに対して、後者ではあらかじめ立地の条件や用途、季節や日中での変化、通行人の行動のスピードを含めた時間軸でのスケールを盛り込み、さらにそれが自立した対象としてあるのではなく、常にそこに身を置く人間を考慮してデザインを構想していることである。言い換えれば現在の生きられた空間として印象を抱き、しかるのちにそれを過去の記憶の物語とする人間の存在が前提になっている。荷風はもちろん造景作家たることを目指していたわけではない。けれどもゾラに学びながら独自に見つけていった風景の役割が、そののち大きく展開を見ることになる。わたしたちは以下、若き荷風がゾラのテクストに学びながら、独自の時空間の設定を生み出していく様を見ていくことにする。

1　悲劇の速度：翻案小説『恋と刃』

『獣人 *La Bête humaine*』（Charpentier, 1890）はルーゴン＝マッカール叢書の一作で、遺伝的性質による殺人、それが政治体制にまで及ぼした影響、裁判が捏造する「真実」、不倫や財産をめぐる鉄道員の家庭間の争い、汽車という文明の利器の人知を越えた威力といったモティーフが複雑に絡んでいる。人間の獣性や文明の残酷さを描いたゾラの代表作で映画化もされている。[*6] 荷風はこれを紹介し翻案もした。ただしフランス語の原文ではなく、イギリスで翻訳出版された『偏執狂者 *The Monomaniac*』（Hutchinson & Co., 1901）を読んだのである。このエドゥワード・ヴィゼトリィ **Edward Vizetelly** の翻訳では、ヴィクトリア朝のストイックな風潮を反映して性的な表現が削除されているが、大きな改変はない。

荷風の翻案小説『恋と刃』（「大阪毎日新聞」一九〇三年七月九日〜八月二三日）では、この問題作を当時の日本人に理解できるように設定を同時代の日本に変えている。と同時に欲望の絡み合う物語を「恋」と「刃」の物語、つまり明治初期の毒婦ものでもあるかのような情痴事件に単純化している。当時の新聞小説のつづきもののパターンを幾分か踏襲したためでもあろうし、ゾラが活写した第二帝政期の状況、総選挙や元官僚のスキャンダル、裁判への痛烈な批判などは、明治の日本に簡単に置き換えられるべくもなかった。しかも一九〇〇年前後の日本でも検閲は厳しく、荷風の翻案にも一部伏字が施されているほどで、そのまま日本に導入しづらい内容であったといえよう。結果として、作者自身謙遜しながら認めたように「篇中重立たる事件の推移を叙し、原著の概略を綴りたるに過ず」(『「恋と刃」小引』)という結果になった。逆に言えば、社会的な内容をいくらか捨象しても、舞台となるパリなどの雰囲気を伝えなくても、「ゾラらしさ」が伝えられる作品ということで選ばれるに値したのだ。

では、その「ゾラらしさ」とはなにか。まず簡単に『恋と刃』のあらすじを紹介する。参考までに原作での表記も併記する。

冒頭に登場するのは湘南鉄道会社(la Compagnie de l'Ouest 西部鉄道会社)の三浦停車場(Le Havre ル・アーブル)助役を勤めている原田剛助(Roubaud ルゥボー)で、今年四十歳になる。十五歳ほど年下の細君のお勢(Séverine Aubry セヴリーヌ・オブリ)は、湘南鉄道会社社長の大久保家で小間使いをしていたのを見初めて貰い受けた恋女房である。ある二月半ばの午後、お勢が大久保社長(président Grandmorin グランモラン社長)の慰み者になっていたことに気づいた剛助は彼女を折檻し、大久保社長を呼び出して夜六時半発の急行列車に乗車させるよう企てる。

湘南鉄道長浦駅(Barentin バランタン)側の線路沿いに大久保社長の別荘がある。近くの踏み切り小屋には番人の道蔵(Misard ミザール)と後妻のおそま(Phasie ファジィ)、その連れ子のお藤(Flore フロール)とが住んでいる。大久保社長が急行列車に乗ったその夜、おそまを育ての母とする友原清吉(Jacques Lantier ジャック・ランティエ)が訪ねてきた。清吉は湘南鉄道の一等機関手で二六、七歳。お藤は十六、七歳で清吉に恋している。だが、清吉はお藤の気持に答えられない。「女と恋をするならば、忽ち気狂《きちがひ》になつて可愛い余りに女を殺して了ひ度くなる」のを自覚していたからである（第七）。お藤を避けて外に出た清吉は、偶然急行列車の車中で何者かが小刀で殺されるのを目撃する。

三月になって、剛助夫妻は事件の鍵を握っているらしい清吉に近づく。清吉はお勢に対しては殺人の欲望を抱かないので逢引を続けるようになるが、ある時彼女から大久保社長殺害の様子を詳しく聞くに及び、殺意に駆られる。四月の夜、母を亡くした上二人の関係に気付いて自暴自棄になったお藤は、持ち前の強力で二人が乗った列車を脱線させ、自殺する。剛助が飲酒と博打に溺れるのに愛想をつかしたお勢は、清吉に夫を殺すよう頼む。けれども女に対してと違って殺意は起こらない。逆に眼の前で嘆願するお勢を思うさま刺し殺してしまう。七月になって清吉は機関車の火夫嘉七（Pecqueux ペクゥ）の愛人に近づく。嘉七は怒り狂う。そしてある日、軍隊を乗せた臨時列車を清吉と運転することになり、無暗と石炭をくべ、制する清吉ともみ合いになる。二人は線路に落ち、そのまま死んでしまう。列車は運転手もないまま歌い騒ぐ兵士を乗せて暴走し続ける。これが幕切れである。

このほか石切の甲七（Cabuche カビュッシュ）やお藤の姉のお波（Louisette ルイゼット）、判事、判事長、大久保社長の遺族や横浜駅の関係者など多くの脇役が登場して物語の幅を広げている。まだ駆け出しの作家であった荷風にとって、これだけの人物を動かすのは大変であったろう。人物の名前は主要な三人については、古風な方法だが性格を暗示する漢字を当てるか後はフランス語の意味や音に近いものを選ぶかしている。

地理的面で、その移動によって拡大する空間を荷風は器用に日本に変換している。まず路線を南関東に移し変えている。原作ではノルマンディー地方に延びるパリ、ルーアン、バランタン、ル・アーブルの駅を結ぶ路線で、距離にして約二三〇キロメートルになる。バランタンの手前には殺人に用いられるトンネルがある。荷風は湘南鉄道会社という架空の鉄道会社を設立し、横浜 - 三浦間に線路を敷いてしまった。現在では京浜急行鉄道の経路になるが、当時はそのような路線はない。執筆から約三十年後の一九三〇年に湘南電気鉄道が黄金町 - 浦賀、金沢八景 - 逗子（新逗子）間を開設し、京浜電気鉄道が品川 - 浦賀間の直通運転を開始したのは一九三三年になる（一九四一年に両社合併）[*7]。とはいえ荷風は一八八九年開通の横須賀線を用いて大船経由で逗子の永井家の別荘に行く機会があった。新橋駅なら勝手がわかり、地理にも明かるかったはずだ。読者が関西地方に絞られているのであるから無理な設定ではなかった。

殺し殺されるというモティーフが物語を貫いており、これは人物相互では荷風の翻案でも生かされている。人物相互ではと断ったのは、原作で殺しに加わっているのは人ばかりでないからである。科学の人と思われているゾラだが、この小説では汽車にも殺意を抱かせているのだ。原作で機関車はフランス製で、習慣にしたがって駅名から「ラ・リゾン La Lison」と女性名詞の名が付けられている。これはこの小説に特徴的な表現、人間の獣的性質の強調に対して機械の擬人化、そして人が理性を失って獣化することのアレゴリー的な存在になっている。原作では「ラ・リゾン」は「魂《アーム》」をもっている機関車であり、機関手のジャックは「力強くしかも従順な雌馬のように、速やかに出発し速やかに停るラ・リゾンを、感謝の念を抱く男性として愛していた」とあって、物語の中で重なる三角関係を構成する要素の一つにすらなっている。最後の場面では兵士を乗せて闇の中を暴走する汽車は、「死の中に放たれた目も見えず耳も聞えない獣」の比喩をあてられている。フランス語で汽車は男性名詞だが、この場面で女性名詞である machine に言い換えている。タイトルの一部になっている獣を表す言葉 bête も女性名詞であるので、物語を締めくくる文章で elle と女性単数代名詞（普通人を指すときは「彼女」と訳す）を用いているのが、あたかも機械なのか獣なのか狂女なのか、しかしてそのいずれでもありうるような印象を与えるのに成功している。

一方『恋と刃』では「新式の英国製」で名前はなく、「二百九十三号」の番号を当てている。これは物語の登場人物に通底する感情である、嫉妬からくる「にくさ」を漢字で表したのかもしれない。邦題にも合っている。もっともこれは荷風がフランス語原文ではなく英語訳で読んでいたためでもある。ヴィゼトリィの英訳では、「ラ・リゾン」の名称はそのままにして「魂《ソウル》」を持つとしながらも、女性名詞と男性名詞の区別を持たない言語なので、女性代名詞によって機関車を女性や獣と同様に表現するのは不可能であった。そして荷風のテクストでは、人間同士の嫉妬や遺伝による狂気が引き起こす事件に収斂してしまう。これがいわゆる日本での「ゾラらしさ」になってしまうのである。

汽車の獣性は表現できていないが、人間の獣性の発露といえる殺人は表しえている。剛助とお勢が列車の中で大久保社長を殺害するシーンで、その殺害トリックをより現実的にして迫真性を出している。助役のルウボーはルーアンで人ごみにまぎれて社長のいる特別車両に乗り込んで、トンネルの中で殺した後、死体を車外に捨てた。この後社長専用に仕立てられた特別車両から、自分たちがもともと乗車していた四台後方の一等車に戻らなければならない。当時のフランスの一、二等の客車はコンパートメント式で車両coupé同士をつなぐ通路はなく、それぞれの車両に取り付けてある扉から直接乗り降りする。ルウボーと妻セヴリーヌは時速五十キロメートルの急行列車の外側を移動しなければならない、ゾラは彼らを横に渡した棒に捕まらせている。入り口のステップのみが足がかりになっている。それでも渡る。

『恋と刃』では大久保社長を上等車で刺殺し、二台挟んで後方の二等車に戻る。手で窓枠をつかみ、踏み板を伝って移るのである。この踏み板は一八六〇年と一八六四年にフランスとイギリスで起きた車内殺人事件のあと、少しでも客室内を密室状態にしないために設置したものなので、皮肉といえば皮肉である。日本では一九〇〇年頃には貫通路型の客車を採用していたので、原作を損ねないための折衷的選択であったといえよう。

注目されるのは、発着時刻に伴う切迫する時間の感覚やスピードの感覚である。小池滋（一九三一年〜）によれば「原作者がスピードと迫力とその象徴的意味に対して感じていたダイナミックな魅惑」が「全然死んでいる」『恋と刃』では[*8]、確かに列車の編成からして小さくなっている。脱線事故が起きたとき、「ラ・リゾン」は十三輌を牽いていた。キリスト教文化圏での呪われた数字を踏まえている。事故の犠牲者は死者十二人、負傷者は三十名である。『恋と刃』では客車三台、六人の死者と十六人の負傷者で、日本の鉄道のスケールに合わせたのだろう。けれども汽車が小ぶりになっていても、乗車に伴って感じるスピードとエネルギーとは、当時の日本の読者にもリアリティを伴って伝わっていたのではないだろうか。横浜駅を夕方の六時半に出発する列車については、原作の時刻を用いており、殺人の舞台となる列車の発車までの「五時二十分」、「最う二、三分」の切迫する時間の演出も残している。清吉とお勢の度重なる密会の時刻はいつも汽車での移動によって時間が限定されていて、登場人物にとっては脅迫的ですらあるのだ。

歴史社会学のシヴェルブシュ（一九四二年～）は『鉄道旅行の歴史―十九世紀における空間と時間の工業化』[*9]で、鉄道が人々の感覚に与えた影響を実証している。その一つが鉄道の時間による標準時の定着である。これは日本でも同様で、近世の時間を近代の時間に刻んだ、すなわち生活の場で近隣の朝夕の鐘の音によってゆるやかに受け止めていた一刻を、一分という単位に分化させたのは東海道線の時刻表（タイムテーブル）だった。路線図（ダイアグラム）の充実に従って、線路の距離は分を単位に区切られて視覚化され利用者に認識されたことだろう。時間も空間も表や図といった二次元上の記号に変換され、抽象化してしまった。これによって多数の人間に共有されるものとなる。[*10]時間や距離の感覚が多様化したわけではない。乗客にとって汽車とは、図式によって予想されうる、すなわち予定可能になった未来の時空間に向かう装置となった。寺の鐘ならぬ発車のベルはそうした人の心をいやがうえにも高揚させる。多分このような移動のもたらす時間と距離の感覚は、荷風にとって魅力的なものであったに違いない。未来の時間と場所とに向かうプログラムを身体に刻みつけて、『恋と刃』の人物は動いている。

スピードに関して言えば、汽車の疾走する描写は原作に比べて少ない。が、お藤が甲七の荷馬車を馬ごと線路に乗り上げた場面で、簡潔ながらも雰囲気は出ている。トンネルの中を走る「雷の様な幽な地響が稍近く聞える」「非常な速力を持つて居る急行列車は、最う隧道《トンネル》を越して、長蛇の如き姿を現はした。」「列車は今迄全速力で進行して来た余勢を以つて見る見る中に十間、五間、三間と近付いて来たのである。」というふうにである（第三五）。最後の十八輌の大編成の列車が暴走する場面では、「其の速力は恰も暴風の過ぎるが如くである。」「恰も手負の野獣の荒れ走しると同じく、無限の速力を以て無限の方向に突進して行くのであつた。」とある（第四六）。傍線を引いた部分は原作にも英訳にもない。機関車の威力、スピードとそれによる緊迫感を表現するための荷風の工夫である。

ここまで見てきたところでは、筋の展開の妙のみが際立っている。とはいえ『恋と刃』にも文明批評的要素がないわけではない。『獣人』の最後では、ジャックは家畜用の車両に兵士を満載した機関車を運転して、ル・アーブルからパリに届ける任務を引き受ける。パリに着くと彼らは敵を「虐殺するべく」ライン方面行きの列車に乗り換える手筈になっている。彼の地では普仏戦争が始まっていた。一方湘南鉄道では、陸海軍の大演習のために横浜から浦賀へと兵士を運ぶ。地方から中央へと突き進む原作とは逆方向になるが、浦賀の地域性をうまく活かしている。注目すべきは兵士たちが「忠君愛国の軍歌」を声を限りに歌い、機関手の清吉と火夫の嘉七が転落した後の暴走列車に乗ったまま、「無限の速力を以つて無限の方向に突進して行く」とあることだ。ゾラの原作では忠君愛国の歌は出てこない。ここに荷風なりの悲劇性を高めるための演出がある。このまま汽車は兵士を乗せたまま相模灘に突進していくのだろうか。なにやら太平洋戦争での特攻隊すら思わせるようなイメージになっている。

ところで個人間の争いのみならず社会的レヴェルで出来事を捉える空間設定をするためには、パースペクティヴのある風景描写を可能にする包括的な視点が有効である。ゾラはこの物語を駅の描写で始めていた。ルゥボーによって眺められる、パリのサン・ラザール駅である（駅名は書かれていないが、周囲の街路名などから直ぐ判るようになっている）。まず彼の位置としてアムステルダム街の袋小路の右側一番奥の六階が示され、その見下ろすローマ街、列車の乗降場、複数の線路、詰め所等々が詳述される。線路や機関車、客車、信号機、蒸気機関などがガラス張りの大屋根の下で二月の弱い光と水蒸気に包まれて力強い存在感を見せているのが細かに描かれている。これは終着駅としてあるパリの駅の、十九世紀後半の建築を代表するガラスと鉄骨による大スパンの空間のみがもたらしうる、一つのスペクタクルである。文明の輝かしさとまがまがしさとが、ダイナミックに一つの空間に収まっている。一八三七年開業の同駅は万国博覧会開催に向けて八六年から八九年にかけて拡張工事を行い（マスターアーキテクトは Juste Lisch で駅舎設計は Eugène Flachat）、この空間を得た。光と蒸気によって微妙に変化する色彩を好む、モネなどの印象派の絵画の格好の画題になった。

『恋と刃』ではこの部分は省略してある。都市と機械とが整然と立ち並ぶ様子を六階から見下ろすというまなざしを、当時の日本で持ちえる場所はほとんどなかったはずだ。一九〇〇年前後では「十二階」の通称で親しまれた浅草の凌雲閣（一八九〇年竣工、一九二三年瓦解）が、展望し得る殆ど唯一の場所であった。とはいえそこから見えたものが、整備された近代的な都市空間などではなかったのは言うまでもない。翻案作者の手に負えるものではなかったろう。ただこの駅の描写を熟読した経験は、数年後シカゴやセントルイスの駅を描写するときに役立ったはずである。そしてサン・ラザール駅をいかにもフランスらしい光景と荷風が思い出すのは、十年後の文部省展覧会見学の折になる。

『恋と刃』を見る限り遺伝と環境の影響とそれによる悲劇という、ゾラ文学のキャッチフレーズとしてわかりやすい部分は踏襲できていた。そして汽車のタイムテーブルやダイアグラム、機関車のスピードが齎す追い立てられる切迫した雰囲気と、直線的に破滅へと向う時間や空間の設定の手法は、原作以上に活かされている。移動すること、変化すること、極限までどこまでも押し進むこと。社会的な広がりは持ちえなくともこの点は、作家に身体化されたようである。これがゾラを読むことによって目覚めた荷風の物語の指向性の一つだった。

刻一刻と移る時間の動きを際立たせながら、悲劇へと登場人物をどこまでも追い詰めていく。これは作家の立場から言えば快感であったかもしれない。荷風はゾラの短編『大洪水 *L'Inondation*』(in *Le Capitaine Burle*, 1882)を、英訳(trad. Ernest A. Vizetelly, *The Inundation*, in *The Honour of the Army*, Chatto & Windus, 1901)から完訳している(『女優ナ、』所収)[*11]。老百姓の一人語りで、苦労の末ようやく富と大家族の繁栄という幸福を得て家中で喜んでいた、その幸福の絶頂の日に悲劇は起こる。ガロン河の氾濫があり、穀物が流され、家畜が流され、そして屋根の上に上がった家族もそれぞれに勇気から、絶望から、事故からそして狂気から暗い水の中に消えていくのを目の当たりにする。一人だけ生き残ってしまった老人は、村の死体の仮安置所で彼らの惨たらしい姿を確認しなければならなかった。完璧と思われた幸せから地獄へと加速的に転がり落ちて行くその容赦ない残酷さが、いかにもゾラらしいといえよう。この悲劇的な出来事が勢いを増しながらどこまでも主人公を痛めつけるその展開の巧みさに、ゾラのいわば名人藝がある。それゆえに荷風は短編集の九編の中から、この物語を翻訳したはずだ。

けれどもこのような増幅し加速する悲劇の展開は、荷風の資質に適合していたものであったか。アメリカへ行ってからゾラに対して批判的になっていくのはよく知られているが、この時間空間の感覚を近代の文明を象徴するものとみなす発想は、まさに近代文明の国アメリカを経て文明開化を邁進する日本に帰国したときに、改めて荷風に自覚的な問題として意識される。そしてゾライズムの時代といわれるこの当時すでに、荷風にはゾラに学びつつ発展させている時空間の感覚と、ゾラのスタイルからずれていく部分とがあったのであり、その点において彼のこの時期の特性が鮮明になってくる。

2　鉄道旅行の時空間

今日、明治文学の中で汽車による移動を描いていてもっとも有名なのは、夏目漱石（一八六七〜一九一六年）の『三四郎』（「朝日新聞」一九〇八年九月一日〜十二月二九日）の冒頭部分であろう。九州の秀才小川三四郎が長距離列車を乗り継いで上京する。その移動中に自尊心が危うくなるような出会いを次々に体験する。一方ゾライズムの時期の荷風のテクストでは、しばしばドラマティックに汽車が登場する。それは縦横に走り人物ばかりか物語をも動かしているように読める。『獣人』の精読の賜物であろう。たとえば出世作『野心』（美育社一九〇二年四月）は、次のように始まっていた。

横浜停車場の鐘《ベル》は、頻に群集を凍れるプラットホームへと急き立てゝ居る。午後十時発なる下り列車の、唯有る二等車の扉を開いて、群衆の中にも一際目立つた風采の背高い若紳士が、今、意気昂然たる様子の、大きい早い歩調で、すつとばかりに乗込んだ。（一）

引用した一節からは、これから新事業に挑戦する青年の気負いが伝わって来る。発車のベルは戦闘開始の合図か。蒸気機関車は黒煙と重量感のある車体、汽笛や蒸気や車輪の音で文明の威力を誇示する。スピードの感覚と機関車の

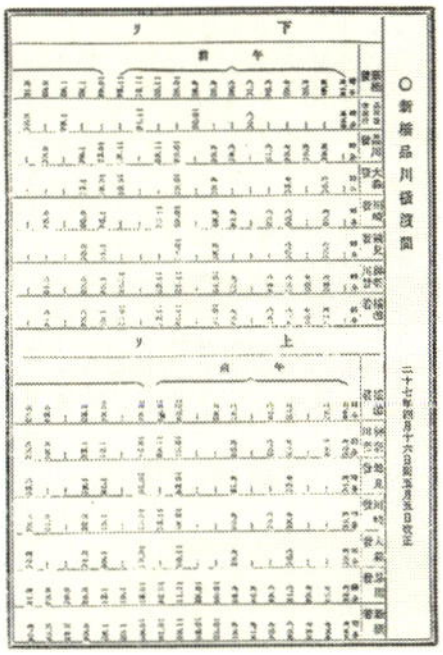

3

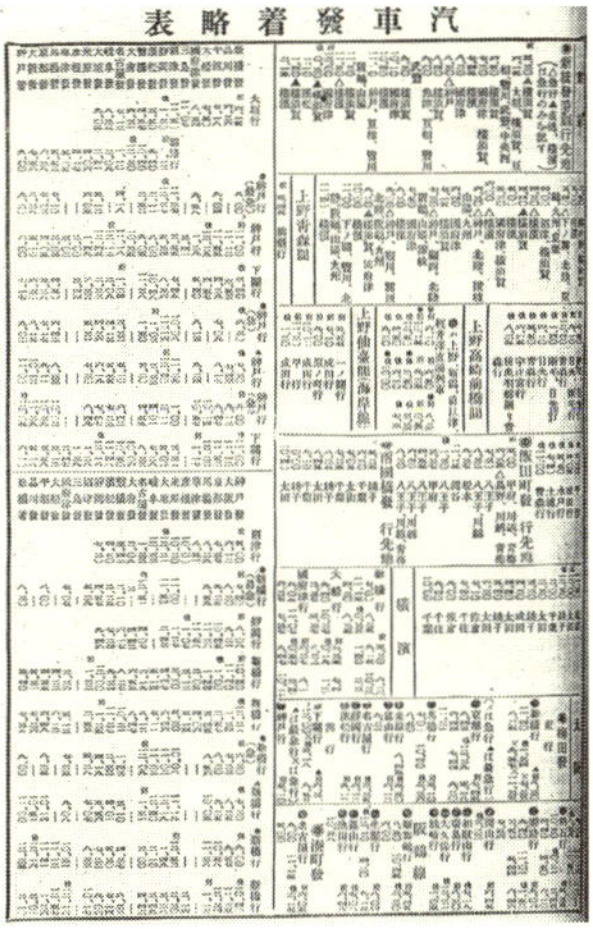

4

5

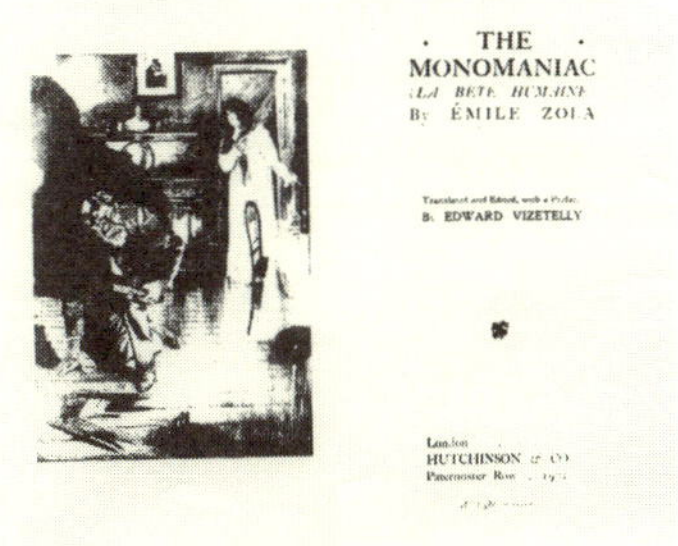

6

7

8

＊　機関車の力はいかに視覚化されたか

3 「汽車汽船旅行案内」(1894年) の時刻表の一部。数字のならび方が線路のよう。

4 「汽車発着略表」。荷風も寄稿したことのある雑誌「笑」の一ページ(1909年 9 月)。逗子や京都に行ったときの行程が推測できる。

5 ゾラの『獣人』の現在販売されているポケット版の表紙の一つ。モネの「サン・ラザール駅ノルマンディー線」(1877年) の部分で、駅舎よりも機関車の存在感を中心化して表紙にしている。

6 荷風が読んだヴィゼトリィ訳の『獣人』の扉。隠した金を取り出す駅助役の夫を見咎める妻。二人はこれを恩人の鉄道会社社長から奪った。

7 『新任知事』、筒井年峰画、口絵(石版)。

8 『恋と刃』の挿絵、耕雪画。汽車の乗降には他人との地理的出会いと別れと、自分自身への時間的別れと出会い、すなわち過去への決別と未来への指向性を重ね合わせることが出来る。背景にあるのは黒い鉄の塊であり、二つの世界のバリヤーになっているようだ。

強力な牽引力とは、起業する青年の野心を象徴するにふさわしい。しかも一等・二等と等級の分かれている客車は階級性をも視覚化して、上昇志向を刺戟する。さらに駅によって分節化されて地域ごとの区分けが明確になり、乗り降りする雑多な乗客の間で自分の存在が相対化される。

『新任知事』(「文藝界」一九〇二年十月)は、柘植光彦(一九三八年〜)によれば「この気違いじみた出世欲を、単に兄弟夫婦の対立という設定だけから説明しようとしたために」浅薄なものになった。[*12]だが、交通機関や都市と人との関わりに注目する読解からすれば、思いのほか魅力的な作品である。たとえば主人公の並河泰助が新橋の停車場に到着する場面がある。弟に遊学を先んじられ、将来を嘱望して故郷の名古屋を出、「汚い三等車」から降りて銀座の輝きに圧倒される。汽車の社会性と象徴性とが用いられているのだ。そして荷風にとって思い出深い作品となる『夢の女』(新声社一九〇三年五月)でも、自分を囲っていた旦那に死なれ運命の波に翻弄されることになるその出立の日に、ヒロインお浪が新橋駅に向かう。発車の時間が迫り下駄の音がせわしく、汽車に荷物を投げ入れる音も聞える。そして「消魂《けたたま》しい鐘の音」が響く。

遠い末の方から、駅夫が列車の戸を閉めながら歩いて来る音が、一ツ一ツ近付いて来る。出発する迄には、最う一分とは余すまい。プラットホームを越した向うの線路の上には、穏な朝の光線が動《ゆるぎ》なく輝いて居る。気の所為か機関車の吠声が一際高くなつた様で、胸は息苦しい程轟きを増すと、駅夫が到頭戸を閉めながら自分の眼の下を通つて又一ツ一ツ聽て其の音も聞えなくなつて了つた。鋭い汽笛の響。(第二)

刻一刻と近づいてくる別れの時、おぼつかない行く末に向かってともかくも走り始める出発の時が近づいてくる。その胸のつぶれるような緊迫感が、この場面では巧みに表現されている。車中で緊張感から身を硬く縮めているヒロインの耳に、音でもって容赦ない世間が、運命が迫ってくる。機関車が進行する線路のように、時間は目的地に向って整然と分断され直線化される。否応もなくその上を行かなければならない。このシーケンシャルな時空間の表現は、荷風がゾラのテクストを通じて得たものであったはずだ。

一方汽車による移動で、出発地と到着地との間はジョンクション・スペース（つなぎ空間）になる。無目的なひと時であり、時にはエアポケットに相当するといえよう。しかもこのジョンクション・スペースは、人と人とをつなぐコモン・スペースにもなり得る。宮原信（一九三三年～）は『獣人』で時刻の記述が「くどいとすら思われるほど多く現れる」のを指摘し、その上で定められた時刻の合間の「空っぽの時間」が「待つ時間」「待たれる時間」との対応において設けられて登場人物の心理分析を可能にしていると説明している。*13 わたしたちはこのような状況からさらに意味を持たされたシーンを、ゾライズムの時期の荷風のテクストに見出しうる。つまり勢いをもって展開する物語の中で、荷風は独自にジョンクション・スペースを設けたのである。

『野心』では、成功のために邁進してきた青年が車中で不幸な境遇にある友人に出会った後で、ふと心の隙に暗いものが忍び込んだかのごとき状態になる。

> 其友の不満足勝な不幸の身の上を考へて居る中に、何時か人生の失意、失敗、厭世、抔云ふ事に想像を及さしめたが、聽て何か怖《おそろしげ》気な者にでも襲はれたやうに、すツと身を縮めて四辺を見廻した。いや、実際車の中は殊更寒くなつて来たのである。丁度列車は品川の海に添ふて走つて居るので、波の音と車輪の響は淋冽たる風声に和して、無限の暗黒の中に一種怖《ママ》し気なる響を造つて居た。彼は今迄、人生の斯る暗淡たる方面には全く其眼を転ずる暇がなかつたのである。（一）

日常生活の行動範囲ではありえない旧友との出会いと、あまり眼にすることのない風景に囲まれることで、日ごろの「如何にして突進せん」という青年の逸る思いにブレーキが掛けられ、暗黒のエアポケットに陥るのである。

『燈火の巷』(「文藝倶楽部」一九〇三年七月)では、逆に客車の中での出会いから、厭世的な思いを解き放つきっかけが生まれる。若き銀行家が鎌倉の友人宅からの帰りに、偶然一等客車の中で父の若い後妻に出会う。日常では疎遠にしている彼らが、一時的に閉鎖した空間の中で膝を付き合わせることで、日頃とは異なる打ち解けた感情をもち始める。

『夢の女』ではまた九章での故郷からの帰りの列車の中で、父母の境遇や自分の年季のことなどさまざまに越し方行く末を案じて悩むお浪がいる。出発後「浜松から静岡の停車場《ステーション》へと着く頃からは乗客も二人三人と次第に増えて来て、客車の中は最早や物思ふべき静さを保たぬ様になつた」ことで、お浪は考えを中断する。一方で箱根を過ぎて「画よりも美しい渓間の夕陽に一同の眼を驚かせながら、夜も全く暮果て丶了ふと、何時の程か又一点の星さへ見え無くなつて、疲れきったお浪は「朦朧たる夢」に入りそうになる。「浪」のように浮き沈む数奇な運命に抗って西へ東へ動いても、汽車はかえってその個人の軌道を非常にもダイアグラム上で一般化してしまうのだ。

押し迫る現実世界からタブララサの空間への移動。荷風のテクストではこの白紙の空間を埋めていくべく光景が見出される。欲望を左右したり相対化したりするジョンクション・スペースに現れる風景を、次に見ていこう。

3 風景への開眼：もう一つのゾライズム

主人公の欲望を左右すると同時に物語の流れに大きく関わる風景。それは夜を彩る燈火のきらめく光景と月の冴え渡る光景である。近代以前であれば魑魅魍魎の跋扈する夜の闇の時空間が、外灯によって夜景という景観になり、翻って人の心の闇を増幅させる。荷風の物語でも、心の闇に踏み迷いがちの主人公の心に深く射し入って行く。これは先述した汽車での移動に伴う、野心に満ち溢れた青年の勢いがそのまま機関車の力強い発進に重なるような加速的能動性と、宙吊りの状態で運ばれる受動性とも繫がってくる。前者は燈火と結びついており、月のもつ効果が後者を増幅させたものになっている。

輝く燈火は主人公に生きる力を与えている。

『野心』は、ゾラの『ボヌール・デ・ダム百貨店 *Au Bonheur des Dames*』(Charpentier, 1883) に想を得て書かれたと言われる中編小説である。[*14] 荷風にとっては記念すべき最初の書き下ろし単行本であった。作者も野心的であっただろう。その勢いが、冒頭にすでに表出されている。主人公の青年実業家簑島光太郎は、列車に乗りこんで意気盛んな計画の実行を思う。新しいタイプの勧工場 (百貨店の全身) を銀座に開こうというのだ。そして彼は港の傍で船舶の燈火を見て思わず感嘆の声を漏らす。

《盛んだなア!》と呟いた。

然り。燦爛たる船舶の燈火! 彼は海と云はず街と云はず俿る煌々たる燈の光に飾られた宏大な光景に対する時は何時でも必ず、心の底から漏出るかの一語を止め得なかつたのである。若紳士の面は恰も戦争のパノラマを見詰める若い兵士の顔のやうに、燃え上る熱い血に満ちて、生々した光を放ち、自分ながらも其心臓の躍つて来るのを怪しむ程であるらしい。(一)

物語の後半にも夜の銀座で、「燈火燦然たる街の夜景が、何時も彼が心の萎縮した時の慰藉となり刺撃となり興奮剤となる」様子が書かれている (四)。彼の名が光太郎というのも、このような光の輝く空間を追い求める性質を表しているはずだ。

『新任知事』では、冒頭に出世の勝者として充実感にひたった東京府参事官の泰助と縫子の夫婦が、外務大臣の催した夜会がひけて「星多き夜更けの空の下に輝く、麗しい燈火の中」を馬車で帰宅の途に着く様から始めている。あふれかえる馬車や人力車は「夜汽車の列の如く」と汽車にたとえられている。夜会の終わった直後の建物の前は、森鷗外の『文づかひ』（「新著百種」吉岡書籍店一八九一年一月）での、新年の夜会が始まる直前のドレスデン王宮前の光景を思い出させる。ヨーロッパの王宮での本格的な夜会を、かつての鹿鳴館しか知らない日本の読者に伝えんがための、そして自ら懐かしさをもって書いていたとも思われる念の入った叙述であった。『新任知事』では夜汽車に匹敵する輝かしさ、逞しさでもってイメージされる馬車はスティタス・シンボルであり、主人公の夫妻は人力車に乗ったライヴァルを見下し、日常的に馬車を乗り回すのを夢見ていた。馬車、機関車、燈火の燦然たる様子は上昇志向を象徴的にあらわしている。中でも燈火の輝きは機関車の未知に突進する力をはらむ不気味さを持たない、晴れがましさや心の高揚、精気を表しているのが見て取れる。

『燈火の巷』では三・四章でこのような気分がよりわかりやすく表現されている。若い二人が、新橋から銀座を彩るさまざまな燈火（「仕掛花火の様な、新しい電気燈の光」、「鉄道馬車の灯、腕車の提灯」「瓦斯や俥の火影」「ステーションの窓々に映る燈光」「電気仕掛の煙草の広告」「動き行く幾多の火影」「煌々たる電燈の光を輝かす大な商店」）に心をときめかせる。「人の幸福は服従と屈辱から成立つもの」（二）という言葉を信じようとしながらもすっかり肯うことのまだ難しい彼らは、繁華街の新橋で食事をし銀座を歩くうちに、初秋の夜の心地よさに酔っていくのだ。「晴れた空には美しい星の光。賑かな街には数知れぬ燈火の輝き。杵子は男の云ふまゝに此の夜を徹宵《よどほし》歩み行くつもりで有らうか。」（四）というのが物語の最終段落にある。生きる意欲すら感じられなくなっていた二人が、いまや義理の親子という間柄を忘れて自分の欲望に忠実になろうとする。ゾラ風に言えば、環境によって人間の隠れていた欲望があらわになったのだ。環境の影響といっても、燈火の輝きを初めとする晴れがましい光を並べ立てて煽っている点に、荷風の特徴があるといってよい。

『夢の女』では、燈火に輝く隅田川べりの景色もその下を流れる水の流れを見るにつけ、夜の街の仕事に明け暮れた我が身と比べざるを得ないお浪がいる。実際、当時最新式のイルミネーションでもあった電気燈が遊郭という不夜城を照らしていたのであった。物語は、父を送ったその墓場からの帰宅の場面で締めくくられている。

お浪母娘の車が行悩みつゝ漸くに築地の待合近く来た頃には、何処も彼処も真白な雪と雪との間から、血の様な燈火の光が流れた。（第一二）

血のような燈火はお浪の一見輝く美しい流行藝者としての、そしてお内儀としての生涯が、実はあくどいかけひきや裏切りや自死など凄惨極まりないものであり、今後もそれが続くのを暗示している。この小説では燈火という成功のシンボルの裏に隠された、妖しい一面も同時に伝え得ているのだ。

月もドラマを盛り上げるために印象的に描かれている。しかも燈火の輝く光景とは対照的に、風景や厭世の思いを誘う装置になっているのである。夜の燈火の輝きに力を得たかのようにして、ひたすらに現世をよりよく過すために邁進する主人公に虚しさを味あわせ、時には死すら願い始めるのである。

『野心』最終章では、簑島光太郎が友人の島田と夜の公園を歩く場面で、冴え渡った光を放つ月が出て来る。

鬱然と生茂つた森の中に玉のやうな月の光は自由に両人の行手の、細い小道を照らして居る。天地は寂然として全く平和なる眠に就けるもの、如く、木の葉の戦ぐ音さへ絶した。森を通して透かし見ゆる広い平かな野の面は水色に澄渡つた月の光を浴びて、丁度静止せる湖水の表面を望んだかの様。そして其の上に散在した幾個かの遠い樹の茂りは恰も緑色の小嶼の浮べるが如く見做されるのである。（六）

島田はこの光景を見て「淋しい厭世の悲歌を奏する詩人」のような風をして、箕島に人生のむなしさを訴える。箕島のほうは「常に燈火燦然たる街の夜景をのみ見詰めて居た彼は、一度この月影を浴びた自然の面影を望んでは、限りなき大なる平和の極、一種寂しい冷いやうな気が、絶えず燃えつゝある身躰中の血を静に冷して来るやうな心持がするのである。」とある。物語の最後にまたこの月が箕島を照らす。彼が新機軸を打ち出して大勝負に出た商店が、開店を目前にして放火にあう。知らせを受けた箕島の上を「天上の月」が「何事も知らぬ顔に」透明な冷たい光を投げかける。ここで「燈火」と「月」の対象は単純すぎるくらいに明白である

『新任知事』での月は、外務大臣の夜会からの帰途に呉服橋あたりの濠端を照らしており、その「蒼白い冬の月特有の凄壮な光」で「何となく荒廃した戦場の砦の如く如何にも悲しい観」を呈していた。これは反対側に見える「一丁倫敦」とうたわれた高層の煉瓦造建築街（府庁、郵船会社、三菱銀行など）との対比が考えられている。明治の政財界の権威のシンボルになっている。この光景が廃墟にたとえられていることで、得意の頂点にいるこの夫婦がやがて無理がたたって健康を害して、無念のうちに命を落としてしまう結末が暗示されている。『野心』に比べてかなり工夫がされている、燈火と月の組み合わせである。

死の世界に引き込む月といえば、荷風の渡米直前の短編『すみだ川』（「文藝界」一九〇三年十月）のテーマそのものでもある。夏の夜藝者が三四人、通人の隠居と屋形船で遊んでいるときに一人が昔語りをしたという設定になっている。彼女は昔地方で藝者をしていたとき、不幸な生い立ちをもつ若旦那とよい仲になり、ある晩川のほとりを二人で歩いているうちに、その場の勢いから危うく心中しそうになった。今思えば「お月さまの所為《せい》」での出来心であったかもしれないという。彼女の思い出は次の述懐でまとめられる。

決して忘れる事が出来ないのは、その夜の美しい景色——かの真蒼な月の光に照された静な物凄い水の色沢《いろつや》である。

風景の効果というよりは、むしろ黙阿弥か新派芝居めいた幕切れといえる。背景にある風景を情動の発展に結び付けないではおれないのだ。心の闇を抱く人物に映ずる夜景のうち燈火は野心や若々しい思いをかき立てて、月は人生の無常を感じさせるというのではいささか陳腐であろう。おそらく荷風もこのパターンに気づいていたのだろう。『夜

の心』（『新小説』一九〇三年七月）では、月も燈火も出てこない。「見よ、此の物凄き夜の闇！」（六）と星も出ない闇夜にも似た「決して見る事知る事の出来ない秘密」（恩人の息子を気が進まないが結婚相手として、恋人との関係を密かに続ける）を持とうと決心する若い女性の物語である。月や燈火の登場がいささか定型化したのを、あえて裏返しにしたような作品になっている。『地獄の花』のテーマの「暗黒なる動物性」「暗黒なる幾多の欲情」をそのまま物語にしたのだとも考えられる。

日本の空間の実情に合わせながら、ゾラの時間の感覚は踏襲し、将来に向かって刻々生きようとする人物が出来上がった。そこでは風景描写はまずはドラマを盛り上げるための演出効果であった。荷風の場合は加速度的に人生のレールをゆく人物たちにふと中空の時空が現れ、その時空と思いとを風景が満たすのである。そして夜や闇という百鬼夜行の世界であった時空間に、近代的な上昇志向を象徴する光をそれが最も栄える状況で投げかけた。輝く燈火は荷風のテクストの中で、実に効果的な景観をつくっていた。水辺では水面が視点との距離で舞台的設定となり、周囲への反射、周囲の建築物のプロフィルの浮上などで、昼間とは異なる空間を造る。そのとき日中とは異なる心持を抱くのだ。繁華街では人の賑わいによって、自分が観客となると同時に役者ともなる。これも非日常的な高揚感や野心をかき立てるのにふさわしい。だが、このような万人にわかりやすい空間設定で終わるような荷風ではなかった。

しばしば忘れがちであるが、ゾラは猟奇的殺人事件や常軌を逸した行動の果ての自滅、止めどもない崩壊への過程ばかりを書いていたわけではない。マネ Edouard Manet（一八三二～八三年）によるゾラの肖像画（「エミール・ゾラ Emile Zola」（1867-68））を思い出してみよう。背景にはマネの「オランピア」や浮世絵版画、錦絵の花鳥図などが掛っていることからもわかるように、美術愛好家であり、何より初期の印象派の画家たちの擁護者であった。ゾラは『わがサロン（私的絵画展）*Mon Salon*』（Librairie centrale, 1866）などの美術批評を出版するも徐々に画家たちと一線を画し、やがてマネとセザンヌの俤を悲劇的に反映させた『制作（作品・傑作）*L'Œuvre*』（Lacroix,1886）で、決定的に袂を別つ。

ゾラは彼らの主題の上での斬新さを激賞した。もっともその価値を絵画史上でのみ認めたわけでもなかった。その批評を読むと、ゾラ自ら作品記述すなわち実際の景物を画家が現したものをさらに自分の言葉で解説しながら、描き語る楽しさを感じていたのが伝わってくる。一例としてクロード・モネ Claude Monet（一八四〇〜一九二六年）の官展《サロン》の落選作への説明を見てみよう。

栈橋は長く狭くうなり声を上げる海に向って延びている。どんよりとした水平線上にはガス灯の黒く痩せたシルエットが立ち並んでいる。栈橋の上には散歩しているものが数人いる。肌を突き刺すような強烈な風が沖から吹いて、スカートに叩きつけ、海をその海床まで穿ち、底の泥で濁って黄色くなった波をコンクリートのブロック壁に砕けさせる。この汚れた波、土の混ざった水の押し寄せるのが、氷砂糖で出来たような海洋画できらめくおしゃべりな波に慣れた官展《サロン》の審査員たちを驚かせたに違いない。（「アクチュアリスト *Les Actualistes*」、*L'Événement illustré*, 24 mai 1868）

印象派と呼ばれる画家たちを、現代的な主題を理想化せずに描くという意味をこめて、「ナチュラリスト」や「アクチュアリスト」と呼んだゾラであった。モネの絵にも自身の作品と同じように、現実に見られる美しくない、残酷とも言える光景に独特の魅力を見出し丁寧に言葉にしている。ゾラは自作の中でも風景描写に殊更力を入れている。中でも有名な描写の一つは、荷風が最初に読んだうちの作品でもある『愛の一頁 *Une page d'amour*』（Charpentier,1887）にある。[*15] 五章あるその各章の最後に延々と綴られるパリの街並みは、パノラマとなってあらゆる思いを包み込む。ゾラがパリの風景を主人公にしたいと思って書いた長編で、登場人物の思い入れを象徴的に表す街並みは、それぞれがまさしく人物にとってそしておそらく作者にとっても特別な景観であった。悲劇へと邁進する物語の展開ばかりがゾラのすべてではなかったことを、この作品ははっきりと伝えている。量《ヴォリューム》感すら感じるたっぷりとした風景描写によって生まれた空間は、生きられた空間ないしトポスとして物語の背景という以上に自立した表現となる。それを可能にする描写の力。これをゾラは信じていたのではなかったか。

少年期を過した南仏の風景も、ゾラのテクストにはしばしば登場する。これらは人物を説明するための背景ではなく、言葉で描かれた風景が自立したタブローとして読むものに迫ってくる。荷風も明治期の日本人読者のほとんどのように、英語からの翻訳を読んでいた。その多くはゾラの友人でもあるアーネスト・ヴィゼトリィ Ernest Alfred Vizetelly（一八五三〜一九二二年）によるもので、彼は街や屋外の自然、室内の描写を丁寧に翻訳している。もっとも西洋の風物が視覚的な情報で届くことの極めてまれであった時代に、洋行経験のない日本人が理解するのは難しかったであろう。勢い〈誰が何をした〉、それも〈こんなことまでした〉という極端な出来事による筋の展開に、作品世界を広げるヒントを見つけた作家が多かった。であれば、荷風が風景描写に引かれたのはむしろ異例で、ここに彼のオリジナリティがあったといえる。

この時期荷風は、風景描写がもつ役割にどこまで意識的であったか。少なくとも言葉によって生み出された風景のもつ魅力に気付いていたらしい。これはゾラの二作品からの引用でわかる。

その一つがゾラの短編の『ナイス・ミクラン *Naïs Micoulin*』（in *Naïs Micoulin*, Charpentier, 1884）の部分訳である。荷風は『ゾラ氏の故郷』（「饒舌」一九〇二年四月）と題して三章の冒頭部分から人物が登場するまでの、日本語で約一四〇〇字になる分量を訳出している。本編は五章構成で、内容は南仏のマルセイユに程近い海辺の村に住む漁師の娘のナイスと、エクサン＝プロヴァンスに住む放蕩息子のフレデリックのひと夏の恋物語とその後日談で、わかりやすく言えばモーパッサン風の（勿論モーパッサンが後輩格なのだが）皮肉な落ちの付いた物語である。

この短編の魅力はむしろ、セザンヌ Paul Cézanne（一八三九〜一九〇六年）と同郷のエクサン＝プロヴァンス出身のゾラならではの、卓抜した南仏の情景の描写にある。エスタックに程近いこのあたりは十九世紀後半から二十世紀初めにかけて、印象派やフォヴィスムの画家たちが競って描いた場所であった。太陽や植物や土が輝く色彩を放ち、独特の女性の美しさを作り出し、濃厚な薫りと味をもつ郷土料理を提供するこの土地を、ゾラは見事に描いてみせた。

荷風が翻訳した部分は短編小説としては長い情景の叙述であり、また「この月はなんと心地よいのだろう！」という感嘆符で始まっていて、小説の一部分という以上に作家の思い入れが伝わってくるようである。先に引用したモネの絵画の解説にも似た、海浜の情景への愛着というべきか。この冒頭部分を荷風は次のように訳している。

実に晴明《はれや》かなる月なるよ！雨と云ふ日は一日もなし。色変らず藍色なる太空《ママ》は聊かの雲にだも汚されぬ繻子のやうなる光沢を示すなり。紅の水晶とも見えて昇る日は、軈て黄金の塵を撒きたる如き雲の中に沈む。されど海風は絶えず日に伴はれて吹き続くが故に、熱さ覚ゆる事なく、また風の日と共に吹き止むとも、夜は昼の中に集りたる爽かなる気の発散すれば、極めて心地よく冷かに、香ひ《ママ》ある植物の薫りは芬々として漂ひ渡るなり。国は秀麗にして、水湾の右左よりは岩石の腕突出し遥かなる島嶼は限界を限るが如く見ゆ。天地心地好ければ、海は唯だ広大なる一個の水盤にして、濃き緑色の湖に外ならず、遠き山の麓にはマルセイユ Marseille の人家低き岡に攀れり。空気の澄み渡るに及びては、人はレスタツク l'Estaque よりして灰色したる Joliette《ジョリエット》 の埠頭と其湊に漂ふ船の小さき帆柱、其の彼方には、樹間に隠見する家と、白く空に輝く Notre-Dame-de-la-Garde《ノートルダームデラガルド》 の礼拝堂を臨むべし屈曲したる海岸線のレスタツクに及ぶに先立ちて、広き区画を作りたる処には、製造所の烟、間断ある雲をたなびかせり。

翻訳は通常の読書よりはるかに記憶に留まるものである。しかも荷風自身「霊ある如く筆致にて写し出されたる」（『ゾラ氏の故郷』前書き）とその意義を認めて訳しているのだから猶のことであろう。中島国彦（一九四六年～）は荷風の同時期の作の『地獄の花』「第八」での相模灘の風景描写に、この翻訳の成果を認めている。*16 確かに荷風の「海は全く夏の日の晴朗を喜んで、其の濃い藍色を無限の広さに打展げやうとして居るのである。東の果の、幽かに三浦半島の浮いて居る処には、幾個かの白い雲が動いて居るけれど、正面の水平線上には、大島の烟と、白帆の点々するより外には全く眼に入るものが無い。」という箇所は、彼のゾラの翻訳での引用した「海は唯だ広大なる一個の水盤にして、濃き緑色の湖に外ならず」と、「其湊に漂ふ船の小さき帆柱（中略）間断ある雲をたなびかせり。」と極めて似通っている。永井家の逗子の別荘でたびたび過していた荷風には同調しやすかったのだろう。風景描写の妙に気づいたようでもある。

だがこの特化される風景描写に関して、ゾラの原作と荷風の『地獄の花』とでは大きく異なる扱いがある。『ナイス・ミクラン』では荷風が訳出した文は、「南仏の熱く動かない空気の夢うつつの中、蟬の単調な歌以外に生きているものはいない」の後になり、続く文は「この燃えるが如き地で、ナイスとフレデリックは一月の間愛し合ったのだ。天上の火がすべて彼らの血を通り過ぎたかのようだった。」である。つまり気候も風景も人情も、それぞれ南仏の風土の地方色《ローカルカラー》豊かな画面《タブロー》の構成要素としてある。一方『地獄の花』では、「園子はこの間断なき波の動きを見詰めて居たが、軈て、近く横はつて居る伊豆半島の方へ顔を向けると、永久に変る事なく青々した山の姿は、極めて大きい安心を得たと云ふ様に、何となく深い意味を含んで居るもの、如く思はれる。」と後半部分は直接話法のようにして主人公の心情に滑り込んでいく。そして彼女は「大きい自然の中に心を取られて」しまって、もう十年も前に東京の生活から離れてしまったような気になるのだった（九章）。このように風景自体にまず注目し、それから風景によって人の心情に変化を与える書き方は、ゾラの『ナイス・ミクラン』にはない。そこでは海岸の風景もそこに住む人も等価に詳述される。

ゾラと荷風の接点とズレの例をもう一つ、ゾラのルーゴン＝マッカール叢書全二十巻の十四番目になる『制作（作品・傑作）***L'Œuvre***』（Charpentier, 1886）の一節にみることが出来る。[*17] これは画家クロードの悲劇的な生涯の後半を書いた小説で、荷風は『ゾラ氏の『傑作《ラーブル》』を読む』（「饒舌」一九〇二年六月）で、執筆の背景や英語訳 ***His Masterpiece***（trad. Ernest Alfred Vizetelly, Chatto & Windus, 1902）での解説を紹介している。「クロードが巴里の夕陽に対して全く惘然たる処、深夜燭を手にして画筆を取る処、及び木曜晩餐会の帰途妻を捨て冬の夜のセイヌ河上の灯に彷徨ふ処の如き、深く自然と人生を接触せしめたる、其の描写の深刻と巧妙なる、思はず一種神秘的なる怪しき感想に触れしむものあるを見る。」と書いている。また英語に翻訳したヴィゼトリィも街やセーヌ河畔の叙景について「生きられた文学（livre vécu）」と述べているのを、荷風はヴィゼトリィが「Livre《リーブル》 vécu《ベーケイ》（生命ある文字）」（字は学の誤植であろう）と絶賛しているとも書いている。

　数ページに亘って延々と続くセーヌ川の光景は、そこに架かるいくつもの橋や沿岸の建物の名称を全く知らないものは、飛ばして読み過ごすことさえ出来そうである。けれども丁寧に追っていくと、背景の細かい叙述からひとつの雰囲気を感じることが出来るだろう。決して書割に留まるものでなく、かといって効果音のように盛り上げるものでもなく、心情に影響を与えるものでもない。この物語の本筋を構成する出来事とはとくに関わらない場面に、大きな意味を見出しているのは注目に値しよう。ただし荷風の場合、川は「自然と人生を接触」させる地点であるばかりか、人物の感覚に作用してくるものになる。その場所の風情がそのものとして受けとめられる。この点にもゾラに学びつつゾラから逸脱していく荷風がいる。つまりもう一つのゾライズムのあり方が認められるのだ。

　ちなみに翻案小説の『恋と刃』では、新聞連載小説で読者の興味を保つためか風景描写は少ない。それでも「自然と人生を接触」させている箇所がある。例を挙げると、物語の最初のほうで主人公のジャックが育ててくれた叔母の住む踏切番小屋を訪ねる場面がある。そのためにこの夜殺害される西部鉄道会社社長の別荘宅の傍を横切る。この時の殺伐とした様子は非常に印象的である。原文では「曇ってはいるが穏やかな空模様」で、「若くて逞しい旅の者が、荒涼とした土地を覆う穏やかな黄昏の悲しげな雰囲気を避けるようにして歩を早めていた。」のが、『恋と刃』では「黄昏が此等の荒地の上に蔽ひ掛ると、満目云ふべからざる寂寥の趣きは、殆ど見て居られぬ程な悲しい心持を起させるので」、「男は、矢張裏悲しい黄昏の光を見まいとするらしく、一生懸命に足を早めて」となる（四）。このあと殺害の一瞬を見てしまうその伏線としても読めそうである。悲劇の予兆が誇張され、先走るようにして表現されているのである。

9

10

11

12

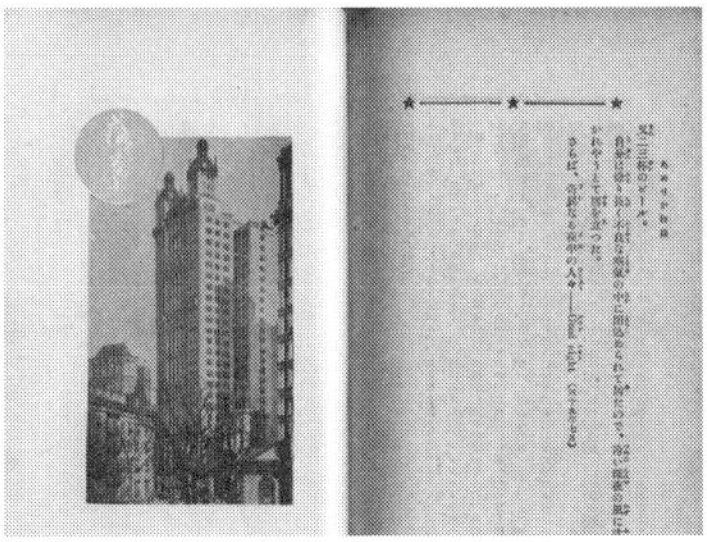

13

＊　身体に働きかける空間

9 「一丁倫敦」と謳われた丸の内オフィス街。左側が日本郵船会社の3号館（1896年）で右側が三菱1号館（1894年）。写真撮影は1905年頃で、まだ三菱が原が残っている。

10 ゾラの同郷の友人セザンヌが描いた南仏海岸の風景「エスタックの岸壁」（油彩・カンヴァス、1882年、サンパウロ美術館蔵）。自然を写すのではなく、感じた自然そのものをカンヴァスの上に出現させようとしている。土地にも植物にも力のみなぎる風土が齎した筆致か。

11 外光派の代表、藤島武二が逗子の浜を描いた「浜辺」（油彩・板、1898年、三重県立美術館蔵）、明治期の洋画家の海浜風景画で、西欧の海洋画のような広々とした水平線を表す構図は極めて少ない。

12 自転車に乗るゾラとアルベール・ラボルド（個人蔵）。

13 『あめりか物語』（博文館1908年）は中扉などに荷風が送った絵葉書を用いている。『おち葉』に添えられたのはニューヨークの初期高層建築の代表パーク・ロウ・ビルディング（ロバートソン設計1899年）。

またジャックがこの夜眠れずに戸外に出る箇所では、一雨来そうな気配で空気が暖かく湿っていて「乳色の平凡な形の雲が広がっていて、満月は雲に隠れていて見えないが、赤味を帯びた光で天球を照らしていた」とある。二月半ばのこの地方のことであれば、早過ぎる春の予感すら秘めている描写になっている。この穏やかさ静けさがこの後のジャックがフロールを前に凶暴な発作を起こすシーン、客車内の殺人のシーンと好対照になっている。が、『恋と刃』では「昼間でさへ物淋しい片山里の、まして気味悪るい雨模様の景色は、何とも云へず物凄いのである」となって、悲劇を急きたてているかのようだ（第十六）。惨劇に向かう物語のスピードをことさらに加速させている。荷風が早春の夜の雲合いの柔らかな情緒に、気付かなかったわけではないだろう。ただそれはなにか突き進もうとする時間の感覚と相容れないのだ。凶暴な事件には凄惨な背景を持ってくる方が、環境に行動を支配される人間を描くのにふさわしいと考えたのであろう。

風景と人物の関係の両者の違いはまだある。ゾライズムの荷風のテクストでは、過去から未来へと加速的に延びる直線軸を邁進する人物が、エアポケットのような時空に陥り、風景はそのスピードをあおったり歩みの止まった人物に寄り添ったりする。ゾラの場合『ナイス・ミクラン』や『制作』などで明らかだが、風景はそれ自体として独立して存在し、人物と併行して描かれている点に特徴がある。第一先のゾラのモネの海浜の絵画に見出したような、輝かしくも晴れ晴れしくもない光景を詳述するような、観察眼と筆力とをこの時期の荷風は持たない。

とはいえこのゾライズムの時期の荷風のテクストでの、風景描写それ自体の存在感は評価できよう。柳浪式の会話体とは雲泥の差がある。しかも物語内での役割が次第に大きくなって来ているのは見過ごせない。まさに景観と人との関わりを想定しながら造景するペイザジストの手法に近付いているのである。そしてその身がお浪の眺めやる大川端がそそぐ大洋の遥か向こうに移動したとき、彼の眼前に新たな光景が広がってくるのである。

4　北米でのゾライズム

荷風が父の勧めで渡米したのは一九〇四年九月のことである。彼にとっては、憧れのフランスに行くためのとりあえずの布石であった。三週間余りの太平洋航海を経て同年十月七日にシアトル港に到着している。荷風が旅装を解いたのは、カナダに程近いワシントン州のタコマTacomaであった。日本人移民の多く住むシアトルSeattleからは、当時は汽車で南へ一時間ほどの距離になる。後進国とはいえ都会っこの荷風が一年もよく辛抱できたものと思うが、その後もミシガン湖に程近い田舎町のカラマズーKalamazooで七ヶ月を過す。それだけにこの期間に訪れたセントルイス万国博覧会とその周辺の光景、二日間のシカゴ滞在、そして後のワシントン、ニューヨークでの生活は刺激的であったはずだ。

荷風が一九一七年に発表した滞米仏日記『西遊日誌抄』（元版『荷風全集』第二巻　春陽堂一九一九年六月）[*18]では、タコマ時代の記事が極めて少なく（一年で十六日分）、上陸してから二ヵ月半の間の記事がないので、この時期の生活の詳細はわかりにくい。[*19]それでも末延芳晴（一九四二年〜）は『西遊日誌抄』や書簡、作品等をもとにタコマでの荷風の様子を次のようにまとめている。これは同時にこれまでの研究史の総括にもなっている。

アメリカ大陸に渡って、荷風が発見したものは、タコマやシアトルの美しい自然であり、自転車に乗って確かめたアメリカ大陸の空間の広がりと奥行であり、牧場や森を走り回る健康な自らの身体であり、また、それとは裏腹のアメリカ人の露骨な反日感情や、差別の檻の中、醜悪な擬似日本社会の最底辺で、蛆虫のように生きる日本人の男や女たちの暗黒の生の姿であった。[*20]

もっとも書簡では発見を言語化できても、新たに物語に構築するのは難しかったであろう。

当地での作品三編のうち、『船室《キャビン》夜話』(「文藝倶楽部」一九〇四年四月、一九〇三年十一月稿)は太平洋を横断した船中での見聞をもとに渡米する青年の期待と不安を綴ったもの。船室での一夜の身の上話という限定された設定であれば、比較的容易に書けたはずだ。『舎路《シアトル》港の一夜』(「文藝倶楽部」一九〇四年五月)と『夜の霧』(「文藝界」一九〇四年七月、一九〇三年十一月稿)は、シアトルとタコマの日本人移民の荒んだ生活を書いたもの。両方ともタイトルに「夜」の文字がついていても、渡米前の作のように燈火のきらめきや月光の凄惨な美をうたい上げているわけではない。荷風は弟に宛てた書簡に「タコマ、シアトル辺では木賃宿と女郎屋を中心として其の周囲が日本人の生息地」(永井威三郎(一八八七〜一九七一年)宛一九〇五年三月二十日付)と書いていた。『夜の霧』ではゾラの『居酒屋』の場末の風景を思い出すくだりがある。もっともこの短編自体多分にゾラ風の世界を確認するための怖いもの見たさのルポルタージュといった趣がある。この二作は単行本として『あめりか物語』をまとめるときに外されている。初版本『あめりか物語』には「附録」として今日では『ふらんす物語』に収録されている三編も含まれているから、紙幅の都合で外さなければならなかったのかもしれない。が、陰惨な光景をそのまま描くことに、作者自身飽き足らなくなったとも考えられる。これは後に見るニューヨークでの作風の変化からも推測できることである。

この状況を書き手と彼が身をおく世界との関係で考えると、広大な自然と狭隘なスラム街との間で、視点場(視点の置かれる空間)をどこにもって行けばよいのかわからないといったところだろうか。従来この時期は作風の変化のための移行期と見做されている。『西遊日誌抄』の一九〇四年一月五日の項に、有名な「亜米利加に来りて余が胸裏には藝術上の革命漸く起らんとしつゝあるが如し」のくだりがあるからだ。「思想混乱」の状態にあって、ゴーチェのような伝奇小説や平家物語、栄華物語、アラン・ポーなどに引かれながらも方向が定まらない、とある。けれどもここでわたしたちが注目するのはゾラの影響が残るといわれる過渡期の小説に、移民の悲惨な境遇といったモティーフに限らない借用が見られることだ。物語の時空間の設定の面、言い換えれば物語を成立させるための場づくりという点で、荷風は依然としてこの描写の自然主義を実践するフランスの作家から学んでいた。

一例として一九〇五年一月に書き終えている短編『野路のかへり』(「太陽」一九〇六年二月、初出題『強弱』)を挙げよう。これは単にゾラ風というだけでなく荷風が日本ですでに読んでいた、英語訳のゾラの短編集『軍隊の栄光 *The Honour of the Army*』(Chatto & Windus, 1901) 中の『アンジェリーヌあるいは幽霊屋敷 *Angeline ou la Maison hantée*』(1899) との類似が認められる。ゾラの短編は、語り手が自転車に乗ってパリ郊外のポワシィの近くを通ったときに見つけた、荒れ果てた家をめぐる物語である。『西遊日誌抄』によれば荷風もタコマ周辺のサイクリングを楽しんでいた。一九〇四年の四、五月のことである。その半年後にはセントルイス万国博を見てカークウッド Kiekwood の村に滞在し、十一月からはカラマズーに落ち着いて『岡の上』や『野路のかへり』で北米の野の豊かな自然の光景やひなびた人家を書いている。『西遊日誌抄』は荷風の行動のすべてを網羅したものではないから、サイクリングの経験が他にもあったのだろう。であるとしてもタコマでの生活から時間を経て物語としてまとめるのに、ゾラの短編がよい構成の見本になったと考えても不自然ではない。実際ゾラの物語の導入の仕方は、荷風の『野路のかへり』に受けつがれている。

今から二年前、わたしはポワシィの川上、オルジェヴァルの傍の人気のない道を自転車でたどっていた。道沿いに一軒の建物が突如として現れ、わたしは大変驚いてもっとよく見ようと自転車から伸び上がった。それはたいした特徴もない煉瓦造りの家で、冷たい風が枯葉を掃く十一月の灰色の空の下、古い樹木の植えられた広い庭の中にあった。とはいえその家を尋常ならざるものにしていたのは、心を締め付ける奇妙な猛々しさを感じ、投げ捨てられたような中にあったことだ。鉄柵の開き戸が取り去られていて、雨で文字の褪せた立札からこの建物が売り物であることがわかったので、わたしは不安と気まずさとが混じった好奇心のままに庭に入った。(『アンジェリーヌあるいは幽霊屋敷』)

これは『野路のかへり』の冒頭での「所謂悲しい十一月《ノーベンバー》の時節」の一言や、自転車での晩秋の野辺のエクスカーション、林を前にした「高宏な煉瓦造の建物」、ついでとりまく鉄の門、垣根や芝生や樹木などに注目してその中心にある「森閑として更に人の気配も無い」建物すなわち「癲狂院」の雰囲気を描いたり、森林を「恐怖と秘密の隠家」として捉えたりするのに荷風が参考にしたと考えられる。また『アンジェリーヌ』では後半に六月の草花の輝く庭も書かれているが、これも癲狂院の前庭の様子を描くのに役立てているようだ。パリ郊外の光景をそのまま大西洋を越えて活かしているのは、まずは西洋の空間を言葉にしていくためのプロトタイプが必要であったからと考えられる。

『アンジェリーヌあるいは幽霊屋敷』での自転車での遠出の様子は、フランス・ツーリング・クラブの名誉会員でもあったゾラならではの自然さがある。ゾラの物語では、近所の主婦からこの家に住んでいた少女をめぐる怪談めいた話を聞く。荷風の物語では、同行した友人からこの病院に収容され亡くなった日本人の悲惨な話を聞く。先に引用した末延の文章で指摘された、荷風のタコマでの広い空間での身体感覚や移民問題はこの一編に表され、しかもそれがゾラの短編に重なるものであることには驚かされる。日本では書き得なかった自転車で横断するのびやかな自然と狭隘な巣穴の中で争うような移民の生活との間の視点場は、ゾラの小説をもとに置かれたのである。ゾラ離れは荷風本人(あるいは批評家)がいうほど、あっさりとなされたものでなかったのだ。

とはいえ荷風にとって、救いようもない暗く悲惨なだけの境遇は物語化しづらかったであろう。東京では都会の繁華な様子も書き綴ってきた荷風なのである。モーパッサン風の都会の片隅でのあやにくな人生の悲喜劇が彼にはあっていたのだ。が、このような物語をアメリカで荷風が多く手がけるには、やはり都会に住む日を待たなければならなかった。またそれ以上に、荷風がフランス語でモーパッサンなどの文学作品を読み込む力をつける必要があった。それにつれてゾラに学びつつ自ら獲得した作品空間のしつらえ方、時間の展開の進め方、それを登場人物の心情や生に関わらせる方法は次第に変化していく。まずはモティーフを部分的に借りながら、目の前に次々に現われる新たな景観に物語を与えていくことになるのである。

Ⅱ 「自分」のいる世界
:『あめりか物語』より

14　シカゴ市内バンビューロン駅

1　展示されたもの：セントルイス万国博にて

四つのタブロー

『酔美人』（「太陽」一九〇五年六月）に書かれた博覧会会場を、荷風が訪れたのは一九〇四年の秋になる。十月八日大陸を横切るようにして、ミズーリー州セントルイスに赴き、十三日夜八時着。十四日に博覧会を見学し、二四日にセントルイス郊外のカークウッドに移り住んでそこで三週間過ごしている。これは日本からの船中で親しくなり、共に博覧会を見学したらしい画家志望の今村次七（一八七五年～不明）の勧めによる。同行者はタコマでの知人の望月音三郎（古屋商店）のほかに、現地で洋画家の白瀧幾之助（一八七三～一九六〇年）とも会っている。白瀧は博覧会に二点陳列している関係で、東京美術学校教官でセントルイス万国博覧会美術部審査官の岩村透（一八七〇～一九一七年）らと共に、六月九日に現地入りしていた。物語中には語り手を招待してくれたアメリカ人画家「S—氏」が出てくるが、この人物に関しては虚構の可能性が高い。白瀧の頭文字を取った命名かもしれない。[*1]

総合雑誌への発表は博覧会見学という内容や日本、アメリカ、アフリカ、フランスと登場人物の出自が多岐にわたるためであろう。発表と見学の時期がずれているので、執筆時期は定かではない。けれどもタコマやカラマズーの冬の寒さ、田舎の禁欲的な生活の反動はあったようだ。アメリカ人画家の語りを通してこと細かに描かれているのが、黒人の血を引く女性が寒い冬に火を焚きシャンパンを飲んで体を暖め、香りの強いトルコ煙草の煙の中で身も心も緊張を解いていく様子なのである。また荷風の実際の見学が十月中旬であったにもかかわらず、物語の時間は夏になっていて暑さを強調して書いている。十月のセントルイスは東京よりも気温が低いはずだから、これは博覧会のイルミネーションの印象や楓林の快適さを強調するための演出だったはずだ。

語り手の日本人の眼を引いたものは、四つの光景である。冒頭に書かれたセントルイス市のユニオン・ステーション（一九〇四年増改築）、カークウッドの楓と樫の林、友人の「微酔の裸美人」を描いた出品作、そして博覧会場である。

ゾラの『獣人』を熟読してフランスの駅を言葉を通して知っていた荷風にとって、セントルイスの駅の景観はまた格別であったにちがいない。広大なアメリカの東西南北を結ぶ中西部最大の鉄道駅は、日本の新橋駅はもとよりパリ市内のターミナル駅よりはるかに巨大だった。語り手はユニオン・ステーションを大きな工場であるかのごとくに伝えている。*2

砂塵と石炭の烟が渦巻いて居る中に、種々雑多な物音が一ツになつて唸る様に湧返ツて居る停車場の敷地へ這入ると、山の様な大きな機関車が幾輛ともなく、黒烟を吐いて行きつ戻りつして居る間をば、此れは東部の方へ出発するのであらう二列の汽車が相ひ前後しつ、我々の列車と擦れ違つたかと思ふと、向ふの端の線路には、又我々と同じ方向に進んで行くのもある。

砂塵や烟の中から黒い機関車の正面がクローズアップになり、また次々に車体の横の姿を見せたりして、大きく力強く整然とした運動が表現されている。このスケールの大きいダイナミックな光景は、日本では得られないものだった。ここから読むものは語り手の視点と時間を共有していく。続くプラットホームからホールに出たときの文でも、「群集と共に長いプラットホームを行き尽し、高い鉄柵の戸口を出ると、此処は高い屋根、下はセメント敷の広場に、男女の帽子は海をなして居る」と、スケール感が長い、高いといった言葉で、一方ボリューム感がその高さから足元のセメントで覆われたフロアの広さと帽子の波の記述で表されている。厚みのある壁や巨大な柱で立体的に構築される空間と、それを埋める店や人や乗り物などが構成する「宏大な石造りの停車場」の圧倒的なさまは、そこに反響する様々な物音と相俟って、新鮮な驚きを齎したはずだ。そのように納得しながら読める効果的な叙述である。もっともこの駅は、一般には三人の女性を都市のアレゴリーとして表した（ニューヨーク、セントルイス、ロサンジェルス）ステンドグラスで有名だった。荷風のまなざしは西欧の建築意匠の伝統に倣った寓意的な装飾よりも、わかりやすいスケールや人や機関車の動きにひきつけられていたということになる。

楓と樫の林は、駅で落ち合った画家の「S―氏」に連れられて電車に乗ったその道中と到着した村で見ている。「重合つて細い木の葉に射し込む日の光と、折々枝の間から透いて見える青空の色の、何と云ふ美しさであらう」と、「優しい愛嬌を持つて居る」ミズーリー州の林に心打たれるのである。今日から画家いわくの「青々とした草とリボンのやうな水の流、いつも青い空、これより他に何もない所」の村で、「いい牝牛と羊」で作る「手製の甘《うま》いクリーム」が相伴できるはずである。ここでは素直にアメリカ中西部の自然が齎す生きる喜びを描いている。先のセントルイス駅の場面について、末延芳晴は「荷風は、ここで始めて、「二十世紀アメリカ」に出会ったと言っていい」と断言している。[*3] 言い換えれば「二十世紀アメリカ」らしい空間は、機械の圧倒的パワーに象徴されるのである。だがアメリカはこの郊外のように十九世紀の素朴さも持ち合わせていた。これはまた翌日に語り手が見聞きするものと対極的で、しかもどれもがアメリカの一部をなしているものなのだ。ヨーロッパ風の発想のアレゴリカルな装飾意匠などは眼につかなくとも、日本でも垣間見られる機械のパワーと田園の魅力の両面を、荷風が記していることは見過ごしてはならない。

このステーションと林についてのくだりでは、語り手の驚きや喜び以上に特別な意味づけがなされているわけではない。何か悲劇の前触れであるとか象徴的ないし寓意的な意味を持たされているのでもない。ゾラ風のドラマティックな物語の構築から距離を置きながらも「華やかな悲劇」も思いつかないままに、ともあれ感覚のままに印象を言語化している、そのような段階にあるのが見て取れる。

翌日二人で博覧会会場に赴く。フォレスト公園 Forest Park を利用した約四〇四七平方メートルもの面積を持つ、博覧会史上最も巨大な会場である。ここで気になるのは、語り手がまずは電車で裏門の方に着いてそこから三棟に分かれている美術館の中央の一棟、すなわち合衆国の陳列品のある建物に入り、直接「S—氏」の絵の掛かっている場所に向かっていることだ。最初にメガロマニアックな光景に驚愕するのではない。友人にその絵葉書を送っている[4]、古典主義にルネサンス様式を加味した重厚な美術館建築（設計 Cass Gilbert, 1904）に驚くのでもない。そして現実に荷風がそのような順序で展示館を見て回ったかは判らない。もっとも事実どおりの見学順序とは別に、物語を博覧会に関心のある読者の興味をそそるように組み立てるのは可能である。であればこの直線コースは、博覧会場の感動を「酔美人」の絵画のエピソードの後に持ってくることで、より印象付けるための選択だったということになる。

「S—氏」の力作、長椅子の上に仰臥する中近東の女性裸体像を描いた絵のタイトルは「夢の前の一瞬間」で、画家によれば苦心したのはほの暗い燈火に光る皮膚の色、「酒の暖気」によって「暖國の情熱が湧起つて来る」その表現だという。この女性は黒人との混血で、友人のマンテローとはアメリカの地方都市で会ったことになっている。マンテローが彼女のために命を落としたという曰くつきの娼婦である。アングルのグランド・オダリスクなど、このような構図は官展《サロン》の画家も印象派の画家も好んで描いている。荷風は『ふらんす物語』に収められる『砂漠』というエジプトを舞台にした作で、米国で憧れていたという「フランス藝術の一部に現はれているオリヤンタリズム（東方派）の美」のイメージを見出している。それはこの博覧会の美術館で始めて見たのかもしれない。

モデルとなった女性がマンテローを誘惑する場面には、モーパッサン Guy de Maupassant（一八五〇〜九三年）の短編『アルーマ Allouma』（in *La Main gauche*, Ollendorff, 1889）の影響が早くから指摘されている。[5]確かに類似点は多く見られる。アラブ人と黒人の二つの血を持つ女性に猫族の動物的な魅力を感じ、理性を捨てただただその不思議な魅力にひきつけられる過程が、体験談として語られる。この小説では、ゾラの『獣人（野獣人間）』とも似た「動物性人間」といった言葉も使われている。そのためにかえって、同じく人間の獣的側面を書くのであっても、ゾラの暴力的な悲劇から、甘美な退廃のあるモーパッサンの方に引かれて行ったと思われる。また『アルーマ』は一八九二年に改めて世に出たとき、アラブの裸体女性が寝台に全裸でなまめかしく横たわっている挿絵が付されていた（Paul Avril 作）。案外荷風はこの挿絵に引かれて、マンテローの物語を思いついたのかもしれない。もっとも『アルーマ』では眼の魅力や体つきについての言及はあっても、暑い室内とアルコールでもって変化する皮膚や筋肉に対しては語られていない。マンテローが見惚れた「後頭部を抱《か》える様に両手を後ろに組み」、「彼方此方に身体を捻ツて見」というのは博覧会で見たベリーダンスの印象を写したものか。約四年後に「セントルイスの博覧会場以来、自分の心を去らぬものは、かのエジプトから来た女の腹を揺る舞ひと、其れに伴ふ唱歌音楽とである。」（『砂漠』）と書いている。『酔美人』ではこのアトラクションについて触れていないが、女性のしぐさにダンスの動きがトレースされている。そしてこの官能的な踊りに「毒烟を喫した場合の、精神の麻痺」と同様の効果を見ている。この「毒烟」は直前の文の「アシツシュと云ふ毒煙の夢を見て居る国」という表現から、麻薬の烟を指しているのが判る。荷風のなかではまことにナイーブに、アラブ世界の女性と麻薬と官能的な世界が結びついていたようだ。モーパッサンの主人公とは異なって、まさに麻薬の中毒症状のようにマンテローは身体を壊す。

　マンテローの破滅の生涯の話を聞いて、語り手の日本人は感想を述べていない。画家の「S―氏」にしても愉快がっていて、アメリカのピューリタニズムに向けて皮肉めいた言辞はもらしていても、格別教訓めいたことを語っているわけではない。楓の林の美しさを、新鮮なクリームを味わうようにして、異人種の女性の珍しい魅力を存分に味わい尽くす。そしてそれらを言葉でないし絵具で表す喜びが存在することを、実証しただけという風に読める。文明の象徴であるかのような停車場と、素朴というより野性的な娼家。そのどちらもこの世には存在して、わたしたちに快適さを齎してくれる。それに気付いて納得する、ひいてはそれを絵画や小説という表現手段を使って知らしめる喜びがある。そうしたごく楽観的なメッセージを酌むことが出来るのだ。

　この後初めて博覧会会場の姿が一望される。正面の大階段と人工湖の下に出たのである。

遥か彼方の正門から、高い紀念碑と幾多の彫像の立つて居る広場を望み、宏壮な各部の建物が城のやうに並び立つて居る間に、湖水とも見ゆる広い池が、我々の頭上に聳ゆる水盤から、高い階段の間を流れ流れて落ち込む瀑布の水を受けて、凄じい噴水の周囲に、種々の小舟や画舫《ゴンドラ》を浮べて居る様まで、皆一目に見下して了ふのである。

大空間を軸線で統御しそれを基本にして白い建築物を配置し、巨大な噴水を設け、さらに高低差をつけて線遠近法に基づく奥行きの比例の美を構築する。これは、パースペクティヴを基準にヒエラルキーを設ける、いわゆるバロック都市にみられる空間構成である。建築の巨大さと滝の流れという高低差がもたらすエネルギーは、第二次世界大戦前夜に古代ローマ帝国を夢見たファシズム建築の空間設計すら思わせる。アメリカ合衆国の世界進出を象徴するのにふさわしい演出装置であったといえよう。壮大さの演出はこれに留まらない。「アイボリー・シティ」と呼ばれた会場は、日暮れと同時にイルミネーションが白い建物を赤や青に染め出して、見物客に感動を引き起こす。

　こうした中で一風変わっているのは語り手の受けた印象である。この整然と秩序付けられたヴィスタの只中にあって、そのスケールの壮大さ、毅然たるさまに感激するだけではなく、設置された無数の裸体彫刻像が「死せる眠りより覚め、彼方此方で奏し出す折からの音楽《バンド》につれて、皆な浮き出で、踊るが如くに思はれる」と、日本の土着の祭を思わせる陶酔や混乱のイメージを持つのだ。「驚くべき不夜城！　これは亜米利加人が富の力で作り出した魔界の一ツであらう。」と語り手は驚嘆する。勿論裸体彫刻はアトランダムに無数に置かれているわけではない。裸体といっても理想化された人体像であり、人類の美と知恵を象徴するにふさわしい造形であった。それが魔界のものになってちぢに乱れて陶酔感を誘うのが、この時点の（バロック都市の代表であるパリに行く前の）作者の空間感覚であった。つまりはこのヒエラルキーの形象たる空間を言語化する術をまだ持っていなかったということになる。

　この後でマンテローの話を聞き、物語の最後は会場を去るときの一瞥で終わる。「夏の夜の涼しさに、池の辺り、広場の木影には、幾組の男女、その数を知らず、今やイルミネーションに輝き渡る不夜城は、諸有る音楽と、諸有る歓喜の人声に湧返つて居る最中である。」批判めいた口吻も無常観もない。実際に見学したのは十月中旬だから、これは夏の夜という心浮き立つ時節を導入したのだろう。アメリカのあっけらかんと快楽を享受する民衆の、富が与えてくれる感覚の喜びをそのまま満喫するポジティヴな様子を描いており、むしろ爽快ですらある。

一言で言えば、齎された自然と人工の快楽を理屈ぬきで素朴に驚嘆し、楽しむ姿勢がこの物語に一貫してある。そのために身を滅ぼしても是とする、あえて言えば前向きさがある。アメリカ合衆国の（マンテローはフランス人だが、そのアヴァンチュールがあったのはアメリカである）、経済面文化面そして自然の豊かさを素直に受け止めている。何より重要なのは、その与えられた快楽を絵画や小説にして表す喜びを書いていることだろう。ストイックな倫理的態度に対して異議申し立てをするためではない。描く楽しみ、それを享受する楽しみ、こういった感覚と行為とを無邪気に肯定する態度があるだけである。

セントルイス万国博の地政学

この物語は一読するかぎりでは、欧米の繁栄に賞賛の声を上げるうぶな赤ゲットの博覧会訪問譚そのものである。だが注意深く読むと、複雑な地政学的布置がめぐらされていることがわかる。予めわかりやすい順序で挙げておくと、アメリカの近代産業とそれを支える進歩主義・拡張主義、それに対置するフランスのイメージ、欧米列強の帝国主義や殖民支配とそこから派生したオリエンタリズムの表裏、日本の側からのアジアを代表する日本美術及び日本の優越性の誇示、その日本美術界への批判、こうした要素がたくまずして織り込まれている。

まず同博覧会（Louisiana Purchase International Exposition, St. Louis）の意義を考えてみよう。これはフランスからのルイジアナ州購買百周年を記念して開催された。つまりフランスとアメリカ合衆国という対立図式があり、当然後者の国威を「展示」している。万博史上最大の規模で海外から三三カ国が参加。四月三〇日の開幕以来十二月一日の終了まで約一九六九万五千人の入場者を数えた。一九〇〇年のパリ万国博覧会もほぼ同じ七ヶ月の会期で五八六万一千人であったから、その宣伝力も大きかったことがわかる。今日では「帝国主義の祭典」[*6]といわれる万博の中でも、アメリカの帝国主義が具現化された場と見做されている。社会学の吉見俊哉（一九五七年〜）によればそれを端的にあらわしているのが、「人間の展示」である。原住民の集落の展示が娯楽部門や人類学部門で行われたのである。植民地展示は、一八五五年のパリ万国博覧会から呼び物になっていた。アメリカも一八九八年にハワイイを併合し、さらに対スペイン戦争での勝利によりフィリピンを得て領土拡張を進めていた。そのような中で万国博覧会の主催は、対外的に自国の優位性を実証する好機であった。

荷風はこの「人間の展示」のひとつを見学していた。先に触れたアラブ人女性のベリーダンスである。物語の中では「埃及か亜剌比亜あたりの女をモデルに為た」裸体画を、アメリカ人画家が合衆国の美術品展示として陳列している。これはフランスびいきのこのアメリカ人画家が、出品作の主題のきっかけになったフランス人の友人のアヴァンチュールに想を得たのだった。そのフランス人の友人はアメリカの地方都市で、黒人の血を引く女性の野性的な魅力の虜になり命を落としたという物語が、『酔美人』に入れ子状に納まっていた。

ここにアメリカ人の西欧文化への屈折した意識、フランス人の、アフリカ北部を含む中近東の国への憧れすなわちオリエンタリズムが反映し、そして背景に欧米の帝国主義があるのはたやすく見てとれる。オリエント系の美女の裸体画は、十九世紀後半のフランスの官展で最も好まれたテーマの一つであった。つまりこのアメリカ館に展示されたフランスの絵画によくある主題のオリエントの裸体美人画は、西欧の絵画の王道を継承するものであると同時に、間接的な「人間の展示」でもあったといえよう。

日本は幕末から万博に参加していた。殖産興業と日本の国力を対外的にアピールする絶好の機会であったからだ。セントルイス万博では、開会の二ヶ月前の二月十日にロシアに宣戦布告をしていたというタイミングが、大きな意味をもっていた。ロシアが参加を辞退したこの博覧会への日本の参加は、外交面でプラスと見做された。「日本がロシアとの戦争の可能性があり、近代化が達成されているか否かが、日本に対する戦争遂行能力への判断材料の要因の一つとなる」という状況にあって、欧米に「国内のインフラ施設が整い、植民地を有する国家である、という列強と並ぶ近代国家としての日本」を認めさせるための布石になったのである。[*7]その結果、日本庭園を含む敷地面積はそれだけでも眼を引き、陳列品は八千点に上り、戦争遂行に必要な鉱石の展示などのほかに美術品だけでも日本画六四点、西洋画二八点、彫塑三六点のほかに金工、漆工、染色刺繍など約二五〇点を出品している。

このような日本の農商務省の公式の参加とは別に、といっても非公式であったわけではなく、むしろその後の日本の公式の顔となる人物の存在があった。岡倉天心(一八六二～一九一三年)である。岡倉は一八九八年に東京美術学校の校長職を退き日本美術院を設立。一九〇四年日露戦争が勃発したまさにその日の二月十日に院友の横山大観(一八六八～一九五八年)、菱田春草(一八七四～一九一一年)、六角紫水(一八六七～一九五〇年)を伴って渡米。中国・日本美術部門の顧問を務めることになるボストン美術館を訪れ、ニューヨークで大観と春草の二人展を開き、九月にはセントルイス万博の藝術・科学会議で「絵画における近代の問題 *Modern Problems in Painting*」の題で講演をした。[*8]これはルーブル美術館館長が引き受けていたのが出席できなくなり、その代役として行ったものだった。岡倉の存在が重んじられていたのがわかる。そしてこの講演で岡倉が敷衍した問題提起が、実にこの万博の欧米の帝国主義への反措定になっていたのである。

重要な問題が随所に提示されているが、わたしたちに関わる点を中心に押さえておこう。岡倉は「社会が適切に議論することの出来る絵画の近代的問題」は、「絵画と社会それ自体との関係」と限定する。「『近代化』という言葉は、世界の西欧化を意味して」おり、日本社会の西欧化については「日本絵画の精神的装備は、世界の理想を加えることによっていっそう強力なものとなることが必要」と述べつつも、西洋近代の「工業主義が藝術を奴婢としている」と批判する。その一方で古代アジアや日本の美術の素晴らしさ、独自性を主張して日本が「アジアの藝術遺産の唯一の守護者」として戦うことを説いている。工業化が藝術を貶めたという考え方は、万国博覧会の理念に楯突くものであったが、日本の独自性を強調するには効果的であったろう。そして前後の文脈から「世界の西欧化」に抗うアジアの代表としての日本という図式が、日露戦争の正当化にもなっていたことがわかる。

荷風は日本館の展示についても、同じ会場での日本による「人間の展示」のアイヌ民族についても言及していない。日本館の展示が取るに足らないものだったわけではない。英文学の戸川秋骨（一八七〇〜一九三九年）は紀行文の一九〇六年十月十四日の記事に、シカゴで出会った老人に「こんなのがセント・ルイスの博覧会の時に居た」といわれ「拙者をつかまえて博覧会の見世ものと同一視し、セント・ルイスで見た侍とは何といふ事だ」とユーモアを交えながら書き留めているのだ（「北米大陸横断の記」『欧米紀遊二万三千哩』服部書店一九〇八年三月）。反東京美術学校であった岡倉の講演については知らなかった可能性もある。

とはいえ日本が荷風の念頭から消えていたわけではない。弟に宛てた手紙では、橋本雅邦（一八三五〜一九〇八年）の出品作が「運動の結果」最高賞を得たり、渡辺省亭（一八五一〜一九一八年）らの作が受賞したりしているのに、「内幕をのぞく時は、実に世の中はいやになつて了ふ」と嫌悪感を綴っている（永井威三郎宛一九〇四年十一月十二日）。また現代のように通信事情には恵まれてはいないにしても、友人から送られた雑誌などを読む機会はあった。『酔美人』とのかかわりで興味深いのは、旧弊な日本の画壇の体質への反発であると同時に、裸体画の物語によって祖国の画壇の混乱に向けて一石を投じたのではなかったか、と思われる点である。中島国彦は裸体画が陳列されている博覧会場を見て「裸体画が自由に描かれ公表される異国の姿を、改めて見つめたに違いない」と述べ、『酔美人』の原稿を発表したのも、「時代の動向への一つの姿勢の現われであろう」と見ている。[*9]

たしかに日本では、美術の領域での裸体像に対する規制が厳しさを増していた。一八九三年夏に九年間にわたる留学生活を終えて、黒田清輝（一八六六〜一九二四年）がフランスから帰国した。一八九五年四月には京都で開催された第四回内国勧業博覧会に、留学の集大成である裸体画の大作「朝妝」を出品。同作は師匠のラファエル・コラン **Raphaël Collin**（一八五〇〜一九一六年）を通して、国民美術協会 **Société nationale des beaux-arts** 会長であったピュヴィス・ド・シャヴァンヌ **Pierre Puvis de Chavannes**（一八二四〜九八年）やエネール **Jean-Jacques Henner**（一八二九〜一九〇五年）

といった高名な画家たちにも批評してもらい、黒田の回想によれば一八九三年三月初めに国民美術協会への出品の許可を得た。[*10]そのような正統派の絵画作品が、日清戦争にともない保守化した古都で非難の対象となり、それが東京にも伝わった。

荷風は一八九二、三年頃には油絵展覧会を見て黒田清輝の弟子になり「油画家」になりたいと思ったと友人に宛てて書いている（今村次七宛一九〇五年一月十一日付）。黒田の帰国が一八九三年であり、展覧会への出品が九五年からであれば記憶違いがあるが、「油画家」すなわち洋画家に早くから注目していたのはわかる。また一八九六年頃には美術学校の洋画科を志望していたが、家族に受け入れられなかったともいう。[*11]東京美術学校に西洋画科が設置され黒田が就任したのが一八九六年七月だから、洋画壇への憧れを持ち続けていたようだ。であれば一九〇三年秋の白馬会第八回展で特別室が設けられて、黒田の「春秋」や岡田三郎助の「花香」等六点を展示し、美術関係者に限って見ることが許された一件も知っていたはずである。何しろセントルイス万博では、同会所属の白瀧幾之助が同行していたのだから。

美術作品の主題に関していうと、ヴィーナスやレダ、ダナエなどの神話の人物の名の下に表された美女の官能的な横臥ないし仰臥の絵や彫刻は官展《サロン》でも人気があったし、パリやセントルイスの万国博でも展示されていた。江戸東京博物館蔵のセントルイス万博会場で撮影した荷風の写真を見ると、傍らに写っている野外彫刻はカバネル Alexandre Cabanel（一八二三〜八九年）の「ヴィーナスの誕生 Naissance de Vénus」（1863）風の仰臥の裸婦像であるようだ。[*12]「朝妝」にパリで画家になる決意をし、基礎から勉強を始めた黒田清輝にとってはこれがノーマルな状況だったのである。パリで取り組む前にパリから父に宛てた手紙からは、彼の西洋画の本場で学んだ矜持が伺える。

今度都にてハ卒業試験の様な心持にて日本への御土産の為当地名物の女のはだかの画一枚心に任せて描き申度存候。小さな考をして居る日本の小理屈先生方へ見せて一と笑ひ仕度候。（黒田清綱宛一八九二年四月二十九日付）

その「当地」であるフランスは荷風のかねてからの憧れの地でもあったわけで、『酔美人』では特権的なイメージで語られている。まず案内をしてくれたアメリカ人画家の「S—氏」が「非常に仏蘭西好きの男」で、フランス人の血を引くことから「確に美術家たるべき血液を持つ」ていると自認し、翻って「頭脳の余りに明瞭な亜米利加人は、決して美術に成功すべきものでは無いと独断して」いるとある。彼の友人で問題の絵のきっかけとなったフランス人マンテローは、フランスから出張してきた新聞記者である。彼も、やはり「殺風景な野蛮国」と不平を言っていた。それが「人間の血よりは動物の血を沢山に持つて居る黒人の娘」のとりこになり、衰弱して命を落とした。その一生を「S—氏」は、「軍人が戦争で死ぬと同じく、己の好む道に倒れた」ものとして賞賛するのだ。これは当時としては過激な表現であった。日露戦争の幕引きとなる日本海海戦の（一九〇五年五月二七、二八日）以前に、よく雑誌「太陽」がこの小説の六月一日号の掲載を決めたものだと感心させられるほどである。

ここでは藝術や、不合理でも自分の好む快楽の道に殉じる姿を是とするフランス人の姿を、アメリカ人に対置している。誇張しているとはいえ、イメージとしては的外れのものではなかった。物語の中には芝居小屋の前の看板絵にあった「小肥りの婦人が片足を高く差上ながら踊つて居る画」について「本場の仏蘭西」では一時間の間に何百枚何千枚と眼にするというくだりもある。これもロートレックを初めとするキャバレーやアルコール飲料などのポスターを思えば、フランスのほんの一面に過ぎないとはいえ、対外的にはよく知られたクリシェであったのだ。

混血の娼婦の描写については先にも触れたように、モーパッサンの影響とばかりはいえない。そしてこの構図はまさしく「絶対的優位を誇る西欧によって支配されるべき東方、魅惑の対象としてのエキゾティックな東方というオリエンタリスム絵画の基調を成す二つの軸は、すでに初期の段階で戦争画とヌードという二つのジャンルにおいて明白な方向づけを与えられているのである。」というそのオリエンタリスムの裸体画の典型であるにもかかわらず[*13]、このテクストの中では支配の構図は反転している。麻薬によって得られる陶酔のように、博覧会が視覚化している産業の発展という直線的な進歩思想とは全く相容れない、むしろそれに棹差す状況が繰り広げられている。この点は看過できないだろう。わたしたちは二十世紀初頭の、拡張する資本主義に伴う植民地主義の欧米諸国と、それに支配され搾取されるアフリカ・アジア地域という図式に慣れてしまっている。これは事実であり否定できるものではない。しかしながら後者の伝統的な習慣（たとえばラマダンがフランス人の語り手を当惑させているのが『アルーマ』に書かれている）にとどまらず、その所作の一つをとっても「西洋」にとっては圧倒的な他者性をもって挑んでくるものでありえたのだ。『酔美人』での混血の女性はそうした面も伝えているのである。

『酔美人』では博覧会という多国籍の環境にあって、アメリカ合衆国は欧州を初めとする国々に対して経済力を、フランスはアメリカに対して文化の幅を、そして日本は西洋に対して藝術面にも現れている独自性を示し、かつこれらはアフリカや中近東の国に対して経済的・文化的・人種的に優位性を見せつけている。一方で技藝の面で欧米に追いつこうとしながらも、いまだに裸体画を発表できない日本に対して欧米の藝術界のあり方を知らしめる。そして欧米の列強に組し得ない中近東の姿もほの見せる。このような複雑な布置が見え隠れするテクストなのである。ここに見られるあからさまな人種差別や皮相なオリエンタリスムを批判するのはたやすい。しかし問題にすべきは、このような入り組んだ地政学的状況に身を置いた日本人の語り手のあり方であろう。

これについては繰り返しになるが、作者には明確に意識されることはなかった。地政学が要求する反帝国主義・反植民地主義・国間の優劣の意識への批判的態度は、荷風はまだ持ちえていないようだ。[*14] 時代的な制約も無視できない。けれども作者の意図は別として、今日地政学的に読み解けるテクストの時空間があったことは、評価すべきであろう。広大な敷地で伝統文化と技術力を〈展示〉した日本館はもとより、一般の注目を集めた飛行機や無線機器、自動車が展示された工業館、電気館、交通館などには触れず中央に位置した美術館のみに言及があることも示唆的である。博覧会見物というより一層表層的な印象の列記に留まっている。それが却って、相変わらず裸体画問題喧しく、しかし一方では日露戦争を期に一等国入りするために政治・外交・産業面で汲汲としている日本国へのアンチテーゼになっている点に、このテクストの意義がある。

末延芳晴は、渡米後の荷風が「書く」ことに出会うためにはジャップたる呪縛から踏み出して、「『アメリカ』という大海にまったくの無記号的存在として解き放つ必要があった」と解釈している。[*15] 三等船室に押し込まれて上陸し、移民局で屈辱に耐えたあとは日々過酷な労働を強いられる移民たちと比べて、荷風自身が具体的にどの程度ジャップとしての差別を受けていたかは定かではない。が、わたしたちが『酔美人』に見た日本もアメリカもフランスもひっくるめての全肯定の態度、感覚の喜びを素直に受け止める態度は、視点が「無記号的存在」であったからとも言える。ただ忘れてはならないのは、それを物語の中に組み入れることが、自ずから日本へのアンチテーゼになっていること。これが本当に荷風らしいアメリカの物語を作るための、一歩であったのである。

端的に言って『酔美人』に描かれているのは、光の部分も影の部分も含めて世界戦争を経験する前の二十世紀らしさを素直に生きている日本人の姿である。地政学的な事情をはらみながらも、総てを受け入れ自意識をはさむこともないこの素直さが、このテクストのもつ意義とはいえまいか。これが、夜の闇に象徴される暗黒部分や、その対極にある燈火によって表される欲望や、その裏返しの無常観を表す月などによって悲劇性を盛り上げるスタイルから抜け出しうる書き手の態度になるのである。ここでいささか唐突だが、このオプティミスティックな雰囲気を集約的に表している第二六代大統領セオドア・ローズベルト Theodore Roosevelt（一八五八〜一九一九年）の言葉を引用したい。彼は一九〇一年から一九〇九年まで大統領を務めており、日露戦争の講和に貢献した。その彼の独立記念日の「七月四日の演説」での演説のくだりである。

すべてのアメリカ人と同様、私も大きなものが好きです。大草原、大きな森林や山々、広大な小麦畑、鉄道―牛の大群も―大工場、蒸気船、その他あらゆるものが好きです。（略）一民族がこれまで受け取った中で最も輝かしい遺産を相続した今、この国をすばらしい将来にふさわしいものにしたければ、私たちはそれぞれ自分の役割を果たさなければならないのです。[*16]

「すべてのアメリカ人」や「一民族」といってしまうおおらかさには驚かされるが、大衆をひきつけてアメリカ人としての自覚と誇りを持たせ、共感を得るには充分であった。彼の並べ挙げる「大きなもの」の中に、シカゴやセントルイスでの博覧会の会場を入れても差し支えないだろう。一般的にアメリカ人は「I like ～」をよく口にするといわれる。『酔美人』には楓の林の美しさに「私はこの林を愛する！」と叫ぶくだりがある。いかにも直訳調でほほえましいが、おそらく日本語では表しえない、このような口調でしかいえないくらいのあっけらかんとした現実肯定、自分の気持への肯定の態度が、さまざまな刺戟を素直に受け止めるのと同様、この時期、荷風の表現には通らなければならない段階としてあったのだ。

何もアメリカ的オプティミズムというものがあって、荷風がそれに染まったと言いたいわけではない。ゾラの圧倒的な悲劇に推し進める力からも、暗い欲望を肯定的に書く斜に構えた態度からも、タコマ時代に日本人移民を通して知ったであろうジャップの屈辱的立場も拭い去ってしまったかのような快楽に同調する態度。つまり次なる作風、次なるテクストの時空間を見出すために、一旦すべてのネガティヴな態度から解き放たれる必要があったのだろう。

社会批評や倫理的批判を忘れてただ今・ここの状況に感覚の喜びを見出すこと。それを「夢」や「酔う」という言葉で表すこと。しかもそれは自然の風景（楓の林）と歓楽的な環境（娼婦の家や博覧会のアトラクション）との二方面にわたっている。この傾向は今後の荷風のテクストの基本線となっていく。また『酔美人』でもってつかみかけた表現のスタイルを、以後荷風はより洗練させていくことになる。

2　アメリカで読んだフランス語

荷風といえば明治期に珍しいフランス文学の読み手として知られている。今日でもそうした先入観からか、専門家によるゾラの入門書で、荷風を明治三十年代にゾラをフランス語から直接翻訳した稀有な例として紹介していた。翻

15

16

17

19

18

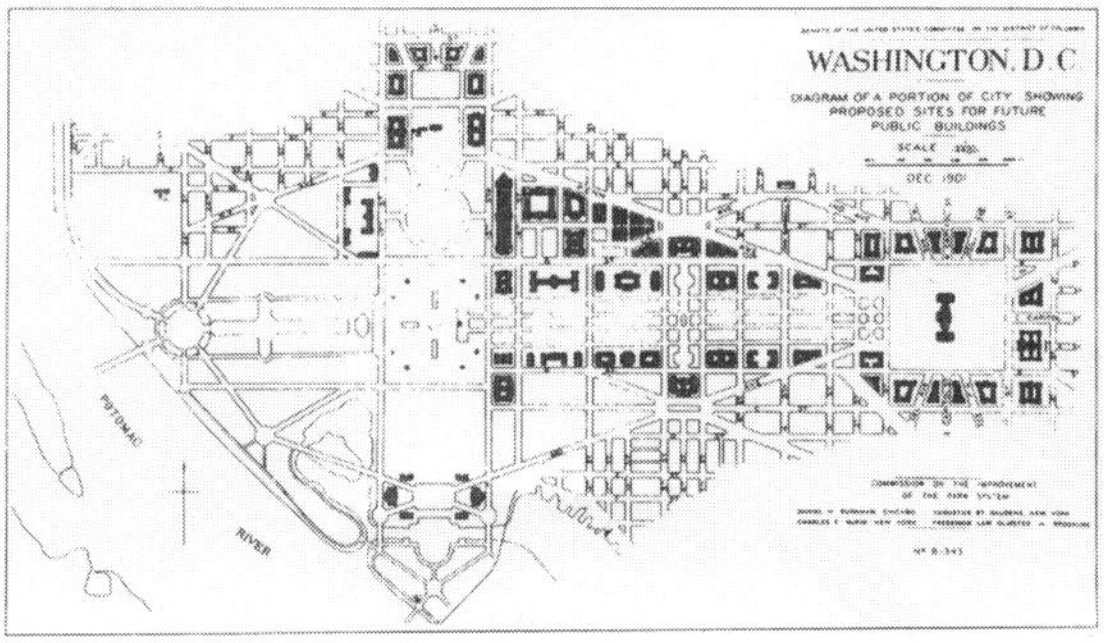

20

＊　西洋建築というもの

15　セントルイス駅（1904年改築）、アメリカ大陸の東西をつなぐ要としてのユニオン・ステーション。

16　セントルイス博覧会主会場風景。パリ万博の会場であったトロカデロ広場を意識しているようだが、装飾性が強くヴォリューム感は遥かにある。

17　『市俄古の二日』にも登場するサリバン及びアドラー設計のオーディトリウム・ビル（1890年）。シカゴ派の中ではルネサンス様式の構成を残している方。

18　荷風が勤めた横浜正金銀行ニューヨーク支店のファサード。

19　ワシントンD.C.「モール」を中心とした透視図。

20　「モール」の全体配置図。原案では、フランス人建築家のランファンが18世紀末に提出したフランスの新古典主義敷地計画に古代ローマを純化した建築が並んだ。パリのシャンゼリゼにも通ずる壮麗な空間。

訳に限って言えば荷風はゾラの英語訳からしか発表していない。このような誤解が生じるほどに荷風のフランス語力は自明のものになっている。しかしここでわたしたちは、改めて荷風のフランス文学の受容の経過を辿っていく。これまで知識であったものが血肉化していく過程を、追体験しようというわけだ。よく荷風のフランス体験はブッキッシュなもので、彼の読んだフランス文学作品に描かれたものを確認したに留まるという批判がなされている。だが、そのフランス文学の作品にしてもどのように理解が進んだかの検証は、未だ充分になされているとはいえない。

後年の回想によれば（『断腸亭日乗』一九三九年四月八日）、実際に彼が最初にフランス語で読んだのはモーパッサン **Guy de Maupassan** の地中海紀行文『水の上 *Sur l'eau*』（Flammarion, 1888）になる。[*17] 一九〇五年の春にカラマズーかシカゴで入手したのだろう。フランス文学を原語で堪能できるようになったのは、ニューヨーク時代からといってもよいかもしれない。堪能というのは知識に留まらず実感として受け止められたということであり、また花袋などの英語訳からかろうじて読んでいたものがそうであったような、何が書かれているか（彼の場合、人生の醜悪な部分）の内容の理解ではなく、どのように書かれているかという表現スタイルまで理解できるようになったという段階である。そしてフランスの作家たちの語彙と発想を、徐々に自分の日本語の表現に取り入れてスタイルを作っていく。

ゾラやモーパッサンなど、荷風が読んだフランスの文学者は早い時期にその作家のイメージが定まっており、荷風の場合もそのイメージによって解釈していたと考えられがちである。たしかにそうした面も否定できない。しかし作家としてアメリカでフランス文学を読み、フランスに上陸したという特異な事情がある。荷風がそうした環境で気づき自分のテクストを豊かにするために参考にしたものは、今日のわたしたちの文学史的常識とは異なっており、時に知られなかった面、見過ごしていた魅力に気づかせてくれる。

とはいえ荷風のフランス語学習については不明な点が多々ある。渡米前では二二歳になる直前の一九〇一年九月に、暁星学校の夜学でフランス語を学んだという。『モーパッサンの石像を拝す』（『ふらんす物語』博文館一九〇九年三月発禁）での述懐が本当ならば、渡米時（一九〇三年十月）では文法を一通り終えたくらいで、一年ほどして辞書を頼りにモーパッサンで読みやすい作品を理解するようになったらしい。最近までモーパッサンの短編が、フランス語の初級読解の代表的テキストであったことを思えば、それほど高い読解力であったとは思われない。『ふらんす物語』でのフランス語のカタカナによる表記には誤りもあり、独学者のようにも見える。

もちろん仏和辞典の影響は無視できないだろう。『仏和新辞典』（野村泰亭他編、大倉書店一九〇一年三月）や『仏和小辞典』（エ、ラゲ Émile Raguet（一八五四～一九二九年）編、天主公教会（立教学院）一九〇五年七月）などを見ると当時の辞典は発音記号もなく例文もないが、訳語は多く掲載されている。今日の一般的な訳語と異なって、荷風が「confession 告白」という言葉を懺悔や自白と、「ironie 皮肉」を諷刺と訳するのは辞書のためと思われる。一応この二つの単語に限っては、ラゲによる『仏和小辞典』に存在する。この小型辞書には大辞典になる『仏和会話大辞典』（エ・ラゲ、小野藤太共編、三才社一九〇五年八月）があり、荷風が「近代主義」と言い換えている modernité という単語は、小型版の二冊にはないが、大辞典では「現代主義、当代主義」の訳語がある。これらを考え合わせるならば、日本から持参したりニューヨークで入手したりなどして複数の辞書を参照していたと見るのが自然だろう。

ところで、フランス語は多義語が多いので初学者は意味を取り間違えやすい。荷風において興味深いのは、その多義性を逆手に取るようにしてもとのテクストで使われている意味ではなく、同じ単語の別の意味で自分の書くものに組み入れてしまうことだ。一例としては、ヴェルレーヌの詩で神への呼びかけとして Seigneur という言葉が繰り返されているのを、その語のもうひとつの意味「閣下」（『仏和新辞典』等にあり）を使って、閣下への呼びかけの手紙文を構成している作品『監獄署の裏』（Ⅳの3参照）が挙げられる。

またタコマのハイスクールでフランス語の試験を受けたという説もあったが、今日では何度かの聴講に終わっていると考えられている。[*18] 一九〇四年十一月からはカラマズー大学で聴講生として英文学とフランス語の講座に出席し、フランス語初級の単位を取得している。この頃バルザックなどを読んでいたらしいが、翻訳か原書かわからない。どのみちフランス語習得初級の段階では理解は難しかったであろう。カラマズー時代に書いた短編『野路のかへり』にゾラの物語の影響が見られたことからも、友人に書き送っていたほどにはフランス語での読書は進んでいなかったのかもしれない。一方英語はかなり会話力が進んでいたらしい。[*19] 荷風は高等師範学校附属中学校では、ネイティヴ・スピーカーから英語を習っていたので、もともと会話の素地はあったのだろう。[*20]

カラマズーでの「閑静な田舎の学校生活」（生田葵山宛一九〇五年四月十三日付）を経て、一九〇五年六月三十日に荷風はニューヨークに着いた。二年間の地方での生活に「余の詩情を悦《よろこ》ばするものなきを嘆じ」て、フランス行きを計画する。その旅費を得るためには仕事に就く必要があった。幸いニューヨークには、従弟の永井松三（一八七七〜一九五七年）がニューヨーク総領事館の副総領事として勤務していた。彼の斡旋で、日露戦争の講和交渉のために人手が足りなくなっていたワシントン公使館に、雑務を引き受ける事務職待遇で採用されることになった。七月十九日にワシントンに着き十一月一日まで約三ヵ月半を当地で過す。さらにニューヨークに移って、一九〇六年の春頃からフランス語での読書が盛んになっている。『日誌抄』一九〇六年六月九日の記事によれば、あまり一般的ではないモーパッサンの詩集も読んでいる。とりあえず出来事の展開を把握すれば面白みの伝わる小説（モーパッサンの短編などはこの典型である）とは異なって、韻文ことに心情を形式に当てはめて綴るロマン派以後の詩は理解しにくいものである。これには後に翻訳で用いることになる三巻本の『ワルクの詩華集』が役立ったことだろう。同書を荷風はニューヨークで購入したはずだ。[*21] また詳細は不明だが「ズーミツクの仏国文学史」（『日誌抄』一九〇六年一月二三日）も読んでいる。後に一部翻訳するペリシエの **Georges Pellissier**（一八五二〜一九一八年）『現代文学の動向 *Le Mouvement littéraire contemporain*』（**Librairie Plon, 1901**）も読んでいたかもしれない。系統だってフランス文学を理解するのに、同書はよい参考書になったはずだ。

しばしば十九世紀後半の文学作品を通してしかフランスを理解しようとしなかったと批判される荷風だが、実際は同時代のフランスの文藝思潮にも無関心ではなかった。荷風がその作品に引用し、また翻訳している作家・詩人は、フランスの代表的な文藝雑誌「メルキュール・ド・フランス **Mercure de France**」に度々登場する。情報源を明らかにしたくなかったのか荷風は言及していないが、フランスの文壇や戯曲についての評論などもかなり参考にしているようであり、帰朝後もフランスやイタリアの文学についてのエッセイを書くときには、「メルキュール・ド・フランス」などを読み知識を得ていたようだ。

ニューヨークでのフランス語の読書の深まりは、ウエスト三二丁目附近にフランスからの移民の居住地区があり、貸し本屋もあったこと（『日誌抄』一九〇六年四月二日）、市立図書館やブレンタノなどの大手書店でフランスから輸入された書籍が入手できたこと、フランス人のアパートメントに間借りし、フランス語の個人教授についたことによる。加えてタコマの日本人社会や地方の町での聴講生の生活とは異なって、欧米都市型の生活習慣が身に付き、一層フランス語に馴染んでいったことだろう。

次に見る『西遊日誌抄』でのニューヨーク滞在の一コマは、こうした日々の有様を伝えてくれる。

株式取引所より程遠からぬ横町に仏蘭西人の営める小料理店あり。余は銀行の帰途こゝに葡萄酒一杯を傾け晩食をなすを常とす。余は仏蘭西語にて給仕人《ガルソン》に料理を命じ微酔しつゝ、巴里の新聞を一覧す。余はこの淋しき海外の孤独生活を愛して已まざるなり。（一九〇六年十月十六日）

アメリカにいる日本人が、限定された親密な空間でフランス語でひと時すごすという二重の異郷性からの、身軽さと孤独とのない交ぜになった幸福感がしたためられている。銀行の仕事に嫌気がさし、愛人のイデスがワシントンから越して来、まだ見ぬフランスへの思いばかり募るが父親からの反対の手紙に失望を覚えるという、最も行き詰った時期のものである。いささか誇張はあるにせよ、後には「一度は自殺せんかとまで思ひ煩ひたる憂悶の情」（一九〇六年十月十二日）を抱いていたと偲ばれる時期であれば、一層このような擬似フランス体験のもたらす独りの世界が支えになりえたのであろう。

翌年の初めには、ミュッセの詩集を始めて読んで大変感動している（『日誌抄』一九〇七年一月七日、八日）。この頃から荷風のテクストに「お、！」や「あ、！」の感嘆詞が増えてくるのは、ミュッセなどのロマン派の詩の影響（Ô! Eh! Ah!）であろう。荷風が欧米での読書傾向の変化について記している有名な文章があり、次に引用する。これはニューヨーク滞在時代をさしていたと考えられる。

> 然うなると読書もなるたけ自分の性情に近いものを選んで読むやうになつた。モウパツサン、ピエル・ロツチなどの作品は当時最も読み耽つた書籍である。而して又同時に今までは余り手に取つた事も無かつた韻文が突然興味を惹くやうになつて、ラマルチーンとかミユツセなどの詩も又盛に愛読した。（『吾が思想の変遷（談話）』「新潮」一九〇九年十月）

ここでいう「自分の性情」が具体的にどのようなものかは説明されていない。森鷗外の『舞姫』（「国民之友」一八九〇年一月）で太田豊太郎がベルリンで発見したという「我本領」ではないが、それほど当てになるものでもなさそうだ。むしろラマルティーヌやミュッセに同調しやすい精神状況になっていたと考えるべきであろう。単身での異国での生活は、たしかに感受性を鋭くするものだからである。

リヨンに移ってからはユイスマンスやレニエなども読んでいる。この頃には十九世紀から二十世紀のフランス文学の知識もついてきたので、読書の幅が広がったのであろう。参考までに次に荷風が引用し、わたしたちも見ていくことになるフランス語の文学者の生没年を挙げる。

シャトーブリアン François René de Chateaubriand（1768-1848）、スタンダール Stendhal（1783-1842）、ラマルティーヌ Alphonse de Lamartine（1790-1869）、ミュッセ Alfred de Musset（1810-57）、ボードレール Charles Baudelaire（1821-67）、ゾラ Émile Zola（1840-1902）、マンデス Catulle Mendès（1841-1909）、マラルメ Stéphane Mallarmé（1842-98）、ヴェ

ルレーヌ Paul Verlaine（1844-1896）、ユイスマンス Joris-Karl Huysmans（1848-1907）、ロティ Pierre Loti（1850-1923）、モーパッサン Guy de Maupassant（1850-93）、ランボー Arthur Rimbaud（1854-91）、ヴェルハーレン Émile Verhaeren（1855-1916）、ローデンバッハ Georges Rodenbach（1855-98）、モレアス Jean Moréas（1856-1910）、プレヴォ Marcel Prévost（1862-1941）、レニエ Henri de Régnier（1864-1936）。

モーパッサンの師匠格のフロベール Gustave Flaubert（1821-80）については、名を挙げることはあってもその作品への具体的な言及はほとんどない。ラマルティーヌの同世代であるスタンダールについては『ふらんす物語』の『蛇つかひ』で『アンリ・ブリュラールの生涯 *Vie de Henry Brulard*』のエピグラフに引用し、その生涯に触れることもあるが、おそらくはスタンダールに詳しい上田敏から得た知識以上のものはなかったと思われる。[*22]『下谷の家』（「三田文学」一九一一年二月）によればシャトーブリアンは自伝の『墳墓からの回想 *Mémoires d'outre-tombe*』（La Presse, 1848-50）は読んでいるようだ。荷風の好みは十九世紀後半の第二帝政期からのものに限られているとみなされがちだが、こうしてみると、ロマン派の作家の作品も手にとっていることがわかる。もっとも荷風は帝政から共和制へと目まぐるしく政権の変わるフランスとは異なった環境にある日本人だった。彼の関心を引いたのは、『下谷の家』でのミュッセの『世紀児の告白』やシャトーブリアンの引用に見られるように、またスタンダールでも自伝的物語である『アンリ・ブリュラールの生涯』から引用しているように、自伝という形式だった。ただしこれらの長編を精読していたかは定かでない。

このように見てくると、荷風が本格的にフランス文学に深く傾倒したのは一九〇七年以後ということになる。が、それ以前にも読書傾向の変化を記した手紙の文面が過大評価されて、あたかも荷風がフランス自然主義文学に精通していたかのような錯覚を与えたのかもしれない。この変化、すなわち荷風がタコマ時代の一九〇四年春に、ゾラからモーパッサンに関心が移ったことはすでに触れた。その根拠になっているタコマからの手紙を再び引用する。

僕は矢張自然主義で行きたいと思つて居る。然しゾラは余りに科学を尊び過ぎている。彼は藝術《アート》なるものを認めない――彼は人から自分をアーチストと云はれる事を快しとしなかつた。と云ふに至つては余に極端だと思ふ。（中略）然しモーパッサン、ドーデーあたりの筆つきは僕の模せんとする処だ。僕には到底僕の性格上トルストイや何かの様な沈鬱暗鬱な作物は書けやう筈がない。仏蘭西的の華やかな悲劇が僕には一番適して居ると自ら思つて居るのだ。（生田葵山宛一九〇四年四月二六日付）

荷風がどの解説を読んでこのような知識をえたのかはわからない。科学を尊ぶというのは遺伝が人の生涯を決定するという物語の展開の仕方をさしているのだろう。もっとも日本の友人相手にこのように書いていたとしても、わたしたちがすでに確認したように、荷風のゾラの受容にはいわゆるゾライズムの傾向とは異なる面があるのだ。むしろゾラは逞しく人生の喜びを享受しようとし、モーパッサンは身体の内部から深い苦悩に苦しんでいた。いささか乱暴にいってしまえば、皮膚感覚 épidermique のゾラと内臓感覚 viscéral のモーパッサンとでもいえる資質がこの二人の作家にある。荷風もそれを理解していたのに違いない。遺伝と環境による悲劇の創出といういわゆるゾラらしい、その意味でゾライズムのゾラとは異なるテクストの魅力を、荷風は自分のテクストにひそかに活かしていたのだから。

まず荷風がルーゴン＝マッカール叢書の英訳の読者であると同時に、ゾラの短編もよく読んでいた事実を思い出そう。中でも荷風が訳した英語訳の短編集『ナイス・ミクラン』での南仏の風景を描いた部分が手がかりになる。ゾラの南仏を魅力的に書いた作品への共感は他の作品にも窺える。エッセイの『野辺にて *Aux Champs*』（1878, in *Le Capitaine Burle*, 1882）も南仏時代をいきいきと書いていて、荷風はこれを『夏の町』（「三田文学」一九一〇年八月、九月）という小品で引用している。エクサン＝プロヴァンスで過した少年期の川遊びという潑剌とした輝かしい時期をほほえましく描いている点に、自身が少年時代に隅田川河畔で過した思い出と重ね合わせて親近感を覚えている。またニューヨークで購入した（『日誌抄』一九〇六年三月二九日）ゾラの短編連作『ニノンへのコント *Contes à Ninon*』（Hezel et Lacroix, 1864）は、プロヴァンス地方に住む架空の恋人に送った手紙という体裁になっている。これがゾラの小説家としてのデビュー作といわれている。さらに第二作になる『クロードの告白 *La Confession de Claude*』（Hezel et Lacroix, 1865）は、ほのぼのとした味わいのある前作とは打って変わった、救いようのないパリの青年の現実を描いた内容になっている。が、どちらの作にもナイーブな情感、鋭い描写力が見られ、一旦は「あまりに極端」と退けながらも荷風が読み続けたのは理解できる。確かに先にわたしたちが見た『ナイス・ミクラン』の一節は、モーパッサンの地中海紀行文からの引用といってもよいほど、両者の筆には共通する面があったのである。

時期的には少し先取りすることになるが、一九〇六年からの文学の好みの変化とそれに伴う緩慢な作風の変化を教えてくれる、リヨン時代のこれもよく知られている書簡を引用する。

> 藝術の価値はその内容にあらずして寧如何にしてその内容の思想を発表したかといふ手際にある。（中略）自分は文章詩句をある程度まで音楽と一致させたいと思つて居る。言辞の発音章句の朗読が直に一種神秘な思想に触れる様にしたい。即ちヴヱルレーンやマラルメの詩のやうにしたいと思つて無論此の両詩人の詩は絶えず読返して居る。モーパッサンの短篇中で「夜」だの其れから「水の上」の如きものはたしかに此の境まで進んで居るし又ピエールロツチのものでは Fantôme d'orient（「東方の幽霊」嘗て己が愛したるトルコの少女の墓を弔う文）の書始め又は Le passage de Carmencita（昔馴染のチリーの婦人が老衰して行くさまを書いた短篇）の如きも此の実例であらうと思ふ。（西村渚山宛一九〇八年二月二十日付）*23

ロティの『東方の幽霊 *Fantôme d'Orient*』（Calmann Lévy, 1892）の書き出しは、夜中の海の情景を回想を交えながら詩的に描いたもので、ここで同時に言及されているモーパッサンの地中海紀行文と似た情緒を与える。モーパッサンの『夜』は『水の上』同様、紀行文『漂泊生活 *La Vie errante*』（Ollendorff, 1890）の中の La Nuit になる。短編にみられるふてぶてしくもシニカルな作家像とは異なる、地中海の光のなかでの孤独を愛する作家の姿がこのエッセイからは窺える。これはゾラとも共通する面で、自然の中での孤独によって神経と肉体を外界へと解放するという日本の同時代の作家が書き得なかったモティーフを、フランスの北と南とで出自こそは異なるけれども、この二人の作家はよく言葉に表していたのである。荷風はよほど気に入っていたのか、日本に帰国してから『水の上』の「アゲ四月八日 Agay, le 8 avril」と『漂泊生活』の「夜 La Nuit」の訳をそれぞれ発表している。ここで荷風がモーパッサンに学んだうち最も重要と思われる部分を押さえておこう。

匂と色と響とは単に自然の間に止まらず、人の肉体に入りて、「暗々として底知れぬ調和の中に」と詩人の云ひしが如く屢身中の機官より機官に反響す。／こは、医学的にも、認められたる現象にて、近来は「色を聴く」と云ふ語を借りて多くの論文を草するもの少なからず。／されば甚しく神経過敏なる人にありては、一度機官の一部が強烈なる刺戟を受る時、その刺戟は波浪の如く隣れる他の機官に交通し、それぞれに異りたる感覚を伝ふるは争ふべからざる事実にして、例へば音楽が或人に対して能く色彩の幻想を起さしむるを見れば、此の如きは正しく感覚の伝播が各神経機官の正等なる能力に基きて反応を生じたるものと云ふを得べし。（『夜（モオパッサンが旅行記の一節）』「早稲田文学」一九一〇年七月）

モーパッサンはこの箇所の後でボードレールの『万物照応 Correspondances』（『悪の華』一八五七年）やランボーの『母音 Voyelles』（一八七一年）を引用して、諸感覚の照応と文学表現の関係について説明している。また『水の上』でも荷風が訳出した箇所には、後半で月の光の不思議な魅力について語っており、月を題材にしたミュッセの『月へのバラード Ballade à la lune』（一八二九年）を始め六編の詩の引用がある。渡米以前に月の光に惑わされる女性を『夢の女』や『すみだ川』に書いた荷風であれば、この箇所はことのほか思い入れ深かったであろう。

重要なのはここでモーパッサンがボードレールとランボーの詩を引用しつつ述べている、「匂と色と響」の共感覚《シネステジー》（ある音を聞くと色が思い浮かんだり、あるイメージを見ると音楽が聞えてきたりするような刺激に対する感覚相互の共鳴）への注目が、荷風にあっては単純化されて一つの描写のパターンにまでなったことである。厳密に言えばそれは、音を聞いて色を思い浮かべるという類の共感覚ではない場合もある。ある場所で視覚・聴覚・嗅覚（まれに味覚も）それぞれが受け止めたものを積み重ね、感覚相互で一つの雰囲気を強烈に印象付けて感動にまで高めていく叙述、音楽から記憶の風景を引き出す展開を荷風が多用するのを、わたしたちは今後たびたび眼にすることになる。

もちろん共感覚による受容もある。書簡中にあったマラルメの詩の理解には、モーパッサンに学んだ感覚の交響の発想が見られる。荷風がこの時に聴いたばかりの（すでにニューヨークでも一度聴いていたが）ドビュッシー **Claude Debussy**（一八六二～一九一八年）の「半獣神の午後への前奏曲」への感想が手がかりになる。「マラルメの詩の、秩序を以て配列された言語が、云現す代りに暗示する味と、配列其自身の間に、驚くべき色と線との美を含んだ趣きがある」、「音楽が現はす色彩の美」（［三］『西洋音楽最近の傾向』「早稲田文学」一九〇八年十月）というふうに、音と色と味と線と言語とが交錯して豊かな雰囲気を作り出す作品とみなして、それに高い評価を与えているのである。

さらにわたしたちにとって興味深いのは、モーパッサンが『漂泊生活』でこうした方法を、「新しき藝術」に必要不可欠と考えている点である。すなわち

今日の藝術家は已に其の取材に尽きて、幻影と感激と凡て未だ人の書かざるもの、知らざるものを捕へんと忙れり。古代よりして藝術の野に咲く花の摘み尽されたれば、彼等は今力つき心乱れて、人間の官能と霊魂の膨張を望むに至れり。然れども人間の智識は五官と呼ばれて、半ば開きたる五個の門を有す。而して新しき藝術に身を委ぬるものは全力を上げてこの五個の門を抜取らんと試みつ、あるなり。（『夜（モオパッサンが旅行記の一節）』「早稲田文学」一九一〇年七月）

と、感覚への注目が新しい表現方法を生み出す可能性を説いているのである。「新しき藝術」という言葉は荷風には殊更魅力的であっただろう。荷風はこの箇所を随筆『紅茶の後』にも引用しており（『五月』「三田文学」一九一〇年六月）、受けた感銘の強さがわかる。

ここで『水の上』の波紋が、『あめりか物語』でちょうど作風の変化の時期に書かれた小品『夏の海』（「新小説」一九〇六年三月）[*24]に及んでいるのに触れないわけにはいかない。『夏の海』の一部分は、荷風の敬愛する作家の文章とインターテクストといってもよいのである。『水の上』で問題になるのは、モーパッサンが、エーテルを嗅いで身体の苦痛を紛らわせようとする箇所である。モーパッサンは一八七五年頃から片頭痛に苦しみ、それを紛らわせるためにエーテルを使用するようになった。四月十日の夜も発作におそわれて小瓶を鼻にあてがいながら寝台に横たわった。そして「自分の内部がすべて、軽く、空気みたいに軽くなって、蒸発していくかのように思われた」その後に次のような感覚が続く。

まもなく胸のうちにあった空っぽの奇妙で素敵な感じが拡がって、手足を捕らえ、今度はその手足が軽く、軽く、まるで肉と骨とが溶けて皮膚だけが残って、私に生の穏やかな幸福、この心地よさの中に横たわっているのを感じ取るのに必要な皮膚だけが残っているかのようだった。そして私はもう痛みのないのに気づいた、痛さもまた溶けて気体となって発散したのだ。（モーパッサン紀行文『水の上』）

これが荷風の『夏の海』では、入り江の辺の草の上に横たわり、「眼の高さは、丁度水面と並行する様になる」。すると、不思議な感覚に襲われる。

身体中は骨も肉も皆溶けて気体となり、残るものは唯だ絹の様な、何事も、感じ易い繊細な皮膚ばかりとなつて、遂に満々たる水と悠々たる雲の間に自分は魚よりも鳥よりも軽くふわふわ浮びだした……あゝ白日《ひる》の夢！

幸福な身体感覚が、荷風のテクストで甦っている。この表現に荷風のアヘン体験を見る指摘もある。[*25]が、ニューヨークに定住しチャイナタウンに通い詰めるのはもっと後のことであり、この時期にそのような指摘は無理があるように思われる。またよしんば体験があったとしても、それを言語化し物語に組み入れる能力は別である。この点は抑えておかなければならない。モーパッサンの片頭痛の苦しみからの解放が、荷風の『夏の海』では幸福な白昼夢の描写になるのは、次のような物語を書く態度の変化から来るものといえよう。

する中に私は家庭の希望で、実業家となる為め米国に送られる事になつた。これが最も顕著なる私の思想の変遷期であつた。外国の見慣れぬ風物とか、境遇の寂寞とかゞ、凡て書物を離れて自己特有の感情を造つて呉れた。又今迄自覚しなかつた自分の性状を深く意識させた。従つて今までは何処か窮屈に思ひながらも矢張り囚はれて居たゾラの主義から脱して、右に左自分は自分だけの感じた所を無頓着無忌憚に書き現はすやうになつた。これは何も私が殊更好んで遣つたと云ふ訳では無く、前にも云つたやうに其の境遇が自然に及ぼした感化である。
（『吾が思想の変遷（談話）』「新潮」一九〇九年十月）

先に『吾が思想の変遷（談話）』で引用したその直前の部分である。後年の批評家や研究者はこの言葉を重く受け止めすぎたかもしれない。『夏の海』では「自分の感じた所を無頓着無忌憚に書き現はす」としても、多くの表現をより自由にフランス文学から借りてのことであった。荷風はこの後も自分の感想をそのまま現していると いった発言をするが、それを鵜呑みには出来ない。けれども荷風が偽って自分の個性を強調したと思ってはいけない。環境を変え、変わるごとにフランス文学のテクストの表現をそのコンテクストや主義にとらわれずに取り入れながら、場所と人間とを表す新たな表現を得る。荷風のこの創作のスタイルがこの頃には出来上がっていたようだ。

一方荷風の帰朝後の時期になるが、日本の作家で同じモーパッサンのまさにこの『水の上』四月十日の一節を引いて、藝術家としての凄まじい覚悟を説く作家がいた。田山花袋である。花袋はモーパッサンの英語訳(*A Float*, 1889 ; ***On the face of the waters*, 1903**)を読んだのだろう。花袋は、モーパッサンが『水の上』で「藝術家の心理」について説明した箇所を「物に熱中されない心の苦悶、物を見てばかり居る神経の糜爛、同じ人間でありながら、普通の人間のやうに動く事の出来ない畸形の人間」であると述べ、その人間が受ける苦痛はまさに「皮剝の苦痛」と書いていたと説明する(『皮剝の苦痛』「文章世界」一九一一年一月)。が、モーパッサンは感覚が鋭く神経の休まらない藝術家の悲劇を、むき出しの赤裸になった状態に喩えていて[*26]、花袋のいうような周囲を冷酷に観察してその醜い部分も文章にしてはばからない、「残忍告白の心」とは異なるのだ。

花袋の朋友の島崎藤村が『水の上』から受け取ったイメージは、より一般的といえる。藤村はトルストイのモーパッサン論をおそらく小諸義塾時代の最後の頃に英訳で読み、以来二十年近く、フランス滞在時にも座右に置いていた。エッセイ『トルストイの『モウパッサン論』を読む』(「早稲田文学」一九二〇年九月〜十一月)で、友人の吉江喬松による『水の上』の邦訳を引用しながら、藤村は同書に現れている「孤独の悩ましい恐怖」に打たれ、「寂寞な精神の光景」を読み取る。そしてこの寂寞から逃れようとして、「感覚的の幻想」に向かったと想像している。藤村はモーパッサンに「人間の寂寥」を指摘したトルストイ自身にも、「近代人の心に見出される道徳的寂寥」があって、それが彼を突き動かしたと見ている。それは藤村の我が身に代えての説明であったのではないだろうか。寂寥、孤独。それに伴う文字通り身を八つ裂きにするような苦悩をモーパッサンに認め、多かれ少なかれそのヴァリエーションを、自分自身の境遇に置き換えて感じいる作家たちの姿がここにはある。

もちろん荷風にしても、パリでモーパッサンの墓を詣でた折を綴った文『モーパツサンの石像を拝す』では、「私は先生のやうに、発狂して自殺を企てるまで苦悶した藝術的の生涯を送りたい」、「人間は互に不可解の孤立に過ぎない、その寂寞に堪えられなかつたらしいですね」、と書いている。いささかの誇張はあろうが、作家のイメージとしては花袋や藤村と極端に変わるものではない。とはいえモーパッサンの感受性の鋭いがゆえの苦しみや孤独について理解していたのであっても、その描写の手法を活かすとなれば別であった。荷風にとって感覚によって風景を描くことは、彼の喜びであったのだから。

ニューヨークに移ってフランス十九世紀の詩を読む機会が格段に増えて、また変化が起こる。一つは都市の裏面を語る視点と語彙にボードレールの影響が著しく現れることであり、また語り手の「自分」の形象にロマン派の小説や詩の人物のイメージが用いられるようになる。この二点については、それぞれあらためてテクストの分析を通じて確認する。

ここで特筆すべきは、フランスの詩を原詩に翻訳を添えた形で本文に引用というより組み入れるのが、『おち葉』(一九〇六年十月作)から頻繁になっていることだ。ヴェルレーヌの「秋の歌 Chanson d'automne」(in *Poèmes saturniens*, A. Lemerre, 1866)の原詩と訳詩を引用している。紙幅の都合で全文を引用できないが、荷風の訳で「ここかしこ、われは落葉の如く彷徨う。」という最終節だけでも、次のように視覚的にも聴覚的にも雰囲気を出している。

Et je m'en vais
　Au vent mauvais
　　Qui m'emporte
Deçà, delà,
　Pareil à la
　　Feuille morte.

原詩の各行が短く行頭の文字下げの位置に変化を付けているために、詩句そのものが視覚的な印象として、風に漂う落葉の風情をかもし出しているのである。「人の身を落葉に比ぶる例」は「さして新しからぬだけ、いつも身にしむ思い」がすると書いている。同詩は上田敏の「秋の日のため息の」で始まる訳で有名で、『おち葉』の舞台はセントラルパークだが、日本もフランスもアメリカも越えて漂泊する夢想の世界に誘うのに効果的な引用である。

ニューヨーク時代から度々引用するようになる詩人として、このほかにボードレールとミュッセがある。『おち葉』では『パリの憂愁 *Le Spleen de Paris*』(Michel Lévis, 1869) から『酔いたまえ Enivrez-vous』の、『支那街の記』では『悪の華 *Les Fleures du mal*』(Poulet-Malassis et Broise, 1861) の『小老婆 Les Petites Vieilles』の一節を原文と共に出し、『夜あるき』では『悪の華』の『夕べの薄明 Le Crepuscule du soir』『サレド女ハ飽キ足ラズ Sed non satianta』『踊る蛇 Le Serpent qui danse』がそれぞれ部分的に原詩と訳をあわせて挿入されている。『六月の夜の夢』(一九〇七年七月稿) では、最後に長々とミュッセの『思い出でよ Rappelle-toi』(一八四二年) が引かれる。

フランスの原詩と翻訳の同時引用は、荷風のフランスを舞台にした物語ではかならずといってよいほど出てくる。それはフランスらしい魅力を充分に伝える表現として紹介すべきと考えたからであろう。「言辞の発音章句の朗読が直に一種神秘な思想に触れる様にしたい。即ちヴヱルレーンやマラルメの詩のやうにしたい。」(西村渚山宛一九〇八年二月二十日) という思いを、引用によって実現に近づけているのかもしれない。さらにフランス語の詩を一言一言写しながら、その響とリズムとを自分の身体に刻み込んで、自分の文章テクストに織り交ぜようとしたとも考えられる。その結果、フランスの詩の影響は荷風の叙述の態度にまで影響を与えたといってよい。

川本皓嗣 (一九三九年～) はニューヨーク時代の作に注目すべき変化を認めている。すなわち『夜半の酒場』には「都会の裏町のもつ特殊な詩情を感じ取って」いるものの、まだ江戸の戯作風の「型通りの陋巷描写」に留まっている。それが半年後執筆の『支那街の記』では、「まぎれもないボードレールの世界」が展開されていて「近代的な感性をもって都会の憂鬱を描き出した初めての日本語の散文」になっている、というのだ。このような変化の背景には、「発想から語彙に至るまで」の「ボードレール的なものの見方と表現法」の習熟があったという。[*27] 荷風自身後年振り返って詩の翻訳は「当時わたくしが好むで此事に従つたのは西詩の余香をわが文壇に移し伝へやうと欲するよりも、寧この事によつて、わたくしは自家の感情と文辞とを洗練せしむる助けになさうと思つたのである」と述べている（『訳詩について』「中央公論」一九二七年十二月）。確かに翻訳という作業を通じて感性と文体とは磨かれたのである。

ことは都市の叙述に限るわけではない。荷風はヴェルレーヌ Paul Verlaine の「白い月 La lune branche」で始まる詩を、『ましろの月』の表題で翻訳している（「女子文壇」一九〇九年三月）。文藝学のカイザー（一九〇六～六〇年）は、このヴェルレーヌの「白い月」の詩におけるリズム、響、意味の層を分析してそれが最後の詩句の言葉「妙なる時 C'est l'heure exquise」に収斂して行っているのを説明している。[*28] カイザーによれば響、リズム、意味それぞれの層の「共同作用によって生まれ、漸進的に展開されてゆく抒情詩の実体」を「文藝学用語で抒情的経過事象」という。荷風の場合、文語文で綴る文章はもとより口語文でも一人称の語り手を置き、そのなめらかな語り口によって響やリズムを整えていったようだ。作家自身、「言辞の発音章句の朗読が直に一種神秘な思想に触れる様」（西村渚山宛一九〇八年二月二十日付）にするために、ヴェルレーヌを読んでいたのだ。荷風が「白い月」を翻訳しているのは単なる偶然ではないだろう。ヴェルレーヌに代表される抒情詩的時間が、構成の面のみならず内容においても深く荷風のテクストにシンクロナイズしていた訳だ。かくして「抒情詩的時間」の響とリズムとは身体化されたといえよう。さらにカイザーは「フランス象徴主義の詩に現われる〈特殊な時間〉の重要性」の例として、ボードレールの『朝の薄明』での「今こそは……の時 C'est l'heure.....c'était l'heure」、シャルル・ゲラン Charles Guérin（一八七二～一九〇七年）の『雨降り』の「今こそはすべてのうちで選ばれし時 C'est l'heure choisie entre toutes ......」、ローデンバッハの『古い河岸』の「夕暮れ迫る妙なるひと時 Il est une heure exquise à l'approche des soirs......」を挙げている。いずれも荷風が翻訳をしたり解説を加えたりした詩人でもある。

ゾラから学んだ現在から未来へと邁進する直接的な時間感覚が妙なる今、すなわち夢の時空間の創造になっていく。これからわたしたちは荷風自身が意味の層において、どのように「妙なるひと時」とそれにふさわしい光景を言葉で創造し、それに酔う語り手を書いてゆくか、帰朝後の作の『歓楽』の詩人、『冷笑』の作家にいたるまで暫時見て行くことになる。

3 「自分」の描かれる場

『あめりか物語』という表題は、荷風とっては恩師にあたる巖谷小波（一八七〇〜一九三三年）の欧米紀行文『小波洋行土産』（上・下巻博文館一九〇三年四月、五月）での「居た伯林物語」（下巻）という章題から思いついたのではなかっただろうか。博文館はこのほかにも社主大橋乙羽（一八六九〜一九〇一年）の『欧米小観』（一九〇一年七月）など多くの欧米滞在紀行文を出版していた。博文館からの出版にはこのような状況があった。初版本『あめりか物語』は、アメリカ合衆国を舞台にして書かれたものを中心にして、滞米前後の船中やフランスのリヨン滞在時まで含めた緩やかな構成になっている。小説とは明らかに区別した、身辺雑記とも紀行文ともいえるテクストをいくつも収録している。『市俄古の二日』（一九〇五年三月稿）『夏の海』（一九〇五年七月稿）『おち葉』（一九〇六年十月稿）『林間』（一九〇六年十一月稿）のうち、『林間』を除いて単行本の後半部に収録されている。前半には訪れた土地のそのイメージを一般によく伝える小話（短編）を収めている。『林間』は後半部分に虚構性が高いことや、ワシントンを舞台にした唯一の作であることから前半部に据えられたのだろう。この分類は荷風の意図によるものと考えてよさそうだ。[*29]

荷風は『あめりか物語』でこの身辺雑記にも似たテクストにおいて、大きな文体上の飛躍をみせているのである。ここでわたしたちは、これら語り手が荷風その人を思わせその見聞を無造作に綴っているテクスト群を、日記体テクストと呼ぶことにする。これは『ふらんす物語』で「ふらんす日記」の章が設けられていること、荷風が『西遊日誌抄』や『断腸亭日乗』といった日記を公刊し続けた作家であることによる。ただし単純に日記風の作といえないのは、語り手の自己客体化ということごとしくなるが、語り手の存在をも登場人物の一人のように劇化してみせる書き方がなされているからだ。これは人称の使用に関わっている。『酔美人』までは一人称として「私」を使っていた。それが『市俄古の二日』や『夏の海』からは「自分」という普通名詞に代わっている。『あめりか物語』以後で顕著な語りの形式である。

変化は語り手の人称だけではない。その語りの内容にも見られる。先にもふれた『夏の海』は、七月九日に従弟の永井松三と暑さを逃れてアズベリィ・パーク Asbury Park に遊びに行ったときの出来事を簡単にまとめたという趣である。だが、先のモーパッサンからの援用で見たように過渡的な表現が目に付く。まず文明、民族と自然との二方面への反応が、いささか分裂的に示されていることがある。

・彼方に平民国の大都府を臨みつゝ渺たる大西洋上に此の巨像を仰いだなら、誰とて一種の感に打れざるを得まい。
・思ふに日露戦争後は我国でも東洋を代表する大紀念碑の類を建設する計画を為すものが有るかも知れぬ。
・あゝ、禁制、規定!

このような生硬な文体で、日本とアメリカの政策や風習に対して私見を述べる箇所がある。これらは文明批評と読めなくもないとしても、それぞれの感想は「吾等東洋人の負ふべき天職は、(中略)全島国を揚げて世界観楽の糸竹場たらしむる事では無からうか」、「あゝ神にも等しいでは無いか」、さらに「増してや此の夏の海辺は(中略)赤裸々たる雪の肌の香る里であるをや」、「人生の疑問は解決されると思ふのであらうか」と、反語調で締めくくる文につながり、すぐと別の対象に心を移してしまっているので、いささか物足りない。こうした悲憤慷慨調の主張は、高山樗牛に「其の主張を言ひ表はすに於て余りに赤裸々であつた」（『雑談』「太陽」一九〇二年十一月）と言わせた『地獄の花』でのスタイルとあまり変わらない。『地獄の花』跋文での「人類」観から、「日本人」「西洋人」に腑分けされているけれども、具体から抽象化するのに飛躍がある。むしろ短絡的な反応といってもよいだろう。

とはいえ『市俄古の二日』での、ゾラ風の表現による文明批評と素直な感想のいささか分裂した表現を思い出せば、これらもその延長に位置していることになる。シカゴとニューヨークは発達した資本主義の先鋒にあった都市であり、二十世紀初頭には競って開発を進めていた。ヨーロッパのアカデミックな建築様式を守っていたニューヨークの建築家に比べて、シカゴではシカゴ派といわれる建築家たちのよりシンプルでモダンなスタイルのファサードが目立った。[*30]荷風は友人への手紙にシカゴの街で自分の眼を引いたのは美術館と劇場（オーディトリウム・ビル）くらいで、「最初シカゴの大通りの繁華をば、丁度ゾラが巴里のマデレーンの大通の景色をかいた様に写真《ママ》的に描写して見やう」と思ったけれども、「実物に対すると詩興がすつかり消えて了つて今では筆を取る気がしません」（西村恵次郎宛一九〇五年四月一日付）と計画は棚上げになった。都会の魅力を文章化するにはまだ早かった。その代わりこのシカゴ訪問譚では、その圧倒的な勢いにむしろ不信感を覚え「闇」と、ゾライズムの語彙で表現している。

空は三月の常として薄暗い上に、左右から此等の高い建物に光線を遮られたので、大通の間々は、塵とも烟ともつかぬ、まるで闇の様な黒いものが渦巻き動いて居る。そして今しも石橋を渡り尽くした無数の男女の姿は呑れる如くに、見る見る闇の中——市俄古なる闇の中に見えずなつて了ふのであつた。

自分は非常な恐怖の念に打たれた、同時に、是非を問ふの暇もなく自分も文明破壊者の一人に加盟したい念が矢の如く群がり起つて来た。（『市俄古の二日』）

ゾラの炭鉱労働者の群集を描いた『ジェルミナール *Germinal*』（Hezel et Lacroix, 1885）を初めとする群衆描写を無意識に学んでいたものか、街角を三次元空間としてドラマティックに描いている。翌年やはり冬の季節にシカゴを訪れた戸川秋骨の紀行文と比較すると、この特徴は明確である。秋骨は同市を「煙の都」と称して、石炭の黒煙が高架電車、電車、馬車と群集を蔽い、建築は真黒になっていて、快晴も曇天も区別が付かないと炭煙の害を羅列し、「サテサテいやな処へ来たものだと思つたが、此の感情は遂に去り難く、米国殊にシカゴはいやな処とシミジミ思ひ込んだ。」とその印象をまとめている（「北米大陸横断の記」『欧米紀遊二万三千哩』前掲書）。荷風も弟への手紙では「塵《ほこり》とも烟とも何とも云へぬ暗黒な雲が市街を蔽ひ、眼も鼻も明けては居られませぬ。」と素朴な感想を書いている（永井威三郎宛一九〇五年三月十九日付）。「闇」の語はない。これに比べて『市俄古の二日』はより感覚的、直感的であって予見的ですらある。

もっとも、荷風の場合通勤列車や駅の出口などで「此の変化なき人生の事件を知らうとするアメリカ人の如き」に呆れ、前記引用のように近代文明を罵りながらも直後に、有名なマーシャル・フィールド百貨店（Marshall Field Wholesale Store, 1885-87、設計は Henry H. Richardson）の吹き抜けを見て「忽ち偉大なる人類発達の光栄に得意」になったりしている。このような振幅の大きさは書き手の軽薄さというよりも、スタイルへの移行期の産物と考えてよいだろう。すなわち物語内容に合うように描写を整えたりあるいは書き放しにしたりするスタイルから、印象をそのまま書きつつも全体として一つの雰囲気にまとめる方向に変化してきているのである。

『林間』は、ワシントン時代を伝える唯一の作品である。当時日本公使館はホワイトハウスから一キロほどのトーマス・サークル傍北東の 1310 N nw にあった。この建物の三階の屋根裏部屋で、他の雇い人とともに住み込みで働いていたのだ。もっともワシントンに住んでいたのは執筆より一年余り前のことになる。ワシントンを去って一ヶ月弱カラマズーで過し、正金銀行の支店に職を得て再びニューヨークに移っている。であればワシントンかカラマズーで執筆した可能性もあり、そうなると『夏の海』の後の作品になる。このように考える理由はもう一つある。それは一人称の使用に関わっている。最初テクストの第二段落冒頭に「われも」と書いている。それがその後はすべて「自分」

になっているのだ。『夏の海』ですでに語りの人称は、それまで用いていた「私」から「自分」になっていた。内容から言っても移行期の性格を見せている。アメリカ社会への批評的態度を露に伝える言辞と、自然に囲まれて夢心地になる内向きの言葉とを含んでいるのである。

シカゴやニューヨークや、喧しい米国北部の都会を見物した旅人の、一度南の方、首府なるワシントンに入れば、全都は一面の公園かとばかり、街々を蔽ふ深い楓の木立の美しさと、其れに反しては、市内到る処に徘徊する、醜い黒奴《ニグロ》の夥しさに一驚するであらう。（『林間』）

ワシントンはすでに十八世紀の終わりに現在のモールの軸線の原型が提案され、官公庁の洗練されて重厚な建築が間隔をたっぷりとって立ち並び、一九〇二年以降一挙に整備が進んだ。荷風はよいタイミングでワシントンに身を置いたわけだ。町全体が公園のように緑地化されて整備された中に黒人が行き来するさまは、ニューヨークやシカゴのような密度の高い都会とはまた違った印象を与えるのだろう。この公園のような美しさと郊外の風景とに夢見心地になるのと、黒人の差別問題とが首府という舞台に置かれると、いささか複雑な展開になる。まずは観光名所を見物した語り手は、つぎには近郊のワシントンD.C.北西のメリーランド州、おそらくはベセスダ Bethesda あたりと隣接するヴァージニア州のアーリントン Arlington を散策する。

日沈んで半時間あまり、燃る夕陽の次第に薄いで、大空に漂ふ白い浮雲の縁にのみ、幽な薔薇色の影を残すと、草生茂る広い野の面は青い狭霧の海かとばかり、遠い地平線の彼方は、何れが空、何れが地とも見分け難い。が、其れに反して、遠い彼方此方の真白な農家の壁や、四五人連で野を越して行く牛追らしい女の白い裾、又は処々に黄葉して居る木の梢、名も知れぬ草の花なぞ、さう云ふ白いもの、色のみは、他分空の光線の為めであらう、四辺の薄暗く黄昏れて行くに従ひ却て浮出す如く鮮明になつて、暫く見詰めて居ると、不思議にも、次第々々に自分の方に向つて、動き近いて来る様に思はれる。

モーリス・ドニ Maurice Denis（一八七〇〜一九四三年）の絵のような風景である。オレンジ色と薔薇色の混ざったオークルが淡いブルーと合わさる組み合わせは、当時の日本人洋画家はまだ画面に現していなかった。そしてこれらは「幻影《まぼろし》」であり、「眼のみならず、心の底までに一種云ひ難い快感を誘い出す」ものであり、そして時間がたつのも気付かずにその動く色彩を差し招いていた、とある。これを「夕暮の美しい夢に酔」う体験と記している。しかし夢のような気分にひたっているだけではない。

翌日はアーリントンの丘のほうに足を運んだ。強大な軍事力をもつ国の国防の中心であるワシントンD.C.の中でも、この地域には練兵場や兵営が集まっている。そこで語り手は兵卒の規律に圧せられた「肉の苦悶」を思い、次の瞬間には「西半球の大陸を統轄する唯一の首都」たるワシントンの、モニュメンタルな建造物の居並ぶ美しさに「晴々しい、大きなパノラマである。」と感動している。またこの街は自由を尊重する国の首都にふさわしく移民を受け入れ、ことに黒人の人口は大変多かった。この日はアーリントンの林で偶然眼にした白人の兵士が黒人の娘をなぶりものにする様子に、人道的な憤懣が洩らされる。林の中での男女の密会という設定には、荷風の好きなツルゲーネフ Ivan Tourgueniev（一八一八〜八三年）の『猟人日記 *Récits d'un chasseur*』（1852）の影響を見てもよい。[*31] この偶然性が、ワシントンという複雑な場のもつ性格をコンパクトに伝えている。

問題は兵卒への思い、黒人への思いがどのように収束するかである。

黒人の娘を見た現場に戻ろう。語り手が夕刻の川を渡ると橋の袂で兵卒が電車を待っていた。彼等に対する語り手のまなざしは規律に心身を縛られていると、同情的であった。「自分は兵卒と同じく橋の欄干に身を靠《よ》せかけて」の文からも共感のほどが伺える。ついで語り手は、夕映えの風景の「大きなパノラマ」に圧倒されて、「人類、人道、国家、政権、野心、名望、歴史」といった言葉を思い浮かべる。が、それぞれ意見の形を取るのでもなく、単語として羅列されるだけである。それでも、首都のパノラマを構成するモニュメントやイルミネーションの効果に気づき言語化し得、しかもそれに「人類、人道」といった概念を与えたのは、『酔美人』での「魔界」や『市俄古の二日』の繁華街での「Big monster」という赤ゲットの感想からは進んでいる。

ただしこの段階では、ワシントンのスケールの雄大な景観に圧倒されるのと、これら「人類」云々の単語が喚起するスケールの大きなイメージに「一種の強い尊厳に首の根を押付けられる様に感ずる」のと、さらに「軍規軍律」に支配されている兵卒たちを見て「一種の重い感情に胸を圧されぬ事はない」というのとはパラレルになっている。畢竟この語り手は圧倒的に迫ってくるものに畏怖しやすいのである。続いて林の中での白人の兵士と黒人の娘との対話から「黒白両人種の問題」を考えても、結局は川向こうの紀念碑を火の柱と見てそのホテルの窓への反射に眼を留め、木立を「金色の雨を降り注ぐ」と形容していく。社会的な場に身をおくより、風景の半球体の中で見聞きするものを自分の感性にふさわしい言語にしていくほうに、力点があるのは確かである。風景の半球体といったが、ここでは他者不在の世界であり生活も社会もない。

『市俄古の二日』での都市文明に対して、反抗心と驚嘆とをかわるがわる覚えていた語り手のあり方と、『夏の海』での文明批評から陶酔の世界に浸っていくのと、『おち葉』での「夢」から「夢」へと紡いでいくのと、そしてこの『林間』での文明や社会の問題も眼にする光景と等価になって、しかも後者のほうに集中していく「語り手」。悲劇を加速度的に展開させる物語ではなく、むしろそれをせき止めるかのような感覚による描写に向かう。このように徐々に自分を中心とした世界が作り上げられるのがわかる。そしてこの「自分」は一つの感性的時空間を生きる主体として、本来の作家その人とは別にテクストの中を三人称の登場人物のようにして生き始めてもいるのだ。実はこの傾向は以後の荷風のテクストに顕著な、「分身」性の端緒にもなっている。『林間』の最後では次のように「自分」像が描かれている。

自分は一人、橋を渡つて帰り行く道すがらも、何かまだ、種々と、まとまりの付かない、云現し難い、非常に大きな問題を考へて居るらしかつた。

自分の行動について「考へて居るらしかつた」というのは奇妙である。つまり主語になっている「自分」という普通名詞を、「彼」という三人称の人称代名詞のように扱っているのだ。構図の中心にもはや兵卒はいない。しかも語る人間としてよりも語られる人間としてこの「自分」は存在している。実はこのような語り手の客体化は『おち葉』にもある。

四辺は早や夜である、森は暗く、空は暗く、水は暗い。自分は猶もベンチを去らず、木間に輝く電灯の火影に、頻りと飛び散る木の葉の影を眺めて居た。

木の葉を見詰めているはずの「自分」の視界を越えて描写される夜の情景に、暗闇に包まれる感傷的な「自分」を添えて、印象的に締めくくっている。このような自己言及的な内向きの言語、現実の煩悶をそのままにではなく、つかの間のモラトリアムの時空間内での抒情的な空想や感慨に紛らせるエクリチュールは、さらにフランスのリヨンでの作品『ローン河のほとり』（一九〇七年八月稿）に受け継がれている。対象への即時の批評的反応から、夢にひたりきる様、そしてそれを一人の登場人物のようにとらえる方向へと、次第に語りが描写の機能を持ちだしているのだ。『ローン河のほとり』では、リヨン市を流れるローヌ川の岸辺での物思いを書いている。街の中心部からはずれた水辺、黄昏の光、遥かに見える木々や建物、やがて聞える別れ話をする恋人たちの声、というわたしたちにはおなじみになったセットである。フランスに着いて早々、荷風にフランス人の恋人同士の会話が聞き取れたとは到底思えない。現実の体験というより、『林間』と同じ物語のパターンを踏襲していると考えた方が自然である。八月末のフランスは初秋の寂しさが感じられ、しかも日本とは異なって日が沈んでからもほの明るい時間が続くのはテクスト内に説明されている通りである。これを語り手が「明鏡の面《おもて》に映じた物の影を見詰めて居るやうな心地」、「漠たる無幻の世界」と形容しているのも、孤独な物思いの時空間としてパターン化された枠組みといえよう。

ただこれまでと変化している点がある。語り手はアメリカで恋愛関係にあった女性について考えているのだが、ここでいう「異郷の空」や「異郷の女」というのが、実はアメリカで恋をしてフランスに渡った日本人の語り手にとっては、二重に外国であるということだ。この二重の異郷性が、ここでは語り手の身を置く場所とのつながりを一層不安定なものにし、その言葉を一層自己完結的に内向きのものにしている。そしてこのモノローグは、異郷の恋に疲れて黄昏の光の中あれこれと思いをめぐらせるしかない語り手の存在を、「自分」という言葉を繰り返し用いることで強調する。冒頭は「リヨンの市街を流れる、ローン河の水を眺めて、自分は今、石堤の下、河原の小砂利を蔽ふ青草の上に、疲れた身体を投倒して居る」で、結びには「あゝ、自分は聽て伊太利亜にも行くであらう。西班牙を見る機会もあらう。自分は計り知られぬ自分の身の行末を思ふにつけ、われながら我が心の弱さ、頼りなさ。冷たい石垣の石の上に額を押当てゝ、自分は泣いた。四辺は早や夜である。」とある。「自分」の今いる場所、やがて赴くであろう場所、自分の身体的状況を執拗なまでに記している。「自分」を中心にして空間を伸張させている。「四辺は早や夜である」という映画のカメラの引きにも似た終わり方から、「自分」をこの場所の登場人物に仕立てている作者のスタンスが伺える。この場面《シーン》はまさに舞台《シーン》なのである。

ところでこの人物形象はフランス文学史ではよく知られている。大浦康介（一九五一年〜）が「いわゆるウェルテル流ロマンティック・ヒーローのいわば教科書的なアレゴリー」と見た、シャトーブリアンの『ルネ *René*』（Génie du Christianisme, 1802）やミュッセの『世紀児の告白 *La confession d'un enfant du siècle*』（Revue des Deux mondes, 1836）の挿絵に表された「自然の只中で独り小川を前にして物思いに沈む主人公」の姿である。[*32]『日誌抄』によるとリヨンでは、荷風はリヨンで三月十六日に歌劇ウェルテルを聞いており、「若きウヱルテルが月下林間に逍遙するあたりの音楽忘る、能はず」という一文を加えている。『秋のちまた』では、物語は一層希薄になって気分だけが綴られる。帰国後になるが、『「三田文学」の発刊』（一九一〇年四月稿）で、シャトーブリアンの小説『ルネ』からの引用がある。ルネはこのタイプの典型であり、荷風はロマンティック・ヒーロー型人物の出てくる作品に親しんでいたことがわかる。彼等は「倦怠」や「憂鬱」、「悲哀」といった言葉を血肉化したような存在で、「彼らが見ているのは、本質的には、彼ら自身の内部であるとされている」という。こうした「世紀病《マル・ド・シェークル》」（十八世紀の末から十九世紀の前半にかけて西欧の文学作品に描かれた気鬱性の症状で、具体的には主人公の青年が社会と自己との齟齬に苦しみ、孤立感から憂鬱や倦怠に陥るというもの。）の主人公を語り手にもつ詩や小説は十九世紀前半に多く発表された。こうして荷風テクストで作者のおもかげは、アメリカの広大な自然の中で心身を無造作に解放する語り手から、自然が作ったいわばニッチに佇むロマンティック・ヒーロー型の「自分」へと、変化していったのである。

荷風の場合はウェルテルやルネのみならず、そこに、フランスでのロマンティック文学の代表であるラマルティーヌとミュッセのヒーロー像も投影している。

ミュッセに関しては後章でも触れるが、『あめりか物語』中随一の純愛小説というべき『六月の夜の夢』での引用が、まず問題になる。最後に語り手の「自分」が、後に残してきたいとしい女性を思いつつ、フランス本土に上陸するラスト・シーンで国歌のラ・マルセイエーズの原語での引用をし、そのフランス語に促されるようにして原文でミュッセの『思い出よ Rappelle-toi』が引用されている。しかも「思い出《いで》よ」というのは思い出してくれという呼びかけであるのだが、荷風のテクストではようやくフランスに上陸した自分自身に対しての、アメリカでの出来事を忘れまいとする自身への戒めのように読める。荷風の伝記的事実とほぼ同じとみなされる恋物語だが、初版本ですでにこの作の成稿年月を「（船中四十年七月）」と記載している。荷風が乗船しニューヨークを離れたのは七月十八日で、ル・アーブル港に入港したのは二十七日。パリ観光を経てリヨンに同月三十日深夜に到着している。後で書き直しがあったとしても、これが実際の成稿年月であるなら、上陸する前に上陸シーンを書いていたということになる。ミュッセの原文引用には翻訳も添えられていて、それが語り手の心内語と区別が付かない書き方になっている。語り手はミュッセの語り手に自己同一化し、それをドラマティックに演出してフランス上陸に花を添えているようだ。[*33] ロマンティック・ヒーロー型への自己劇化と言ってもよいだろう。

　ラマルティーヌについては、その『瞑想詩集 *Méditations poétiques*』（Nicolle,1820）の『夕べ Le Soir』には『ローン河のほとり』さながらの夕刻、静けさ、樹木の下が「疲れた心 cœur fatigué」「親しい影 ombres chéries」「人ごみからも喧騒からも遠く loin de la foule et loin du bruit」「陰気なもやが柔らかい光線を覆い、すべてが闇に帰る Elles（＝vapeurs funèbres）voilent le doux rayon, Et tout rentre dans les ténèbres」「わたしの疲れきった魂 mon âme épuisée」という言葉が散見される。自然の中で川べりに腰を下して物思いに耽るというのは、荷風の描いた「自分」像と重なる。ただし荷風の語り手の場合は内省している「自分」をも見ている点で、後発らしくより複雑になっている。

　『秋のちまた』ではミュッセの名も出し、やはりラマルティーヌの『瞑想詩集』で有名な『秋 L'Automne』の三節から原詩と訳詩を引用し、その秋を惜しむ語彙を取り入れている。さらにヴェルレーヌの詩「都に雨の濺ぐが如く」（Comme il pleut sur la ville）の原詩と翻訳の引用がある。そのあとで、「秋―雨―夜―燈―旅―肌寒」と名詞をフランス語で繰り返し（Automne, pluie, nuit, lumière, voyage, fraîcheur になろう）、「それが、何だか意味の深い詩になつて居るやうな気がしたからで」とある。物語も描写もないモノローグが綴られる。ラマルティーヌを媒介にして、次第に自分の時空間、『秋のちまた』の表現でいえば、「黄昏の光と、燈の火影に、夜とも夕とも、昼ともつかぬ一種幽暗の世界の中」で、「自分」というヒーローのための言葉がつむぎだされるのである。

　『西遊日誌抄』一九〇六年六月九日の記事は、まさに大浦が紹介した挿絵にあったロマンティック・ヒーローの図像になっている。セントラルパークでモーパッサンの詩集を読んでいたときのことだ。

　夕陽のかげ、新緑の梢にやうやう薄くなり行く頃あたりの木立には栗鼠の鳴き叫ぶ声物淋しく、黄昏の空の色

21

22

23

24

25

26

＊　様々なる意匠をまとった肖像

21　エドアール・マネ「エミール・ゾラ」(1868年)。背後に「オランピア」(1863年) が掛かっている。

22　モーパッサン『アルーマ』の挿絵 (1892年)。「オランピア」の延長でオリエンタリズムを加味。

23　アンドレ・ジルによる「鏡に向かうナナ」(1882年)。

24　黒田清輝「朝妝」(1893年、消失)。彼女たちは鏡の中の自分と対話をしているのか。

25　荷風が好んだモーパッサンの短編『隠者』の同時代のグランジュアンによる挿絵。カルティエラタンでの長年の放蕩の末にイタリアで孤独な生活を送る男の姿。

26　ラミによるミュッセの『世紀児の告白』のための挿絵 (1906年)。彼らはもうひとりの自分によって風景の中の自分を見詰めているのか。

と浮雲の影を宿せる広き池の水には白鳥の姿夢の如くに浮び出せり。何等詩中の光景ぞや。余は頭髪を乱し物に倦みつかれしやうなる詩人的風采をなし野草の上に臥して樹間に仏蘭西の詩集よむ時ほど幸福なる事なし。笑ふものは笑へ余は独り幸福なるを。

黄昏、樹木、水辺、そこにアンニュイな詩人の風情で腰を下す。これはすでに多くのフランスの文学作品を読了してのち、当時を回想して手を入れた文章なのであろう。順序から言えばニューヨーク時代から十九世紀フランスの詩人像に憧れ、それが次第に自分のテクストでの「自分」像に反映できるようになり、リヨンで完成を見た。『日誌抄』ではその完成以後の時点から振り返って、イコノグラフィックな「自分」の姿を描いたということになる。

本来背景となるべき自然の風景と自己の濃密な一体化は、ロマンティック・ヒーローの描出にはつきものである。それを可能にするのは、風景が背景に留まらずすでに文学性を帯びていなければならない。大浦はセナンクールÉtienne Pivert de Sénancour（一七七〇～一八四六年）の自伝的小説『オーベルマン *Oberman*』(Cérioux, 1804)というやはりロマンティック・ヒーローの自然と自己との観察の記録ともいうべき書簡体小説について傾聴すべき説明をしている。書き手のオーベルマンにとって「存在するとは、（事物が）感性に働きかける、あるいは（自己が）感性にしたがって在るということである」と見て、その前提として、すでに事物の代表である自然が「文学性」（ギリシアの自然とホメロスの叙事詩のような）を持っていてそれを引用していたというのである。これを荷風のテクストに当てはめてみると、秋の風景という時空間が、すでにフランスの詩人たちによって文学性を帯びていた。感性的な存在である語り手が、かくして文学的存在となった自己を観客にして演出家の立場から見詰めるのは、このような文学的コンテクストの磁場が働いていた、あるいはそれを利用していたためなのである。

この自己演出を支える文学的枠組みである、黄昏や公園といった曖昧で境界的な時空間を少しでも外れるならば、語り手は『おち葉』で語られていた詩人風な佇まいや成功した作家という空想の世界ではなく、その実現化が迫られていたのかも知れず、また黒人の娘のように人種差別にあったり、逆に兵卒が言い訳していたように旅先での出来心が腐れ縁になっていたりしていたのかもしれない。『西遊日誌抄』の方では当時父親からフランス行きをとがめる手紙を受け取り、娼婦イデスとの仲は続き、しかして作家としての自立はまだ遠かったことがわかる。『西遊日誌抄』は日記の体裁を取っているとはいえ、作者による編集を経た上での後年の発表である事実を鑑みるならば、『あめりか物語』での「自分」というヒーローの内面の補完的存在として『西遊日誌抄』は世に出ることになったとも考えられる。

今・ここの周囲への気付き、それを感じることの言語化への気付き、それが物語の流れとは別にそしてストーリー性を持たずに自立した雰囲気ある時空間となっていく。『あめりか物語』でテクストとしての自己像を形成し、文明や社会の問題を示しつつもかわす文体は獲得された。アメリカの大陸の広大な自然の中での開放感から、都会の一隅でロマンティック・ヒーローにふさわしい背景のなかに「自分」を設定し、内心語をつむぐ。ただしこのヒーローは決してルネやアドルフのような精神的危機に陥っているのではない（危機のテーマは『西遊日誌抄』に持ち越される）。メランコリーもどこか甘い、ヴェルレーヌ風の情緒のメロディーにのっている。その陶酔的に漂う「自分」を守ってくれる時空間が創出される。それが「夢」であった。

4 「夢」という時空間

長編小説『夢の女』の作者荷風は、もともと「夢」という言葉が好きだった。だがこの言葉はアメリカ時代の後半、ニューヨーク、ワシントン滞在頃から、非常に重みを増している。日本ではめくるめく燈火の輝き、月光の物凄さ、闇夜の深さとそれに煽られるかのようないささか神経症的な反応を書いてきた。それが変化していくのを見ていこう。

まず『酔美人』での絵画の表題は「夢の前の一瞬間」であったし、『市俄古の二日』で若いカップルの結婚を決めるきっかけとなったピアノ曲は、シューマン Robert A. Schumann（一八一〇～五六年）の「夢」であった。この二作では幸福な境地への憧れが表されている。『岡の上』では、展開されるべき筋とは無関係に、語り手の北米の自然での感動が書き込まれているのに注目される。

その時には、痩せ衰へて居た一株の枯木も、今は雪の様な林檎の花が咲き乱れ、云ふに云はれぬ香の中に私の身を包んだ。柔かな草の上に佇み、四辺を眺めると、此れこそは地球の表面であると想像せらるゝ広々した大平野の上に、朧の月が一輪。所々の水溜りは其の薄い光を受けて、幽暗な空の色を映して居る。後の学校では女生徒の楽み遊ぶ音楽が聞え、近くの田舎街には家々の窓に尽く静な燈火の光が見える。

あゝ！魔術が作出した様な、夢とも思はるゝ異郷の春の夜！

この天空と大地に囲まれた半球状の空間での包み込まれる感覚、花の香に柔らかな草にそして遠くから聞こえる音楽に、心地よく五感をゆだねる伸びやかな至福感は、これまで見られなかったものだ。『岡の上』はイリノイの大学で学ぶ日本人青年の禁欲とデカダンの両極端な生活の間でのゆれを書いたものだが、その物語とは全く関らない。物語の時が止まり、歓楽街でも大学のキャンパスでもない、そして「異郷」という地理的な暗示も消えたアノニムな場所で、身にまとった総ての枷から解き放たれたようである。

『夏の海』でもモーパッサンを巧みに応用しているとはいえ、夢の時空の描出に関して荷風の独創性は明らかだった。ちなみに『水の上』の四月十日の記事での陶酔感に浸る箇所を、モーパッサンは『夢 *Rêves*』（*Le Gaulois*, juin 1882, in *Le Père Milon*, 1899）と題した自分の短編から取り込んでいた。物語の中心になるのは、医者がオピウムやハシシュよりも深い安楽体験が出来る鎮痛薬としてエーテルを勧めてその効果を語るくだりである。この部分が『水の上』にそのまま移されているのである。短編『夢』にしろ紀行文『水の上』にしろ、エーテルの吸入は肉体ないし精神の深い苦痛を一瞬だけやわらげてくれる。けれどもこれは幸福な白昼夢とはまったく別の寧ろ苦渋に満ちた体験である。またゾラもルーゴン＝マッカール叢書で『夢 *Le Rêve*』（Charpentier, 1888）という長編を書いている。だがこれは伝奇小説といえるもので、夢は少女のカトリックの神秘体験への憧れと、そこから派生した具体的な欲求すなわち理想の男性と結ばれる欲望と深く結びついている。荷風の描く「夢」はそのような欲望と結びつくものではなく、いわゆる夢心地であるところに特徴がある。「夢」という言葉は、荷風にとってはいつも甘やかな響を伝えるものらしい。

『夏の海』では引用した昼の夢の陶酔から引き続いてミシガンでの自然との交感、雄大な自然に包まれた幸福感を語っている。具体的にはカラマズーでのオークの林でデージーやバタカップスの野に「思ふが儘に身を延して、高い梢越の空を仰ぎ、湿つた土と草の香を嗅ぎつゝ、鳥の歌、木鼠の叫びに耳を澄まし」たという自然の中での諸感覚を解放していく表現で、記されている。それは「我が生涯に嘗て経験した事の無い、尽せぬ情味を添へて呉れた」「異郷の昼の夢」でもあった。

さらにその折の「異郷の寂寞」や「放浪の生活の冷い快味」にひたりつつ砂漠を行く「空想」へと「極端から極端の事に思を走せ」、語り手自身はその位置を動かずまた眼前の状況や事件を追うのでもなく、もはや物語とも紀行文ともつかない、実際の場所も線的時間も超越した「夢」が「夢」を追う展開になるのだ。帰途でも「夢」の続きであるかのように、自由の女神像を再び眼にしても、今回はその差し上げた手先に「一点の燈明の輝き初める」のを認め、そこから「空を限る紐育の建物、ブルツクリーンの橋上無数の碇泊船、引つゞく波止場々々の燈火」と、高みの一点から徐々に視線を低く広くして開眼の光景を堪能するばかりである。眼に入る対象を相対化する批評的な言葉は挟まれず、「更に美しく更に意味深く見える」と、見るものと見られるものとの幸福な関係が綴られて締めくくりとなるのである。

このように『夏の海』では大枠は日常の時間軸に沿いつつ、『市俄古の二日』での見聞を体験と批評とを交えながら並べていく方法から、風景を通して「夢」の時空間に引き寄せて語っていく方法を獲得していった。しかもこれは渡米前の作品での、月の光に生の虚しさを強烈に覚えるのとは全く異なる。「夢」は人生の哀切さを強調するための演出ではなく、総て物語性や批評性をタブララサとしてしまうものであり、大げさに言えば言葉によって物語中に別の時空間の景観を構築することさえ出来るものなのである。

少し時期は飛ぶが『おち葉』では、「夢」のモチーフが物語を席巻するようになる。「夢」の体験と「空想」の語りがそのまま一編になっているのである。

ニューヨークのセントラルパークの池の辺に夕暮れ、一人佇む。落葉のささやく声が聞えるような気がする。栗鼠の声、重く暮れて行く空、そして落葉が降る。かくして徐々に独りの感覚の世界に集中していく。「何やら耽る物思ひの、ふと心の中にベルレーンが『秋の歌』と云ふのを思ひ出した」ことが呼び水となって、渡米以来の出来事や泰西詩人への憧憬が語られる。初めて見た「世界第二の都会」の公園の池の辺に秋の日曜日ごとに通ったこと。冬の街を彩る劇場や美術館に足を運んだこと。わざと憧れの文学者の真似をして無造作な服装をしてみたこと。いずれも生活感の乏しい行動である。セントラルパークという広大な空間にありながら、片隅に自分だけの場所を見つけ、自分の世界をひと時持つ。この部分は数年後に雑誌「文章世界」の『当今の文章家（二）』欄で、「デリケートな官能による表現であり、「自然と人間の情とが溶け合つて、一つの音楽を奏して居る。そして吾々がこれまで幾度となく藝術の上で聞いた落葉の音とは、まるで異つた新しい響を吾々の胸に伝へる。」（天王星、一九一一年四月）と絶賛される。

『おち葉』でのセントラルパークでの過し方は、同時期にニューヨークで生活し、セントラルパークを都市計画の視点から研究しようとした高村光太郎（一八八三〜一九五六年）の俯瞰的視点と対極的である。広々とした空間に、孤独で感じ易い自分のための特別なニッチ的空間を築く。公園の池のほとりで思いをめぐらしつつやがて「春の日光に照される身の、うつとりと夢心地になるや否や」と回想での「夢」、すなわち全体の構成から見ると入れ子型に語られる「夢」に転じる。夢の中では郊外に家を構えて読書をしている。それに疲れて居眠りをすると妻が弾くリストのピアノ曲が聞えるかと思えば、「現実の我れに立返る」のもつかの間で、すぐにボードレールの『酔ひたまへ』が引用される。あたかも自分自身の立場を説明する内面の声であるかのように。明らかに語り手の「自分」は、事実の記述とそれに向ける生硬な批評を放棄して、抒情的な世界に浸る「自分」のイメージ作りに向かっている。

旅先での、そして黄昏や公園といった境界的であいまいな時空でのその危うい自由を死守するかのような、ボードレールの引用。「酔が覚めてわれに返る事があつたら」「今は如何なる時かと問ふがよい。」「絶ゆる間なく酔ふて居ねばならない……。」という自問自答にも似た『悪の華』の詩人の言葉が、「夢」を見続ける「自分」の内心の言葉であるかのように引かれて、暗闇の中で物思う詩人の風情が強調される。そして今・ここの貴重な時空間をテクストの中で凍結するのだ。

黄昏時の市内の喧騒より外れた樹木の多い空間という設定について、富永茂樹（一九五〇年〜）がボードレールの詩にこの時空間の積極的な意味を見出しているのを付け加えておこう。富永は「感情と空間との相互滲透」という角度から、ボードレールの『小老婆』で、オスマン計画以後のパリの空間に身体的になじめないものが[*34]、夕暮れの公園に心安らぐ空間を見出している点に注目している[*35]。『悪の華』が愛読書であった荷風は（『支那街の記』にはこの詩の一節を引用している）、意識的にせよ無意識的にせよ同様の時空間を選び、かつ風景の中の自身を客体的に描いて物語中の人物にしている。ここに荷風の忠実な後発という作家的立場が見て取れる。言い換えればロマンティックな自然との一体感や詩人の模倣を綴るだけではなく、そうした夢見る「自分」を書くことで、幸福な折の追体験とそれを封じ込めようとする志向性とがある。それを、見過ごしてはならない。

この実体のない日常と、「夢」から「夢」へと絶えず非現実の世界に酔うことで現実の時空間を拒否するスタイルには、当然当時の荷風が置かれていた旅先というモラトリアムの状況が反映している。泰西詩人の真似をして公園に行き、「うつとり夢心地」になれるのも、「訳もなく幸福な恋を空想する」のも、それが可能な境遇であったからだ。けれどもこの益体もない物思いも「また来ん春には、再びかゝる烟のやうな夢に酔ふ事が出来るであらうか。」という言葉を読むと、今・ここというトポスにつかの間身を置いているからこそ、夢見ることも許されているという自明の理に、自覚的でなかったわけではない。

そしてアメリカを去るにあたっての物語の『六月の夜の夢』（一九〇七年七月稿）では、『岡の上』や『夏の海』をさらに進めた自然の中での感覚照応から得られる陶酔感が書かれている。

蛍の火は常よりも蒼く輝き、星の光も又明で、野草の香も一際高く匂ひ渡るので、自分は日頃よりも一倍深く、あゝ！　此れこそ真個《ほんとう》の、愉快な夏の夜だ。地上には花の枯萎む冬も嵐も、死も失望も、何にもなく、身は魂と共に、唯だ夏と云ふ感覚の快味に酔ふばかりだ、と感じた……同時に自分は、兎か狐の様に、四辺を蔽ふ雑草の中に眠れるだけ安楽に眠つて了いたい様な気が起り、杖にすがつて、今更の如く、星降る空を遠く打仰ぐ……其の時、突然、前なる小山の上の一軒家から、ピアノの音につれて、若い女の歌ふ声が聞えた……。

色、光、香り。そして身を覆う星空。その陶酔のきわみにピアノに合わせた歌声。この歌声の主の女性ロザリンとの「一週間の美しい夢」のあと、語り手はアメリカを去ってフランスに上陸することになる。引用中にある「身は魂と共に」「感覚の快味に酔ふ」というのは、帰国後にも小説『歓楽』や『冷笑』の重要人物である作家の口を通して、創作の根本にある条件だと繰り返される。この陶酔感（帰朝後の荷風の言葉では「恍惚」）が、この時期ではっきりとパターン化された表現になっているのは抑えておこう。

ここで「白日の夢」に関して、面白い発見を披露しておく。『西遊日誌抄』には、ニューヨークのカーネギー・ホールに出かけた折の記述がある。ここで荷風は「マラルメの詩『牧野白日夢《ぼくやはくじつのゆめ》』を題とせし一曲最も深く余の心を感想せしめたり。」（一九〇七年一月二十日）と書いている。マラルメの「半獣神の午後」は、一八六五年「半獣神の告白」の表題で書かれた作品を改訂して「半獣神の即興」にし、さらに「半獣神の午後」として一八七六年に友人マネによる四枚の挿画を付して刊行している。が、「夢」という言葉が用いられたことはない。ドビュッシーの曲「半獣神の午後への前奏曲」（一八九四年）を、荷風はその後リヨンから友人に宛てた手紙では「マラルメの『森の神の午後』といふ有名な詩を音楽にしたものを聞いた」（西村渚山宛一九〇八年二月二十日付）、さらにエッセイ『西洋音楽最近の傾向』（『早稲田文学』一九〇八年十月）で「マラルメが「牧神の午後」L'Aprés-midi d'un Faune の小序曲 Prélude を作った」（「一」）と書いているから、単なる勘違いであったわけだ。『西遊日誌抄』を発表するときに、当時の日記を見てそのまま写したのか。このタイトルは、カーネギー・ホールでのみつけられたものだったのかもしれない。しかしニューヨーク時代の荷風の思い込みであるとすると、ドビュッシーの紗のヴェールを重ねていくような旋律がもたらしてくれそうな、現実の世界から離脱した幸福な夢心地のひと時に遊ぶ、そのことへのこだわりの強さが思われるのである。

5 「紐育」、高層建築の狭間で

もちろん荷風は野原や公園や水辺の景観にのみ心引かれていたのではない。これらの主題は一般の荷風ファンにとっては、予想外のものといってよいくらいであろう。だがアメリカでは、荷風の都会を愛し都会を書き続ける作家という個性は、ニューヨークに来てようやく花開いている。都会の都会らしいさまを、どのようなところに認めているのだろうか。人口増をあてにした商品の山には荷風は興味を持たない。日々、効率を旨として回転するビジネス街。様々な社会階層出身のものが、その心身に背負っているものを忘れて享楽に耽る歓楽街。そして一流の音楽家が腕を競ったコンサートホール。荷風が経巡ったのはこのような場所だった。そして東京で燈火のきらめきによって都会にいる高揚感と欲望を経験した荷風のまなざしは、ニューヨークではモニュメンタルな建築とその陰で生きる人々に向けられている。

二十世紀初頭のニューヨークは建築ラッシュで、最初の高層化が進められていた。シカゴは一八八七年から一八九五年の間に、ルイス・サリバン Louis Sullivan（一八五六〜一九二四年）を初めとするシカゴ派の建築家によって現代的な商業都市の様相を呈していったが、水平上での発展を願った市当局により高さ制限が設けられていた（条例は暫時変化したが最高でも一九〇二年の約八十メートル）。それに引き換えニューヨークの方は、グリッドの区画に立ち並ぶ高層建築や高架鉄道によって通行人に都市の垂直性を体験させていた。内部は鉄骨骨組にして支え、外壁を石積みにし、イタリアやフランスの伝統的な洋式建築を踏まえた意匠を施して重厚さ豊かさを演出した。これは西欧から受け継いだ様式というコードをまとうことで、文化的な成熟を示す意味もあった。さらに高層ビルは会社の広告塔になったため、各社が競って尖塔やドームなどのデザインに力を注ぎ、美しい外観を社の繁栄と信用のシンボルとした。荷風が勤務していた横浜正金銀行は、ウォール街でもブルックリン・ブリッジに程近い位置にある。[*36] 二十世紀を迎えたときこの界隈では二十階建ての建造物が並んでいて、オフィスの賃貸料はシカゴの中心部の約四倍になっていたという。ミッドタウンでも一九〇三年にフラットアイアン・ビル（設計 Daniel Burnham, 1903）がモニュメントとしての顔を見せた。他にもランドマークやシンボルタワーとなるべき建築が計画された。[*37] 建築の高さは上昇志向の視覚化でもあったのだ。

ニューヨークの発展を支えていたのは大量の移民の労働力であり、彼等はウオール街の北東のスラム化したロゥワー・イースト・サイドに密集して住んでいた。このマンハッタンの整然と区画整理された街並みを upper や lower に分けて呼ぶ言い習わし方もまた、そのまま住民の社会階級と重なっていた。成功か堕落か。各階層に応じて先祖からの恒産を基盤に自分と家族の生活を築く西欧とは、根本的に異なる生き方が求められる。荷風は勤務後に徒歩圏内にあるリトル・イタリー、チャイナタウンに日参して、社会的格差を体感した。

『あめりか物語』でマンハッタンを舞台にした作品は、『雪のやどり』（「文章世界」一九〇七年五月、一九〇六年六月稿）、『長髪』（「文藝倶楽部」一九〇六年十月、同年五月稿）、『旧恨』（一九〇七年一月稿）、『寝覚め』（初版本初出、一九〇七年四月稿）『夜の女』（初版本初出、一九〇七年四月稿）、『夜半の酒場』（「太陽」一九〇六年十月、一九〇六年七月稿）、『おち葉』（初版本初出、一九〇六年十月稿）、『支那街の記』（初版本初出、成稿年月記載無）、『夜あるき』（初版本初出、一九〇七年四月稿）で、隣接した街では『暁』（初版本初出、一九〇七年五月稿）、『六月の夜の夢』（初版本初出、一九〇七年七月稿）がある。荷風その人を語り手にしている『おち葉』と『六月の夜の夢』を除いて、あとはことごとく堕落退廃の物語であるといっても過言ではない。但しこれらは荷風の考えていたゾラ風の悲劇、つまりどこまでも悲惨な境遇に身を落とすというのとは一線を画している。

それぞれの筋を見てみよう。『雪のやどり』は娼館を舞台にしていて、田舎からやってきた堅気の娘がニューヨーク風の華美な生活を送るために娼婦になっていく様を語っている。『長髪』は、日本の伯爵家の子息がコロンビア大学に留学してきたものの、現在では富豪の寡婦の男妾となっている話。『旧恨』は「博士B――」がワグナー Richard Wagner（一八一三〜八三年）のオペラの「タンホイザー Tanntiuse」（1845）のように、快楽の神すなわちニューヨークの女藝人に引かれて退廃的な生活をした過去を持つ。やがて結婚したのは上流の令嬢で、欧州での新婚旅行の夜「タンホイザー」を一緒に観た妻に自分の堕落の日々を告白して軽蔑され、離婚に到ったその後悔を書いたもの。『寝覚め』では日系企業のニューヨーク支店の営業部長が、新しく白人女性を雇い入れた。彼女は怠け者で欠勤を重ねて辞職し、その後裸体写真のモデルになったことがわかって物語は終わる。『暁』は、語り手がロングアイランドの歓楽街で夜通し働く日本人の中で、富裕な学者の子息だったのが「魔がさした」ように堕落してしまった元留学生に出会う話。『夜の女』は四二丁目傍にある娼館の一夜の様子を描いたもので、しばしばモーパッサンの『メゾン・テリエ』（『日誌抄』では一九〇六年六月二二日に同タイトルの短編集を読んでいる）との類似が指摘されている。『夜半の酒場』はリトル・イタリーからロゥアー・イースト・サイドにかけての盛り場、『支那街の記』はそれに隣接するチャイナタウン、『夜あるき』はミッドタウンの劇場街の夜の歓楽をスケッチ風に綴ったもの。

このように見ていくと、もともと堅気であったのが身を持ち崩す人生の顛末と、夜の歓楽街の面白さを綴ったスケッチとに大別されるが、いずれにせよ、ゾライズムの時代の延長にある移民労働者の悲惨な生活の暴露といった社会的な筋立てではなく、「身の歓楽《たのしみ》」（『旧恨』）を得、「肉欲、食欲」（『暁』）を満たすために、その日その日を面白おかしく過すために歓楽街で働く人間が描かれている。

とはいえ作者の荷風はといえばウオール街の日系銀行に勤める給与生活者であった。当時公使館に勤務していた従弟の永井松三が荷風の父の久一郎（一八五二〜一九一三年）に宛てた手紙からは、荷風の仕事振りがわかる。配属先は「英貨公債利子支払課」で、「商業上の知識」がないために助手程度の業務をしており、熱心さは欠くもののまずは「精勤」と言えるものであったらしい（一九〇七年六月二十日付）。住まいは日本風に言えば山の手にある、松三のアパートメントやフランス人婦人のアパート内の貸間に住んでいた。中流程度の生活環境といってよいだろう。にもかかわらずオブセッションのように堕落・頽廃を書くのは、憧れからであったのだろうか。『暁』には父親からの激励の手紙を受け取るたびに劣等感に悩まされる元留学生が登場したが、それは『西遊日誌抄』での「家書に接す」の文の繰り返しと重なって、荷風の置かれた状況を考えさせたりもする。『日誌抄』を読むと堕落への志向性は感じられず、むしろ堕落できないで煩悶する青年の呟きが読み取れるだけに、憧れが一層伝わってくるようだ。

こうした短編でもしばしば「夢」や「酔」の言葉が使われている。それらではノーマルな市民生活の時空間とは異なる世界を指して「夢」といい、その世界を生きることを「酔う」と言い換えている。『おち葉』で引用があったボードレールの『酔いたまえ』の主題を実際に行動に移した末が、これら歓楽街の魔窟を生きるものたちの実体であったともいえる。『暁』には「閉込められた魔窟」という表現があって、チャイナタウンやリトル・イタリーの陋巷といい、コニーアイランドの遊興場といい、ブロードウエーの裏にある横丁の歓楽街といい、都市の表舞台の反面の顔、奥まった迷宮的空間での後も先もないその時（その夜）限りの快楽に溺れるという時空間に陶酔するのだ。

堕落への憧れがかくも強いということは、一方でそれとは対極にある禁欲的な生き方や道徳的な生き方に引きつけられていたともいえそうである。『あめりか物語』には娼婦や娼婦に溺れる男性、女性を慰み者にする男性が数多く登場するが、『市俄古の二日』や『六月の夜の夢』には、理想が高く溌剌とした教養ある中流階級の女性ロザリンが登場する。彼女らは好意的に描かれていて、日本の女性がそのようでないのを残念がる語り手の感想が添えられている。ところが伝記的にみれば、荷風はシカゴで恋愛結婚の幸福に浸る育ちのよい女性に出会ったその夜、歓楽街で玄人の女性を相手にしたりもしている。またワシントンの娼婦「イデスとよぶ浮れ女《め》」Edyth Girard（『西遊日誌抄』）との関係と、知的で独立心の高いロザリンとのプラトニック・ラブが同時期に等価に書かれていたりもする。これは矛盾であろうか。

荷風はフェミニストなのか、とんでもないエゴイストなのか、それとも分裂症か。わたしたちは作家論として荷風の人となりを論じることはしていない。が、一言添えておくと、帰国後にしばしば矯風会活動に打ち込む女性を批判的に書いていることからわかるように、[*38]正義を気取るような偽善的な生き方をしているものは、女性でも男性でも嫌いだったのは確かである。体制におもねることなく自分の感覚に、感情に素直な生き方をしている、少なくともこうした生き方をしているように見える人間が、荷風の好むところだったのだと考えればよいのではないだろうか。荷風の文明批評は『あめりか物語』で諸処に見られ、これはいわゆる「内向の世代」の批評家によって大変注目された。[*39]わたしたちが見てきたように荷風は文明批評家の一面は確かに持っていたとしても、分析力や洞察力の面では学者ならぬ一作家のレヴェルを超えるものではなかった。一方で極端にだらしの無い救いようのないあり方も、人情本の色男、荷風好みの言葉で言えば『春色梅暦』の丹次郎式人間も好きだった。『市俄古の二日』で文明を罵って見せたかと思うと驚嘆する自分の心を自覚的に「浅はか」といってみせたように、あるいは『岡の上』で極端な禁欲主義の生き方と享楽的退廃的人生を同一人物にさせたように、好悪感を基軸に分裂した感性が彼の生涯を貫いていたのである。

このようにいかにもまっとうな纏めをしてしまうのは、実はわたしたちの本来の目的ではない。興味深いのは、高みに憧れる気持と退廃的な楽しみに落ちていく心のそのどちらでもない、中空的な領域が書き込まれていることだ。これはゾライズム時代の空白の間ともまた若干異なる。同時期にニューヨークに滞在した中村春雨（一八七七〜一九四一年）は荷風が足繁く通った地域について、「世界の貧民窟の伊太利街」、「支那街は貧民窟といふより魔窟の一として有名で、暗黒紐育の名所の一」（『欧米印象記』春秋社一九一〇年六月）と書いている。春雨はこの二つの地区に対して、「紐育」という暗黒世界のもう一方の極としてウォール街をおいて、資本主義の行き着いた形を見ている。

荷風はこの両極を昼と夜とで生き分けていた。この分裂だけでも注目に値しよう。帰国後の作で『ふらんす物語』

に収められた戯曲『異郷の恋』は、この両極を主人公とその住まう場所とで表していた。「令嬢クラ、」とコロンビア大学の学生の鈴木の住まうアッパーと、堕落学生小林とその情婦アンニイの娼家のあるロゥアーのチャイナタウン。コロンビア大学（基本設計 Mckim, Mead & White, 1892-94）はセントラルパークの西北に位置する。そして彼らがある夕方偶然行き会ったのは、マンハッタン中央に近いセントラルパーク中の南側であった。鈴木はクララとの結婚を断念して貴族院議員の父の待つ日本に戻る。クララはスイスに行き、後にはパリかミラノで音楽の勉強をして身を立てようという。小林とアンニイはスラム街に位置するアンニイの部屋でガス中毒により心中する。この図式的な設定は物語の面白みを半減させている。戯曲のもつ対話性を生かすためでもあろうが、かえって内容を浅薄なものにしている。

けれどもその緩衝空間《バッファスペース》地域のようにして、ゾラでもボードレールもモーパッサンでもない、詩人でも実業家でもなく、上昇でも堕落でも禁欲でもないあらゆる構えがはずれたような素朴なひと時が現れる。権威と富による都市計画が齎した整然たる三次元グリッドの空間やその裏面の「魔窟」ではない、また広大な都市の空間に自分にふさわしいニッチを作り上げるのでもない、ニュートラルな空間である。『西遊日誌抄』一九〇五年十二月二十日の記事の次のようなくだりに注目したい。

終日空気不良なる銀行の事務室に閉籠めらる、苦しさ譬ふべくもあらず。余は屢高く天を摩す高厦の屋根上に出で、喫烟す。眼下にはブルツクリンの大鉄橋横はり、無数の建物は高く低く海と連り東河《イーストリバー》の水上には幾多数ふべからざる汽船相ついで来往す即ち怪異なる紐育市は一望の中に横はれるなり余は空に黄昏の微光さまよひ燈火の点々たる時此の紐育を眼下に望む事を愛す。

劇場街や歓楽街、遊興の場を書いた作品での賑わしさ、羽目をはずした放埒ぶり、ひいては「夢」「酔う」といった言葉を繰り返して煽り立てる陶酔感とは全く異なる雰囲気が漂っている。高層建築によって下界と中空という空間が体験された。もちろん高みからの征服的なまなざしなど無い。景観を構成するすべてのものからほどよく距離を取り、ひとりの心地よさを静かに楽しんでいる。劇的な雰囲気のないこの引用の記事などは、案外『あめりか物語』では表現されていなかった荷風の、あるいは永井壮吉の一面であったと考えてよいのではないだろうか。荷風が帰国後に描いたエッセイの『海洋の旅』(「三田文学」一九一一年十月)は、この仮定を裏付けてくれるだろうか。帰国後ちょうど三年たった八月の後半に、横浜港から船で長崎に赴いた折の感想をまとめた文章である。ここに次のような表現があるのだ。

自分は出来るだけ遠く自分の住んでゐる世界から離れたやうな心持になりたかつた。人間から遠ざかりたかつた。この目的のためには、汽車で行く内地の山間よりも、船を以て海洋に浮ぶに如くはない。海は実に大きく自由である。自分は東京の市内に於ても、隅田川の渡し船に乗つてさへ、岸を離れて水上に浮べば身体の動揺と共に何とも云へぬ快感を覚え、陸地の世界とは全く絶縁してしまつたやうな慰安と寂寞とを感ずる。(二)

「慰安と寂寞」という言葉は荷風文学のキーコンセプトとはいえないまでも、時折実に魅力的に響いてくる。独りであることの虚脱感、孤独そして安らぎ。人恋しくなるのではなく、独りでいるからこそ味わえる外界との接触のあり方を楽しむ心持。ゾライズムの時期ではむしろ人物の心情でのエアポケットの状態を埋めるかのように風景描写があった。しかしニューヨーク以降では、自らエアポケットを持つための時空に身をおくようになっている。ニューヨーク時代は「恋と藝術との、激しき戦ひ」(『日誌抄』一九〇六年七月八日)が主要なモティーフとなっており、それに対して自己演出として、デカダンな詩人であったり放蕩息子や文学青年、また悩める恋人であったりしていた。しかしそうした荷風ではない、素の人間がこの休憩のシーンでふと垣間見えたようだ。それを齎したのは、あるいはニューヨークの高さの美学をもつ都市空間の懐の深さであったかも知れない。

Ⅲ 「巴里」という処

:『ふらんす物語』より

27　フィリベール・ドゥビュクール推定「パッサージュ・デ・パノラマ」（パリ Musée Carnavalet 蔵）

1　「巴里」へ

ル・アーブルからパリを経由し、八月二日にリヨン市ヴァンドーム街 rue Vendôme の下宿に身を寄せた荷風だったが、その半年後に早くも銀行の退職を決意している。従弟の永井松三と父親とにその旨を書き送り、二月三日にリヨン支店の支配人に辞意を告げたのである。もっとも辞職までには日本の本行の指示を待たねばならず、実際に銀行との関係が断たれたのは、それからさらに一ヵ月後の三月五日であった。その後三月十七日と二十日に父親からの返書を受けた。辞職の意思に対する返事は、仕送り中断の予告とロンドン経由での帰国の命であった。

『西遊日誌抄』ではここでニューヨークに戻ってイデスと暮らすか、日本に戻って作家生活を続けるか、すなわち「恋か藝術か」の二者択一に迫られて苦しんだとある。が、ニューヨークで、身を持ち崩し最下層の世界を生きる日本人をあれだけ書いてきた荷風であっても、というよりだからこそ、そのような生活は実行不可能であったろう。『あめりか物語』の出版も期待していたはずである。本行からの決定を待つ間には友人宛に「此の間小波先生に通信した通り僕も遠からず日本に帰りたいと思つて先づ銀行を止める事にし目下其の手つゞき中である。」（西村渚山宛一九〇八年二月二十日付）と書いているのだ。

また『日誌抄』では削除されているが、『日誌稿』によれば正金銀行の公用で同月二三日に、洋行中の姉崎嘲風（一八七三〜一九四九年）に会っていて、[*1]上田敏（一八七四〜一九一六年）のパリ来遊を知って大変喜んだという（『書かでもの記』「三田文学」一九一八年三月、「花月」五月、六月、十月）。姉崎は宗教学者で本名正治。東京帝国大学の教官で、『復活の曙光』（有朋館一九〇四年一月）等の著作で知られる。荷風も同著をタコマで読んで感銘を受けていた（黒田湖山宛一九〇四年二月二五日付）。[*2]荷風は日本にいるとき上田敏の『近世仏蘭西文学史』（「太陽」一九〇〇年六月）を読んで、『悪の華』を知ったのだった。姉崎や上田はパリ経由で旅行をして帰国する。荷風にとってもパリから東京という「かへり道」は見え始めていたであろう。

実際リヨンでの銀行員生活は、荷風には耐え難いものであった。「連日銀行に出なければならないので、此れが何よりもつらい。僕は西洋に居たいばかりに、ふなれなソロバンをはぢき、俗人と交際をして居る」(西村渚山宛一九〇七年十二月十一日付)。リヨンのような小規模の街では、ニューヨークほどの文化・娯楽施設はなく、それだけに職場の日本人同士の付き合いも頻繁であったのだろう。父親への書簡には「当地の銀行内部は紐育銀行とは全く趣を異にし種々不快なる情実も有之候若し此の情実習慣を無視して超然主義を取居る時はつまり周囲の評判不宜敷従て銀行勤務も困難に相成候」(同年三月五日付)と、一人のペースを保つ難しさを憂えている。作家として積み上げてきたものは、銀行の中ではマイナスにこそなれ好意的に迎えられなかったはずだ。また異国での単独での移動に慣れた者にとって、濃密な在外日本人共同体の雰囲気が肌に合わないのは、自然な成り行きであったであろう。リヨンを舞台にした作品では在仏日本人社会人への屈折したまなざし(『晩餐』)、「自分」をメランコリックな詩人になぞらえてひたすら悲愁の漂う街を彷徨する様(『除夜』)、アヴァンチュールへの賞賛(『祭の夜がたり』)が描かれている。リヨンはローマ時代の遺跡を残す古い土地であり、絹の街として栄えフランス・ルネッサンスの中心地とも言われる。旧市街の暗く入り組んだ街路も二本の川も、孤独を演出してくれる舞台にふさわしい。

これを文学青年気取りの色眼鏡と結論づけるわけにはいかない。このなかで比較的長い『蛇つかひ』(「早稲田文学」一九〇八年十一月)はリヨンでの最後の作と見做されるが、こなれた描写が、たしかに荷風のものを見る眼の成熟を感じさせる。これまでのテクストと比較しやすいように水辺に横たわる箇所を見てみよう。安い葡萄酒に悪酔いをして川原で休む場面である。直前にジプシーの来たことを聞き、その生活に思いを馳せて、ホセに刺されたカルメンの最期のようなシーンまで想像をめぐらしている。その延長で次の独白が続く。

性の悪い葡萄酒の為めであつたらう、頭がぐらぐらして、夜の景色が休まずに回転するので自分は事実に、嫉妬の刃に横腹をえぐられたのではないかと思ひ、かの無智で、肉慾の逞しい、いやな情婦の顔がありありと見え出す。夜の川水の輝きと木立の黒さが、戦慄するほど物すごく、空に浮ぶ明い星の光が如何にも遠く見える。自分はのめるやうに前に倒れて、寝返りした。

川向うには人家の灯、車の灯が見える。あたりの暗い木立の間には、猶も暗い方、暗い方へと歩いて行く忍会ひの男女の影が、折々通る。村の彼方では、夕方から囃しつゞけて居る喇叭太鼓の音が次第々々に近付いて来るやうに高まる。自分は野草の中に顔を埋め、地湿りの冷たさに、悩む額を押付けながら苦しい中にも、単調な音律の動きに耳を澄まさうとした。若い娘たちの笑ふ声が聞える。後の往来には不揃ひな大勢の人の足音が続く。

突然、地を揺る太い響に、自分はびつくりして身を跳ね起した。夜行列車が村の後手の山際を通り過ぎたのであつた。然し、自分は其の時、悪い酒の酔が大方は経過してしまつて、案外気分の軽快を覚え、物凄いと思つた川原の夜は、又とない程美しい夏の宵である事を知つた。

丁度うなされた夢から覚めたやう。夜の空を限る山の影、樹木の影、家々の燈火、何から何までがはつきりと、而も正当に其の処を得て目に映じて来る。囃子の騒ぎが、静かな田舎の夜の、遠くの方へと伝はつて行く、其の反響の速度までが聞き分けられるかと思ふ。堤の下、葦の茂りを隔てゝは、正しく律を作つて、水を切る櫂の響が、舟の姿の見えないだけに、猶更床しく聞きなされる。（「二」『蛇つかひ』）

「いやな情婦の顔」というのは、これまでに書いてきたアメリカで付き合っていた女性を指すのか。しかしその後では酔いの苦しさにもかかわらず、淡々と見えるもの（燈火とシルエットの組み合わせ）聞えるもの（遠くからの響、そのリズム）を綴っていて、ひんやりと冷たい土の感覚から受けるイメージとあわせて、まるで古めかしい影絵芝居のようである。それが一転して全てがはっきりとしてくる。「反響の速度」まで聞きとれるような空気の乾燥した夏の夜の清澄さ、なにもかもが澄んだ広い夜空に整然と立ち現れている。思い入れも空想も自己演出も無い語り手の感覚がそれを受け止めている。もうリヨンでもどこでもよいようだ。「夢」や「酔い」といったお馴染みのキーワードすら、ここでは醒めるのが当然であり醒めても絶望が待っているどころか、改めて気持ちよく現実に向き合えている。文学的な背景を背負い、文学的な人物を演じなくとも書ける風景は、かえってリアリティをもって読むものに伝わってくる。

こうした醒めた筆致は成熟といえるし、近代日本では文化的政治的な記号性の乏しいリヨンであればこそ、成り立つものであったかもしれない。読者をあまり意識せずに自分の受け止めたものを書きたくて書いていたからなのか。「文士と八月」というアンケート（「国民新聞」一九〇八年八月十九日）で、荷風は「八月に対する過去の記憶の中の最も美しきは、一昨年の此頃をリヨンの郊外に散歩したる時にて候。」と答え、それは『蛇つかひ』に書き入れたと述べている。その美しい記憶を自分の言葉にしたのがこの場面ではなかったか。題辞にしたスタンダールの『アンリ・ブリュラールの生涯』の一節は、種々のものをそのままに描くのではなく、それらが自分に及ぼす効果や影響といったものを描くという意味であり、荷風はこれを具体的に感覚のレベルで表現していたのがわかる。多分ここに、のちの梶井基次郎（一九〇一〜三二年）などにも繋がる描写の感受性がある。荷風自身はわたしたちが後に見るように、このような素直な描写はしなくなる。荷風の文業の中ではむしろ異例といってもよいかもしれない。文体の成熟は時代の文学の成熟でもあり、作家が生きる社会の成熟をも反映しているとすれば、これはやむをえないことであった。

当然のことながらこうしたいわば素の風景のほかに、荷風は日本の読者に向けてリヨンならではの街の表情をしっかりと描いている。荷風の滞在した時期のリヨンについて綿密に調査し、『ふらんす物語』の描写と比較した観光文化論の加太宏邦（一九四二年〜）は、荷風の描写の態度について次のように言い切っている。[*3]

> なんども言うが、彼は、文学に憑かれ、既成のフランス観念（とくに小説の舞台）に合わせてしかフランスを見ていない、などという批評ほど的外れなことはない。こういう評者こそがフランス文化の幻影に憑かれているのである。ありもしない〈現実のフランス〉がどこかにあって、荷風はそういう〈本当の〉フランスを見ていない、

表現していない、などという言説こそが虚妄である。（中略）『ふらんす物語』のリヨンを通して荷風は、さきほどのべたように、悲愁とノスタルジアに満ちたリヨンをえがく。まるでフランスを憧れの対象として描いているように見せかけることがあっても目は醒めている。

たしかに今日ではリアリティの感じられる描写というものが、現実を主観を交えず比喩などレトリックを用いず、淡々と綴ることを意味しないのは自明になっている。「現実のフランス」は個々人が感じるものなのだ。加太は「街の表」という章で、荷風の『ふらんす物語』のリヨンの風景描写に実際の都市の風景を「重ねて読み込むという作業」を続けているうちに、「複数の視点の合成とか距離の短縮」といった技法、描写すべき対象を自身の「美意識にそって省略、強調、枠取り、整理をする」といった空間や時間の扱い方に気づいたと説明している。わたしたちはこの貴重な仕事を踏まえて、荷風がいかにロマンティック作家としての自己像を作り、また同時にそうした自意識を通さない風景を描きえたかを見た。加太はさらに荷風が風俗や街並みをいわば案内していて、「遊歩に長けた作家であるだけでなく、景観のスケッチに天才的な腕をもった著述家」であり、結果的にはわたしたちが今日納得し、ひいては気付かなかったリヨンという街の長所も教えてくれていると説明する。本章では『ふらんす物語』の中でも、文学的先入観でしか見えていないといわれるパリを舞台にしたテクストに向き合うわけだが、わたしたちが加太の指摘を受けてこだわるのは、そうした整理や省略などをほどこす美意識のもとになっているものである。これは言葉にして語る際の、発想や語彙の源ともいってよいだろう。

荷風の描いたフランスについてもう一つ見解を見てみよう。比較文学の大久保喬樹（一九四六年〜）は荷風の描いたフランスについて次のようにまとめている。[*4]

「ふらんす物語」で数えあげられた様々なフランス文明の美質そのものはいずれも偽られたものではない。だがそれらの美質を組みあわせて作られたフランス像は、もう現実のフランスを離れた、荷風の孤独の中だけに生息する夢の様式なのである。そのことを誰よりもよくわきまえていたのは荷風自身に他ならない。

荷風自身がよくわきまえていたかどうかは判らない。しかし個々の描写のレヴェルでは克明に特徴を写していた荷風がそれを物語に仕立てるに当たって、日本の読者の反応を意識しなかったとは思われない。これは特派員のレポートではなく、書き手は帰国してそこで作家として生き続けなければならない。そうした場合に勢い日本の現状の裏返しとして理想的な面や、作家（藝術家としての詩人）という自己の独自性を強調するのは、むしろ自然であったはずだ。以上の前提を踏まえてわたしたちがこれから見ていくのは、荷風の置かれた立場を見据えながらも、パリという空間が先行テクストの言葉を織り交ぜながら、テクスト化していくその過程である。

ようやくパリにたどり着いた荷風だが、到着から帰国までの期間は実に落ち着かないものであったと思われる。三月二八日の深夜にパリのリヨン駅に着いた時には、帰国は四月十八日に予定されていた。それが四月十七日には友人に向けて、国許からの急な電報で、「兎に角、又しばらく出帆を見合せる事にした。然し遠からず五月中には船に乗るであらう」と曖昧な予定変更を知らせている（西村渚山宛四月十七日付）。二日前には巌谷小波から『あめりか物語』の有力出版社博文館での出版の決定も知らされていた（巌谷小波宛四月十五日付）。リヨンで書いた作品もあり、それを含めた『ふらんす物語』がやがて世に出るであろうし、であればこのパリ滞在はなおのことおろそかに出来ない。

パリでは十年ほど前から日本人学生が多く宿泊していた、オテル・スフロに荷を下した。[*5] 住所は左岸のトゥーリエ街 rue Toullier 九番地で、リュクサンブール公園とパンテオンの中間に位置する。オペラに芝居に美術展にと見るものも多く、後半は上田敏とも知り合い、また上田敏を紹介してくれた瀧村立太郎外国語学校教授と、法学博士の松本烝治（一八七七〜一九五四年）との三人で出かけることも多かった。荷風は外国語学校の清語科に在籍したことがあったし、松本は高等師範学校附属中学校の先輩であった。[*6] このような環境では嫌でも自分が帰っていく日本の状況を意識せざるを得なかったであろう。もっともなかなか社交的であったとはいえ、作家としての荷風の関心はいかにパリを描くか、厳密に言えばパリらしいシーンを描くかという点にあったと言える。手紙には自分のホテルのあるカルティエラタンの「書生生活（Bohemian Life）」について、ゾラが書いたものは「ゾラ式で、精密きわまる写実にも係らず、」「ゾラの書いた人物や景色」になっている。モーパッサンになると「直ちに自分が目に見る生きた人生で、簡単な物語の中に無限の悲しみが含つて居る」し、「毎日散歩する毎にモーパツサンの魔筆に敬服して」いると書いている（西村渚山宛一九〇八年四月十七日付）。では自分ならどのように書くのか。こうした意識からやがて『ふらんす日記』の「ふらんす日記」の章に収める作品の構想が、出来上がって行っただろう。

それでは日本人読者にパリの「書生生活（Bohemian Life）」をもっともよく伝えるのは、どのような人物になるのか。[*7]木陰に佇むロマンティック・ヒーローでは限界がある。選んだ職業は洋画家であり、その言葉を受け止める人物としてまず伯爵そして文筆家が選ばれた。

画家という設定についていえば、『酔美人』の章でも触れたが、荷風は黒田清輝の絵を黒田のフランスからの帰国早々に見ており、東京美術学校の西洋画科教授職に黒田が就任した頃には美術学校の西洋画科への入学を希望したこともあった。黒田は日本での西洋画の第二世代になる。これは工部美術学校卒業生主体の明治美術会の画家たちを、油絵という新しい造形ジャンルを学んだ第一世代に数えるためである。第一世代の浅井忠（一八五六〜一九〇七年）や小山正太郎（一八五七年〜一九一六年）らが伝統的なアカデミズムの作風を伝える茶系の画面で農村部を写実したのに対して、黒田や朋友の久米桂一郎（一八六六〜一九三四年）は、パリで穏健な印象派流のラファエル・コランに学んでおり、明るいのびやかなトーンで画面を構成した。婦人像が好まれた主題であった。彼らの画壇への登場は画家小林万吾が「例令へば真暗な野路を辿つて居ました者が、にはかに一道の火光を認めた様なものでありました」（談話『吾々の十年前』「光風」一号」一九〇五年七月）と回想したように、一つの衝撃であった。[*8]

荷風はパリで十九世紀のサロンの画風も、当時盛んであった色彩の鮮やかな油絵の実作も眼にしていたが、[*9]帰国後の印象派に関する紹介文を読む限り、もともと好んでいた黒田らと傾向を同じくする、穏健な印象派風のものが好みであったようだ。「目下油画会が二ツ開会して居る。一方は温和で、一方は極端な反抗派である。其の中には画だか、絵具だか訳のわからぬものがある」と書いている。「反抗派」の方はフォヴィスムの絵画を指していると見てよいだろう（西村渚山宛、同前）。フォヴィスムの写実を越えた力強い色彩の氾濫よりも、街の印象を伝える画風が荷風の感性にはあっていたわけだ。これは彼のスタイルでもあった。このとき同じくパリで絵画展を見ていた日本人の一人に、高村光太郎がいた。彼と荷風は高村の帰国した年の秋の文展を、雑誌「スバル」での合評のために共に見学をし、一枚のモネ風の出品作をめぐって異なる見解を打ち出す。わたしたちはこのいわば双曲線の交わりについては後章で見る。

『ふらんす物語』の「ふらんす日記」の章で、パリを描いた小説は三編ある。これらは帰国の途上に船中で執筆や清書をしたものであろう。とはいえ発表順序はそのまま、その時期の作者の思いを映しているようである。

わたしたちにとって気になるのは、この三編とも主要人物に画家がいることである。それもエリートの立場が与えられている。大使館より直接命を受けて大臣を辞任したばかりの伯爵夫妻を案内する画家、帰国すれば画壇の星といわれ美術学校のポストも保証されていると喧伝される画家、フランス留学を経て今では画壇の老大家と言われる画家である。一九〇八年前後パリで勉強していた日本人画家は藤島武二（一八六七～一九四三年）のような現職の教官を初め[*10]、高村光太郎や山下新太郎（一八八一～一九六六年）、斎藤豊作（一八八〇～一九五一年）といった東京美術学校出身者が多かったが、梅原龍三郎（当時、良三郎、一八八八～一九八六年）や安井曾太郎（一八八八～一九五五年）のように、若手には京都の私塾（工部美術学校出身で京都高等工藝学校教授の浅井忠が開いた聖護院洋画研究所）出身者もいて梁山泊を競い合っていた。そうした状況を反映しているのでもなさそうである。荷風がニューヨークで読んだゾラの『クロードの告白 *La Confession de Claude*』（Librairie Internationale, 1865）（一九〇六年一月二三日に同書の最終章を読むとある）のようなパリ・ボヘミアンの小説中では画家、音楽家、詩人が多く芽の出ないままに終わる。当時の留学生活を振り返って書いた有島生馬の未刊の長編小説『死ぬほど』(「新小説」一九一五年五月、九月、一六年一月、四月)では、才能がありながらモデルの女性に振り回され病を得て客死する日本人彫刻家が主人公になっていて、こちらこそボエーム小説にふさわしい。それとはよほど異なっている。つまり過度に悲劇的でなくほろ苦く甘い余韻の残るものに仕上げたかったのか。そのためには美術家であってもエリート画家が必要であったようだ。

荷風がアメリカで知り合った白瀧幾之助は美校出身であり、黒田清輝の系統の画風である。もっとも有島や湯浅一郎(一八六九〜一九三一年)と同じアトリエのグランド・ショミエールに通った白滝とは異なって、荷風が一世代若い彼らと直接交際した記録はない。荷風は、渡米以前でのパリ留学の日本人画家のイメージも持ち続けていたようだ。たとえば一八九七年に初の文部省美術留学生として渡仏し四年余り過した岡田三郎助(一八六九〜一九三九年)や、一九〇〇年三月に文部省留学生となり渡仏し、一九〇三年に帰国した和田英作(一八七四〜一九五九年)といった、東京美術学校助教授が留学をして帰国後教授職についたケースがあったろう。和田は明治学院では島崎藤村(一八七二〜一九四三年)や、彼の小説『水彩画家』(「新小説」一九〇四年一月)のモデルのひとりになった三宅克己(一八七四〜一九五四年)の同窓生であったので、荷風の関心の範囲に入った可能性はある。この設定のために浮上するテーマが、日本の社会及び嘱目されるエリート画家がパリで過ごす意味である。『ふらんす物語』ではこれを、それぞれのケースであぶりだしてみせる。

2 「巴里」の二面・『ひとり旅』

最初の作である『ひとり旅』(「中学世界」一九〇八年九月)の物語内時間は、四月初めの午後である。主要人物は、シャンゼリゼのホテルに逗留している日本人伯爵とその妻、そして日本大使館から伯爵の美術館案内役を依頼された画学生である。つまりこの画家は公が認めるエリートということになる。画家に宮坂という名は与えられているが、直接には登場しない。伯爵のもとに彼からの手紙が来て、伯爵がそれを読み上げて画家の人となりや独自の考え方が読者に伝わる仕組みになっている。手紙では、伯爵がパリに引続きイタリア旅行の通訳とガイドを依頼したその返答として、断りとその理由とを丁寧に記している。

彼はなぜこのありがたい申し出を断ったのか。それは「余は余りに深く淋しみを愛ずるが故」という。そして「寂寞は唯一の詩神」だからである。「閣下よ、令夫人よ、余は淋しき人に候、淋しき藝術家に候」と彼は書いている。

淋しいという言葉はフランス語の **solitaire** 孤独好きという意味の語を意識して用いているようだ。その心境を代表するのは、「終生孤独に泣きたるフランス、ロマンチズムの音楽家ベルリオ」がバイロンの詩に想を得た「伊太利に於けるハロルド」であり、マラルメの『秋の嘆き **Plainte d'automne**』(in *Divagations*, Fasquelle, 1897)である。荷風は実際にこの曲をリヨンのオペラ座で聴いていた(『日誌抄』一九〇八年一月十九日)。画家はベルリオーズ **Hector Berlioz**(一八〇三〜六九年)の曲からはヴィオラの「音色の悲しさ」に打たれて、その響のように「独り、唯だ独り、寂しき異郷の旅をつゞけたく存じ居り候」とその希望を書き綴っている。「然り、寂寞の情、孤独の恨ほど尊きものは無之候」ともある。またラマルティーヌの『瞑想詩集』には『その人　バイロン卿に **L'Homme : à Lord Byron**』というバイロンを讃えた長詩があり、荒涼たる風景を行く詩人を描いている。ここに「かへり道」の章の『悪感』で引用されているミュッセの『五月の夜』の詩人像を持ってくると、よりはっきりする。孤独や絶望の中から霊感が生じて詩を生むというその創作のあり方が重要なのであって、結果としてどのような作品が出来たかは問題でない。『ひとり旅』の画家がどのような絵を描いているかについては全く触れられていないのも、エリートの画家という社会的な立場とその藝術家らしさを伝える性格づけが重要なのであって、その画風は問題でないからなのだ。

代わりに筆が費やされるのは彼の好む場所である。これが彼の藝術家らしさと不可分になっている。それは「セーヌ河の左岸なる露地裏のさま」であり、「セーヌ河の石堤に沿ひて立ちたる、病みし枯木の姿を、灰色なす冬の空の下に眺むる事」が心を喜ばすという。そして画家の好むこのロケーションは、テクストの冒頭で描かれている伯爵が逗留するホテルの周辺と対極的な雰囲気をもっている。したがって読者にはパリの二つの全く異なった面の両方が、魅力的なものに感じられるわけである。

最初に画家の好む局面から見ていく。

かゝる安泊りの、殊に印象深きは、昼とも夕ともつかぬ薄闇き秋の日の午後《ひるすぎ》の、いつとはなく暮れ行く頃に有之候。一室の空気は、壁より生ずる幾分の湿気を帯び、長き午後のまゝに沈滞致し居り候。唯だ一ツ、穿れたる窓よりは、名残の空の光進み入りて、白き窓かけを蒼白く照らす。この光によりて、寝台の角、鏡台の縁の一面は磨ける金属の如くに輝けども、その陰には已に夜蟠りたれば、あらゆる家具は輪廓おぼろとなりて、病みつかれて横はる動物《けもの》の如く見え候。心は倦み果てゝ、昨日の追想を繰返す力だになし。窓の下には貧しき小路のみ聞かる、女房の声、子供のさわぐ声。遥か大通りの方には車の轟き止む事なく過ぐ。かゝる物音の中に、忽然として響出るものは、裏町をさまよふ乞食の、とぎれとぎれなる紙腔琴（オルグ、ド、バルバリー）の音に有之候。

「巴里の小路」の安ホテルでの「昼とも夕ともつかぬ薄闇き秋の日の午後《ひるすぎ》の、いつとはなく暮れ行く頃」がことに印象深いといっているから、状況へのこだわりが非常に細かい。雰囲気のある一つの時空間を作り、読むものに伝えようとする意思が伺える。描写力が際立っている点に、絵画作品の作品記述を思わせる、画家ならではの冴えがある。まず印象派風に「空気」。壁からの湿気が淀んでいる。窓からは名残の空の光が入ってきて「白き窓かけを蒼白く照らす」。この光によって寝台の角や鏡台の縁が「磨ける金属の如くに輝」き、やがて夜になるとあらゆる輪郭がおぼろになって疲れて横たわる動物のように見えてくる。次は音である。女房や子供の声や車の響に混じって、角付けのオルグ・ド・バルバリーが突然響く。そして引用の直後では、マラルメがこの楽器を歌った散文詩『秋の嘆き』での哀切きわまる状態を説明するのである。皮膚感覚、色彩や輝き、音の響を重ねるように書き記し、そこに分け入る音楽というのは、まさに荷風が一つの時空間の雰囲気を作るのによくつかう描写の手法である。

　さらにこの手紙に、ボードレールの散文詩集『パリの憂愁 ***Spleen de Paris***』からの部分的な取り込みが指摘出来る。一つは『藝術家の〈告白の祈り〉**Le «Confiteor» de l'artiste**』の冒頭部分で、「秋の日暮れというものの、なんと身に沁みることだろう！　ああ！　苦痛にいたるまで身に沁みる！　なぜなら、漠としていることが強烈さの妨げとはならぬ、そういう類の甘美な感覚《サンサシオン》というものがあるからだ。」とある。これまでの荷風のテクストにも描かれている秋の黄昏への偏愛だが、苦痛に甘美さを覚えているという点が画家の好みに一致する。また室内の光景へのまなざしに『二重の部屋 **La Chambre double**』[*11]での、「一つの夢想にも似た部屋、そこに澱む空気が、淡く薔薇色と青に染まっている、本当に精神的な部屋。」、「この上もなく繊細に選び出された、ごく微量の芳香が、ほんの僅かな湿り気をおびてこの雰囲気の中に漂い、そこにまどろむ精神は、温室さながらの感覚《サンサシオン》にやさしく揺られる。」、「家具たちは、長々と伸びて、虚脱状態におちいり、物憂げな姿をしている。夢見る風情だ。」という箇所が空気、家具、光線、雰囲気への注目や生き物の比喩などへの注目において一致する。ボードレールの語彙で表されたパリの、メランコリックとはいえ夢想的な魅力が、藝術家の筆を通して日本の読者に示されているのである。

　一方伯爵がホテルから見る光景は次のようなものである。場所はシャンゼリゼ。季節はパリでは春もまだ浅い四月初め。「午後の三時過ぎ」、つまり最も日差しの強い時間である。その光によって、街路樹のマロニエの新芽が「見渡すかぎり一面に真珠を連ねた如くきらめいて」いる。馬車や自動車が行きかう中、活動写真の広告隊が通る。広い四辻の中央には噴水があって植木屋が草花の苗をその廻りに植えている。人ごみの中を風船売りの風船が揺らめく。この場面では重苦しい長い冬を終えた、華やいだ浮き立つ気分がよく現されている。室内についての描写はないが、「荘麗なホテルの高い窓」という言葉と、宮坂からの手紙が銀製の盆に載せられて「制服美々しいホテルの給仕人」によって運ばれたという点に、画家の好む安ホテルとの違いは充分に出ている。

　ここで注目すべきは、パリの街によって明らかになった宮坂と伯爵の両極端なあり方が、決して対立していないことである。パリの街がさまざまな特徴をもつ街区を包含して成り立っているように、二人の個性が物語の中で互いに引き立てあっている。画家は手紙を今後の創作活動への援助を約束してくれた伯爵に向けた、感謝の言葉から始めている。いわく、美術文藝の進歩には時に政府や貴族富豪の庇護が必要であるのは、フランスの藝術を見ても明らかであって、「伯爵並びに伯爵夫人の如きパトロンを見出し得たる事は、単に小生一個の身の上のみにはあらず、東洋藝術界全部の幸福と信じ申候」と。伯爵の方は画家の手紙を読み終えたあとで夫人に向かって、おそらくは画家にとっては最大の賛辞となる言葉をかけている。

・『分つたか。新しい日本人だ、日本も斯う云ふ変つたものを出すやうに成らなければならぬ。』
・『宮坂の様な変つた男、思想の病人が出て来たのは、乃ち日本の社会が進歩した、複雑になつて来た證拠ぢゃ無いか。私は喜ばしい事だと思ふ。』

宮坂を新しい日本人として、これからの日本にむしろあるべき人材として評価している。この話は、伯爵に文人であり文部大臣も努めた西園寺公望の面影を認めることが出来たとしても、勿論フィクションである。「変つた男、思想の病人」でも大使館からも注目され、大臣まで務めるほどの伯爵からこのような評価付けが与えられるという楽観的な展開に、荷風の日本への期待があったかと思われる。そこで思い出されるのは、パリで出会った荷風についての上田敏の言葉である。「永井君には度々逢ひました。（中略）まだ若い人ですが、何でもよく分つて、華かな人です。あんな人が巴里のやうな処へ行つてゐたら面白いでせう。どうしても吾々とは一時代違ふやうな気がします。近代人《モダアンズ》です。」（座談『漫遊雑感』「趣味」一九〇八年十二月）また上田敏が欧米では「個人の思想を十分自由にし、個人の発達を十分に図る」ために、さまざまな個性によって文明が出来社会一般が進み行くと説いたのも思い起させる（談話筆記『滞欧所感』「中央公論」一九〇八年十二月）。異国のカフェで直接荷風にこのような感想を述べた、と想像するのは行き過ぎである。けれども『ひとり旅』を書いていた時期、すなわち雑誌発売時期（九月十日）からみて、パリ滞在時か船の中（五月三十日ロンドン出港から七月十五日神戸着の間）で書いていたその時期には、パリの街の多様な界隈のそれぞれでその場所にふさわしい生き方があるように、日本でもそれが可能であるのを密かに願っていたのが伝わってくる。

この街を背景にして二人の互いを尊重しあう姿は、二人がパリという空間にいるからこそ成り立ちうる。これが続く二作では徐々に日本の現実が重くのしかかってくる。先走っていうならば、『ふらんす物語』のうち「ふらんす日記」のパリを書いた三編、「かへり道」の章、そして小説『放蕩』に日本の影がより暗く映り、それに反比例するかのようにヨーロッパで言う「光の街 ville des lumières」の「巴里」は輝きを増して来るのである。

3　「さすがは巴里」ということ：『再会』

『再会』（「新小説」一九〇八年十二月）に出てくる画家は、雅号を蕉雨という。語り手のアメリカ時代の友人で、五年前にセントルイス万国博覧会で出会って親しくなり、その後ニューヨークに二人が住むようになってから一年余り、毎晩夕食を共にした間柄であったという設定になっている。この物語ではパリという場所、そこを流れる伝統の時間、そこにいる日本人の立場が問題になってくる。もう夢見心地の時空間に身を寄せてはいられないのだというように。

蕉雨のモデルが特にいたとは思われないが、リアリティを出すためここでも白瀧幾之助との邂逅をベースにしているようだ。セントルイス博覧会で出会い、ニューヨークで再会している。[*12]『再会』の画家は十四丁目の美術学校の夜学に通いながら、本命の留学先として西欧を目指している。白瀧はセントルイス博覧会を期に渡米し、九月からはニューヨークで自炊の留学生活を始め、昼は米国人画家の助手をし夜はナショナル・アカデミー・オブ・デザイン National Academy of design（現在の National academy School of Fine Arts）の夜学に通って主にデッサンを勉強していた。優遇されていたが、一九〇六年十月頃にはロンドンに渡り、四ヵ月後にパリに移り住む。が、一年弱で再びロンドンに戻って、ニューヨーク時代からのひと回り近く年下の友人である高村光太郎と同宿している。[*13] もっとも荷風とパリで再会する機会はなかった。そのことが却って、荷風が画家の登場人物に思い入れを託しえたのかもしれない。

登場人物の経歴から必然的に、この物語でパリの街は『ひとり旅』のような二人の人物による一種の棲み分けになっていない。前半でニューヨークとの対比からその美しさが強調され、しかし後半では日本での将来が画家を通して暗示されている。そのとき前半で繁華街の華麗な光景に見とれたときの、「酒の酔に等しく、幾分の苦悩を交へた強い快感」といった陶酔感を味わうのではすまなくなった次元が語られる。

冒頭部分からパリを特別な場所と見てそれに対する強い憧れが、強調されている。

> はからず海外で親しくなつた友達と、又はからず、何処か異つた国で落合ふ程嬉しいものはない。
> しかも今、処は巴里――
> 自分は暮れかゝるブールヴァール、デ、イタリアンとて、市中第一の繁華な大通りの、目も眩む程な馬車、自働車、乗合馬車の雑沓を眺むべく、路傍に日蔽をした、唯あるカツフェーの椅子に坐つて居た時、突然、彼に出遇つた。

夕刻のパリの繁華街の方が、再会した友人の名よりも早く書かれるのだ。パリでは四月になると、カフェなどが待ちかねたように日よけを張り出してその下に椅子を並べる。そこにすわり何をするともなく通りを眺め、ほの明るい空を眺めながら時がたつのを感じる。そのような意味を持たない「今、処」が、この物語ではニューヨークの過去の時間と東京の将来の時間との対比で一層引き立てられていく。この場面の後で出会った友人の名前と画家であること、アメリカで出会ったいきさつや、二人ともアメリカの社会の「常識的」で藝術を解さない傾向が気に入らなかったと語り合う。

それから非常に長い一段落で、夕暮れ時のパリの街角の様子が綴られる。続く段落の文でようやくこれが二人してこの時長々と眺め入っていた光景であったことがわかるような、破格の叙述である。

巴里は、今、次第に暮れて行く。四月はじめの、薄色した夕霧につゝまれて、往来の向側に、まだ冬枯姿の並木を控えて並立つ、高い建物の列は、程よい距離を得て、丁度劇場の書割のやうに霞み出した。建物の屋根、軒、壁に飾置した電気仕掛の、色さまざまな広告の文字は、商店の硝子戸、両側の街燈と共に、一度に新しい燈光を輝かし初めたが、黄昏の空はまだ薄明るくて、遠くの方までが、燈ならざる光で夢のやうに見透す事ができる。とは云ひながら、極く近く、目の前を過ぎる人や車の雑沓は、一様に漠然とした鼠色になり、唯だ影と影とが重りつゝ、動いて居るに等しい。丁度、巴里中の商店会社の雇人が一時に家路を急ぐ刻限で、乗合馬車の混雑、馬車自働車の行交をば、少時目を据えて見詰めて居ると、カッフェーの椅子に坐つて居ながらに、自分の身体までが、周囲の回転に連れて、動いて行くやうな眩暈を感ずる。折から、早や角々のカッフェーでは、賑な舞踏の曲なぞ奏し出す、と、其れが又、明かには聞き取れず、車の響、人の足音、話声に掻消されて、断えたかと思へばまた続く。稍や肌を刺す冷い湿つた夕風につれて、近処の料理屋の物煮る臭ひが、雑沓の男女の白粉や汗の臭ひに交つて、何処からともなく流れて来る。神経はかゝる周囲の刺戟によつて、特別の昂奮を催す処へ、精霊は却て静り行く黄昏の光の幽暗に打沈められるからであらう、名状すべからざる清新の混乱——それは酒の酔に等しく、幾分の苦悩を交へた強い快感を生ぜしむるのであつた。

このようにまず時と場所が示されて、まさに〈歌舞伎のそれではなく〉オペラの舞台上の光景のような世界を縷々と綴る。もちろん色、光、影が織りなす微妙な明暗が彩っている。ついでさまざまな響、冷たい湿った風の触感から通行人の白粉や汗に飲食店からの匂いが混じり、「夢」のような見え方、周囲の回転につれて感じる軽いめまい、そして

「神経」の受ける刺戟とそれとは逆の「精霊」（esprit の訳語の一つで、ここでは魂の意味で用いているようだ）の落ち着きとで、先に挙げた「精神の混乱」を感じるという。感覚と神経のめくるめく状況によって、パリの都市空間が表されるのである。この場所、「ブールヴァール、デ、イタリアン」boulevard des Italiens というこの右岸の大通りは、十八世紀以来の豪奢なカフェやレストランが軒を連ねオペラコミックやオペラ座、ヴァリエテ座も近く、夜毎賑わいを見せていた。[*14] ゾラの『ナナ *Nana*』（Charpentier, 1880）の舞台となった界隈でもある。

この後で二人が、ニューヨークではそれぞれの仕事の帰りに落ち合って安料理屋で気炎を上げていたことが判る。蕉雨の言葉の「ニューヨーク時代の放浪生活《ボエーム》」から、二人でニューヨークでの生活を懐かしむ。勿論このボエーム生活とは、荷風が友人宛に日本語と英語で記した「書生生活（Bohemian Life）」と同じものであり、フランス語であればプッチーニ Giacomo Puccini（一八五八〜一九二四年）のオペラの「ラ・ボエーム」（1896）の原題「La vie de Bohème」になる。十九世紀末からのパリずまいの若き文学者・美術家・音楽家の、生活は豊かではないが将来への夢だけはある集団を指している。二人はニューヨークでは日中の仕事と夜の勉強の間を縫って、値段も手ごろなリトル・イタリーの料理屋で一緒に夕食をとり、アメリカ社会を痛罵しつつ西欧を夢見ていたのだった。

今、パリで再会した二人は、パッサージュ（アーケード街）のイタリア料理の店で往時を懐かしみあった。この場面ではシャンゼリゼともまた違った、パリジャンの夜が丁寧に書かれている。おそらくパッサージュ・デ・パノラマ Passage des Panoramas であろう。大通りと異なり少し奥まっていてくだけた雰囲気が、膝を交えての夕食にふさわしい。食事が済んで「九時過ぎで、パツサージユを出ると、丁度パリーの諸劇場が一度に開場する時刻である。」と、今度は「見渡す大通の眺めは、すつかり変つて了つた。」という文で始めて改めて、夜のブールヴァールの美しさを語り出す。語り手の方は微酔や辺りの賑やかな様、明るさ、美しさに「まるで泥酔したもの丶様に、ふらふら歩いて」いた。夢に酔うパターンである。オペラ座の前に出てその「壮麗を極めた大建築」に見とれ、その前の広場の片側にあるカフェに入る。そこでもまた光と色の動きと音とを燈火や客の衣服や音楽から感じ取る。日本では「花の都」と呼ばれるパリだが、ヨーロッパでは「光の街」と言われている。その呼び名にふさわしい光景になっている。つまり物語でここまで主になっているのは、パリの繁華街の暮れ方から夜にかけての表情なのである。人物は二人ともそれを引き立てるためにニューヨークを持ち出したり、目前の光景に感激しているようだ。そして気恥ずかしくなるぐらいの決め言葉。

『さすがは、巴里だ！』

このあと、ニューヨークとの対比から特に、藝術に理解のある街と市民に対しての尊敬が縷々述べられる。また目下フランスにいて、「クラシツクからロマンチズム。ロマンチズムからサンボリズムに至る今日まで、幾多フランスの藝術家が、藝術の為めに苦み悩んだ其の同じ空気を吸ひ、同じ土の上に住んで居る事」に幸福以上の「深い、熱い感情」を感じていると熱弁を振るう。下積みのボエームの生活はもう終わったのだとでもいうようである。

ここを頂点として、テクストは後半部に分けられ、画家の蕉雨の憂いに焦点が移る。彼はパリに来て三ヶ月ほどは夢中で写生をしていたものの、いざ画室で創作に取り掛かろうとしたとき、「気力の抜けたやうな、妙に裏悲しい気がして、何にもするのが厭になつた」という。語り手は日本からの新聞で知ったこの友人の栄えある前途を讃え、「成功の人」というのだが、蕉雨はその成功を意識したところから「人間の最大不幸」が始まると嘆く。「よいにしろ、悪いにしろ先が見えて来た」のであり、「多年の夢からぽつと目覚めた後の心持」の悲惨さがその心境だという。

一方二人がカフェを出てマドレーヌ寺院の方角に進み、コンコルド広場の方へ曲がっていくその道の描写は少ない。ついで二人はナポレオンのエジプト遠征を記念するコンコルド広場に出ている。エトワールの丘の凱旋門とルーブル宮の凱旋門とを結ぶ軸線上にあり、パリ随一の豪華なアレクサンドル三世橋の向こうに国民議会の建築を置く、まさに成功と権力の象徴と言える場所である。ここで再び描写が始まる。蕉雨の思いを反転するかのように。

長からぬリユーロワイヤルの街は程なく尽て、二人の目の前には有名なプラース、ドラ、コンコルドの広々した夜の眺めが開展された。広場一面に散乱する数多い白熱燈の光で、広場の周囲に立つて居る、仏国の各市を代表した女神の石像から、右手は立続くシヤンゼリゼーの茂り、左手はチユイルリーの宮庭が見え、正前は遥か彼方の橋の火影で、セーヌ河を越した議事堂《ブールボン》の屋根までが見えるかと思う程に明るい。

加太宏邦は『ふらんす物語』にしばしば記述される「四辻、並木道、河岸通り、街路樹、大通」が日本の都市との差異が際立つ「ヨーロッパの都市景観に欠かすことの出来ない仕掛け」であり、「街の景観の必須の舞台大道具」としてこれらの都市の要素を荷風が過不足なく活写している点を高く評価している。[*15] セントルイス万国博の会場の説明では、メインの巨大な広場のヴィスタ空間を表現し切れなかった感のある荷風だった。ニューヨークのセントラルパークではその広大な敷地を楽しむでもなく独りの視点に閉じこもったり、グリッドの区画割りでの勢いある流れに巧みに乗ったり、時に一息をついたりしてもいた。それがパリのような計画されたバロック都市の景観――軸線が都市を貫通しその先の広場にアイストップとなるモニュメンタルな建造物をおくことで、ヴィスタの効果をもつ空間設定――を物語の舞台空間として言語化しえるまでになった。これに美的な価値を見出しているのは、それだけ身体に馴染んだということだろう。ただしここでは皮肉なことに、このパリが表象する勝利の美によって、日本人としての自分の「成功」を喜べず、このあとの発展はないと考える画家の落胆が引立つ。ここで画家はせめてイタリアだけは「永遠に心で夢見て居たいと思ふ」とつぶやく。

対比ははっきりしている。パリにいてかつて夢見ていた以上の夢に酔うことの出来るものと、夢が覚めてしまったもの。キーワードはここでも「夢」である。登場人物は現実の人物でないので、その理由を詮索することは出来ない。が、あえていえば、パリの富を享受することに喜びを見出している段階のものと、それを今度は日本人に向けて表現することが義務付けられているものとの違いがある。憧れの地を実際に見て興が冷めたともとれるのだが、物語の初めのほうでは語り手同様、夕暮れのグラン・ブールヴァールの賑わいに見とれているのだから、パリの都市としての魅力に失望しているわけではない。そこで蕉雨の置かれた、美術の本場を見たことがなにかしら意味を持たなければならない「帰朝者」の立場が問題として浮上してくる。つまり日本でのフランスやイタリアを見た画家の存在の重みが、重圧でもあり虚しくもあり、といったところか。

さらに創造者《クリエイター》としてはつぎのようなジレンマもある。ニューヨークは外国人に、気ままで夢見がちのボエーム生活を許してくれた。パリは藝術の伝統のただ中に生きさせてくれる。しかし日本に帰ったら、洋画家としてその伝統を踏まえつつ表現することが出来るのだろうか。会話から蕉雨がもっぱら風景画を制作しているのがわかる。日本の風景を今の技術でどのように表現したらよいのか。荷風の帰国後の作ではあるが、『帰朝者の日記』には「いくら我々は洋画を研究しても一度び欧州を去れば、忽ち描くべきモデルを見出す事が出来なくなる」という画家の嘆きが紹介されていた。これはこの時期の洋画家の共通の悩みでもあった。[*16]

画家でない荷風に、こうした洋画家の不安や重圧は深刻なものでありえたか。確かに荷風は風景画家ではないが、自分の感性が受け止めた風景を描こうとする作家であった。その風景が都市であれ、田園であれまたその中の点景として物語性を加える人物であれ、欧米とではすっかり変わってしまうのは、漠然とわかっていただろう。眼の前の光景が素晴らしければ素晴らしいだけ妙に脱力感を覚える。またフランスでどんなに藝術上の伝統の力を認識したところで、日本人作家はそれに参入することは出来ない。荷風は帰国後に、フランスでは文学界においても美術界においても「クラシックの土台に立つた」作品が重んじられているのを力説している[*17]（『吾が思想の変遷（談話）』前掲）。このような日本とフランスの差異の構図を鮮明にしてくれるのが、画家という人物設定であった。

二十世紀初頭の日本人がフランスのクラシック、少なくとも十七、八世紀以来の伝統を踏まえて革新的な創作をするのは非常な困難を伴った。『再会』を論じるものは必ずといってよいほど、荷風自身の「巴里滞在は文学家として僕の生涯で、一番幸福、光栄ある時代であらう。僕もさう承知して、目覚しく活動する覚悟であるが、自分は折々云ふに云はれぬ寂寞を感じて、やるせがない」という感想を引用して蕉雨の心境と重ねてみる（西村渚山宛一九〇八年四月十七日付）。荷風はやるせなさの理由を書いていないが、フランスで学んだものが日本で受け入れられるかわからない、自分のなして来たこと、苦労して得た自分のスタイルを思うにつけても、帰国を目前にして何にふれても、いまさらという虚しさを抱かざるを得なかったのであろう。

物語は二人が馬車に乗って「烟のやうな深い影」を見て、蕉雨が「ナポレン大帝が光栄の死骸《なきがら》！」といい、語り手がそれを仰いで「凱旋門は夜の中に謎の如く立つて居る」のを見て終わる。あたかも凱旋門（設計 Jean-François Chalgrin, Abel Blouet, 1832-36）が栄光の象徴であると同時に「成功の悲しみ」を伝えるものでもあるかのようだ。ここで凱旋門はスフィンクスのように静で動かない。語り手のパリを彩っていたきらめきゆらめく光も色彩も音響もない。それ以前の時空間を感覚を通じて一つの雰囲気として成立させる書き方とは、対極的な凱旋門の描写は、大変興味深い。世界と自分との間を感覚でつなぐことによって独自の陶酔的夢の時空間をつくるのではなく、モニュメントたった一つが、ものそのものとして立ち現れている。これまでの流暢な描写のテクニックを許さない世界がそこまで来ているのを、暗示しているようである。

ニューヨーク時代の過去から抱いていたパリの夢が、この先の日本の現実が見えてしまった時点で終わってしまった。次なる夢を持つことも出来ない。しかしパリの光景そのものは美しい。ではどうすればよいのか。この時点では日本の現実を見据える前に、そこまで迫って来ている日本の社会を、今度もやはり画家を通じて「ニユーヨーク時代の放浪生活《ボエーム》」同様、過去の物語にしてしまうのが次の『羅典街《カルチエーラタン》の一夜』であった。

4　左岸で夢みる「巴里」と日本：『羅典街の一夜』

『羅典街の一夜』は「幾年以来《このかた》、自分は巴里の書生町カルチエー、ラタンの生活を夢みて居たであらう。」という思

28

29

30

31

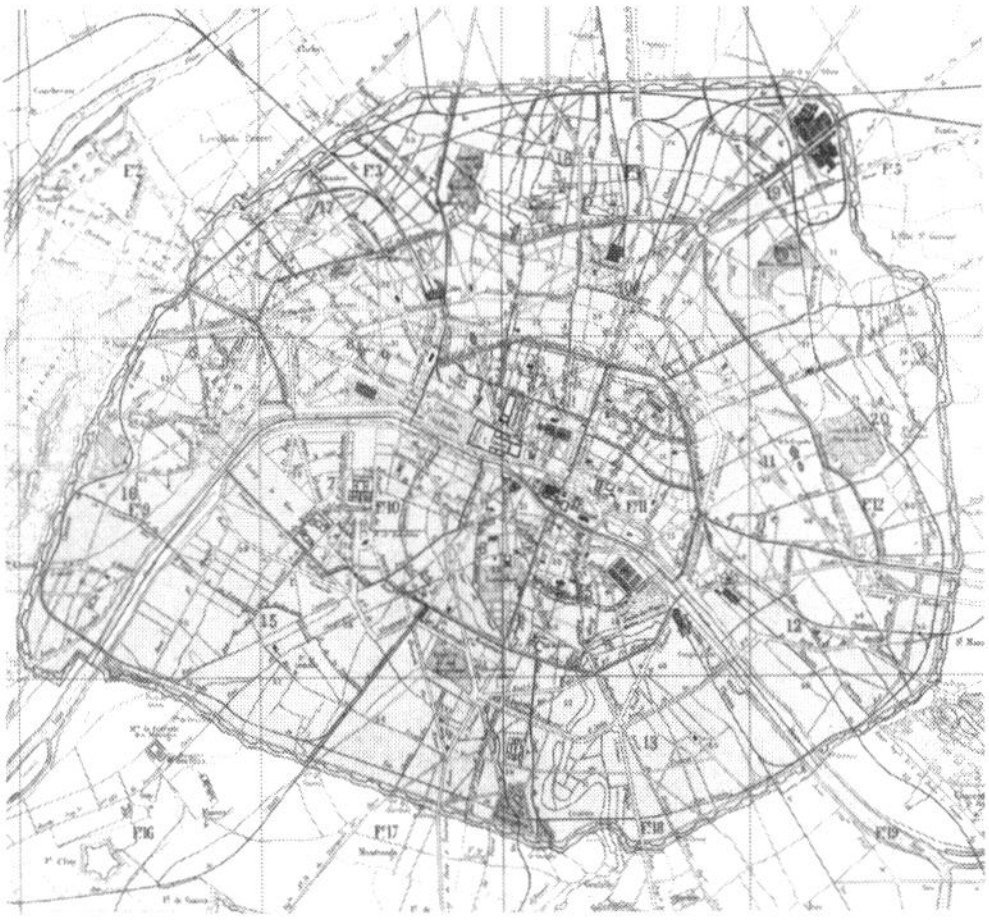

32

33

＊　**フランス、都市の構成**

28　荷風が出したリヨンの絵葉書（1908年12月22日付）。丘と川に囲まれた歴史ある街並が写されている。

29　荷風が勤めた横浜正金銀行リヨン支店のファサード。ピアノ・ノビーレのある都市型建築。

30　気球によって200m上空から撮影したグランパレ、プティパレ、ロン・ポワン・デ・シャンゼリゼ。グランパレでは秋の官展が開催された。

31　同じくカルノ通りから見た凱旋門。

32　1859年の法律によって20区になったパリ地図（Eugène Haussmann (dir). *Atlas administratif des 20 arrondissements de la Ville de Paris*, Service Municipal du Plan de Paris, 1868）。城壁跡がよくわかる。

33　「風俗画報」いわくの「パリの銀座通」のオペラ通り。

い入れたっぷりの一文で始まる。前作の『再会』での蕉雨の気落ちを打ち消して、仕切りなおしているかのようである。ついでカルティエラタンを描いた典型的なボヘミアン小説を引用しながら、この界隈の小説や芝居と変わらぬ雰囲気を説明している。冒頭で並べられるのは、「モーパッサンの小話、リッシユパンの詩、ブールヂヱーの短篇」。そして「ゾラが青春の作「クロードの懺悔」は書生町の裏面に関する此の上もない案内記であつた」と書く。さらにイプセンの『亡魂』、プッチーニの歌劇「ラ・ボエーム」[*18]と続く。

荷風はニューヨークで歌劇の「ボエーム」を見ていた（『日誌抄』一九〇六年十二月十七日）。『クロードの懺悔』もニューヨーク時代に読んでいた。まさに「ニューヨーク時代の放浪生活《ボエーム》」で育んだ夢をかなえたわけである。イプセン **Henrik Ibsen**（一八二八〜一九〇六年）の『亡魂（幽霊）』（1881）は三幕の脚本であり、荷風はオデオン座で講話付きの上演『幽霊 *Les Revenants*』を観ていた（『仏蘭西観劇談　上』「国民新聞」一九〇八年十二月二二日）。当時の日刊情報紙「コモディア COMOEDIA」を調べたところ、荷風が見たのは四月十六日か三十日の昼興行になる。全体を見れば社会劇でボエームの物語とはいえないが、『羅典街の一夜』では「オスワルドが牧師に向つて巴里に於ける美術家の、放縦な生活の楽しさを論ずる一語一句に、自分は啻ならぬ胸の轟きを覚えた」と書いているために、かえって語り手の関心がパリ・ボエームに集中していたのがわかる。

これらのほかに荷風のボエームのイメージを作った先行作品がある。モーパッサンでは前記四月十七日付書簡で感心していた『隠者 L'Ermite』(in *La Petite Roque*, Havard, 1886、カルチェラタンの娼婦との思い出語）が挙げられる。『ふらんす物語』の「橡の落葉」の章の『裸美人』では、ルネサンス座でのアンリ・バタイユ **Henry Bataille**（一八七二〜一九二二年）の『裸美人 *La Femme nue*』の観劇体験が綴られている。これは画家とそのモデルの妻との相克をテーマにした典型的なボエームもので、荷風の滞在中の五月十六日に八六回のロングランを終えた成功作である。リッシュパン **Jean Richepin**（一八四九〜一九二六年）は、いろいろなジャンルの創作に軽妙な才能を発揮した作家で、荷風が当代の流行作家の作品にも題材によって関心を寄せていたことがわかる。悲劇的になり過ぎないボエーム像を求めていたのか。そして「巴里に於ける美術家の、放縦な生活の楽しさ」というイメージを考える際に、忘れてはならないのは岩村透の『巴里の美術学生』（画報社一九〇二年十二月）である。このエッセイ集は岩村自身のパリのアカデミー・ジュリアンでの体験を踏まえていた。[*19] 自由闊達で遊び心にあふれた左岸の美術学生の姿は、日本的徒弟制度の習慣の残る美術学校の学生たちの心をすぐに捉えた。

ついでこの街ならではの街角の建造物（学校、美術館、元老院等）の説明、夕刻のこのあたりの光景などをひとしきり語る。そして後半ではカルティエラタンにふさわしいエピソードとなる、カフェでの出会いの物語を描いている。東京美術学校創立十五周年を祝う美術祭（一九〇三年十一月三日）で上演した、喜劇『巴里美術学生行列』では、学生ばかりか岩村や岡田、和田ら教授陣もパリのカフェを舞台にしたこの寸劇に出演していた。『羅典街の一夜』の後半はまさにパリのカフェを巡る青春の物語になっている。この点に影響関係を超えた藝術家の、「青春の夢」をパリのカフェの時空間に求める心性が読み取れる。つまり作者はこのテクストも、ボヘミアン小説系譜の中に組み入れて読んでもらうことを期待していたのではなかったか。そのように思いうる設定になっているのだ。

『羅典街の一夜』の前半では、語り手は「此の書生町に入り込んだ其の日の夜」と夕食後にカフェに入った折の思い出に移る。だが、ここですぐとエピソードが始まらない。物語を展開させるべく別の登場人物を出してくることはしないのだ。その代わりに長々とカフェの内部を描く。室内装飾、ピアノと弦楽器の六人の音楽師、客の様子。そしてこの場面でもまた色彩、燈火、空気、音、人間の描写を交えてパリのカフェらしい雰囲気を構築している。[*20]

> 煙草の煙で室内の燈火は黄く見える。空気は重く暖い。音楽の一節が済むと、人の話声が、皿コップの音と一緒になつて、海潮の激するやうに、一段高く太く室中に反響する。給仕人《ガルソン》や出入の人達が、目まぐるしい様に、椅子の間を歩く。

ここでは商売女たちの派手な様子も書かれているが、優れて荷風らしいのが話し声の描写である。これは客がビールや珈琲を注文したり勘定を頼んだりしているのと、それらへ給仕人が答える決まり文句に過ぎないが、un bock、Quart brune、café crème などとフランス語で表記されていて日本語訳が付いていない。こうした語を言語の雰囲気とあわせて日本語にするには、漢字かな混じりで意味を表してカタカナで発音をルビとして表記する方法がある。森鷗外がドイツ三部作でとった方法である。ただこの場面では会話として実際に発声されているだけに、日本語の文字に頼ると響が失われてしまうと考えたのかもしれない。ましてやここでの客とのやりとり、「Addition」をお勘定「combien」をお幾らと書いては、『あめりか物語』でボードレールを血肉化する前の、陋巷の巷を東京の場末の言葉で書いたのと同様の愚を犯してしまうだろう。給仕人の描写も同様で、「Voilà—Bon—Monsieur」を日本語に直してしまうと、動作に伴っているリズムが失われてしまう。この後で語り手が客を眺めながら自分の学生時代の牛肉屋の二階や蕎麦屋の裏座敷、遊郭などを思い出すが、それと似て非なる点をはっきりさせて置く工夫が凝らされているのである。

この後で、いよいよエピソードのヒロインとなる人物が現れる。随分長い前置き《プレリュード》になっている点に、気に入った場所を言葉で描くことに喜びを覚えていた作家の態度がうかがえる。しかもヒロインを出すためにもう一工夫がある。休憩をしていた楽師が再び楽器を取り、今度はヴェルディ Giuseppe Verdi（一八一三〜一九〇一年）の歌劇「トラビヤタ」（La Traviata, 1853）の「喜びの一日 Un di felice」を演奏し始める。フランスの文豪デュマ Alexandre Dumas fils（一八二四〜九五年）の『椿姫 *La Dame aux Camélias*』（1852）で知られる悲劇で、語り手はアルフレッドとビオレッタの悲恋を思い出し、歌詞を口ずさむ。

室内の空気は不透明で、重く、暖く、人を酔はせる。大方其の為めかも知れぬ。自分は何時となく、四辺に坐つて居る若い男女、今音楽が奏して居る歌劇中の人物のやうな身の上を、此の世の限りの楽みと羨んだ事もあつたものを……と夢のやうに過ぎ去つた昔の事を思ひ初めた。
　突然、傍の空いた椅子に坐つた女があるので、自分は音楽に誘はれた空想から、ふツと目覚めて、其の方を見た。

序曲からひとしきり盛り上げてからややトーンダウンし、漸くヒロインが登場する。ニューヨークのメトロポリタン歌劇場、リヨンのオペラ座に通いつめた荷風らしい演出である。そしてここでも「夢」と「酔う」の単語が使われている。ただしここでは、一旦目覚めることになっている。過去の夢が現実によって覚まされるという『再会』でのパターンに似ている。けれどもこの物語では、その現実が夢になるという不思議な時間の操作が行われる。

それを可能にするのが、女の来歴である。彼女は日本人と見て語り手に声をかけている。何でも昔、東原という画家の恋人であったという。ここで東原について語り手から情報が与えられる。日本の洋画界では「クラシックの響のする」老大家であること、パリに留学していたのはもう十年近い昔であること、「アカデミー式の錆びを帯び、今日の若い一部の日本人には、何等の感激をも与へない」こと、そしてその画伯が展覧会に出品した「鏡に対する裸体美人」のモデルがこの眼の前の女性であったこと、である。

ここで日本人読者は、東原が実在の画家を踏まえて形象されていることに気付く。いわずと知れた黒田清輝であり、この絵は『酔美人』でも触れた黒田の問題作「朝妝」を踏まえている。「朝妝」は天地一八〇センチ弱もあるカンヴァスに、等身大の鏡にむかって腕を挙げて髪を束ねる裸婦像を描いた風俗画であり、荷風の作品で示されたタイトルと構図が一致する。黒田が駐仏公使野村靖（黒田の帰国後に内務大臣に就任）の援助を受け、公使館の化粧室にあった鏡に想を得て、約二ヶ月掛けて完成させている。美術史家の丹尾安典（一九五〇年〜）が具体例を挙げて実証しているように[*21]、鏡の前で髪を整える女性裸体立像は、当時のアカデミズムの画題としてポピュラーであった。モデルの女性について記録はなく、荷風の物語を事実として裏付けるものはない。ところで、『酔美人』でインスピレーションを受けた作品として紹介したモーパッサンの『アルーマ』にも、アルーマが贈られた大きな鏡のついた衣装ダンスの前で裸体のまま様々なポーズを取るシーンが書かれていたのは、単なる偶然の一致とは思われない。いまさらながら博覧会出品作の主題の彼此の差に、愕然としていたのではなかったろうか。

黒田は「朝妝」を、帰国直後の一八九四年の明治美術会第六回展と九五年の京都での内国勧業博覧会に出品。博覧会では審査官がその価値を認めて二等賞を与えた。ところが、「日出新聞」「日本」など日清戦争のさなかでことさら保守化した新聞が、こぞってこれを非難した。『羅典街の一夜』の語り手は「かの画伯の名は、新しいフランスの藝術と、日本の社会には何時も絶えざる風教問題と共に、喧しいばかり、世人の口に言ひ伝えられた」と思い出し、自分でも「青年文学雑誌に大論文を投書した事があつた」と述懐している。もっとも荷風は一八九四年当時十五歳であるから「大論文」など書きようもないので、これは語り手の立場を説明するための言辞である。

気をつけなければならないのは、日本での裸体画の扱いに対抗する向きもあった『酔美人』とは異なって、『羅典街の一夜』では、一方でフランスでは認められる裸体画に関しての日本の無理解を難じているものの、他方で東原の作風を「已にアカデミー式の錆びを帯び」と過去の傑作に位置づけている点である。「老大家」とことさらに年齢を上にもしている。確かに荷風が帰国した一九〇八年の秋に白馬会展は休止し、かつての勢いはなかった。けれども黒田の作風は、他の会員の作品や文展出品作と比べて特に古めかしい印象を与えていない。[*22] ここでは日本への批評性は薄まって、「巴里」と「日本」の違い、ことに時間の流れ方の違いの図式化に力点が置かれているのである。

ただし『羅典街の一夜』で語られる「詩人や画家や書生の別天地、カルチエーラタン」には、「自由」や「青春の夢」「新しい藝術」といった言葉が散見され、かえってこれらの語が作者にとってオブセッションであったように思われてくる。そしてこれが牽強付会でないのは、次第に明らかになる。この物語の冒頭で、カルティエラタンについて「思想は定めなく動いて行つても、此の街にのみ永遠に変らぬものは、青春の夢」といい、「巴里の女は、決して年を取らない」というのをカフェの女を見て納得し、巴里＝永遠の青春の夢というイメージを強調していた。その対極に

「日本ほど思潮の変遷の急激な処はないので、今日新しいと信ずる吾々も、かく外国に遊んで居る間には、忽ち昨日の古いものになつて了ふのかも知れぬ」と、次々に新しさを求めて変わっていく日本を置いている。この女が親しくなったのは東原だけではなく、舟遊びをしヴァカンスで外国旅行をした日本人留学生のなかには、法律を勉強していた「伯爵《コント》津山」にソルボンヌにいた中川などもいたという。語り手は厳粛な面持ちをした老博士たちのパリでの華やかな過去に驚き、「日本に帰れば、誰れも彼れも、皆あのやうな渋い苦い顔になつて了ふのぢや有るまいか」と想像し、翻っていつまでも若々しく「音楽や笑声の中」に生きている「巴里の女」を羨む。裸体画のみならず、人生のすべての快楽を押し殺してしまうような日本の風土の重さ暗さを過剰に感じ取っていたのかもしれない。それは黒田のグレー=シュル=ロアン **Grez-sur-Loing** での田園生活での作品や、その師のラファエル・コランの絵画にあふれ出ていたような、伸びやかな幸福の感情の抹殺をも意味していたのであろう。*23

日本では、すべてを速やかに過去のものにしてしまう時間が流れている。だが、パリは変わらず「自由」「青春の夢」「新しい藝術」を保証してくれる時空間である。だからパリにいて日本を意識したとたんに夢が消え去ってしまうのではなく、パリは「夢」の時空間のままであり日本でも過去の夢としてなら温存出来る。という読み替えが、このテクストでは成り立つのである。時間の流れの速い日本では誰もがすぐに年をとり、一方パリの女は彼らの二世代分を生きている。そして画家東原にとっても語り手にとっても、彼女の姿は所詮現実のものというより、パリらしい風俗を背景とする絵姿でしかないのだ。

実際、作者は語り手を通じて、黒田がフランス生活の集大成として「朝妝」を描いたように、カルティエラタンの女性を言葉で描こうとしているようだ。一般的に言って、作家にとって描写はテクストの物語の展開を止めるものであり、同時に描写によって別な物語を喚起する時空間を想像しうる。ここでは一段落を費やしての彼女の容姿の詳述が一点の肖像画になっている。服装やその色合いに加えて、皺一つない白い肌をしていながらもかすかに眼の色に「かうした浮浪の生活に、さまざまな苦労をしたらしいやつれ」が見えると、ニュアンスをつけて彼女の人生の物語も暗示している。『羅典街の一夜』は次の文章で終わる。

音楽はマッスネが「タイス」の一節を奏して居る。ヱジプトの美人タイスと云ふ遊女が、おのが姿は永遠に美しかれ若かれと、ベヌスの神に祈願を凝す歌の一節。かの女マリヨンは聞馴れた音楽の、別に感動する様子もなく、所在なさに、記念の指環をはめた指先で、軽くテーブルを叩きながら調子を取つて居た……

マスネ Jules Massenet（一八四二～一九一二年）の「タイス Thaïs」（一八九四年）はオリエンタリスムと幻想趣味の強い物語であるが、荷風のカルチェラタンの女性は美しさと若さとは保ちながらもすでにそれらへの執着がなくなっているように見える。この場面では女性の姿は、むしろ印象派の画家が描いたカフェの一隅を思い出させる。ドガ Edgar Degas（一八三四～一九一七年）の「カフェにて（アブサンを飲む人）Dans un café, dit aussi l'absinthe」（1875-76）などに写された都市生活の頽廃的な雰囲気がある。そしてカルティエラタンの女の名前が最後に「マリヨン」であることがわかって、荷風のテクストは「ボエーム小説」の系譜の中に収まる。マリヨンはあのゾラの『クロードの懺悔』で引き合いに出されている名前なのだ。詩人のクロードは自分と元娼婦の恋人との関係を、ユゴー Victor Hugo（一八〇二～八五年）の戯曲『マリヨン・ド・ロルム Marion de Lorme』（1831）を引き合いに出して語っている。先の「コモディア」紙によればこの戯曲は荷風のパリ滞在中の四月十日と二一日に、コメディー・フランセーズで上演されていた。格式高い劇場であれば、日本の大学人の友人らと行った可能性はある。さらにこの名前からは、『旧恨』で「博士B―」がニューヨークの女藝人「マリアン」と、一年半ほど「歓楽郷」の同棲生活を送ったという青春物語も思い出させる。このような名前の一致からさらに敷衍して、『羅典街の一夜』を荷風の「ゾラ式」でない『クロードの懺悔』風ボエーム小説と考えてもよいだろう。これによってフランスのクラシックの文藝の中には入れなくても、ボエーム文学の一つにはなりおおせるのである。

それではどこが「ゾラ式」なのかというと、『クロードの懺悔』すなわち『クロードの告白』では、南仏からパリに出てきた貧しい青年のクロードの娼婦ローランスとの恋愛の煩悶が綴られている。これは、若きゾラがミュルジェールの『ボエーム生活の情景』のような愛らしい恋人とのボヘミアン生活を描いた青春小説や、ミュッセの『世紀児の告白』のようなロマン派風の青年の恋愛と絶望の告白とは、一線を画すものとして書いた自伝的物語だった。*24 ローランスがクロードを裏切り続けクロードも努力と忍耐を尽くしたが、結局彼女と別れることで新たな始まりの糸口を見出す。「ラ・ボエーム」のはかなく死んでいく可憐なミミとは違い、ローランスの容貌も性格も荒みきっているのを縷々と描いた点が、『テレーズ・ラカン *Thérèse Raquin*』（Hetzel et Lacroix, 1867）の作者でもあるゾラの真骨頂であったといえよう。ミュルジェールやミュッセの青春告白小説に対するゾラ流の現実主義に基づいているともいえる。たとえば『クロードの告白』にもヒロインが鏡の前に立って髪を梳く場面がある。そして恋人のクロードは、目つきや唇、頬を観察してそこに娼婦として送ってきた自堕落な日々の名残を容赦なく読み取っていた。翻って『羅典街の一夜』では先にみたように髪、眼や口の端に若々しさを認め、しかし頬や眼の深い色に歳月のもたらすやつれをみている。ゾラが残酷に恋人の過去を暴き立てているのに対して、荷風の方は柔かい憂愁のベールに包んでヒロインの人生の悲哀を描いているのだ。

もっとも『羅典街の一夜』の結末は確かに後ろ向きであり、さらに日本的でもあったといえるかもしれない。少なくとも洲崎の遊郭の藝者の切なくけなげな半生を描いた、『夢の女』の作者らしい結末ではある。前作『再会』からの展開を考えると、ほんの数ヶ月の間で作者に心境に変化があった。当初『再会』が雑誌「新小説」に掲載されたときのタイトルは『成功の恨み』であった。これは画家の「成功の悲しみ」という言葉によっていたのだろう。それが『再会』という、画家中心から登場人物二人の異なるパリでのあり方を暗示するものに変わった。成功を恨むのではなく、成功を齎してくれた時期を、過去の幸福な若々しい時代として描き変わらぬものとして温存する方向に向かったということになる。

かくして一旦「日本」と「巴里」とをあたかも現世と竜宮城のように別世界に位置づけ、「青春の夢」という甘美な言葉で封じ込めてしまった。十年前に青春を謳歌した青年だったものが一足飛びに老大家になりえるという誇張された設定と同様、簡単に過去の夢に酔えるものでもないことに、語り手も作者もまだ気付いていない。そして何よりもカルティエラタンのカフェというそれ自体文学性の高い、過去からの引用の積み重ねがこの物語にボエームの青春小説という枠組みを保証してくれているのを、見過ごしてはならない。『あめりか物語』での木陰・水辺・夕暮というロマンティック・ヒーローの背景から、種々のボエームの物語の背景に移ったわけである。そして作家はこの背景から出て行かなければならない。パリのカルティエラタンは変らぬ理想の空間として温存され、日本は時間の極端に早く過ぎ去るところとイメージされる。この日本の時間の流れに対してどのように向き合うのか。『再会』の蕉雨は動かないことで、自分の未来の時間に一歩踏み出すことをやめてしまう。しかし戻らなければならない。そのジレンマをこの物語では女性姿の描写によって遮り、夢の空間を背景とする風俗画に閉じ込めて終わる。

この枠組みを失ったときの新たな境地は、次なる「かへり道」の章で示される。

5　西洋でもなく日本でもなく…「かへり道」の章

二十世紀になって欧州航路はようやく民間にも身近になった。日本郵船が一八九八年五月から十二隻での二週に一回の定期便を運航したのである。往路はアントワープからロンドン、ポートサイド、スエズ、コロンボ、シンガポール、香港、神戸と寄港して横浜を終着港とした。それに伴い中継地点であるエジプトや東南アジア諸国を訪れるものも増加し、この地に触れた紀行文も発表されるところとなった。けれどもたとえばエジプトで、巨大なピラミッドでもなく、「バクシーシ」を叫ぶ物乞いの群れでもなく、「自分」を見たと書き記した日本人はおそらく一人であったろう。

眼の前に自分と相対して、自分の影が黒く、黒く、真黒く、黄い砂の上に横はつて居る。これは自分の影である。何物も、如何なるものも、自分自身さへも、地球上から消す事の出来ない自分の影である。お、、自分よ！自分は初めて、この大寂寞の中に、ぴツたり、自分と対峙した、自分を見たやうな感に打たれて、ぢツとぢツと自分と云ふ其の影をば、動かぬ砂漠の面に眺め、眺めた。

『ふらんす物語』の「かへり道」の章に収められた『砂漠』の一節である。執拗に繰り返される「自分」への注視は、パリの物語にはなかった。このあと「自分は、自分自身の手で力で、何故自分を作り出さなかつたか？自分を作つた親、自分を産み付けた郷土なるものが、押へ難い程、憎く厭しく感じられて来た。」という感想を呼んでいる。強烈な自意識がはたらいており、周囲に対する優越感でもなくそれと裏腹の劣等感でもなく、なにか絶対的な孤立の意識があって自身をかろうじて支えているようだ。わたしたちは荷風の散文詩にも似た内的な言語による感覚の表現をこれまでに見てきた。そこには思いに耽るロマンティック・ヒーローにふさわしい黄昏の時空間が用意されていた。しかしここへ来て、砂漠という環境のためにいやおうなしに自分自身を即物的に見詰めざるを得なくなっているのである。

一般的には、洋行中は家族間の絆を再認識したり愛国主義的になったりするものである。まして日露戦争後では、大国ロシアに勝利し韓国統監府（一九〇五年設置）による植民地支配を進める国の民として、中近東や東南アジアを眺め、維新後の国体の成長に満足感を覚えるのが自然であったといえよう。それゆえ、荷風の書く「自分」へのこだわりと、それと表裏する親や郷土への憎悪は、一層際立ったものに読まれてくる。ただしここで気をつけなければならないのは、『ふらんす物語』に作者の体験や感想の反映を見るにせよ、それこそが作者の本音ないし本性であるとみる考え方である。執筆の現場は単純ではなく、ことに「かへり道」の章では舞台となった背景、それと合わせるようにして語り手に付与させられた性格、物語の力学、母国の風土と文化への不適応のねじれた形での表現がパリを舞台にした作品や、フランスからの帰国途上を綴ったテクストを方向付けているという事情を汲むべきである。

パリらしさを描くために設けられた画家というい わば装置は、「かへり道」では、再びニューヨークからリヨンへとはぐくんできたあのロマンティック・ヒーロー型の「自分」にとって替わる。『あめりか物語』における日記体の作品群の「自分」が、ロマンティックな周囲の風物に合うように演出の施されたものであったことはすでに見た。夢の国であったフランスの理想的な空間から離れたときに、改めて強調されることになった「自分」像の確認は、ひいては帰朝後の作品の基盤の確認にもなると思われる。だがその「自分」像の限界を、周囲の環境の変化とともに突きつけられるのがこの「かへり道」の章である。では「自分」は直視されるのか。どのように変化する外界と対峙してゆくのか、以下見ていくことにする。

まず始発の『巴里のわかれ』(「新潮」一九〇八年十月)で、「自分」がどのような人物に描かれているかを押さえよう。カルティエラタンの宿屋の一室で、「自分」は一生涯パリにいられないのを怨みながら、「巴里で死んだハイネやツルゲネフやショーパン」を思い、「自分はバイロンの如く祖国の山河を罵つて、一度は勇ましく異郷に旅立はしたもの丶」、と我が身を嘆く。ここでは「自分」の存在はこうしたロマンティックなイメージを伴う藝術家たちを引き合いに出すに足るものと、自認されている。パリ最後の半日を過ごすためにリュクサンブール公園に行けば、多くの像の中でもすぐに「詩人ルコント、ド、リールの石像」が眼に入り、詠嘆する。ルコント・ド・リール Charles Marie Leconte de Lisle(一八一八〜九四年)は高踏派耽美派の詩人であり、ここで現実に対して藝術の超越性が主張されている。

凡ては皆生きた詩である。極みに達した幾世紀の文明に、人も自然も悩みつかれた、此の巴里ならでは見られない、生きた悲しい詩ではないか。ボードレールも、自分と同じやうに、モーパツサンも亦自分と同じやうに、此の午過ぎの木陰を見て、尽きぬ思ひに耽つたのかと思へば、自分はよし故国の文壇に名を知られずとも、藝術家としての幸福、光栄は、最早やこれに過ぎたものは有るまい!

「自分」はボードレールやモーパッサンに心酔し、風景に「詩」を見出し、また後のイギリスに渡ってからの感想でもわかるのだが、「美的思想」や街並みの「調和」を求め、「若き悩みにつかれた夢見がちなる吾々」といって憚らない存在、つまりロマン派風の「藝術家」であることを繰り返し強調している。雑誌「新潮」に掲載されたときのタイトルは『ADIEU（わかれ）』であるが、これはミュッセ作の『Adieu』(1840)やラマルティーヌの『瞑想詩集』にある『Adieu』をタイトルにしたようであり、また冒頭の一文「絶望――Désespoir《デゼスポワール》――」は、やはり『瞑想詩集』の『絶望 Le Désespoir』のタイトルをそのまま当てはめたように読める。彼らへの一体感がこうしたことからもわかる。

このような「自分」像から中村光夫が指摘したような、「ロマンチックの作家として自分の感情に或る誇張をあたえるのに慣れて」いる荷風の姿を見ることはたやすい[*25]。けれどもこの「自分」が作家のセルフ・イメージであるにせよ、同時に物語世界の視点人物でもある点を鑑みるべきだろう。作中で「自分」をどのような場所に置き、何を見聞きさせるかも含めて、ニューヨークやリヨンでの物語とは異なる「自分」像を計らねばならない。

そこで「自分」のとらえたパリの光景であるが、それは端的に言えば、光や色彩中心の視覚的な風景の美しさとそれにふさわしい音色の組み合わせとで現されている。すなわち「あ、巴里の黄昏！ 其の美しさ、其の賑やかさ、其の趣ある景色は、（中略）色彩と物音の混乱である」、「目は無数の色の動揺、心は万種の物音に掻乱されるばかりである。」と述べて空や建物や車、人の往来などを細かく挙げている。先述の宿屋の場面でさえも、朝日の反射するノートルダム寺院やリュクサンブール公園の「夜明けの小鳥の声」を思い出しながら、「ソルボンの時計台の鐘の音」「市場《アール》に行くらしい重い荷車の音」を聞きつけ、常にパリらしい雰囲気を視覚聴覚の両面から伝えようとしている。もしこの宿屋が荷風が宿泊していたパンテオン傍のオテル・スフロ Hôtel Soufflot であれば、「市場《アール》」つまりレ・アールに直結させて想像するには位置的に若干無理がある。しかしレ・アールはゾラが『パリの胃袋 *Le Ventre de Paris*』(Hetzel et Lacroix, 1873）という名作の舞台にもした、パリの中央にあって住民の生活を支える要の場所である。是非とも名前を挙げなければならなかったのだろう。

聴覚描写のなかでもことに特徴的なのは、「自分」のフランス語の響への注目である。

・ノルマンデーからでも来たらしい、あの田舎くさい、銅鑼声も、日本に帰つては再び聞く事の出来ないフランスの俗謡かと思ふと、自分はオペラでも聞くやうに身を延した。
・Gracieux――さはやか、Agréable――こゝろよき。かゝる語の真の意義は、フランスでなければ、決して味ひ得べきもので無いと、つくづく感じた。
・此の年月、自分は、フランス語の発音、そのものが已に音楽の如く、耳に快い上にやさしい手振、云はれぬ微笑を見せるフランスの町娘のみを見馴れて居た処から（後略）
・巴里街頭のアルゴ（俗語）、字典には見出されぬ俗語放言《ママ》を耳にするにつけ、自分の胸には、モンマルトルあたりの、なつかしい記憶が縷々として呼返され（後略）

このようにフランスとフランス語が表裏一体のものとなって認識されている。「絶望―Désespoir」の一文で始められていたこの物語では、繰り返し「自分」の心象が発音、リズム、声も含めたフランス語の響と近しいものであったことを訴えている。かつ物語の中では意味内容にも増して、フランス語の響そのものがパリの風景の効果音であり背景音楽の役割をになっていた。つまり映画のように音と映像イメージとが一体化して、「生きた詩」になる時空間を喚起するのである。これは『羅典街の一夜』で、カフェの客とガルソンのやり取りをフランス語そのままで表記したのと軌を一にする。また、であればこそイギリス上陸後の場面でのパリ育ちの娘との出会いに、「パリに対する、ほとんど官能的な愛執は、この純粋なパリのアクセントを聞かせてくれた、最後のパリジェーヌによって象徴されている」とまで評しうる感動を見せえたのだろう。[*26]

とはいえ、こうしたフランスの風景と響に詠嘆し、また詠嘆する「自分」をフランスの藝術家と並べて現すというスタイルは、この「自分」がフランスに身を置いていてフランス語環境にあってこそ可能なのではないだろうか。言い換えればフランスにいてフランス語がサウンド・スケープの一つとして聞えることが、藝術家としての「自分」の存在を表現するための前提になっているのである。けれども同時に「自分」は「かへり道」の途上にあるのであって、ロンドンを経由してジブラルタル海峡から地中海を進み、とフランスから否応もなく遠ざからねばならない。フランス語は母語ではない。そうした折に気付かれるはずの自身とフランスの詩人たちとの決定的な差異を、「自分」はどのように引き受けていくのだろうか。

この差異は『巴里のわかれ』の次に置かれた、『黄昏の地中海』（「新潮」一九〇八年十一月）で語り手に自覚される。

> 今、舷から手にとるやう望まれる向うの山——日に照らされて土地は乾き、樹木は少く、色ざめた青草のみに蔽はれた山間には、白い土塗りの人家がチラチラ見える。——あの山一ツ越えれば、其処は乃ちミュツセが歌つたアンダルジヤぢやないか。ビゼが不朽の音楽を作つた「カルメン」の故郷ぢやないか。
> 目もくらむ衣装の色彩と、熱情湧きほとばしる音楽を愛し、風の吹くまゝ気の行くまゝの恋を思ふ人は、誰れか一日も、ドンジヤンが祖国エスパニヤを忘れる事が出来やう。

冒頭近くで綴られたこの感慨は、ミュッセのアンダルシア地方の女性への恋と唄を綴った「アンダルーズ L'Andalouse」（『スペイン・イタリア物語 *Contes d'Espagne et d'Italie*』（A. Levasseur ; Urbain Canel, 1830））などに見られる、フランス人がイスラムの香りの漂う南スペインに抱く異国趣味を一歩も出ていない。海浜の風景を描くにしても、色あせた山に白い岩という取り合わせや、その次の黄昏時の「薔薇色から紫色」への色彩の変化なども、荷風の愛読したモーパッサンの地中海紀行文『漂泊生活』の描写に酷似している。該当する箇所を荷風の翻訳で引用する。

舟は陸に近く、されど彼処までは達すべき望みもなくて、サンレモと呼ぶ町の正面に漂ひたり。灰色したる高き山の麓に相重りたる村々又町々は水の辺に干したる白き布の如し。アルプの山腹には霧立迷ひて豁間を蔽ひ、紅にまた紫なす空中に長きレエスの絲を引く山頂の方に昇り行けり。（「夜」『モオパッサンの扁舟紀行』『珊瑚集』所収）

もっともまだ見ぬ国に対してもビゼーの「カルメン」やモーツァルトの「ドン・ジョヴァンニ」を思って、「この国の人生はこの音楽の其の通りであらう……」と音楽を連想しているのは、この語り手らしい思い入れであるというべきか。そしてオペラというものが、まさしく背景と音楽と語りとが照応しあって物語の時空間をつくり、アリアによってその都度豊かなイメージと情趣を喚起するものであることを改めて確認したい。次の夜の甲板での場面で、「自分は其の美しい光を見詰めて居ると、何時か、云はれぬ詩情が胸の底から湧起つて」、「この暮れ行く地中海の海原に対して、美しい声一杯に美しい歌を唄つて見たいと思つた。」とあるのは、つまりアリアの代わりであったのだ。風景への詩情を語ることと歌うこととが直結していたのである。

だが、「自分」はここで歌うべき歌を思いつかなかった。オペラの一節を思い出しても、歌詞かメロディのいずれかが怪しくなる。では「自国の歌」をと思い直しても、「この場合の感情」を「遺憾なく云現はした日本の歌」のないことに絶望しなければならなかった。風景の美の中に常にしかるべき響、しかるべき音楽を聞いていた「自分」であったが、その歌を自分自身から聞く、すなわち風景と調和した歌を自ら歌う、そうした自己の姿をその場に据えることが出来なかったのである。

無邪気にボードレールやモーパッサンに身をなぞらえ、またフランスの詩人のエキゾチスムで南スペインを描いて見せた経緯からすれば、ここで自分にふさわしいオリジナルな表現の問題に行き当たったのは、創作意識の点で言えば深化といえよう。このとき「自分」は、「明治の文明」に対して「限り知られぬ煩悶を誘つたばかりで、それを訴ふべき、托すべき何物をも与へなかつた」と呪う。日本の「封建時代の音楽」とも「欧州の音楽」とも心情的ずれを感じるという時代面、地理面からの把握が明治という時代への呪詛を呼んだのである。かくして「自分」はおのれの存在にみ合った背景となる時空間を失った。

そこで確認したいのは、先の『巴里のわかれ』で「日本の国家が、藝術を虐待し、恋愛を罪悪視すること」を否定的に挙げていた点である。この「国家」がどれほど自身をからめとる体制として意識されていたかというと、疑問である。すぐ後では「モリエールを禁じた国民の発達を悲しむ」とあって[*27]、「国家」と自分自身を含まない「国民」とを等しなみに扱っている。しかも自身がフランスにいてこそ「日本は日本伝来の習慣によつて、寧ろ其が為すまゝたらしめよ」と言い得たという事情に、自覚的であったとは思われないからである。それが『黄昏の地中海』で国の存在をおのれを取り込みかねない対象として想起したのは、これもまたわずかながらではあるが、表現者としての意識の深まりといえよう。

とはいえ『黄昏の地中海』では、この夜の「自分」はとりあえず、新しい明治の時代にふさわしい心情を歌った藝術を考える余裕もなく、『巴里のわかれ』では罵倒していた「イギリスの文明」を「下層の労働者にまで、淋しい旅愁を托するに適すべき、一種の音楽を与へた」と羨み、パリを恋しがるばかりである。パリにいれば見るもの聞くものの総てが、色彩と音の交響による憂愁の美の表現を書くための源泉になってくれたからである。けれども、否応なしにボードレールやモーパッサンの描いた世界、言い換えれば文学性を持つ背景から遠ざかりつつある「自分」にとって、感ずる「自分」の表現の基盤になる場への疑いは、決してこの夜限りで済まされるものではなかったのである。

初めにも述べたが、一九一〇年前後のスエズ運河の入り口であるポートセットについての感想の殆どは、物売りやガイドの執拗さ、気温の高いこと、さわがしさに終始している。たとえば荷風の師匠格でドイツ文学者でもある巌谷小波は「大急ぎで陸へのぼり、案内奴《ガイド》一名を生捕つて、否、寧ろ生捕られて」街を見物し、「別に見るほどのものもない」、「その間目についたのは、土耳古の服装と、回々教徒の礼拝と、それから街の井戸の傍らにある、大きな豚の皮袋とだ」（「さゞ波日記」『小波洋行土産 上』博文館一九〇三年四月）と、簡単に記している。「見る程の物」といえば欧米にしかないといった時代のフィルターが、この良識の人の眼に掛けられていたのだ。はなはだしいのは画家の有島生馬（一八八二〜一九七四年）の場合である。「ポートサイドは花のない市だ、人種のない市だ、生活に精神的の内容の全く欠けた市だ。あるものは人を焼き尽くす日光と、人を眠らする暑い空気だ」と説明し、民衆については「彼等は下を見て鞭打たるべき運命に安んじて居る」と見ている（『モンマルトルの友に』「白樺」一九〇七年七月）。

それでは『砂漠』の語り手である「自分」はどうかというと、もっぱら米国で憧れていたという「フランス藝術の一部に現はれて居るオリヤンタリズム（東方派）の美」のイメージを通して眺めている。それはポートセットを歩いて『東方の静寂、悲愁』とよく詩人の云ふのは、是れであらうか」という観察からも伝わってくる。午睡をするアラビア人を目にして「休む為めに休み、眠る為めに眠つて居るのである」とその熟睡の様を語っているのも、ミュッセのエジプトを舞台にした長編詩『ナムーナ　東洋の小話 ***Namouna ;Conte oriental***』（1833）の影響かもしれない。「魂と身体の睡魔、烟をくゆらし身じろぎしあくびをして、しかして眠る」というものである。

とはいえオリエンタリズムかぶれとばかりも言えない。足を踏み入れる機会のなかった南スペインの場合とは異なり、この語り手らしい見聞も書かれている。上陸まではエジプトの舟歌や、盛んにかわされる「フランス、イタリヤ、又イギリス語のさまざま」や、「聞馴れぬヱジプト語には、唯だKの発音の耳立つを怪しむ」と、耳によって、西洋（西欧）と東洋（中近東）との混在する港町の様子をよくとらえている。そして人影や建物が尽き、それにつれてオリエンタリズムからの空想も尽き、色と音に引かれる「自分」の「眼に映ずるものは、唯だ、漠々たる黄い砂の海、茫々たる青い大空ばかり。何一ツ、さゝやかな物音さへもなくなつた」時、次の文が生まれる。

天と地と光との間に、自分は今、寂寞、沈黙に対して自分がたつた一人立つて居るのだと云ふ感じが、恐ろし

いほど強く、身に迫るのを覚えた。（傍点原文）

ここで「自分」は「自分の影」と向かい合う。先の引用につながるわけだ。「自分は、自分自身の手で力で、何故自分を作り出さなかつたか?」という苛立ちは、「自分は、他物の力で作られた自分は、どうしても、生命のある限り、今自分の影を見るやうに、自分を感ずる事は出来ない。自由とは、誰が作り出した偽りの夢であらう」という悲痛な叫びとなる。「かへり道」の物語は、ここまで語り手の移動のままに感じた風景を語り、同時に感じる「自分」を語ることで進んできた。ところが、ここで「自分」は、「自分」が「自分を感ずる」という問題に直面する。

しかしながら「自分を感ずる」というのは何を意味しているのだろうか。「自分の影」こそが、自身の作り出した本当の〈自分〉であるというのだろうか。だとしても、それは結局、様々な人やものとの関係性の中でのそれぞれの〈自分〉を差し引いていった、輪郭だけの〈自分〉なのではないだろうか。フランス的な色や音や詩人たちのフィルターの途切れた中で見出された、砂漠の中のこの「自分」は、如何にも虚飾のない純粋なものに思われる。が、それはつまるところ「影」という輪郭のみの、空虚な存在以外の何物でもないということだ。そして影を見詰める自分はあくまでその感じ方において、決して自身の願うようなオリジナルなもの、すなわち自分自身が起源でありえないという事実に気付かねばならない。

そこで、親と郷土と「自分をば日本人にして仕舞つた」日本の国に対する憎悪が生じてくる。これらを単に道徳的に藝術活動を規制するものであるとか、封建道徳により生き方を制限するものであるという風にとらえているのではないことに気をつけたい。意識下で感受性や表現のありようを枠付けるものとして考えているのが、注目される。むろん国外にあって自分自身の根を改めて意識する際に、母国や両親を思うのはありがちである。だが、「かへり道」の「自分」についていえば、よくあるような異国の風土習慣への反発から日本人の自覚がなされたのではなく、渡米前の荷風の小説にしばしば見られたいささか安易な無常観といった、月並みな詠嘆にも結びつかないという点で際立っているといえる。「日本」は、自身をもっとも藝術的な時空間の内に据えようとしたとき（端正な地中海の夜にふさわしい音楽を歌おうとする）と、最も西欧風の藝術的装飾から遠いところに収斂させたとき、「自分の影」を凝視したとき、言い換えれば自身の感性と外部に向ける表現とを完全に結び付けようとしたときに、痛切に認識されているのだ。

　このように藝術の創造をめぐって、明治の文明の民である自己を再認識し、これを負の意識で捉えてしまった顚末に、異文化体験や日本回帰といった言葉を寄せ付けない表現の深さを認めるのは、無理ではないだろう。確かに、影を見詰める場面のイメージは美しいがややもすると詠嘆的に過ぎ、また日本への矛先の向け方が単純であるとも言える。つまり内省が熟しきらないままに分裂的に外部への短絡的な批評に転ずるという、荷風のテクストの弱点が露呈してもいる。

　数年後には森鷗外が、自我を「広狭種々の social な繫累的思想」の帰着したもの、すなわち「あらゆる方角から引つ張つてゐる糸の湊合《ママ》してゐる、この自我といふもの」の自覚を持ち「自分のゐない所に自分がゐるやうである」とも述べる翁を書いた（『妄想』「三田文学」一九一一年三月）。これは哲学者の市川浩（一九三一年〜）がいう「関係的自己」、役割的自己」が分裂して感じられている状態である。[28]こうした社会的レヴェルでの自己把握に比べて『砂漠』の場合、いささか重みは欠くとも、感受性面にまで及んであえて言えば実存的に自己のあり方の問題が問われている。荷風の欧米での体験の最大のメリットはその感覚教育にあるとはしばしば指摘されることだが、[29]アメリカやフランスの自然に触れて感受性を鋭くしたに留まらず、そうした感受性自体を内省し、言葉でもっての表現にまで及んでいる事実は、評価されてよい。

　さて、影を凝視した『砂漠』の語り手はどうなったか。日本に帰りたくないしヨーロッパにも戻りたくないと思う。それでも再び船上の人になる。一旦日本もヨーロッパも退けられた後に眺められたスエズ運河の夕刻の光景は、以前とは異なった視点で語られている。「夜は唐突に、非常な勢で下りて来る。燃え上る夕陽に焼付けられた人の眼は、忽然、如何に激しく、声なく風なき、深い深い闇の色に驚かされるであらう」と、「自分」ではなく「人」のまなざしを想定するまでにこだわりのとれた表現に、わたしたちは気付かされる。これは緯度の関係で夕暮れの時間がとても短いということがあるにせよ、オペラなどの抒情的な物語の介入しない風景への率直な畏怖は、かえって新鮮でさえある。もしこうした表現が、影でしかない「本当の自分」なるものを放棄し、あらゆるものとの関係性によって機能する自身の感受性を認め、それを積極的に示して行こうとする姿勢から発せられたものであれば、その後の荷風の作品もよほど様変わりしたはずである。が、実際には、それは帰国後にあらためて日本の風土や「明治の文明」や親と自身との関係の意味づけが行われるまで、当分の間持ち越されることになろう。

「かへり道」の時点では、「自分」は以前と同じく国体としての日本の存在も考えていないわけではない。夕闇の向こうにトルコの国旗を見つけると、トルコは「西洋諸国の仲間入がしたいと云ふ軽薄な虚栄心にかられて偽文明の対面をつくらふ偽善の国ではない」と考える。この「偽善の国」が日本を指しているのは疑いない。次にわたしたちが見る『悪感』でも触れるが、この偽善的であることが荷風のもっとも忌み嫌うものであったのは覚えておいて欲しい。アメリカのピューリタニズムに同調できなかったのと根は同じである。「明治の文明」は西洋の藝術活動を模倣しながらも規制する。それでは西洋の藝術に深く共感し自己の表現の根幹にしている藝術家は、「軽薄な虚栄心」を持ってはいないのか。「明治の文明」的存在ではないと示しうるのか。かくして「日本」や「日本人」とは異なる「自分」を日本的ないし日本語の環境で示すための奮闘が、『悪感』（「秀才文壇」一九〇九年一月）で表されることになる。

コロンボからシンガポールに到ると、いよいよ「日本」が迫ってくる。語り手の心は周囲の「東洋」と「大日本帝国」に苛立つ。眼にするもの耳にするもの総てが気に入らず、しかも執念深く観察している点に怒りが伝わってくる。日本人以外たとえばマレーや中国系のものに対して「醜い馬来の土人や汚い支那の苦力《クーリー》」といいつつも、彼らが重い荷を運ぶさまを見て、「まるで心を搾られてるやうな痛ましさ、恐しさ」を感じていて、ヒューマニズムが働いているのは伝わる。

ところが紹介された日本人一家（五十歳に近い「教官」とその夫人と三、四歳の子供）を語る言葉は容赦がない。教官については容貌だけではなく、なまりや「声柄」も野卑な性質や「思想の極めて単純」なことを想像させるという。つまりフランス人とフランス語の関係の逆を見ているのである。この「健全」と「国民教育」と「我が帝国の進歩」を弁ずる「紳士」の子供は、頭には体毒の腫れ物の禿げ跡を残し、小便や鼻水を垂れ流したままで泣き叫ぶ。その母親は出帆前から船酔いに苦しんでおり、子供をあやすのに恥ずかしげもなく「青黒い皮膚のだらりとした乳房」を出す。それを見た父親の教官は「健康に害がある」とどなって衣服の着替えを要求する。子供は益々泣き叫び、スコールが滝のように甲板を打ち、「裸体の土人」は「獣物のやうに大きな口をあひて笑つて居る」。

この凄まじい場面は現実の出来事の再現というより、この『悪感』のテクストの冒頭であげつらった、語り手が以前から「日本帝国に対して抱いて居た悪感情」の原因である「巡査、教師、軍人、官吏（中略）、人道を種に金をゆすつて歩く新聞紙、何々す可からずづくめの表札、提示、規則、日比谷の煉瓦造、西郷隆盛、楠正成の銅像、地方出の大学生、ヒステリー式の大丸髷、猿のやうな貧民窟の児童《がき》」等々の、形態と音の効果や仕草の特徴に工夫をこらしての形象化であり、諷刺であったと考えるべきであろう。すなわちこのテクストの題辞になっているボードレールの『ワレトワガ身ヲ罰スル者 **L'Héautontimorouménos**』（『悪の華』所収）の一節、「感謝す、貪婪の『諷刺』」の実践なのである。それではこの「ワレ」すなわち「自分」本人は『悪感』の本文ではどのような存在になっているのだろうか。

「東洋」と云ふ野生の力が、眼には見えないが、もう身体中に浸込んで、此の年月、香水や石鹸で磨いた皮膚や爪は無論、詩や音楽で洗練した頭脳まで、あらゆる自分の機官と思想をば、めちやめちやに蛮化さして行くやうな気がする。

自分は、恰も滅び行く種属の、最後の一人であるやうな心持。熱帯の七月と云ふ烈しい暑さとあたりの騒しい物音に弱りながらも、衣嚢に入れたミユツセの詩集を取り出し悲しげに、然し熱心に読み出した。

Poète, prends ton luth et me donne un baiser／詩人よ、琴取りて、われに与へよ、接吻を……

この箇所を読んで、語り手の（すなわち作者の）ナルシズムに反発を覚える読者は少なくないだろう。小森陽一（一九五三年～）は『悪感』全体を次のように批判している。[*30]「同じ東洋人による「東洋」への差別」、「つかの間の西洋体験で、西洋化したと自負する日本人」、「「西洋」的価値観、「西洋」的感受性を内面化しえたことによって、自らの祖国も含めた「東洋」に、決して同一化することのできない侮蔑のまなざし、屈折したオリエンタリズムのまなざしをむけざるをえないのである」、「その瞬間、「自分」の差別意識が、「ヨーロッパ」本国の「西洋人」→「植民地の西洋人」→「ヨーロッパ」に行ったことのある日本人→「ヨーロッパ」に行ったことのない日本人→日本に居る日本人→「東洋」の「植民地」の「土人」といった順の、地政学的な階層化の中で生み出されるにすぎないことが、あらわになるのだ。」

だがわたしたちはすでに、荷風の書く語り手が何よりも偽善的なもの、見掛け倒しを嫌っていることを知っている。「教官」に向けたまなざしはその偽善性を突いたものであった。問題は「ヨーロッパ」に行ったか行かないかではない。「西洋」を笠に着て新しい思想を導入しようとして矛盾だらけの行動をしているのが、嫌なのだ。また「西洋」的環境（近代的な港、船舶）にありながらも、身体が突如として元々の習慣によって動き始めるそのエネルギーを「野蛮」というのだ。ここでの「香水や石鹸」は「教官」の主張する（主張のみに留まっている）「健全」や「健康」に、「詩や音楽」は「国民教育」に対置させられている。

しかしどのように自分自身を再定義しようと試みても、環境は激変している。自分だけ異なっていても当然であり意に介しないというのであれば、何もスコールや子供の泣き声や原住民の奇声に対抗するように、よりによって詩の女神と詩人の対話で構成されるミュッセの名作『五月の夜 La Nuit de mai』など読む必要はない。だが欧米で、今・ここの自分をとりまくものに感覚で以て反応しながらそれを言語化して一つの心地よい、「夢」という言葉が当てはまる雰囲気を作り上げるのを自分の表現のスタイルにしたものにとって、この環境の激変は拷問に近い苦しみになるはずだ。『五月の夜』を原語で読むことは、そうした周囲に対しての表現者としてのプロテクトであった。ではミュッセの世界に浸りきれるのかというと、その詩にある植物の名前に躓いてしまって、先に進めない。外国の植物の名前は覚えにくい。この箇所はリアリティがある。今「眺め渡す江湾一帯の美しい景色、島嶼の多い美しい其の景色」は「天然其のもの、美しいばかり」であり、いくら美しくともそれを歌い上げる言葉を彼は持たない。『黄昏の地中海』での嘆きが繰り返されているのである。

見方を変えれば、この状況は二十世紀初頭の「西洋」が、いかに自分たちに都合に合わせてアジア・アフリカ地区の住民を働かせようとしても、彼らの生産性や効率主義を重んずる思惑に納まりきらない伝統や習慣があり、それは先進国の中でも南北問題としてしばしば取りざたされている齟齬と同様である。そしてラマダンなどの宗教上の習慣のみならず、音楽や踊り、自然に対する反応の仕方などは到底統御しきれるものではなかった。荷風が『砂漠』で、北米ニューイングランドで宣教師が禁酒禁煙などの演説をしているのを聞きつつ、地中海辺のアラブ文化圏での「近代的の煩悶を忘れさせる」踊りのある国々を思って慰められた気になったのを思い出したのは、そうした力に気付いていたからだろう。『酔美人』での女性を介しての反西洋的イメージから、より現実に即したアラブ世界への意識が書かれている。しかしこのような他者性が、「野生」となり「文明」の空間に侵食して自分に迫ってくるのは、いささか身勝手ながら堪えがたかった。その混乱振りは文章自体をゆがめている。この点は批判されても仕方あるまい。

さらに批判を投げかけるならば、『悪感』の「自分」については、その自己言及の言葉の多さにも関らず、どれほど洗練された人物として描かれているかというと、疑問が残る。先の引用を見ても自身の行為について「悲しげに」という形容を当てていたり、また教官夫妻を紹介されたときにも「自分は暫くは黙つて、呆れたやうに二人の顔を眺めて居た」。再び詩集を取り出せば「まるで父親の咳嗽声に妨げられた恋人の手紙でも読返すやう」とあって、殊更な悲劇のロマン派詩人への演出は鼻持ちならないほどである。藝術に携わるものとしての自己を欧米で確立した、その意味で詩人という自己像が、『あめりか物語』の『おち葉』の時のようにはうまく表現できていない。あせりばかりが目立つ。

題辞になっているボードレールの『ワレトワガ身ヲ罰スル者』の原文では、「諷刺」はironieであり、今日では普通は皮肉と翻訳する。[*31] 阿部良雄訳では「私をゆさぶり、私を噛む、／がつがつした〈皮肉《イロニー》〉のおかげで？」となる。この詩ではironieは、他者を傷付けると同時に自分自身をも傷付けてしまうものであり、詩の語り手は「私は、傷でもあり小刀《ナイフ》でもある！／平手打ちでもあり、頬でもある！／私は四肢でもあり、処刑の車輪でもある！」という悲痛な存在である。つまり「見る自分と見られる自分との分裂によって成り立つ自意識が耐え難いまでに緊張して、冷笑によってわずかに均衡を保つ状態」なのだ。[*32] こうした緊張感が『悪感』にはなく、一方的な被害者意識に終わっている。これはironieの言葉の理解の仕方によるのかもしれない。ironieのもつ自己言及性が「諷刺」の語にはなく、他者の存在の戯画化やせいぜいで誇張という意味に留まってしまう。そして『悪感』のテクストがまさにそうなのだ。もとより荷風は、詩句の世界を正確に解釈した上で自分のテクストの性格を説明させようとしたわけではないだろう。体制に抗った『悪の華』の詩人のイメージが、物語に付与されるのを狙ったに過ぎなかったはずだ。

結局のところミュッセの『五月の夜』は、以後の荷風のスタンスを決定するのに役立ったようだ。欧米の風土をベースに構成していた「夢」の時空間は消え去った。とりあえずここで詩人の自負と対峙すべき「明治の文明国」への被害者的な意識をベースに、色と音の交錯を美しいにつけ醜いにつけ感じ取っては語る「自分」像が語られる。『五月の夜』では女神が苦悩を忘れて霊感のままに歌うことを勧めて肯ぜない詩人に、絶望の歌こそが美しく、血塗られた歌を提供するのが詩人の使命であると説く。しかしミュッセの詩中の詩人の方はあくまで拒み続けた。だが、帰朝後の荷風は自分の育った土地の風土に、習慣に思いを投げかける。そしてそこに落ち着けない自分に向ける絶望の言葉は、まさに詩の女神の教えの実践であったのだ。その意味で帰国後の荷風の語り手の「自分」はまさに「詩人」であったのだ。

6 「巴里」のうちそと：『放蕩』

単行本『ふらんす物語』は、一九〇九年一月初めには作者によってまとめられていた。[*33]『ふらんす物語』のうち『放蕩』と『異郷の恋』以外は刊行予定の三月までに雑誌に発表しており、七月の帰国から十月までをこれらの作品の完成に費やしたと見てよい。『異郷の恋』は十一月二六日付の「国民新聞」のアンケートに答えて「目下は何処とあてはなく脚本「異郷の恋」と題するものを書て居ます」とあることから十一月頃に、『放蕩』は『二人妻』(東光閣書店一九二三年六月)での注記にあるように一九〇八年の主に十二月に、『ふらんす物語』の締めくくりとして執筆している。勿論複数のテクストを同時に並行して書き進めたり、一旦完成したものに手を入れたりすることはあったろう。

執筆時期にこだわるのは、『放蕩』がパリの街のイメージを帰国後の日本に対する感想の反動として作っていると考えられるからだ。荷風は十一月頃から東京を舞台にした一人称によるテクストを発表していた。それらでの東京を語る語彙が、直接または裏返しとして織り交ぜられているのである。『放蕩』執筆時期と前後するのは『狐』(一九〇八年十一月稿)『曇天』(同前)『監獄署の裏』(一九〇八年十二月稿)『深川の唄』(同前)になる。『深川の唄』に設定された時期は十二月二十日過ぎであり、内容からいっても『放蕩』の完成後の作と推定できる。

「ふらんす日記」でパリを舞台にした三編では画家を中心人物に据えていた。リヨンでの作には日本企業からの派遣で来仏した人物が書かれていた。しかし画家も学者も日本企業の勤め人も、最後は本場である「西洋」と後進国の「日本」という図式を際立たせていた。ところが『ふらんす物語』のしめくくりの小説の主人公になったのは、外交官であった。荷風自身は長年欧米諸国に暮らした経験のある人物を書くために、「外務省の官吏」という設定にしたと説明している(『「フランス物語」の発売禁止』「読売新聞」一九〇九年四月十一日)。西洋諸国で行動範囲が広く、どこにいても引け目を感じることのない立場を選んだということになるのだろう。ワシントンの公使館に勤務したことがあるために、荷風でも事情がわかる。

『放蕩』は七章構成で、「ふらんす日記」の章に収められたテクストよりは長く虚構性の強い小説である。主人公は小山貞吉という外交官で、彼の視点からほとんどすべてが語られる。これまでの赴任期間はワシントン三年、ロンドン二年、パリに三年。年齢は満で三四、五歳。『放蕩』の冒頭部分には「巴里でなければ出来ない独身者《ガルソン》の、かうした浮浪的《ボエーム》の生活」、「流石は巴里の事」、「巴里の情事」という表現が出て来る。つまり自由な行動は、パリという場でいかに楽しみごとを満喫できるかに関わっている。くだらないようだが、反面いかに作者が東京で窮屈な思いをしていたかがわかる。何も荷風が夜遊びの場を求めていたというわけではない。東京では得られない場の雰囲気が重要なのである。物語全体では十一月から五月下旬までが書かれているが、荷風は十一月にはリヨンにいてパリには赴いていない。詳しくは物語を追いながら確認していくとして、パリにいる喜びを一層強く味わいうる冬から初夏にかけての季節をあえて選んだのは疑いない。体験の再現より場所のイメージの効果的な叙述のほうに、作者の力が注がれていたということになる。このような設定によるパリを以下見ていく。

冒頭はある冬の夕方、小山貞吉が帝国大使館の仕事を終えて外へ出た場面になる。当時日本の大使館は現在と同じオッシュ通り Avenue Hoche 七番地にあった。ここから貞吉はシャンゼリゼ大通まで歩いて下っている。そして大きな四つ角に立ち止まって思案する。どこに行こうか、何をしようか。

> 広い並木の大通を西の方、右へ上れば凱旋門を越して、自分の下宿したヱトワルの界隈。東の方、左手に下りて行けば、シヤンゼリゼーが尽きて、其処からは、市中到る処の繁華な街へ出る四通八達の中点、プラース、ドラ、コンコルド。(「一」『放蕩』)

この位置関係から推測すると、この場所は『ひとり旅』にも出てくるロン・ポワン・デ・シャンゼリゼ Rond-Point

des Champs-Élysées（設計 Le Nôtre, 1670）になる。複数の道路が交錯し緑地もある大きなロータリーである。実を言えば大使館からこの広場までは距離があり、仕事が退けてふらっと出て来るような場所ではない。大使館傍にはすでに地下鉄が通っており、貞吉にとって帰宅するにも繁華街に出るにも地下鉄に乗るのが自然である。それをさせなかったのは、あえてシャンゼリゼの中心で位置関係を書きたかったからではないだろうか。

これを裏付けるのは、この後の貞吉の行動が、日本の読者にとってはパリの右岸の観光案内とでも言うべきものになっているからである。貞吉は当時まだ主流であった路面電車を使わず、シャンゼリゼ大通りまで出て日本には存在しなかった地下鉄を利用している。[*34] エトワール駅を過ぎてポルトマイヨの駅で降りる。ここから西のブーローニュの森に行くことが出来るのだ。けれどもせっかく十一月の暗く湿ったパリの趣に殊更挑むようにしてやって来たのに、ブーローニュの森は「如何にも見すぼらしく」、出鼻をくじかれてしまう。ここでヴェルサイユ行きの汽車が見えたり、再び戻った地下鉄の駅で車掌にモンマルトルに行くための駅や乗換えを教えられたりしているのは（勿論貞吉はエトワルで乗り換えてクリシー下車という順序を知っていたので癪にさわっている）、右岸での夜を楽しむコースを日本の読者に教えるかのようだ。これは『羅典街の一夜』で、左岸のカルティエラタンの夜のカフェの様子を克明に描いていたのを思えば、『ふらんす物語』をまとめるのに、その補完となるよう書かれるべくしてあったといってよい。

ガイドブック風の叙述はまだ続く。道すがら眼に留まった女性の後を付いて「プラース、ブランシュ」で下車する。クリシーの次の駅で、このブランシュ駅を中心にして一駅分ずつモンマルトル地区の歓楽街は広がっている。シャンゼリゼの中心からモンマルトルの中心に身を置き換えたわけである。貞吉はムーランルージュの看板に一瞥をくれて、カフェに入る。「食事すべき料理屋」を考えるためである。このあと貞吉の心内語として「綺麗な料理屋」は芝居帰りの客のためのもので高く、この時間はまだ閑散としていて男一人では入れない。「ぐつと下等な安料理屋《ガルゴット》」なら「二フラン半（我一円）」で、「ターブルドートと来れば葡萄酒もつく」と、細かく考えさせているのも、まるで親しい日本の友人に旅の秘訣を教えているかのようだ。このあと商売女と連れ立って食事をし、そのまま彼女の家に行っている。

その部屋の様子で彼女に支払う金額を値踏みする様子もあり、「此の様子ぢや一晩泊つたつて高々金貨一枚で沢山だ」と情報を与えている。このようにしてたとえ暗い初冬でも楽しみの多い華やかな都会の「巴里でなければ出来ない独身者《ガルソン》の、かうした浮浪的《ボエーム》の生活」を具体的に（実用的に）記したのが、第一章であった。

　第二章はワシントンでの生活の回想になっている。これはアーマという娼婦との関係が長々と思い出されている。中心となるのは「西洋婦人の激しい恋」と「日本政府の外交官」の「官職」についてである。アーマの住んでいた「郵政局の裏手、Cストリート」はキャピトル・ヒル Capitol Hill 地区にあるノース・キャピトル・ストリート North Capitol St. を指すのだろう。彼女の情の深さにいささか辟易する貞吉が書かれている。「官職」の方は、丁度貞吉の赴任して来たときに日露戦争が始まっている。そしてアーマから言い出してくれて恋が終わったこと、ロンドンでの穏やかな生活、そして「巴里」。このような回想がモンマルトルで出会った女の部屋で繰り広げられるのが第三章である。第四章では貞吉の日本人嫌いの説明と、親しくなったモンマルトルの女との同棲生活の始まりから、彼女に嫌気がさして縁を切り、「結婚に対する不快と反抗の念」を並べ立てる三ヶ月間の話である。

　ここまで読んできて明らかなのは、貞吉はいろいろな場所で自分なりの楽しみを見出すのだけれど、その場をともに生きる者に対しての共感が皆無だということだ。ワシントンでは現地の女性との関係を楽しんでいた。にもかかわらず友人宛の手紙には「恋の成功とは此の如きものか」と書いてしまって落胆を自覚している。また外交官でありながら日露戦争時にあっても極めて冷淡な反応をして、同僚に冷ややかなまなざしを投げかけ、かといって辞職するのも億劫で「愚図々々に日を送つて」いた。この言葉はアーマとの関係でも使われている。「これも愚図々々に腐れ縁のつゞいて居たアーマ」と。この第二章で作者が書きたかったのは結局のところ、貞吉を通して彼の感じた西洋人の娼婦の愛情の示し方と日本公使館での内幕、ことに欧米での日本人の偽善的で小心姑息な様と、「明く賑かな巴里」（三）に限りなく引き付けられながらも総てに対して冷ややかな態度（一言で言えばニヒリズム）をとる日本人であったようだ。では場所に惹かれながらも、そこを共有する人物が嫌になってその場を離れてしまう人物を書いたのはなぜか。人物はもはや場所を引き立てる要素ではありえないのか。

理由を作家論風に見つけようとすると、帰国後の作者の日本への不適応ということになる。実際の荷風は旺盛な執筆をし、『ふらんす物語』の準備をし、インタビューに答え、夜は友人と歓楽街で遊んでもいた。自分の帰国の二ヵ月後には敬愛する上田敏が帰国。そして翌年一月の雑誌「スバル」の刊行に向けて動き始めた森鷗外を、十一月二十日に訪問している。鷗外は雑誌「スバル」で、荷風や高村光太郎など帰朝した若い文学者を優遇することになる。が、街並みや習慣にとどまらず気候風土や国民性まで、感覚的に受け付けられなくなっていた。緯度の低い日本では夏の樹木の緑が重たく黒ずんでいて、秋雨の日は暗く、シーズンになっても燈火輝くオペラもカフェ・コンセールもない。受け止めた雰囲気はメランコリックなものにならざるを得ないであろう。*35

「かへり道」の章ではヒステリックなまでに日本や日本人社会に反抗していたものの、その抵抗の気力を失ってしまった。この脱力感は日本に題材をとった帰国直後の作品『狐』『曇天』『監獄署の裏』に顕著に表現されている。何も出来ない、何処にも落ち着くことが出来ない、絶えず外界から責められているようなつらさが語り手によって表白されている。そこではパリがテクスト上で快楽の街「巴里」となる。が、所詮そこにい続けられなかった、そして総てにおいて場違いな自分自身をもてあましている。という思いが妙に醒めた物語の展開にしてしまったのかもしれない。そのような心情を念頭においてテクストの世界に戻ろう。

第五章では復活祭も過ぎて四月の中旬になっている。これからの二ヶ月がパリでもっとも晴れやかな季節になる。冒頭の一章でシャンゼリゼからグラン・ブールヴァール、オペラ座（設計 Garnier, 1862-75）、グラン・パレ（設計 Girault, 1900）とここでも右岸を中心にその華やぎが語られる。三月三十日から五月二八日にパリに滞在した荷風にとって、晩秋の寂しい東京での憧れもあったろう。『曇天』では十一月半ば過ぎの上野の森のわびしさが綴られるが、街路樹の新芽のきらめくシャンゼリゼが丁度それと対応しているのだ。他にも『曇天』での勧業博覧会のしゃちほこばった建物とシャンゼリゼの官展《サロン》の会場のグラン・パレ、散歩の人で賑わうパリの公園や大通りと、墓場やねじくれた松の木ばかりが目立つ人気のない上野の森の対照が、指摘できる。
五月の中旬になって貞吉がシャンゼリゼを歩く場面でも、案内記風の叙述が目立つ。

木立の後には、いつも静なガブリヱルの裏通が見え、ヱリゼーの館と覚しい白い土塀が、折りから輝くガス燈の光に蒼く照し出された。そのガス燈はイフと呼ばれて、贅沢を尽した三角形をなし、順序よく裏通の左右に、並んで居る。青い若葉の蔭にかくれて、此のあたりには、風雅な料理屋と、夏の夜を涼みがてらに聴く劇場があつて、数知れぬ軒端の燈火は、絹よりも薄く軟かな青葉を、茂りの奥底から照出すので、満目、何処を見返つても、透通る濃い緑の色の、層をなして輝き渡るさま、造化の美を奪ふ人工の巧み。（五）

ナポレオン三世の元、オスマン男爵によるパリの再開発計画は一八五三年から七〇年にかけて強行された。中でも荷風の描写との関連で重要なのはガス灯の増加である。増設して一年中一晩中灯す取り決めがなされた。それはナポレオン三世の御世の繁栄を、現実的にも象徴的にもライトアップするものだった。一九〇五年にはシャンゼリゼを始め目抜き通りは電化が進んでいた。[*36] 「光の街」の誕生である。小倉孝誠（一九五六年〜）はガス灯から電気灯への変化について「ガスは単に「照らす（éclairer）」という機能しか持たないが、電気は「イルミネーションで照らし（illuminer）」出したのである。ガスは闇と夜を照らすだけなのにたいし、電気はさらに都市そのものを祝祭空間に変貌させたのであった。」とまとめている。[*37] この祝祭的な場のもたらす感興が、帰国後パリを書いた荷風には求められていたのだろう。貞吉は引き続きパリの都会の美を強調する言葉を並べる。「Ⅰ3」の章でわたしたちが見たように、荷風はゾライズムの時期には上昇志向（企業、昇進、恋愛、解放、繁栄）をシンボライズする燈火の輝きを書いていた。それとの違いは、人の心象を反映するのではなく、街の光が豪奢な装いとしてパリの街を性格づけている点である。

あゝ、此れが巴里だ！　と貞吉は思つた。巌、石、雑草、激流、青苔、土塊、砂礫、沢沼、さう云ふ不安と動揺の暗色世界からは全く隔離して、花、絹、繍取、香水、燈火の巷に放浪し、国を憂ひず、民を思はず、親を捨てゝ、家もなく、妻もなく、一朝、歓楽極つて、哀傷切なる身の上は、何といふ風情深い末路であらう！（五）

まずはこの文章が帰国後に書かれたことを前提にして読む必要がある。煌き渡るパリの街の様は、現在身をおく東京という陰画《ネガ》を陽画《ポジ》にしたかのようで、ことさらに晴れがましい。確かにパリの歓楽街で娼婦と遊ぶのが東京の生活の裏返しというのは、いささかイメージ貧困である。シャンゼリゼのライトアップにパリを代表させるのも、今日からすれば（勿論今日も大変美しく、「光の街」の面目を保っているのだが）あまりにも陳腐である。だが、これは短編『狐』での虫が湧いて出る古い井戸のある暗い庭や、『監獄署の裏』での「あゝ、日本の夜の暗い事は、とても言葉には云尽せません。死よりも墓よりも暗い、冷い、淋しい」といい、父や兄弟などの血縁を呪って「ファタリテー」（宿命）という嘆きの対極にしつらえられた場なのだ。そこは石や雑草や青苔に覆われ、国や親への憂いに押しつぶされる「不安と動揺の暗色世界」であり、パリの中はこの逆でなければならないのである。*38

しかし外交官としての勤務と娼婦との放蕩生活の二つしかない主人公という設定は、日本では得られない華やかさを得られるようでいて、結局それぞれの限界を露呈してしまっている。それが明らかになるのがこの五章である。五章では貞吉は、大使館での勤務も歓楽街での放蕩も嫌気がさしている、というよりそれをなし崩しに続けている自分自身がいやになっている。「巴里に居れば、心は果てしなく羨み、身は限り知れず汚れて行くばかり。と云つて、日本に帰るが厭《いや》とあれば、一層、南米あたりの辺境に左遷されて、鳥なき里に蝙蝠を気取つた方が、遥かにましであらう」というのだ。自由に歓楽生活を送ろうとしてそれが達成されると嫌気がさしてしまう。周囲に感心すればするほど自分の足元を見て居心地が悪くなる。パリと東京の二つのベクトルの引き合う力の流れに対して、その鬩ぎ合いに派生したもう一つのベクトルが南米行きであったということか。

『放蕩』六章では貞吉が、外出の身支度をする場面がある。「電燈が箪笥の上に置き並べた香水、鋏、剃刀、焼小手、コロン水、顔へ塗るクレーム、髯削の後でつける白粉なぞさまざまな小瓶、小箱、小道具を照らす。（中略）粉飾、化粧、こればかりが、吾々を土人や野獣や草木土塊から区別して呉れるのだ」と貞吉が悦にいるのは、『悪感』で「香水や石鹸で磨いた皮膚や爪」を見つめ、原住民たちの手入れしたことのない髪や手足を見て覚えた反発と同じ心情からのものであろう。身だしなみを調えて貞吉が鏡を見、うっとりとするナルシストぶりは鼻に付く。が、ここには衛生のみならず化粧も文化とする考え方があり、今日わたしたちが西欧の装飾美術館で、美術工藝品として展示されている化粧道具によって、眼を楽しませているのと同じ心性がある。『悪感』では日本では化粧法が発達していないと批判する言葉もあるが、化粧を文化とみる視点は極めて今日的なものである。「衛生」と「化粧」とは身だしなみという範疇で同じものでありながら、それ現実化するための思想もインフラも、一九一〇年頃の東京ではいまだ発展途上にあったのだ。

貞吉が鏡を見てうっとりするというのは象徴的である。もはや鏡の中にしか自分の存在を肯定するまなざしがないと読めるからである。鏡に映る立ち姿のモティーフは『羅典街の夜』でみたように、ポピュラーなものだった。とはいえここでのナルシズムは、ゾラの挿絵本『ナナ』（Marpon et Flammarion, 1881）でのアンドレ・ジル André Gill（一八四〇〜八五年）による挿絵に表された身体性とも異なる。ジルのナナは薄いローブの下に透けて見える自分の美に見入っているのであり、貞吉は理容の道具とそれらによって清潔に美しく整えられた自分とをセットにし、さらにそれを照らす照明とこれからの社交生活とをあわせて一つの文化的価値観に思いを寄せている。この場面はむしろ、『秋のちまた』で秋の悲哀の雰囲気と切ない心持とを、同じ雰囲気で語ることの出来た幸福な語り手の内的表現を思わせる。このような舞台設定と自身の存在との幸福な一致がなければ、貞吉の身支度も意味がなくなるのであって、そのどれが欠けても自身の存在意義は否定されることになる。そしてその日は遠くなかった。

貞吉は外に出て馬車に乗り込む。ここでまたパリ右岸の壮麗な都市風景が西から市の中心へと早口で登場させられる。シャンゼリゼ通り、マリニ劇場、オベリスクの立つコンコルド広場、石像、近付く繁華街。しかしこの外出は、今夜モンマルトルの劇場へ来てくれという電話での誘いに応じてのものであったはずだ。エトワルのすぐ西に住んでいる貞吉の住居からは、全くの方角違いのコースである。しかもただ光り輝く大通りをひた走りに走ろうとする貞吉が、最終的に到着するシーンは書かれていない。物語は彼をどこに差し向けようとしているのだろうか。

七章では五月下旬の昼過ぎになり、貞吉は「巴里の都を囲む要塞の土手」にやってきたとある。ここが物語での貞吉の到着地点になる。これは一八四〇年代に建設されたパリを取り囲む軍事目的の城壁で、外側に幅十メートルの堀を設けていた。荷風の滞在時にはすでに二十区に拡大していたパリの環状道路の外側を囲んでいたが、第一次世界大戦後取り壊された。それにしてもこれまでパリの賑わいをつぶさに描いてきた『ふらんす物語』の最後に当たってなぜ、このような「郊外の田舎町」を詳細に書き記しているのだろうか。さして魅力的でもない「土手」「野菜畠」「巴里風の高い建物」「製造場の煙筒」「汽車の烟」を見、「何から発するとも定め得られぬさまざまな物音」「鍛冶屋の槌の音」「機械の歌」を聞き取っているのである。

これまで看過されてきたが、実はこの場面には典拠があった。ユイスマンス **Joris-Karl Huysmans** の『パリの写生 ***Croquis parisiens***』(Henri Vaton, 1880) の「風景 **Paysages**」の章にあるスケッチ『パリ北部の要塞からの眺め **Vue des remparts du nord-Paris**』である。この章は「要塞の土手の上から、街の裾野にくたくたになって横たわっているような、平野の素晴らしくもあり凄まじくもある眺望が得られる」という一文から始まっていて、これは『放蕩』の「巴里の都を囲む要塞の土手の上に、人がごろごろ寝て居る。土手の後は、鼠色の汚れた屋根が海をなす巴里の街。土手の向は、限り知れぬ広い広い、野と空の眺望《ながめ》である」というのに単語のレヴェルで呼応する。細かい点でも「煙突が、雲の中に煤の気泡を吐いている」し、製造場や鍛冶場も書かれている。ユイスマンスのテクストでの「遠くには杭に繋がれた山羊が一匹、仰向けになって鳥打帽で眼を覆って寝ている男、また女が一人靴の傷んでいるのを長いこと直している。」という光景が、『放蕩』での土手の上に放された山羊、「午睡して居た貧しい風采の書生」と傍らの「心地よげに寝て居る女」、「女が四五人で綱を編んで居るのが、遠く小さいながら」見える光景に変換されている。またユイスマンスの「沈黙がこの野を大きく覆っている。パリからの物音が段々と消え、製造所から聞こえる音が一層ためらいがちになっている。けれども時折凄まじい嘆きのようにして、アカシアとトネリコの植えられた土手に隠れながら通る、パリの北駅からの汽車の重くしわがれた汽笛が聞える。」が、荷風では「何から発するとも定め得られぬさまざまな物音が、雲の列を突いて、空のはづれまで反響するのかと思はれる。其れ程まで、あたりは静かだ。土手の後をば時々電車の過ぎる事だけは、誤たず聞き分られる。」になる。

だが、荷風の『放蕩』には詳しく書かれていて、ユイスマンスの『パリ北部の要塞からの眺め』にない記述がある。貞吉という日本人と雲と蓄音機である。この郊外の光景に全くそぐわない「立派な風采の紳士」、「外国人――日本人」として貞吉は登場する。ついで貞吉の自分の一生に見切りをつけたその思いが取り留めなく披瀝される。昨夜、「無能な外交官の埋葬場」と言われる南米かスペインへの転任願いを出したという。そして貞吉は雲を見詰める。「極く遠く、其処はもう、日の光のみぎらぎらして、一帯に曇り霞んで、鉛色に見える地平線の上には、銀色の光沢ある恐しい雲の列が、東の方へと徐ろに動く。」しかしなぜ雲を見るのか。東へ流れるというのは日本の方角を指すようだが、偏西風の方角から言えば当たり前の気象現象である。ただここで思い当たるのは、貞吉が「死ぬ事さへも今では何だか面倒な懶いやうな気がする」という心境で、この場所にやって来たことだ。究極の自己放擲といえようか。

この雲によってこの場面に、わたしたちがこれまでに見てきた荷風テクストでのニュートラルな時空間と同じ意味を見出すことができる。上昇も堕落もないニューヨークの一角、西洋でも東洋でもない砂漠の空間、そしてパリのような記号性を伴わないアノニムな壁の外。それらは空虚であってもひとつの時空間を構成して、語り手に重く受け止められている。しかしこのパリのはずれでさえ彼は異端であった。わたしたちはここにボードレールの散文詩集『パリの憂愁』の冒頭の作、『異邦人 Étranger』からの発想が指摘できる。「異邦人 étranger」は名詞では「外国人」も「よそ者」も意味し、形容詞になると「風変わり」、「奇妙」という意味をもつ。貞吉はここでは界隈の雰囲気に全く合わない奇妙なよそ者であり、外国人であることが明記されていた。
似ているのは設定だけではない。対話形式のこの散文詩では、愛するものは何かとの問いで、父母係累、友人、祖国、美女、黄金と例が挙げられては次々と否定する。貞吉も、日本も係累も女性も贅沢な生活もみな否定してしまった。ボードレールの詩では最後に「なんだと！それではいったい、何を愛するのだ、世にも変った異邦人よ？」と問いかけられる。その答えにこの風変わりなエトランジェは次のような回答をする。

私は雲を愛する……ほら、あそこを……あそこを……過ぎてゆく雲……すばらしい雲を！

これで遠くの雲に見入る異邦人貞吉の姿が、最後にかろうじて文学的背景のうちに据えられたことになる。『放蕩』は発売禁止後十年以上して単行本『二人妻』収録時に『雲』と改題された。それほどにこの最後の場面が重要であったわけだ。この印象的な雲は、社会的な地位も愛情も美女との快楽はおろか、自分の居場所さえも否定しさったあとの空虚な物思いにふさわしい。しかも頽廃的な生活を送りカトリックに転じたという経歴をもつユイスマンスからの引用と、そのユイスマンスが絶賛した『パリの憂愁』の作品をひそかに織り交ぜることで、パリの生活を描いた物語の、そして『ふらんす物語』全体の集大成としての意味合いも強く帯びてくる。
頽廃した享楽的生活の終わり。フランスからの旅立ち。この場面で三たび蓄音機が出てきて流行歌を鳴らしたりしているのは、オペラを愛しオペラのような場面展開をするパリ日記の章を書き綴ってきた作者の、自身の「巴里」への別れの曲でもあったのだろうか。こうした点に、ニューヨークでの中空の光景とはまた異なる、自由とその裏返しの孤独の甘美さを知りながらも、それを許してくれる場所が届かないところに見えるのを言葉でつなぎとめるしかない、作者の位置がうかがえるのだ。

Ⅳ——彷徨する新帰朝者

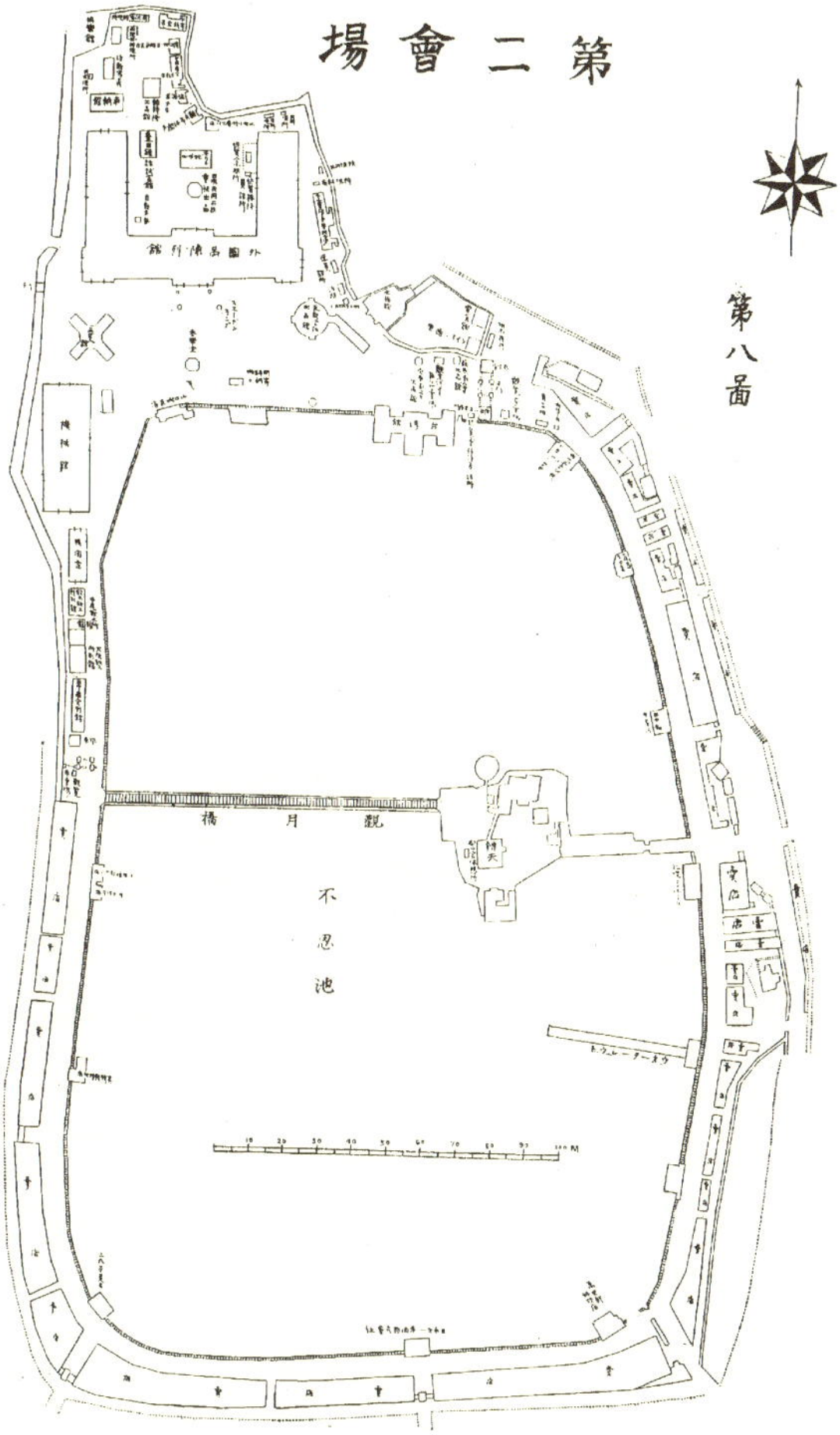

34　東京勧業博覧会第二会場図

帰朝直後に書かれた東京を舞台にした四作は、決して一連のものとして書かれたわけではないが、明らかにテクスト間を貫く物語的展開が認められる。ちょうど『ふらんす物語』に収録する作品に手を入れていた時期と重なっていたこともあり、東京という場所が生きるべき空間として、そして書くべき空間として意識されたのは想像に難くない。環境の極端な変化に神経をすり減らし、かつ自分の位置を決めかねるつらさがこれらの短編のモティーフとして読み取れる。心理学の発想でいうと、自己のアイデンティティが大きく揺るいだときに起こる時間的空間的「退行」の現象と、そこから徐々に踏み出していく過程を物語にしたといってよい。

あらかじめまとめておくと、『狐』で幼少期に遡ってトラウマを確認する。その父の家の暗い庭から、暗い公園の一隅での閉塞感と疎外感とを綴った『曇天』がある。そして現在の自分の居住地での社会的疎外感を綴る『監獄署の裏』があり、ここで書簡形式を取ることでそれを綴る語り手の立場が、手紙の受取手という図に対する地として浮上してくる。行動半径も庭先から一歩踏み出して近隣の醜さを言語化するようになる。それまでは回想の枠組みの中で子供の立場からみていた社会や、友人の家庭を想像してといった距離をおいた観察が、リアルタイムのものになるのだ。そして『深川の唄』でいよいよ山の手の住居から、東京市中を横断して下町へと移動する。だが、結局自分のいられる場所ではないと自覚して、山の手の奥の住居の中の書斎へと自己の位置を再規定して終わる。そこには西洋から持ち帰ったものがある。このように手短にまとめることが出来る。場所と自分をめぐる物語はこのようなヴァリエーションで、東京を舞台に展開される。その中で随時得られる自己像《セルフイメージ》と周囲のイメージとは、どのように組み合わされて描かれるのか、そして物語化されるのか。『ふらんす物語』を締めくくる小説『放蕩』では、作者が抱いていた東京のイメージが行間に仄見えていた。その東京での様子を語るにしても、多くのフランス語のテクストが織り込まれて荷風の旺盛な執筆欲を支えている。これに加えてアメリカやフランスで獲得した描写の手法はどのように活かされるのか、あるいは活かされないのか。

1　過去に望まれたトポス：『狐』

『狐』（「中学世界」一九〇九年一月、一九〇八年十一月稿）は、退行現象として幼少期の自己の原点や原風景を再認識する物語という構造をもつ。というのは、幼少時の風景の特異点とも言うべき場所が埋めたくとも埋められないほど深い古井戸＝イド（フロイトの用語で言う無意識の欲望の層、エスのこと）という記憶の深層にも関わる要素だからである。庭には井戸が二つあって一つは何年もかかって埋められ壊されたが、その折の這い出た虫を焼くなどのすさまじい光景に幼なかった彼は泣き出した。それでも大雨のときには二尺ほども地面がへこむというこの井戸に、封印しきれないトラウマ（それを探るために思い出されているわけだが）があったとも指摘出来る。狐退治のエピソードの舞台となるもう一つの井戸の方は、アイデンティティの補強のための道具になる。このような物語化のための言葉と枠組みを与える準拠となるテクストが、冒頭で語り手が読んでいる書物として紹介される、ツルゲーネフの伝記である。

この伝記は物語全体に、文学者の自伝的なテクストという性格を与えるのに役立っている。ツルゲーネフの伝記中のある場面をトレースすることで、その原風景の舞台に設えられるべき大道具小道具が選択されたと言ってよいほどである。『狐』では三十年ほど以前に住んでいた小石川金富町の屋敷の古い庭を、主な物語の舞台にしている。そのため従来は小石川の庭や屋敷をめぐって、新旧の時代的世代的対立の構図の解読がなされてきた[*1]。けれども小石川の屋敷ばかりがこの物語のトポスを構成しているのではない。幼少時の記憶を語りだす前に、言及している冒頭の部分に示されている。

小庭を走る落葉の響、障子をゆする風の音。

私は冬の書斎の午過ぎ。幾年か昔に恋人とわかれた秋の野の夕暮を思出すやうな薄暗い光の窓に、ひとり淋しく火鉢にもたれてツルゲネーフの伝記を読んでゐた。

ツルゲネーフはまだ物心もつかぬ子供の時分に、樹木のおそろしく生茂つた父が屋敷の庭をさまよつて、或る夏の夕方に、雑草の多い古池のほとりで、蛇と蛙の痛しく嚙み合つてゐる有様を見て、善悪の判断さへつかない幼心に、早くも神の慈悲心を疑つた……と読んで行く中に、私は何時となく理由なく、私の生れた小石川金富町の父が屋敷の、おそろしい古庭のさまを思ひ浮べた。もう三十年の昔、小日向水道町に水道の水が、露草の間を野川の如くに流れてゐた時分の事である。

語り手の「私」が回想の世界を語るためにまず示したのは人物の境遇の暗示で、秋の夕暮れの野で恋人と別れるというきわめてロマンティックな体験を持ち、外国で入手したと思しきツルゲーネフ（一八一八～八三年）の伝記を昼間から読んでいられるというものである。このとき浮かんでくる「私」像は、作者と等身大である。ただし秋の夕暮れはもはや恋人のささやきを呼び戻してはくれない。ここは欧米の公園でも川のほとりでもないのだ。この時機の荷風は大久保余丁町に住んでいた。落葉と風の音をたよりに今いる部屋から恋人のいた過去に遡り、またそこからツルゲーネフの伝記の一部分、それから三十年前の小石川の庭。自分の居場所を探すかのように、複数の空間を経巡ってようやく記憶の世界にたどり着いている。

ここで思い出しているツルゲーネフの伝記は、作者が実際に購入していたもので、『西遊日誌抄』の一九〇六年十二月二一日の項に「書店ブレンタノに入りて仏蘭西新着のツルゲネフ伝を購ふ。」とある。この年にフランスで刊行された「ツルゲネフ伝」を探すとエミール・オーマン Émile Haumant（一八五九～一九四二年）の『イワン・トゥルゲネフ生涯と作品 *Ivan Tourguénief, la Vie et l'Œuvre*』（A. Colin, 1906）になる。前半部が伝記、後半が作品紹介という構成で、確かに一章の終わりに『狐』に書かれているのとよく似た、しかし細部で大きく異なる挿話がある。

弱々しく機嫌のよい様子の陰には、すでにその後も改められないひ弱さと、なお上機嫌を早い時期に損ねてしまう感情が芽生えていた。自然は楽天主義を教えたのではなかった。彼（ツルゲーネフのこと）は一八六八年にスパスク（かつての父の屋敷の所在地）について書いている。「ここだ。この庭で私はとても小さいときに蛇と蛙の争いを目撃したのだ。それは私に初めて神のありがたい摂理というものを疑わせたのである。」

オーマンの記したエピソードはこれだけである。『狐』での「或る夏の夕方」の時間設定も、「雑草の多い古池」という場所の限定も、「痛ましく噛み合つてゐる」生々しい状況説明も書かれていない。とはいえ『狐』での言及を、「私」の心境を通した脚色と決め付けるわけにもいかないのだ。実はツルゲーネフの幼少期は藝術家のトラウマの物語であると同時に、「私」にとっていわゆる生きられた空間を用意してくれていたのである。

まず「夏の夕方」というのは、その前の「冬の午過ぎ」と「秋の野の夕暮」に対応させているのであろう。ここからさらに子供の頃の冬の庭に叙述が向かう。「私は初冬の庭をば、悲しいとも、淋しいとも思はなかつた」とある。秋草が枯れて庭中に日光が差し込むと、崖下の木立も見通される。はぜの葉が赤く残り、八手の葉は黒くその花は蒼白く輝き、南天のまだ青い実のそばで藪鶯や雀の声が「庭一面」に響き渡る。落ち葉が積もれば、音を立てて踏みながら駆け回るのが「却て愉快」であった。ささやかな養鶏所が台所の傍に出来て、学校の帰りには餌をやるのがとても面白い。正月には紙鳶を上げる。また雪が積もるまでは殊更早起きをして庭に出てみる。乳母や母や出入りの爺などに可愛がられて、囲われた空間の中、幸福な幼年時代を送っていたさまが随所に描かれる。そしてこの幸せな幼年期というのは、ツルゲーネフの伝記に促されて言語化しえたようなのである。それというのもオーマンの伝記には、スパスクにある父の屋敷の広大な庭で遊ぶイワン少年も登場するからで、少し長くなるが、その部分を引用する。

屋敷は庭に囲まれていて公園のようだった。まず入り口の階段前には松や木立のある芝生が広がっており、そこでは特別な日に両親は芝居を、当然のことながらフランス語で上演した。老いた作家は目を閉じてその折の光景――光に輝く樹木や色とりどりの風船、芝居の舞台、農奴たちが合奏する階段席を思い出したりしている。けれどもそれは庭の平凡な一角で、さらに奥ではアトリやヨシキリや小夜鳴鳥が巣を作り、その歌声が傍らの麦の中の鶉の声に混じって聞こえる。並木道のはずれの大きな二本の松の後にはから松、白樺、樫までもが密集して植え込まれていた。叢を過ぎると赤や茶の茸があり、多生のチコリの黄色い花があり、小道が池に続いていた。すべて広大な敷地を持つ屋敷には不可欠の装飾としてある養殖池である。ツルゲーネフ家のは湖と見まごうほどのもので、水源に恵まれ、深くて冷たくて、手入れの行き届いていないわりにはきれいであった。岸では柳が枝を静かな水に浸し、風が吹いて枝が水の表面を波立たせながら走ると、時折その間で日の光を受け、少なくともツルゲーネフが子供のときにはそこに繁殖していたフナ等の魚の頭が見えたのだった。後年私たちはそれらがなくなったのを、彼が嘆くのを聞くであろう。

ツルゲーネフは早くからこの小さな森の隅々に親しんだ。果樹園で林檎を盗んで食べるために庭の隅に飛び出し、鳥の声を聞き、場合によっては捕まえたりした。召使のうちプーニンと言うものは罠をたびたびこしらえて、鳥もちを持って来ては、新しい寄宿者を部屋の半分ほども占める大きな鳥かごに移した。でも籠の中の鳥は自由な鳥に比べるとつまらない。子供は供給者の言うことを聞いてその後をついて、猟師になって、少しずつ森と森の不思議な詩情に夢中になっていった。

伝記の中で誕生から成長期を記した第一章の中でも、かなりの分量を占める庭の情景は『狐』での豊かに流れる水、樹木や鳥、植え込みや井戸の周囲の細やかな描写に通ずる。広大な庭で使用人たちと過す両親の姿、また好奇心にかられて狐狩りを見に行こうとする幼い心理、樹木に囲まれた空間の不思議な雰囲気に見せられていく様子など、『狐』との接点は多い。鶏を飼っていた「私」を鶏小屋まで背負ってくれた鳶の清五郎は、鳥を捕まえて大きなおとり籠に入れてくれたプーニンに当たるだろうか。引用箇所に続いて思い出されている召使の「千一夜物語」の朗読なども、『狐』でのランプの光のもとで乳母と絵草紙や錦絵を広げた場面に繋がる。このように『狐』の幼年時代の風景は、ツルゲーネフの伝記を小石川に舞台を移して再生産したかのようにすら読める。オーマンの記述はツルゲーネフのエッセイなどを参考に再現したものだが、それが『狐』の庭と屋敷を舞台にしたいかにも幼年らしいエピソードの記述を促していたのではなかったか。ラマルティーヌ風の文学的風景は失ったものの、そしてその結果今・ここの夢に浸ることは出来なくなったものの、こうしてツルゲーネフの幼少期の庭の光景から、記憶の庭に自分を置くことが可能になったわけだ。

「雑草の多い古池」という場所の限定は、手入れのされていない崖下の古井戸に対応している。この場所は屋敷中で一番早く夜になる場所か夜が湧き出てくるところという風に、幼い「私」には感じられている。そして茸が黴ついているというこの井戸、その周りで火にいぶされてのた打ち回るげじげじなどの虫けらの描写は、なによりも当時の作者の印象に残っていた日本の光景であった。先に『ふらんす物語』の『放蕩』の後半でのパリと東京のそれぞれを表す対照的な名詞の羅列を見たが、そこでの「巌、石、雑草、激流、青苔、土塊、砂礫、沢沼、さういふ不安と動揺の暗色世界」は『狐』の古庭でもあり、「雑草の多い古池」のツルゲーネフと同じような藝術家肌の文学者たる自分のルーツを、再構成するために必要な設定であったのだ。

ドラマティックになった蛙と蛇の闘争は、語り手の狐退治の回想とツルゲーネフの回想との結節点になっている。そして「痛ましく嚙み合つてゐる」という物語性を加えることでレフ・セミョーノヴィゴツキー Lev Semenovich Vygotskii（一八九六〜一九三四年）の言う「寓話性」を帯びてきて、[*2]それは子供の目から語られる狐退治のイメージにも効果的である。セミョーノヴィゴツキーは寓話の性質として、現実世界に対して比喩の位置を取り、動物、農民、貴顕等が登場して、斧や金貨が小道具になり、話にモラルを伴い、個別的な事例を表すと説明している。ツルゲーネフの伝記の引用部分はさすがに同国だけあって、寓話性に充ちている。わたしたちがこれから見ていく『狐』の個人の思い出の世界も蛇と蛙、狐と鶏、鳶のものや植木屋、官吏の父、大弓や天秤棒、宴が構成していてこれらの要素を満たしている。この寓話性はプリミティヴなものへの逆行という点で、先に述べた退行現象とも無関係ではない。

実際『狐』での語りは、時期と場所とを具体的に示しているものの、どこか寓話めいている。一匹の狐を捕らえたときの様子を、大弓を掲げた父を先頭に大人が五人、雪を踏みしだいて「隊伍正しく崖の上に立現はれた」とお伽噺のように可笑味を添えるほどにものものしくし、それに対して「絵本で見る忠臣蔵の行列」という連想をしている。狐を殺した後の宴では「夜更けまで、舌なめずりしながら、酒を飲んで居る人たちの真赤な顔」に「絵草紙で見る鬼」を思い出している。発表誌である「中学世界」の読者層の年齢から見れば若干子供じみた表現になるにもかかわらず、狐や鬼の登場に寓話的な性格を強めているのである。寓話にはまた教訓がつきものである。物語の最後で、鶏を殺したといって狐を殺した大人たちがそれを祝うために鶏を二羽も絞めたのを見て、早いうちから裁判や懲罰の意味を疑うようになったのはこの出来事のせいかもしれないとある。つまり狐退治が教訓として機能しているのだ。

このように『狐』での幼年時代の形象化は、ツルゲーネフという準拠枠に支えられかつ寓話性を帯び、さらに教訓をともなうことで完結性の高いものになっている。だが、あの適切な処置をしたはずなのに埋めきれずにある井戸のように、物語にもまとめきれていないほころびがある。

ツルゲーネフの体験を語ることで「私」の受けた精神的打撃が強調されている。だが、末尾で語られる「私」が「裁判」や「懲罰」を疑うようになったことと、ツルゲーネフが神の慈悲を疑うようになったこととは、本来次元を異にしていて結びつくものではない。けれども父母の住まう屋敷の中でくつろげず、「ひとり淋しく火鉢にもたれて」いる姿が、すでに幼いころ目の当たりにした狐狩りでの父母の活躍（父は狐退治に人を集め自らも弓矢を持ち出し、母は狐退治を手伝ったものへの振舞い酒と宴会の用意をする）から取り残された疎外感に発するものであるとすれば、それはいかにも悲しい。[*3] 楽しく遊んだ記憶に加えてトラウマを受けたがゆえに、偉大な作家になったのだとでも自身に納得させるために、ツルゲーネフの伝記はテクストにとり込まれる必要があったのであろう。しかもこの「懲罰」も、それが割に合わないのは狐狩りの後の宴会で饗するために鶏を二羽も絞め殺したことにある。「鶏を殺したとて、狐を殺した人々は、狐を殺したとて、更に又、鶏を二羽まで殺したのだ」というのだが、鶏一羽→狐一匹→鶏二羽の殺戮も、その前に飼い犬が狐に殺されたとおぼしき事件があったのだから計算が合わないわけではない。

さらに矛盾しているのは、物語の方で語り手の嘆きとは裏腹にこの鶏や狐、虫や鳥のいる庭の空間が、父母や植木屋たちの手によって、絶えず新陳代謝をしつつ全体としての秩序を保っていることを明らかにしている点である。古井戸を埋め、植木屋に手入れをさせ、裏門の板塀を壊して駆け落ちしようとした下女の後始末をし、犬や養鶏所の鶏を殺す狐を退治する。その都度仕事をしてくれた多くの使用人や出入りのものに馳走をふるまう。これは大家の自然なあり方である。にもかかわらず、ツルゲーネフの幼少期に受けたトラウマの原因と自身のそれとを同一化するのに執心して、回想の終わったあとでも伝記から敷衍した寓話的な空間から抜け出していないのである。「私」は子供の頃の自分の視点に同一化し、狐や鶏がかつていた庭の空間に思いを寄せる。狐退治の後は、皆が宴を楽しむ座敷に入っていけなかった。この構図は父母たちによって進められる庭の新陳代謝のために、この後狐や井戸の虫らと同様庭から駆逐されかねない、彼の危うい立場を暗示している。

この危うさは約二年半後に荷風が執筆した、やはり幼少期の思い出を描いた『下谷の家』（「三田文学」一九一一年二月、一九一〇年十二月稿）と比べるとはっきりする。これは春陽堂元版『荷風全集』第四巻（一九二〇年五月）で『狐』と同じく「小品集」の章中に組み入れていることからも、関連性の強い作であるのがわかる。その中ほどでミュッセとシャトーブリアンが参照されている。

ナポレオンの帝政に反対してブウルボンの正系を追回して止まなかつたシャトオブリアンは、その自叙伝「墳墓よりの記憶」の第一頁に、「われは生れながらにして貴族たりき。」と書し、又アルフレット・ド・ミユツセは「世紀の児の自白」を述ぶるに先立つて、まづ彼が世に生れんとした当時の社会一般の形勢を叙したる長き一章を置いた。それ等はいづれも自叙伝の著者に取つて、徒に己れの伝記に小説的色彩を添加せしめやうとの手段ではなく、寧ろ一生涯の思想的生活を大観するに、最も深重なる意味があると信じられた為めであらう。

同じ少年の感性で記憶の世界を綴ったものであっても、『狐』と比べて『下谷の家』には「一生涯の思想的生活を大観する」とは大仰だが、社会や歴史の中に自分を位置づけようとする意思が働いている。下谷の祖母が古い鎧の飾ってある屋敷で基督教を信じていたその生涯を、維新と文明開化とで混乱した歴史的背景と考え合わせようとしているのである。シャトーブリアンやミュッセは自分の魂の受けた傷の起源を、両親や両親の家での出来事にのみ置いていたのではない。そして彼らのロマンチシズムは、「世紀病《マル・ド・シエークル》」と見做されるその時代の現象だったのである。『狐』には自己の内面の過去を掘り下げようとする内向きの指向性があり、退行的である。ツルゲーネフの伝記によって喚起された幼少時の様々なエピソードを寓話性によって纏め上げ、そのことによって孤独で感じやすい作家のイメージは得られたものの、結果として大人になりきれず変化して行く環境に追いつけないでいる「語り手」像もあぶりだしてしまった。そして疎外感をかかえたまま、今・ここでの居場所をめぐって一人語りは続くのである。

2　閉塞空間としての公園・・『曇天』

荷風が五年間の海外生活を終えて、満二八歳の夏に神戸港に到着したときの感想は次のようなものであった。

神戸に上陸すると、空気が澄明で、気味悪い程四辺が明い。然し、家屋は木造で塗つてないし、女の往来が少いので西洋の港へ上つた時に感ずる色彩の混乱と云ふものは毫も無い。瓦屋根ばかりが黒く、不快な程目につく。松の繁りが、植物とは思はれぬ程、これも真黒に見えた。（中略）景色は平面で、色彩の変化、濃淡から現はれる遠近と云ふものは少しもない。遠いものは小さく、近いものは大きく見えるだけだ。自分は色彩を生命とする洋画家でなかつた事を、此の瞬間非常に幸福であると信じた。（『帰郷雑感』「新潮」一九〇八年十一月）

洋画家でなかった荷風はそれでは本当に幸福だったのだろうか。

『あめりか物語』で作家としての足がかりを得ていたとはいえ、またそうでなくとも「新帰朝」の作家として注目される立場にあったとはいえ、心中には穏やかならぬものがあったようだ。引用の文章から、荷風が自分の相対する現実をまさに西洋絵画の色彩や遠近法（空気遠近法など色の心理的効果を応用して遠近感を表現する技術）のボキャブラリーでもって感じていたのがわかる。『ふらんす物語』でパリという都会を光、色彩、音楽、人や車の動き、食事や香水、花の匂いで表していた荷風だった。それが東京へ戻ってみて「景色ばかりではない。日本の生活には万事に視覚を刺激する色彩がない。」（同前）というのでは、どのように物語を紡げばよいのか。

『狐』で確認したように、帰国直後に日本を舞台にしたテクストでは、身の置き所のない、という感覚が極めて感覚的に現されている。環境と折り合いが付かないとでも言い換えられよう。「雰囲気」へのこだわりは眼に見えるものだけを意味するのではない。慣れ親しんだ環境は感覚レヴェルでの習慣と強く結びついており、時間の習慣とも関わっている。人は身体の感覚を通して世界に参入しているというのはメルロ＝ポンティ Maurice Merleau-Ponty（一九〇八～六一年）の有名なテーゼだが、一般的にいっても習慣化された感覚の刺激、身体のあり方を覆す環境に身を置くことは身体＝環境図式に混乱を引き起こし、心身に深い憂鬱をもたらすことになる。

『曇天』（「帝国文学」一九〇九年三月、一九〇八年十一月稿）に表されている憂鬱は、外界への強い違和感と共に示されている。ある十一月中旬の午後遅く、根岸の友人宅から上野公園を通り過ぎるその行程を、四百字詰め原稿用紙なら十二枚程度に綴ったものである。ただし身辺雑記風の体裁をとっていても、ネガティヴな心境の表現には構成面で巧妙に工夫がなされている。これが雑誌掲載時に「作品」欄の巻頭掲載になり、タイトルのうえに「小説」の二字を、末尾に「(完)」と付したゆえんであろう。「色彩のない日本」は曇天の公園で現される。もっとも本来小春日和の多い十一月の東京は、リヨンよりはよほど光と色に富んでいたはずだ。それを暗く憂鬱なイメージで表すところに、作者の心象と文学的力量があった。

全体を覆うのは「これほど味ひ深く、自分の心を打つものはない。」ものとして冒頭に並べられた「哀残、憔悴、零落、失敗。」の気分であり、行動としては上野公園を通り過ぎ不忍池のほとりに立ち寄っただけである。だが、このときの気分は実に巧妙な空間感覚で言語化されている。語り手の「自分」が往来や公園の風景を感受していくにつれて、一つのイメージを形成していくのである。

生垣のある道を歩きながら彼が受け止めるのは「殊更に湿つて、冷かに人の肌をさす」空気、「淋しくも静かに立ち連つた石燈籠の列」、「痩せひからびた老人の手足のやうに、気味わるく這ひ出してゐる」杉の根、鴉の群れの「人の心を不安ならしめる」「厭はしい鳴声」。焚火のなごりか、「地湿りの強い匂ひを漲らせ」る「真青な烟」などと五感のほとんどにわたっている。広い通りに出たところでは松の大木を「憎々しく曇天の空に繁り栄え」るものと見るが、同時に松の木から「驚くほど強い敵意」をもって見返されると感じる。つまり風景を構成するあらゆる要素が、威圧の表象のごとく語り手に迫ってくる。そして「自分」の側からは圧倒的な疎外感・不安感を覚えることになる。

するとそのとき不忍池に浮かぶ蓮が「物哀れに」「懐しく自分の眼に映じ」、彼は蓮を呼び、蓮に呼ばれるかのようにして石段を池のほうに降りていく。これは作者荷風の雅号が、大きな花を荷う草という意味の「蓮」とその花弁や葉に吹き渡る風を意味していることを考えれば、アナロジーによる必然性もあったことがわかる。勿論ここでは「破れ蓮」や「敗荷」というふうに、冒頭の並べられた敗残のイメージの象徴として登場する。その蓮と一体化するように池の傍の捨石に彼は腰を下す。広重の「上野不忍池弁天ノ杜」(一八五三年)などを見ると、いかにも松の木々に導かれるようにして進んだ先の池のほぼ中央に屋根と松とが重なり合ってある。水に囲まれた孤立した環境という印象がある。

ここで疎外感は閉塞感となって圧倒的に彼に迫ってくる。「恐ろしいほどな松の大木が、そのあたりをば一段小暗くして、物音は絶え、人影は見えない浮島のはづれ」に彼はいる。空気は「一層湿気多く沈んで」いて、空は「一段低く、一段重く、落ちか、るやうに濁つた池の泥水を圧迫してゐる」。さらに「正面に聳える博覧会の建物ばかり、いやに近く、いやに大きく、いやに角張つて、いやに邪魔くさく、前景を我がもの顔にとがんばつて居る」。四方から「自分」に威圧的にのしかかってくるように、言い換えれば池の中の彼を中心とする球体がその容積を小さくしていくかのように、風景が感じ取られていくのだ。

ますます気力を失っていく語り手は、博覧会の巍々たる建物と対照的な存在の枯れ蓮に「自分の心と同じやう」とシンパシーを確認する。すると「いよいよ低く下りて来」る曇り空、池の表面を吹く「迷つた風」、「銀鼠色した小鳥の群」と「真黒な影」のような野鴨にと、上方からも下方からも揺り動かされる。松の実が二つ落ちて水に響く。水面に映るものの影は揺らめき、鴉は頭上で鳴き叫び、この空間は一挙に「沈静」を乱される。そして彼は「余りに騒がしく鳴き叫ぶ鳥の声に急き立てられて」追い立てられるようにして、立ち上がらねばならなくなった。だが「自分は此れから何処に行かうか。」という思いがこみ上げる。「自分は、日本の国土に、『あまりに早く生れ過ぎたか、あまりに晩く生れ過ぎたか。』」というのが末尾の一文である。ここで疎外感は居場所だけではなく、時代も含めて空間と時間との両方に亘って感じられている。

このように『曇天』では、色彩の乏しい（と荷風に思われた）日本の風景を、圧迫し阻害するものとして描くのに成功している。短い移動の物語の中で、擬人法や感覚的な描写が多くなされて、ドラマティックな構成になっている。

だが、ここにも枠組みになっている先行テクストがある。後半部の池での展開には、実は荷風が当時自分で翻訳していたボードレールの詩からの発想を借りていたのである。荷風の訳では『憂鬱』というタイトルの『スプリーンSpleen』が『曇天』執筆約三ヵ月後に「読売新聞」（一九〇九年四月十八日）に掲載されていた。この詩との対応関係が指摘できるのである。以下『曇天』の該当箇所と荷風訳と対照してみる（…は中略、改行省略）。

・空気は上野の森中よりも、一層湿気多く沈んでゐる…曇つた空は、いよいよ低く下りて来て…衰へた肉身にひそむ疲れた魂ばかりが直覚し得る声…小鳥の群が…非常な速度で斜めに飛び立つた。…冬の空は、とうとう雨になつた…傘はさゝず、考へるともなく…歩いた。…自分は此れから何処に行かうか。雨は盛に降つてくる。上野の鐘が鳴る…寂滅無常の声。（『曇天』）

・物蔽ふ蓋の如くに、低き空重くして、久しき倦怠の餌に打顫ふ、わが胸押え、夜より悲しく暗き日の、四方閉す空より落れば、…。蝙蝠の如、『希望《のぞみ》』は飛び去る。限りなく引続く雨の糸は、ひろき獄房の鉄棒に異ならず…か丶る時なり、寺々の鐘突如としておびえ立ち、行く国知らぬ亡霊のさまよひ、堪えがたなげに嘆くごと、大空に向ひて痛ましき叫びを上ぐれば、（荷風訳『憂鬱』）

このように『曇天』では、閉塞感や疎外感を表すのにボードレールの詩の表現をトレースしているのであり、その点でも荷風が泰西詩人の描いた鬱々とした心境に寄り添っていたことは疑いない。これが『ふらんす物語』では「凡ては皆生きた詩」（『巴里の別れ』）と称えた土地から戻ってきて、日本の現実を表現する際に、視点人物としての「自分」を設定するときの寄る辺となっていたのだろう。これは「かへり道」の章の『悪感』でミュッセの詩を虚しく朗読し続けた姿勢にも繋がる。加えて彼の地の世紀末の詩人たちの言葉が、自らを支えていたのは、引用にもある『曇天』末尾の一文「あまりに早く生れ過ぎたか。あまりに晩く生れ過ぎたか。」からも明らかである。これはヴェルレーヌの獄中の詩『叡智 *Sagesse*』（Vanier, 1889）の三章四の最終節から取ったものである。ここでボードレールの詩に示された牢獄のなかにいるかのような閉塞感と孤独感とが、獄中の詩人のヴェルレーヌの境遇と重なって補強される。

しかし本来公園というものはパブリック・ガーデンとして開かれた場所であったはずだ。白幡洋三郎（一九四九年〜）

は、「とにかく日本では、公園とは役所の管理する土地と思うのがふつうだろう。」、「日本の「公園」というものは、実際の管理や運営以上にお上の装置として受け取られているようだ。」と述べて、日本の公園が世界的にも珍しい施設のあり方になっていることを指摘している。[*4] ここで『曇天』の内容に戻って、荷風の筆が日本の公園のなかの「官」の部分に向き合った部分を取り上げて見たい。作中で語られていた博覧会の建築である。ここでの博覧会とは、前年の一九〇七年三月二十日から七月三一日まで上野公園で開催された東京勧業博覧会のことである。東京府主催とはいえ内国勧業博覧会に匹敵する規模と内容であり、イルミネーションと異国の意匠を模した建築によって全国から観客を集めて、首都東京の力を見せ付けた。これは同時にもともと徳川家ゆかりの東叡山寛永寺の境内であった場所の、「お上」による完全制圧であったといえば言い過ぎになろうか。しかし荷風の筆からはそのような空間の地層が見え隠れするのである。

あゝ、偉大なる明治の建築。偉大なる明治の建築は、如何にせば秋の公園の云ひがたい幽愁の眺めを破壊し得らるゝかと、非常な苦心の結果、新時代の大理想なる「不調和」と「乱雑」を示すべきサンボールとして設立されたものであらう。

けなされているのは外国製品館で、ドームを設けたイタリア・ルネサンス様式にアメリカン・ボザールを加味したファサードであった。中央は三階建てで勧業協会常設館として閉幕後も保存するために、比較的丁寧に建設されていた。もっとも木骨造で張り瓦に漆喰を施して石造りのようにみせかけていて、石造の重厚な表現から受ける印象はもち得なかった。建築家の側からも「全体のプロポーシヨンとしては左右の角家中部に比して少しく小に失し稍バランスを欠ひて居りは為まいか又中間の連絡の部分も軒高低くして全体として適当なプロポーシヨンでは無い様な気がする」と評された（『説林　東京勧業博覧会報告第二回』「建築雑誌」一九〇七年八月）。概して日本人の西洋建築は、ディティールは凝っているがプロポーションが悪く、建材の質とデザインとがマッチしない。要するに安普請で不恰好で垢抜けていない。その欠点が明らかに見て取れるものだったらしい。

それでも開催時にイルミネーションは人気を博していたのであるから、『曇天』で暗さや圧迫感、語り手への悪意を象徴するかのような扱いを受けているのは、いかにも皮肉である。「東京勧業博覧会は東京府の祭典である従て来観者の心目をして爽快ならしむる設備が必要である此の点に於て電燈装飾は東京勧業博覧会の設備中最も成功したるものと云はなければならぬ」と、主催者側が力を込めてデザインしたのが、「博覧会の光輝なり花なり」といわれるイルミネーションであった（『説林　東京勧業博覧会報告』「建築雑誌」一九〇七年七月）。夏目漱石が『虞美人草』（春陽堂一九〇八年一月）十一章で「博覧会を鈍き夜の砂に漉せば燦たるイルミネーシヨンになる。苟しくも生きてあらば、生きたる証拠を求めんが為めにイルミネーシヨンを見て、あつと驚かざるべからず。」と書いたのはよく知られている。中でも第二会場の台湾館と外国製品館のイルミネーションは、池の辺という水面への反射の効果もあって連日見物人を引き寄せていた。

荷風は開催中に博覧会会場を見たわけではない。だが、セントルイスの博覧会を見ていた。十九世紀以来の巨大博覧会の最後を飾ることになった同博覧会では、広場に三筋の滝の落ちる人造湖をしつらえ、多数の石像と照明設備を配置して壮大な祝祭空間をこしらえ上げたのだった。その圧倒的な輝きは『酔美人』にも記されていた。この東京府の博覧会でも、第一会場にセントルイス万国博の会場構成に倣って噴水を設けていた。しかしその規模や建築の意匠に大きな開きがあったのは言うまでもない。荷風の目には、追いつこうとして未だ届かない日本の現状を無残なまでに見せつけるものであったろう。意匠のディティールは器用に真似ても建物の配置計画やプロポーション、建材の質の活かし方が欧米のそれと似て非なるものになってしまう博覧会の西洋建築に、不快感を覚えたとしても無理はない。後に建築界では博覧会風という言葉が、即席作りの見栄えのしない西洋風の建築に対してネガティヴな意味で使われるようになる。それを「偉大なる明治の建築」という皮肉のこもった言葉に集約して見せた点に、荷風の独自の批評性が認められる。『曇天』は東京帝国大学系の文藝雑誌「帝国文学」に掲載された。何はともあれ東京帝国大学の工科大学出身の建築家たちが明治の東京を造ったのだから、その彼らへのささやかな抵抗の意味もあったのかも知れない。そして鴉に追い立てられるようにして立ち上がる。「自分は今日始めて見る、名ばかし美しい観月橋をば、心中非常な屈辱を感じながらも、仕方なしに本郷の方へと渡つて行く。」と、どこととも定めず渡る。この不忍池の東西を結ぶために設けた橋は人造石で覆った全く西洋風の意匠で、「細部はヘビーに過ぎ軽快の風少なく橋巾が狭いので凡てのデ、イルが大き過ぎる憾がある」（『説林　東京勧業博覧会報告』「建築雑誌」同前）というものであった。ローヌ川、セーヌ川に架かる多くの橋を渡ってきた荷風の気に入るべくもなかったろう。「自分は――渡つて行く」というのは一人称の文にはそぐわない主述の呼応で、『あめりか物語』以来の自己演出がなされていることがわかる。フランスの橋上での自分を思い描いていたのだろうか。

渡っても行くところがないという場に関する疎外感と、早く生まれ過ぎたか晩く生まれ過ぎたかという時間に関する疎外感とが二重に語り手を苦しめている。そこで次に視点場を設けたのが、牢獄の扉のような雨の糸やヴェルレーヌの獄中吟『叡智』からの連想であったのか、「監獄署の裏」に位置するという父の家の庭であった。

3　庭という視点場：『監獄署の裏』

新帰朝者の立場について森鷗外は、先にも触れた『妄想』で「洋行帰りは、希望に輝く顔をして、行李の中から道具を出して、何か新しい手品を取り立てて御覧に入れることになつてゐた」とシニカルに書いている。これが鷗外の経験した一八九〇年ころの状況を指しているのだとしても、その詮方なさやるせなさは島崎藤村も小説『水彩画家』に書いており、その五年後になってもさして変化していたわけではない。そして荷風にとっても「洋行帰り」という肩書きは晴れがましいものであったにせよ、それが日本の社会の中で必ずしも有効でありえないと感じていたようである。

閉塞感や孤立感を自己流滴にも似た形で表した後で、荷風はそれを今度は外なる理解者に訴えかける語り手を『監獄署の裏』（「早稲田文学」一九〇九年三月、一九〇八年十二月稿）に形象化する。タイトルからすでに、自分のいる場に対する罪の意識にも似た不安が伝わる。視点場は視点の存在する空間と視点の傍の空間を指し、これが明確でない場合には視点人物は不安に駆られるという。よりどころのなさを、視点場をひたすら自分らしい表現スタイルで言語化して安定を図ろうしているかのようである。これは形式の上では書簡の形式になっている。語り手は自分を理解してくれるはずの理想的な読み手に向かって、庭の景観やそれを見詰める自分自身についても饒舌に語るのである。

荷風は書簡形式について「自分の感想を現はす場合に於て言ふと、第三者の地位に立つて其処に主人公を作り、それに自分の感想を託するよりも、寧ろ作者自身が中心となつて、抒情的な、例へば手紙といふやうな形式が適して居る。」と書いている（『藝術品と藝術家の任務』「文章世界」一九〇九年五月）。ただこの短編では一通の手紙で数か月分の経験を押し込める形式からくるほころびもある。冒頭のほうでは帰国して四五ヶ月であったのが、二番目の章で半年になっている。庭の変化の様子からすれば四五ヶ月の方が適切である。このようなわずかな誤差が、性急な訴えのひずみとなって出ている。もっとも書簡にふさわしい「自分の感想」の披露は、確かに後にみるように「淋しさ」の訴えとなって生きている。全体として『曇天』よりよほど長くなっているのは、思いを縷々訴えかけるのに適している形式の効果であろう。

書簡形式を、荷風はすでに『ふらんす物語』の『ひとり旅』で部分的に試みていた。手紙で欧州旅行中の伯爵にボヘミアンの画家が自分の立場を説明し、伯爵という社会的に地位の高い人物がそれを「新しい日本人」の出現ととらえて歓迎した。それによって栄光よりは自由でつましく常に悲哀を感じていたいという画家の生き方が、読者にも認められるような状況になっていた。この『ひとり旅』執筆の時点では、まだ荷風にもこのような生き方が認められうるというささかの期待があったのだろう。ところが『監獄署の裏』では設定はやや似ているものの事情はよほど異

35

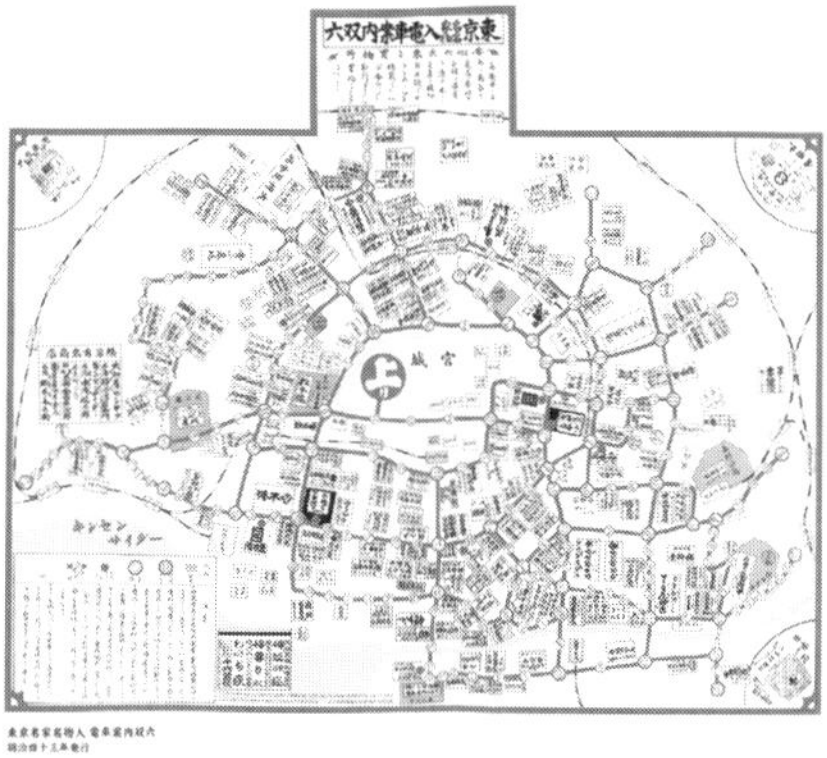

37

38

39

40

＊　**東京というキマイラ**

35　荷風の家のあった大久保余丁町写真、撮影は1906年７月19日。

36　余丁町に接する監獄署のある市ヶ谷風景。右上がその門。

37「東京名家名物入　電車案内双六」1910年。商店名のほか芝公園、深川公園などの緑地や乗換駅の記載があり、東京という消費都市の輪郭がはっきりする。

38「大日本麦酒株式会社ビーヤーホール」。「東京市区改正建築」の一つで『帰朝者の日記』でも利用しているようだ。

39　東京勧業博覧会外国館とそのイルミネーション。

40　枯蓮の見える不忍池と西洋風の観月橋。勧業博覧会を期に、浮島へつながる従来の道に続くように対岸にむけて架けられた。

なってきている。
まずこの手紙は誰から誰に宛てたものなのか。冒頭を引用する。

――兄閣下

お手紙ありがたう御座います。無事帰朝しましてもう四五個月になります。然し御存じの通り西洋へ行つても此れと定つた職業は見出さず、学位の肩書も取れず、取集めたものは、芝居とオペラと音楽会《コンセール》の番組《プログラム》に、女藝人の写真と裸体画ばかり。年は已に三十歳になりますが、まだ家をなす訳には行かないので今だにぐづぐづと父が屋敷の一室に閉居して居ります。処は、市ヶ谷監獄署の裏手で、この近所では、見付の稍々大い門構へ、高い樹木がこんもりと繁つて居ますから、近辺で父の名前をお聞きになれば、直ぐにそれと分りませう。

この差出人が荷風自身をモデルにしていることはすぐにわかる。当時彼は現在の新宿区内になる余丁町七九番地の二千坪の敷地内にある、父の禾原永井久一郎が一九〇二年に建てた邸宅に住んでいた。『監獄署の裏』の掲載雑誌「早稲田文学」の記者であり詩人でもあった相馬御風（一八八三～一九五〇年）は、初めて訪問したときの印象をつぎのように書いている。

大きな門があつた。門から玄関までの道が非常に長かつた。木が繁つて居た。玄関の敷台が広かつた。玄関には何とか云ふ大きな蒼い字の額が掛つて居た。玄関側の部屋の窓にロシヤ更紗が掛けてあつた。ベルを鳴らすと、奥から十五六の書生さんが出て来て、敷台の上に座つて、平伏した。……ロシヤ更紗の窓掛の部屋は、荷風君の部屋であつた。床の間の壁にニイチエとヴエルレーヌの胸像が掛けてあつた。[*5]（『永井荷風君』「中央公論」特集「永井

味を持つと同時に「閣下」という意味もあることからそれを日本語に置き換えたと考えられる。荷風がときどきする、フランス語の単語の多義性を利用した借用である。そのように見ると冒頭でのひたすら無能な自分の存在の強調は、『叡智』の「これが働いたことのない私の手です」以下心臓、足、声、眼と続く自己の徹底した卑下に倣っていると思われる。そして六での「主よ。私は怖い。私の魂は私の中であらゆるものに恐れ慄いている。」というのは、『監獄署の裏』での自宅の外のあらゆる光景に心を痛め「門の外へ出る事を厭い、恐れるやうになりました。」というのに呼応する。さらに締めくくりの一文「私は淋しい。」というのにもつながってこよう。ただし、神の愛による傷がまだ疼くという原文に比べて、荷風の訳ではまだ治らないという消極的な状態に置き換わっているように、淋しいというのもヴェルレーヌの激白からは遠い甘やかな感情で、依存的にすら聞える。もっとも社会的な引け目はあっても罪の意識をもつ必要はないのだから、この点において宗教意識云々を難じる必要はない。

ちなみに荷風はヴェルレーヌの詩を七編翻訳している。それらはいずれも一九〇九年に発表されており『叡智』からは三章六の有名な「空は屋根のかなたに／かくも静に、かくも青し。」で始まる詩を、鷗外主宰の雑誌「スバル」九月号に掲載している。御風の見たところではその部屋に詩人の胸像もあった。また『ベルレーヌの伝記を読みて』の表題で「新潮」一九一〇年二月号に伝記の読後感を寄稿していた。その著者について「その人は去年もゾラの詳伝を著はした」とあり、それが一九〇八年になることから、荷風はこの感想を一九〇九年の初めに書いたと推測できる。つまり『監獄署の裏』執筆時と読書の時期とが重なる。荷風のヴェルレーヌへの関心と理解のほどがわかる。ただしこの伝記、エドモン・ルペルティエ **Edmond Lepelletier**（一八四六～一九一三年）による『ポール・ヴェルレーヌ　生涯及び作品 ***Paul Verlaine, sa vie, son œuvre***』（Mercure de France, 1907）はピエール・プチフィス **Pierre Petitfis** によれば「信用の置けない本で、真正な記憶と推測とをいっしょくたにしてしまっている」と相手にされていない。[*7]

けれども、荷風は正確な事実を欲したのではないはずである。荷風にとってヴェルレーヌが「迫害に逢へば逢ふ程藝術に縋らうとした」その態度と、詩人への評価が「藝術と云ふものがあちらの人には、実に真面目に解釈されて居る結果」であることが確認されればよかったのであろう。そしてヴェルレーヌがカトリックの信仰に目覚めた事実よりも、「絶えず文学的計画を持つて居て、牢屋の中を恰度禅宗のお寺の中で座禅でも組んで居るやうに思つて居たことが分る。」と、その藝術上の精進が宗教の如く感じられていた。『叡智』での神への悲痛な呼びかけも、ミュッセの『五月の夜』での詩人とミューズとの対話に匹敵するものであったのかもしれない。ただ、ロマンティック・ヒーローに必要な背景となる場のない日本、閉塞感に満ちた庭の空間ではギリシャ・ローマ風のミューズは現れない。そして『ひとり旅』でのごとく、「新しい日本人」と存在を認めてくれる閣下も期待できない。

このように見ていくと、『監獄署の裏』での「私」の形象には内面的には当時作者の抱いていた閉塞感と、外面的には世間から排除された、しかしそれゆえに純粋な悲劇の詩人のイメージがあり、さらに「私」を通して、藝術家の外部への鋭い感受性を表そうとしたと考えられる。それではこの感受性はどのように表現されたのだろうか。

全体は四つの章（『早稲田文学』掲載時には五章）に分かれており、最初は帰国当初の衝撃、殊に血族の存在を「ファタリテー」（宿命）と絶望したこと、就業を拒否したことが語られる。次は庭に注ぐ八月の暑い日光と夕立、続いての秋の長雨とその後の夏とみまがう強烈な日差しへの驚き。三番目は監獄署の周辺にみられる新開地の醜い非衛生的な環境と貸し長屋の惨めな暮らし、中でも「貧しい日本の家庭の晩餐」の光景などが容赦なく綴られる。四番目は目にした動物虐待の惨劇と秋の末の庭の様子である。

帰国の折の衝撃は、神戸港で大学の制服をつけた弟の出迎えを受けたそのときから始まる。自分とよく似たその顔を見るなり「云はれぬ懐しい心と共に、この年月の放浪の悲しみ、喜び、凡ての活々した自由な感情は、名残もなく消えて仕舞つたやうな気がしました。」というのである。もっとも数年を欧米で過して、帰国後に家族に対して同様の思いを抱いて綴ったのは荷風ばかりではない。彫刻家で詩人の高村光太郎も詩に表している。『根付の国』（一九一〇年十二月作）で視覚的に日本人の容貌と性質とを容赦なく評した彼は、『父の顔』（一九一一年七月作）では「どこか似てゐるわが顔のおもかげは／うす気味わろきまでに理法のおそろしく／わが魂の老いさき、まざまざと／姿に出でし思ひもかけぬおどろき」とその血縁の恐怖を父光雲の胸像の原型を作った経験から、触覚的に視覚的に描いたのだった。
これに比べると『監獄署の裏』では冗漫というより、むしろ駄々っ子のような口吻になっているといえなくもない。同じ彫刻家でありながらあえて父の望まない道を進もうとする高村の緊張感が、荷風の書くものに現れてこないのは当然であるが。その代わりに自虐的といえるほどの自己否定が続く。

曰く、語学の教師になろうにもその言語が母語でない限り無理だ。新聞や雑誌の記者になろうにも正義を重んじない自分には無理だ。藝術家も、日本では西洋と異なり国家が迷惑なものと考えている限り無用であろう。そのほか人力車の車夫も下男も無理と、徹底的な無用者としての自己規定がなされる。それでもその極端な無用者の意識、疎外感をヴェルレーヌの立場に身をおいて「閣下」に嘆いてみせられるのは、作者の側にまだしも余裕があったのか。だが、同時に見過ごしてならないのは、そのような立場においてこそ見えてくる光景もあるということだ。蟄居するようになった彼の眼の前に、あたかも柄谷行人（一九四一年〜）の孤独な個人による「風景の発見」のテーゼをなぞるかのように、[*8] 庭先の光景がつぶさに美しく描かれる。

八月の暑い日の光が、広い庭一面の青い苔の上に、繁つた樹木のかげを投げて居ます。真黒な木の葉の影の間々に、強い日光が斑々《まばら》に、風の来る時揺れ動くのが、何とも云へず美しい。蟬がなく。鴉がなく。然し世間は炎暑につかれて夜のやうに寂《しん》として居ます。忽然夕立が来ます。空の大半は青く晴れて居ますから、四辺は明いので、太い雨の糸がはつきり見えます。芭蕉、芙蓉、萩、野菊、撫子、楓の枝。雨に打たれる、それぞれの植物は、それぞれ違ふ強さ弱さに従つて、或るものは地に伏し或るものは却つて高く反り返り、又は、其の葉の厚さ薄さに従つて、或は重く或は軽くさまざまの音を響かせます。この夕立の大合奏《サンフォニー》は、轟き渡る雷の大太鼓に、強く高まるクレッサンドの調子凄じく、やがて、優しい青蛙の笛のモデラトに、其の来る時と同じやう、忽然として掻消すやうに止んで仕舞ふ。すると庭中は空に聳ゆる高い梢から石の間に匍ふ熊笹の葉末まで、水晶の珠を連ねて驚くばかりに光沢《つや》をます青苔の上に、雲かと思ふ木立の影は、長く斜に移り行き、日暮しの声聞えて、夕暮が来ます。風鈴の音は頻りに動いて座敷の岐阜提灯に灯がつくと、門外の往来には華やかな軽い下駄の音、女の子の笑ひ声、書生の詩吟、ハーモニカ、何処か遠い処で花火のやうな響もします。新内が流して行きます。夜が更ける……

このように八月から晩秋の庭の様子を光、色、音、揺らめきに注目しながら植物、鳥、虫、雨、そして庭の外の物音を書き入れて印象派の絵画や音楽のように綴っている。フランスのような長い黄昏の時間には恵まれない東京では、すぐに夜の賑わいに移るのだが、それも一つの風物詩になっている。クレッシェンドやモデラートといった演奏の用語を用いての表現は、本格的な洋楽を聴く機会のない日本では極めて個性的になりえた。直喩も多く、「破れた琴を弾くやうな雨の雫」、「白萩は、泣き伏す女の乱れた髪のやう」「この空気の動揺は、さながら怪人の太い吐息を漏すがやう」といった比喩が随所に織り込まれている。最後の表現はヴェルレーヌの「秋の日のヴィオロンのため息の」や、『叡智』三章の九の「そして大気は秋の吐息のよう」から想を得たものか、いかにも欧文直訳調の直喩である。

このようなデリケートな表現での庭先の描写を、写生文ではなく小説中に試みた作家は多くはない。木下杢太郎(一八八五～一九四五年)は、荷風の作品と風景画家の吉田博(一八七六～一九五〇年)の作品との類似の指摘があったと書いている。「両氏の作品は共に coloritisch である」からだと杢太郎は考えている。(『永井荷風の『深川の唄』二月の小説』「スバル」一九〇九年三月)。吉田博は夏目漱石の『三四郎』(春陽堂一九〇九年五月)にも、そのヴェニスの風景画について言及のある人気画家であった。けれども吉田の白馬会風の穏やかな色調の写実的水彩風景画と比べると、荷風の言葉での表現には動きがあり時間の移り行きによる変化があり、音楽のようにレシタティーボがある。ある時間で切り取られた空間を、言葉で作り上げようとするその意思が明確である。

翻って彼を震撼させた長屋の光景のごく一部を次に引用する。感覚を通しての叙述は、嫌悪感を催させる光景に対しても冴えを見せている。

・後一面、監獄署の土手に遮られて居るので、この長屋には日の光のさした事がない。土台はもう腐つて苔が生へ、格子戸の外に昼は並べた雨戸の裾は虫が喰つて穴をあけて居る。

・洋服の先生は嘗て磨いた事もないゴム靴を脱捨て障子を開けて這入ると、三畳敷の窓の下で、身体のきかない老母が咳をして居る。赤子がギヤアギヤア泣いて居る。細君は夜が来てから、初めて驚き、台所の板の間に蛙の如くしやがんで、今しも狼狽てランプへ油をついで居る最中。夫の帰つた物音に、引窓からさす夕闇の光に、色のない顔を此方に振向け、油気失せた庇髪の後毛をぼうぼうさせ、寒くもないのに水鼻を啜つて、薄ぼんやりした声で、お帰んなさい。

以下「談話の趣味」どころか「相談と不平と繰言と争論」より他にない家庭の夕食の様子が戯画的に細かく書かれている。「洋服の先生」という箇所から『悪感』での教官が思い出される。そのときの日本人親子の無様な様子を描いた筆法が一段と細かく具体的になっている。高村光太郎の『根付の国』での「魂をぬかれた様にぽかんとして」「茶碗のかけらの様な日本人」を荷風が描くとこうなるのだ。自分の周囲を取り巻くものにやりきれなさを抱きながら、ともかくも描写は続く。初出の雑誌で題辞として置かれていたイプセンの『ヘッダガブラー *Hedda Gabler*』(1890)の一文「われは病ひをも死をも見る事を好まず、われより遠けよ、/世のあらゆる醜きものを」とあって語り手の潔癖さや現実に耐えられない繊細さを強調しているが、それとは裏腹に醜いものを執拗なまでに描いていて痛罵しているのがこの物語なのである。

このようなネガティヴな評価を与えるためになされた描写は、かくまで詳細なものであれば、そこに一種のフェティシズムにも似たこだわりすら感じられてくる。『曇天』にも「泥水の色は毒薬を服した死人の唇よりも、猶ほ青黒く、気味悪い」というボードレール風の比喩があり、気味悪さを文学的に伝えようとしている。引用の箇所での長屋の女房の描き方は歌舞伎芝居の怪談さながらの叙述である。つまり荷風は『監獄署の裏』を書くことによって、疎外感を逆手に取る如く、その立場から積極的に日本の風土や社会の醜悪な部分を語る筆法を打ち出すようになったのである。

とはいえ醜さの詳述は長くは続かない。ものいわぬ「閣下」相手に言いたい放題の態度が許されないことを、荷風はそのうち思い知らなければならなかった。『監獄署の裏』は雑誌掲載時には無事に済まされたが、収録された単行本『歓楽』は一九〇九年九月の公刊後ほどなくして発売禁止になる。このとき『監獄署の裏』によって「社会の改革者と誤解され」たと荷風は考えている（瀧田樗陰（一八八二〜一九二五年）宛一九〇九年九月二七日付）。国家批判の一部分が問題になったと荷風は感じている。もし荷風の心配が正しかったとすれば、「国家が強迫教育を設けて、吾々に開闢以来大和民族が発音した事のない、T、V、D、F、なぞから成る怪音奇声を強ひ、もし此れを発し得ずんば明治の社会に生存の資格なきまでに至たらしめたのは、蓋し、他日吾々に何々式水雷とか鉄砲とかを発明させるが主眼であつて、決してヴエルレーヌやマラルメの詩なぞを歌はせる為めではなく、革命の歌マルセイエーズや軍隊開放の歌アンテルナシヨナルを唱へしめる為めでは、猶更ない。」のくだりが問題になったはずだ。勿論当局の眼に触れたのは、ヴェルレーヌやマラルメではなく国家批判の言辞であり、「革命の歌」「軍隊開放の歌」という言葉であったろう。けれども荷風のこだわりはフランス語の響、フランス語を話すものの声音、それと不可分の感情表現にあったのだ。自分の感情を表してくれる音声と言語を求めるという『ふらんす物語』でしばしば触れられた問題系はまだ続いている。

だがこの時点で荷風には、自分の思想的なあやうさは意識されていない。大和民族の発音を聞くべく、ヴェルレーヌの詩に替わるべきメロディを探す。洋行帰りの藝術家として言葉で武装した彼は、明治の東京の街にいよいよ踏み込んでいく。

4　音で感じる東京：『深川の唄』

明治の東京で荷風は何を受け止め、それをどのように物語内に表現したのか。『深川の唄』（「趣味」一九〇九年二月）は、その冒頭に「四ツ谷見付から築地両国行の電車に乗つた」とあるように、電車で四谷から銀座を経て深川に行くその行程を一人称で語った小編である。山の手から下町へと東京市中を横断したということになる。このような行き来が可能になったのは、ひとえに電車網の発達による。[*9] 夏目漱石の『坊つちやん』（「ホトトギス」一九〇六年四月）で「坊つちやん」は松山から帰京後、街鉄の技師になる。これは一九〇三年に開業した東京市街鉄道会社線のことで、同社が同年開業の東京電車鉄道会社、翌年創業の東京電気鉄道会社と一九〇六年に合併して東京鉄道会社となり、路線の充実が図られた。かくして荷風の渡米中に東京市中の電車運転区間は一挙に増えていった。ことに東京電気鉄道線の外濠線が敷かれたことで、下町と山の手の連絡がよくなり、「牛込の者で年に一度位しか銀座に出られぬ者も一寸団扇を手にして夕涼みに来る」（「東京朝日新聞」一九〇五年七月十五日）ようになった。[*10]

しかも日露戦争をはさんで東京の人口は急増した。都会をさまざまな出自と背景をもつ人間を雑多に交錯させる場と考えるならば、不特定多数の人間との出会いをもたらす電車の中は、それを縮約した空間であった。人ごみの中での身のこなし方はすぐ身につくものではないが、これまで眼にする機会のなかった対象に囲まれるという不思議な世界に朝夕身をおくことは、人生にも振幅を与えたことだろう。やはり電車小説とでもいうべき田山花袋の『少女病』（「太陽」一九〇七年五月）は、この新しく都会に現れた通勤サラリーマンの悲喜劇を綴っている。時代に取り残された文学者にして大手出版社の校正係の杉田古城は、毎朝代々木から神田へと向う通勤途中に、美しい少女に出会うのを唯一の楽しみとして生きている。彼女たちの多くは女子学生で、古城は怪しまれないように気をつけながらも、車内でその姿をよく見ることの出来る位置を工夫している。しかし見ることに熱心なあまり、例の東京勧業博覧会で首都に押しよせ、電車に乗り込む群集に押されて線路に転落し、対向車に轢かれる、という筋だ。

古城は少女の顔、体つき、香水や髪油のにおい、時に満員電車の中で触れ合うことの出来る身体のやわらかさや温かさにとめどなく思いをめぐらす。当時の言葉で言う「妄想」が膨れ上がるのだ。主人公がサラリーマンである『少女病』では、本来電車は通勤のための移動の手段でしかない。にもかかわらず、時間も空間もきわめて限定されたなかでのひそかな、つかの間の視線・嗅覚・触覚の楽しみに生きがいを見つけている点にこのテクストの面白みがある。人生の荒波にもまれ、群集にもまれそして消えていく結末にペーソスがある。

『深川の唄』の語り手が四谷見付から築地両国行きの電車に乗ったのは、通勤などの目的があってのことではない。ニューヨークの高架鉄道やパリの乗合馬車などを乗りつけているうちに「動いて居るものに乗つて、身体を揺られるのが、自分には一種の快感を起させるから」当てもなく利用するのだという。このような立場でなら、決してサラリーマンの杉田古城のように家と社との間にあってわずかな時間で自分を取り戻せる電車の中で、必死に自分の慰めになる対象を探しだして体勢を整える必要はない。雑多で無責任な出会い――それは人でも風景でもよいのだが――を求めて新しい交通機関に身を任せる、都市彷徨者《フラヌール》の感覚が語り手にはある。『少女病』の杉田古城とは異なる受動的な観客の立場で、座席に腰を落ち着ける余裕があるのだ。

目的意識がないためにかえって『深川の唄』での語り手の指向性のレンジは広い。後半部分にかつて日本を離れる前は「音波の動揺、色彩の濃淡、空気の軽重、そんな事は少しも自分の神経を刺戟しなかつた」とあるが、つもりこれは音や色や空気の具合に非常に敏感になってしまった現在の彼の感受性を説明している。前半部分ではこの新しい交通機関を舞台に、師走の人間模様を地域ごとに繰り広げて見せる。乗客はそれぞれの暮らしの空間での居住まいの私性と公共空間での公性とのバランスのとれた佇まいを、未だ持つことが出来ないでいる。『監獄署の裏』より一層感覚的に、思想や風習のレヴェルではなく、視覚的聴覚的にこの場に身をおくことの耐え難さを、いささかの憎悪を交えながら並べている。

四谷見附で乗車した彼の耳に飛び込んでくるのは窓外の「調子の合はない広告の楽隊」、乗客では四谷あたりの「婆藝者」の「土色した薄ツぺらな唇を揉ぢ曲げて、チユーツチユーツと音高く虫歯を吸ふ」音、「請負師が大叭の後でした「ウーイ」というおくびの音、「ベースボールの道具を携へた少年」二人が夢中で交わす話し声。さらにはけたたましい赤子の泣き声、その子が落としたおしめを踏まれまいと「死物狂ひに叫び出した」「四十ばかりの醜い女房」の嬌声と、その女に向けた車掌のせわしない「黄い声」。「あいたツ。」と足を踏まれた半纏股引の職人の叫び。半蔵門から三宅坂への坂道では鼾、報知新聞の雑報を音読する声。

日本的光景を混沌とした都市の景観に見るのは外国人のよくする観察だが、それ以上にサウンド・スケープとして捉えている点に特色がある。このような乗客の容姿や振る舞いのみならず、音までを細かく拾った文章はまず見られない。電車の中といえば見られるものとの関係が特化され、その典型が『少女病』や森鷗外の『電車の中』(「東亜之光」一九一〇年一月)などになる。だが、数年を欧米で過したものにとって、日本の街中の音はまさに異音として感じられたに違いない。アジア人の骨格から発せられる声は甲高く、そして公衆の場であっても話す声を落とすことはない。おくびや歯を吸う音などに無頓着である。このような音にかかわる問題が後半での展開や、「深川の唄」という地名と音とが結びつく表題に繫がっているのである。

もちろん語り手は混乱した状況、様々なノイズが飛び交う状況をただ羅列しているのではない。遠くの楽隊の音や虫歯を吸う音のような断続的であまり大きくないものから始めて、話し声、赤ん坊の泣き声、悲鳴というように徐々に音量を上げている。そして混雑した車内の騒音に対して静かな音声も交えてメリハリをつけている。銀座を越すと「乗換切符の要求、田舎もの、狼狽、車の中は頭痛のするほど騒しい人声の中に、流石は下町の優しい女の話声も交るやうになつた。」ここから語り手は、丸髷に吾妻コートの美しい女性や久しぶりであった友人と話す言葉を写し出す。「校友会はどうしちまつたんでせう。この頃はさつぱり会費も取りに来ないんですよ。」「お宅では皆さまおかはりもありませんか。」という具合に和やかに二人の会話が続く。そしてこの女性と車掌との会話がある。

あざやかな発音で静かに、
「のりかへ、ふかがは」
「茅場町でおのりかへ。」と車掌が地方訛《ゐなか》りで蛇足を加へた。（一）

この二人のコントラストが、あってほしい東京ともはや無視できない混乱した東京の対照になっている。語り手にとって容貌、仕草以上に声や発音というひらがなで表記される「ふかがは」の優しさ、懐かしさがノスタルジーをそそる。この後車掌の訛りは「スントミ町」（新富町のこと）と書き表される。『羅典街の一夜』で、パリのカフェでのやり取りをフランス語表記のまま写したのを、思い出さないわけには行かない。『深川の唄』では言葉の響は、音声言語でない日本語でそれに近い二種類の仮名文字で表されたのだった。

視覚的にとらえた光景もつぶさに書かれている。四谷から築地まで、彼にとっては耐えがたい混乱した音と景観ばかりであった。ただ一箇所彼の眼を慰めたのは、三宅坂を過ぎた皇居の内濠の水と水鳥と草木だけで、ひっそりと絵のように見えた。停電のために乗換切符を渡された彼は、それを幸いに深川に行くことにする。しかもそれは市中の喧騒から逃れて「深川へ逃げて行かう」という逃避の意味を持った。彼にとってはこの川を渡っていく一画だけは「純粋、一致、調和の美」を守っていたところであったからだという。

この一致や調和というのは風景を構成するものすべてに関してであって、家並みだけでなくそこを通る人々服装やものごし、好む音楽や言葉の発音や声、話し方や考え方まで含まれている。そして深川の町は確かに彼の期待を裏切らなかった。道路の拡張にも気づかずに十年前の自分に戻れたとある。だがこのように書くということは、意識下に滑り込んでいたとも言える。第一道幅の変化以上に彼の変化は大きかった。先に交通によって地理的距離の縮まった事実を指摘した。が、『深川の唄』ではそのためにさまざまな出自、階層、年齢のものが混濁したすさまじい雰囲気が生れ、他方語り手は、それに反比例するかのような自分と深川との精神的な距離が、埋めようのないほど広がってしまっていることを確認している。

深川不動で盲人の歌沢節を耳にした、そのときである。山の手の藝者には到底真似の出来ないたしかな三味線と節付けに、語り手は尊敬の念すら感じる。ここで「あきイ——の夜——ウ」「鐘——ヱ、ばアかり——」というふうに音引きで盲人の節回しを表記している。ここでも音が重要なのであり、そしてその音と音を発する人物と周囲との調和が問題になってくる。夕陽が盲人の横顔を照らし、その影が薄く背後の石垣に映る。そこには奉納者の名前が赤い字で彫り付けてある。「藝者、藝人、鳶者、芝居の出方、ばくち打、皆近世に関係のない名ばかり」と語り手は思う。「影」が荷風テクストの中で実存的な意味を持っている例をわたしたちは『砂漠』で見た。ここでは語り手の名前はおろかその影すらも彼らと並ぶことはない。

あゝ、然し、自分は遂に帰らねばなるまい。それが自分の運命だ。あゝ、河を隔て、堀割を越え、坂を上つて遠く行く、大久保の森のかげ、自分の書斎の机には、ワグナーの画像の下に、ニイチヱの詩ザラツストラの一巻が開かれたまゝに自分を待つてゐる……（二）

この自己愛と自己疎外とがないまぜになった述懐に対して、中村星湖（一八八四～一九七四年）のような「仰山」で「何処か古臭くて厭」という感想が出ても無理はない（『小説月評』「早稲田文学」一九〇九年三月）。相馬御風は荷風の自室にニイチエの胸像を見つけていた。一九〇八年には文藝雑誌「メルキュール・ド・フランス」でたびたびニーチェ Friedrich Nietzsche（一八四四～一九〇〇年）が取り上げられた。[*11] とはいえ荷風がニーチェの思想に深い感銘を抱いていた事実はない。リヒャルト・シュトラウス Richard Strauss（一八六四～一九四九年）の交響詩からの連想であろうか。もちろん立地と音楽と言葉とを調和のあるものにして、ある種森厳な雰囲気を作ろうとしている工夫は見て取れる。それにしてもワグナーとニーチェとを組み合わせて、歌沢節や「早く諦めをつけてしまふ」「江戸人の気質」と対置させるのは極端である。けれども見方を変えると、この極端さが語り手の立場をそれだけ特権的なものにしていると解釈できる。引用中にあるようにわざわざ距離感を出し場所を限定している。そして今度はミューズとでもなく閣下とでもなく、超人ツァラトゥストラとの対話というのは、疎外を孤高の立場と読み替えて潔しとしているようにも読める。

またこの夕陽を背景にした末尾のシーンからは、たしかに庭先や公園の片隅に限定されていた物語から、一挙に東京を横断して山の手と下町とを一望のもとに捉える姿勢が感じられる。そもそも前半部においても、混乱した有様を言葉で描くのに興味を持っているのははっきりとわかる。混乱した状況すら、音と色を組み合わせて雰囲気を盛り上げながら筆を進める手法を、荷風は見出していたのだ。

結局帰朝後に『ふらんす物語』の編集とほぼ同時に描かれた四作を書き終えて露になったのは、いたたまれなさという感覚であった。東京は、まずは疎外される自己像によって醜く乱暴な空間に描かれた。父の家でも近所でも友人宅でも、山の手下町と行動半径を広げながら外国暮らしをする前に親しんでいた場所に、違和感や時には嫌悪感すら覚えている。この点にのみ注目するならば、文明批評家荷風像が出来る。だが反面でそうしたネガティヴな感情をドラマティックに表現することに、面白さを見出しているともいえる。けれども荷風の筆は同時に庭先の季節の移り行きも、日本語の響や唄も書いていた。パリのカフェ・コンセールでの声と音楽の交響が、ここに場所を移し変えていた。フランス語で描かれた先行テクストを巧みに利用しながら、自己をとりまく世界の中での自分の位置を作っていく荷風は、この地点から日本を舞台にした新たな表現スタイルを発展させていくのである。

V——新しい風景の時

41　喜多川歌麿『画本虫撰』（1788年）の「蝶と蜻蛉」の頁

1　フランスの秋から日本の春へ：『春のおとづれ』より

私共が欧人から学んだのは新しい方法で自然を観ることであつた。さうして今私共は旧風の作家達とは非常に違つた方法で自然を観て居る。私共の自然の感受し方が違つて来た時、其の表現の方法が違つて来るのは当然である。（石井柏亭「三　日本美術に於ける西欧の影響」『美術の戦』宝雲舍一九四三年六月、引用部分は一九一一年に英文で執筆）

この洋画家の石井柏亭（一八八二～一九五八年）の言葉は、画業に携わるものだけに関わるのだろうか。これまで見てきたように、荷風は欧人の作家や詩人の文体や発想に学びながら描写の技法を確立していった。その彼が日本に戻って改めて日本の風物に接したとき、同時代の他の作家と見方を異にしていたのは当然のことであった。『狐』や『監獄署の裏』での庭の描写でも見たように、荷風は庭中で日本の自然と風土の美を感じていた。この空間はロマンティック・ヒーローにおける川、木立の背景に代わるものとして、帰朝者の詩人らしい風貌を際立たせた。そしてこの場所を起点として、日本の風土にポジティヴな姿勢で対峙し、言語化していくスタンスも見出しつつあったのである。もちろん一九〇〇年代になって、伝統的な山紫水明の表現に飽き足らなくなったのは荷風ばかりではなかった。これは徳冨蘆花（一八六八～一九二七年）の『自然と人生』（民友社一九〇〇年八月）や、国木田独歩（一八七一～一九〇八年）の『武蔵野』（民友社一九〇一年三月）での郊外の自然の描写が大きなインパクトを与えたことからも明らかである。しかしながら荷風においては、何よりも文学のスタンダードをフランスにおき、自身をそれに拮抗しうる表現者とみなしていたのは次の言葉からもわかる。

感覚の極めて鋭敏な近代のフランス詩人の詩にはどれを見ても「秋の黄昏《ソワールドートン》」だの「十月《オクトーブル》」だの、「最後の好き日」なぞ云ふ題目が一番多い。そして其れ等の詩が最も美しいやうに思はれます。何故かと云つて、其れ等の詩は其の国の風土から特別の感化を受けた固有な感想を歌つたもので、他国の語で他国の人の云現はし得ぬ特徴があるからでせう。私は明治の口語詩が一日も早くフランス近代の詩を見る如く、日本語でなければ云ひ得ない、日本特有の感情を歌つた完全な作例を沢山示すやうになつたならばと思つて居ます。／日本の春は今度帰つて久し振りに眺めて見ると世界に類のない程美しいと私は感じました。されば世界に類のない程美しい詩を日本語で綴る事は吾々が日本の美しい風土に対する唯一の任務でせう。（『東洋的風土の特色』「中学世界」一九〇九年五月）

「最後の好き日」の言葉は、ラマルティーヌの『瞑想詩集』中の『秋 L'Automne』の第一節「さらば！最後の麗しい日々よ **Salut ! derniers beaux jours !**」などにある。長く続く、暗く寒い冬の前の短い好天への呼びかけである。古今和歌集以来の秋の風景をうたった詩文の伝統を、荷風が知らなかったわけではない。にもかかわらずフランス近代の文学作品を範とした目から見れば、それに匹敵する表現が同時代の日本にはないというのである。フランスで風土と文学作品の両方を同時に味わう機会をもち、かつその秋の情緒を日本語で綴ってきた末に荷風が気づいたのが日本の春の美しさであった。だからここにいう現代の言葉で美しい春の詩を作るという任務は、自らに課したものであったのだ。

むろん荷風は口語詩を書いたわけではない。実は散文の『春のおとづれ』（「新潮」一九〇九年五月）や『花より雨に』（「秀才文壇」同年八月）が、日本の春を言葉で形象化する実践になっていたといえる。これらは形式の上では、当時盛んに書かれていた小品文というジャンルに入れられるものである。散文詩の伝統のない日本にあって、小品文は荷風にとって手ごろなスタイルであったのだろう。小品文の性格については後に詳しく見ることにするが[*1]、荷風はこれがすたれたあとでも書き続けた。春陽堂元版『荷風全集』第四巻（一九二〇年五月）を出すときに「小品集」の章を設けていたのは、『狐』のところで見たとおりである。これらの文章を書くことによって、荷風は庭の一隅に見出した初秋や初冬の美を一層発展させることが出来、日本の風土との幸福な結びつき方を見出したと思われる。

それではどのように日本の春は綴られたのか。

『春のおとづれ』は、「始めて私の生れた国土の上に、冬には抱き得ない物別《とくべつ》の感じを覚えた」二月三日の夜の印象から語り起こされている。もちろんこの日付は立春を意識してのことであろう。しかし本文全体から見れば、これはあくまでも予兆的表現に過ぎない。春は暦によってではなく特別の感じ、すなわち一人の感覚を通してその訪れを段階的に知らせるのである。

遠くを望むと、夜を籠める水蒸気は普通に「夜」を現はす蒼い色の中に多分の赤味を帯びてゐる為めであらう、妙に濁つた一種の紫色紺色に近い色をして、河筋のいがんだ柳や尖つた人家の家屋なぞ眼に入る凡ての物体の角張つた輪廓をば、一様に優しく、曲線の如く、柔げてゐる。下駄や車の音の耳に入るのも、近いものよりは、何処か知れぬ遠いものが却つて明かに澄んで聞えるやうな気がする。風がなくて、手袋せぬ、手先の冷くないばかりでは無い、私は夜全体の心持が、曇つた冬の夜とは全く違つてゐるのに気がついて、仰ぐともなく立止つて再び空を仰いで見ると、今まで知らずにゐたのも無理はない、私の丁度真上、頻りに動乱する雲の間に円い小な月が浮んでゐた。

然し夫は光のある蒼い月ではなく、白い一輪の環に過ぎず、其の面をば雲の往来するのが能く見える。雲は先刻よりも更に烈しく、今では空全体に渡つて其の奥底から動乱しはじめたので、折々は全く月の姿をかくしてしまう事もあつたが、不思議なのは、水溜りや湿れた捨石の銀色なす輝きは、依然として、曇らぬばかりか、ますます強くなる四辺の薄明さに、丁度夏の黄昏にも比ぶべく、幽暗の中に如何にも遠くが見透されるので、私は始めて、これが春の朧夜だ――月の光のみならずして、已に夜そのものが一種の光沢を持つてゐる春の朧夜であると感じた。

この箇所で特徴的なのは、春という季節を現すのにしばしば用いられる道具立て――梅の花やその薫り、朧月をまず並べるのではなく、水蒸気やものの輪郭、微妙な光の色合いや遠近感に注目している点である。雑然と歳時記風に春らしい事物を列挙するのではなく、感覚が捉えた印象を組み合わせることによって春のイメージを作り上げている。また春の風の心地よさを語るというより、「夜全体の心持」、朧月よりは「夜そのもの」という雰囲気や印象を丹念に表そうとしているのが注目される。ゾライズムの時代の荷風であれば朧月という具体的かつ記号的な素材を特化しただろう。しかしここでは抽象的な「春」なのである。眼に映る形や色、耳にする街路のもの音、手先の触覚など感覚一つ一つで近付きつつある春を捉えているようである。そして光に浮ぶ風景から春の朧夜というものを実感し、感激が頂点に達する。

このような身体的印象を積み重ねる構成は、翌日の朝の描写にもある。夜具の暖かさに「身体中の筋肉は一つ残らず、やはらかに伸々して」、足先は畳みの冷たさがかえって心地よい。煙管を取って一服すれば「青い烟の行方が明かに見える」。部屋中の光に庭の日光を想像する。皮膚感覚と視覚の描写の次は聴覚である。隣家のはたきをかける音、雀の囀り。そしてこの朝のクライマックスは雀の声に混じって聞こえた「ふいと一声、細い口笛のやうな、如何にも角のない滑な響」である。ここで改行しあらたに「鶯である。」と一文書くことで、この朝の感動はきわまる。しかし前夜の月が電車の燈火で消え去ったように、この朝も鶯の声は一声きりで、本格的な春の訪れを迎えるために、二月末に日は移る。感動を三段階に積み重ねていっているのである。

この日の描写では「庭面《にはもせ》の土の色」が際立っている。長雨を吸い込んで湿ってやわらかく、草の芽や虫の卵を秘めている土である。それから「浴後の女が裸体のまゝ立つてゐる姿を想像せしめた」楓の木。ついで切り株の若い芽や梅のつぼみ、「何処から漏れて来るとも知れぬ薄い日の光」。そしてこの日は以前の月＝視覚、鶯の声＝聴覚に続いて、

「今朝の空気全体」を感じる触覚が春の感動を受け止めるのである。冬中晴天が続く関東地方では長雨は春が来た証になる。

この日から春は歩みを早めて、ついに「『春』と云ふ言葉が、大きく空に書いてあると、現代の或る口語詩人が歌つたやうな心持が、日にまし深く明かになつて行くのであつた。」となる。この口語詩の引用により、それまでまばらにしか感じられなかった「春」が天空よりあたりを覆いつくす、そのようなおおらかなイメージが浮ぶ。ところでこの部分は実際の詩を踏まえていた。

薄曇つた空の何処やらに、
「春」と云ふ大きな字が書かれてるやうな……
垣に沿うて、
若い女の笑ひ声と、
甘つたるい話声と――
立枯の楢の木には、
乾枯びた数知れぬ葉が、
軟かい風にカラ々々と鳴る。
「だつて詮らないんですもの」
「好いぢやないか」
ソプラノとテナアとが縺れて消えた。

（相馬御風『声』「早稲田文学」一九〇九年三月）

『監獄署の裏』のところで、相馬御風が荷風の余丁町の邸宅を訪問した折の感想を引いたが、御風は誰よりも荷風の作品のよき理解者であった。『あめりか物語』の刊行後には長文の書評を寄せて「今迄わが文壇の諸作品に対して求めて得られたなかつたサムシングが始めて得られたやうな気がした」（『新書雑感『あめりか物語』』「早稲田文学」一九〇八年十月）と絶賛したのだった。荷風の方でもそれはわかっていたはずである。この詩と同じ号の「早稲田文学」に荷風の『帰朝者の日記』が掲載されており、それで眼にしていたはずだ。この時御風は『春』という題で「或晩息のやうな風がフワリと吹いて、」で始まる詩と、『紙鳶』という「濃い灰色の空に、四角な紙鳶が上つて居る、」という詩も発表していた。こうした表現から御風のいう「サムシング」が、文体レヴェルにもかかわる新しさであったのは明らかだ。『春のおとづれ』の作者は、これらの春の空や風に注目し擬人法を用いる表現にも目をとめていたことだろう。しかも逆に御風の方では、荷風訳のヴェルレーヌの『道行』（「女子文壇」一九〇九年三月）を発表前に眼にし、参考にしていた可能性がある。荷風訳の三、七、八節を見てみよう。

寒い　さむしい
古庭に、
昔をしのぶ
二人の影。

「昔の空いかに青かりし、
昔の望いかに広かりし。」
「其の望は破れて
暗い空にと消えたので御座ます。」

雑草の枯れたる中を　二人は行く、
　話すはなしを　立聞くものは　夜ばかり。

場面を視覚ばかりではなく聴覚で得られる情報でも構成する方法は、当時「早稲田文学」や「自然と印象」の同人らによって試みられていた「印象詩」の手法にも通じる。ジャンルの境界を越えて、一つの場面を感覚でとらえた表現で表す傾向が認められるのである。やはり観察と描写をベースにした「写生文」では、表現主体の視点の確立が不可分であったが、「印象詩」では感覚するゆえに存在する、あるいは印象を綴ることによってその背景に想定される表現主体が登場する。ここに荷風と同時代の表現の珍しい交錯点が見られる。もっとも荷風の場合、感覚による印象を綴るに留まらず、社会への批評に発展してしまう散文作家としての資質があった。けれどもこの小品文では、自分の好む風景の世界に閉じこもり、そこにささやかな幸福を感じていて批評的言辞は現れていない。『秋のちまた』での内向きの言語に立ち返ったかのようである。

同時代の感覚による表現のさまざまな試みの中でも、『春のおとづれ』は感覚を一場面においてのみではなく、全体の構成に生かしていくという点で際立っている。春の季節感を三度に分けて、月や鶯の声や空気の動きを頂点として感覚的な描写を積み上げるのである。そしてそれぞれが、最後に書かれる「春」を全感覚的に感じさせるのである。それを受けて「春」は空全体に広がる。このような構成は、先に見たヴォルフガング・カイザーのいう「抒情的経過事象」そのものといえよう。御風の詩の方は、声や葉のそよぐ音など聴覚に関する表現を中心にまとめたにもかかわらず、どちらかといえば散漫な印象を与える。それとは一線を画した洗練がある。

さらに田山花袋が長編小説『生』（易風社一九〇八年十一月）で試みた描写法と比較すると、特徴が鮮明になってくる。花袋は客観的な描写をするための心がけとして「見たまゝ、聴いたまゝ、触れたまゝの現象をさながらに描くいはゞ平面的描写」（『『生』に於ける試み』「早稲田文学」一九〇八年九月）を主張した。その結果本文中には「—が聞える」「—が見えつまり深窓の令息であったのだ。もっとも立地的には裏手であっても監獄署に面しているわけではない。また父の保護と「――兄閣下」の庇護を受ける哀れな愚息であることを強調して、社会的適応力のない軟派の「私」のイメージを全面的に出している。が、荷風自身は何もせずに不如意に過していたわけではない。すでに作家として旺盛な活動をしていたのだから。要するに社会に受け入れられずに蟄居するしかない人間という、『狐』の語り手の誇張された姿がここに認められる。磯田光一（一九三一〜八七年）は「『監獄署の裏』で時代閉塞感を生々しく語った語彙と多くを共有していることは、どれほど強調してもしすぎることではないのである。」と述べ、ボードレールの『憂悶』（初出題『憂鬱』）訳での「夜より悲しく暗き日の光」と『監獄署の裏』の「夜よりも墓よりも暗い、冷い」との対応関係などを指摘している。[*6] このイメージは物語の末尾にある「ヴエルレーヌが獄中吟サツジエスを読んでをります。」の一文とそこからの引用によって補強されている。そして閉塞感は、ボードレールを準拠枠にした前作『曇天』の最後の一文でのヴェルレーヌの引用によって、『監獄署の裏』の二人称の嘆きへと展開しているのである。

日本語で『叡智』と訳される同詩集は、まず一八八〇年十一月に詩人の手によってカトリック系の出版社（Société générale de la librairie catholique）から自費出版された。一八七三年の旅行中に愛人でもあった同行者のランボーに発砲。ブリュッセルとモンスの獄中で一年半を過し、その間にカトリックに改宗。そして神に向ってひたすら自己の救済を問う『叡智 *Sagesse*』のシリーズが誕生したわけである。『監獄署の裏』の最後の引用「おゝ、神よ。神は愛を以て吾を傷付け給へり。／其の傷開きて未だ癒えず。／おゝ、神よ。神は愛を以て吾を傷付け給へり。」は『叡智』二の冒頭の「O mon dieu vous m'avez blessé d'amour ／ Et la blessure est encore vibrante, ／ O mon dieu, vous m'avez blessé d'amour.」に該当する。

『監獄署の裏』の「―兄閣下」とは、ヴェルレーヌが用いている神への呼びかけの「Seigneur」が、主、神という意る」という表現によって事物が列挙される風景描写が散見することになった。つまり「平面的描写」という命名からも明らかだが、感覚による表現を積み上げることで一つのイメージに収斂するものではない。それに比べると荷風の『春のおとづれ』からは明確な、そしてあえて言えば立体的でありかつ時間による変化を積み重ねて盛り上げていくことから、四次元的な構築意識が指摘できる。

こうした構成が、モーパッサンやモーパッサンが引用しているボードレールから学んだものであることは先に述べた。モーパッサンの『漂泊生活』の荷風が訳した「夜」の箇所では、「夜」の雰囲気そのものを表現するために引用と説明を費しており、「夜」そのものに着目したという点で、そして「夜」の雰囲気を表現するために、風の伝える音楽や花の薫りが混じりあう様子を細やかに描いている点で、荷風が春の夜の表現を伝統的修辞から逸脱させるのに役立ったと思われる。荷風が『春のおとづれ』で展開した感覚相互の響き合いは、音楽から色彩を感ずるなどの共感覚の現象とは異なっている。むしろオーケストラで楽器それぞれが異なるパートを分ち持って主旋律をつなげながら、全体として一つの楽曲としてまとまり、ドラマティックに主題を展開していくのに似ている。もちろん荷風は共感覚による表現を小品文でしている。『花より雨に』では「沈思につかれた人の神経には、軟い木の葉の緑の色からは一種云ひがたい優しい音響が発するやうな心持をさせる事さへあつた。」という一文がその一例である。

つまり物語の背景としてではなく、感覚で風景なり季節感なりを語って一つの物語に構成する創作の方法は、モーパッサンの文章に導かれたといってよい。確かに日本にも俳文の伝統があり、荷風は横井也有（一七〇二～八三年）の俳文集『鶉衣』（一七八七年～一八二三年）などを愛読しているのだが、「新しき藝術」としてフランスの詩人に拮抗しうる季節の表現をするには、やはり彼方の表現法に学ぶ必要があったのだろう。石井柏亭の言葉にあるように、自然の感受の仕方の変化とその表現の変化とは不可分なのだから。

2　小品文がつくる世界・『花より雨に』より

『花より雨に』ではモーパッサンの応用のみならず、荷風の後の小品文のプロトタイプになるようなスタイルがある。ここでは梅雨の季節を表現するために、フランス語の詩を引用しているのに注目したい。日本の風土から受ける不快感を世紀末的なしかも甘美なメランコリーに変換するための装置として、フランス語の詩が原文も合わせて書き込まれているのだ。『おち葉』や『秋のちまた』での引用にもまして、自覚的に形式を整えるための効果と考えていたのではなかったろうか。

筆の軸は心地悪くねばつて、詩集の表紙に黴が生る。壁と押入からは湿気の臭が湧出して、手箱の底に秘蔵する昔の恋人の手紙をば蟲が喰ふ。蛞蝓の匍ふ縁側に悲しい淋しい蟇の声が聞える暮方近く、湿つて寒いので室の障子は一枚も開けたくはないけれど、余りの薄暗さに折々は縁先に出て佇んで見ると、雨の絲は高い空から庭中の樹木を蜘蛛の網のやうに根気よく包んで居る。ヴェルレーヌが、／**Il pleure dans mon coeur ／ Comme il pleut sur la ville......** ／都に雨の降る如く／わが心にも雨が降る……／と歌つたやうな音楽的な雨ではない。

「ねばつて」「湿つて寒い」が触覚、「湿気の臭」が嗅覚、「蟇の声」が聴覚、「薄暗さ」と「雨の絲」が視覚にかかわり、ここでも感覚で受けた印象をを組み合わせて場面を形象化している。さらに筆の軸や詩集という小さな対象から、壁と押入、縁側というふうに内から外へと空間を広げ、そして高い空から降る雨によって全体の空間を梅雨の季節感で満たすのである。この箇所は梅雨の不快感を語っているのだが、「詩集」「恋人の手紙」「淋しい」といった言葉が、むしろロマンティックな印象を与えている。雨を蜘蛛の網にたとえているのは、後半部分で言及しているローデンバッハの詩で荷風が引用していない箇所にある「雨は私たちの古い夢のための網だ」という部分を借りたのだろう。いささかグロテスクな細部への注目は「蛞蝓」「蟇」「蜘蛛の網」の語も含めてボードレールの『悪の華』や、それに共鳴した荷風の『曇天』などとも通ずる美意識である。またこれらの詩によってヴェルレーヌの詩との対照が際立つのは言うまでもない。「取返しのつかない後悔が倦怠の世界に独で跛扈するのだ。」といういかにも翻訳調の一文もある。ここからも十九世紀末のデカダンス文学の反映を見るのは容易である。

ここでのベルギーの詩人のローデンバッハの引用の仕方は、かなり独特である。荷風の引用しているのは、詩集『無垢なる青春 ***La Jeunesse blanche***』（Lemerre, 1886）の中の『雨 La Pluie』である。荷風の「人の心は旗竿より湿れて下りし／其の畑の色とてもなき襤褸なりけり」という翻訳自体に、「我々の心」というところを「人の心」にするなど、やや悲痛な印象の薄らいだ感じがある。加えて詩全体からみれば、原詩でうたわれた雨は運命の女神の操る黒い錘の糸の緩やかな筋にたとえられており、全編を蔽うのは死のイメージである。荷風の解釈の通り「動きもせぬ、閃きもせぬ」かといえば、そうではない刻一刻と迫り来る緩慢な死への導きの糸として雨が表現されているところに、原詩の凄みがあるといってよい。

つまりこれらの詩の引用の前提になっているのは、作中の言葉でいうヴェルレーヌなどの「近世の詩人に取つては悲愁苦悩は屢々何物にも換へがたい一種の快感を齎す事がある。梅雨の時節には他の時節に見られない特別の恍惚を自分は見出す。」という逆説的な解釈なのである。後に見る『夏の町』では、ヴェルレーヌの悲劇的な詩風と実生活との違いに触れて「詩人の Jeux d'esprit（心の遊戯）」と納得している。それと同じ創作態度の理解である。モーパッサンの神経症の部分は取り込まなかったのと同様の、書き手と作品の安定した関係がはっきりと見て取れる。

もっともここでその楽観的な態度を、ヨーロッパの世紀末文学の皮相な解釈と断罪しても意味はないであろう。そして同時代の小品文を見るならば、このような受け止め方も納得できる傾向がある。たとえば風景に「恍《うつと》り」という言葉を添えるような感覚が、この時代には確かに共通して見られる。模範になる小品文を集めた『小品文範』（松原至

文編　新潮社一九〇九年十二月）一つをとっても、岡本霊華の『雨の夜』の「其の落ち葉には雨がソツと潤らすくらいに降注つて、薄月に裏葉が白く光つて居る。総て海の底を思はせる、静かな恍《うつと》りした景色である」、あるいは小栗風葉の『夏の夜の色』の「一面の湖水は、雲母を張り塡めたやうにウツトリと潤みを有つて、在るか無きかの小波に月の光の砕けるのが、」などが挙げられる。これらの反応に比べるならば、『花より雨に』の「恍惚」感は逆説的な展開において感じられているという点で独自性があるとはいえまいか。

本文中での詩の引用の効果についてもう少し考えてみたい。引用によって小品文が詩との境界を低くし、外国の詩を持ってくることで、全体の印象として従来の季節感をうたった作とは異なる独自性を感じさせている。また外国の風物との対象により、本文中の家具調度や庭の様といったごく日常的な風景が新鮮な眼で眺められるのだ。もちろん構成の面でもリズムを与えることに成功している。わたしたちはすでに荷風がモーパッサンの紀行文で夜の雰囲気を表している詩を引用している箇所での、音楽的とも言える雰囲気を伝える効果を大いに参考にしていたのを見た。さらにその後読んで荷風が想を得たものとして、ジャン・モレアス Jean Moréas を挙げることが出来る。現在では忘れられた詩人であるが、一八八六年に掲げた「象徴主義宣言（*Manifeste du symbolisme, Le Figaro*, 18 septembre 1886）」は、文学者のみならず、ピュヴィス・ド・シャヴァンヌやモローといった画家たちにも影響を与えた。荷風がこのギリシア生まれにして最もパリ的と評される詩人にいかに傾倒していたかは、次の一文からも解される。

ジヤン、モレアスの散文集「小品及び回顧録」の一書はわたくしが嗜読の書中、その第一に置いてゐるものである。集中「十一月。」「烟。」「午後。」「散策。」など題せられた小品文はいづれも散文の間に詩を挿入したもので、わたくしは始て之を読んだ時、何といふわけもなく元禄時代の俳文を追想した。（中略）淡々たる行文の中、両者ともに洗練せられたる趣味の極致を示した所、一脉何等か相通ずるものが在つたためであらう。（中略）小品文の絶妙なるものは恐らくは仏蘭西近世の文学を除いては他に之を求むることを得ないであらう。（『訳詩について』「中

央公論」一九二七年十二月）

『花より雨に』の執筆より二十年近くも後の文章であるとはいえ、荷風が小品文を手がけるに際して、モレアスの『小品及び回顧録 ***Esquisses et souvenirs***』（Mercure de France, 1908）が念頭にあったことに疑いを持つ必要はないだろう。『花より雨に』の冒頭部分には「春はわが身に取つて異る秋に過ぎないと云つたのは、南国の人の常として特更に秋を好むジヤン・モレアスである。」と、同書の『十一月 **novembre**』での言葉を引き合いに出しているからだ。実際にはモレアスから荷風は「趣味」以上のものを学んでいたようだ。古典的《クラシック》を重んじた例にはやはり荷風が尊敬していたレニエが挙がるが、モレアスもまたクラシックという形容が当てはまる作家であった。文藝雑誌「メルキュール・ド・フランス」の書評では『小品及び回顧録』を「批評と印象と思索」の書と形容して、「ジャン・モレアス氏が散文に書きえた、彼の思索に適った全く無駄な装飾のない韻律とリズムに感嘆すべき」と賛辞を送り、さらに「モレアスの芸術はフランス文学の伝統全てを内に籠め、それを受け継ぎ、永続させるものなのである」と締めくくっている（1er février 1909）。また同雑誌でモレアスの代表的な詩集の『スタンス ***Stances***』（La Plume, 1899, 1901）を、「その完全無欠さに影響を受けた自称新古典主義の若い詩人がいた」と影響力のほどを指摘している（16 novembre 1907）。

　ここで思い出されるのは荷風がフランスで感心した傾向の一つに「クラシツク」の尊重があったことだ。文学においても「クラシツク」の土台にたつ必要性をを強調し、モレアスを「十七世紀あたりのフランス文学に根を置いて、又其の頃の言葉を復活させて居る所がある」とよき実例として説明している（『吾が思想の変遷（談話）』「新潮」一九〇九年十月）。荷風なりのクラシックの実践としては、小品文では荷風のよくつかう「―をば」「小暗い」「庭面《にはもせ》」といった言葉遣いや古文風の息の長い文章のほかにも、対象と向き合う姿勢そのものに共感を覚えたのではないだろうか。つまりアメリカやフランスで得た自己像と、その背景であるロマンティック・ヒーローの登場できる舞台背景がなくなり日本の現実に直面した際に、新たな作家としてのロール・モデルが必要となり、そのいわば候補の一つにモレアスがあったと考えられるのである。

荷風は言及していないが『小品及び回顧録』の「風景と感情 paysages et sentiments」の章中の『秋 automne』は、荷風が挙げたフランスの秋を歌った小品文の代表といえる。しかも『花より雨に』とは構成面での類似も指摘できる。モレアスの『秋』ではボードレールやヴェルレーヌの詩に歌われた秋の季節を比べており、さらにモレアス自身の散歩の折の体験を綴っている。荷風はモレアスのこまやかな庭の花や樹木の描写に引かれたであろう。もっともモレアスの場合は、秋の詩の引用が彼の詩人論に発展している章もある。またしばしば彼の祖国のギリシア神話の人物を引き合いに出すなど、異なる点もある。荷風の描写はメタファーと引用こそ多いものの、恍惚感を引き起こしてくれる眼前の風景から遠く離れはしないのである。一方『花より雨に』では感情のドラマをうたい上げるのではなく、折に触れての感想を丹精に巧妙に綴る姿勢が、ローデンバッハの絶望よりも顕著であり、この点からもモレアスの影響の深さがわかる。

ここで強調しておきたいのは、モレアスにとっての短編でもなければフランスでいうエッセイのような思索のための文章でもない、風景や季節をめぐる短文、フランス語でいうエスキス esquisse、英語で言うスケッチ sketch を書く意味である。ロベール・ジュアニィ Robert Jouanny（一九二六〜七九年）はその大著『ジャン・モレアス　フランスの作家 *Jean Moréas, écrivain français*』（Minard, 1969）で、次のように説明している。ギリシャ人にしてパリジャンとなったモレアスの「二重の生」は、モレアス自身を失望させるものであり、その一方で社交の喧騒から逃れさせた。ギリシャ以来の孤独な散策の習慣はパリでも続けられ、左岸の並木道やオルネなどの鄙びた郊外での散歩は、自然に没入するというより、自然によって詩人の心持になにがしかのイメージが喚起されて沈思を促し、そして彼を取り囲む「微細なニュアンス」を書きとめ「平凡な形」を描いたのだった。ジュアニィによると『小品及び回顧録』の「秋」は、「モレアスの内部世界のまさに手引きとなっており、いろいろな形式を取り混ぜながらも詩人の魂が表現されているという点で、統一性を保っている。詩人は自然本来の姿と対話している折に（その対話が現在のものであれ過去のものであれ）自然の見方を学び、それを受け止めるにいたるのである。」（Chapitre VII : L'inquiète sérénité : *Iphigénie* et les *Stances*（1897-1903））。

ジュアニィの説明は、モレアスに限らず風景を描く行為の効用を説明するものになっている。とりわけモレアスにとっては、孤独な散策はギリシャとパリの二つの空間の差異を埋める貴重な時空間であったろう。生きられた空間としての風景の叙述が、読み手以上に書き手に安らぎをもたらすこともあるのだ。これはやはり欧米と日本の二つの空間、異郷での生活のリズムと故国でのそれとのギャップが埋められないでいた荷風にも当てはまるようだ。すなわち荷風にとっての風景描写も慰安に繋がるものであった。そういっても過言ではないはずだ。少なくともそれはわたしたちが見てきたように、モーパッサンやボードレールの苦悩の表出からは遠いものであった。モレアスの風景との対峙の仕方が親しいものに思われたゆえんである。『花より雨に』では、冒頭の「山の手の古庭」に咲いては散る花に始まり、結びを庭の南天の木の花で締めくくり、したがって庭の中で完結された一つの季節の様態として印象付けている。幸福な風景である。

ここで改めて小品文の文学史での位置も、説明しておかなければならない。

荷風が初めて自作を小品文として発表したのは、『ふらんす物語』の中の「橡の落葉」の章の序文になる。もっとも「小品集」の章を設けているといっても「追憶小品」と表題に添えた『下谷の家』を除いて、荷風に厳密なジャンル区分の意識があったとは思われない。だが、写生文とは別にこのような形式があったことが、荷風にとって日本にあって日本語で書くことの困難さを取り払う一助となったはずであるし、また一部で荷風の作品を受け入れる土壌にもなったと考えられる。欧米の文学に通じた吉江孤雁（喬松、一八八〇～一九四〇年）の評、「「春のおとづれ」は小説ではないが、如何にも新らしく、鮮かに物象の変化推移を感ぜしめられる。目を開いて初めて自分の周囲を見せられるやうな気のする作だ。」、「作者がいかにも鋭い神経と、生々した心を持つてゐる真の詩人だと云ふ事を覚えさせられる」

（『最近の創作壇』「新潮」一九〇九年六月）は、確かにこの推測を裏付けてくれる。

一言で言うならば、小品文とは一九〇五年ごろから一〇年代にかけて流行した短文の一形式である。ではどのような内容と形式であるかといっても、重要なのは小品文の明確な定義ではなく、書き手がそれぞれに何を以て小品文とみなしていたかを確認することであろう。「早稲田文学」の『明治四十一年の文藝界一覧』を見ると、一九〇八年の九月に「小品文流行の兆しあり」という一文がある。もっとも一九〇五年には「萬朝報」などで「小品」の募集があり、また『当代名家小品文』（九月又間精華堂）や『現代の美文　詩的小品文』（十月武田交盛館）が出版されているので、実際にはもう少し遡ってよいだろう。雑誌「新潮」では一九〇五年七月から、アマチュアの文章修行の器としても大きな役割を果たすことになる。「文章世界」では一九〇六年三月の創刊号から、投書欄に「小品文」を設けている。また同誌で一九一一年十月に、すでに「文界の一大分野を領有するやうに」なった小品文について「小品の研究」という特集を組んでいることからも、この形式の人気のほどがわかる。

荷風は小品文がもっとも盛んであった時期に次のような発言を残している。

　小品文と云ツて別に之れと云ふ定義は無い。（中略）此れは我国に古くからあツたものではなく、極く最近にあらはれたものである。英語で云ふところのスケツチと思へば間違はない。（中略）此れまでの古い形式に厭き、型にはまツた感情にあきたらないで、何か新しいもの自由なものを要求するやうになつた。ところへスケツチと云ふ何等制縛の加はらない自由な清新なものが現はれたのであるから、忽ち人心は其れに向ツたのであらう。／然しアービングのスケツチブツクなどを見ると、短篇小説のやうなもの、紀行文のやうなもの、観察記のやうなもの、いろいろある。斯うなると、小品文、スケツチと云ふもの丶範囲もズツと広くなる。兎に角小品文の生命は自由と云ふ事に在る。（『自由は小品文の生命』松原至文編『小品文範』）

なにやら先に挙げた「クラシックの尊重」と矛盾しているようでもあるが、要するに俳句の言葉で言う月並《クラシック》みに通じる季節の風景や日常の思いを、花鳥風月や白砂青松といった常套句を用いずに表現しようとする態度に、小品文という形式はうまく適合しえたのだ。新しさを追いながらも、過去の文藝の長所も取り入れられた。荷風のこの文章が載っている『小品文範』は、三〇篇の小品文と八人の実作者による「小品文に対する感想　小品文創作の態度」の文とを集めた文集である。荷風が強調している感覚と表現の自由と清新さは他の執筆者にも共通する。編者の松原至文は序文で「何れにしても此の小品文は近代的藝術家の見たる自然人生の、最も純粋な、最も燃焼した、尊むべき断片である」と、これもまた「近代的」という言葉で中古中世の随筆とは区別している。

　他の作家が小品文について述べているものを見ると、形式については「今日では一番自由な形を以つて、或は官能から得てきたものを、すぐ描写するもの」（吉江孤雁『小品文を書く態度』）、「自由な表白法としての小品文」（相馬御風『感想の自由なる表白』）、「小品には何等の約束もない、全く自由である。」（水野葉舟（一八八三〜一九四七年）『経験の上に立ちて一言す』）と、その「自由」さを強調するものが目に付く。一九〇〇年前後の漢詩文や歌枕などの修辞からの解放を一層推し進めていると言える。そして同時代で流行っていた文章表現のスタイルといえば、自然主義のそれも無視できない。自然主義は平凡な現実をありのままに書くといった内容のほかに、古い表現にとらわれずに感じたままを書くという態度や形式面での自由も求めるものであった。自然主義の側からも小品文は肯定的に受け入れられていた。これについては相馬御風が「あらゆる型を破壊すると称して居る」自然主義が崩せないでいる、「小説と云ふ型、詩と云ふ型」を越えている「囚はれて」いない、それゆえに「小さいが一番進んだ態度から出た文藝」の好例として小品文を挙げていた（風生『新書批評　葉舟氏の『響』』「早稲田文学」一九〇九年一月）。

　一方内容に関しては、「自分の心持ちをスケッチして見るのがよからう」（徳田秋江（一八七六〜一九四四年）『自然描写と官能』）や「その人の感情なり、思想なりのエッセンスを直ちに示す」（吉江孤雁同前）と、あくまで個人の感性を重んじている。ここで「官能」「心持」という言葉が出てくるところに、観察中心の写生文とは異なる特色がある。窪田空穂（一八七七～一九六七年）は「自分の感情を手離さないで、それに適当な形」を与えるときに「抒情的な頭で写生文を書くとなれば、その中にや、不自然な所がある」と述べている（『抒情と写生』）。

それでは写生文の牙城であった雑誌「ホトトギス」ではどうであったかというと、一九〇〇年六月二五日号で「小品」の題目で原稿を募集していたが、同年九月七日号で「日記にして諸君が見聞し或は自が行ひたる趣味在る事実の写生を募る」と方針をただしている。さらに正岡子規（一八六七～一九〇二年）も『写実的の小品文』で創作の苦心を書いていることから、両者の区別は詰められていたことがわかる。写生文が切り捨ててしまった、様々な現象をとらえる知覚（官能ともいえるだろう）とそこからのまだ言葉にならない感情、当時の言葉で言えば気分や心持を表そうとしているのだ。その点から言えば、小品文は「印象詩」での自由律で口語を用い、カーテンのそよぎ、ふと聞える話し声などがもたらす気分を表現しようとする気運にも相応する。

主観すなわち個人の感覚や感想へのこだわりは、言い換えれば「近世精神《モダーン・スピリット》」（秋江生『無題録』「早稲田文学」一九〇七年三月）の自覚が促した結果といえる。この精神は「世界でなら世紀末、日本一国でなら明治四十年代に於ては、煩悶病、神経衰弱が乙な病となつて居る」という状況の原因にもなっているという。「吾々は二十世紀の新人《ニュウ・マン》である。新人が世界の最新の思想に感染するは、また是れその特権を全うする所以である」（同前）という意気込みに直結するとき、それを言語化するために新しい表現形式を求めるのは当然であろう。つまり鋭敏な神経、感じやすい心が小品文という形式での新しい表現の模索に向かわせたのである。

英語でいう「スケッチ」に親近感を持っている点も見逃せない。『小品文範』の引用にもあったが、そのほかにも蒲原有明のように（『自由なる形式と主観の流露』）、ツルゲーネフの「スポーツマンスケッチ」すなわち『猟人日記』を例に挙げているものがあった。また相馬御風は写生文の「客観本位」とは異なる「スケッチといふ分子が、より多く含まれた一種の散文詩といふ風なもの」と説明している（同前）。先の「文章世界」の「小品の研究」という特集では「今日の所謂小品は、英語のスケッチなど、同じ系統に属すべきものである」としている。

荷風も『小品文範』ではツルゲーネフの散文詩、「ボードレール及びボードレール派の人々」、そしてわたしたちが『放蕩』最終章でその準拠を確認した、ユイスマンスの『パリの写生 *Croquis parisiens*』の例を挙げている。これは当時高村光太郎が部分訳をしていた（「スバル」一九〇八年十一月十二月）。原題のクロッキー croquis は広義ではデッサンやスケッチの一つになる。ボードレールに関しては『パリの憂愁』などを指すのであろう。モレアスの『小品及び回顧録』の「小品」はタイトルの esquisse に当てている。スケッチという絵画用語を用いていることから、一つの情景の描写を基本としていた。

とはいえ荷風の場合、情景を受け止める主体の感受生のあり方まで描きこむのが、彼の小品のスタイルであった。『ローン河のほとり』にあったような、ロマンティック・ヒーローのいる風景を自己演出的に描くのとはいささか異なる。現象学的記述というと大仰になるが、受け止めた外界を言語化する。その言語化したテクストからは書き手の志向性が読み取れる。そこから書き手の個性がイメージできるというものだ。荷風という作家の場合、世紀初にあって新しい感覚の人間として生きることは、小品文の平和な世界に納まりきれない思いの言語化を促すことでもあった。風土・風景への積極的な関わり方は他方で官能的な感覚を解放した。それは勢い彼の表現と日本の社会の間にきしみをもたらすことになった。

3　解放の時節：翻訳という戦略

暗い秋と冬とを過したあとで、結局季節の変化が荷風に感覚的な面での喜びと描写の面白さを取り戻させたようであった。それは『春のおとづれ』にひそやかに語られた。だが、本当の春の訪れは荷風にはまだ来ていなかった。三月二七日に製本途中の『ふらんす物語』が出版法に基づき、発売頒布禁止処分を受けたのだ。原因は作者自身によれば「私の著作が、仏蘭西文学から直接の影響を受けて居るものだからして」、当局が「珍奇な感に打たれたものだと思ふ。」（『別に何とも思はなかつた』「太陽」一九〇九年八月）ということになる。処分そのものについての荷風の反応は寧ろ冷ややかであった。

私は今度の、「フランス物語」発売禁止については、別に何とも思つて居ません。本屋に気の毒だと思つたゞけです。此れからの吾々は祖国の文学によらず、外国の文字によつて、自由に思想を発表するやうな必要があらうと思つたゞけです。（『「フランス物語」の発売禁止』「読売新聞」一九〇九年四月十一日）

「祖国の文学によらず」とあるが、『ふらんす物語』の出版中止以後三ヶ月間の荷風の活動はむしろ官憲に楯突くかのように意欲的である。創作と翻訳に限って列挙すると、四月『祝盃』『歓楽』執筆、五月『ボードレールの詩』翻訳発表、六月『最初の接吻』『をかしき唄』「春と夏の詩」それぞれ翻訳発表、七月『牡丹の客』「『悪の華』より」と『二人処女』翻訳発表『帰朝者の日記』執筆、となる。この中には実は風俗壊乱の廉で告発されかねない内容のものが少なくない。事実『歓楽』と『祝盃』が収録された単行本『歓楽』（易風社九月）は発売を禁じられたのである。[*2]

一九〇八、九年に日本の出版界において社会主義及び性に関する表現が極度に規制された。一九〇七年四月制定の刑法では猥褻三法と呼ばれる三箇条の条文——「公然猥褻」「猥褻物頒布」「強制猥褻」——の中でも「猥褻物頒布」が出版法十九条（一八九三年制定）の「風俗ヲ壊乱スルモノト認ムル文書」への処罰を徹底させ、また一九〇九年には、あらかじめ発表を控えたのか「秩序紊乱」での発禁は激減し、かわりに文藝作品の発禁が「《風俗壊乱》を口実にして」おびただしい増加をみたと、城市郎（一九二二年〜）が指摘している。[*3] もっとも、急激な抑圧によってかえって対象に自覚的・意識的になることもある。荷風の翻訳作品にしても、「官」への批判的言辞はないにせよ、内容が性的な事柄に触れることに留意しなければならない。国家権力に対しての批判は危険を伴うが、タブーであった性に関する表現については、その書き方によって許容される場合もあると判断しての発表なのであろう。

ここで先の「読売新聞」の記事にあった「外国の文字」によってのくだりに注目したい。荷風が外国語でまとまった文章を発表した事実は認められない。そもそも明治末の日本にあって外国語、それもおそらくはフランス語での発言は、読者や掲載誌の事情から思想の自由な発表には結びつかない。このような事情を鑑みると、「外国の文字によつて」とは外国語で執筆するのではなく、すでに外国語で書かれたものの翻訳によって表すという含みがあったとも考えられる。フランス文学の直接の影響を受けていると認める荷風であれば、間接的に自分の文学を伝えることにもなる。常に外国文学のテクストを取り込みながら表現をしてきた荷風にとって、翻訳と創作とにそれほど差はなかったはずだ。

こうした解釈があるいは牽強付会に過ぎないとしても、荷風の感想のうち禁止と自由という対立図式が「祖国」と「外国」の背後に敷かれており、思うにまかせぬ「祖国」に対して、半ば韜晦にせよ、「外国」を対抗手段として持ち出して来たのは注目してよいだろう。同記事では『悪の華』と『ボヴァリー夫人』の裁判に触れて、「フランス人一般の自由を愛し藝術を尊ぶ此の広い同情が幾多の実例に徴して、一詩人の運動に対し何れだけ強い力を与へて居ましたらう。／翻つて日本の現社会を見れば、日本は其程に自由も藝術も要求しては居ないやうです。」と彼此を対照している。荷風にとって、文学の世界のスタンダードが、フランスを中心にした欧米にあったことは疑いがない。

こうした事情を踏まえてわたしたちは、時代の渦中にあって荷風が日本の読者に向けて提出した翻訳作品のうち、従来等閑視されてきた三編『最初の接吻』『二人処女』『をかしき唄』に注目する。実はこれらの翻訳は原文には忠実になされておらず、荷風による削除や改変がある。それがもっぱら性的な表現に関わるという点で、荷風が「祖国」に向けて戦略的に持ち出した「外国」での性的な事柄についての表現のあり方、ひいては荷風自身の文学作品における性の表現の意味するものが、理解できるはずである。先走っていえば、それは後年の荷風の活動からは想像しにくいが、男女の駆け引きや性愛を挑発的に表すというよりも、むしろ恋愛を通したロマンティックな情景の描写や研ぎ澄まされる感覚の喜びと、何よりそれがもたらす新しい時空間の叙述の可能性をもたらすものであったのだ。

『最初の接吻』（「女子文壇」一九〇九年六月）という表題は荷風の創作である。原題は『ドゥニーズ *Denise*』といい、『少女たち *Jeunes Filles*』（V. Havard, 1884）という二四人の少女の名を表題にした短編を集めた作品集の冒頭におかれた。作者はカチュール・マンデス Catulle Mendès（一八四一～一九〇九年）という詩、戯曲、文学・音楽批評、小説などに巧妙な手腕を見せた流行作家である。彼は一九〇九年二月に急死し、「メルキュール・ド・フランス」誌は翌月の一日号の巻頭に詩人でもあるエロール André-Ferdinand Herold（一八六五年～不明）による十二ページもの追悼文を掲げた（1er mars 1909）。マンデスは今日では忘れ去られた作家だが、彼自身の幅広い執筆活動にくわえて雑誌を主宰して新人を育て、広く文学者と美術家、音楽家の交流に務めたこともあって、モンパルナス墓地での葬儀には著名人が多く集まった。[*4] 一九〇〇年の万国博覧会の折には、公教育省の要請で一八六七年から一九〇〇年までのフランスにおける詩の動向について、報告書を提出している。同時代の期待に十二分に応え、それゆえ歳月とともに省みられることもなくなったが、荷風は在仏中にその著作を眼にする機会が多かったに違いない。決して特殊な趣味に属するのではなく、同時代のポピュラーな文学であったのだ。ちなみに「早稲田文学」では三月号で追悼文を掲載し、[*5] さらに荷風の『追憶の甘さ』という詩の口頭での翻訳を、記者が記録したものを載せている。

翻訳した小説の概要は次の通りである。冒頭で深い眠りにつく少女を思う独白があり、続いて二人が始めての接吻をするためにふさわしい場所を探した日の回想に移る。暁の薄い光の中、人目を避けてあちらこちら移動しようやく思いを遂げたと喜んだのもつかの間、橋の上から見咎められていたことに気づく。悲嘆にくれるが、しかしその橋の上の人物が盲人であったのがわかって一転、幾度も接吻を交し合う。実にたわいない話である。

荷風が「ドゥニーズ」という少女の名前を表題にしなかったのは、日本の読者に馴染のない名前を敬遠したのだろう。それにしても「接吻」の一語を取り入れたのは大胆であった。荷風は三木露風（一八八九～一九六四年）の詩集『廃園』（光華書房一九〇九年九月）の『接吻の後』という詩に感動したと手紙に書いている（三木露風宛一九〇九年九月九日付）。これがきっかけになっていたとも考えられる。四年後に単行本『珊瑚集』に収録する際には、さすがに『窓の花』という無難なタイトルに変えている。それからさらに十年もたって菊池寛（一八八八〜一九四八年）の小説『第二の接吻』（改造社一九二五年十二月）が発売禁止処分を受けたのが、まずはその題名ゆえというのであるから、賢明な措置であったといえよう。だが、少なくとも雑誌掲載の時点では当局の圧力を意識しながらも、荷風は「接吻」というものが作品の中心テーマになり得ることを示したと、考えられる。そしてそれは同作品に見る限り、「外国」では「風俗壊乱」とは結びつかないのであった。主題は勿論主人公である恋する乙女の繊細な心の動きにあった。荷風は日本人に馴染みのない少女の名前を前面に出すのではなく、「接吻」という奇抜な表題で人目を引き、しかし内容と文体とで少女の純情を表現し、この行為の自然さを伝えたのである。

ここで年頃の女性を小説の主題とすることについて、同時代のコンテクストを明らかにしておく必要があろう。帰国後の荷風にとって日本の女子学生はむしろ批判の対象になっていた。『深川の唄』では電車の中「女学生のでこでこした庇髪が赤ちやけて、油についた塵が、二目と見られぬ程きたならしい」と書いている。もっとも『男学生を監督する米国人の女学生気質』（『婦人世界』一九〇九年八月）という談話では、男女学生間の「決して猥らな関係の結ばれること」のない交際などについて語っている。こうした言葉から、荷風にとって理想化された女子学生（高等教育を受けている女子というほどの意味だが）像は「外国」にあったことがわかる。

これは荷風の日本人女子への偏見というより、そもそも当時の日本では高等教育を受けることが、女子の堕落への予備段階になりうるとみられていた事実を思い出さなければならない。一八九九年の高等女学校令の交付以降、次第に良妻賢母が女子のロール・モデルになった。同時に文部省の視察など、女子学生の風紀を取り締まる風潮も厳しさを増した。「諸新聞紙に女学生堕落の事実を摘発した」（『彙報　教育界』『早稲田文学』一九〇六年七月）ことが、それを助長した。代表的総合雑誌の「中央公論」でも、一九〇六年初めから男女学生の交際をめぐって議論が繰り返されていたほどである。一月号では下田歌子（一八五四〜一九三六年）の『男女学生交際の可否』、海老名弾正（一八五六〜一九三七年）の『男女学生交際論』があった。海老名は「今一言云つて置きたいのは、新聞紙等が頻りに女学生の堕落といふ事を唱へる事である。これは実に酷である。現今の学生は決して堕落しつゝあるのではない」と反駁している。二月号では登張竹風（一八七三～一九五五年）、三月号では寺田勇吉（一八五三～一九二一年）、青柳有美（一八七三～一九四五年）、五月号では福田英子（一八六五～一九二七年）のそれぞれ『男女学生交際論』の稿がある。四月号では浮田和民（一八五九～一九四六年）の『男女交際に就て』、鎌田栄吉（一八五七～一九三四年、慶応義塾長）の『男女学生交際論』、成瀬仁蔵（一八五八～一九一九年、日本女子大学長）の『男女間の交際に就て』、中島徳蔵（一八六四～一九四〇年）の『男女学生交際論』、井上哲次郎（一八五五～一九四四年）の『男女交際論』が付録の特集記事になっている。また七月号では巻頭に無署名で「学生風紀の頽廃は無宗教の弊ならざるや」の論が掲げられ、「恋愛神聖説を主張し、一種卑むべき獣欲を包むに幽玄微妙らしき哲理の上衣を以てせんとするあり」とし、男女学生の現状を強い調子で批判している。

中でも目立つのは北米や西欧での事例を挙げて、日本の現状には適当でないとする意見である。「欧米の男子は、婦人との交際により幼にして先づ外交の術を案ずるべく余儀なくせられ、外交家は積年この間に得たる消息を、国際問題に応用するが故に、華々しき効果を挙ぐるを得るなり」というポーツマス条約での反省を踏まえた青柳有美のものや、「欧米諸文明国の実況に照すも、矢張独立思想の盛なる処ほど男女交際自由に行はれて而も其弊却て少なきが如し」という前提から国別に説明を加える、鎌田栄吉のような「文明国」の基準を欧米の国の風習に置くものは、男女交際推進派になる。が、実際に女子教育に携わっている場合は、下田歌子のように「まだ西洋の風にはなつて居ない世の中に於てどうぞ間違の無いやうに、躓きの無いやうにと、内外注意に注意をして」という慎重論や、成瀬仁蔵の「西洋では男女混同して社会を円満ならしめ、優美ならしめんとするのである。」と認めながらも「而して我が社会の現状に照して観察すれば時機尚早し」といった時期尚早論があった。そしてやはり教育者の文学博士井上哲次郎の「まア畢竟西洋風の男女交際といふものが出来て居らぬといふことである。」という意見に集約されるといえよう。むしろ一般には「単に西洋の事情に照し、西洋の習慣を調べて、直に以て今日の日本の問題を解決せんとするは大なる謬なり、西洋の書籍にのみ親むものは、自然に移る情よりして、其所説の極端に走るの弊あるを遺憾とす」という中島徳蔵の意見こそが、大勢のものであったと考えられる。

つまり「学生」と「西洋」をつなぐ「西洋の書籍」について、後年谷崎潤一郎（一八八六～一九六五年）の述べる「けだし西洋文学のわれわれに及ぼした影響はいろいろあるに違ひないが、その最も大きいものの一つは、実に『恋愛の解放』――もつと突込んでいへば『性欲の解放』にあつた。」（『恋愛及び色情』「婦人公論」一九三一年四～六月）[*6]という状況認識があり、そこに女学生を性的に堕落したスキャンダラスな存在として取り上げる小説が学生→文明→西洋の（当時の文脈では仏自然主義の）書物→恋愛の解放→性欲の解放という連鎖を具体化し、増幅化する役割を担ったのである。後に触れる荷風の『祝盃』や『歓楽』なども、作者の意図は別として、そうした傾向の一端を担っていたろう。

このような女子学生や男女交際をとりまく議論の中で、『最初の接吻』では、人生の夜明けを豊かな感受性と愛情とで明け染めてゆく少女が登場する。

まずは原文での語り口調に注目する。ここですでに荷風が仕掛けた言葉遣いが認められる。初めに男性から少女に向かって「雪と夢とでつくられた天使のやうな其の肉」、「おん身が魂とみるべきPsyché（愛の女神）」といった装飾的な言葉で語りかけている。ロマンティックな比喩が多く、荷風はこの部分を美文調でいささか大仰に訳している。それは原文のスタイルに引かれたものであったかもしれない。しかし、同時に「最初の接吻」という見方によってはゴシップめいた表題がまねくイメージを避けるための、カモフラージュになったはずである。このときの呼びかけは恋人同士や夫婦間ではほとんど用いない vouvoyer というもので、語り手と少女の間柄にはふさわしくない。

ついで一行空けて突然 vouvoyer から当時ごく親密な関係で用いられる tutoyer での呼称に変わる。この部分は直訳すると「あなたは覚えているか、眠りについているのだけれど。そう、あなたは夢見ているのだ。」となる。そこから少女の存在がより身近に感じられる回想の世界に入っていく。一方この箇所の荷風の訳文にはいささか問題がある。「忘れはせまい。おん身は今眠つてゐるけれど、死んだのではない。唯だ夢見てゐるのであれば、覚えてゐやう、忘れはせまい。」というのだが、tutoyer への変化に荷風が気づかなかったとは考えられない。[*7]

この時期、荷風は韻文の翻訳に際しては必ず文語体を採用しているが、散文の場合は内容に応じて使い分けをしている。渡米以前のものでは、老人の一人語りの『大洪水』での訳文は口語体であるが、同じくエミール・ゾラによる『女優ナヽ』では地の文も会話もグランド・ロマンらしく文語調にしている。帰国後の翻訳でも『ピヱール・ロテイと日本の風景』(『三田文学』一九一一年五月)では口語訳をしている。こうした配慮から見ると、『最初の接吻』で堅苦しいままでの文語文にしているのは、単なる語学上の知識の問題ではないようだ。

回想の中で交わされる接吻前の二人の会話はvouvoyerであるのだから、単純化を図ったという可能性もなくはない。が、荷風もこうした文体の食い違いを意識したのか、戦後の中央公論社版『荷風全集』第二巻(一九五〇年二月)に収録するに際して、「おん身」という呼びかけの殆どを「お前」に改め、全体に表現を現代的なくだけた言葉遣いに修訂している。その時に先の箇所は「おん身は今眠つてゐるけれど、夢を見てゐるのだから、お前は覚えてゐるであらう。忘れはしないだらう。」となっている。また、物語の発端での少女の言葉に「今夜あなたは意地悪でなかったし、お母さんの前でじっと私を見つめなかったし(中略)、だから私も優しくなって、あなたがずっと前から望んでいた接吻を上げます。」というせりふがある。この部分の後半を荷風は「其れ故、私もおとなしくして、あなたが先から望んで居た接吻を上げませう。」と訳して決して蓮っ葉な少女に見せないようにしている。

つまりこの雑誌初出の硬い文体は、やはり物語全体からくだけた印象を除くための方策であったのではないだろうか。言い換えればここに書かれている男女の属する階層、その教養などをある程度の水準に見せる演出になっているのだ。それは彼らの「接吻」を性格づけるためにも重要であった。

「接吻」の主題について、明治の文学作品は近世文学に見られるような「愛欲の接吻、より性愛的な接吻」から西洋的な「尊敬・信頼・服従・親愛等の意味を表す」接吻や「清美な純愛の接吻」を徐々に表現していった過程は、椿文哉の著書に詳しい。[*8] もっとも島崎藤村の『旧主人』(『新小説』一九〇二年十一月)で下女の視点からつぶさに語られた接吻のように、不倫・姦通と結びつく表現がなくなったわけではない。『旧主人』は発売禁止になり、その後も「清純な純愛の接吻」の登場を見るには依然として過渡期であったといえよう。そうした中で荷風は『最初の接吻』を通じて、接吻という行為に新鮮なイメージをもたらそうとしたのではなかったか。『最初の接吻』の最後で、語り手は自分たちの体験を「こんな無邪気な昔語り」といっている。この言葉を字義通りに解釈するならば、彼らの初々しい行動はブルジョア家庭の子女間の出来事として、まっとうな読み物足りうるということになる。

また比喩の面から見ると、物語の初めの方では原作で「この朝の黎明のような初恋」とあるのを訳文は「人生の夜明けの微光に譬ふ」「初恋の思ひ」とし、夜明けの光と人生の夜明けとを重ねて詩情豊かに整えている。つまり物語中の夜明けの光景と登場人物の人生の夜明けとにふさわしいものだということを示したのだ（但し荷風が接吻を「清純な純愛」の結果とのみ考えていたというつもりはない）。「東雲は灰色に、ばら色に色付いてゐた」（『珊瑚集』で「灰色の暁は薔薇色に染つてゐた」、原文「灰色の暁と薔薇色の曙」）から次第に夜が明けていく様を描いた箇所は、彼らのはやる心と調和している。そして語りの最後は次のように締めくくられる。

こんな無邪気な昔語りする中に、暴風の雲は消去つて、日の光かがやく明い出窓に、木の葉は緑色に又黄金色になると、伸び上つた薔薇の枝先に、一輪の花がまだ消えぬ水玉を一ぱいに含んで美しい唇のやうに開く。私の心も亦うれしく浮き立つた。あゝ、蘇生る花のほとりに、雨の一滴を吸はうとする空飛ぶ小鳥の心はどんなであらう。

この部分の荷風の訳に目立った意訳はない。薔薇が少女、小鳥が語り手を譬えているのはいうまでもない。そしてこのようなみずみずしい始まりの予感のイメージが、物語の全体に行き渡っている。問題の「接吻」の場面も、「野飼ひの歌うたふ」若い女たちや「物洗ふ町外の女供」や「真白な着物を着た髯の長い僧侶」に妨げられながらもようやく思いを遂げるが、そこに到るまであわてたり意気込んだりする二人の表情や、周囲の田舎の野趣に面白さがある。

そしてようやく見つけた適当な場所は、「緑色なす小川のほとり、木の枝、木の皮のアーチをなした掛橋の傍に、松の繁りと緑の木の葉に蔽はれて、何所からも見られる恐れもなく、荒い鳥の巣にも等しく、青苔の上に腰さへかけられる凹んだ岩がある」場所だった。前の箇所で「野菊の花」に譬えられる少女と小鳥とのイメージが、ここですでに暗示されていたことがわかる。

『あめりか物語』の『六月の夜の夢』では、教養ある若いイギリス人女性との抱擁の場面を月の光と駒鳥の声、川のせせらぎ、緑の木の葉を背景に描いて見せた荷風であった。そうした訳者の好みから見て、マンデスのこの短編は純愛の接吻の表現とそれが似合う空間表現の可能性を広げるものであったはずだ。しかもこの恋する乙女たちの形象は、堕落女学生を書いた一連の作品、たとえば小栗風葉（一八七五〜一九二六年）の『青春』（「読売新聞」一九〇五年三月五日〜七月、〇六年一月一日、一月十日〜十一月十二日）や田山花袋の『蒲団』（「新小説」一九〇七年九月）などとは対極的なものであった。そうした中で「西洋風の男女交際」の社会的効用や弊害を云々する以前の、自然の中でのナイーヴな男女の愛情の姿がこの翻訳から伝わってくる。

もっとも今日の視点で改めて全体を統御する語りの性格に注目するならば、少女と薔薇の花を等価にみて、戯れかかる男性のまなざしを見逃すわけにはいかなくなってくる。いささか大仰な語りの調子からは、自然と恋とを歌ったロマン派詩人の表層的な模倣が感じられる。さらにいえば、少女の思い切った態度自体が語り手の男性の期待に好都合なものになっている。それは作者のよって立つ位置とも重なるものであろう。そして翻訳者自身も、その点を超越しているわけでないことを付け加えておく。

少女を主要登場人物にしたもう一つの翻訳作品に、フランスの女子寄宿学校を舞台にした『二人処女』（「趣味」一九〇九年七月）がある。原作はマルセル・プレヴォ Marcel Prévost（一八六二〜一九四一年）の『女たちの手紙 *Lettres des Femmes*』（Alphonse Lemerre, 1892）の中の『二人の無垢な少女 *Deux Innocentes*』である。同書は小粋で肩の凝らない読み物として、好評を博して出版三年後には六二版が出、シリーズ化しているほどである。プレヴォは一九〇八年にはアカデミー・フランセーズの会員に選ばれて、著名な作家という以上に権威ある存在になっていた。今日フランスでは彼の仕事は次のようにまとめられている。これによっても彼の多くの作品が、ブルジョワジィの読み物として親しまれていたことがわかる。

彼の作品は成功作を中心に（もっぱら大小のブルジョワ階級においてである。マルセル・プレヴォは決して「庶民」の読み物ではなかった。）幾つかの結節点でまとめられる。すなわち「シリーズもの」と身近なテーマについてのヴァリエーションである。まずは一八九二年の『女たちの手紙』（続いて一八九四年に『新女たちの手紙』、一八九七年には『最後の女たちの手紙』）になる。この『女たちの手紙』は女たちの恋愛をめぐるドラマ、つまり恋愛や男子に対したときの内面の分裂を告白した手紙のサンプリングになっており、それは女子学生のときめく思い、新妻の幻滅、修道女の後悔、情熱を求める老女、見捨てられた女、寛大な祖母、英国人の少女と戯れの恋愛の問題、身も心も主人に捧げた家政婦などの話になる。プレヴォは小気味のよい面白みを出すために幾つかの手紙を取り混ぜている。[*9]

荷風自身は『仏蘭西現代の小説家』（『秀才文壇』一九〇九年二月）で、同書について「仏蘭西では非常に広く読まれて居る作家の一人」であり、「水の滴るやうな艶ツぽい筆つきで、何れも若い花やかな女性の心を描いたもので、『女の手紙』と云ふ短篇集では、種々なる階級の女の手紙に擬して、色々な恋の瞬間を描いた。」と紹介している。

翻訳された『二人処女』の内容は、名門の寄宿学校の最上級の女子学生二人が、新婚旅行に旅立った友人からの便りを待ち望んでいる、その会話から成り立っている。新婚旅行でおきるはずの「あの事」を知りたがっているのだ。二人は「揃ひも揃つて金色の頭髪に、何れ劣らぬ美しき容色なり。」とある。ジェルボル Henri Gerbault（一八六三〜一九三〇年）による二葉の挿絵には、ゆるやかに髪を後頭部にまとめて制服を着た二人の乙女がスフィンクスの像の前で首をかしげている姿と、肩を寄せ合って手紙に見入る姿が描かれている。彼女たちのいる人気の無い教室では「庭園に咲くリラの花香しく、長閑なる春の暖かさ、開けたる窓より漲り来る。」とある。あたかも二人に人生の春が訪れたかのようである。スフィンクスが象徴する人の一生の段階に関わる謎に、真摯に向き合おうとしている。そこに隠微な雰囲気や後ろめたさの意識は感じられない。読むものもほほえましく展開を見守るしかないだろう。

ところで荷風の在仏中には、作家の未発表書簡や書簡体の作品が「ルヴュ・ド・パリ Revue de Paris」や「メルキュール・ド・フランス」などの雑誌に掲載されることがしばしばあった。また小説の中の手紙はその書き手の自己告白の機能も持つが、女学生と手紙という題材を同時代の日本の作品はどのように表していただろうか。

『二人処女』に先立つ四ヶ月前の「中央公論」（一九〇九年三月）に、水野葉舟の『ある女の手紙』という短編が掲載されている。姉妹と従姉妹の三人が、親族で大学生の「兄上」に送った手紙を日を追って並べたもので、第一部はそれぞれドイツ語の勉強や親族の消息などを書いていたのが、第二部からはしげ子といわれる少女一人になり、彼女が「兄上」に恋をして積極的に肉体関係を結んでいた事実が明らかになる。その折の手紙の文面が「兄さん、私はもう処女では無いわね。私はもう人の妻になる資格が無くなつてしまつたのね。／兄さんは恐い人だわね。今日兄さんが言ふて居たやうに悪魔のやうな人だわね。」「だけど、兄さんこの事が世間に知れたら大変よ。ね、これは兄さんと私との一生の秘密だわ。」といった、罪の意識とその裏返しの開き直りにも似たものである。そして最後の手紙では「今夜のやうな晩には、私、思ひ出すまいと思つてもつい、兄さんと前の時の事を思ひ出してよ。」「あゝ、私は両親が恋しい……」と、寂しさや異性への憧れが性的行動に結びつき、つまり堕落女学生が誕生するのである。また両親と切り離されている生活がそうした行動に結びつきやすいという、女学生もののヒロインたちのパターンを踏まえているに過ぎない。これは『蒲団』のヒロインの芳子の手紙が「先生、／まことに申し訳御座いません。」「先生、／私は堕落女学生です。」といったそれぞれ罪悪感と開き直りの言葉で始まっていたのと、同様の枠組みを持つ。そしてこれらの手紙は受け取り手の知識人である登場人物（大学生と作家）と、それと立場の近い男性読者に向けて定型化されているのである。

『二人処女』の場合新婚の報告の手紙であるから、これらの女学生の書簡とは状況は異なる。しかし赤裸々な告白からも、フランス自然主義の代表作の一つであるモーパッサンの『女の一生 *Une vie*』(Havard, 1883)のジャンヌに見られるような新婚生活への幻滅からも逃れている。時代の傾向から言えば『女の一生』の方が望まれていた。一例を上げると、戸川秋骨は『必要なる性欲文学』(「中央公論」一九〇八年三月)で、「肉情的文学」の代表はモーパッサンで、さらにその作品の中でも『女の一生』が典型的な作品になると述べている。秋骨によれば「主人公なる婦人が結婚したその夜の有様及び結婚後の旅行中に於けるある一場の光景の如きハ道徳主義からいへば実に醜文学と云はなければならぬ。(中略)併しながら此一場の醜文学は必要があつて其処にあるのである。」と必然としてこれらの描写を認めている。田山花袋も『小説作法』(博文館一九〇九年七月)で注目していた同長編は、プレヴォのブルジョワ趣味に対立する現実を暴露的に表すものでもあり、その点において自然主義的であるのだ。幻滅の無い結婚生活を書くことや、少女が無垢であるという前提はかえって欺瞞であるかもしれない。だが少なくとも同時代に流布していたモティーフを題材にしながら、全く別の状況を描いているプレヴォの作品を翻訳したのには決して偶然ではない、作者の意図が込められていたはずである。

とはいえ荷風の翻訳は完全訳ではなかった。伏字こそ施されていないが、部分的に削除がある。後に収録した『珊瑚集』では改変について「本編は其の最も妙味ある主眼の一節を削除せり。又強ひて拙く改作したる処なきに非らず。其の理由は敢て言はず。」と付記をくわえるのだが、雑誌掲載時には紙幅の都合があったものか、言及は無い。『珊瑚集』の編集時とは四年ほどの年月の開きがあるので、初出時での意図はわかりにくい。けれども改変について、一定の傾向を指摘するのは容易である。

実際に削除の部分をたどってみよう。荷風訳で「ジユリヱツト」と呼ばれる少女が「あなた。一度も、男の夢を見た事はなくツて。」と尋ねる箇所がある。ここは原文では「そして横になったり服を脱いだりしなければならないこともわかっているの」と続くところである。以下花嫁の友人が見せてくれた下着や、叔母たちが旅行の荷物に入れた薬草のことなど好奇心に満ちた会話が続く。他にもサーカスの曲馬士が体の線が見える服装をしていてその彼と一緒に横になっている夢を見たという話も削除されている。全体に服を脱ぐ déshabiller、寝るもしくは横になる se coucher といった単語、下着や身体を直接示す言葉は除かれている。十九世紀の終わりに、イギリスで翻訳されたゾラの小説に施された処置に倣ったものか。

このような細工をしてまで、なお翻訳し発表する意義はどこにあったのだろうか。まず考えられるのは、作中では性的な事柄に対する好奇心が悪徳として封じ込められているものではないという点である。少女たちは「お嫁入りの事で、其の話をする」のだから「悪い事」ではないと納得している。また二人は「名だかきウェルノンの寄宿女学校」の生徒で容貌にも恵まれており、育ちのよさが随所で強調されている。堕落女学生のイメージとは程遠く、その頬を染めながらの話ぶりにも清潔な印象がある。先の『最初の接吻』と同様、少女の感受性を通して性にまつわる陰惨なイメージを払拭しているのである。否定されればそれは一層隠微なものになるのだが、無垢 innocent とユーモアとをもって描くことは可能だということが、この作品から理解できよう。しかも「最も妙味ある主眼」を削除した結果、原作に書かれた少女のややもするときわどいものになる好奇心、またそれを周到に書く作者ひいては翻訳者の興味本位の少女観を消し去ることにも成功している。こうしてみると、帰朝後は醜い明治の風俗の一つとして女学生に言及することもあった荷風だが、むしろこの二作からは乙女の多様なイメージを逆手にとって、性的な事柄に関するテーマも肯定的に表現しようとする姿勢がうかがえる。

だいたい荷風は日本の女学生には批判的であっても、少女のもつとらわれない感受性や意思の発露はむしろ評価していた。これは見過ごしてはならないだろう。荷風は渡米前に短編『燈火の巷』で、青春の希望と夢を棄てて意に染まぬ結婚をした女性を書いていた。『夜の心』(「新小説」一九〇三年七月)にも肯定的に描かれた少女像がある。女学生に対する毀誉褒貶の中で、孤児の女学生が病弱ないいなずけと熱心な恋人の間で、したたかに生きていこうとする決意が書かれている。美貌の彼女は自転車に乗りテニスをする当世風の面と、和歌の会にも出席する古風な面も与えられている。彼女が同時に二人の男性と生きようとするのは決して過度に開放的になっていたためではなく、「一年中で青葉の時節が一番好き」で、「着心地の好い袷を着て青々した草の上でも歩くと、真実に何とも云へない愉快な気が為てよ。」という生命力にあふれた身体感覚があり、いいなずけの方は虚弱で日光などには到底堪えられないという事情があった（三）。そうであれば「生れ付の、活発で愉快で健康なる身躰と心との結果」として（六）、月も星もない夜の生い茂る樹木の中で「夜の心」、すなわち二人の夫を持つ企てを思いついたのは、あふれる生命力と柔軟な感性の持ち主では決して無理の無いことであったと読みうるのだ。言い換えれば「夜の心」も少女の身体感覚やそれにふさわしい背景によって正当化して見せたということになる。

『あめりか物語』の『市俄古の二日』や『六月の夜の夢』では、自分の意思で結婚を決断する女性を登場させている。とくに後者に登場するイギリス人女性は、森鷗外の『文づかひ』のヒロイン、イイダ姫を想起させる凛々しい女性像になっている。『最初の接吻』の余波であったかもしれないが、荷風はアメリカの女学生について雑誌「婦人世界」のために話をしている（一九〇九年八月）。『男学生を監督する、米国の女学生気質』という題が付けられたこの談話筆記で、先にも触れたように荷風は男女共学の自由な気風や自立した女子の姿を好ましいものとして説明している。このような女子が日本で生きることの可否はやがて小説『帰朝者の日記』で問われることになる。

『二人処女』の登場人物は、島崎藤村風にいえば季節の春と人生の春とが交錯するかけがえのない時期を描いたものといえよう。たとえいかにも男性読者の好奇心をそそるような設定と展開であっても、ふしだらや堕落とは結びつかないセクシュアリティを小説の題材として取り上げることの可能性を、同テクストは投げかけていたのである。

4　官能の時節：『をかしき唄』と『祝盃』

訳詩『をかしき唄』（「スバル」一九〇九年六月）は原題が『ユモレスク Humoresques』[*10]、作者は詩人であり画商で美術批評家でもあるトリスタン・クリングソー Tristan Klingsor（本名レオン・ルクレール Léon Leclère、一八七四〜一九六六年）である。この詩は「メルキュール・ド・フランス」の一九〇八年七月十六日号に掲載された内容の異なる五編であり、一九一〇年刊行の『頭巾ちゃんとブラゲット氏の年代記 *Chroniques du Chaperon et de la Braguette*』には、荷風訳の『をかしき唄』のうち「二」を除く四編が収録されている。一九二一年刊行の『ユモレスク』では先の詩集が若干編成を変えて一章構成していて、その中には「二」に該当する詩もある。「メルキュール・ド・フランス」ではなかったが、右の二冊の詩集には五編それぞれにタイトルがついている。「一」が「春 Le Printemps」、「二」が「覗き屋 Vuillard」、「三」が「枕 L'Oreiller」、「四」が「温められた寝床 Le Lit chauffé」、そして「五」が「パリの美女たち Les Belles dames de Paris」になる。不定形で自由律の砕けた素朴な形式になっていて、内容はそれぞれの題が示す如く艶笑ものといってよい。もっともクリングソーはこうした傾向の詩をもっぱら書いていたわけではない。初期にはむしろオーソドックスな作風を見せ、筆名からもわかるように中世やワグナーに引かれて題材に取り上げた。長期にわたり惰性に陥らなかった活動は今日でも評価されている。[*11] マンデスやプレヴォ同様、一般に広く受け入れられた詩人なのである。

『をかしき唄』は「スバル」の六月号の巻頭に掲載された。この翻訳にも原作からの改変が認められる。内容を順にたどってみると、原文の「一」では「代言人」も「小間物屋の女房」も「僧侶」も「先生」も、春がくると「狂へる恋」に心引かれたり、「女知らざる男」が「接吻」を思ったり「他人の妻を挑まん」としたりする。しかし「春」そのものは「無垢の衣」をまとって訪れるのである。荷風の訳ではリフレインの部分を省略し、「太腿」とあるのを「腕」

92 LETTRES DE FEMMES

comme je suis émue! *(Dépliant la lettre.)* Quatre pages! *(Les deux jeunes filles lisent en même temps, front contre front, cheveux mêlés.)*

« Ma chère Juliette,

« Tu vois que je tiens ma promesse... Arrivée à Nice hier soir, je t'écris ce matin au saut du lit, même avant d'écrire à maman. C'est que je n'ai pas oublié ma chère mignonne Liette, et notre bon temps de Vernon, etc. *(Protestations de tendresse, évocation classique des souvenirs de pension : le parc, la chapelle, etc.)*

« ... Mon voyage s'est fait dans les meilleures conditions; j'ai bien dormi dans le *sleeping*, et, en m'éveillant, mes yeux ont été frappés par ce beau paysage du Midi, que je ne connaissais pas. Figure-toi... etc... *(Description de la côte entre Marseille et Nice; belle rhétorique de pension, méandres, ciel d'azur, Méditerranée bleue, rochers abrupts, etc... Lucile et Juliette passent rapidement.)*

DEUX INNOCENTES

Au célèbre pensionnat de Vernon, pendant la récréation du milieu de la journée. Deux élèves de la plus haute classe — ceinture vacarel uni — ont quitté le parc et sont rentrées à l'étude en donnant à la dame surveillante le prétexte d'écrire à leurs parents.
Actuellement, elles sont assises l'une près de l'autre, dans la grande salle déserte, appuyées du coude sur leurs pupitres, et causent.
Toutes deux sont blondes, toutes deux sont jolies, mais elles ont chacune sa façon d'être jolie et d'être blonde. Lucile est grande, mince, un peu pâle; les yeux gris-bleu, les cheveux couleur de cendre et de poudre d'or mêlées, l'air anglais. Juliette est petite, grasse, yeux verts, chignon court, mouvements brusques...

11

42

43

44

45

46

47

＊　官能の風景

42　プレヴォの『二人処女』のジェルボルによる挿絵と本文。

43　女子学生絵葉書の一枚。髪を気にする様子を背後から窺う馬は、少女に目を向ける男性のアレゴリーに見える。女子学生の方もその視線を意識しての仕草かもしれない。美人画の名人でもあった橋口五葉（平版1906年、個人蔵）作。

44　モーパッサンの短編『隠者』グランジュアンによる挿絵。男が夜のカルチェラタンのカフェにいる光景。商売女の姿も見える。

45　ドガの「カフェにて（アブサントを飲む人）」（油彩・カンヴァス、1875−6年、オルセ美術館所蔵）。モンマルトルのカフェで所在なげに酔いにひたっている彼女はドガの友人で女優である。きっと微笑めば魅力的なのだろう、と考えたくなる。

46　「朝、ブーローニュの森で」という記事の挿絵。4月になって生きる喜びの満ち溢れた森で、パリの上流のお洒落なご婦人がドライブをするのを、ファッション雑誌のための写真に撮る様子が描かれている。彼女たちも勿論再び季節がやってきて熱い視線を受けるのを愉しんでいる。これは毎年の市民的な楽しみごとになっていた。

47　本郷に程近い団子坂を独りで澄まして歩く女学生。彼女は日露戦争の勝利もその講和条約反対する騒動も全く意に介さないようだ。男子学生ではありえないモティーフである。

に改め、「教会の用務係」を「先生」に、「神のうるわしき天使」を「無垢の衣」を着た「天使」にするなど、性的なイメージを和らげ、宗教的な意味合いを薄めるなどして、日本の読者に受け入れられやすくしている。「二」は室内の光景になる。視線が室内の調度品や恋人の身体をめぐり、そして追憶の世界に思いを馳せるというものである。「三」では女の腕を羽枕よりもルイ十四世の車よりも「価ある」ものとして賞賛している。ただし原文では「腕」ではなく「太腿」になっている。「四」では夜半の戸外の厳しい寒さと、これから温められる寝床とを対照的に書いている。翻訳では着物を脱ぐことを示唆する箇所が二行分、傍点に変えられている。発表がはばかれたのだろう。「五」は一転して華やかな街中の光景になり、セーヌ右岸の目抜き通りを着飾って行きかう女性たちの婀娜な様が描かれる。ここでも先と同様の身体に関する単語の入れ替えがある。

「一」から「五」まで全体を通してみると、戸外と屋内のコントラストをつけながら、順に明と暖の世界（一）から、ほの暗い室内の静の世界（二と三）、外の暗闇の寒さの内部での熱狂（四）、そして明るく華麗な雰囲気の街頭へと巧みに展開されている。また女性を得ようとしてかなえられ、さらに次の対象を求めているようにも読める。五編とも性的な気分が、季節の動きや寒暖やあたりの明暗に照応している点が共通している。

こうした『をかしき唄』の構成からわたしたちが想起するのが、『ふらんす物語』の中で発売禁止処分の原因となったと思しき『放蕩』である。物語の初めで、モンマルトルで遊んだ外交官の小山貞吉は、春の訪れとともに繁華な通りに繰り出した。ここで「巴里」の春はどのように感じられていたのか。

貞吉は已に三度目の春ながら、巴里の春ばかりには流石に飽きる事を知らぬ。毎年々々新しい変つたものに逢うやうな気がする。人生に春ほどいゝものは無いと、青空の色を見ればつくづく感ずる。新しい楽しみを見出すのは此の時節だ。散歩の人出の中には、恁う云ふ人たちの心を引かうとて、さまざまな化粧をした女が、秋波を送りながら徘徊して居る。貞吉には新しく目につく未知の女と云へば、一人として風情深く、卑しい空想を誘は

ぬはない。(『放蕩』五章)

寒いモンマルトルの部屋から春を迎えたパリの晴れやかさへという展開と、季節に伴う貞吉の欲望の高まりとに、『をかしき唄』との類縁性がある。また引用の箇所は「一」の一節の「『春』はやさしき色につつまれて、『春』は緑に薔薇色に、また藍色の衣きて、訪れくれば、代言人の心さへ、狂へる恋に動かさる。」という美しい季節と人の狂態との組み合わせや、「五」の二、三節の「巴里の女うつくしや。ポンヌゥフの橋よりコンコルト《ママ》の広場まで、白粉ぬりし顔色よ。薄色の手袋したる優しき手よ。／されど恐れざる浮れ男の身にとりて、巴里の女は美しき衣より、美しき眼より、猶美しきものの主なりし。」という街角の様子と同じ視点がある。季節や周囲の環境が官能的な気分を呼び覚ます。外務省の官吏でも「代言人」でも、「リラの花」を眺めて若い男を思う「小間物屋の女房」でもそれは同じなのだ。

こうした季節に誘われる気分は、荷風が好んだモーパッサンの『春に Au Printemps』(in *La Maison Tellier*, Havard, 1881)という短編などにも詳述されていて、そこでささやかれる「春が来た。フランス国民よ、恋にご用心。」という心持は、確かに十九世紀末のフランスの文学作品には珍しくなかった。限られた作家(たとえば自然主義の)だけのものでない。これもまた生きる悦びの一つなのである。荷風が読んで翻訳もしていたヴェルレーヌの『雅な宴 *Fêtes galantes*』(A. Lemerre, 1869)中の『スケートをしながら En patinant』という詩にも同じ気分が唄われている。春の季節にリラの香りが媚薬のように流れ、「目覚めた五官が騒ぎ出し」「かりそめに交わす接吻、そこはかとない恋心地」に迷い、夏になると「邪淫の風」に煽られ真っ赤な花の爛熟した香りに悪の誘いを感じるというのである。『ふらんす物語』の出版を許されなかった荷風は、こうした解放的で官能的な生命感あふれる光景を、翻訳作品を用いて表現しようと試みたのではなかっただろうか。少なくとも「外国」の文学で認められていることは、主張出来たはずである。

ところで先に「接吻」というものが、日本で性愛の行為から純愛の行為へとイメージを変えてきたと述べた。けれども『をかしき唄』の「一」で「女房ジュリエット」が思い描く「女知らざる男」の「接吻」は純愛とはいえない。

ただしそれが「春」、という季節に誘われ「庭に咲くリラの花」見ながらという展開に、『二人処女』とも通ずる気分を見ることは不可能ではない。もともと表題になっているHumoresquesとは、十九世紀初頭のドイツ文学では、「市民の日常生活に取材した無邪気で明るい物語」を表す言葉として用いられた。それがシューマンの「フモレスケ」(一八三九年)以来音楽用語になったわけである。[*12] ドイツ藝術に造詣の深かった作者のクリングソーがどちらの意味で用いているかはわからない。けれどもユモレスクというタイトルは、こうした一種の性的馬鹿騒ぎを寛容と微笑みとで受け入れ、なお自らの感覚も解放されることを、読解の枠組みとして読者に対して機能していると理解できる。であればその翻訳の『をかしき唄』という表題もまた、詩の内容を可笑しさとして受け止めることを示唆していたのではなかったか。見方を変えると、春になって弁護士も女房も聖職者もつい心を動かされることを是とする精神のあり方が、ユーモアになりうるのである。[*13]

ユーモアとは次元が異なるが、笑いと性的な事柄の結びつきはしばしば起こる。民俗学の見地から、笑いは性的な所作と合わさって、死と闇の世界を解放と秩序の世界に転じる力があるとされている。[*14] アメノウズメから古代ギリシャのデメルテル女神の神話、古代インドの『リグ・ヴェーダ』の女神ウシャスにも同様の物語が見られるという。死の冬と生のそして性の春との狭間にあって、抑圧と解放、真面目と不真面目という異なるものがグロテスクに入り混じる。そこに笑いが生じるのである。このような笑いと性的なものが結びつく物語は、日本の近世の性愛の世界にも見られた。ところが「近代」と「文明」とを国民に浸透させようとした明治政府は、猥雑な笑いを締め出そうとした。文藝の領域では一八九〇年前後の裸体画騒動での対応と出版法、刑法などの法規制による措置が取られた。

いうまでもなく「近代」と「文明」のモデルのひとつであったフランスにも、猥雑物になりうる作品はある。だが性に関する表現に関しては一定の枠組みの中に収めていれば(見方によっては欺瞞になるが)問題はない。たいていの場合教養ある有産階級では、それを殊更深刻化することはない。つまり生真面目に取り締まるのではなく、寛容とユーモアの態度で享受しうるのだということを、『をかしき唄』は伝えている。他の二編の翻訳作品も同様であって、真面目な女子学生が男性の夢や新婚の友人の手紙に気を動転させる様、接吻の場所を見つけるために一晩歩き回り、見られたとは言っては泣き、またそうでなかったことに気づいて笑い転げる恋人たちの様など、言うまでもない。

『をかしき唄』と前後して執筆発表された性の衝動と笑いとを結びつけた作品の一つに、前月の五月発表の『祝盃』(一九〇九年四月稿)がある。この短編が「中央公論」に掲載されたときには、約一九〇字分もの伏字が施されていた。その結果かえって『『姉の妹』の発売禁止に対する諸名家の意見』(「中央公論」一九〇九年七月)で、同作に対する処分が「『祝盃』の惰力ではなきか」(吉井勇)また『祝盃』に「いつぱい食はされた復讐も」(安成貞雄)手伝ってのものとする感想も出たほど、衆目を引く問題作になっていた。伏字は、藝者の登場する場面などに加えられたようだ。荷風は処罰を覚悟の上で「中央公論」という大舞台に発表したのであるから、[*15]伏字による逆説的な効果の計算が作者にあったのかもしれない。

内容は単純である。語り手とその友人が中学で盛んであった男色に反抗して「いつそ大胆不敵に女色を敢へてしやう」と吉原へ行き、ついで自宅の小間使いや西洋料理店の娘を誘惑し、しかしその後は名門の娘と結婚をしていまや名士になっている。しかもだました娘たちは感謝こそすれ、恨んでいなかったという好都合な結果に祝杯を挙げるというものである。伏字の箇所は短編集『歓楽』に収録する折に削除ないし改変をしているので、完全な復元にはなっていない。

物語の設定自体に、かなり挑発的な意図が込められていたことはたやすくわかる。まず登場人物は「人の知つてゐる御用商人の家庭に生れたお坊ちゃん」で、相方は「有名な弁護士の息子」である。したがって社会的にも経済的にも恵まれた環境にいる。また付属の中学から高等商業学校へと順調に進学し、苦学の末に病死した同級生のことも忘れがちになっているという具合である。そうした豊かさと健康と「社会上の地位」もあるものが、「幸福な昔」として性にまつわる体験を語ることは、『最初の接吻』や『二人処女』にもあったが、それを肯定的な価値観の元に置こうとする意図が読み取れよう。先の『をかしき唄』との関連で言えば、「代言人」も「先生」も「女房」も等しく関わる体験であり、花袋の『蒲団』流のいわゆる自然主義文学に影響を受けた文学者や、『姉の妹』の登場人物のような貧しい官吏の妻や、もちろん堕落女学生の悲劇としてのみ表されるものではないという定見が強く示される。また、あらゆる道徳的教育的教えの不毛性を笑い飛ばして見せるなど、滑稽味も備わっている。しかも彼らの性的衝動が、学校での男色への反抗ばかりでなかった点に注目したい。

桜の花が散り尽して、庭中は繁茂する若葉で、一日増しに小暗くなつて行く。恐しい毛蟲が枝々に湧出して這ひまはる。雑草が盛に生長する。竹の子や茸が雨の降る度び、じくじく湿つた地面を割つて頭を出す。ペストや疱瘡が流行する。生温い風が吹いて頭が痛む。重苦しい綿入れから袷に着換へると、身中が軽くなつて、自分の手ながらも、自分の肌をば摩擦して見たく覚える。私は書物を読む事も、考へる事も出来ない。(二)

ここでは若葉も毛虫もペストも身体の変化もひとしなみに扱っている。季節の推移が、生命に過剰な動きをもたらしているかのようである。一言で「性欲」の発動と言ってもよいが、そう片付けてしまうには、身体の諸感覚の表現が実に細かい。このような感覚によってのみ受け止められる自然があるのだ。つまり春になって季節の息吹に浮かれたり恋をしたりして感受性がより鋭くなる人物によってこそ、感じられ言語化しうる外界の印象があるということだ。『をかしき唄』にもあったように、外界への感応性が自身の官能性に通じる感覚のあり方は、新鮮である。この部分の同時代へのインパクトは北原白秋(一八八五〜一九四二年)の詩一編を見れば充分であろう。

五月が来た、五月が来た。
楠が萌え、ハリギリが萌え、朴が萌え、篠懸《すずかけ》の並木が萌える。

そうして、私の
新しいホワイトシヤツの下から青い汗がにじむ、
植物性の異臭と、熱と、くるしみと、……
芽でも吹きさうな身体《からだ》のだらけさ、
(何でもいいから抱きしめたい。)

白秋が一九一〇年五月に書いた『青い髯』という詩である（『東京景物詩及其他』東雲堂一九一三年七月）。季節の変化にともなう狂おしい身体の変化を描いている。身体感覚と植物のエネルギーとが等しく扱われているのも、『祝盃』で得られた視点によるものと考えられる。もっとも『祝盃』の語り手は自分の欲望を満たすためのみ生きているように書かれていても、次の引用に見られるナイーヴさも添えられている。これを見逃すわけにはいかないだろう。

夕立の過ぎた後の黄昏は一しほ涼しく、蒼い夕闇の光の中に垣根の夕顔が真白く咲いてゐる。晩飯をすまして一人、縁側に腰をかけてゐると、隣と地境の高い樫の植込から涼しい風が木の葉をゆすりながら流れて来て、何とも云へぬ程心地よく、単衣の裾をまくり上げた両足両脛の皮膚を撫でる。垣根の外には女の声がして行水をつかふ水の音が聞える。蟲の音が其れにも驚かず、早や秋の夜らしく鳴き初めた。（四）

目に皮膚に耳に、庭の一角からひそかにサインが送られている。夕顔のもつ古典的な意味を問わずとも、ここでは女性の隠喩として読める。官能的な夜の舞台の幕が開く前の黄昏の人と気配が、語り手の「私」の身体に作用するのである。先の『最初の接吻』での、夜明けの光景と二人の浮き立つ心と感覚も想起される。『二人処女』の乙女たちを誘うかのごとき春の薫風を連想してもよいだろう。洋行前の『夜の心』から一歩進んだ、感性と官能の融和した表現がなされているのだ。工藤庸子（一九四四年〜）はフランス近代の小説における性の表現について、『女の一生』『あら皮』『ボヴァリー夫人』の例をふまえて、「ひとつの身体の官能性について語ろうとするならば、セクシュアリティに直結する場面だけでなく、皮膚感覚や嗅覚までをふくむ外界との接点すべてが、いかに繊細に鋭敏に機能しているかを全面的に検討してみなければならないだろう。」と述べている。[*16]そして荷風の西欧文学の読書体験の結実を、感応的かつ官能的身体の表現に見ることは充分可能なのである。それが西洋の書物↓性欲の解放といった受容のあり方とは、別物であることは言うまでもない。

荷風のテクストからは、「性」というものが貧困や年齢的な焦燥感や欲望、煩悶といった文脈によってのみ語られるものではないことを、敢えて言えば外界に対する感覚の解放に促される自然な反応ということが理解できる。このテーマは同時期執筆の『歓楽』にも受け継がれている。そこでは恋をすることが感覚を鋭くしてイメージを呼び込み創作を促すという、作家の執筆の背景が書かれている。恋愛自体よりもそれがもたらす「感覚の快味」を愛するというのだ。これは『をかしき唄』の「二」の世界に通じる。つまり『歓楽』同様、感覚と感応と創造の照応がうたわれているのだ。この詩ではやわらかい毛の上靴と熱い茶に暖められて、身の回りのものに「記憶の糸」を紡ぎ「追回の夢」をさまよわせる。裸身に心を乱すも「丁子の薫をかがざりしロメオ」の疲れにもはやなすこともなく、ただわずかのクリームを注ぐのである。過去の回想とは言うものの、反省のない感覚のみによって思われるデカダンな境地である。一方『歓楽』の有名な「私は世のあらゆる動くもの、匂ふもの、色あるもの、響くものに対して、無限の感動を覚え、無限の快楽を以て其れ等を歌つて居たいのだ。」（四）という言葉の、時代の用語の「告白」や「現実暴露」といった罪と悪の意識からの距離ははっきりしている。

文学者と性の表現という問題について、最後に同時期に文学者の性的な衝動を扱った田山花袋の『白紙』（「早稲田文学」一九〇九年一月）に触れておこう。これは「色情狂になつたある文学者の日記」から出た反故という設定になっている。

総ての悲劇……総ての暗闘、総ての殺傷は皆なこれから起るのだ。これから、此の肉の問題から。／肉——浅間しい、辛い、悲しい、恐ろしい、戦慄すべきは、これ。

これに続く「某結婚の夜籏起る不愉快の感」という言葉は、『二人処女』の幾分怖いもの見たさの無邪気さとはかけ離れている。「歓楽」という言葉も作中に二度用いられている。

床の上の無数の歓楽——街頭の無数のうなり声。／何故？何故？何故？女は美しい色ある衣を着ける？何故？（中略）／反響が無い。数千年来の空虚だ。

美しい女たちが着飾って春の目抜き通りに繰り出す。あるいは「春」が「無垢の衣」をまとって色彩豊かに訪れる。そうした『をかしき唄』や『放蕩』とは、およそ対極的な反応である。さらに懐妊したらしい女学生を見て「ざまを見やアがれ！歓楽の当然の報酬を受けやがつた」と感じている。半狂人の言葉になっていても、一九〇〇年代の堕落女学生のクリシェをちゃんと踏襲している。また半狂人ゆえに感覚が鋭くなっていて、その神経に作用している箇所もある。「空虚から来る音、白紙から来る音」、「灰色の空、灰色の草木、灰色の大地、灰色の人間、——人間の心にも灰色の空気が蔽かぶさつた」というのは、抑圧された精神の錯乱が感覚を通して得られたものである。ここには「感動」も「快楽」もない。

もっとも『歓楽』も『祝盃』も感覚について豊富なイメージが与えられているものの、いささか気負いすぎたのか、物語としてはあくの強いいやみなものに終わっている。これをユーモアによって読み味わうのは難しい。そして荷風のテクストからは巧みな創作であれば、そして作家の立場からであれば、性にまつわるタブーも免れうるという特権的な意識がほの見えもする。ナイーブに時代のコードを反映してしまう花袋や葉舟の生真面目さとは異なる、文学の規範を「外国」に置くことの出来る荷風の気楽さともいえようか。大体荷風が戦略的に持ち出した「外国」は、いささか奇麗ごとに過ぎる。「少女」を語るまなざしも、二重化されていたのを見逃すわけには行かない。「性」という文化統制に関わるものを文学の範囲に限って取り扱う姿勢にも、今日のわたしたちは偏狭さを指摘することが出来る。

しかしながら、セクシュアリティも含めて感覚の動きに注目して、季節に合わせた感覚の解放と喜びとを描くこと、ひいてはそれをユーモアの態度で受け止めることが、すなわち荷風自身の感性と官能の解放になっていたとも考えられる。これは『あめりか物語』の『酔美人』で友人の画家が楓の林の美しさに、新鮮なクリームの味に、そして男を魅了する皮膚の色としぐさをもった女性の絵姿の創作に快楽を見出していたのと同工異曲であったはずだ。ただそれを日本において主張することが、必然として締め付けを呼ぶという事実も、荷風は引き受けなければならなかった。

VI——日本人藝術家のための空間

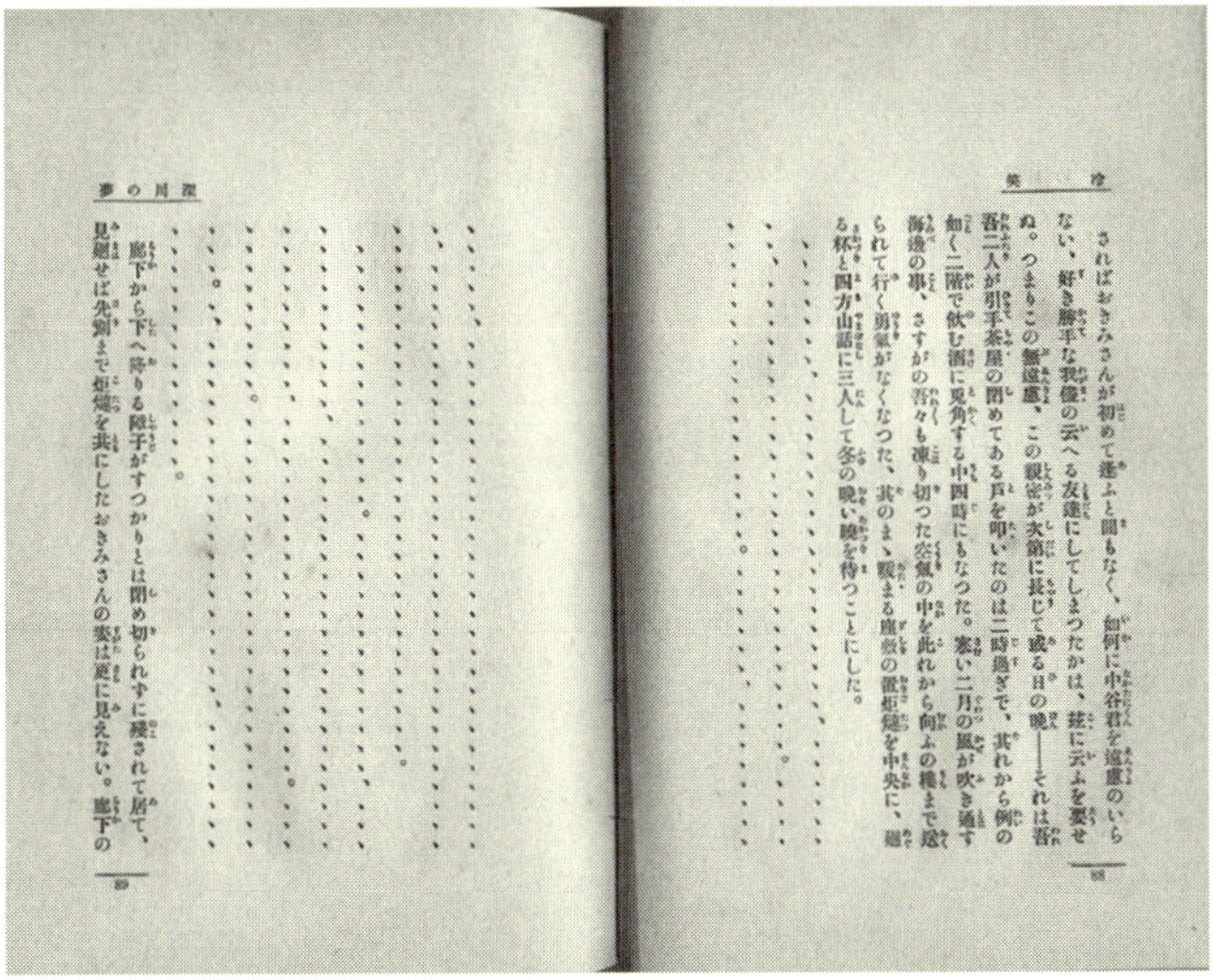
冷笑

されぱおきみさんが初めて逢ふと間もなく、如何に中谷君を遠慮のいらない、好き勝手な我儘の云へる友達にしてしまつたかは、茲に云ふを要せぬ。つまりこの無遠慮、この親密が次第に長じて或る日の晩——それは吾吾二人が引手茶屋の閉めてある戸を叩いたのは二時過ぎで、其れから例の如く二階で飲む酒に兎角する中四時にもなつた。寒い二月の風が吹き通す海邊の事、さすがの吾々も凍り切つた空氣の中を此れから向ふの橋まで送られて行く勇氣がなくなつた、其のまゝ暖まる座敷の置炬燵を中央に、廻る杯と四方山話に三人して冬の晩い曉を待つことにした。

88

深川の夢

廊下から下へ降りる障子がすつかりとは閉め切られずに残されて居て、見廻せば先刻まで炬燵を共にしたおきみさんの姿は更に見えない。廊下の

89

48 『冷笑』（佐久良書房1910年）

1　詩人が筆を執るとき・『歓楽』

ゾラの小説のタイトルに『生きる喜び *La Joie de vivre*』(Charpentier, 1884)というのがある。この言葉は人生の目標の達成といった意味で用いるのではない。一般的にたとえば気候のよいところでヴァカンスを過ごしたり、春の訪れに浮き立つ街を歩いたり、オペラの後に親しいものと夜食を取ったりして心身ともにくつろぎ解放され、五感を満足させることに幸福感を覚える、というものだ。そしてその場を共有する他人と、適度な緊張感を持ちながら余裕と自由の心持を分かち合う。これが日本で得られない苛立ちを、荷風は帰国後しばしば書いている。だが日本の文壇ではそのような態度を理解できず、自然主義の「現実曝露」や「幻滅」の対極にある享楽主義に位置づけようとしたのであった。

たとえば『監獄署の裏』に対しては「これにしろ、『曇天』にしろ、およそ氏の作を通じて僕等が感服してゐるのは、日本の社会に人生の享楽の欠けてゐるのを暗に嘆いてゐる点である。しかしこれが明らさまな理屈となつて来ると、徒らに反抗心を挑発せしめられる。」(無署名『寄贈された雑誌』「文章世界」一九〇九年三月)と、反感を招いていた。おそらく荷風もこうした反響に気づいていたのだろう。あえて時代の用語である「享楽」や「快楽」を生活、ことに藝術家の生活に必要な条件としてとらえてその快楽を成り立たせるもの、快楽を妨げるものを藝術家の視点から語ろうとした。それが小説家を主人公とする『歓楽』と音楽家を語り手とする『帰朝者の日記』の執筆の背景にあったといえる。日本への違和感に季節という変数を導入したときに、日本の風土との関係を切り結ぶ「小品文」が生れた。それでは小説家は、その言葉をいかに生み出すか。『歓楽』(「新小説」一九〇九年七月、四月稿)では、どのような感受性の人物がどのようなタイミングで生み出すのか。そうしたいわば創作秘話を書いている。

この物語は四月末のある日、一人の青年が「文壇の先輩なる小説の大家〇〇〇〇氏」の昔の恋物語を聞く体裁になっている。昼過ぎに日比谷公園で語り始め、回顧談は新橋の洋食屋から芝公園内の「先生」の自邸まで続く。荷風は自伝の形式に興味を抱いていた。中でも『歓楽』ではミュッセの『世紀児の告白』にあるような、まだ老いているわけではないが自身の恋愛遍歴を振り返って綴っている作に想を得たのだろう。より直接的な準拠としては、荷風が翻訳している、後に『水かがみ』という題で『珊瑚集』に収録されるレニエの『泉のほとり』(「趣味」一九〇九年九月)が挙げられる。この邦題は二つとも荷風の創作で、原題は『エルモジェーヌ *Hermogène*』(in *Contes à soi-même*, Librairie de l'art indépendant, 1894)で登場人物の名前から取っている。『歓楽』の構成はこの短編によっていると言える。ある日エルモジェーヌ先生が語り手の青年に、泉の辺でかつて自分が遭遇した不思議な女をめぐる経験を語るというものだ。冒頭部分に「我師は語りたまひき」とあるのは相当な意訳で、原著ではまず青年が馬に乗り森を歩きながら次第に自分に不思議な物語を語ってくれた師の様子を思い出す導入になっている。これは『歓楽』執筆による相互影響といえるだろう。青年が師の「怪しき女」の話を聞いた後で、「教訓の中に虚構の小説を交へ給ひしや」というのは、荷風の経験も交えている『歓楽』での女性をめぐる三度の物語の性格の説明にもなっているようだ。

さらに伯爵や閣下に宛てた手紙ではなく、自伝でもない語りの形式をとることで、語り手の詩人を登場人物から評価することが出来る。そういうメリットがある。すでに冒頭でこの大家について青年の立場から説明がなされている。彼の見る「先生」は、今年四二歳で、「久しく優艶な筆致と熱烈な情緒を以て、我々の若い血を躍らせた」ということだが、今では「学者や詩人にのみ見らるべき、思想生活の成熟期を示す沈痛な面の表情が、うつとりとして疲れたやうな眼の色に和げられて、云ふに言はれず優しく又懐しく」(二)見えるほどで、黒く長い前髪を血色のよい額にたらしているものの、口ひげには白いものも混じる、そのような人物である。

むろん当時の日本にこのような小説家は存在しない。「うつとりとして疲れたやうな眼の色」なる表現自体、欧米の発想であろう。それは丁度『モーパツサンの石像を拝す』での次の書きぶりを思わせる。

　大理石の白い石像は半身で、先生が四十歳頃の逞しい容貌、然し、其の眉の間には、写真で見るやうな、凄い、鋭い、神経の悩みがなく、寧ろ優しい穏な表情が浮んで居ります。像を頂いた柱は長く、其の下には石榻に片肱をつき、両足を長く前に伸した、其の膝の上には、一巻の書物を開いて居る若い婦人の彫像があります。（中略）其の婦人の容貌の美しく強く艶かしい中にも、云ふに云はれない病的な憂はしい表情のあるのは、先生が著作全体の面影を遇した彫像家の、苦心の後かと思はれます。

　実際にモンソー公園Parc Monceauでこの石像を見たものが、同じ感想を持ちえるかはわからない。大体婦人像の書物は膝にあるのではなく、伸ばした左手の先にあって読みかけの頁に指を挟んで閉じている。荷風は知らなかったが、これは『死の如く強し *Fort comme la Mort*』（Ollendorff, 1889）のヒロインをイメージしている。[*1] その表情にしても「病的」とはいえず、ブルジョワの婦人がモーパッサンを読みながら何か物思うところがありしばし頁から目を離した。そんな印象を与える。荷風にあっては「世紀病」的な特性が強調されている。これは「藝術家」は表情や髪型、服装といった外観からも明らかに凡人とは区別されるべきであったという先見が作用している。『あめりか物語』の『おち葉』には、アメリカ人の実用的な服装に反発して、「若いドーデの肖像か、もしくは寧そ、バイロンを模ねたいものだと、毎朝、頭髪を縮し、太い襟かざりをば、わざわざ無造作らしく結ぶのである。」というくだりもあった。『珊瑚集』にはナダール撮影のボードレールの肖像写真を始め、ゾラやヴェルレーヌやレニエの肖像画、石像の写真などが挿入されている。これらが荷風の「藝術家」のイメージを補強していたのだろう。

　であればモーパッサンのみには限定できない。その存在自体を執拗に西洋、なかんずくフランスの十九世紀の作家になぞらえている。『歓楽』では「詩人」という言葉は詩を創作する人というより、むしろ散文家であっても純粋に自己の藝術的心情にのっとって執筆活動をしている人物であり、なおかつそれを非常に特権化したものとしてとらえている。「詩人は実に、国家が法則の鎌をもつて、刈り尽さうとしても刈り尽し得ず、雨と共に延び生へる悪草である、毒草である、雑草である」（九）といふゆえんである。語り手はフロベールの「藝術家は普通の人の受くべき幸福を受けやうと思つてはならぬ」という言葉を引き合いにして、「ボードレールの詩集『悪の花』は私が無上の福音書であつた」、「ミュッセが有名なる『夜』の詩に歌つたやう、詩の女神はありあり私の目の前に立現はれて」という言葉が挿入される。山田朝一所蔵の単行本『歓楽』の校正刷には、荷風が官能的と思われる表現や、国家を軽視している箇所を抹消した跡があるという。[*2] 思うに当局を無視していたのではなく、むしろこのようなタイプの作家でも、西洋種の「悪草」として生き延びられることを願っていたのではないだろうか。

もっとも年齢を経て人生の黄昏と向き合う彼の心境を説明するのに、アナトール・フランス Anatole France（一八四四～一九二四年）の小品、フランソワ・コッペー François Coppée（一八四二～一九〇八年）の詩『涙 Les Larmes』（in *La Jeunesse branche*, Lemerre, 1886）やジャン・モレアスの詩集『スタンス *Stances*』の二から引用していることで、彼が日本の尋常の作家ではなく、フランスのポスト世紀末とでもいうべき高踏派の雰囲気を漂わす文藝の世界に生きるものだということを表している。しかもモレアスの詩の引用では、「人生は大したものであり、そして夢に付き添う影である」というくだりを「其れにて足りぬ。夢の影よ。」と現世よりも夢を追い求める表現に変えている。これによって絶えず夢を求めている、あえて言えば俗世間の人々とは異なる境地にいることを強調しているのである。

それではその「詩人」はいつどのような状況でどのような創作をするのだろうか。それを説明するのに、作家の物語は三度の恋をめぐって繰り広げられる。つまり恋の物語が創作の物語になっている。なにしろ「そもそも物心づいてから今日まで、私の生涯には恋愛と文藝と、この二ツより外には何物もなかつたと云つてよい。」（二）というほどなのだ。そしてその恋愛ももともとは小説によって知識を得ている。ラムの「シェークスピア物語」やアーヴィングの「ブロークン、ハアト」、それに「近松の浄瑠璃や、徳川末代の戯作」などである。実際の恋愛と悲恋の文学とは、この作家においては切り離せないものになっているのだ。もっとも恋自体は「近松によればそれは身の破滅」であり「シェーキスピーヤに従へば人生の運命の悲惨を示すもの」であって、すでに恋物語のあらすじは決まっている。重要なのはその先行テクストにあるおさだまりの体験をきっかけとして、彼が創作の筆を取ったということである。

最初は入院したときに恋した看護婦に宛てて「これまでの悶え、歓び、悲しみのありたけを書き綴つて送らうと思ひ」書いた手紙をもとにして作った、「自分を主人公にした短い小説」である。これが彼の処女作になる。恋する自己への内省、それを書く自意識のありかたへのこだわりが、それまでの才子佳人型の恋物語とも自然主義型の恋する自己をひたすら恥ずべき存在として告白するのとも異なっていることがわかる。

二度目の恋愛では、「私の身体と私の精神とが外界の刺戟に呼び起される快感に対して、何れ程の感受性を持つて居るかを確めた」(三)とあり、いよいよ言葉と感受性の関係づけに照明が当てられる。「か丶る凡ての形と色と音と匂ひの刺戟に打たれて、或時は却て其れから逃れ出やうと急る程な、感覚の快味に、全く『我』を忘却してしまふ無限の恍惚——私は実に、恋それよりも、恋せざる限りには知る事の出来ない此の恍惚魔酔の跡を追求した」(三)とある。ここにも例のボードレール流の感覚照応が指摘できる。さらに「恍惚」という陶酔感を何より重く見ている点が注目される。『あめりか物語』や『ふらんす物語』では「夢」に留まっていたのが、日本で自分の立場を明らかにするためにこの言葉を用いたものか。

そして今回も悲恋の結末を迎えようとしたとき(藝者と心中を図る)、「ふいと驚いて我に返ると、今度は猛然として、私は此の感激、此の恍惚の凡てを私の力かぎり歌つてみたい願望」を強く感じて、そして「行春の名残」という「自叙伝とも云ふべき」作を書き上げた。ここで恋愛によって身体の感覚を鋭敏にして陶酔の境地に到り、その境地で得られた印象をその過程も含めて物語にする、という創作パターンが語られる。冒頭に引用した大家の作品の「幽艶な筆致と熱烈な情緒」は、このような物語に適したスタイルというわけである。それは第三の恋を作家が青年に詳しく語る、その口吻によく出ている。

三番目の恋は囲われものの女との出会いと同居である。ここでは恋愛の始まりから倦怠期、そして別れに至るまでの感覚の変化、それによる風景の感じ方の変化、そして創作と生活との関係などが説明されることになる。ここで重要なのは「恋とか愛とか呼ぶものよりも、一層深く広くて、又不確定な限られない自由なる空想に溺れてしまふ」という「詩人が殊更あこがれる恍惚の仙境」（七）に入ることである。そうした状況を経て創作へと誘われるというのだから、恋愛をしている状態での感覚のあり方と、書く自分をどのように言語化していくかの説明がポイントになっているといえる。

まず恋の始まりにおいて、先に『放蕩』や『祝盃』でみた春の季節と恋愛への欲求との主題系が、次のように語られている。

梅が散つて、いつも桜の花時には、兎角に雨の気遣はれるのが、其の年には四月の月中にはたつた二三度、それも花を汚す塵を洗ふ為めにと、わざわざ夜更けから降出して暁には屹度止んで呉れるやうな、情深い雨であつた。晴れ渡る空は日毎に青く澄む色の深さを増し、照りつゞく日の光は、咲きそろふ花の色と萌出る若草の緑を一層あざやかに引立せる。気候は一時に驚くほど暑くなつて、午過ぎの往来には日傘を持たぬ通行の人が、早くも伸びて夏らしく飜へる柳の葉を眺め、人家の影の片側へと自然に足を引き寄せられる。さう云ふ暑い日の風も吹かずに暮れてしまふと、濁つたやうに色付いた黄昏の空気は、其まゝに重く沈滞して人の呼吸を圧迫し、其処此処に咲くさまざまな花の薫りと草の葉の匂ひは、湿つた土や溝の臭気までを混じ合せて、湿地熱《マラリヤ》にでも感染したやうな頭痛を覚えさせるので、其の不快不安な感覚から身を脱するには若い男が、あゝどうしても女だと、我を忘れて苦悩の叫びを放つやうな、妖艶極りなき春の夜が来るのである。私はかゝる夜を幾度び、恣に彼の女と手を取り、重たげに蔽ひ冠さる桜の花の下を歩いたであらう。（七）

このような日々の、また一日の中でも微妙に移り変わる気候と官能との対応とが、植物の成長や空気の感触と合わせて実に細かく言語化されている。『花より雨に』の世界を別の立場から書くと、このようになるのかと思われる繊細な季節感の表現になっている。これもまた日本の季節なのである。

実際に創作へといたるその瞬間も押さえられている。梅雨時の静かな夜更け、文机を照らすランプの光、愛読書の表紙の金文字、愛用の硯、筆、原稿用紙。そして遠い昔の記憶が雨の音の単調なリズムに呼応して行きかう。それらはあたかも映画のシーンであるかのように、映像と音とを伴って次々と浮かんでは消えていく。

雨の音、雨の音。夜は実に静であつた。ランプの火は緑地の羅紗を敷いた机の上に穏な光を投げてゐる。愛読の書物の金文字がきらきら輝く。野に積つた雪のやう、平に皺一つない幾帖かの原稿紙の面に、小さな唐獅子の文鎮が鮮な影を描いてゐる。硯の黒い四角なほとりに、二三本の優しい筆が、細く黄い竹の軸と、まだ汚れない白い毛の先を不揃ひに並べてゐる。燈火の赤い色が其のまゝ反映するかと思ふ滑な陶器の水入には、何時さしたのか、紫色した西洋の草花がもう萎れてゐた。私は片肘ついて、片手を懐中にして、ぼんやり絶えざる雨の音を聴いた。近いものよりは却て遠い昔の記憶が、軒に滴る雨だれの如く、とぎれとぎれに浮んで来る。私はよく子供の時分に、大雨の晴れた午後四手網を持つて、場末の町の小流れに小魚を漁つた事がある。私は繁華な町を貫く堀割の橋の上を、雨の夕暮に、渋色や紺色や、さまざまの蛇の目傘が、円く太い妙な書態で、料理屋待合などの屋号を書いた番傘と重り合つて、風にゆられながら過ぎ行く景色を、好んで眺めた事がある。支那の殖民地に行く時、港々の夜は恐しいまで広くして暗く、遠い陸地の方からは、さう云ふ船着きの町にのみ聞かれる悲しい喧しい絃歌の声が、とぎれとぎれに流れて来るばかり。（八）

その後「世の中に筆取る人しか知らない、味へない、覗へない、尊厳静粛な唯一の瞬間」（八）が訪れて、真白な原稿用紙に筆を下す。過去の彼処の時空を今・ここに収斂させて、そして紙の上に解放するのである。非常にデリケートな神経で啓示を受けて執筆をするロマン派の詩人の伝説的なイメージそのままに、この作家は創作をするのだ。ただ追憶の詩人といってもここではフランスのロマン派風の構図内ではなく、ごく日本風のセットの中で日本風の思い出の世界に浸っているのが、これまでと異なるところである。西洋の花が萎れているのが暗示的に読めるほど、和の文人の世界に近付いている。

　では恋愛が終わりに近づいたときはどのような物語になるのだろうか。これは詩人にとって聖なる一瞬をぶち壊しにするのがこともあろうに恋の対象である女であると、いささか戯画的に慨嘆することから始まる。詩人のナルシシズムを現実に引き戻す女の描き方は見方によっては痛快でもあるが、作家にとっては「彼の美妙なる追憶の夢から、あさましい現実、汚れた畳の上に突落」す情けない存在なのだ（八）。そしてある日いたたまれなくなった彼は根津の家を飛び出して上野から浅草へと向う。浅草では賑やかな通りの様子を「自分ながら不思議に思ふほど、物淋しい心持でしか眺める事が出来なかつた。」（九）とある。これはこの境遇と心境の変化に加えて、年齢のためであったとその後で交わされる、かつて心中しようとした藝者との再会の折の会話などから読み取れる。この時再会した場所の観音堂の描写もまた非常に細かい。

　要するに日本の季節の移り変わりや環境の変化に敏感に反応して心地よさを味わい、また慣れた光景でも特別な心境の時には異なったものとして感じられ、それを一身に思い起して集中し、独特の表現で言語化するのが「詩人」ということなのだ。『歓楽』が『羅典街の一夜』の過去の青春の夢の恋愛物語と異なるのは、主人公の作家が過去の物語を今の執筆に活かせる点である。女によって「追憶の夢」から「あさましい現実」に突き落とされても、日本の繰り返し巡ってくる季節の中での一齣にし、落とされたこと自体を哀愁のヴェールに包んで表現するしたたかさがある。滞在期間が限定された外国での経験とは異なり、めぐり来る季節を味わいながら静かに老いや衰えを感じていくという時間感覚によって、描ける光景があった。しかもここではただ身辺の光景を美しく語るだけには留まっていない。「私の感覚を揺る美妙《ママ》な刺戟の主である」（七）女性との恋愛によって、その相方の自分も含めた快楽の時空間が描かれる。人間関係が立ち行かなくなったとしてもそれが疎外感をもたらすのではなく、孤立感を埋めるために周囲の美を取り込むのでもなく、むしろ「いつも観察の興味に餓える藝術家の好奇心」をもって眺め、かつそこから受ける印象を例えば「暗然たる古色に対する憂鬱の情の心持よさ」というふうに、凡人では味わえない独特の気分として感じるのである（九）。言語の藝術 art 性を、経験したことの再現ではなく、都市や自然といった環境とのかかわり方の技術 art という風に考えるならば、まさにこの作家の、恋愛のそのときどきの状況にあって周囲と新たな言語表現で関わっていくその技は art であり、その意味で彼は artiste = 藝術家なのだといえよう。この藝術家という自己同一性は、到底家庭や社会の集団とは相容れないが、しかしそれゆえ特権化された存在になっている。

ここで『歓楽』の先生の恋物語の、もう一つのヴァージョンとも言いうる作品に触れておく。『牡丹の客』（「中央公論」一九〇九年七月）である。成稿年月は記されなかったが、五月の末が物語の時間であり、『歓楽』と発表月が同じであることから、枠組みとなる語りの基本の時間が四月の末である『歓楽』の執筆直後に執筆したと考えられる。「小れんと云ふ藝者と二人連、ふいとした其の場の機会で、本所の牡丹を見にと両国の橋だもとから早船に乗つた。」という文章で始まり、時節が過ぎても無理やり盛りを保たされた牡丹にも似た二人の長年の関係が、実社会の進みから遠く水の流れにのみ合わせるようにして綴られる。最後は次のように締めくくられている。

強い日の光や爽かな風に曝して置いたなら疾に潔く散つて了つたものを、人の力で無理やりに今日までの盛りを保つた深い疲労と倦怠の情は、庭中の衰へた花の一輪づゝから湧出して、丁度其れに能く似た自分等二人の心に流れ通ふやうな気がした。佇んで見て居ると風もなければ歩く人の足音もないのに、彼方の花も此方の花も、云合したやうに重さうな花瓣を絶え間なく落す。花瓣は黒い葉の面に止まるのもあれば、其処はもうランプの光の達かない葉蔭の土に滑り込んで了ふのもある。時間が遅いのと時節が過ぎたのとで、見物の人は一人も這入つて来ない。外の河岸通りでは依然として子供が囃す唄の声が、折々は人数の夥だしく増えるらしく高まつて聞える。

「本所の牡丹てたつた此れだけの事なの。」

「名物に甘いものなしさ。」

「帰りませう。」

「あゝ。帰らう。」


最後の会話はまさに荷風訳のヴェルレーヌの『道行』さながらである。もっともこの短い物語にも準拠枠が認められる。ジッド André Gide（一八六九～一九五一年）の『アンドレ・ワルテルの詩 *Les Poésies d'André Walter*』（Librairie de l'art indépendant, 1892）である。荷風は後年モレアスの『小品及び回顧録』と共に、一九〇八年頃からの愛読書の一冊に挙げている。「同棲してゐる年少の詩人と其恋人の二人が眠れぬ或夜、過去現在と又未来とに渉るさまざまの冥想と憂悶と、また果敢き希望とを語合ふ其情景を叙したもの」というのが荷風の解説で（『訳詩について』「中央公論」一九二七年十二月）ある。たしかに語りの主体が男性にあって、二人の移動とその途中の対話とでほぼ成り立つという構成は『牡丹の客』と同じである。ジッドの詩でも春の過ぎたのを取り戻すかのようにして庭園を訪れているのが、遅ればせながらの牡丹園訪問の設定と重なる。

但しジッドの方にない水上の移動と「これん」という蓮を表す名前とは、エミール・マーニュ Émile Magne（一八七七～一九五三年）の『都市の美学』*L'Esthétique des villes*（Mercure de France, 1908）の「水の美学 Esthétique de l'Eau」の章での川の美、そして日本の水辺の花のロータスの美の賛辞から来ていると考えられる。そしてジッドの散文詩の八章でも、「僕たちは二つの哀れな魂、もうあの幸福感を掻き立てることもない。」や、「僕たちは失ってしまった、かつてあった晴れやかな花開くような状態を。」という気分は、[*3]『牡丹の客』でのこれまで一緒に所帯を持ったが続かず、これからまたいつか一緒になるものやらという二人、本所の「衰へた花の一輪づゝから湧出」す「深い疲労と倦怠の情」が「自分等二人の心に流れ通ふ」という気分と一致する。何よりもジッドの冒頭の「今年は春がなかったね、お前。花の下での歌もかろやかな花もなかった」という詩句は、日本語にすると伝わりにくいが、どこか『牡丹の客』の初めの部分でいう「何となく遠い懐しい、現代を離れた一種の軟かい感情」が漂ってくる。

『春のおとづれ』や『花より雨に』と同様こうした小品は、限定した時空間で世の中の動きから距離を取った気分を詩情《ポエジー》として表現する、いわば職人藝のようなところがある。ただもともと実社会と相渉る野心、欺瞞、挫折の物語を綴ってきた小説家が、このような作にのみ充足できるはずもなかった。どれほど『アンドレ・ワルテルの詩』や『小品及び回顧録』を愛読していても、またそのスタイルをトレースして成功したとしてもその世界におさまりきるわけにはいかなかった。つまり哀愁漂う情景を描くと同時に、それを描くことを説明し物語ろうとする二つの執筆の志向性が、この作家にある。

さらに忘れてはならないのは、これらが日本の季節への感受性を細やかに綴っているのと同時に、その感受性が男女の退廃的な結びつきや官能と結びついていることである。そうした表現が社会で認められなかった場合どうなるのか？『歓楽』は『ふらんす物語』の発売禁止直後に書かれ、「詩人」なるものの国家や世間に対する独自の立場を「雑草」や「毒草」と強調したが、この抵抗は五ヵ月後に単行本に収められた時点で再び発売禁止処分になり、雲散霧消と化した。[*4] そのまた三ヵ月後に連載が開始する『冷笑』では、『歓楽』でのキー・ワードだった「恍惚」の語をタイトルにした小説が発禁処分になった小説家が登場する。日本で藝術家であることは社会的に楽観できるものではなかった。この問題はさらに風土の面と合わせて、音楽家を主人公にした『帰朝者の日記』で確認されることになる。

2　日本人西洋音楽家の位置：『帰朝者の日記』

『帰朝者の日記』（「中央公論」一九〇九年十月、同年七月稿）は、[*5] 非常にわかりやすい図式的な構成になっている。「西洋」の価値観を血肉化して帰国し「新しい日本に新しい国民音楽を興さう」（十二月十四日）とした音楽家が、西洋のものを無暗に模倣して皮相な次元に留まり、しかも自国の文化を顧みなくなっている「明治の偽善的文明」に相対して絶望し、自分の生き方に挫折感を覚える。明治の時代にふさわしい音楽を模索するという点では『黄昏の地中海』からもちこされたテーマであった。ここでは、この音楽家が明治に絶望する一方で、江戸時代の趣味人の生き方に眼を向けたり、現実と距離をとりながら批評する方法に気付いたりするという進展がある。

語り手で日記の書き手はピアノを弾き作曲をする。高等学校を教師に反抗した廉で放校処分にあい、その後北米に渡りニューヨークやパリなどに住んで八年を過した。五月の末に帰国し、一番町に居を構えた。日記は十一月二八日に始まり二月十七日で終わっている。この三ヶ月弱で彼は生き方の方向転換を迫る四人と出会う。自己完結的なモノローグから他の登場人物との会話を通じて、解決不可能であっても問題の所在を明らかにするように指向性《レンジ》が広がってきているのである。

一人は「令嬢春子」で、アメリカ人の邸宅に英語を学ぶために居候していた。音楽家にはイタリア大使夫人から、「あなたと同じやうに半分欧羅巴人になつた方」と紹介され（一月十日）、フランス語を勉強したので、音楽家とフランス語で文通するようになる（一月十五、十七日）。するうちに自分の意思で寄宿先の家の令息との結婚を決めたものの、両親に反対されて連れ戻され軟禁状態になる（一月二五日）。これで「欧羅巴人」的な生き方は、日本では不可能という結論が示される。

これに対して語り手の父親が、たった一日分ではあるが、教養ある日本人の原型のようにして描かれる（二月五日）。かつて大臣を務めて子爵の位を得、現在は葉山の別邸で隠居生活をしているところを音楽家が訪ねる。父は世間に対しては「極めて冷静な唯我主義の態度」を取り盆栽や唐本、唐様の書に囲まれて友人と「漢学から得た支那趣味の閑談清話」に耽っている。父親の生き方を見て、音楽家は今日漢学の趣味から西欧に関心が移ったとはいえ、日本人に未だに「「日本」という originalité」（独自性）を求めようとしたものはおらず、それどころか日本人に「originalité」などなかったのではないかと思うようになる。そして日本の音楽や建築、絵画、文学などで「民族的」なものを求めたらどのようなものが得られるのかを、問い始める（二月五日）。これは彼が梅若丸の事跡による「隅田川」に想を得て、オペラを作ろうとしている目下の試みに対する疑問にもなっている。

同窓会の箱根旅行で出会った宇田川流水は、国文科出身の学士で徳川文学に関する本を執筆し、学校時代からの俳人でもある（十二月十四日）。彼に言わせると文学の神髄は「虚偽と遊戯」しかない。「純粋の日本人から生れた純粋の日本文学は明治三十年頃までに全く滅びて」しまっている。東京に戻ってからも二人で現代の東京を罵倒していたが、彼が花柳界を江戸時代の文化の保護者とみるのに驚き、また「西洋の藝術が日本の国土に移し植ゑられたにした処で、果して其れが爛漫たる花を開き得べきものか」という疑問から、「三絃とピアノ」の何れが日本人の情緒を適切に表すものか、考える（一月二十日）。これは単に使用する楽器の問題に留まらず、曲想やそれを鑑賞する場所の問題にも関わっている。

最後はパリで親しくなった大学の助教授、高佐文学士である。日本の現実に対する不満をぶつける音楽家に、穏やかな口調でもって答える。ユーモアとアイロニーで以て日本を批評し、音楽家の関心を西欧のオリエンタリズムの藝術に向ける（十二月二日）。また『市街美論』という本を出して、東京の都市の景観の乱雑振りを皮肉とユーモアを込めて論じて、音楽家に、江戸時代以来の皮肉や同情の精神に基づく諷刺文学のスタイルの有効性を伝える（二月十五日）。

作家論的に読むと、いささか分裂的に帰国後の日本への思いのありたけをぶつけながら、表現者としてかかえていた問題を提出し、様々な角度でその解決の糸口を見出そうとしていると読みうる。この時期荷風は『ふらんす物語』の発売禁止の責任を版元の博文館より迫られており、木曜会の友人たちが博文館の要職に就いていたものの、不愉快な対応に辟易していたようだ。[*6] その憤懣やるかたない思いの物語による発奮が誤解を招きもしたのは、次の短編集『歓楽』への同時代評からもわかる。

荷風氏の「帰朝者の日記」は例の通りの叙情文で特別の面白味はなかつた。一体に氏のは文章にも感想にも他に比して特色はあるが、殆んど凡て同じ事の繰返しでこの日記は「歓楽」中の作に比してさう傑れてはゐない。日本の娯楽のないこと、青春の過ぐるのを傷む心は、僕等も同感するが、氏が西洋を黄金国のやうに思つたり、生活に苦む人を嘲けつてるのは、幼稚で馬鹿々々しくなる。（無署名『小説合評』「読売新聞」一九〇九年十月十日）

但し西洋崇拝や、明治の東京への批判ばかり連ねられていたわけではない。むしろ彼此の差を踏まえて、それでは日本にいて欧米を規範に確立した表現のスタイルを、どのように活かせばよいのかを問うているのである。倫理・道徳・愛情表現などの面では日本にいて西洋風に生きていくのは困難である。向こうの藝術を日本にそのまま移し変えるのは風土も情緒も異なるので不毛である。日本のオリジナルな藝術のスタイルを考えなければならないが、そもそもオリジナルなものがあったかはわからない。それでも、明治の日本で日本人の感情を表す表現方法を選ばなければならない。とすれば、それは江戸時代のものを受け継ぐのか、それとも目下の状況を皮肉や諷刺によって批判していくのか。

「今・ここ」でのやるかたない思いは、やはり時間と場所の座標軸上で解決が図られる。明治の日本というトポスの座標軸をずらすことで、見えてくる光景があるのだ。「流水」という時間の流れの隠喩となる名をもつ人物によって、過去の江戸時代の文化への遡及を暗示し、一方で「高佐」という名前でアレゴリカルに超越的な立場にたつ人物から、日本での個人としての視座の置き所を空間的に示唆している。高佐文学士は知り合った経緯や家族構成、苗字の類似性によって、上田敏をモデルにイメージしていたと考えられる。[*7] またパリとロンドンの都市空間の違いに触れた、『市区改正論略』（「国民之友」一八九〇年二月十三日）の執筆者森鷗外の俤も見出しうる。後の荷風の作品の傾向から振り返れば、ここで決着はほぼ付いているようだ。たとえば随筆集『日和下駄』（籾山書店一九一五年十一月）などは、江戸時代の地図を片手に、明治の都市計画である市区改正のあとなお残存している街の風情を、皮肉と愛情を込めて描いているのだから。とはいえ実際には一足飛びに解決をみていない。何が問題であり続けたのか。

さしあたってわたしたちが考えてみるべきは、語り手が眼前の状況でこだわっている部分である。「明治は政治教育美術凡ての方面に欧州文明の外形ばかりを極めて粗悪にして国民に紹介したばかりである。」（十二月十五日）という主張は、多くのエピソードと共に繰り返し出されている。「乱雑」や「混乱」といった言葉が頻りと用いられる。明治の元老の書が目にふれた折には、その社会上の地位と私行上の落差に子供のときから「憎むべき偽善者」と信じ続けていることが明かされ、日本橋大通りを歩けば、電柱の行列とファサードのみの洋風建築に「化け損なつた狐の絵を見るやう」と嘲笑し、交通機関は整えてあってもだらしない電車の乗客の醜態に眉を顰め、私立の音楽学校経営者が「日本帝国音楽界の為め」とは表向き、実は宣伝のために爵位を当てにして音楽家に教授就任を願っている腹黒さに激怒する。日露戦争の時には有利な条約締結をするために軍人にキリスト教徒が多いのを強調しながらも、専制主義、封建道徳を変えていないことに憤る等々。

翻って持ち上げられるのが「西洋」での人の生き方の姿勢である。「自分の西洋崇拝」は「物質文明の状態からではない、個人の胸底に流れて居る根本の思想に対して」（十二月十四日）と音楽家は強調している。散見する表現からまとめると、それはいつでも誰に対しても素直に感情を表現し、自分の意見を主張し、体裁を繕わずごまかさず、信ずるところを貫こうとする態度を言うようだ。このような憧れは所詮作者が留学生か観光客という立場、あるいは社会人としても日本人社会にしか身をおくことのなかった、いわば客分として留まっていたと読者に勘ぐらせるものでしかない。偽善を嫌うのは荷風の一貫した態度であるとしても、また欧米が依然として模範とされる場面があったとしても、「西洋」をこのように対抗的に持ってくるのは浅薄で、反感を招くのは無理ないであろう。

思想面の浅さに比べて、感性のレヴェルではこの音楽家は非常に興味深い事例になっている。一九〇〇年代での八年間の欧米滞在は、衣食住や行事やそれに伴う余暇の過し方の面で、今日では想像の及ばないほど日本と隔たった生活を強いられたということになる。そして音楽家の苛立ちは、この差を埋められない自分自身にも向けられていた。

わたしたちの眼を引くのは、「乱雑」や「混乱」に加えて音楽家がしばしば「空気」という言葉を用いて、周囲への違和感や親和を表している箇所である。「日本に帰つて来て新しく感ずるのは、この東洋的と云ふ目に見えない空気ばかり」（十一月二八日）、「外国と云ふ空気全体を愛して居た」（同月二九日）、「日本の居室全体の心持」（十二月二日）、イタリア大使館の「室内一体の沈静した明い空気の感覚」（一月十日）という具合である。つまり「西洋」への親和と「日本」への違和感は感覚的かつ身体的レヴェルでのものであり、いわば『ひとり旅』の伯爵のように「新しい日本人」といって歓迎するものがいない場所で、「半分欧羅巴人になつた」日本人の混乱をレポートしているように読める。具体的には富士山や箱根の連山を美しいと思えなくなった。日本料理が美味しく感じられず、香りのいいオレンジのような果物やコーヒーがなければ一日たりとも我慢できず、屋外から聞える音も、室内の明かりも色彩も気温も、すべて受け付けられない。あらゆる事物を一旦英語かフランス語に置き換えたり、関連する欧米の美術・音楽・文学作品を思い出したりし、そこから浮ぶイメージによってのみしか理解できない、というものだ。急な環境の激変は心身に深刻な疲労ひいては憂鬱を齎す。それをここでは足りないものを列挙し不満を言葉にしたうえで、「半分欧羅巴人」という簡便な定義を獲得してしまっている。おそらくこの「半分欧羅巴人」という様態は、流水や高佐の境地にはそう簡単には進ませなかったであろう。この点の解消に以後の荷風の問題がある。

言い換えれば『帰朝者の日記』では、日本の風土への親和を感受性と官能性のもとに極めて限定された空間のなかでうたい上げるスタイルを拒否されたあげく、現実的に（社会的に）見聞きするものに向き合いそれらへの不満を改めて列挙したものといえる。退廃的な藝者の代わりに登場するのが意志の強い令嬢というのは荷風の『異郷の恋』にも見られた極端な二方向の女性像であるが、これも日本の社会でうまく描ききれない以上、別なタイプを探さなければならないだろう。それは感受性のレヴェルでいかに周囲の「空気」に慣れていくのかという問題以上に、「半分欧羅巴人」であることを出来ない、存在しないという「ない」尽くしのネガティヴな様態ではなく、その状態から得られるものをいかにポジティヴな方向に持っていくのか、ということでもある。おそらくこの今・ここという定位置を見直す必要がある。その上でレンジを一層広げて自己像《セルフイメージ》を修正していかなければならない。

3　近代からの逆行：『すみだ川』

荷風のような過剰反応は例外であったとしても、明治末の東京は若い文学者に場所と自分の経てきた時間との関係ついて、一考を促すものであった。そして東京の表情が都会の名にふさわしく変貌するに伴い、あらたな見方でそれをとらえて享受しようとする層が生まれるのは当然のことであった。

彼らは明治という時代の進歩主義、国家繁栄のためあるべき未来の達成に向けてスケジュール化された現在の時間を生きるよりも、時間軸をずらしてとらえた空間を生きることを選んだ。そして発見した隅田川という空間。描き出された往古の隅田川の風景は文学作品では、谷崎潤一郎の『刺青』（「新思潮」一九一〇年十一月）を初めとする初期作品、久保田万太郎（一八八九～一九六三年）の『朝顔』（「三田文学」一九一一年六月）、水上瀧太郎（一八八七～一九四〇年）の『山の手の子』（「三田文学」同年七月）、小山内薫（一八八一～一九二八年）の『大川端』（「読売新聞」同年八月九日～九月十三日）などがある。それは残存するものと江戸的なものと、彼ら自身の幼少時の記憶という重層する時間をもつテクストでもあった。

荷風の『すみだ川』（「新小説」一九〇九年十二月、同年八月～十月稿）は、作者自身の解説によれば「わが目に映じたる荒廃の風景とわが心を傷むる感激の情」とをもって描いた「隅田川といふ荒廃の風景」の、「写実的外面の藝術」かつ「理想的内面の藝術」（「第五版すみだ川之序」『すみだ川』籾山書店一九一三年三月）である。かつての情景を思い、その現在の様子との落差に失望する心情から書かれたこの作品もまた、複数の時間に織り成されたテクストと見ることが出来よう。内容は一人息子に家名復興の望みを託す常磐津の師匠の女親（お豊）と、その実家の没落のきっかけになったかつての放蕩息子で今は俳句の宗匠の兄（蘿月）と、そして幼馴染（お糸）が藝者になり、自分は役者を希望するも母と伯父とに反対されて自暴自棄になる少年（長吉）の一年の物語である。そこに描かれた時間のありように眼を向けることで、*8 隅田川を小説「すみだ川」にする、言い換えればこの空間と自己との関係性がどのように意識されたのかが、わかってくる。

『すみだ川』で主要人物が出揃うのは一章の末になる。今戸に住む常磐津の師匠の文字豊の家に、兄の松風庵蘿月がやってきた夜のこと。よもやま話に時がたち、息子の長吉が本郷の夜学から帰ってくる。


次の間の時計が九時を打出した時、突然格子戸ががらりと明いた。其の明け方でお豊は直覚的に長吉の帰つて来た事を知つたので、急に話を途切して其の方に振返りながら、

「大変早いやうだね、今夜は。」

「先生が病気で一時間早くひけたんだ。」（一）

お豊が息子の帰宅の一時間早くても「大変早い」というのには、理由がある。お豊は長吉の出世を唯一「この世の楽しみ」にしている。朝は「八時に始る学校へ行くために、晩くも六時には起きねばならぬ」（五）長吉よりなお早く起きて朝食を整え、「無暗と時計ばかり気に」して急き立てる。学校の時間割を記憶していて、だからいつも「帰りが一時間早くても晩くても、すぐに心配して煩く質問する」（三）のだ。外出は「一年に二三度」（八）で、座敷にかかる柱時計の音に、長吉の将来の家名復興のために積み重ねるべき現在の時間を計っているわけである。長吉も初めは母親の決めた未来への時間割に満足していた。「毎年長い夏休みの終る頃と云へば、学校の教場が何となく恋しく、授業の開始する日が心待に待たれるやう」（三）な少年だった。

このような母子像に明治期の立身出世主義を見るのはたやすい。なかんずく注目されるのはそれをとり仕切っているのが、柱時計であること。明確に視覚化され分節化された時間感覚は、現在と未来とを時は金なりの進歩主義の思想で結びつけることを強要する。荷風の別の作品の表現を用いるならば、「後れたら大変だぞと云ふ不安を休む間もな

く与へる」「近代主義」(『冷笑』「東京朝日新聞」一九〇九年十二月十三日～一〇年二月二八日)に、この母子は取り付かれているのである。

ところが彼らの刻む時間を狂わせるものが現われた。長吉の幼馴染で、今度いよいよ葭町の藝者屋に出ることになったお糸である。

お糸は長吉に向かって何度となく逢瀬の約束をしている。最初は日曜の夜の「暗くなつて、人の顔がよくは見えない時分」(二)、次は「明日か明後日」。いずれにせよ不確かな時刻であることは、先のお豊の場合と比較しても明らかであろう。あげく長吉は日曜は夜学もないので、母親の小言を避けるために今戸橋の周囲で時間をつぶさなければならない。お糸を待つ間の空白の時間(それは母親とともに未来へ急ぐ時間の中のエアポケットとでもいえようか)に、かつて彼女と過した幸福な思い出が甦ってくる。けれどもお糸の方では後れてきた上に、紳士の傍らを歩く藝者に自分の近い将来の姿を見て、「あたいも直きあんな扮装《なり》するんだねえ。」と言い、長吉に「兵児帯一ツの現在《いま》の書生姿」を情けなく感じさせる。翌々日に会ったときには「突然、たつた一日の間」に藝者のなりに変わっていて、めんくらった長吉は「幼馴染の恋人のお糸はこの世にはもう生きてゐないのだ」と思うのだった。

もっともお糸の変化は「四五年いやもつと前から」(二)予定されていたことであり、昔気質の下町育ちの娘として自然な経路を辿ったまでなのだ。が、これは中学→高等学校→大学校へと流れて行く「近代主義」の時間の進み方に対して逆らうかのごとく書かれている。そして長吉は過去においては時間をお糸と共有できたものの、現在の自分に其の頃の幸福が結びついてこない事実を思い知らないではいられなかった。その結果彼にとって世の中の時間は容赦なく過ぎ、大切な過去の記憶は分断され、取り返しのつかないものに思われてくる。

・あの時分三味線を稽古したなら、今頃は兎に角一人前の藝人になつてゐたに違ひない。さすればよしやお糸が藝者になつたにした処で、こんな悲惨な目に遇はずとも済んだであらう。あゝ、実に取返しのつかない事をした。

（四）

・もう返らない幾年か前、蘿月の伯父につれられてお糸も一所に酉の市へ行つた事を思出す其の日から間もなく、今年も去年と同じやうな寒い十二月がやつて来た。（五）

という具合に。

過去の自己と現在の自己との連続性を認識できなくなることは、現時点での自己同一性及び世界への認識の動揺をも意味しているといえよう。事実長吉は九月になって、「初めて秋といふものは成程いやなものだ」（三）と思い、未来への架橋であるはずの学校を自分の「幸福とは全く無関係のものである」と「新しく感じ」出し、お糸に対しても以前の幼馴染の感情に加えて、新たに化粧の匂いに心引かれるようになっていた。

過去によっても未来によっても意味づけられなくなった空白の現在をかかえて、やがて長吉は学校を欠席し、隅田川のほとりをさまようようになる。そのときさながらに現われてきたのが、川のほとりの風景であった。しばしば類型的の一言で括られる『すみだ川』の風景描写であるが、たしかに一章二章の川べりなどには認めうるとしても、以後はむしろ書割の上の裂け目の如く「荒廃」した姿をせり出している。

最初に長吉が学校を休んだ日のこと。白日の下に葭町の露地が、それは夜見たときにはお糸を巻き込む迷路のように「いやに奥深く行先知れず曲込んでゐる」（二）と長吉の目に映ったのだが、「昼間見ると意外に」（三）日常的な雑駁な姿をみせている。大川端も「一帯の眺望がいかにも汚らしく見えて、盛に煤煙を吐く製造場の烟出よりも遙に低く、風に追ひやられた雲の列が動かずに層をなして浮んでゐる。」とある。本所や深川は日清日露の戦争後、東京で最も工場建設の進められた地域であった。大川端周辺は荷風が好んで作品中に書いた界隈の一つであり、渡米以前の作の『夢の女』にもすでに次のような、冬の洲崎から望んだ風景があった。

左の方には遠く房総の山脈が、棚曳く霞の様に藍色に横はり、右の方には近く埋地の上に建てられた小い人家の屋根を越して、深川の沿岸から芝浦あたりまで数へ尽されぬ製造所の烟突が、各真黒な煤烟を風柔かき空に漂はして居る。大い屋根小い屋根が、遂には雲か烟の様に、見え無く成つて居る辺は、最う品川の宿であらう。（十二）

視線はゆっくりとめぐらされ、冬の寒空にもかかわらず「霞の様に」「風柔かき空」「雲か烟の様に」といった表現が、それを眺めるヒロインのお浪を優しく包み込み、「少しも変らず、いよいよ限りなき平和を示して居る」と変化なくその心を和ませるのであった。ここでは製造場の烟すら「雲か烟」かと流れてゆき、調和的な風景の一点になっていた。ところが『すみだ川』の大川端は、帰宅時間の調節のために釣道具屋の時計の音を数えずにはいられない長吉にとって、空々しく広がるばかりである。それは「三時までの時間を空費する」（三）際に眼に映ったものでしかない。長吉の視界に入った風景は、製造場を中心に明らかに新しい時代による「荒廃」を受けていた。一方「近代主義」の時間を生きているこの少年は「木像のやう」と釣師たちを眺め、のどかな風景から締め出されて一人落ち着かない。

五章では再び数行浮世絵めいた待乳山が描かれる。が、六章では殺伐とした浅草公園の裏手が、今度はインフルエンザで長期欠席し、進学の望みの断たれた長吉の歩みにつれて現われてくる。けれどもそのような状態で入った宮戸座で、もう一つ川端の風景を目にすることになる。上演中の「十六夜清心」（河竹黙阿弥『小袖曾我薊色縫』一八五九年初演）の夜の川端の場面である。この舞台設定は「都会育ちの観劇者」（六）の長吉にとっては馴染み深いものであるだけでなく、粗末な書割にも「少しも美しい幻想を破られな」いで、なお「去年の夏の末、お糸を葭町へ送るため、待合した今戸の橋から眺めた彼《あ》の大きな円い円い月を思起すと、もう舞台は舞台でなくなつた」。つまり芝居の時空間が長吉の過去への情感や未来への期待と結び合い、ここに自己投入がなされ、そこで初めて今までとは異なる時間の意識である満たされた現在を生きることが可能になったのである。芝居が跳ねても長吉は川端に立ち清元の一節を口ずさんで、遠ざかる劇中の世界に少しでも届かんとしている。「悲しく灰色に光」る隅田川と「褪せた寒い色」の堤のあたりも、彼の夢の世界を乱しはしない。それはともかくも、母親と柱時計の待つ家にたどり着くまでは続けられた。

翌日再び宮戸座を訪れた長吉は、「二度見る同じ芝居の舞台をば、初めてのやうに興味深く眺め」（七）ている。このことは、舞台の時間空間が長吉にとって柱時計に支配される日常のとは異なる範疇のものであることを明らかにしていよう。この日彼は、幼友達で今は役者になっている玉水三郎に出会う。それがきっかけになって、役者になるのを母親に願い出ることになる。玉水は柱時計ならぬ廻りの拍子木に芝居の時間を聞き分け、浅草公園の待合を「万事方寸の中にあり」と自分のテリトリーにしていた。つまり長吉は玉水の生きる場《トポス》の時間と空間とを手に入れることで、お糸を失って以来の「お糸の事を思へば思ふだけ、其の苦痛を減殺する他のものが欲しい。学校とそれに関連した身の前途に対する絶望のみに沈められては居まい」という願望が満たされ、現在の空虚も埋め得ると考えた。そう解釈できる。また五ヶ月ほど前に思い出した「伯父の放蕩三昧の経歴」（四）と「いつまでも仲よくお遊びよ」と自分とお糸に言ってくれた伯父の妻のお滝の存在とが、ここへ来て協力者つまり母親を説得して別の時間の流れに導いてくれる存在として浮上する。けれども、まもなく長吉は蘿月のつれない言葉を受けることになる。すなわち

・「兎に角もう一年辛棒しなさい。」（九）
・「いやだらうけれど当分辛棒しなさい。」（同前）

長吉にはもはやこのような時間は通用しなくなっていた。それは「年を取つたもの」の時間感覚であり、「若い時分に経験した若いものしか知らない煩悶不安をばけろりと忘れて」しまうからと感じてしまう点に、長吉の切迫した内面が強調される。頼るべき伯父と共有していたはずの生の時間は、しょせん幻想であった。将来の希望も生きるべき場の時間と空間を失い、いよいよ虚しく膨れ上がった現在の時間をかかえて、長吉は本所の街から街へとさ迷い歩く。

六章以降「汚れた」「穢い」といった形容が、しきりに当てられていた河畔の光景であった。ここにいたって掘割は暖かい空気に「溝泥の臭気を盛に発散」させ、煤煙のすすが飛び、女房が内職する家の中、宮戸座の華やいだ絵看板とはあまりに対照的な女工募集の張り紙、製造場の烟出しと、亀戸村の田園の春景色とコントラストをなす暗く湿って腐食をさらす家々をさらけ出している。風流人の伯父の感ずる「春の午後の長閑さ」も長吉には伝わっていない。彼の眼に飛び込むものは「貧しい本所の街」、「古寺」、「束になつて倒れた卒塔婆」、「青苔の斑点に蔽はれた墓石」。これらは烟を吹き上げる製造場の下では旧時代の残骸に過ぎないばかりか、物語の展開への不吉な暗示になっているのだ。この風景の中を長吉はひたすら歩く。そして中郷竹町に着く。読んだばかりの『梅暦』が思い出され、ちょうど「十六夜清心」の舞台に見入ったときのように陶然とその世界に浸りこむ。

あゝ、薄命なあの恋人達はこんな気味のわるい湿地の街に住んでゐたのか。見れば物語の挿絵に似た竹垣の家もある。垣根の竹は枯れきつて其の根元は蟲に喰れて、押せば倒れさうに思はれる。潜門の板屋根には痩せた柳が辛くも若芽の緑をつけた枝を垂してゐる。冬の昼過ぎ窃かに米八が病気の丹次郎をおとづれたのもかゝる侘住居の戸口であつたらう、半次郎が雨の夜の怪談に初てお糸の手を取つたのも矢張斯る家の一間であつたらう。長吉は何とも云へぬ恍惚と悲哀とを感じた。あの甘くして柔かく、忽ちにして冷淡に無頓着な運命の手に弄ばれたい、と云ふ止み難い空想に駆られた。空想の翼のひろがるだけ、春の青空が以前よりも青く広く目に映じる。遠くの方から飴売の朝鮮笛が響き出した。笛の音は思ひがけない処で、妙な節をつけて音調を低めるが、言葉に云へない幽愁を催さしめる。長吉は今まで胸に蟠つた伯父に対する不満を暫く忘れた。現実の苦悶を暫く忘れた……。(九)

「空想の翼」を広げて、空の青さと笛の音とに感覚を解き放ち、「現実の苦悶を暫く忘れ」て、ここに満たされた現在を持ったのだ。しかし、長吉はその時間を持続させることは出来ずに、相変わらずその身を柱時計のかかる家に戻さなければならなかった。長吉の見出した風景の中の現在は、現実の世界には還元し得ない時間だった。結局、最終的に今戸の家を出ることが可能になったのは、夏になって腸チブスに罹り避病院に送られるときなのである。

毎日ぼんやりと目的のない時間を送つてゐるつまらなさ、今は自殺する勇気もないから、病気にでもなつて死ねばよい（後略）（十）

長吉の残した手紙の一節にはこう書いてあった。ここで注目されるのは、その結果さまよったのが、夜の出水の中であり、そのためにチブスに罹ったということだ。「夜」そして「川端」といえば、芝居に親しんでいる長吉にとって、即座に「殺し場」に結びつくものであった。為永春水（一七九〇〜一八四三年）の『春色梅暦』（一八三二〜三三年）の舞台である中郷竹町は、青空の下でもなお蛙の声の聞こえる「気味のわるい湿地の街」（九）であり、「十六夜清心」の舞台に引き込まれるきっかけとなったのは、お糸と出会ったとき満月の見えた今戸橋であった。つまり「目的のない時間」に注がれた暗い水は、長吉に現実の時空間を生きることを許さなかった。そのような物語の展開がここに認められる。病院に運ばれた後の家の中の雰囲気は、「葬式の棺桶を送出した後と同じやうな」（十）と書かれている。「夜」と「川端」の物語の要求した長吉の運命はここに尽きているのである。

一方物語を貫く時空間の性格は、他の登場人物にも影響している。お豊は泣きながら長吉を運ぶ釣台の後について行った。長吉が自分自身のための時間を手に入れようとするならば、その未来に己の未来を賭けて生きてきた彼女の時間も崩れないでは済まされなかった。藝者になったお糸の、そして春という爛漫の花咲く季節のまばゆい若さと美しさとに圧倒される女親は、「目に見えない将来の恐怖ばかりに満され」（八）て、長吉が認印を盗んで偽の欠席届を用意していたことを「暗黒な運命の前兆である如く」兄に語り、おみくじの大吉から「さまざまな恐怖を造出し」てしまう。そして「生命《いのち》に等しい希望の光」（八）である一人息子を失わんとしたとき、夕暮れの薄暮の中、今戸の柱時計の下を去らなければならなかった。ここで棺桶の比喩は二重に活きてくる。

進歩史観に支えられている「近代主義」の時間からはずれ、なお辛くも見出した時空間にも押し流されてしまった母子の物語。これが『すみだ川』のテクストを貫いていたといえよう。とはいえその流れの暗さほどには陰惨な読後感は残らない。それはおそらく長吉の生きんとした風景が喚起するイメージに関係してくる。いくつか連なり、もう一つ物語が構成されていたのである。

生きようとした風景は、隅田川の褪せた背景に清心と十六夜の姿を通して「羽子板の押絵のやうに」（六）あるいは「物語の挿絵」（九）からの連想として浮かび上がってきている。それは教科書を棄てて長吉が読みふけった古い「小説本」（四）の世界と同じ土壌にあり、そこで思い巡らしていた「伯父が放蕩三昧の経歴」と重ねられていたのだった。先述の如くこれが立身出世とは異なる未来への道筋になるはずだったのだが、長吉の思惑とはずれた方向に物語は動く。このような長吉の姿が同時に蘿月にとっても、過去の自分の「川添ひの明い二階屋で小唄や洒落本を読む」（九）姿を呼び覚ますものになっていたのである。一度は「よんどころ無く意見役の地位」にたった蘿月も、最終章では「若い時分の事を回想」し、「長吉を役者にしてお糸と添はしてやらねば」と心に決めている。この時蘿月の心中には、「若い美しい二人の姿」が「人情本の戯作者が口絵の意匠でも考へるやうに」描かれている。羽子板の押絵、物語の挿絵と小説本、子供の頃に通った芝居小屋の舞台。これら時の流れのなかでぽっかりと懐かしい意匠のうちに込められた長吉の未来への思いは、やはり懐かしい、現在には存続しがたい意匠の形で蘿月によって掬い取られている。むろん、問題はそのような形でしか長吉を救えなかった点にある。だが、それはおそらく蘿月の形象と時間認識、そして彼の『すみだ川』の物語の時空間における位置が関わっている。

もと小石川表町の質屋の跡取り息子であった松風庵蘿月は、放蕩三昧風流三昧の末に俳諧師になったという。年齢は九章に「六十に近い」とかかれている。『すみだ川』に設定された年代は確定できず、風俗の面では明治三十年代のものも取り入れられているが、作者が執筆に際して舞台となる土地を回っていること、また電車の開通状況から見ても執筆時機が基調になっているといえよう。仮に明治四二年（一九〇九年）とすると、嘉永年間（一八四八～一八五四年）の生まれで十代の終わりに明治維新を経験したことになる。実家は維新後の時勢の変遷や火事などで破産。勘当されていた蘿月は明治五年の吉原解放の折に、元花魁であったお滝を嫁に迎えて濹東の小梅瓦町に住みつき、今では過去のつらかったことも「どうしても事実ではなくて、夢としか思はれない」（一）。

蘿月にとって過去とはこのように、通時的に積み重ねられつつ今生きている現在に結びついてくるものではないのだ。今戸への道行きで刹那的に楽しみをもったと同様、即時即場で現在のひと時を充足しながら生きているのである。そしてまたそんな蘿月の現在を支えるものに、風流人のよくする季節感があるのは言うまでもない。物語の冒頭で行水、蚊遣の煙、涼台での談笑と夏の夕暮れ時がその足を小梅町にとどめさせていた。そして「蟬の声が特更に急しく聞える」八月も下旬になって、時候の変わり目ごとに骨の痛む彼は「人より先に秋の来るのを感じる」とあり、そこでようよう動き出すのだ。

一章で蘿月が目にする小梅からの大川端の風景は、浮世絵的なステレオタイプの景観になっている。そこには「近代主義」も「荒廃」もない。それを眺めるものの心象風景ですらない。蘿月の現在の時空間を満たすものは、この月並みの風景であり、それは彼の思い出す「酒なくて……」の川柳風のことわざによって促された情趣で切り取られ、眺められるのである。平凡だが洗練され、万人に共有しうる季節感に裏付けられた月並みの美意識が蘿月を支配しているのだ。歳時記を血肉化した俳諧師蘿月を設定した意義は、ここにあるといえよう。時の流れにも、それと踵を接する風景の荒廃にも審判されずに、「近代主義」以前に生活の軸であった風流の時空間を生きている。であるからこそ、今戸のわびずまいでむきになって長吉の将来を説こうとするお豊に対して、訳知りの態度をとることが出来るのだ。

蘿月のうちでは長吉の存在は、しばしばお糸と見世物につれていったなじみ深い情景の中で想起される。直線的に未来に向けて手段化された現在を生きるお豊と、円環的な季節の運行やそれと切り離すことの出来ない生活の風流や、定式のスタイルの中で生きる蘿月との違いはここでも明確になっている。

このような蘿月の存在を、物語の最初の章で長く描いた意味は大きい。それは単に「すみだ川」という表題のもつ古めかしさと懐かしさの感情とを、昔からの風物、幾多の名所、浮世絵的風景などにまつわる江戸情緒の世界に結びつけるのみならず、その世界でもって次に登場する母親と、荒廃した隅田川の風景すなわち「近代主義」を相対化し、虚しいものにしてしまうのである。この点で荷風と、オスマン計画によるパリ大改造後に「パリは変る！　だが私の愁《メランコリー》いの中では、何ものも動きはしなかった！　新しい宮殿、組まれた足場、石材、古い場末の町々、すべてが私にとっては寓意《アレゴリー》となり、私のなつかしい思い出の数々は、岩よりも重い。」とうたったボードレール（『白鳥Ⅱ Le Cygne II』、阿部良雄訳）との異なる資質が明らかになる。荷風は『悪の華』の詩人のような「今・ここ」で受け止める重い憂鬱より、過去を季節ごとに循環する月並みの日常性にそくして郷愁や諦めの混じった批評でもって綴る方向に向かったのだった。

二章以降八章までは、蘿月が表立って登場せず間接的に時折長吉に思い出されている。昔幾たびも彼とお糸を一緒に遊ばせてくれた、そして二人が繰り返すであろう未来の導き手として、蘿月はその存在を認められていたわけだ。またお糸と離れて感傷的になり季節の移り変わりに敏感になった長吉には、季節ごとの行事の思い出とともに蘿月が思い出されている。このことは季節の変化にうとくなってしまったお豊との断絶ともに、「藝人社会は大好きな趣味性」（八）においてより伯父に近づいていく過程を表してもいる。そもそも父親のいない長吉にとって、母親の過剰な保護から逃れて独自の決断をするときに、伯父の存在が考えられるのは当然のことといえよう。けれども、期待とは裏腹に蘿月がお豊の言い分を聞いて「意見役」（九）を引き受けてしまった。その折の長吉の反応は先述の通りである。とはいえ「長吉の心の中は問はずとも底の底まで明かに推察される」蘿月であっても、「人にはそれぞれの気質がある。よかれ、あしかれ、物事を無理に強ひるのはよくない」と訳知りでこだわらないのが「通人」（八）の特性であることを考えるならば、「其の場かぎりの気安め」（九）を言うほかなかったのだ。長吉には伯父のこの「通人」の立場、考え方は理解できない。

「通人」の性格設定については作者自身の「通人とか俳諧師などが、深い根柢なく、強い煩悶もなく、直に人生をすねたり諦めたりするさう言ふ浅い人生観」（『音楽雑談』「早稲田文学」一九〇九年六月）というイメージを人物に与えたと考えられる。実際、一章で過去を「夢」とみる蘿月には、「深い根柢」も「強い煩悶」も感じられない。とりあえず「先づ其の場を円滑に、お豊を安心させるやうにと話をまとめかけた」（八）のもそのような性格設定にふさわしい。妹との会話の場面であってもここでは主語を「宗匠」と一般化し、訳知りの人物を想起させる語が用いられて、蘿月の人格を表している。そして「兎に角一応」や「兎に角もう一年」「いやだらうけど当分」といった留保主義、折衷主義は「後れてはならない」という「近代主義」に対して無力であり、それが「趣味性」に立脚する通人を明治の世にあい渉りにくくさせるという構図がある。ここにおいて蘿月は「今日ほど困つた事、辛い感情に迫められた事はない」（九）という思いをしなければならなくなる。

押上の掘割の橋上で別れる伯父と甥。連歌の会がある伯父は亀井戸の龍眼寺に、役者になれないとわかった甥は本所に向かう。亀戸村、そして小梅もまた物語ではいまだに風流の名残をとどめる荒廃から逃れた場所である。このようにみていくと、『すみだ川』は一面、古風な月並みの世界を生きる風流人が、「近代主義」の貫く時間と空間とに曝されて、存在の意味を問われるというテーマも内包していたといえよう。

それではこの物語は古い情趣、気質や風景を近代化という波で洗い流してしまうのだろうか。それについては虚構の世界で決着をつけている。蘿月は長吉が連れ去られた後の今戸の家に座り込む。そして柱時計の動きをぼんやりと眺めて、所在無さに長吉の部屋に上がる。これは長吉の時間をなぞっているとも言える。そして残された手紙に死の予感を抱き、自分の青年時代が重ねられて、決心をする。

蘿月は何と云ふわけもなく、長吉が出水の中を歩いて病気になつたのは故意にした事であつて、全快する望はもう絶え果て、ゐるやうな実に果敢ない感に打たれた。自分は何故あの時あのやうな心にもない意見をして長吉の望みを妨げたのかと後悔の念に迫められた。（中略）長吉を役者にしてお糸と添はしてやらねば、親代々の家を潰してこれまでに浮世の苦労をしたかひがない。通人を以て自任する松風庵蘿月宗匠の名に恥ると思つた。（十）

ここで「通人」の存在は、単なる訳知りではなく「浮世の苦労」の末にこの域に到達した人物になっている。風流を愛しそれを生きるにしても、その態度自体を阻んでくる周囲の功利主義に対して強い姿勢を通した往時の自分を蘿月はよみがえらせている。蘿月のこのような烈しい一面は、実は五章でお糸の目を通して羽子板屋の老爺と喧嘩をする様子を描くことでも暗示していた。

最後の場面の「突然冬が来たやうな寒い心持」のする夜は、この蘿月の熱い思いと続く華やかなイメージで芝居の幕切れのごとき明るさを添える。「若い美しい二人の姿をば、人情本の戯作者が口絵の意匠でも考へるやうにも幾度か幷べて心の中に描きだした。そして、どんな熱病に取付かれてもきつと死んでくれるな、長吉、安心しろ。乃公がついてゐるんだぞと心に叫んだ。」という具合である。作者は風流と人情とを描いた人情本の挿絵を、二人の将来のイメージにあてて蘿月に思わせている。最終章でも「通人」の風流と人情とによって、「近代主義」とそれがもたらす荒廃した風景と人情とを阻止するように仕組んでいるのである。季節の変わり目への感受性や年中行事をめぐる思い出、そして「趣味性」が伯父と甥との共通点であった。それを人情本に統合する形で、それぞれの物語をここで重ね、作品の世界を閉じたわけである。既出の羽子板の押絵等に託された長吉のお糸への恋慕のイメージもまた、ここに吸収される。構成上申し分ない完成度をもつ結末といえよう。

もっとも長吉の願いが実現されるのはこの段階ではほぼ不可能であるのだから、悲劇的になりすぎた親子の物語をまとめ切れなかった作者が、いささか安易に江戸情緒や生悟りの結末に頼ったとも考えられる。しかし、作品の表現上のまとまりを重んじたとすれば結末は月並みな感覚、失われていくものへの哀訴でよかったということになる。蘿月や長吉は個人として進歩を積み重ねる時代の風潮に抗するのではなく、被害者として抵抗しきれないままに時流に押し流されて滅びの情緒に沈み行くわけである。

このような作中人物の取り扱い方からは、荷風がピエール・ロティについて書いた文章が思い出される。これはそのまま『すみだ川』を書いた作者自身の解説にもなっているといってよい。ロティの作品を荷風はそれほど多く読んではいないが、モーパッサンの『水の上』の次にフランス語で読んだのがロティであった。新しいスタイルを模索していたときだけに、受けた影響は大きかったのだろう。

ロッチは写実家であるけれども、モーパッサンが試みたやうな、曝露された真実の無惨なるに堪え得ない処から、作中の人物をも人間としてよりは寧ろ、美くしい悲しい自然の一部分としてのみ描いて居る事がある。ロッチはゾラの如く観察して解剖する人ではなく、深く感じた其のまゝを描く人である。其れ故、ロッチの描いた自然の画と云ふよりも音楽の情味に満たされてゐる。(『仏蘭西現代の小説家』「秀才文壇」一九〇九年二月十五日)

「音楽の情味」というのは、この時期に荷風が山脇信徳(一八八六〜一九五二年)の油彩画「停車場の朝」について「色の間から音楽を聞く事が出来た。感情のある好い画である。」(談話筆記『一夕話(文部省展覧会の西洋画及彫刻に就て)』「スバル」一九〇九年一月)と評しているのから類推すると、ある場所を人物も建物も正確に写しとるのではなく、その場全体から受ける雰囲気を表すような表現を指していると考えられる。『すみだ川』の場合、製造所の煙突や陰惨な墓場や出水の後の下町の様子などを「曝露された真実」として描くことが出来ただろう。けれども荷風が選んだのは、その一つ一つをはかなく漂う人物とセットにして、消え行く江戸以来の下町らしさというものを説話的に描くことだったのだ。

ともかくも、これが荷風による隅田川という空間のテクスト化であった。近代化された東京の只中での下町の情緒や風流を物語にすることは出来た。今後はこのような二つの時間感覚を持ちつつ、『歓楽』で示した「世のあらゆる動くもの、匂ふもの、色あるもの、響くものに対して、無限の感動を覚え、無限の快楽を以て其れ等を歌つて居たい」という作家としての姿勢と、どのように折り合いをつけて表現していくのだろうか。そして作者の境遇と離れすぎているこの舞台に（『深川の唄』末で明らかになった問題）、どのように一人称で関わっていくかという問題が残る。

『すみだ川』の次の作である短編『見果てぬ夢』（「中央公論」一九一〇年一月、一九〇九年十一月稿）では、むしろ極端なまでに「感動」と「快楽」とを「荒廃衰頽」への共感に封じ込めてしまったように読める。当時好んで読み翻訳もしていたレニエの影響もあるだろう。荷風は「レニエの詩が、全体から云つて、青春の怨みを抒べたもの、即ち再び帰らざる昨の青春を追懐するものが多く、一種の哀調に充ちてゐる」物憂げな「落花の美」とイメージしている（『レニエの詩と小説』「東京毎日新聞」一九〇九年二月二五日）。[*9]『見果てぬ夢』には、「三十五歳の今日まで全くの遊民坐食の徒」（一）の男がすべてに疲労感を覚え、荒れ果てた家屋敷を引き払って田舎住まいをする弟と母のもとに行こうと決心する様が書かれている。舞台は庭に面した縁側と八畳間、築地の料理屋の小座敷、新橋駅の周辺である。彼は新橋駅までやってきている。そして結局汽車には乗らないままで幾日か過ぎている。比喩的に言えば「Symbolisme の詩」からも新内からも遠ざかろうとして出来ないでいる。駅舎に目もくれず、荒廃の風景を見続けるのでもなく、田舎で都会の過去の風景を夢見るのでもなく、まさに「明治の東京」の出発点に相対しながらすべてにおいて消極的である。

そして明日の朝か晩か、或はまた其の次の日か、自分ながらも知る事の出来ない——然し極く近い将来に、夜寒に冷るあの石の階段をば、見送つてくれる人もなくて、悄然として昇つて行くべき自分の後姿を、彼は他人の姿のやうに心の中に描き出して見た。（四）

これがこの小説の末尾である。『すみだ川』の長吉のように過去からの連続もなく未来に通じる道も持たず、しかも

49

50

51

L'ARCHITECTURE. 27

tures vives, des vernis et des laques rouges et noirs, qui enveloppent jusqu'aux colonnes, fatigue assez vite; la forme ressentie, l'amplitude excessive des toits rappelle la Chine. A Nikkô, au contraire, l'art se montre essentiellement japonais; les influences qui prédominent dans l'ornementation sont celles de l'Inde et même de la Perse : c'est l'apothéose du style shinto. Le grand

CITERNE AU TEMPLE DE LA SHIBA, A TOKIO.

temple de Yéyas est bien l'expression la plus haute et la plus franche de l'art architectural du Nippon.

C'est dans les pagodes de bois, élancées et étagées, que le bouddhisme a donné sa note la plus personnelle et la plus heureuse. Rien n'est plus beau dans le paysage japonais. Ce sont les hautes pagodes en laque rouge et surtout la belle pagode de Kyomidzou, à cinq étages, qui donnent à la vue de Kioto, prise du haut des jardins du temple de Tshiôin, son plus ravissant caractère : une tache rouge sombre sur un fond d'émeraude glacé de vapeurs d'argent.

52

53

54

＊　藝術的主題になる都市か否か

49　「鐘紡会社側面之図」。鐘淵紡績の煙棚引く隅田川畔。

50　市区改正による道路の拡幅が行われた「東京市の一等道路（京橋区銀座通り）」。しかし舗装は中途半端で地上には電柱が見え、洋風のファサードの商店と伝統的な建築物とが混在している。

51　「日英博覧会出品芝公園徳川二代将軍（台徳院）霊廟の模型」。高村光雲他東京美術学校の教官が制作に携わった。荷風は『冷笑』でこの建築を見下ろしたときの屋根のシルエットの美しさを綴っていた。模型制作のことを知ってのことであったのだろうか。もしそうであれば、いかにも彼のジャポニスムらしいアプローチの仕方ということになる。

52　ゴンスの『日本の美術』（1883年）に紹介された台徳院霊廟水盤舎。ゴンスは、英人ドレッサー（1877年に来日。外国人として始めて霊廟に入って撮影をした）の写真をもとにして英人職人が彫った版画挿絵を、自著に転載している。国境を越えて日本建築趣味が伝わった例。西洋建築に比べて軒と屋根の重量感と装飾が特徴的。

53　山脇信徳「停車場の朝」（焼失、1909年第3回文展出展）を見て、荷風はモネのサン・ラザール駅の絵を思い出し、色の間から音楽が聞えたとまで言った。

54　白瀧幾之助「稽古」（油彩・カンヴァス、1897年、東京芸術大学大学美術館蔵）は勿論荷風に出会う前の作だが、『すみだ川』の今戸で三味線の師匠をしているお豊と芸者になる日を待ちわびているお糸を思い出させ、また『冷笑』で正月の夜に紅雨が聞いた練習風景にも繋がる光景であるようだ。これは荷風のいう絵画と音楽と文学とが同じ情緒を醸している例といえるだろう。

夢の時空間をも持ち得ないでいるのだ。汽車に乗らないというのは象徴的で、ゾライズムの時代での汽車のエネルギーの描出からすると、何か無理やり押しとどめてしまっているとすら読めるし、『深川の唄』や『帰朝者の日記』にあった自ら動いて観察する視点も放棄してしまったかのようだ。「人情本の戯作者が口絵の意匠でも考へるやう」とか「他人の姿のやうに」といった風に「心の中に描」くのは、先の『歓楽』での感覚から感動へそして快楽へという表出のあり方とはかけ離れすぎている。

すべてを過去に封じ込めて詠嘆するには、彼の日本での生活は長すぎるしこれからも続くのである。このジレンマは長編小説『冷笑』で追及されることになる。

4　「明治の東京」の相対化：『冷笑』

それぞれの現在

『冷笑』（「東京朝日新聞」一九〇九年十二月十三日〜一〇年二月二八日）は銀行家の小山清が小説家の吉野紅雨と、江戸の滑稽本に倣って「八笑人」の会を作るために、仲間を三人集めるというのが大筋である。[*10] 発表当初から、「八笑人」になる登場人物の一人一人に荷風の帰国後の嗜好が投影されていると見做された。たとえば「帝国文学」誌（一九一〇年七月）では、小池堅治（一八七八〜一九六九年）が「自家の告白を紅雨といふ一人に負はせないで、――やかましくいふと、一人格に結晶させないで、眼分量で、数人の頭へ割りつけた。清といひ、勝之助といひ、中谷といひ、皆荷風氏の古い告白を代表する機関であつて、夫れが最新告白の代表者たる詩人紅雨によりて締めくゝられやうとして居る」、「自家の閲歴した内面生活」を発表した「告白小説」とまとめている（『告白小説としての『冷笑』』）。

すでにわたしたちが見てきたように『あめりか物語』やその前後の作品では、語り手が正義感あふれる文明批評と反抗的堕落と浮世離れした陶酔感との間を一つの物語の中で分裂的に示しているものがしばしばあり、そうした複数の人物に課せられた問題追究型小説ともいえよう。またこの分身性は、『あめりか物語』のところで触れた「自分」という本来なら語り手の一人称であるものが、三人称の登場人物として描かれる叙述のあり方とも関わっている。『帰朝者の日記』では、「半分欧羅巴人」という、一人の人間の中での分裂も表していた。もっともこうした傾向は、荷風のいわば分裂気質によるものとばかりはいえない。それはおそらく荷風がアメリカ、フランス、日本というそれぞれ性格の大変異なった場所で感じてきた時間の感覚や時代の認識、そしてそこを生きる自分自身とのかかわりにおいて採られるべくしてあった構成であると思われる。

川本三郎(一九四四年〜)は「自己分裂という物語」と題して、近代文学に見られるドッペルゲンガーの現象について考察している。「近代以前のゆっくりとした時間の流れのなかなら、ひとはひとつの人生のなかでひとつの価値、ひとつの風景を信じていればよかった」のが、近代以降は、日々新しいものを求めて古いものを捨て去るようになる。その結果「近代人は一人で二世も三世もの時間を生きていかなければならなくなった。当然、そこに、古い自己と新しい自己という自己分裂が起こってきた」という。この分裂現象が大正期に芥川龍之介(一八九二〜一九二七年)の『二つの手紙』(「黒潮」一九一七年九月)などのドッペルゲンガーや語り手の分身が登場する物語を生んだと見ている。[*11]

川本は「快楽としての自己分裂を意識的に作品のなかに使った作家」に『濹東綺譚』の作者の荷風を挙げている。しかしわたしたちはテクスト内で示された、「新しくあること」と「変らないこと」との間の葛藤、日本人と「欧羅巴人」との間の分裂も見てきた。「白日の夢」にしろ過去の青春の思い出にしろ季節の移り行きを映す庭の片隅にしろ、「夢」の時空間に留まっていられないものは、日本での現実という今・ここの場に向き合わざるをえない。ではどのようにしてそこを生きていくのか。これが『冷笑』で再び取り上げられた問題系であった。それは『見果てぬ夢』の最後で「自分の後姿を、彼は他人の姿のやうに心の中に描き出し」とあった、その分身をいよいよ汽車に乗せ、日常から離れた空間で総括することでもあった。

『冷笑』の物語では、「八笑人」の会のメンバーになる人物が「今の世の中には向かなさう」(十五)として次々に登場する。彼らが、それぞれに今・ここの世界と折り合っている、あるいは折り合いをつけて行くあり方やそのための心積もりが書かれている。語り手と登場人物の心内語の区別は不明瞭で、しかも登場人物それぞれが立場を変えながら「現在」について語る語調・語彙が極めて似通っている。つまり角度を変えながら一つの問題、この場合「今の世の中」との折り合いの付け方という問題をめぐって検討を加えているわけだ。中心になるのは、作家でありその著作からも経歴からも作家としての永井荷風の立場に近い吉野紅雨である。後に荷風は紅雨の筆名で記事を書いてさえいる(『近代仏蘭西作家一覧(一)(二)』「三田文学」一九一〇年六月、七月)。紅雨はまた「恍惚」という小説を出して発禁になり、「深川の唄」という小品でヨーロッパ生活で変化した自分の感受性を憂いている。荷風自身の『歓楽』と『深川の唄』を踏まえているのはいうまでもない。その紅雨が物語でもらす一言に注目したい。

思へばこの年月訴へたり罵しつたり怒つたりした其等の煩悶や懊悩は、つまりいかにすれば自分は己の現在に満足安心する事ができるかと夜の闇の模索をしてゐる事であつたのだ。(「十二　夜の三味線」)

この「現在」という言葉は春陽堂版元版『荷風全集』第三巻(一九一九年十二月)では多く「現代」と書き換えられており、その意味で「己の現在」は十五章での「今の世の中」に当たるといえる。ではどのようにこの生きている時空間に関わっているのか、あるいは行くのか。まずはそうした「現在」を語るための時間(時代)感覚を考えてみたい。

最初に登場するのが小山清で、物語の狂言回しとして必要な条件、つまり現在に直接関わる人物として冒頭部分で形象されている。

小山銀行の頭取をしてゐる小山清君は此頃になつてますます世の中を愚なものだ、誠に退屈なものだと感じ出した。(一　淋しき人)

清は今の世の中がくだらなく退屈に思われた。彼は二代目として銀行を守り、そのための仕事として実務より接待に明け暮れている。「人類の幸福、社会の進歩に貢献するやうな事業」を目指すと危険を避けたがる周囲に反対されて、現状維持を余儀なくされる。妻は病弱でごく古風な地味な性質で、西洋風の「女権論者《フエミニスト》」であり「進歩した男女同権の説」を唱える清の相手になれない。歓楽を提供してくれるはずの夜の巷に足を運んでも、「今日の藝者」は彼にとって「徳川時代」の「遺物」であって、「現代的文明の状態には一致しないもの」に過ぎない。彼は徹底的に「現在」と関わらざるを得ず、しかもそれに満足しえないどころか進歩と旧弊の間の幾多の矛盾も感じているのだ。そうした未来の進歩も過去の回顧も無意味としか思えない状況から、少しでも日々の生活に満足感を覚えるべく、清はともに笑い合える仲間を探そうとする。

物語の進行中で清が「八笑人」に加わる仲間に会うときは、いつものうっとおしい現在をしばし忘れるような時間と空間とを持つことになっている。たとえば作家の吉野紅雨に出会ったときは、清は急に夜更けに汽車に乗って逗子の別荘にやってきて、そこで日頃の接待での応接の言葉ではなく、虫の声に耳を澄まし「現在から脱した」(二)ような感覚になっていた。京都で偶然にかつて旅行中に世話になった、商船の事務長である徳井勝之助に会ったときも同様である。「現在」のわずらわしさを忘れさせてくれる仲間に会うためには、清の言う「機会」、すなわち日常の時間の流れを瞬時でも、せき止めてくれる時と場とを改めて持つ必要があったということになる。これが現在に追われる清が、「今の世の中には向かなさう」な人物に会おうとするときの条件であったわけだ。

紅雨の友人で座付狂言作者の中谷丁蔵は「十四五年以上も、全く現代とは没交渉に生きて」いた(五)。そして自分の芝居小屋を「現代からの避難所」といわんばかりにしている(五)。「電車のある今の世の中にも、朝顔日記のやうな扇が取り持つ縁もある。」と（三）、近松の時代物の浄瑠璃話を持ち出して女との出会いを友人の作家吉野紅雨に語るその口ぶりからも、意識的に自分の行動を「現在」に拮抗させる人物ということがわかる。中谷自身の言葉で言えば、「悪意と反抗と冷嘲」の態度ということになる。紅雨の「新しい時代のドラマチスト」（三）になれという勧めにも耳を貸そうともせず、つまりは新しい時代に逆らい、手の付けようのない異分子として存在し続けることに意義がある。そのような位置取りになっている。

もっとも紅雨いわくの「近代主義」に「感染しなかつた中谷君」も、実のところあの「他人と自分と両方に対する二重の意味」を含む「冷笑」（五）を浮かべているのからも解されるように、理想主義者の自分と理想に遠い世の中を二つながらに「冷笑」していた清と同じく、世の中と自分との立ち行かなさを感じていたのは顧みられてよい。中谷の生き方は「今の世」へのこれみよがしの「悪意と反抗と冷嘲」であったわけで、紅雨のイメージする「静な軟な過去」のままではないのである。彼は芝居小屋を「現代からの避難処」といわんばかりにして、「活社会」を意識しながら優越感と劣等感のないまぜになった笑みを浮かべるのだ。勿論これは日常のこわばりを一転させるような祝祭的な笑い声とは、対極にある。つまり「八笑人」たちは「今の世」から自身を守るために、それぞれの場で処世を講じていたということになる。

作家の紅雨は、中谷とは対照的に「新時代の詩人を以て自任」している（五）。「生きて居るかぎり、自分の生きて居る時代の空気を肺臓一ぱいに吸ひたい」と願っている（四）。しかし一方で帰朝後には日本の「新しい時代の新しい凡てのものは西洋を模して到底西洋に及ばざるものばかり」と怒り（五）、絶望していた。紅雨は自著に対して発禁処分を受けてしまっていた。新しい時代を十全に生きて表現したいのにそれが気に入らないものばかりであり、表現しても拒否されてしまうのであれば、確かに絶望するしかない。なぜこのような矛盾が起こるのか。それは彼のいう新時代が実は「西洋」に範を置いており、しかも日本の現在に見られる「西洋」の模倣とは異なるものだからである。紅雨は父の命でアメリカにわたり、ついでフランスに移った。パリでは「ボヱームの生活を味はつて半分病気になつて帰つて来た。」とある。この病気とは放蕩生活による不適応のみを指すのではない。生き方の根本に作用して彼に変化を齎していたのだった。それは紅雨の清に向かって述べた次のくどきの言葉から判る。

近代主義《モデルニテエ》と云ふ熱病《マニヤ》は『君は決して後れて居ないぞ』と云ふ空虚な夢に浮かれさして呉れるけれど、同時に又『後れたら大変だぞ。』と云ふ不安を休む間なく与へる。私はこの熱病に感染しなかつた中谷君の身の上をば、いつも幾分の嫉妬なしに眺める事が出来ないのである……。（一四　深川の夢）

「近代主義《モデルニテエ》と云ふ熱病《マニヤ》」はまた「自我の意識を必要」とさせ、「自己を尊重する」ことを要求するという*12（四）。その結果、紅雨は初めて清にあったときに語ったように「『死』を前にして、せめても此の瞬間の快楽を歌ふ」ことを人生の唯一の慰めと考えるようになった（二）。すなわち、生に始まり死に終わる個人の人生を直線的な時間のイメージで捉えて、その中で常に意識的に瞬間の充実を図ろうとし、それを作家であれば、個性的な表現に移し変えようとしているというわけだ。だが「近代主義」によって、きわめて刹那的で強迫的な苦渋に満ちたものになっているのである。個人の時間は時代の一方通行の時間の流れに組み込まれていて、それを紅雨は「滅た時代の思想をば、押移つて来た次の時代の思想から振返つて見た時」という言い方をしている（四）。進歩すべくひたすら前進を強いる時間感覚になっているのだ。紅雨自身、常に新しい「瞬間」を追う生き方に疲労している。先の引用に見られるように、現代から意識的に背を向けた中谷をうらやみ若き日を顧みては、「かの静な軟な過去の時代の居心地をも忘れる事が出来ない」でいる。紅雨は新しくあろうとする「近代主義」の立場をとり、同時代の日本がいまだ西洋に追いつけずに西洋の手前にいることに怒り、しかも過去にも戻れないことを嘆くのである。

ところがそうした彼が正月に中谷の家に立ち寄った折、そこに幸福で調和のある雰囲気の家族の肖像を見出した（一七　正月の或夜）。具体的には中谷と妻のおきみの三味線に合わせて娘のお蝶が踊るのを見たことによる。紅雨によれば、この一家は「滅びた江戸時代と腐敗した花柳界」に「感染」している。「感染」という語から江戸時代の雰囲気やそれを色濃くとどめる花柳界とその周辺に生きることと、「近代主義と云ふ熱病」とは交換可能なものに受け止めているのがわかる。近代から見て悪でも、紅雨はこの一家に、同時代の東京に調和した美しい過去の世界が生きているのをあるいは生きうるのを確認する。

外国航路の汽船の事務長である徳井勝之助は、いわゆる悪場所で過去にひたって生きる中谷とは対照的な、「近代主義」の健全な一面である個人の尊重を具現化したような人物に描かれている。勝之助の父親は実業界の実力者であったが、彼はどうしても父を尊敬することが出来なかった。父親は封建時代の人であり、自分は「父と同時代の人々が改造した新しい時代から生れ出て、更に又変つて行かうとする次の時代に移るべき人である」と言い放って、自分と父との衝突はすなわち「時代と時代の軋轢」であると説明する(九)。彼はかし子という藝者との一件から日本の家族本意の体制に反抗して、よしんば革命を待っても、到底それは実現し得ないものであると諦めた。これは主にかし子が親や雇用者への義理一方で勝之助との新しい生活に踏み出せなかったことによる。絶望のあげく十年一日のごとく海上に漂う身となった。その理想主義は常に挫折を強いられ、結局実現には早すぎた理想をかかえたまま「今の世の中」から遠ざかるしかなかったのである。勝之助によって、西洋流の思想上の進歩を日本にあって期待するのがいかに困難であるかがはっきりとした。「十一　車の上」の章で、紅雨と別れた後、高輪にある親の家に行く。しかし中に入れずに外壁を眺める。彼の身の置き所のない切なさはこの姿によって示される。同じく花柳界の女性と親しんだのであっても、家族で踊りや唄を楽しむ中谷との違いが殊更際立たせられているようだ。

ここまで『冷笑』の主題を整理してみよう。日々直面する現在の状況から逃れる機会を作ろうとする清の立場と、現在において一瞬の快楽を求めようとして得られないでいる紅雨の苦しい状況と、現代から時代錯誤的に逃れる中谷と、距離的に逃れる勝之助のそれぞれが紹介される。ただし過去からの連続が実感されたとき、「現在」の世界も幅を持ってくる。七章の時点で紅雨が「此が『東京』と云ふものだ。此が『今日』と云ふ時代と生活との代表者である。」

と改めて今・ここの状況と向き合う姿勢を見せる（七）。この時に得られた認識が「過渡期」であり「過渡時代の空気」であった。日本の現代を未だ西洋にあらざるもの、と未来の視点からのみ判断するのではなく、同時に江戸の調和と美の残る「過渡期」ととらえるようになる。このときには、寧ろ「滅び行く時代の殿」（七）となったデカダンスの詩人たちを羨むのであった。そして紅雨の「近代主義」からの方向転換が始まるのである。

ここで物語が、複数の登場人物によって問題を多角的に展開させていく方法から、一旦紅雨に焦点をあわせて「過渡期」等のキー・ワードを出していったのは、ここに人物形象や語彙の面で他のテクストとのインターテクストがあったからと考えられる。そのプレテクストというのが、ゾラの長編小説『制作（傑作）』である。『居酒屋』のジェルヴェーズの息子のクロード・ランティエという絵画革新の理想に燃える青年画家が主人公で、彼の妻になる女性クリスティーヌとの出会いから官展での落選を繰り返し縊死を遂げるまでの約十五年間が書かれており、クロードの結婚生活と藝術家を志す多くの友人たちとの交流が、横糸に織り込まれている。

『制作』が、荷風の渡米以前からの愛読書であったことはすでに見た。従来、荷風はゾラの影響を強く受けて後にゾライズムと呼ばれる一時期すらあったものの、アメリカ時代にモーパッサン等に関心が移ったというのが定説になっている。だがこの藝術家小説に限っていえば、影響は悲惨な生涯の徹底的な描写や遺伝と環境に基づく物語展開とは別の部分で、荷風の脳裏に刻み込まれていた。『ゾラ氏の『傑作《ラーブル》』を読む』では、作家のサンドという人物が主人公のクロードと議論する場面について、「彼が屢クロードと相論ずる談話及び其の柩を送る時ボングランと談ずる話片等によりて、又容易にゾラ氏が抱ける自然主義及作物に対する抱負の一般を了解し得るなり」と関心を示していた。そして棺を見送る十二章の場面で語られる時代認識、世代認識が『冷笑』に反映しているのである。

ここには先に紅雨が「熱病《マニヤ》」（仏語原文での fou や folie の英訳での言葉）を説明したときの語彙が揃っている。サンドいわく、自殺したクロードは「モデルニテ」に夢中になっていた。ただ彼もひとつの時代の犠牲者なのであり、自分たちの世代はロマン主義にすっかり浸されて、厳しい現実の水をくぐっても無駄であったという。すぐ後のボングランの言葉によれば、サンドらは反抗する息子たちであった。またゾラに限らず世紀末において「モデルニテ」すなわち近代性（現代性）はキーワードであった。つねに新しくあろうとする苦しみはサンドによれば神経を乱し、人をノイローゼに追い込む。藝術は混乱し、自我にこだわり、でもかつてほどにものが明瞭に見えているわけでもない。これが紅雨が勝之助と自分をさして「世界の十九世紀的、反抗的、厭世的の思想」によって、「唯々『新し』くありたい」（十三）と願うようになったといったその発想源であろう。「吾々はみんな不幸なる過渡期の病児だ」（十二）という紅雨の認識も、世代間の問題としてとらえていく考え方も、この箇所を受けていたと考えられる。以上のような考え方が両作に認められるのだ。それではそれをいかに時代の文脈で位置づけて展開させていくのか。

ここでゾラの長編のほうでは une transition（過渡期）、『冷笑』でも「過渡期」という発想が出てくるのに注目したい。ただし『制作』の場合では目下は始まりであって、科学の理性と確かさに向かっていくことが予定されている。小説家のサンドは、真実と自然とが藝術創造の基盤になると述べているのだ。今後の自然科学の有用性が信じられているのである。『冷笑』では「大いなる真理」の前には自己が没却されてしまうにも関わらず、「自我の意識を必要とするのは」「近代主義」という熱病のためであり（四）、それと交換可能な「調和と静寧の美」のある過去の発見に向かっていく。ベクトルが逆なのである。しかもその根拠として考えられているのが「郷土の美に対する藝術的熱情」ということになっていて、さらにその根拠にしているのが、思想の奥底に根ざす「伝説の力」であるという（十二）。荷風のよき相談相手であった上田敏は「郷土藝術《ハイマアトクンスト》」について、欧州文壇で勢力のある傾向と述べており（『西遊印象談』「早稲田文学」一九〇八年十二月）、荷風は彼との対話を通じて「郷土の美」への藝術的な情熱を重んじることなどに確信をえたように思われる。この「伝説の力」は、「遺伝的思想の修養を経てきたものの心」にしか理解できない「暗澹たる東洋的悲哀」の感覚という。そして紅雨はゾラの次世代の作家たちのユイスマンスやレニエなどの過去を尊重する傾向に注目するようになるのだった。勿論この変化は、荷風がフランス文学史を進歩史観で理解していたからではない。理屈で理解する部分と感受性のレヴェルで納得するのと二つの要素があった。このような過去への遡及には、「過渡時代」「近代主義」「郷土芸術」といったキー・タームによる認識以上に、何よりも感性レヴェルでの親和があったのだ。それを次に見なければならない。

この感性をめぐる問題を、状況と音楽という補助線から考えていく。それは荷風の指向性の変化がもっともよく現われているのが、その場の雰囲気を効果的に高める音楽への指向性の変化にあるからである。しかも『冷笑』でもサウンド・スケープといってよいほど、音が特色ある景観を構成する要素になっている。そもそも二章での紅雨が銀行家の小山清に出会うきっかけが、虫の音という音への感覚にあった。清にとっては日頃の時間から解き放たれた場所であったことは先に見たとおりであるが、これは同時に作家と銀行頭取という異なった世界の二人が結びつくのに、感受性面での一致を確認しあうという設定にもなっていた。言い換えれば思想面ではもとより周囲の状況、なかんずく心地よい音の響く空間、そこでなにがしか気分よく思いを馳せることの出来る空間に対する感受性が、この物語では重要なのである。

まず清が逗子の別荘行きを思い立ったのが、「交際の煩瑣」に倦み、「唯だぼんやり波の音、松の響に心をすまさう」としたためであったと書かれている（二）。ただしこの時の彼が「応接と交際」のおしゃべりには飽きていても、なお女中たちの「たわい無く笑ひ興じて居る其の声」を耳にして羨ましく思い、「笑ふ友達」を求めるようになっていたことを考え合わせると（二）、清には物語の進行役として「八笑人」を集めると同時に、日常を越える笑いや虫の声といったものを求める性質が付与されていたことがわかる。そしてその感性と響き合う仲間が「八笑人」になるのだ。

紅雨に出会う逗子での場面では、清は一旦「夜の静寂」に身をおき、聞き慣れない鶏の声や鑿を遣う音などで目を覚ましたところで、一人海岸を歩き、「現在から脱した」感覚で虫の声に耳を傾ける。ここで『冷笑』には少ない自然描写がなされているのだが、清は日常から離れた音を聞くことによって、冷たくこわばった自分の感受性の回復に努めていると読める。そして物語は冒頭より清の心内語によりそい、外界の音への指向性を示し、その音を媒介にして日常のとは異なる言語、すなわち紅雨の長い一人語りを組み入れていくのである。

紅雨と「今の世」との関わりも音への感性を通して語られる。この場面では、晩秋の虫の声を聞きながら南仏にでも行ったようだと言うその受け止め方が、清の関心を引いた。二人とも明治の日本の現在から離脱した佇まいになっている。紅雨の瞬間的快楽を求める性情はここで披露される。同時にこうした快楽を欲する感受性自体、官憲やさらに広くいって社会の基礎となっている「東洋的思想」なるものからの反発を招いていることも知らされる。彼はその奔放な作風のために発売禁止処分を受けた作家だった。ではなぜこのような作風になったのかというと、「欧羅巴の空気に触れた」ためであり、「耳新しい種々な響は此れまで保つて居た私が思想の秩序を滅茶滅茶に覆して了つた」(四)のである。これが「静な軟な過去の時代」と対置されている。

「近代主義」は洋行体験の有無に関わらず影響が及んでくるものだろう。しかし紅雨の場合、ヨーロッパでの生活と切り離せないでいるのが特徴的である。先に指摘したゾラの藝術家小説での近代認識が反映しているからである。『冷笑』で「近代主義と云ふ熱病」は「君は決して後れて居ないぞ」と「浮かれ」させ、「『後れたら大変だぞ。』と云ふ不安」を与え、「自己を尊重する」ことだと説明される。この熱病にかかった紅雨は、歓楽ひとつにしても「死」を意識して刹那的感興になってしまうように、常に逼迫するものとして時間と自己との対立関係を意識せざるを得なくなっている。また紅雨がヨーロッパで送ったという「技巧的な刺戟の生活」は「パルナス派当初の詩人がやつたやうなボヱームの生活」であり、それによって絶えず「色と響に飢ゑ」るようになった。こうしたことは彼の藝術家の気概を支えるものでもあるが、一方で清への語りの口吻にはそればかりではない、自分の感受性の変化への後悔も除かせている。もしこうした経験がなければ、彼は友人の中谷の如く二十歳の頃そのままに、今日の日本にあって満足を得られるはずだからである。

中谷は紅雨に江戸音曲の価値を説き、紅雨は「新内とラッパ節とを比較研究するの勇気」を持たないと清に書き送っていた(二)。文明開化以降の安易に西洋化した日本の音楽は受け入れられないということだろう。つまり紅雨の言葉で言うならば「俗謡すら、今日のものは江戸の其れに比較する時は著るしく藝術的価値の相違を歎ぜしむるのみ」

とあるがごとしである。実際紅雨は一時は非愛国主義者といわれるまでに現代の日本を罵ったとある。けれども彼は、現在を過渡期ととらえ、過去の美が足元になおも存在することを認めえた。ただし西洋の文化によって徹底的に感受性が変化したものにとって、この三絃の世界に近づくのも容易ではなかったのは先に見たとおりである。

物語ではすでにこの問題を解決しようとする道筋が出来ている。一つは、紅雨が中谷の世界をその内部からではなく作家の興味から観察し、ヨーロッパの画家の藝術運動と等価にみて理想化を試みる方向である。これによって、中谷のように過去に戻って閉じこもるのではなく、あくまで現在を生きつつ冷笑的にではなくそれと関わりかつそこの残る過去の文化を掬い上げていく方向である。このような態度は「五　二方面」の章で、彼が中谷と帰国後に再会する以前に、すでに彼なりに日本の過去の文化を建築空間から見直していたその態度からも示されている。芝の徳川の霊廟や向島、「亀井戸」(亀戸)の神社に美を認め、メーテルリンクやレニエの作品、ルイ王朝の文化を想起し、そして旧時代の遺物を崇拝しながらのそぞろ歩きがパリでの散歩に匹敵すると考えた。もっともこの評価はあくまでゴンクール兄弟やワグナーなどの、過去の藝術家への憧憬と崇拝とを意識したものである。紅雨はまた中谷の楽屋を「藝術家特種の興味」から観察し(三)、戯作者の仕事をミレーの民衆藝術と比較して意義を認めていた。こうした外からの視点で「もう二度とあの当時のやうな張詰めた感興で、深川の水と島田の娘を見る事ができない」と言い、「十年前の私の身の上を、今の私が泣く」というあの違和感からの嘆きがあっても(四)、近代の熱病に罹った作家の赴くところとして過去と向き合うのだから、過去の自分との分裂があっても問題はない。

とはいえ、このような一見理屈先行型の理解や自己のよって立つ位置の規定で、すっかり問題を解決しえたわけではない。「二十時代の過去を思ふともなく回想するにつけ」紅雨は「旧い時代の遺物には捨てがたい懐しさと、民族的特色の崇拝すべきもの、存在せる事を感じ出した」とあるのだ(五)。後半の民族的特色を崇拝する心はむしろ先のワグナーやレニエの立場に近い。が前半で言われている「懐しさ」の感覚はそれとは異なる。「懐しさ」が記憶に基づく感覚であることは言うまでもない。そしてこの記憶は優れて体験的であり、対象との濃密な親和性をうかがわせるものでもある。身体論を援用すると「表象的記憶（想起的記憶）」は「身体的なものを基盤とした感性的なものであり、その表象やイメージの全体性を支えているものは他ならぬ身体＝精神的な統合」になる。[*13]「懐しさ」とはだから、視覚優位の観察とは異なる、感覚相互による対象の再把握と言い換えられよう。

そこで物語は情熱と冷淡の生活から、紅雨が江戸の異物に感じていた「懐しさ」の感覚を支柱にして、その懐かしい時代の中心にあったおきみと、おきみを中心とする「正月の或夜」の中谷家へと舞台をめぐらす。ここで紅雨はやはり音への感性から新たな世界との結びつきの一端を見出したのである。

初卯の夜、中谷家ではおきみの三味線に合わせて娘のお蝶が舞った（七）。この場面で紅雨が中谷一家に見出したものが、「欧米の健全なる家庭に見た如き、幸福と調和の美なる生活」ばかりではなかったのが注目される。これだけであれば、象徴派の泰西詩人の眼であるいは勝之助のような理想主義の眼で霊廟を見たのと変わらないであろう。彼は音楽のある家庭の背後に、「例の美しく懐しい哀愁の恍惚」も深く感じている。それは紅雨の「快楽満足の感動の底にも」「大きな悲哀」を感ずる性情によるものだが、この前の章で語った死を前にしての歓楽の絶唱といった感覚が刹那的なデカダンスの境地だとすれば、この狂言作者の家庭には「例の」と言いながらも、懐しさの感覚も別に覚えているのである。これは清に説いた「空想と酒と音楽」の交響を求め、「女と男の恋、其れが運命の定らぬ波浪《なみ》に揺れて行くやう」（六）と西洋音楽の三部合奏を聴く感受性からは遠い。

紅雨にとっては幾度となく訪問していた中谷の家だが、その暮らしぶりが「七　正月の或夜」の章で描かれる必然性は、この音楽に包まれる雰囲気を味わうためにあったといってよい。『冷笑』の作品内の時間は執筆直後とほぼ同時期に設定されており、七章は一月九日から十三日に掲載されている。荷風は正月と言う時節を生かして下町情緒と月並みの年中行事を十二分に書き込み、中谷の妻のおきみに久々に三味線を取らせ、娘のお蝶を舞わせたのである。このような機会に紅雨が中谷家の昔ながらの様式化した暮らしを体感することで、その反応は楽屋での「藝術家特種の興味」という特権的なものからそれ自体への参入に向かい、西洋音楽の刺戟に慣れた感受性や生活の意識も一方で「過去の時代」に近づき、懐かしさの感覚すら呼び起こさせるのである。

またしても聞える義太夫の流しに声色遣の拍子木、やがて隣の二階で二上り新内を唄ふ女の声。紅雨は音楽の力を非常に鋭く感ずる性質だけに、過去の時代に生れた其等の曲調が、過去の時代に対する懐しさを、今夜は自分ながらも不思議と怪しむほど深く強く感じさせるやうな心持がした。(「七　正月の或夜」)

ここで紅雨には、清が逗子で「現在から脱したと云ふこの感覚」(二) を得たときと同様の状況が用意された。紅雨は「自分の生きて居る時代を意識させる周囲の生活から一歩離れた別の世界」(七) に行った気分になった。深夜の大川端で橋の欄干にもたれて年中行事を組み入れた生活に流れる循環する時間を、彼は自分の内部にも感じ取ったのだ。この感覚は、外部のまなざしで過去の遺物を評価するのとは根本的に異なっている。しかも音や空気、色彩に官能を呼び覚まし、異性を求めるのとは全く異なり、一つの絵画あるいは場面として鑑賞できるのである。あたかも『すみだ川』の下町の少年長吉が人情本の世界を想像したように、惑溺するのではないがその世界に限りなく近づく。人間が新たに異なる文化を摂取する場合、もっとも早く順応できるのは視覚藝術であり、聴覚藝術である音楽ははるかに遅れるといわれるが、紅雨はこの時点で義太夫や新内にも「懐しさ」を感じるようになった。あの深川で恨みの節に泣けぬ自分を泣く紅雨では、なくなったのである。さらに水、夜、歌ということで言えば『黄昏の地中海』で自分の思いを託すことの出来なかった絶望が、解決をみたということになる。一年かけてようやく日本が身体に馴染み、かつ日本らしさという文化性をも含んでの対峙の仕方がつかめてきたようだ。

中谷家を出た紅雨は、両国橋から眼前に広がる「都会の影」を見つめる。それを「此が『今日』と云ふ時代と生活との代表者である」とする見方は、現在という時間を極度に意識する「近代主義」からのものであろう。しかしながら「深川の唄」を書いたときには「滅た時代の思想をば、押移つて来た次の時代の思想から振返つて見た時」の立場を記していたものが、ここでは自己の位置を「過渡時代」と捉え、泰西詩人の「滅び行く時代の殿《しんがり》」となる運命を羨ましく思い、今度は自身が日本でその立場をとろうとするのである。紅雨と江戸時代との距離は確かに狭まり、趣味や批評的関心とは異なる関係が生じつつあるのだといえよう。感受性からの親和と時代の把握の深まりは、次の段階を待ち受けているのである。

過渡時代の光景

十一章まで『冷笑』の物語は四人の同時代の社会に満足できない人物を登場させ、それぞれの孤立の状態を明らかにし、対する社会が「過渡時代」であり「近代主義」でもってその時代と併行して進み、理想を現在と未来に求める限り孤立と無力感を強いられるという認識を強くしていく。清の冷ややかな生活と紅雨の熱狂的な刺戟の生活から、初卯の風をよそにする暖かい中谷とおきみの家庭が描かれ、さらに徳井勝之助の「私と父との衝突は時代と時代の軋轢」というひび割れた家庭観を通して、同時代を新旧の対立する混沌と捉えたとき「新」の敗北は明らかになっており、むしろ対立の考え方自体を問い直す方向が示されてくる。世の中への彼らの不満が作者の荷風の日頃の「批評」と「嘆息」の代弁であるとすれば、時代認識とそれに対する自覚や紅雨の変化は、『冷笑』を書き進めることで得られたものだと認めうる。そして現在と未来の閉塞した状況といまだに残る江戸以来の生活様式に気づかれたとき、状況を越える可能性は、なんらの批評意識もなく旧弊な生活に生きているおきみのあり方に、「懐しい」美を見出しつつある紅雨の上にかけられてくるのである。

そこで「十二　夜の三味線」の章が大きな意味を持ってくる。清や勝之助との交流から「吾々はみんな不幸なる過渡期の病児だ」と絶望した紅雨が、ここにいたって一挙に自分の日本の現状に対する「煩悶や懊悩」を「思へばこの年月……事であつたのだ」と過去のものに相対化する。そして「滅び行く時代の殿」になろうとして、いわば積極的に遅れをとることで、「近代主義」から逃れようとしたとも言い換えられる。

この夜、紅雨は偶然聞こえてきた花柳界の女たちの歌声に、以前は相容れなかった「東洋思想」の根本を聞き分けていく。「深川の唄」に日本の音楽を昔の心持で聞けなくなった嘆きを綴り、三部合奏に空想と情熱とをかき立てていた彼が、日本の音楽に溶け込むには、まず西洋の詩人の視点から江戸の美を発見し、さらに狂言作者の音楽のある家庭によって懐かしさの感覚を呼び覚ましていく必要があった。その上で彼は改めて日本の音楽の意義を西洋音楽と比較対照して、前者のもつ「東洋的悲哀」を日本人の遺伝的必然性で以て承認する。それはおきみが自然と身につけていた「東洋の藝術」が教える「忍辱の悲しい諦めと解脱の淋しい悟り」であり（十二）、紅雨はその心情を半玉の清元から聞き分けるのであった。

こうした一見不器用に江戸の文化に近づいていく様は、結局のところ紅雨のいう「過去の追慕」が決して衒学趣味からのものでも、西洋文化の代償でもなかったことを示していよう。目指された過去の文化の延命も、直線的な時間の流れに即して過去を再発見するのではなく、経験的に現在に残る過去の部分を捉えなおし、そのことによって自らの現在を豊かにする方向が意図されている。むろん同じく過去の美を愛するにしても「異を好む情」から「異邦と過去とを愛慕する熱情」を育み、「人生に対する享楽主義《デレツタンチズム》」を持つに至った上田敏の『うづまき』（「国民新聞」一九一〇年一月一日〜三月二日）の主人公の牧春雄の場合とは、根本的に異なっていることをはっきりさせておくべきであろう。

そしてやはり邦楽と洋楽の違いに関心をもっていた荷風は「要するに音楽ほど思想感情を現はすものはない」（『音楽雑談』「早稲田文学」一九〇九年六月）と、エッセイなどに民族の性格と音楽の特色の関係について書いていた。『帰朝者の日記』で「三絃とピアノ」の間で悩んでいるうちに「日本人には Originalite がなかつた」（二月五日）といささか安易な結論が付けられてしまった。それが数ヵ月後執筆の『見果てぬ夢』では藝者が「新内の流しが、太い一の糸の響の間々へと、上調子の殊更細い三の糸を響かせ」るのに促されて昔語りを初め、これも作者の分身とみなされる男の「人はやがて寂しく首を垂れて、まゝにならない浮世だと云ふ最後の言葉を繰返す為めに、泣き、笑ひ、怒り、また狂ふに過ぎない」という小唄の文句にも似た人生観を引き出す導入にしている（十三）。邦楽を積極的に物語に取り込むことで、登場人物のいう「詩的哀愁の情」を表現したということになる。このように「三絃」を優位とした『冷笑』の十二章での、三味線を背景にしての紅雨の独白は、両者が合致をみた一つの到達点であったと考えられるのである。地の文からは「紅雨は……つた」のたぐいの構成の文が減り、代わりに東洋の藝術についてあたかも浄瑠璃の三味線を背景にしてのくどきのように、感想と地の文の背景の音楽とが渾然としてくる。「十二　夜の三味線」の章では次のような文がある。

東洋の藝術は皆忍辱の悲しい諦めと解脱の淋い悟りを教へてゐる。人は余りにかゝる比較の突飛なるに呆れて笑ふかも知れぬ……そら今現在半玉が藝者家で稽古してゐる江戸遊里の情を写した清元の一曲。／「腕に二世と堀の内。苦界の中野たのしみも、今はせかれて逢ふ事も、たま玉川の流れの此身、かんにんしてとばかりにて後は涙に声うるむ……。」

紅雨の言葉が地口をまぜた清元の詞に重なるべく古風な言い回しになっている。フランス語の詩の原文の引用から随分隔たったところに来たようだ。この同じ場面で比較しているワグナーも「吾等の祖先が興した音楽」の特色を際立たせるための一例であって、紅雨と江戸音曲の親和性、遺伝的必然性を裏付けるものになっており、ちょうど裏町の「細い糸のささやき」に対する表通りの「新しい福音の鐘の音」に相応するといえよう。この種の三味線のアナロジーを「文明の汽車の響の凄じい線路の土手にも、草の葉蔭には猶蟲の音の聞かれると同様」と紅雨は言うが、続けての「其れに少時《しばし》耳を傾けよ。」という地の文は、まさしく聞くことによって、現実の時空間とのゆがんだ関係を修正しようとする『冷笑』の物語の流れが呼び込んだものといえよう。この章で、物語もそれを綴ってきた作者もようやく「文明の汽車の響」を手放して、自分の感受性を感想と音楽の交響する境地を具体化しえたようである。そして日本の音楽が表す「悲しい諦めと解脱の淋しい悟り」を聞き取り自分のものにし、「沈黙」でもって「悲哀の存在を承認」すると紅雨は心に決める。それは日本の藝術家としてのアイデンティティの確認にもなったであろう。この章がとりわけ荷風に愛されたゆえんである。[*14]

しかしながら物語は、ここで結末を迎えることを許されていない。生きる方向の転換と書くことの転換とは不可分なのであり、「沈黙」はありえない。とはいえ紅雨の語る郷土藝術の実践については、祖先からの「伝説一方に頼るには余りに其の力の弱きを気遣ふ」(十二)とある。ならばどのような「郷土」の空間が考えられているのか。分身である他の「八笑人」たちも看過できないだろう。『冷笑』は今度は紅雨の得た自覚の次元から、「今の世」を受け止め語り直していくのである。

翌朝になる十三章では、雪の庭から北米時代を思い出していた紅雨の耳に、老父母の話し声が聞こえてくる。そこから「甘さ暖かさ哀さ」を聞き取るのが「今日初めて」というのは、彼が以前とは異なる感受性をもつようになったことを示している。それはまた「民族特有の物語を子孫から子孫に伝へて行く」声、「この世に最も懐しく最も美しい」声でもある。聴覚体験から月並みな「身体にかかわるとともに集団的、社会的な」「想起的記憶」をよみがえらせているのだ。[*15]「伝説の力」はこうした声に潜むのであろう。紅雨はこの「主張」も「説明」も「断定」もしない声に感動し、ついで老父母の睦まじい様子や幼い頃の雪の庭を思い出す。声の響が一つの情景シーンを記憶から立ちあげたのである。それは欧米の「熱情」の生活から、穏やかで懐かしく感じられるものの方への移行も表している。「否定と破壊を叫んだ人の声の中にも自と又更に新しい暖かみ軟みを求める声が聞かれはせぬか。」と紅雨は考えており、こうした文を綴る作者の方も、同様に「調和と静寧の美」なる音に聞きしれるのを願っているのではなかったか。

ここで新しい情景が描かれる。正月以来会わずにいた中谷から手紙が来て、彼のいる待合で紅雨は今度は芝居小屋の時とは様子を異にし、聞く人となって鶯の声や長唄の声、女たちのこの社会での旧い文句の掛け合いに「いつも極つた」たわいのない世間話を辿ることになる。これが「郷土」の空間の一つになるわけである。「今の世」の中で、『すみだ川』での表現を使うならば「人情本の挿絵」のうちにでもいるかのようである。中谷も屈折した笑いを忘れている。こうした「主張」も「断定」もない、芝居の背景を彩る効果音にも似た声や音の中で、紅雨は「漫画の趣味」（北斎漫画のようなスケッチだろう）から窓外の光景をほめたものの、「そんな事と気付かう筈のない女中」の笑い声にかわされるのだ。聞くこと見ることへの意識的なこだわりすらこのように退けて、荷風は『梅暦』風の古い物語を髣髴とさせる待合の雑然とした音声を主役とすべく、三章とは描写の視点を変えているのである。

もっとも作家の紅雨はこの日の感動を日記に書きとめ、次の言葉を付け加えるのを忘れはしなかった。思想よりも「近代詩人の鋭き官能」を、「主義《イズム》」より「郷土の空気に対する敏活鮮明なる感覚に触んと欲するのみ。」と付け加えるのを忘れなかった。これでは主張や断定をしないことを、書くことによって主張し断定しているのに他ならない。紅雨の変化に伴い語ることより聞くことへと物語の位相を変えながら、当初の「八笑人」の会に向けて自己の閲歴や考えを主張するという方法でもってその変化を記してきた、その手法ゆえの矛盾であるといってよい。「八笑人」である紅雨がそして荷風が「東洋思想」の作家になるには、もう一段階、おきみなど藝者のいる室内空間以外の具体的な場やモデルが必要なようである。

そこで南宗画家の桑島青華の元に紅雨を訪問させて、「八笑人」に加える。一九〇〇年のパリ万博に出品したという桑島の経歴は、伝統的な教育を受けた日本画家として始めてパリに遊学した渡辺省亭の例もあり無理ではない。省亭は一八七八年のパリ万国博に出品していたし、荷風はセントルイス万国博で作品を見ていた。中谷のように現代の日本に嫌気がさして江戸の雰囲気に立てこもるのではなく、一旦外の世界に触れた人物が必要だったのだろう。桑島は紅雨の父によく似た生活の定式を持つ人物であり、現在の世の中には確かに向かない人物であるが、かといって自分の立場を主張することもなく、伝説そのものではないが漢詩文や日本の古い文化の世界を基調にして生きている。中谷にあった悪場所である花柳界がもたらす世間との摩擦などはなく、ただ循環する季節と定式に順ずる点でのみ一致している。文人桑島の生き方を「慕《したは》し」いと感ずる紅雨にとって、後の清との会話からしても、この桑島の境地は理想的なモデルになっている。それは彼のものの見方にも変化を与えている。つまり桑島の屋敷に向かうときと、そこで過した後とでは風景の見方が異なっているのだ。
往路では紅雨は製造所や煙突で「俗化され」た隅田川の風景を、江戸の小唄やセーヌ川への思いから「実景よりも更に美しく、自己の趣味に適合するやうに」描き出していた。「郷土の美に対する熱情」から「懐かしさ」の感情を梃子にして、江戸の様式美が浮かび上がるのだ。けれども帰路ではそのような想像力の働きすらも必要がなくなり、今戸八幡、五重塔、観音堂に鰻掻きの小舟と、江戸名所図会そのままに川岸の風物が辿られる。

と、日輪が低く落ちて行くに従つて次第に濃くなる夕暮の水蒸気は、いつか今戸の方の河上一体の眺望を悲しい灰色の一抹に隠してしまつたが、直接に夕陽の光を受けた吾妻橋の方は火事の夜の空を見るやうに紅に美しく染めなされた。正面の待乳山と今戸八幡の落葉した高い木立は空に漲る黄昏の光に丁度大きな蜂の巣のやうに見え、浅草の五重の塔と観音堂の屋根とは人家の家根の上に際立つて遠く淡《うす》くなつた。やがて桟橋の縁を掠めて独木舟のやうな形した鰻舟の過ぎ去る行方を見送つた時、紅雨は河上の霧の中から現れ出る汽船を認めたが、何を考へるともなく最少し此処に斯うしてゐたいやうな心持がした。(「十四　梅の主人」)

静かな風景である。汽船が過ぎても紅雨の鑑賞は乱されない。世間の動きとは無関係に漢詩の世界を庭内に再現させる桑島家では、その月や花への興味も「月花を吟じた個人の詩句の記憶と回想によつて初めて呼起され」ていた。これは紅雨の父と同じ類で、日々逍鷗北や白居易の詩句を樹木風物の鑑賞の言辞とし、また行動の規範にもしていた。紅雨も桑島の庭を後にして、「郷土の美に対する熱情」すら改めて奮い起こす必要もなくなったように、ごく自然に風景と、それを語り継いできた月並みな視線を結び合わせる方向に傾いてきたのだ。もとよりそうした熱情も「郷土主義」という主義に直結するものであれば、この時点ではそれすらことごとしいものに思われてくるのかもしれない。「沈黙してかゝる悲哀の存在を承認」するためには、大川端の桟橋で名所の美を追う紅雨の心内後がそのまま隅田川河畔の道行文になっていることからみても、作家の感受性と教養で以て、現在の風景から過去の美を切り取り再構成すればよいのだろう。そして父や桑島のごとく過去の言葉で過去に美を語る術artを、紅雨すなわち紅雨の心内語を地の文に組み込んだ荷風が得たこの場面を区切りに、『冷笑』では登場人物相互の自己説明が終わり、物語の締めくくりを迎えることになる。

最後に設定されるのは当初の物語の方向に従い「八笑人」の会になる。ただし今回は互いの思想の一端を口にするのでもなく、やがて会は欠席者二人の代りに据えた、聞く耳を持たぬ人形二体を「吾々の名論卓説を傾聴させる対手」にみなして、乾杯する運びになる。そして批評も主張もない、世の中を自己の理想や主義に照らさない穏やかな生き方を、紅雨のみならず他の人物たちも桑島の生き方を話題にすることによって再認識しあう。そして彼らの言葉は発することも受け止めることにも虚しくなってしまうのである。乾杯のために室内に入ろうとする彼らの耳に、表通りから聞える火事の半鐘は届いていない。「今の世の中に向かなさう」と自分たちを説明する「八笑人」たちは、「今の世の中」とのかかわりを遮断して自分たちだけの享楽の世界に入り、世の中に向ける言葉を閉ざし、『冷笑』の物語は終わる。

このような結末をみせた『冷笑』以降、荷風は物語で提出した紅雨の案を一層おし進めて『王昭君』(『中央公論』一九一〇年六月)、『平維盛』(『三田文学』一九一〇年九月)など東洋の伝説を素材にした物語を書いていく。その一貫したモチーフが諦めであり、悲哀の情であったことはいうまでもない。西洋音楽の嗜好と創作を「うたう」ことと同義とする姿勢とは、「官能の刺激に対する欲求」に基づく点で根本を同じくしており、「此の瞬間」という現在と自己との関係の重視を導いていた。これが同時代の風物に感慨や批評を投げかけて止まない帰朝前後の荷風文学のスタイルになっていた。ところが日を追うにつれての日本音楽への指向は、自己が過渡期にあって過去から連続した存在であることを思い出させ、清元がそうであったように、「東洋的悲哀」の形象のために、過去のものを過去から伝わる月並みな言葉で語ることをもって創作とする道を開いたのだった。またそこにワグナーの楽劇を愛し、日本人藝術家として民族の心情を反映した音楽と作品との一致にこだわり続けた荷風の姿があった。『平維盛』はその自然な帰結であった。しかも戯曲の形式をとっているが、主要人物の内面の動きより古風なやりとりがかもし出す雰囲気を描いている。発表当時の評判はよくなく、「維盛の独白は読んだ時にも聞いた時にも、ただ漠然たるムウドを呼び起した他に何らの刺激をも与へなかつたと云つて好い位である。確かに全体を通じて強烈な刺激はないのだ。」（哲郎『戯曲『平維盛』』「新思潮」一九一〇年十月）という感慨は、わたしたちも持ちうる。

一言でいうとこれらの作品は緊張感がなく面白みに欠ける。クラシックを尊重するといってもクラシックの物語の枠組みに収まりきっていて、人物が凡て後ろ向きの姿勢でいるのでは、訴えかける力をもてないのだろう。『歓楽』でのような「ただ目の前の快楽を歌っていたい」という勢いから、郷土美への熱情と諦念とから発見したはずの江戸式の生悟りの情緒への移行は極端であった。眼の前のものを好悪取り混ぜ歌い上げるわけにも行かず、かといって諦めや生悟りのみでは物語は展開しない。日本の懐かしい声や音とそれにふさわしい情景を気持ちよく描きえたとしても、現代に生きる物語にしていくには、何か原動力になるものが必要なのであろう。おそらく荷風は自己の立場を蘿月や桑島、中谷のような人情本や文人画の中の人物ではなく、それを鑑賞し様々な角度で語り批評する側の人物であることを、改めて自覚する必要があったのだ。一旦『冷笑』で得られた認識、作家として立つ位置は再び調整しなくてはならなくなる。

ここで次なる展開への伏線になる空間が、『冷笑』の最後に提示されていたのに注目したい。紅雨が帰路に見た隅田川河畔の風景は、ゴンクール **Edmond de Goncourt**（一八二二〜九六年）が『北斎 十八世紀日本美術 ***Hokousaï L'art japonais au XVIIIe siècle***』（Charpentier, 1896）で紹介した「隅田川両岸一覧」を思い出させる。ゴンクールは三巻目に、鴉の群れの向こうに見える浅草寺の屋根、その又向こうの待乳山そして今戸焼の産地の今戸が描かれているのを説明している。そのコピーともいえよう。のちに荷風は『ゴンクウルの歌麿伝　并に北斎伝』（「三田文学」一九一三年九月）を書くことになる。おそらくこの時点で読んでいたのではないだろうか。最も早い日本美術蒐集家に属するゴンクール兄弟は、一八六七年、一八七八年のパリ万国博覧会を機会に一層コレクションを充実させていった。あるいはこの連想から桑島をパリ万博出品作家にしたのかもしれない。欧米で身に着けた空間への感受性とそれを表現する快楽とを保ちつつ、過渡期の日本にあってその混乱も残存する美もポジティヴに活かすとしたら、この海の向こうの浮世絵研究者たちのスタンスがロール・モデルになるはずである。

5　社会劇がみせた世界

『冷笑』の最後で、声高な主張をやめて伝説の世界に耳を澄ませようとした自己の分身を描いた荷風であった。そしてしばらくそれを実践して史劇を書いたりした（一九一〇年六月と九月、一九一一年一月に発表）。しかしこの傾向がそれこそ過渡期のものに過ぎなかったのは、周知の事実である。目の前の世界を感覚いっぱいに受け止めて言葉にしていくスタイルを身につけた荷風にとって、過去の世界を淡々と綴り、諦念の感覚にひたりきることは出来なかった。身辺の変化に伴い、その資質と経歴にふさわしい書くための視座が必要になっていたのである。

外国語学校清語科中退の荷風であったが、一九一〇年二月に慶応義塾大学文学部で英仏文学と修辞学を教えることが決定した（実際はもっぱら仏文学と文学評論を担当）。引き続きフランス語からの翻訳も行い、月刊誌「三田文学」の編集発行人も引き受けた。したがって『帰朝者の日記』の流水や『冷笑』の中谷のように「明治の日本」に背を向けるのではなく、必然的に相渉らざるを得なかった。とはいえむしろその方が彼の資質にあっていたはずだ。しかもこの時期、慶応義塾への推薦の労もとってくれた敬愛する森鷗外が軍医としての職務を遂行しながら雑誌「スバル」を主宰し、積極的に自然主義の文壇にむけて挑発的な作品を送り出していた。荷風としてもリアクションを起こしたくなったであろう。もっとも同時代の日本を生きる語り手を通した、官能的な叙述は避けなければならない。しかして距離をとって「諷刺《イロニー》」でもって描くのではなく（皮肉にしようとしても時としてヒステリックなまでの余裕のない書振りをしてしまうのだから）、自己の分身を語り手になりうる中心人物にすえて獲得した世界を大切にしながらも完全に後ろ向きになるのでもなく、真っ向から世の中の矛盾をあげつらうのでもない執筆のスタンスとはどのようなものか。どのような姿勢で書く対象、題材を選びそれに対して向き合うのかを模索した時期であったといえよう。

こうした停滞の時期を見据えた上で、わたしたちは、荷風が江戸藝術に完全に移行する契機を、従来そのきっかけになったと見られている大逆事件より一年以上あとの一九一二年の初めにみたい。具体的にはそれぞれ一月一日に発表となった社会劇の『わくら葉（社会劇三幕）』（「三田文学」、末尾に「（四十三《ママ》年十月）」）と『暴君（社会劇二幕）』（「中央公論」、戯曲集『秋のわかれ』春陽堂一九一二年三月で「明治四十四年十二月作」）から、翌月の『掛取り』（「三田文学」）『妾宅（随筆）』（「朱欒」二月号と「三田文学」五月号）に始まるのちの『新橋夜話』になる連作の開始との間に一つの契機を見るのである。「中央公論」では『暴君（社会劇二幕）』の表題で発表したものの、『荷風傑作鈔』（籾山書店一九一五年五月）では『煙（社会劇二幕）』となり、さらに一九一二年七月帝国劇場上演の際に『伯爵（三幕）』の外題にというふうに、より穏健なものに改題した事実が、荷風の変化を跡付けてもいる。勿論一、二ヶ月で急に態度を変えたというつもりはない。方向性はすでに出来ていて、書けるものと書けないものとが作家自身ではっきりしてきたことが読み取れるといったところか。書けるものというのは後章で詳しくとりあげるジャポニスムの視座の獲得とそこからの描写によって可能になった世界であり、人情本や古典の世界をそのまま生きるのではなく、それを現代のものとしてみつめ、西洋と東洋の歴史的風土や習慣の尺度で捉えなおし、語っていく態度である。書けなくなったものは、自分の立場を主張しそれを阻止する社会と人を正面から糾弾する言辞と態度である。

初めに注意したいのは「社会劇」という言葉である。これは社会的な事件を民主主義ないし社会主義的な立場から扱った劇という意味ではない。荷風はフランスの文学史の本であるジョルジュ・ペリシエの『現代文学の動向』から一部を『仏蘭西の新社会劇』（「三田文学」一九一一年二月、三月）として翻訳している。荷風によれば社会劇とは、現代の社会に生きる人物 L'homme sociale を描いた Comédie de mœurs ということになる。これは風俗や習慣、社会一般のあり方を表した戯曲を意味し、しかもラシーヌの古典劇にみられる長台詞や独特の台詞回しもない、語り手を別に置くのでもない、極めて自然な演技と構成のスタイルを指している。登場人物も善人と悪役とを対照的に配置するのではなく、神秘的な力をもつわけでもない、世間一般の人物になる。つまり当時小山内薫と二代目市川左団次（一八八〇～一九四〇年）がフランスのThéâtre libre（一八八七～一八九四年）にならって設立した自由劇場（一九〇九～一九年）の運動について、本家本元での動向を紹介したに過ぎない。

ちなみに原著では単に当代の現代劇を表している表現に「社会劇」の言葉をあてていたりしており、「社会」の語には現代の社会を写した戯曲という意味を込めていたと思われる。もちろん日常性に潜む不条理を暴くのではなく、荷風は『藝術品と藝術家の任務』（「文章世界」一九〇九年五月）というエッセイで、イプセンの名を挙げて「近代の社会劇などのやうに、性格を第二にして、自分がある主張を明かにする為に藝術の形式を借りて言はうとする場合」は、「問題は寧ろ実際的目的を有して居る」ので人物も自然に類型的になると説明している。つまり社会的事件をあつかうというより、社会批判も含めて意見（この時期の「思想」は哲学的なものではなく、意見や主義主張という意味もある）をストレートに述べたてる劇と解釈してよいだろう。だから『暴君』も『わくら葉』も、社会全体の傾向に対する問題提起として書かれたと考えてよいだろう。しかもあくまで写実的で現実にありそうな、それゆえ現実のはらむ問題点を伝えることの出来る戯曲作品ということになる。

『わくら葉（社会劇三幕）』では、実業家の藤坂大造の息子で学生の恭次を主人公にしている。「三田文学」の読者層を考えてのことだろう。彼は若死にした母親同様肋膜を病み、自分も長くはないと信じている。そして恋愛詩を書き溜めている。これは彼の文学好きと同時に、父の妾のお民が小間使いとして連れてきたおみよへの恋慕も預かってのことと思われる。恭次は自分の理解者である文学者吉田三郎の鎌倉の家で静養する。ある日おみよが横浜で藝者になっていることを知った。恭次の願いにより、二人は吉田の家で再会する。また吉田が偶然出くわした友人で日本画家の樋川がお民の昔の恋人であることが明らかになり、この二人も関係を戻す。それに気付いた藤坂大造はお民を糾弾する。そのとき吉田がやってくる。瀕死の恭次から、詩集の出版のために父親への出資依頼を頼まれたのだ。父親は恭次の恋愛詩の価値はわからないが、ともかくも小切手を吉田に渡す。「世の中は変つた。私には何の事だかさつぱり訳が分らなくなつた。」とがっくりする父の耳に受勲の知らせと、引続く祝いの電話の伝言が次々に届く。つまり積極的に文学の自立性と、美術家と文学者と花柳界の女性の生き方の結びつきという二つの見解を明らかにする。

文学の自立性を強調したといっても、それは文学を否定するものへの批判的言辞と組み合わされている。恭次は「お父さん、自然主義だつて社会主義だつて何がわるいんです。実際あなたは今の小説をよく読んで研究した上でさう仰有るんですか。読みもしないで唯悪く云つたツて、それア駄目です。」といい、頼山陽（一七八〇～一八三二年）の『日本外史』（一八三六年）を読めという父親には「史学の価値から見ればゼロです。太平記を漢文に書き替へたばかりだ。」と反論する（第一幕第六節）。また明治という時代を作ってきた世代について、真面目な儒教主義をよそおいながらも実のところ深く考えてのことではなく、要するに「思想」というものを無視していて、「勤勉なあの人達の恐ろしい意思の力……乃ち現代的勢力が一歩々々に現れるたんびに、真なるもの美なるものは一ツ一ツに滅されて行くんだ」（第二幕第一節）と文学者吉田から言わせている。

ただし全体から見れば、恋愛を文学作品に謳うことや周囲を顧みず恋愛するのを、花柳界の女性の存在を通じて簡単に肯定したという安易さが印象として残る。吉田が恭次にむかって自分の立場を説いた、「目に見えない真理の探究に苦しむよりも、眼《まなこ》に見える綺麗なものに、僕は万事を忘れて恍惚《うつとり》としてゐたいのだ。」（第二場第一節）の言葉は、『歓楽』の詩人が学生に向かって説いた言葉を繰り返しているように読める。いささかトートロジー気味であり、おそらくこれが作者の筆の限界であったともいえる。新旧世代の対立、開化したはずの日本の社会の矛盾点、「思想」の欠如と導入の禁止。このような問題は繰り返し登場人物を通じて論じられてきたにもかかわらず、『わくら葉』でも繰り返され、そして荷風の筆はつねに同じところで留まっている。差別や国家というような熟語を告発でもするかのように並べ、でもすぐとより審美的なものに視線をやって語りを始める。『あめりか物語』以来、わたしたちがたびたび見てきたパターンである。

『わくら葉』つまり病気の葉という題名に、作者が最初から問題の発展を投出していたとみることも出来るかもしれない。結局恭次は助からないだろう。日本画の画家と藝者がいっしょになる、恋愛詩集が出版される。思想的な問題は追及されないし、新旧の対立の問題も父と息子の問題に縮小し、これは息子の死により棚上げとなる。『冷笑』での徳井勝之助のように真っ向から考えると解決不可能になる問題に再び行き当たり、放棄してしまったとも読めるし、親子の情愛をそれなりに重んじた結果ともいえる。父親は悪人一方には書かれていない。妾にも実家の借金の支払いをしてやり、学問もさせたとある。わからないながらも愛し合う若い二人の願いを聞き入れている。あっさりいえば思想的な問題よりもいわゆる軟文学や花柳界の世界の方に作者の関心は移っていたのだろう。それはこの世界が避難所として心地よいという以上に、これを描くことになにか積極的な意味を見出していたと考えられる。

『暴君』の方は、またしても「中央公論」を舞台に社会に問うた問題作である。若き伯爵川原忠澄が自家の歴史を小説に書いた。パリやロンドンに遊学し帰朝してから新聞社を起そうとしたりしていたが、最近は文学書を読むばかりであった。それが、維新のときに佐幕派につきながら薩長閥にとりいって伯爵の爵位を得た顚末を、創作という形式によりながら真実を伝えようとしたのだ。先々代は佐幕派であったのを、親戚によって座敷牢に幽閉されたといういきさつがあった。それを歴史上の問題と捉えて公表しようとしたのである。これはそもそも編集者守谷との会話で、藩閥政府の役人が自分たちの功労を賞賛させるのに都合のよい「不公平な明治建国史の編纂」に着手したことが話題に出、「学問の神聖、歴史的真理の独立」について論じ合った一件がきっかけになっている（第一幕第六節）。忠澄は叔父で元陸軍軍人の川原忠正男爵の強硬な出版反対にもめげなかった。この場面では「紙は裂いても思想は裂く事が出来ますまい。思想に対する武器は思想より外には無いので御座います。」（第二場第一場第五節）というのが、決め台詞になっている。しかし老家令の鶴田がもし発表するならば自害すると言ったために、断念。財産も新妻も爵位も投げ捨てて、かねて馴染みの新橋の藝者小富のもとに身を沈めようとする。五百枚ほどもある原稿は小富に焼かせ、「世をすねてお前と一緒に静かに暮さう」という言葉で幕切れになる（第二幕第二場第二節）。

このほか脇役として親友の外務省高官の水山新太郎が登場する。彼は「今の時代は真面目に憤慨して戦ふ時代ぢやない。冷かに傍観して笑ふ時代だ」というのを自説にしている（第一幕第四節）。すでにわたしたちに馴染みになった、『帰朝者の日記』の高佐文学士や『冷笑』の小山清頭取の態度である。「世をすねて」藝者と暮らすというのは『冷笑』の中谷の態度を引続き用いたものか。さらに銀行の令嬢と川原伯爵の結婚話もあり、川原の放蕩生活と新妻の無垢な様子とが描かれている。彼女はまた、花柳界を逞しく生きぬいて来た小富と対照的な存在になっている。小富のようなタイプの日本人女性は、アメリカでなくとも花柳界になら見出せるというわけだ。自然さを重んじる社会劇にしてはアレゴリカルな命名が目立つが、台詞などは写実的といってよい。

だがどうしてここで「学問の神聖、歴史的真理の独立」を重んじる「思想」を主題にしたのだろうか。これまで荷風が繰り返し言及してきたのは、外国の新しい考え方の日本での実現の可能性であった。これについては荷風の身辺のみを追っていたのではわかりにくい。周辺のキーパーソン、ここでは森鷗外の活動に眼を転じると事情が読めてくる。この戯曲執筆一年前の一九一〇年の十一月から十二月は、大逆事件の裁判に向けて外国の思想の導入問題が、鷗外の近辺で喧しくなってきていたのである。竹盛天雄（一九二八年〜）によると、鷗外は十月の末には公判開始の決定やその方向について把握しえていたようであり、十一月七日には荷風を呼んで「何事か」を告げていた。[*16] 九日には大審院公判開始決定が発表され、これを動機として翌月鷗外は、短編『食堂』を書いて荷風の主宰する「三田文学」に掲載した。鷗外は弁護人の平出修の相談にも応じていた。竹盛は『食堂』での「無政府主義の沿革についての説明が、極秘文書というべき大審院公判における弁護人平出修の『幸徳事件弁論手控』の中のメモと、ほとんど同一の水準と枠組を持っているという事実」を指摘し、『食堂』の啓蒙的意味を認めている。

こうした鷗外の動きが荷風に伝わらなかったはずはない。荷風の随筆『新年』には（「三田文学」一九一一年二月、一月七日稿）、大逆事件の余波を感じさせるくだりがある。「文部省は学生に演劇類似の遊戯をなす事、小説を読む事を禁止してゐる。内務省は新しき世界思想の輸入を防止してゐる。」という箇所である。「新しき世界思想」とは社会主義、無政府主義を指していると考えてよいだろう。荷風は『監獄署の裏』を初めとして方々でこのような思想を弾圧する政府のあり方を批判的に書いて、おそらくそのためもあって発売禁止処分を受けていた。一九一〇年の秋には一連の『危険なる洋書』の書き手の一人にすら挙げられていた。変革を信じる社会主義的思想と運命に忍従しない空想性とがあって、非愛国的で「何処までも日本を毒する者」と厳しく批難されている（無署名『危険なる洋書（十三）』「朝日新聞」一九一〇年十月一日）。こうした事情を踏まえて用心し、このような控えめで短かい言及に留めたのであろう。しかしそれにしても鷗外に比べると、そして『暴君』での勇ましい調子と比べるといかにも及び腰のように思われる。これは荷風にも感じられていたのではなかったか。[*17]

森鷗外との関連で『暴君』発表までの事情を推し量るには、初出雑誌の「中央公論」も見直す必要がある。同号には鷗外のいわゆる五条秀麿ものの第一作『かのやうに』も掲載されていた。この作品とのかかわりは無視できない。秀麿は子爵家の嫡男として学習院から文科大学の歴史科を卒業し、ベルリンに三年間留学した。帰国後は日本の歴史を書こうとしているが、なかなか踏み出せない。神話と宗教と歴史を区別してかからなければならなくなるからだ。父の子爵が秀麿の意向に感づき、「危険思想」をもたないよう、「皇室の藩屏」として生きることを願っているという事情もある。ではどうすればよいのか。あらゆる妥協を拒みたくとも八方塞がりになっている秀麿の立場が示されて、物語は終わる。『暴君』との類縁性は明らかである。爵位と財産をもち、欧州への長期滞在経験のある主人公。社会とうまく折り合っていける昔からの友人。主人公の生き方を危惧する昔かたぎの家令という脇役。そして何より重要なのは両作とも、日本の歴史の真実を書く学問的態度が危険思想とみなされ、成果の発表が不可能という深刻な問題を扱っている点である。

そして両作とも大逆事件はもとより、一九一一年二月より話題になっていた南北朝正閏論という学問の自由を圧迫した事件を踏まえていると見るべきであろう。[*18] 国定教科書の『尋常小学日本歴史』での南北朝並立の記述が、南朝正統論の立場から議会で非難され、教科書は使用中止となった。維新後の学界では並立論が主流であったのだ。しかし並立論を承認すると南朝側の北畠親房が記した『神皇正統記』(一三四三年)の影響や、水戸藩の『大日本史』(一九〇六年完成)など南朝を正当とする歴史の書物の正統性も問題視されてくる。『わくら葉』で南朝側の視点で書かれていた『太平記』に基づく『日本外史』について「史学の価値から見ればゼロ」とあるのも、『暴君』での薩長閥が自分たちに都合のよい歴史を編纂させようとしているというのも、具体的な出来事を踏まえていなくとも、この事件を髣髴させるものがある。また一九一一年八月に、警視庁が特別高等課を設置しているのも関係がありそうである。内務省直轄の思想取締を請け負う特高となる機関の設置は、「思想」の導入に積極的なものにとって由々しき自体であったはずだ。これらをきっかけに鷗外と荷風が天皇への大逆、国家権力への反抗、思想弾圧への抵抗を直接取り上げるのではなく、『かのやうに』と『暴君』でそうしたすべての統制のもとになっている天皇を正当化する国史のあり方を俎上に載せたとすれば、これは見識といえよう。荷風と鷗外との間にどのような話合がなされたかはわからない。[*19] が、少なくともこれが大逆事件の直後には何も発言できなかった荷風からの抵抗であったはずだ。

とはいえ抵抗は反抗には到っていない。つまり『かのやうに』では父の、『暴君』では家令の立場を慮って、前者は執筆を後者は発表を見合わせている。「百年も二百年も前の廃れた教義《おしえ》にならつて自殺をしやうといふ」(第二場第一場第八節)家令の鶴田の意思に負けたのである。合理的な考え方をすれば、鶴田は老齢であるから、自害が出来なくなるまで発表の時期を待つことも出来るはずである。とにかく原稿さえ残しておけばよいし、破られてもまた書く機会もあると考えてよい。とにかく一応聞き入れたかのように振舞えばよい。しかし荷風はそのような、いわば「かのように」式の留保つきの前提を設けることはしなかった。「かのように」というのは、歴史的な事実と事実をうまく結びつけて説明するための土台となる考え方として、真実を追求するのではなく仮にそのようなことにしておくと都合よくいく、という方便である。『暴君』では「かのように」と受け入れることも、あらゆるものに距離を取りながら冷笑的な態度に出ることもなかった。伯爵川原は泥酔し、あげくにすべてを擲って小富と一緒になろうとするという短絡的な自暴自棄の態度にでる。こうした展開は鷗外の作と比べずとも、単純のそしりを免れないであろう。どれほど西洋風の教育を受けても、維新後何十年たっても主人の家名を守るために命を捨てる覚悟のある人間に無条件にしたがってしまうのを当然の帰結としてしまったところに、荷風が慶応義塾大学の教員の職には就いていても、日本の進歩的知的エリートの側に身を置くことを肯んじない姿勢がうかがえる。花柳界の江戸文化という避難所に落ち着く前に、今一度文学と恋愛の構図から離れてものもうす意思が荷風には生じていたようだ。

ところで『暴君』での花柳界への思い入れに関して鷗外からの、一種の目くばせにも似たリアクションを引き出すことが出来る。五条秀麿連作最後の『吃逆』（同年「中央公論」五月）には、シャックリをする藝者が登場する。これには思想的な議論を秀麿と友人がお座敷でしている、その真面目で深刻な雰囲気をすべて無にしてしまうような意外なユーモアが籠められている。荷風は思想的な追求をやめて花柳界の藝者や御茶屋の世界に向いてしまうのを、ひどく大層に書いてしまった。それを鷗外流に茶化して見せたとも読めなくもない。そして疑問が起こる。鷗外の書いたシャックリをする藝者のいる座敷での会話というのは、これまでにない珍妙な物語になった。では荷風はどのように書いたのか。具体的には『新橋夜話』の一編ずつにかかわってくるので詳述する機会は別に譲りたい。

この二編の社会劇に対する評価は惨憺たるものだった。署名のある記事として比較的バランスのとれた意見を述べている本間久雄（一八八六～一九八一年）のものでさえ、好意的とはいえなかった。

二つとも社会劇と銘打つてあるが、何れも社会劇といふ感じがしない。何となれば苟も社会劇といふ以上それは或る意味で社会実相の描写であるか乃至は問題的のものではくてはならぬのであつて、而も荷風氏の二篇は何れもこの点で欠けて居るからである。この二篇に依つて推すと荷風氏は恐らく社会劇の作者ではあるまい。「紅茶の後」に於ける荷風氏は云ふまでもなく一種の文明批評家である。けれども其の文明批評の根本調は、現在の文明に対する不満と、その不満に対する慰藉を過去世に求めんとする追懐とが妙に一致して醸し出した憧憬的情調であつて、決して論理的、批判的乃至知識的なものではない。これ同氏が理路の明晰と批判の的確とを重要義とする社会劇に於て失敗した所以であらう。(『正月文壇評』「早稲田文学」一九一二年二月)

本間は『すみだ川』や『荷風集』に収められた帰朝直後に執筆した短編、さらに『紅茶の後』の随筆のいずれにも及ばない不出来の作とまで言い切っている。論理性ということでいえば、物語の初めに問題が出尽くしていて、しかもそれをうまく展開できないでいるのは確かである。荷風の社会劇はトートロジー的主張展開、花柳界とその周辺世界の特権化、正義の観念のあやうさを露にしている。

一方荷風自身は『わくら葉』で恋人にむかって、しがらみを断ち切って自由になり自分の要求に素直になることを説得する恭次を書いていた。しかし現実に彼はそのようなことは出来ない。各雑誌の時評での酷評に対抗できる作品を描けるはずも無い荷風であれば、もはやストレートな「今・ここ」の日本の批判を書くことは出来なくなったはずだ。とはいえ、この章の最初に述べたその社会的な立場とも齟齬を来たさず、自分らしい自分の好みにあった作が書けるようなスタイルは別に見出されていた。次章では荷風があらたに『新橋夜話』を書くために得ていた視座を見る。が、ここで先を急ぐ前にわたしたちは政府の思想弾圧と荷風の態度について、必ず触れられてきた文章を取り上げておく。

大逆事件と荷風というテーマは反体制、反官憲の代表として注目され、そのリアクションを説明するのに必ずといってよいほど随筆『花火』(「改造」一九一九年十二月、同年十月稿)の次の一節が取り上げられてきた。

明治四十四年慶応義塾に通勤する頃、わたしはその道すがら折々四谷の通で囚人馬車が五六台も引続いて日比谷の裁判所の方へ走つて行くのを見た。わたしはこれまで見聞した世上の事件の中で、この折程云ふに云はれない厭な心持のした事はなかつた。わたしは文学者たる以上この思想問題について黙してゐてはならない。小説家ゾラはドレフユー事件について正義を叫んだ為め国外に亡命したではないか。然しわたしは世の文学者と共に何も言はなかつた。わたしは何となく良心の苦痛に堪へられぬやうな気がした。私は自ら文学者たる事について甚しき羞恥を感じた。以来わたしは自分の藝術の品位を江戸戯作者のなした程度まで引下げるに如くはないと思案した。

このあとこの事件について数行続くが、それでも『花火』全体の約七パーセントに過ぎない部分が荷風の人生の一大事件であり最大の岐路のように扱われてきたのは、不思議ですらある。また幸徳秋水事件ともいわれる大逆事件は、実際は前年の一九一〇年（明治四三年）五月末に最初の検挙が行われており、翌年の一月十八日に死刑判決が下されて六日後に死刑が執行されたのであるから、荷風の記憶違いとも考えられる。荷風は一九一〇年の四月中旬より慶応義塾に通勤し出したのであり、これが荷風にとっての初めての経験であれば、いつ囚人護送の馬車を見たか正確に記憶していてもよさそうである。先に見たように鷗外が「三田文学」にさかんに寄稿していたのだからなおのことである。以来江戸戯作者の程度に自分の藝術の品位を下げたとしたら、一九一〇年の冬では早すぎる。『暴君』と『わくら葉』の執筆があるからである。逆にこの二作で花柳界への傾斜の傾向を暗示し、引き続き『新橋夜話』の連作に移ったことから、大逆事件を実際より一年後に思い込んでしまったのかもしれない。そもそもこのような記憶違いがあったとしたら、当の荷風にとってこの事件は『花火』に書かれている他の事件——奠都三十年祭（一八九八年）のときの群衆の圧死、日比谷焼討事件（一九〇五年）、米騒動（一九一八年）等——同様、日本人の短絡的で凶暴な集団的体質を曝露する事件の一つに過ぎなかったからではないのだろうか。

確かに『花火』の文章は簡潔にまとまっていて印象的であり、要するに引用しやすい（したがって孫引もしやすい）。ドレフュス事件のゾラの対応と大逆事件の自身の対応、そして文学者から江戸戯作者への屈折という展開が図式的でわかりやすい。そして戦後から七十年代にかけての時期にこの箇所に注目したものは、『花火』を一種の転向宣言と読むことで、かつてのプロレタリア文学者の弾圧や太平洋戦争中の思想統制への、間接的な糾弾の意図があったのだと思われる。すなわち天皇や国家に逆らう罪の扱い方、強権による有無を言わさぬ思想の弾圧（一審のみの非公開公判による死刑決定）に、一九三〇年代四〇年代の状況を重ね合わせていたのである。

わたしたちにとって重要なのは、結局ここで荷風はかくまでストレートに「自分がある主張を明かにする為に藝術の形式を借りて言はうとする」のを止めたということである。つまり「今・ここ」の状況に対して意見の形で申し立てをすること、描写するにしても嫌悪の念も一緒にドラマティックに歌い上げるのを止めることでもあった。これは当局への配慮というより、主張を書くことによって常に浮上して来る父と息子の問題や新旧世代の対立の問題、旧世代の無理解、日本人の変わらぬ性質といった問題系と、それが自身で解決不可能なために引き起こされるトートロジーに終止符を打ったということだろう。江戸時代だの伝説だのに引きこもっていられないとしても、もう安易に現在の位置から世代の問題、時代の問題として論じるわけにはいかないし、過去のものになりつつある自分の洋行体験に依拠して「西洋」を持ち出すわけにも行かない。つまるところトートロジーを抜け出すために必要なのは、荷風が自分の日本人としての立ち位置を少しずらすことだった。そのとき彼がとったのがジャポニスムという視座であった。

Ⅶ——ジャポニスムの視座

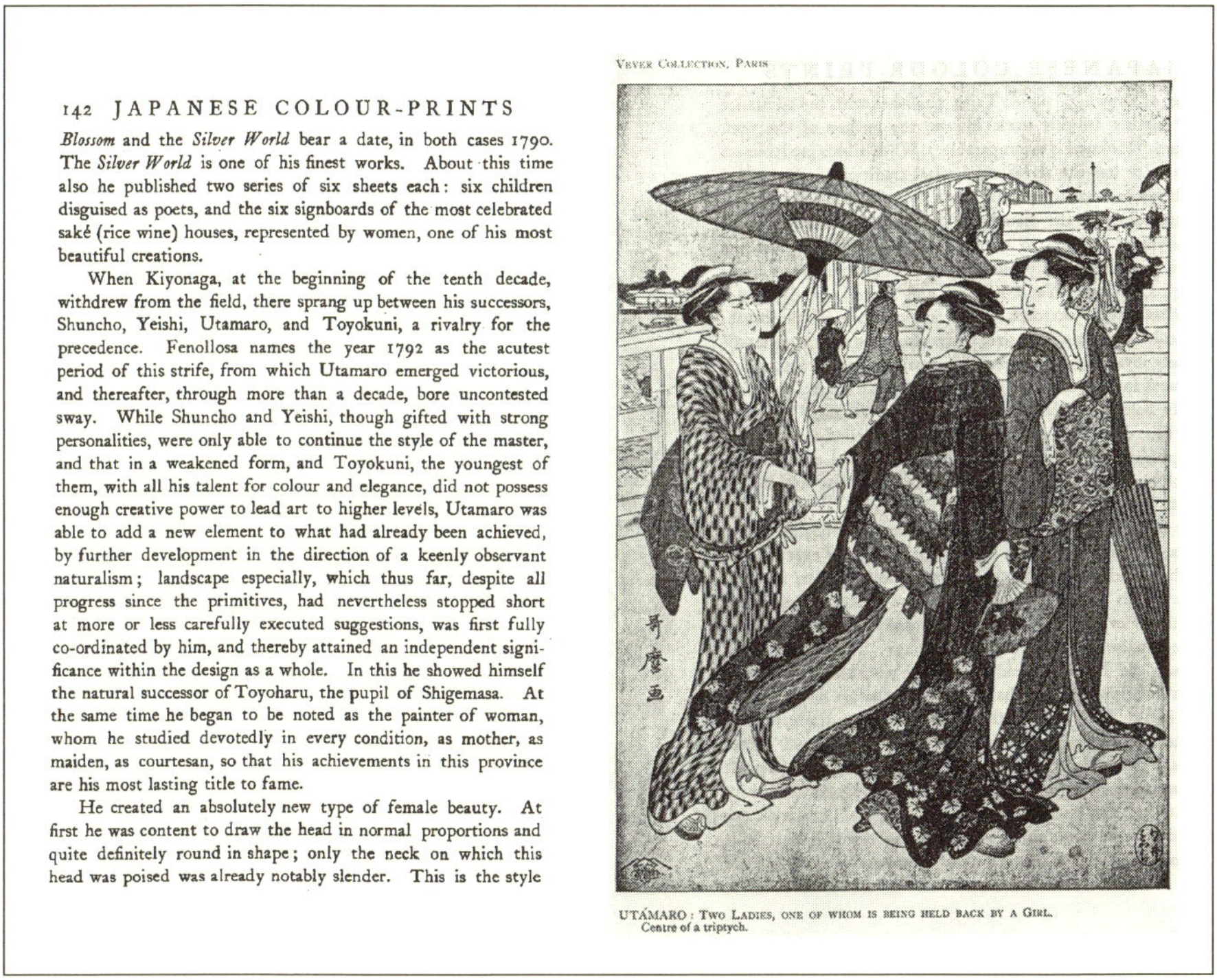

142 JAPANESE COLOUR-PRINTS

Blossom and the *Silver World* bear a date, in both cases 1790. The *Silver World* is one of his finest works. About this time also he published two series of six sheets each: six children disguised as poets, and the six signboards of the most celebrated saké (rice wine) houses, represented by women, one of his most beautiful creations.

When Kiyonaga, at the beginning of the tenth decade, withdrew from the field, there sprang up between his successors, Shuncho, Yeishi, Utamaro, and Toyokuni, a rivalry for the precedence. Fenollosa names the year 1792 as the acutest period of this strife, from which Utamaro emerged victorious, and thereafter, through more than a decade, bore uncontested sway. While Shuncho and Yeishi, though gifted with strong personalities, were only able to continue the style of the master, and that in a weakened form, and Toyokuni, the youngest of them, with all his talent for colour and elegance, did not possess enough creative power to lead art to higher levels, Utamaro was able to add a new element to what had already been achieved, by further development in the direction of a keenly observant naturalism; landscape especially, which thus far, despite all progress since the primitives, had nevertheless stopped short at more or less carefully executed suggestions, was first fully co-ordinated by him, and thereby attained an independent significance within the design as a whole. In this he showed himself the natural successor of Toyoharu, the pupil of Shigemasa. At the same time he began to be noted as the painter of woman, whom he studied devotedly in every condition, as mother, as maiden, as courtesan, so that his achievements in this province are his most lasting title to fame.

He created an absolutely new type of female beauty. At first he was content to draw the head in normal proportions and quite definitely round in shape; only the neck on which this head was poised was already notably slender. This is the style

VEVER COLLECTION, PARIS

UTAMARO: TWO LADIES, ONE OF WHOM IS BEING HELD BACK BY A GIRL.
Centre of a triptych.

55 独人ザイドリッツの浮世絵研究の英書、右頁は仏人ヴェヴェル所蔵歌麿の挿絵

1　市区改正の街で

荷風の市区改正以前のゆかしい街並や建造物のピンポイントでの細述は、『日和下駄』（籾山書店一九一五年十一月）に始まるわけではない。すでに帰国後一年余りたった時点で、作中の人物を通して物語中にいささか過剰なまでに織り込まれていた。ここでその記述を見る前に思い出したいのが、まずは東京の混乱した都市景観をパリを基準に批判していたことだ。これが『帰朝者の日記』ではより積極的に、市区改正の只中の東京を「明治」の象徴とみて痛罵するようになる。

・日本橋通りは電柱の行列と道普請と両側の粗悪な建築物とで想像以外の醜悪な光景に、自分は呆然として却て物珍らしく彼方此方を眺めながら歩いて行く（中略）新時代の商店の正面だけはどうやら体裁をつくろひながら、歩いて行く中には直ぐ其の側面からは壁の薄さと石材の粗悪が何の心配もなく曝け出してあるので、丁度化け損なつた狐の絵を見るやう、覚えず自分等をして、「明治は誠に無邪気な滑稽な欺偽時代だ。」と一笑せしめる。

・冬の日は早くも暮れて見渡す街の上には電車の柱につけた小さい電燈やら、道端の瓦斯燈やら、さまざまな燈火が高く低く入乱れて引続くのと、鋭い冬の星が寒むさうな光を放つ夜の空に不揃ひな屋根の影、恐しく太い電信柱の影が突立つて居るのとで、差詰め Grand Boulevard とも云ふべき都会の大道が、自分の眼には倉庫の暗い陰に荷汽車が乱雑に置いてある停車場《ガール》の裏手のやうに見えた。（一月二十日）

「Grand Boulevard」は大通りの意味だが、複数形になると『再会』で華やかな様子が描かれていたパリのオペラ座近くの大通りを指す。建物の高低の差がなく、電線などは地中に埋め、街路灯や並木がほどよく間隔をとって並ぶのがオスマン計画以来のパリの大通りであった。オペラ座（設計 Garnier, 1874）自体はネオ・バロック様式であり、オペラ座広場を中心とするこの界隈の雰囲気は「ナポレオン三世様式」といわれるまでに統一されていた。勿論建材には大理石や花崗岩などの石材をふんだんに用いていた。「ガール gare」はフランス語で汽車・電車の駅で、ゾラが『獣人』で書いたサン・ラザール駅やリヨンへ行くためのリヨン駅をはじめ、近郊への路線も含めてパリにはターミナル駅が複数あった。引用した荷風の文では日本橋から京橋にかけて、今日の東京駅八重洲口近くを描いている。新橋から銀座の繁華街のすぐ北に続くこのあたりは、開発の重点地区になっていた。

荷風が東京の市街を酷評するのは、彼の都市景観の規範が滞在した北米とフランスとにあったからだ。荷風が生活したニューヨークは、平面においてはグリッドで構成され、そこにビルや高架鉄道が立ち上がるという垂直性と直角を基本とした都市空間になっていた。それぞれの建築のエッジは鋭くかつ厚みのある面が組み合わさって堅牢さと上昇志向を表していた。都市がそこを歩く人間に圧倒的なパワーをもって迫るかのような、そして人間の方もパワーをもって拮抗する、あるいはあえて堕落を促す、そのような街並みだったのである。リヨンやパリには中世からの込み入った路地裏もあり、そこから一歩踏み出たときに開けるルネサンス以来の広場とモニュメントと軸線とからなる幹線道路が組み合わさった空間が中心部を構成していて、一点透視の構図で絵になるよう計画されていた。そこで重んじられるのは、景観構成要素が相互につくるプロポーションの美しさであった。パリ右岸を描いた『再会』では、ヴィスタ・アイストップの典型である凱旋門やコンコルドのオベリスクを、実にうまく配列していた。モニュメントを配した直線の広大なヴィスタということでは、ワシントン D.C. のモールも忘れるわけにはいかない。自分が日頃身をおく空間の形態上の秩序というのは、そこを歩くリズム、巷に響く音、建材の質感も含めて一旦馴染むと一つのゲシュタルトのように感覚に組み込まれ、根本的に変化させるのは容易ではない。ことにその空間に愛着のある場合は。奥行きの深い秩序と安定感統一感、崇高な感じすら呼び起こす欧米の都市空間構造と、道路にそって平面的に並べるに留まっている、そして個々の建物に独自の顔を着けようとしているために歩行者の視点がシーケンシャルになってしまう東京の市街との違いを、荷風のテクストでは、語り手の印象を通して実感として表現している。

かつての「モダン都市東京」ブームのためかしばしば誤解されているが、東京の今日的都会の様相、つまり居住者以外の多くの人間の仕事の場であると同時に文化と娯楽と消費の場というのは、一九二三年の関東大震災後になってできたのではない。その起源は一九〇〇年代後半にさかのぼり、文学史の区分でいうと日露戦争後に原型はできている。日露戦争によって延期されていた「東京市区改正条例」（一八八八年勅令）は一九〇六年にようやく新設計案の実行をみ、第一期事業は一九一〇年四月に終了した。市中いたるところで道幅の拡張があり、公共のオープン・スペースとしては江戸時代以来社寺境内が使用されていたものが、改めて日比谷公園や湯島公園などが設けられた。一方、この時期に目覚しい繁華街の変身があった。三越や白木屋など老舗の呉服店が次々に百貨店になり、日本橋から神田方面に洋風建築の新館のお披露目をした。浅草六区も生人形や玉乗りに代表される見世物小屋から、擬洋風のファサードの活動写真館が軒を連ねる近代的な娯楽センターに変身を遂げた。つまり、官も民もとりあえずの計画に従っての東京の局所的改造は、この時期に行われていたのである。

とはいえ即席の近代都市風景は、荷風以外の日本人にとっても許しがたいものであった。森鷗外はドイツ帰りの参事官の口を通して、「普請中」という言葉を与えた（『普請中』『三田文学』一九一〇年六月）。これは参事官が訪れた外国人向けホテルの工事や中途半端なサーヴィスばかりではなく、そこにいるものの思考・態度、都市へのまなざしの未成熟もさしている。無論市街というものを、一つの空間的まとまりとして把握するセンスを持つものにとっては、東京は一国の首都にあってはならないカオスであった。

市区改正で日露戦争後に再開したのは万世橋から京橋にかけての計画であった。道路の拡幅に伴い新しい商店建築が並ぶことになり、荷風の『帰朝者の日記』が執筆された一九〇九年の七月にはほぼ終了していたという。だが、それは『帰朝者の日記』の音楽家が嘲笑したごとく「一夜造りの乱雑粗悪」なものが多かった。イギリス留学の経験のある建築家の中條精一郎（作家宮本百合子の父、一八六八〜一九三六年）は、防火の観点からも美的観点からも「日本橋通市区改正区域に於ける醜悪なる建築物を改善し東洋一大帝国の首府たる威厳と美徳とを有せしめ」るための建築取締規則の制定を訴えている（『東京市民に警告す』「建築雑誌」一九〇九年十月）。建築家の田邊淳吉（一八七九〜一九二六年）の調査によれば、黒壁の土蔵造り建築とそれをやや上回る数の木造漆喰塗および木骨張付の建物があった。後者はそれぞれ人目を引くために、塔などの一見西洋風の装飾が付け加えられた外観になっていた。まさに『帰朝者の日記』に書いてあったとおりである。田邊はこの意匠も高低も全く無秩序で美意識を欠く建築の外観について「実に百鬼夜行、或は粗雑なる博覧会の売店其まゝである、どうも一国首府の建築としては見られたものではない」という批判を紹介している（『東京市区改正建築の状態と建築常識』「建築雑誌」一九〇九年八月）。田邊の調査は建築学会の講演会のためのものであり、同じ機会にやはり建築家の武田五一（一八七二〜一九三八年）は、日本橋通りの商館建築二十軒以上を細かく分析した上で、「新しく出来る建物が、殆ど悉く外国建物の模写と来ては、人に見せて恥かしい次第である。現今の銀座通りを歩くと博覧会の余興場に居る心地がする」と述べている。（『近来東京市に建築せられつゝある商館建築の形式に就て』同前）[*1]。

中條や田邊や武田の口吻は、荷風のテクストでの酷評と遠くない。つまり荷風の批判は、欧米の都市空間を知るものにとっては至極まっとうであったのだ。ちなみに『帰朝者の日記』で音楽家が友人と入ったペンキ塗りのビヤホールは、大日本麦酒株式会社ビーヤホールのようで、フレンチ・ルネサンス風にゴシック風の小さな塔とガルゴイユが付いていた。のちにアールヌーボー風のグラフィックな意匠で知られることになる武田は、壁の色を除き一応評価しているが、中世の街並みの残るリヨンに住んでいた荷風が我慢できたとは思われない。また西欧に対して後進国の立場をとっていたアメリカといえば、政治や文化に関わる建造物には西欧文化との正統なる連続性を示していた。アメリカン・ボザールと呼ばれるフランス新古典主義のヴァリエーションは、見た目にわかりやすく規模も大きくドームや破風や列柱を整えていた。『帰朝者の日記』で音楽家が「西洋と云ふ処は非常に昔臭い国だ。歴史臭い国だ。」（一月二十日）と述べて、伝統的様式を守りつつ長い時間をかけて建設しているパリのサクレ・クール寺院（工期一八七四〜

一九一四年）とニューヨークのセント・ジョン・ディバイン大聖堂（一八九二年着工～）を例にしている。荷風がどこまで理解していたかは定かでないが、建築の様式は機能を伝え歴史性をにない、部分はそれぞれ記号として意味をもっていた。この規範意識はアメリカであっても、というより新興国の正統さを証明するためにむしろ必要であったのだ。

さらに視界を拡げて市区改正の計画全体を眺めてみよう。[*2] 一連の計画は東京の西欧化を目論んだものであった。しかしこれは本家の都市計画から見れば失敗作であったのである。明治の都市計画は、江戸の街をインフラの面でも視覚的にも欧米並みにするために、大きく分けて四つの都市計画が立てられた。銀座煉瓦街計画、防火計画、市区改正計画、官庁集中計画である。もしドイツ人建築家のエンデ **Hermann Ende**（一八二九～一九〇七年）とベックマン **Wilhelm Böckmann**（一八三二～一九〇二年）による官庁集中計画が実施されていたならば、丸の内には、パリを欺くネオ・バロックの建築が放射状の道路網に立ち並ぶ都市が誕生したはずである。けれども現実はそのような方向には進まなかった。たしかに官庁街も商業地区も公園も出来た。だがこれらは社会学の若林幹夫（一九六二年～）の言葉を借りると「こうした新しい建築空間は、江戸において屋敷や町の配列や建築的意匠が作り上げていたような社会的な規範性や象徴性を帯びた都市空間に代わり、新たな都市の全体的な構造を生み出したわけではない。銀座煉瓦街や丸の内のオフィス街、官庁集中計画等は、都市の中心部にいわば「浮島」のように欧米風ないし擬欧米風の街区をつくり出していったが、そのような建築が総体として都市を覆っていたわけではない。」となる。[*3]

この「近代的な」官庁街と日比谷公園や丸の内界隈を、荷風は『冷笑』で欧米での生活のある商船事務長と銀行家と小説家が散歩している場面で描いている。

・両側には太い電信柱と其の高さを競つて聳ゆる赤煉瓦の建物が、或物は石盤の屋根の上に時計の附いてゐない時計台のやうな装飾を頂いて立続く。其の一方にはまだ足場のかゝつた工事中のものも見られた。

・「見渡したところ、何となく香港の海岸通とでも云ひたい心持がしますね。日本に限らず空の碧い、木の葉の色の濃い処には赤煉瓦の家は釣合ひませんな。」
・鉄柵を廻らした公園も外から見ると、針のやうな枯枝ばかりの間に常盤木の黒ずんだ葉の色は却て醜く、石の門のほとりには円めた新聞紙の片はしと広告の引札とが汚らしく散つて居た。

二人は水撒の泥濘を漸く切抜けて、往来の片側に達したけれど、少しく酔の醒るに従つて寒さをも感じ出す。

事務長は、

「公園には休む処でもありますか。」

「汁粉屋かビーヤホールですよ。」

（「十　冬の午後」）

欧米の都市空間に慣れた二人にとって、「一丁倫敦」と謳われた丸の内の煉瓦造のオフィス街も、本邦初の本格的西洋式劇場のためのルネサンス様式も、大正時代には流行歌「東京節」で「いきな構えの帝劇に／いかめし館は警視庁」と親しまれる光景も、欧米に追いつこうとして追いつけないでいる貧しさの造形化に他ならない。ニューヨークやパリには大通りと公園という都市のよそ行きとくつろぎ、賑わいと安らぎの場のバランスの上に成り立つ都市の構成要素があり、その効果を最大限発揮すべく整備されていた。ブロードウエーとセントラルパーク、シャンゼリゼとリュクサンブール公園などは荷風の文章にも丁寧に描かれて、そこに佇む感覚の喜びが伝わってくる。しかし市区改正の目指した大通りも公園も、荷風には満足のいく空間ではなかった。引用にあるように日比谷公園は静かな市民の憩いの場所になっていない。女子供ないし男同士で野外で飲食する場なのである。これではセントラルパークでの夢心地の体験など生まれよう筈がない。

東京の都市景観を感覚的にという以上に生理的に受け付けなくなったのは、荷風が書物を通じてのみ「西洋」を見ていたのではない証拠になろう。しかも荷風の描写は、ある界隈の建造物やそこを歩く人の特徴を拾っただけのものではなかった。『ふらんす物語』で再現されているのは、建造物や人などの集積ではなく、ある雰囲気をかもし出す総体としての空間とでもいえるものだった。この点に気をつける必要がある。これは気候風土や建材の色や質感、人間の活動、道路の幅と建物の高さの比率、そこでの音の響き方（石造りの高い建物に囲まれている場合は、当然木造低層の建物が並ぶ街路とは音の響き方が違う）などのさまざまな要素によって出来あがっている。その場所の空気感まで身体全体が馴染むには時間が掛かる。景観工学の専門家や建築家、美術家のように漂う雰囲気まで読み解く訓練をしていないものには判りにくい。

同じ頃美術史家の黒田鵬心（一八八五～一九六七年）は、一連の文章で都市の美観を左右する建築の重要性を説き、建築家の側からはこれを「建築物の批評」と「建築批評家」を歓迎する好意的な反応があった（「建築雑誌」一九一〇年十二月）。[*4] けれども荷風の場合、これまでも『あめりか物語』で見たように、批評は批評としてストレートに述べられるわけではなかった。『帰朝者の日記』で音楽家が、「自分は直接日本を改革しやうと云ふ目的を以て論じたのでもなければ又自ら立つて改革しやうと云ふ程の勇気もない。」（十二月十四日夜）と消極的な姿勢を示したことが、それを説明している。その憤懣を自分の物語の人物を通して怒りや皮肉として表す、荷風の文脈ではこれは高みにあっての冷笑的態度につながり、寓意的（荷風の言葉で言えば「諷刺」）表現や類型的な登場人物になる。

より素直に試みられたのは、自分の感覚と自尊心を満足させてくれる空間を都市の内外に見つけ、それに自分の知識を加えながらうたい上げることであった。ここで自尊心という言葉を用いたのは、『監獄署の裏』や『花より雨に』といった小品文での庭の空間を季節の詩として表現する、もしくは『見果てぬ夢』や『王昭君』のように「明治の東京」から完全に距離をとってしまうのとはまた異なる、社会性をある程度持ちえる視座が必要であったように思われるからだ。社会改革でもなく限られた私的（詩的）領域でのディレッタンティズムでもない、「明治の東京」という時空間との相渉り方。これを獲得するには体感で日本の美を認めると同時に、『あめりか物語』でボードレールの語彙と発想とを学んで陋巷の巷を描くのに成功したのときと同様、モデルをもつ必要があり、外から日本を評価するまなざしを、荷風は徐々に身に付けていたのである。

2　露地と霊廟

三次元のレヴェルでプロポーションの整った空間を、それでも荷風は東京にわずかに見出してはいた。今度は庭や公園の一隅でもなく銀座や新橋の雑踏でもなく、市街にある「露地」と「霊廟」であった。[*5] 前者は庶民的な、後者は荷風の言葉で言えば「貴族的」な建築の配列を表している。両者共に遠近感と左右の調和、全体の秩序において荷風の空間感覚を満足させた。しかも建築を通してそれに関わる人物をも想像させてくれる。

露地は『すみだ川』の三章で、長吉が駒方から歩いて葭町に向かう場面で出てくる。

片側に朝日がさし込んで居るので、露地の内は突当りまで見透された。格子戸づくりの小い家ばかりでなく、昼間見ると意外に屋根の高い倉もある。忍返しをつけた板塀もある。其の上から松の枝も見える。石灰の散つた便所の掃除口も見える。塵芥箱の并んだ処もある。其の辺に猫がうろうろして居る。案外に急しい人通りで、極めて狭い溝板の上を其等の人々は互いに身を斜めに揉向けては行き交ふ。稽古の三味線に人の話声が交つて聞える。洗物する水音も聞える。赤い腰巻の裾をまくつた小女が草箒で溝板の上を掃いてゐる。格子戸の格子の一本々々を一生懸命に磨いて居るのもある。長吉は人目の多いのに気後れしたのみでなく、さて露地内に進入つたにした処で、自分はどうするのかと初めて反省の地位に立つた。（三）

葛飾北斎（一七六〇～一八四九年）の「阿蘭陀画鏡　江戸八景駿河町」（一八〇〇年代）や、亜欧堂田善（一七四八～一八二二年）の洋風油彩画「両国図」（一七八九年から一八一八年の間）やほぼ同じ構図の銅版画「両国夕涼図」（同前）を思わせる光景である。司馬江漢（一七四七～一八一八年）や江漢と同時期に透視遠近法を学んで江戸の風景画に応用した亜欧堂田善は、河岸の露地の奥深くまで丁寧に描いてみせた。空気遠近法を用いれば、これほどまでに鮮やかに詳述する必要はないと思われる細密描写である。この露地の描写は、長吉が眺めるという物語の進行に対して明らかに過剰である。作家は古い花街の露地の様子を言葉にすること自体に面白みを覚えているようだ。しかも一方で、近代的な生のスケジュールを生きる主人公の少年がこの風景の中に入っていけないという展開から、この時期の作者の両義的な位置もうかがえる。「第五版すみだ川之序」（籾山書店一九一五年九月）には、「この小説中に現はされた幾多の叙景は篇中の人物と同じく、否時としては人物より以上に重要なる分子として取扱はれてある。」とある。これはすでに随筆『日和下駄』「第七　露地」（「三田文学」一九一四年十一月）で、露地を詳述しながら『すみだ川』執筆時を思い出していた作家の言葉として読むべきであろう。『日和下駄』では「第七　露地」の章で次のようなコメントをしているのである。

・わが拙作小説すみだ川の篇中にはかゝる露地の或場所をば其の頃見たまゝに写生して置いた。
・露地の光景が常に私をして斯くの如く興味あらしめる所以は西洋銅版画に見る如き或はわが浮世絵に味ふ如き平民的画趣とも云ふべき一種の藝術的環感興を催し得るが為めである。
・凡て此の世界の飽くまで下世話なる感情と生活とは又この世界を構成する格子戸、溝板、物干台、木戸口、忍返なぞ云ふ道具立と一致してゐる。この点よりして露地は又渾然たる藝術的調和の世界と云はねばならぬ。

ここでの「西洋銅版画」はレンブラントの類ではなく、先に挙げた江戸時代に洋風画を試みた司馬江漢や亜欧堂田善が手本にしたオランダ渡りの洋書の挿絵にあった銅版画を指していると考えられる。というのも荷風はフランス人の浮世絵研究を通じて、江戸末期の画家がオランダの銅版画の影響を受けて遠近法や陰影の表現を応用しようとしたのを知っていたからである。荷風が『すみだ川』を執筆していた頃亜欧堂の作品を見ていたか確認出来ない。けれどもオランダからの書物の銅版画挿絵を見て遠近法による風景画を実作した司馬江漢が、豊春や北斎に与えた影響はすでに知っていた。[*6]『浮世絵の山水画と江戸名所』(『三田文学』一九一三年七月)ではテイザン Tei-san の『日本美術に関する覚書・絵画と版画 *Notes sur l'art japonais : La peinture et la Gravure*』(Mercure de France, 1905)や、[*7]ゴンクールの『北斎』から特に断ってはいないが多く引用し敷衍していて、おそらくはその作品鑑賞のポイント、ことに透視遠近法に着目する見方が荷風自身の作品にも取り込まれていたはずだ。であれば『すみだ川』の露地の光景に田善の「両国図」を思い出すのは、あながち見当違いとはいえないだろう。

石阪幹将(一九四三年〜)は、『日和下駄』は「基本的には東京と江戸とを結ぶ「迷路」と「東京市中の廃址」の発見」と見て、「江戸と東京をつなぎとめているような奇妙な場所を通して映しだされた都会の「風景」」を書いたと説明している。[*8]石阪の言うように東京と江戸を結びつける場所を発見するためには特別なまなざし、言い換えれば「奇妙な場所」を一つの構図に切り取るファインダーを持つ必要があったろう。石阪は別の箇所で『日和下駄』の風景描写には「透視法による絵画的手法が随所で運用されている」と指摘している。江戸時代の洋風画の作者同様のまなざしがそこに働いていたのではなかったか。

ここで思い出しておきたいのが、美術史研究では紹介や分析の対象となる作品についての詳細な記述が不可欠であることだ。殊に図版による忠実な再生の困難な時代にあっては、この作品記述が論者それぞれの腕の見せ所であったといってよい。そして荷風は欧米の浮世絵研究の風景画の記述から、江戸情緒を残す戸外の風景の描写を学んでいたのである。一九一二年には、竹久夢二(一八八四〜一九三四年)宛書簡(三月十四日付)で興味深い述懐を書き記している。いわく「小生の此処の傾向よりは画家たらざりし事を怨み居り候。描写の文章は到底画に及ばす候へども、此れよりは勉めて東京の風景を描写したし」とあり、巧みに描いた画家として広重(一七九七〜一八五八年)と北斎の名を挙げている。これはただ単に文学と絵画とを「描く」という動詞の一致でのみ比べているのではない。そこには実際の風景を視覚イメージに置きなおす・風景画を言葉で記述する・風景を言葉に置き換えるという紐帯があったのである。
バロック都市の空間構成を心地よく感じた荷風の感受性にとって、浮世絵の洋風の遠近感の出し方に親しみを覚えたのは想像に難くない。荷風がゴンクールの北斎や喜多川歌麿（一七五三〜一八〇六年）の作品に対して試みたような詳述ではないとことわりつつも、広重の「東都名所」について書いた文章はまさに遠近法の言語化になっている。

他の一ツは段々に高く遠くなり行く両側の御長屋をば、其の屋根を薄墨色に其の壁を白く土台の石垣をば薄き紺色にして、此れに配するに、山王祭の花車と花笠の行列をば坂と家屋の遠望に併はせて、眼のとゞかんかぎり次第に遠く小さく描き出したものである。上から見下す花笠日傘の色と左右なる家屋との対照及び其の遠近法は、云ふまでもなく爽快極まりなき感を与へる。（『浮世絵の山水画と江戸名所』「三田文学」一九一三年七月）

小説『すみだ川』の露地の光景では、ゴンクールが北斎の「冨嶽三十六景」の日本橋の図について「いくつもの倉のある遠近法的光景 la perspective des entrepôts」といっている、その透視遠近法の構図感覚が活かされている。こうした露地の光景はいろいろなテクストで発展的に繰り返される。荷風の『欧人の観たる葛飾北斎』（「三田文学」一九一三年十月）では冨嶽三十六景の一図「江戸日本橋」について、日本橋そばの「左右に立並ぶ倉庫の列」があり「茂つた樹木の間から江戸城の天主台が望まれ」、富士山が「天主台の後一面に棚曳く霞を越して丁度左方の倉の屋根の上あたりに小さく浮いてゐる」と説明し、そこに「遠近法に基いた倉庫と運河の幾何学的布局から来る快感」を覚えている。この極端な透視図の版画について建築史の岡本哲志（一九五二年〜）が次のように述べているのは、荷風のパリの街の描写の手法を辿ってきたわたしたちには興味深い。

しかし北斎の時代、明暦の大火で炎上した天守閣は再建されることはなかった。江戸後期に北斎があえて遠景に天守閣を描いたことに興味がそそられる。北斎は、江戸初期に日本橋川が天守閣をビスタ（眺望の中心となるポイント）として計画されていたことを知っていて、あのようなダイナミックなモチーフを描きえたようにも思う。*9

荷風はこの版を見て、あのヴィスタ・アイストップのあるパリで馴染んだ街並みを捉える感覚を思い出したのかもしれない。『深川の唄』などでどうしても「書割」にしか見えないと嘆いていた日本の風景も、このように透視図という解読装置を介してとらえなおせば、「快感」を得られるのである。

これがさらに小品文『夏の町』での次の風景描写になる。

其の日は照り続いた八月の日盛りの事で、限りもなく晴渡つた青空の藍色は滴り落つるが如くに濃く、乾いて汚れた倉の屋根の上高く広がつてゐた。横町は真直なやうでも不規則に迂曲つてゐて、片側につゞいた倉庫の戸口からは何れも裏手の桟橋から下る堀割の水の面が丁度洞穴の中から外を覗いたやうに、暗い倉の中を透してギラギラ輝つて見える（二）。

「水の面が丁度洞穴の中から外を覗いたやうに」というのは、北斎の有名な「富嶽三十六景　尾州不二見原」（一八三二年頃）の構図を思わせる。ゴンクールの解説によれば「日本の男が組み立て途中の大きな桶の輪の中に膝をついていて、その奥に富士山が見える」というものだ（XXXII, *Hokousaï*）。

こうして見ていくと、荷風がフランス人の浮世絵研究家が浮世絵に描かれた彼らにとって逆輸入の遠近法に基づく風景画を見るのと同じ視点で東京の古い界隈を捉え、言語化しようとしていたことがわかる。そもそも浮世絵版画に荷風が注目し始めたのはアメリカでの体験により、系統だった知識を得たのは欧米での浮世絵に関する書物や図録等からであった。荷風の浮世絵の評価はだから、欧米のジャポニザン **japonisant**（日本研究家）たちの知識をベースとしている。その知識を体得することで、日本を欧米のまなざしでもって語る視座を身につけたわけである。『すみだ川』執筆当時、どれほど意識的に書いていたかは定かではない。が、書きながらオランダ渡りの銅版画や江戸の浮絵にあるような愛らしい風景を、言葉で再現（表象）する面白さに気がついたといってもよいであろう。

『日和下駄』に見られる露地の偏愛については、川本三郎が「路地の発見という大正期の新しい感覚」を現した先駆的な作品として、谷崎潤一郎の『秘密』（「中央公論」一九一一年十一月）とともに挙げている。川本は荷風が露地を、「江戸」でもなければ「西洋」でもない、まがいものの都市としての近代の東京の表通り」に対するアンチテーゼとして捉えていると見る。[*10] 勿論この表通りは明治国家の産物である。川本三郎は木村荘八（一八九三～一九五九年）のエッセイ集『東京の風俗』（毎日新聞社一九四九年二月）での、荷風の『日和下駄』での露地への視点が、当時の絵画や写真に比べても極めて新しいものであったという述懐を引いている。[*11] 露地の発見は東京市中を遠近法でとらえるまなざしによって得られたわけである。

わたしたちはその露地裏を、荷風が遠近法をもちいて言葉によって描き出したことで、西洋でもあり江戸でもある不思議な空間として表した点を高く評価したい。先に引用した評論『浮世絵の山水画と江戸名所』は荷風が試みた江戸美術に関する最初の評論であり、単行本『江戸藝術論』に収録される前に『日和下駄』に附録のようなページに置かれた。このことは、『日和下駄』という東京の街を歩いてその印象を記述した文章での、風景の捉え方との類縁性を裏付けるものである。

芝の徳川家霊廟は、現在の港区増上寺の傍にあった。将軍家菩提寺の増上寺本堂をはさんで北霊屋と南霊屋があり、中でも南御霊屋の二代将軍秀忠の台徳院霊廟（一六三五年建立、一九四五年五月の空襲で焼失）は規模が大きく、桃山時代の技術の粋を「清新秀美な造構意匠」に洗練させせえた傑作で日光東照宮の範ともなった。[*12] 荷風は随筆集『紅茶の後』の『霊廟』（一九一一年二月稿）に、寒月の夜にこの霊廟を見下ろした時の感動を書いている。

屋根を越しては、廟の前なる平地が、湖水の面のやうに何とも云へぬ程平かに静で、二重にも三重にも建て廻らされた正方形なる玉垣の姿と、並んだ石燈籠の直立した形と左右に相対して立つ御手洗の石の柱の整列とは、いづれも幽暗なる月の光の中に、浮立つばかり其の輪郭を鋭くさせてゐたので、若し誇張して云へば、自分は凡て目に見る線のシンメトリイからは一所になつて、或る音響が発するやうにも思ふのであつた。(『霊廟』)

台徳院霊廟では、和様の入母屋造の惣門についで勅額門とその左右の塀、さらに奥に中門のある透塀があり、その郭内に唐様の華麗な装飾が施された殿舎が設けられていた。しかし荷風の記述には細部の意匠への注目はない。影絵のように輪郭線が画面を構成するこの一幅の風景画は、フランス人が「中国の影《オンブル・シノワーズ》」と呼ぶ影絵を見慣れたものの感想のようでもあり、勿論広重から小林清親(一八四七～一九一五年)に至る名所図会風の画面のようでもある。また幾何学的構成とシンメトリーに着目する点は、日本美術にモダニズムのシンプルな造形を認めるデザイナーの視点すら思わせる。

北御霊屋の六代文昭院の霊廟を見たときの感想は、まずは『冷笑』の五章で作家の紅雨を通して語られた。紅雨は「今まで呪ひに呪つた俗悪醜劣の都会の一隅にこんな驚くべき藝術の天地が残つてゐたのか」と、驚嘆している。荷風はこの部分をよほど気に入ったのか、そのまま随筆『霊廟』にも引用した。それは細かく参詣の道順を追うようにして書かれている。

先《まづ》婉曲した屋根を戴き、装飾の多い扉の左右に威嚇的の偶像を安置した門を這入ると、真直な敷石道が第二の門の階段に達して居る。敷石道の左右は驚くほど平かであつて、珠の如く滑かで粒の揃つた小石を敷き、正方形に玉垣を以て限られる隅々に銅の燈籠を数へきれず整列さしてある。第二の門内に這入ると地盤が一段高くしてあつて、第一と同じ形式の唯だ少しく狭い平地は、直様霊廟を戴く更に高い第三の、乃ち最後の区画に接して居るのである。此処にはそれを廻る玉垣の内側が他のものとは違つて、尽く廻廊の体をなし、霊廟の方から見下すと其の間々に釣燈籠を下げた漆塗の柱の数がいかにも粛々として整列して居る。霊廟其ものも亦平地と等しく其の床に二段の高低がつけてあるので、若し此れを第三の門際よりして望んだならば、内殿の深さは周囲の装飾の美麗と薄暗い光線のために計り知るべからず思はれる。（「五　二方面」）

霊廟は神社と寺院と墳墓の三つの性格を持つために、独特の建物の構成と様式をもつようになった。物語の進行から言えば過剰な長さだが、荷風は平面と直線とが組み合わさった距離と高低、明暗による奥行き感が、進むものに徐々に緊張感を与えていく様子を丁寧に描いて、この建築空間の特殊性を伝えている。そして紅雨は「この方形的なる霊廟の構造《プラン》と濃厚なる彩色とは甚だよく東洋固有の寂しく、驕慢なる、隔離した貴族思想を説明して呉れる事を喜んだ」とある。ここでまず気をつけなければならないのは、彼の眼を引いたのが建築の個々の形態や部分の装飾よりも、「霊廟と名付けられた建築と其れを廻る平地《エスプラナード》全体の構造排置の方式」であったことだ。六代文昭院の霊廟は江戸中期の成熟した装飾で知られているが、それよりはまず敷地と配置、内殿の奥行きなのである。しかも「エスプラナード」や「プラン」という外来の建築の用語への理解からも、彼のすなわち紅雨及び紅雨を自分の分身として登場させている作者の、建築空間を把握する枠組みが西洋にあったことがわかる。

このような構成配置からの理解は『日和下駄』の「寺」で名前を出しているゴンスやミジョンといった、フランスの日本美術研究者の指摘した日本寺院の見方を踏まえていたと思われる。美術批評家ルイ・ゴンス Louis Gonse（一八四六～一九二一年）は装飾工藝の推奨者として活躍したが、彼の豪華な二巻本の『日本美術 *L'Art japonais*』（Quantin, 1883）では、当地の美術のカテゴリーに倣って、その二巻目で建築（寺院、城、家屋敷等）に丁寧に紙面を割いている。ゴンスは特に日本の寺院が建物よりまずは庭であり「宗教都市」ともいえる総体であって、「その全体において調和の取れた建築」であることを強調している。この発想はそのまま荷風の芝の霊廟を見るときの視点と一致するのである。さらに寺院の大きな屋根のそりの部分の重要性を強調しているのも、先の霊廟での屋根のシルエットへの注目につながるかもしれない。

荷風はまたガストン・ミジョン Gaston Migeon（一八六一～一九三〇年）からも直接多くを学んでいる。ミジョンは一九〇六年に日本に滞在した。そのときの日本の伝統文化の観察と調査とは『日本にて　藝術の聖地を歩く *Au Japon; Promenades aux sanctuaires de l'art*』（Hachette, 1908）に多数の写真図版とともにまとめられている。同書の「第二章東京の建造物」で、「広く境内の敷地全体の設計並に其の地勢から観察」しなければ美術として研究できないと、芝の増上寺と徳川霊廟、上野の寛永寺、皇居とその周囲の城壁とを紹介している。徳川霊廟については、三区画に区分してそれぞれの装飾などについて説明したり柱梁の比例の見事さを賞賛したりしている。荷風はむしろ記述においてはこの箇所よりは、建物の配置や参道の効果に着目し参道の順を追っている、同書三章の日光東照宮での解説に想を得ていたとも思われる。

いずれにせよ露地や芝の霊廟に心引かれるようになったのは、従来言われてきた荷風の花柳界を通じての江戸再発見の延長からとは言えなくなる。やがて荷風は東京の風景が破壊されるのを聞くにつけ、「広重北斎が名所絵」が一層尊くなり、「せめては残りし浮世絵一枚をも多く国内に保存致させ度く」と述べるようになる（『大窪多与里（九）』「三田文学」一九一四年七月）。理想的な風景は浮世絵が範になるのである。かつての黄昏の時間、水辺の木々に囲まれた空間というロマンティック・ヒーローにふさわしい舞台背景を日本で失い、季節の移り変わりの鮮やかな庭の空間に充足しきれない荷風にとって、テクストの語り手の「自分」の感受性を満足させてくれるものを求めて、日本の外界と向き合うのは必然だった。そのときにその視線に影響を与えたと思われる荷風の欧米の日本美術研究、ことに描写と直接関わる絵画の研究とのかかわりを、わたしたちは見ていかなければならない。この視点で見て語ることによって、聞く姿勢による物語の袋小路から抜け出すことも出来たからだ。『冷笑』では懐かしい響きを聞くことにより、日本の風土や文化を一体化していったが、それは結局聞き澄まして沈黙ないし月並みな表現や雰囲気を醸すだけのやりとりを並べることを意味した。わたしたちは見ることひいてはその視点の確立を何処にとることで、独自の言葉がつむげるようになったかを考えるのである。

3　日本の造形美とは

荷風が浮世絵研究に関心を持った最初の時期は確定しにくい。八木光昭（一九四七年〜）は荷風が外国の浮世絵研究を参考にしたのは、当時日本では浮世絵研究といえば宮武外骨（一八六七〜一九五五年）編集の雑誌「此花」（一九一〇〜一二年）くらいしかなかったことを踏まえて、荷風の浮世絵受容の深まる最初期を一九一〇年六月と見ている。[*13]が浮世絵研究への関心ということで言えば、一九一三年一月執筆の『浮世絵の観賞』（「中央公論」一九一四年一月）で仏・独・蘭・英・米の浮世絵研究について詳述し二十冊ほどの書物に言及していることから、専門書をパリ滞在時から蒐集していた可能性がきわめて高い。リヨンではゴンクール兄弟の著作に傾倒してもいた（西村渚山宛一九〇八年二月二二日付）。さらに「わたくしが浮世絵を見て始て藝術的感動に打たれたのは亜米利加諸市の美術館を巡つてゐた時である。さればわたくしの江戸趣味は米国好事家の後塵を追ふもので、自分の発見ではない。」（『正宗谷崎両氏の批評に答ふ』「古東多万」一九三二年五月）という言葉から、アメリカ時代にすでに図版への興味から関連する書物の購入を始めていたと考えられる。荷風は研究書のみならず、「外国蒐集家の所蔵品の写真版」や「蒐集版画目録」など（『浮世絵と江戸演劇』「三田文学」一九一四年七月）も集めていた。これらは米仏で入手していたと考えるのが自然である。荷風のアメリカ滞在直前の一九〇〇年頃から、コレクターのモース **Edwad S. Morse**（一八三八〜一九二五年）やフェノロサ **Ernest Fr. Fenollosa**（一八五三〜一九〇八年）等の帰米によって東海岸では日本美術ブームが起っていたからだ。フランスでは一八五五年、六七年、七八年、八九年、一九〇〇年のパリ万国博覧会での日本の工藝品の出品を経て一九〇五年頃まで日本の工藝品と浮世絵版画を中心とする日本ブームがあった。[*14]

56

57

58

59

60

61

＊　洋風趣味の視覚

56　亜欧堂田善「両国夕涼図」（紙本銅版、1790年代頃）。一点透視画法を巧みに応用しているが、どこまでも遠くのものが鮮明に描いていてまさに露地の奥まで見えそうだが、却って稚拙な味をそそる。

57　葛飾北斎「冨嶽三十六景　江戸日本橋」（錦絵、1834年頃、墨田区蔵）。荷風が『欧人の観たる葛飾北斎』で取り上げた遠近法と幾何学的配置の好例。この構図は明治の道路山水といわれる洋画などに受けつがれる。

58　歌川広重「名所江戸百景　廓中東雲」（錦絵、1857年、ホノルル美術館蔵）は富士山をヴィスタ・アイストップに置く遠近法の日本の風景の中での発見。

59　荷風が「一味の淡き哀愁」を感じると絶賛した鈴木春信の「絵本青楼美人合」の一葉。

60　昇亭北寿「武州千住大橋之景」（錦絵、1818－30年頃、神奈川県立歴史博物館蔵）のオランダ絵画の海洋画の影響により「空と水のと大い空間」（『浮世絵の山水画と江戸名所』）を設けてある好例。

61　『浮世絵の山水画と江戸名所』で風景の中に「江戸生粋の感情」を出していると書いている歌川国芳の「東都名所　新吉原」（錦絵、1831頃）。

比較文学の赤瀬雅子（一九三三年～）は『深川の唄』の最後の場面に「ヨーロッパ人の目に映った浮世絵の世界」を見出している。[*15] 確かに「梅林の奥、公園外の低い人家の屋根、それを越して西の大空一帯に、濃い紺色の夕雲が、物すごい壁のやうに棚曳いて、沈む夕日は生血の滴る如く、その間に燃えてゐる。」とあるのは、広重の「名所江戸百景」の「亀戸梅屋舗」（一八五七年）さながらである。後に詳しく見るが、欧米の浮世絵研究では遠近の構図と版画の色彩の鮮やかさに注目しているので、これはよく彼らの視点をふまえているといえよう。であれば、帰国時にはすでにかなり浮世絵研究に通じていたことになる。

松田良一（一九四八年～）は一九一一年から一三年頃の荷風について、「西洋芸術美への渇仰と江戸芸術への生理的感性的陶酔という二元的な美感は複雑に併立し、時には荷風の内部で衝突し、調和的に表出出来ないだけに憤怒と諦観を交互に引き起こすのであった」とみなして、『日和下駄』ではこの二元的な志向性が「二つの物を重ね共鳴させることによって感覚と情緒を生み」出していると述べている。[*16] わたしたちは『日和下駄』に限らず、その葛藤を解消し日本の美と欧米の美を同時に解き明かしえるような視座をもたらしたのが、欧米での江戸美術ことに浮世絵研究から得た自覚であったと考える。前章までの纏めをかねて言い換えるとフランスからの帰国後、二度にわたる発売禁止や明治の社会の混乱による絶望などで一時は創作の筆が滞った荷風は、古典の世界に懐かしい美を認めながらもそれを描くための視座、表現の枠組みに悩み、一方で海外での浮世絵研究を学ぶに従い浮世絵版画の価値を改めて見直し、しかもそれによって新たな表現手法を得た、ということになる。

荷風が一九〇八年八月の帰国直後から、日本人藝術家は日本の風土を文学や美術、音楽に表すべきという考え方を持ち、『春のおとづれ』などの小品文などで実践していたのはすでに見た。これは一人称口語の散文詩に程近く、場所と時間とのきわめて限定された枠組みをもち、複数の人物を描き分けるなどの奥行きは持ち得なかった。しかも荷風の場合、季節から受ける官能的な感覚の解放やその悦びを情緒たっぷりに綴った作品、たとえば「私は唯だ『形』を愛する美術家として生きたいのだ」、「私は世のあらゆる動くもの、匂ふもの、色あるもの、響くものに対して、無限の感動を覚え、無限の快楽を以て其れ等を歌つて居たいのだ。」と作中の「詩人」をして言わしめた小説『歓楽』が、良俗を乱す内容とみなされて発売禁止処分を受けたこともあった。この日本の風土に見合った人物をそれぞれに表すための問題や、次章でも触れるが『ふらんす物語』で確立した表現のスタイルの日本での実践の問題に直面したことが『帰朝者の日記』の執筆を促したようだ。

同作の日記の執筆者は長く欧米に滞在した作曲家という設定で、ワグナーのような「国民音楽」を日本の気候風土の中でいかに生み出すかに苦心している。オペラ「すみだ川」を構想するが、頓挫。直接の原因は西洋的な人間関係を理解し、国際結婚という形でそれを実践しようとした令嬢春子の軟禁騒ぎによって集中を妨げられたからであり、さらに「西洋の藝術が日本の国土に移し植ゑられたにした処で、果して其れが爛漫たる花を開き得べきものか否か」、言い換えれば「三絃とピアノと其の何れが果して日本人の情緒を最も適切に描し得べき」か迷ったからであった。ここで春子のような、西洋的な意思でもって行動する人物を描く困難さが浮上した。また同小説では国文学の学士で江戸時代に関する著述のある人物が、主人公の理解者のひとりとして登場し、この時点では江戸時代の藝術を「国民」藝術たりうるものと考え始めているように読める。九月には京都で上田敏と「半日ワツトーの画、ダヌンチオ、春水なぞつまり人種個有の特徴から出た特種の文藝」（西村渚山宛一九〇九年九月十九日付）について語り合っていて、この問題への執心が窺える。

そして帰朝直後の作である『深川の唄』によれば、江戸情緒の残る下町に引かれながらも疎外感を感じていたのが、俳諧師と長唄の師匠を主要登場人物とする小説『すみだ川』を経て、『冷笑』では江戸時代への強い親近感を描くに至る。つまり作者の帰朝後の過程をそのままなぞらせた登場人物の作家を通して、「郷土の美に対する藝術的熱情」の必要性を説き、ついで「日本的感覚《サンシビリテエジヤポネエズ》の特色は圧迫の婦女によりて奏し出さる丶三絃の楽声にあり」とまで言い切ってしまうのだ。ここで日本回帰、江戸回帰を指摘するのはたやすい。だが、「日本的感覚」にわざわざフランス語のカタカナ表記でのルビを振っている点に、それほど単純でなかったのがわかる。

荷風は自身の作品のスタイルを確立するまでの試行錯誤をしながらも、一方で「日本的感覚」を充分に表現しているジャンルを見出していた。それは絵画、それも狩野派のような御用絵師の絵画でも文人画でもなく、肉筆の錦絵よりなお格下に見られていた浮世絵版画だった。

新しき国民音楽未だ起らず、新しき国民美術猶出でず、唯だ一時的なる模倣と試作の乱出を見るの時代に於ては、元よりわが民族的藝術の前途を予想する事能はざるや論なし。余は徒に唯多くの疑問を有するのみ。ピアノは果して日本的固有の感情を奏するに適すべきや。油絵と大理石とは果して日本特有なる造形美を紹介すべき唯一の道たりや。(中略)然らば浮世絵は永遠に日本なる太平洋上の島嶼に生る、もの、感情に対して必ずや親密なる私語《さゝやき》を伝ふる処なからざる可からず。浮世絵の生命は実に日本の風土と共に永劫なるべし。(『浮世絵の観賞』(七))

ここに『帰朝者の日記』に描かれた国民音楽創作の挫折からの展開がある。しかも享受の問題も解決するとしている。というのも、音楽家は日本の暗く気密性の乏しい住宅内でピアノを弾くのも、着物を着ている姿がピアノに映るのも不調和でたまらないと憂えていた。藝術作品の受容に関して風土や住環境、国民性といったものにまで注意が払われていたのだ。環境が作品と調和していなければよい観賞も創作も出来ない、という考え方が荷風にはあった。これが『浮世絵の観賞』では、日本の木造の家屋や湿気の多い気候から生まれる「気候に対する郷土的感覚」に触れ、「嘗て広大堅固なる西洋の居室に直立闊歩したりし時とは、百般の事自ら嗜好を異にするは蓋し当然の事たるべし。」(四)とあって相違を受け入れ、そしてこの障子の光を通した居室で見るのに、小さく軽い形状をもつ浮世絵がもっともふさわしいと言い切っている。

注意すべきはこのような文章中で、荷風がいかに浮世絵版画が「日本特有なる造形美」といいうるかを説明するのに、絶えず欧米での事例を持ち出している点である。『浮世絵の観賞』では、浮世絵が日本の国民的美術としてふさわしいのを説くのに、ヴェルハーレンの詩『フランドルの藝術 Art flamand』(in *Les Flamandes*, Lucien Hochsteyn, 1883)を引用し解説している(五)。これは詩人の「郷土フランドルの古画に現はれたる生活欲の横溢を称美したる」作で、豊かな肉体をもった女神を「淫蕩なる婦女」として描いたルーベンスなどの絵画について語ったものだ。但し原文からわかるが、好色な傾向を説明しているのではない。「生活の充実と意志の向上を以て人生の真意義」とするその生命の活力が、画面上にも詩にも形象されているのを、荷風は認めているのだ。そして書く。「翻つて思へば余は白耳義人にあらずして日本人なりき。」その自分にとって親しいのは、親のために苦界に身を埋めてため息つきつつ竹格子の窓に寄りかかり、流れる水を眺める女性の姿であるというのだ。このように日本とヨーロッパの二つの文化を視覚的イメージでもって比較しながら、それぞれの風土や人間性にふさわしい表現を言葉で説明していく発想と展開とは、描写の作家荷風ならではであろう。日本を語るのに欧米の風土・文化から見て異なる点を積極的に言語化することが、日本の風土・文化の解説になるという構成も独特である。

ここで強調しておきたいのは、この時点で荷風にとって江戸時代は文明開化の明治期より、よほど巧みに西洋のものを取り入れて発展させた豊かな時期に思われていたことだ。いわく「江戸時代の藝術に於ける外国の感化は遥に明治のものよりも幸福なる結果を生じてゐたのである。」(『浮世絵の山水画と江戸名所』)このように考える根拠の一つには、江戸時代後期の浮世絵師がオランダ渡りの洋書の挿絵から、ルネサンス以来の透視遠近法を学んでその構図に取り入れた事実がある。荷風はこれを欧米のコレクターたちの文章から学んだ。荷風が部分訳もしているゴンクール、テイザンなどを初め、浮世絵関係の文章では必ずといってよいほど北斎や広重がヨーロッパの銅版画から学んだ独特の遠近法に言及していたのであった。

荷風もその浮世絵に関する文章の随所で触れている。たとえば北寿(一七六三頃〜一八二四年以後)は「直接に和蘭銅版画の影響を受けて、西洋画の遠近法と設色法と時には光線をも、木版画の上に転化応用せんと企てたものである」

（『浮世絵の山水画と江戸名所』）、広重や北斎は「いづれも西洋画遠近法と、浮世絵在来の写生を基として幾度か同様の地点を描いて」（同前）いるといった具合である。加えて「日本風土の特色を知解せしむる点に於て広重の山水と光琳の花卉ほど吾等に取つて貴重なる藝術は他にないと信じてゐる。」とまで書いていて、結果として西洋画の手法を取り入れた絵画に、「日本特有なる造形美」としての価値を認めたことになるのだ。

色彩についてもテイザンを引用して「これ正しく仏国印象派の画論が物体は決して定まりたる色彩を有するものに非ず、照す処の光線によりて変化するものたりとの理論に適合する」（二）『衰退期の浮世絵』「三田文学」一九一四年六月）と、印象派と国貞（一七八六～一八六五年）との色彩の選択の一致を認めている。そして「仏国印象派の画家は初めて北斎が此れ等の版画を一見するや、其の簡略明快なる色調の諧和に感ずるのみでなく、丁度当時彼等が研究しつゝあつた外光主義（Plein-airisme）の理論に対して大に得る処ありとなしたのである。」（『欧人の観たる葛飾北斎』）という文章からは、浮世絵版画を美術作品として評価する意識さえなかった時代にあって、欧米に誇る一様式とみなす考え方を大いに鼓舞するものになったはずである。

つまり荷風にとって浮世絵版画は、自身が実感しうる日本的風土・情緒の具体的な表現であり、同時に欧米人も高く評価する日本の藝術様式であり、また日本の景観を欧米の表現形式を取り入れることで一層効果的に表したものでもあった。菅野昭正（一九三〇年～）はその『深川の唄』論で「社会内存在としての位置の内部に、文明内存在としての位置を暗黙のうちにつくりだすこと」を帰国後の荷風の問題とみたが[*17]、その実践は実は単なる江戸文明への遡及ではなく、ジャポニスムという欧米の文化現象を自分の感覚や見方、発想にすることによって全うされたのだといえよう。この点は強調しておきたい。渡米前の自分に戻れなくともよい。新帰朝者として普請中の日本にいらだつ必要もなくなる。これは『冷笑』で作家の紅雨が江戸の世界に逃げ込むのではなく（中谷のケース）、一旦外の世界に触れてあえて選びなおし（桑島）、さらに外の世界の知識をもって再評価するような位置に自らを据えたのと重なっている。ただし紅雨は「郷土主義」すらことごとしく思われて諦念の沈黙に向かったが、作者の荷風は新たなスタンスを得たわけである。この意味で「第五版すみだ川之序」での次のくだりは興味深い。

> 外国から帰つて来た其当座一二年の間は猶かの国の習慣が抜けないために、毎日の午後といへば必ず愛読の書をふところにして散歩に出かけるのを常とした。然しわが生れたる東京の市街は既に詩をよろこぶ遊民の散歩場だけではなくて行く処としてこれ戦乱後新興の時代の修羅場たらざるはない。其の中にも猶わづかにわが曲りし杖を留め、疲れたる歩みを休めさせた処は矢張いにしへの唄に残つた隅田川の両岸であつた。

この口吻は、ゴンクールが『北斎』で引用した北斎自身の「版画の解説文」と読みうる文章を髣髴させる。

> 昨秋中わたしは哀れにも夢見がちにぼんやりとしていた。そして突然絵になる風景を散歩しようと思い立った。数え切れないくらい橋を渡って、この風景の中の長い散歩で自分がとても幸福であるのを見出した。ついで筆をとってこの散歩の風景をわたしの空想《イマジネーション》から消えないうちに描いたのだった。(XXX)[*18]

「imagination」という言葉を用いたのは、まさに北斎が風景の「image＝像」を心と頭とで描いていると考えたからか。これは自分の眼に映じた隅田川の「写実的外面の藝術」かつ「理想的内面の藝術」を書いたという作者の心に、適っているのではないだろうか。江戸の浮世絵師北斎というよりも、フランス語になったHokousaï[okusai]の絵と文章とが、この作家にふさわしいものであったのだ。

4 「日本的音楽」の聞こえる空間

日本の風土や日本人の固有の感情の表象を浮世絵版画に見出した荷風だが、彼は作家であり美術家ではない。造形表現は文学の言語に活かしうるのだろうか。実は荷風は、浮世絵の表現と言葉による表現との間に乖離を感じていなかった。そもそも荷風にとって重要なのはある場所の雰囲気を充分に感じさせる表現であって、それは文学でも美術でも音楽でも可能であると考えていたのである。

こうした考え方をよく伝えているのが、先にわたしたちが見た、帰国後ほどなくして参加した文展訪問に際しての発言である。

『日本橋』と『停車場の朝』とは僕の注意をひいた。リユクサンブウル美術館に於けるクロード、モネーの画いたサンラザール停車場の画を回想させたからである。画家は意識してかいたものかどうか知らないが、『停車場の朝』の方はたしかに色の間から音楽を聞く事が出来た。感情のある好い画である。（談話筆記『一夕話（文部省展覧会の西洋画及彫刻に就て）』「スバル」一九〇九年十一月）

話題になっている山脇信徳の油彩画「停車場の朝」は、上野の山から冬の朝の上野駅を俯瞰して描いたもので、灰色を主調に黄色と青とを置き、筆ではなくヘラを使って絵具のマティエールを明らかにしている。後年美術史家の森口多里（一八九二〜一九八四年）が、「印象派でありながら写実を一歩越えたものであつた」と評している所以である。[*19]談話筆記での発言からは、荷風が絵画が音楽的効果をもちうると考えていてそれを重視していることと、上野駅の情景にサン・ラザール駅を思う点で、日本の風景を西洋のまなざしから見直している姿勢がはっきりとわかる。[*20]このような志向性は、展覧会場を回った後の日本の同時代の藝術への感想の中で再度語られてもいる。

> 僕がいつも展覧会の画を見て感じるのは、日本の画家の思想と文学者の思想とが非常に違つて居ると云ふのである。然るに西洋の展覧会なぞに行つて見ると、文学や音楽に現はれた最近の傾向が同じやうに画の方にも現はれてゐる。つまり画家と詩人と音楽家の思想が非常に密接になつてゐる、モネーの画、ホイツスラーの画、カリエールの画とドビユツシーの音楽、マラルメーの詩と云ふ風に思想の共通する処がある。（同前）

引き合いに出している名前からわかるように、荷風はフランスを中心とする印象派を念頭においている。絵画で言えば、ある場所の一瞬の光と動きとを感覚的にとらえてあたりの雰囲気なり情緒なりを伝える作への志向性で、荷風の言葉でこれが「思想」になる。これは文学、音楽でもそれぞれに異なった形式で表現しうるし、別の見方をすれば文学も絵画や音楽と同じ傾向の雰囲気を表せると考えているのだ。そして実際に音楽の感じられる絵画を意識していた山脇のめざしたスタイルが[*21]、「日本特有なる造形美」足りえるものになるはずだった。だが現実には絵画は表現主義やフォヴィスムに傾向を移し、それが荷風にとって満足のいくものでなかったのは先の引用に見たごとくである。[*22]だが、浮世絵版画は荷風に音楽を感じさせた。『鈴木春信の錦絵』（『三田文学』一九一四年一月）では春信の描く女性と花の構図に「実に他国の美術の有せざる日本的音楽を聴き得ることを喜ぶなり。」、「浮世絵はその描ける美女の姿態と其の褪めたる色彩とによりて、いづれも能くこの果敢きメロデーを奏するが中に、余は殊に鈴木春信の絵によりて、最もよくこれを聴き得べしと信ず。」と絶賛している。また浮世絵一般についても、「この頼りなき色彩の美を思ひその中に潜める哀訴の旋律《メロデイ》によりて、暗黒なる過去を再現せしむれば、忽ち東洋固有の専制的精神の何たるかを知る」（『浮世絵の鑑賞』）と評しているほどだった。

すでに見てきたことだが、荷風は自分自身の創作でも、音楽の感じられる描写を目指していた。[*23]友人宛書簡に「自分は文章詩句をある程度まで音楽と一致させたいと思つて居る。」（西村渚山宛一九〇八年二月二十日付）と書いていたのを思い出されたい。その結果として生まれたのが、ある場所の雰囲気を書くのに、その場の色彩や音を重層的に書くと同時に実際に音楽の演奏を書きこむ手法であった。一つの場面の描写に際して感覚で受け止めた印象を重ねて行き、音楽用語で言い換えればクレッシェンドしてクライマックスに持っていき、転調してドラマティックなレシタティーボに持っていくのである。『羅典街の一夜』では、ボエームの街としてのカルティエラタンの雰囲気を出すために、音楽師のいるカフェを舞台にはかない恋物語を主題にしているオペラの序曲をバックミュージックにしてヒロインを登場させ、物語の展開に合わせてそれと内容の合う演奏を響かせ、それらについてのコメントをはさんでいた。そして作者の分身のように設定されている語り手はその感慨を、先に引用した『歓楽』の表現を用いると、「無限の快楽を以て其れ等を歌」うように思い入れをこめて語るのである。

このような演出によって日本人や日本の都市風景を肯定的に語るのが困難であった荷風であれば、日本の風土と日本人の気質が音楽として快く感じられるような世界を言葉で描くのに、「日本的音楽」の聞こえる浮世絵版画の世界の描出が適当だと考えるのは、自然な成り行きであったろう。が、絵画化されたものから言語化への道筋が急に引かれたわけではない。『すみだ川』では主人公の少年が、先ほど見た舞台での清元の一節をふと口ずさむことで、彼の歌舞伎の世界への憧れと藝者になってしまう幼馴染への切ない思いを暗示した。『冷笑』の「夜の三味線」の章では、帰朝者の小説家が日本的な諦観の心情を解するに至るのを書くのに、彼を深夜新橋の傍の掘割に佇ませ、その述懐のバックにあたかも浄瑠璃の口説きのようにして半玉の三味線を響かせてその江戸情緒への傾斜を印象付けている。また先に引用した芝の霊廟に関する『霊廟』で、二代将軍の霊廟を月夜見下ろして「自分は凡て目に見る線のシンメトリイからは一所になつて、或る音響が発するやうにも思ふ」といい、これはワグナーやドビュッシーの曲とは異なる「その土地の形象が秘密に伝へる」ものと感じている。荷風が言葉で描いた小林清親の影絵にも似た洋風版画風の風景は、新たに日本の音楽を感じさせてもいたのである。『ふらんす物語』の「かへり道」の章での嘆きからここまで来たのだ。

そして帝室博物館での鑑賞による『浮世絵の夢（小品）』（『三田文学』一九一一年六月）は短編集『新橋夜話』（籾山書店一九一二年十二月）の原型ともいえるが、「歌麿の女」「お花見」「夜」「絵草紙の英雄」など作品一点一点について、内容と色彩、構図を記す美術史でいう作品記述を踏まえて主題を物語風に語るというスタイルになっている。ここでは「あ、初代豊国の絵が奏で出る、心地よき曲線と古びし色彩のシンフㇹニヤ。」、「源之丞よ。君は恰も三味線の三の絲の途断れんとする如き、斯る人情本の背景中にさまよつて、ゾツとしみじみ恋風を引込んだのだ。」と音楽と絵画と言葉とのイメージ上での統一が重んじられているのがわかる。また「OUTAMARO の女よ」とあるのはフランスでの表記に倣っているのであり、フランス語の音声に執着していた荷風であれば、Hokousaï 同様この綴りが喚起する［u］や［r］のフランス語ならではの響きに感じ入っていたであろう。作者は自身をジャポニザンの立場に置きたかったのだ。かくして眼前の日本と日本人への感想をストレートに綴るのではない、日本的な美と情緒とを喚起する表現への移行が、浮世絵版画研究を梃子にして実現したのだった。

5　日本人ジャポニザンとして

外国人の浮世絵研究の発想は、描写などの美《エステティック》的側面にのみ応用されたのではない。荷風が随所で書いている日本人観は彼自身の実感でもあったろうが、言語化にあたっては浮世絵研究での言葉に想を得ていると思われる部分がある。荷風のフランス人東洋美術蒐集家テイザンの著書『日本美術に関する覚書・絵画と版画』からの引用の中で、序文の最後の部分を取り出した箇所は見過ごせない。すなわち「北斎の特徴と欠点は要するに日本人通有の特徴と欠点である。即ち事物に対して常に其の善良なる方面のみを見る傾向である。余りに分り易い諧謔と辛辣過ぎる諷刺とを喜ぶ事である。運命論者の如くに殆ど翌日に対して何等の考慮憂苦をも有せざる事である。」、「凡てについて全く理想的傾向を有せざる事である。」（『欧人の観たる葛飾北斎』[*24]）。これは『帰朝者の日記』での「精神の不安から動揺した事はない」「幸福なユートピアの民」という日本人観（十二月二日）、江戸時代からの諷刺文学の発達についての議論などと共通する認識である。『すみだ川』の蘿月宗匠、『冷笑』の座付き狂言作者のせりふ「浮世を茶に渡つて仕舞たい」や（三）、その下町育ちの連れ合いの諦めのよい「迫害に対する反抗の刺が出ない」温良な性質にも通じる（四）。

荷風は同作以外でも、繰り返しこの諦観を日本の気候風土と結び付けて「東洋的悲哀」と名づけた。このような風土と土地柄との関係は両義的である。劉岸偉（一九五七年〜）に倣って「人間意志の自由、思想の解放に敵対するように思われる気候風土に余儀なくされてとうとう諦めてしまう」傾向を持つ日本の地のことを、「荒廃の美を育てる温床であり、ノスタルジアを託す憧れの彼方、魂の安住できる理想郷」と言い換えることも出来るからである。[*25] このように自由や意思の尊重が西欧の十九世紀以来の思潮の根幹にあり、反面そうしたものを一切受け付けない逸楽の地として「東洋」なるものを位置づける見方には、ジャポニザンたちにも共通するオリエンタリズムがある。

この傾向は他にもたとえば先に露地風景のところで引用した、小品文『夏の町』にある藝者屋の二階での回想の一場面、というにはあまりにも詳細な情景の再現に反映している。柳橋の裏露地の二階の座敷で藝者らが暑い午後を過す様子を見ていると、「鏡台の数だけ女も四五人ほど、いづれも浴衣に細帯したまゝで、ごろごろ寝転んでゐた」彼女たちがきまぐれに猫と戯れたりふと三味線を手にしたり、口げんかが始まると思いきや窓下の蜜豆屋を呼ぶために沙汰止みとなる。こうした光景が縷々と綴られた後で感想が加えられる。「浴衣一枚の事で、いろいろの艶しい身の投げ態をした若い女達の身体の線が如何にも柔く豊かに見えるのが、自分をして丁度、宮殿の敷瓦の上に集う土耳古美人の群を描いたオリヤンタリストの油絵に対するやうな、或は又歌麿の浮世絵から味ふやうな甘い優しい情趣に酔はせるからであつた。」『帰朝者の日記』の春子のような自立的な態度と西洋的な行動とをあえてする女性は、かくして東洋の女性《オリアンタル》に取って代わられたのである。

このような描写の筆法はまさしく荷風がその後訳すことになる、エドモン・ド・ゴンクールが書いた歌麿の「青楼十二時」について言及のある六章（VI, *Outamaro, le peintre des maisons vertes*, Charpentier, 1891）から得られたものであろう。図版不足を補うかのように、その一挙手一投足を二十例以上も列挙して、後章で吉原の「女たちの昼夜の私生活をデッサンと色彩とで語った画家は、歌麿をおいて殆ど見られない」と称えるにふさわしい繊細な記述がなされている（XVI, *Outamaro*）。この「ワットーの絵画にも歌われていた詩的なリアリズム」[*26]が、十八世紀美術の熱烈な愛好家であったゴンクールが、日本の絵画に求めてそして得られたものであった。荷風はゴンクールを受けて「歌麿の版画に見らるべき特徴は、日本の婦女が生花、遊藝、針仕事、化粧、髪結ひなぞする家居日常の姿態を描き、此れに一種云ふべからざる優美の情と又躍如たる精神を添へしめたる事である。」と概括しながら、複数の女性の姿の言葉での表現に筆を多く費やしている。「或は平たく畳の上につくばひながら余念もなく咲花を見上げたる、或は膝頭を崩して身を後ざまに覆さんばかり軽くその背を欄干に寄せ掛けたる、或は両肱を膝の上つき、書物の上に其の顔を近寄せ物読み耽りたる（中略）、凡て疲れたる如き姿の美しさ、又は畳の上に身をつく匐はせたる艶しさなぞ、吾人は歌麿の一枚絵によつて、初めてよく日本の婦女の最も覗ひ難き日常の姿を覗ひ得るのである」（原著六章による、『ゴンクウルの歌麿伝幷に北斎伝』）とまとめる。この最後の文は意訳という以上に、より積極的な加筆になっている。荷風の自己同一化による感情移入が増幅させたと言うべきか。この態度が『妾宅』（『三田文学』一九一二年五月）での「珍々先生は藝者上りのお妾の夕化粧をば、つまり生きて物云ふ浮世絵と見て楽しんでゐる」という見方に発展していくのだろう。[*27]

『牡丹の客』で牡丹の花と二人の関係を比べている箇所にも、すでにしてジャポニザン式の形容の影響があったといえるかもしれない。「憂はしく色が褪めて、蕋ばかりが大きく開いて居る。強い日の光や爽かな風に曝して置いたなら疾に潔く散つて了つたものを、人の力で無理やりに今日までの盛りを保つた深い疲労と倦怠の情は、庭中の衰へた花の一輪づゝから湧出して、丁度其れに能く似た自分等二人の心に流れ通ふやうな気がした。」というのは、テイザンが、歌麿の女性の裸体を描いた作について述べた言葉に似通っている（Livre II, chapitre I, VI Outamaro）。いわく、「背徳的な花の萼のごとく、欲望や麻痺の感覚に導く奇妙な匂いが漂うようだ。歌麿の藝術は、つまるところ十八世紀末の極限までいった種々の快楽と頭でっかちの探求との結果として生れたデカダンの藝術家のそれである。」これは男女の関係を説明しているという以上に、デカダンスの藝術というものを物語中に表す言葉を学んだといえよう。

『花火』と合わせて大逆事件への反応と見做されてきた作に『散柳窓夕栄』（『柳さくら』籾山書店一九一四年三月、初出題『戯作者の死』「三田文学」一九一三年一月、三月、四月）がある。天保の改革の法外な厳しさとそれが齎した悲劇、柳亭種彦が処分を受けるかもしれない恐怖からか、急死したいきさつを綴った小説である。わたしたちはこの序の一部に注目したい。「余は観光の外客が日光の廟と宮島の鳥居と富士山と桜花と藝妓を看て過ぎ以て日本の特色に接したりとなすが如く草双紙と錦絵とを看てそれより得たる江戸の印象を排列せしものこゝに二篇の物語をなしぬ。」とプッチーニの日本風の曲に対して日本人が受ける奇妙な印象と西洋人の賞賛との「感覚」の違いを例にしながら、自己の立場を披瀝している。この立ち位置こそが、荷風のジャポニスムの姿勢と実作との関係を雄弁に物語っていると思われる。

浮世絵に多く描かれた風俗を言葉で書くことが、庭先の季節の変化から一歩進んで日本の風土と景観のみならず、日本人の固有の美や心情をも描くことになった。調和のとれた空間を一つの環境となして、そこから物語を生じさせる手法が定まってきたのである。このとき風景描写は、屋外であれ室内であれ、一つの環境として人物にも物語にも機能してくる。遺伝と環境によって人間が決定されるというゾラの主張が、ここでようやく荷風のなかで実ったかのようだ。作家として『新橋夜話』の一部が「新しい浮世絵をみるやう」（『四月の創作』「劇と詩」一九一二年五月）と評されたり『腕くらべ』について佐藤春夫（一八九二～一九六四年）が「浮世絵風の描写を期した一種の様式化」（『荷風雑感』国立書院一九四七年十二月）を指摘したのは、作者にとって決して否定的な比喩ではなかったはずだ。そこに日本らしい音楽的な効果が得られ、印象派の絵画と文学と音楽とが一つの雰囲気を共有していたように、浮世絵版画と自分の言葉の世界と江戸音曲とが調和をみたのだから。日本人作家としての「任務」はこのようにして果たされえたのである。

もっとも今日の視点からすればジャポニスムや、エドワード・サイード Edward W. Said（一九三五～二〇〇三年）によって差別と抑圧の姿勢に読み替えられたオリエンタリズムを、日本人でありながら継承している荷風の姿勢は差別的といえよう。[*28] 勿論テイザンやゴンクールの江戸時代の日本人観には浅薄なものがないわけではない。だがこれまでわたしたちが見てきたように、帰国後の荷風は一方的に西洋の側に身をおいて近代化の途上にある日本を批判したり、江戸の封建制を無批判に擁護したりしていたわけではない。日本の現実に身をおいて、西洋の風土習慣にイデオロギーのレヴェルではなく感性のレヴェルでもって馴染んだ人間が、日本で表現活動をする辛さを書き記していたのである。その上で江戸文化と欧米の文化とを同時に吸収し続けた。それが弁証法的にプラスの新しい評価を与えるになるまでには時間がかかった。しかし米国人フェノロサが広重の愛宕山の図をターナー William Turner（一七七五〜一八五一年）やホイッスラー James M. Whistler（一八三四〜一九〇三年）と比べたり（『浮世絵の山水画と江戸名所』）、英国人ホルムス Charles John Holmes（一八六八〜一九三六年）が北斎漫画の奔波の図とレンブラント Rembrandt（一六〇六〜六九年）やコンスターブル Jhon Constable（一七七六〜一八三七年）のそれとを比べたりしている（『欧人の観たる葛飾北斎』）のにまして、荷風はより広範囲に文学作品から建築まで比較の対象を広げて描いて見せている。

しかも荷風は単なる見立てには否定的だった。「西洋文学から得た輸入思想を便りにして」「無暗矢鱈に東京中を西洋風に空想するのも、或人には或は有益にして興味ある方法かも知れぬ。」と、おそらくは「パンの会」の動向を念頭にして皮肉に書いてもいる（「地図」『日和下駄』）。いろいろな例を挙げて、そして比較を通じて双方の文化や風土、民衆の性情が肯定的に伝えられなければならないのだ。だから帰国後何年経とうとも欧米の書物を渉猟し、得られた知識をもとにして眼下の日本の風土・風俗を活写して、これまで体制の側に見過ごされてきた風土・風俗・民衆の姿に新しい表現を通して新たな価値を与えた。

彼のジャポニスムも単なる西洋人の物真似に終わってはいない。本人の意図を超えて、その同時代的意義を認めなければならない。ここで稲賀繁美（一九五七年〜）がジャポニスムに見出した表現が参考になる。稲賀はオリエンタリズムが「〈東洋《オリエント》〉をもっぱら西欧の眼で見、〈東洋〉の珍奇を絵の対象として借用する行為であった」のに対して、ジャポニスムは「同様に、日本を対象とする東方趣味《オリエンタリズム》としての日本趣味《ジャポニスム》という次元を持つのみならず、マネの場合の如く、逆に日本美術という〈外〉なる視覚形式を借りて〈内〉なる西欧世界を表象するという、全く別次元の日本主義《ジャポニスム》をも含意しようとしていた」と説明している。[*29]荷風の場合もこれと同様のことがいえないだろうか。つまり彼の日本に対する態度は、ジャポニスム（日本美術研究の発想と言語）という外部の視覚の枠組みを借りて日本という内部を表象するという、別次元のジャポニスムを生んだのである。そしてゴンクールが同時代のフランスにおいて十八世紀美術の再評価を促しえたように、荷風もまた、明治維新以来打ち捨てられて岡倉天心やフェノロサらによって余命を保っていた十八世紀美術に、再び光を当てたのだった。

つまり荷風の浮世絵版画を最大限に持ち上げる姿勢は、アナクロニズムなどではなかったといいたいのである。そしてこれは制度として確立した「日本美術史」に、あえて逆らうものでもあったのだ。そもそも北斎を初めとする浮世絵への高い評価は、日本の美術品が開国後に大量にヨーロッパに流出したことに由来しており、本国での評価とは無関係であった。日本で美術史・美学を教えていたアーネスト・フェノロサは土佐派や狩野派、圓山四条派を正統とする美術史観を持っており、ヨーロッパの浮世絵ことに北斎偏重の評価を批判していたのを荷風は知っていた（『欧米の浮世絵研究』[*30]）。荷風も引用している文学史家でもある藤岡作太郎（一八七〇～一九一〇年）の『近世絵画史』は一九〇三年に初版が金港堂書店から発刊、一三年には第九版が出ている代表的な美術史本だが、二八章のうちで浮世絵関係はからくも三章分をしめている。[*31]この分量は藤岡が日本古典文学の研究者であったという事情にもよるだろうが、決して多いとはいえない。これに比しても荷風が『浮世絵の観賞』で「国民美術」の扱いをして、「中央公論」という知識人向け一般誌に発表したのは大胆というべきであろう。

そして正統なる美術史での日本人観は荷風の先に見たそれとは、当然のことながら、かけ離れている。これは一九〇〇年のパリ万国博覧会を契機に編纂された、本邦初の日本美術史書『稿本日本帝国美術略史』に明らかである。同書では美術史家の馬渕明子（一九四七年～）によれば、欧米では「それまでは『日本美術』と言えば『浮世絵』であり、『江戸芸術』だった」のが、修正されることになった。[*32]ナショナルアイデンティティの確立のために周到に用意された日本語版「序論」の「日本人の性質及び美術的好尚」には、「一、日本国民は忠君愛国の念に富む。（中略）二、清浄潔白を愛するは、日本国民固有の美徳にして、之れを先天に稟けて、更に明媚秀麗なる自然の環象に化育せられたるものならん。（中略）三、日本人は又優美温雅にして而も活発勇敢の気象に富む[*33]」。とあった。しかしながら馬渕は、このいわば編集された正史に対して「古代偏重、近代軽視、とりわけ浮世絵などは一顧だにしない配分、過去の美術の栄光をたたえ、現在につながる近い過去の民衆のエネルギーを無視して封じ込めたこの「美術史」は、必ずしも国民がほんとうに誇りに思えるものだったのかどうか。（中略）日本がもし、ここで謙虚に西欧の人々の声を聞き、江戸時代の、あるいは民衆の手になる芸術をもっと評価することができたら、その後の「日本美術史」研究はもっと変わっていたかもしれない。[*34]」という疑義を提出している。こうした見地から見てわたしたちもまた荷風の風土に注目しての日本観、日本人観に見られるジャポニスムを、西洋かぶれやオリエンタリズム的差別と切り捨てるわけにはいかないのである。

荷風の一九一〇年代を「江戸趣味」の時期とみるのはほぼ定説になっている。これはまずもって『江戸藝術論』（春陽堂一九二〇年三月）[*35]にまとめられる浮世絵研究に関する文章や、『新橋夜話』『腕くらべ』（私家版一九一七年十二月）など、江戸情緒の残る花柳界に取材した作品を書いていたからである。そしてこの帰朝者が江戸文化に執心するようになったのは、『冷笑』での「新しい時代の新しい凡てのものは西洋を模して到底西洋に及ばざるものばかりなので、一時は口を極めて其の愚劣、其の醜悪を罵り」、さらに「あ、江戸時代なるかな。」という慨嘆から解釈して、混乱した近代化のありさまに絶望したあげくの江戸賛美であるとか、また『花火』に書かれた、大逆事件の折の「以来わたしは自分の藝術の品位を江戸戯作者のなした程度まで引下げるに如くはないと思案した。その頃からわたしは煙草入をさげ浮世絵を集め三味線をひきはじめた」（「改造」一九一九年十二月）という感慨から、自虐的かつ反体制的な選択とみなされてきた。[*36]

けれどもわたしたちはそうしたいわば後ろ向きの姿勢ではなく、荷風が積極的に「国民美術」として浮世絵版画を評価し、その上でこの造形表現が持つのと同様の効果を自分の作品で試みていたことを理解した。「半分欧羅巴人」(『帰朝者の日記』)という位置づけは、日本人ジャポニザンという視座に置き換わったのである。ここで荷風のジャポニスムについてそのイメージを把握するために、彼の日本美術商林忠正(一八五三〜一九〇六年)にふれた一節を引用する。林はフランスでの浮世絵ブームの火付け役にもなった人物で、ゴンクールの北斎や歌麿に関する書物の執筆を手伝ったことでも知られている。一九〇〇年のパリ万国博では現地での準備や企画に携わっていた。ただ博覧会での準備の折に日本側の事務局と必ずしも円満な関係を保てなかったようで、フランス語版にある彼の序文は日本語の『稿本日本帝国美術略史』では削除されている。日本で過ごした晩年はさびしいものだったという。[*37] 荷風は当時としては珍しく林の功績に注目して、『ゴンクウルの歌麿伝　并に北斎伝』で紹介している。

林氏が文豪ゴンクウルを助けて、遺憾なく日本の美術の研究を完成せしめ、併びに日本の遊女を初め其他外人には甚だ了解しがたき特種の風習について、毫も恥づべき誤解をなさしめず、宛ら羅馬末代の華美を見るが如き江戸時代と玆に発生せる藝術の来歴を会得せしめたる点に於て、寧ろ感謝して然るべきやうにも思ふのである。

これはアクティヴに過去の美を現在の筆で生かしていく荷風の活動を髣髴させるものであると同時に、江戸情緒を描いた『牡丹の客』や『新橋夜話』の『掛取り』、小品文『浮世絵の夢』がフランスやアメリカで翻訳される、[*38] 荷風自身の作品の評価にもなると読みうるのである。

荷風の作家としてのスタンスについて、日本にもフランスにも落ち着けなかった宙吊り状態であるとか、江戸に逃避したなどの空間的時間的な位置付けがなされてきた。けれどもこれまでわたしたちが見てきたように、東京を江戸からの過渡期としてそれを西洋の眼で捉え、西洋の言葉と日本の古典の言葉とで言語化することで、さまざまな言葉の交錯点としてありつづけることが出来、ひいては新たな風景を獲得したと思われるのである。これが荷風のアメリカ、フランスを経巡って到達した地点でもあった。

最後に再びマネによるゾラの肖像画に触れたい。ゾラがマネを擁護したその感謝の印として制作されたこの絵では、背景の書斎の壁に画家自身の問題作「オランピア」の複製と歌川国明の大鳴門灘右ヱ門、ベラスケスの絵の複製版画などが見られ、小説家の方に視線を合わせている。西欧の絵画と日本の浮世絵、そして小説家の横顔。このイメージは荷風の到達したポジションとも重なり合う。また描写の問題からいえば、荷風は浮世絵研究の言語を学ぶことによってゾラのような風景も人物をも対等に扱う方向には向かわなかったが、人物を風景画の要素としてみるまなざしを得たわけである。荷風はゾラほどの骨太の小説家ではなかったが、空間を自分の言葉で創り出すのに無上の喜びを感じていた点において二人は心を同じくしていたのである。

おわりに

東都錦繪數寄者番附

大正九庚申年初春

大関 落合直成
関脇 鈴木虎之助
小結 キーン
前頭 市原一郎
前頭 内田實
前頭 宮沢雀次郎
前頭 新井洋太郎
前頭 齋藤豊作
同 ハッパー
同 市川三升
同 山村耕花
同 高島和雄
同 新海竹太郎
同 根本正
同 三浦直介
調役 藤懸静也
同 林若樹
同 漆山天童
同 坪内逍遥
同 相見香雨
同 島田筑波
同 杵屋勝四郎
同 町田博三
同 酒井忠吉
世話人
河浦謙一
諏訪松之助
平川健吉
服部喜兵衛
村田幸吉
清水直治
松木平吉

蒙御免
行司 井上和雄
廣瀬正雄
藤森芳雄
年寄 宮武外骨
小林文七
勧進元 廣瀬菊雄

大関 中村辰次郎
関脇 三原繁吉
小結 山本米子
前頭 小島烏水
前頭 南日恒太郎
前頭 村上胖
前頭 角羽善次郎
小結 樋口五葉
前頭 執行弘道
同 ジャクレー
同 市川左團次
同 鏑木清方
同 谷村苗
同 高安月郊
同 前田武四郎
同 澤鷗外
調役 星野朝陽
同 石井研堂
同 朝倉無声
同 永井荷風
同 谷朱冠
同 權田保之助
同 久保田米坐
同 兼子伴雨
同 野口米次郎
世話人
村田金兵衛
酒井庄吉
渡辺庄三郎
和田条蔵
林旧吾
金子清蔵
松井榮吉
板元 伊勢屋辰五郎

62　「東都錦絵数奇者番附」（1920年初春）で荷風は調役に名前が挙がっている。

森有正（一九一一～七六年）はパリに住むようになって七年目の変化について、次のように書いている。

このパリの新しい発見、それは又別の機会に書けると思うので、この手紙では余り触れないことにするが、要約して言ってみると、パリが僕にとって、アノニムな形の世界に還元されたということである。ノートル・ダムでも、サクレ・クールでも、エッフェル塔でもない、またそういう名所としてのパリではなく、サン・ジェルマン・デ・プレとか、サン・ピエールとか、サン・ジュリアンとかいう審美的に、また歴史的に重要な建築のある町、というのでさえもなく、またある種の人々が好む色彩の豊かな民衆の町というのでもなく、そういう一切の「パリ」という名前と関係のある何かではなく、僕と向き合った町、という以上の意味のないパリの発見なのである。(「一九五六年八月二九日」『バビロンの流れのほとりにて』筑摩書房一九六八年六月)

こうした態度からは改めて荷風のアメリカ、フランス、日本の思い入れたっぷりの筆の過剰性に気づかされる。結局彼はお気楽な「ツーリスト」に過ぎなかったともいってみたくなる。しかし荷風の引き受けていた現実も考慮しなければならない。

初めて見聞する異文化の空間を独創的な表現で伝えるのは実は大変難しい。しかも極めて記号性の高い街に住む立場は、対外的にも自分の内部でもいろいろな意味づけを要求する。「パリジャン」や「ニューヨーカー」といった言葉のコノテーションを引き受けながら、自分とパーソナルな街との関係をどのように表現しうるかを考えざるを得なくなる。しかも発表を前提とした文章に表す場合、必然的に読者の期待を意識して筆は整えられる。荷風の場合は、まずは「西洋」という記号を進歩的文化の代名詞として受け取りながら、その文化の一つ一つを（文学、音楽、美術、建築）、そして現地でなくてはわからない風土を体感していった。アメリカ時代の後半からはフランス語の読書が進んだこともあって次々に言語化し、物語化していった。その物語は自分と自分を取り巻く世界と、ひいては自分を認めてくれる日本の読者との間を取り結んでくれるものだった。環境が絶えず変わり、また日本のほうでも思惑通りに受け止めてくれたわけではない。その都度新たな言葉を探し出し、自分の立場を明らかにする物語作りをする必要があった。だが、そうした性急な位置取りからふとはずれたところで書かれる空白の、あるいは森有正の言葉によれば「意味のない」アノニムな時空間（ニューヨークのビルの屋上で、沙漠で、長崎の海の上で）での感慨は読者を意識したポーズというよりも、我が身を振り返ってのつぶやきであったようだ。

それにしても荷風の空間を言語化する力には目を見張るものがある。

ゾライズム時代に描写の魅力に気がつき、物語の流れを一旦とどめる景観を設定するようになった。自己をロマンティック・ヒーローにしうる文学的舞台装置を得たのもつかのま、ニューヨークではグリッドの都市空間を、パリではバロック都市空間を言語化しえるようになったものにとって、東京は別次元の世界であった。フランスで、船中で日本という地政学的な場を意識せざるを得なくなった。勢いパリは東京という陰画の裏返しとして輝き渡る。市区改正の終盤に差し掛かった東京での不快と庭先や公園での快楽の形象はやがて、一歩退きをとって日本的な美と物語の感じられる風景の言葉による想像へと向かう。そのとき風景は環境という、人物をはぐくみまたそれ自身も自立した世界を提示するものになる。そこで近代的な細分化され直進的に加速していく時間感覚を追いかけるようにしていた時期から、陶酔的夢の時間あるいは無演出のエアポケットのような時間、そして限られた空間で自身の過去に遡りながら、その立脚点を過渡期と見定めたところで、過去の江戸の世界にひかれるのと明治の現在への批評精神とのバランスが取れるようになっていった。一方、江戸や東京の美を語るに際して欧米の日本研究家の発想をとり入れることで、自己の特権的な観察の位置（視点場）と批評言語を獲得しえた。

言葉で時間の流れにそった環境をイメージさせる。ここまでは小説も景観デザイン・プロジェクトも同じである。言葉でいかに豊かな時空間をイメージさせられるか。景観デザインの場合は専門の建築言語や空間学のボキャブラリが用いられる。文学の場合は作者が描写をどのように考えるかで様々の知覚描写の言葉が選ばれる。荷風の場合、空間と時間の座標軸を四次元の物語に仕立てて行くのに、その都度多くのフランスの文学や批評の表現や発想、そして時には日常に聞こえる雑音、会話の音声の響や音楽といったサウンド・スケープまでもが、インターテクストとして取り込まれていった。だがそれは、ブッキッシュな作業ではなく、あくまでも感受性レヴェルでの得心がいってのことであった。かくして音楽の感じられるシーンが造景された。

このように言葉によって自分と世界との関係を作り上げることの出来た作家は、やはり幸福であるといわなければならない。しかも荷風にあっては、その関係はプロレタリア文学運動の最盛期にもあの太平洋戦争中にあっても崩されることがなかった。いやもっとその以前につまりわたしたちが見てきた時期以降は、日記執筆とその刊行、春陽堂からの全集の編集に伴う旧作の改稿などによって、荷風という作家と世界との関係を確立して、得られた自己像はついに揺らぐことはなかったのである。その上でおびただしい先行テクスト（自分のかつて書いたものも含めて）を自在に組み合わせる。これはその後の芥川龍之介や佐藤春夫など自然主義風の小説に飽き足らず、古今東西の藝術からテクストの時空間をつくった作家たちにも繋がる姿勢である。だが、彼等はそれぞれに時代の波に翻弄されてしまった。荷風にとっては現実の世界を生きるよりも、一旦自分の言葉に置き換えて、テクスト中に再構築した世界を生きている方が、真実生きていることであったのかもしれない。それが彼を強くしたのだろう。

本書の成立はこれまで発表してきた拙論が基になっている。早稲田大学の学部と大学院で荷風研究の第一人者の竹盛天雄先生の指導のもと、「よく調べ、よく考え、よく書くこと」を実践しようとしてきた。一九九一年から刊行された新版『荷風全集』での初出雑誌・初版本本文の調査、校異表作成などの仕事は大変勉強になった。九四年度から三年間、当時の文部省から「フランス文学・文化の受容から見た永井荷風の作品研究」という題目で科学研究費も戴いた。このような僥倖ともいえる機会に恵まれたことに改めて感謝したい。お蔭で日本各地はもとよりパリのフランス国立図書館、サント＝ジュヌヴィエーヴ図書館、INHA国立美術史図書館などで調査することが出来た。

もっとも大学院在籍の頃から早稲田大学比較文学研究室の助手、その後のフランスでの教員生活を経て再び日本の大学で教鞭を取るまでに、関心の幅は美術や建築にまで広がっていった。それに三度の荷風全集の編纂を通して荷風を世に出した指導教授のもとでの研究というのは、まるでお釈迦さまの手のひらの上を飛び回っているようで、その意味でも外部の言葉を自分の中に取り込む必要があった。前勤務先であるフランス国立東洋言語文化研究所に提出した博士論文でも、荷風は一章分を締めるに過ぎなかった。ちょうど『荷風全集』の仕事が完了した直後に渡仏し、最も荷風に関する関心の高まっていた時期に日本にいなかったことも、冷却期間として幸いであったと、今となっては言えるかもしれない。博士論文以降は、フランスの建築雑誌に日本の現代建築の記事を書くようになり、日本でのセザンヌやロダンの言説の受容を調べたり、また以前の同僚の二十世紀の日本美術に関する大部の著作をフランス語から翻訳するなど、自分自身の表現を日仏間で拡げていった。異なる分野と発想の読者の関心を踏まえながらまず自分で都市や建築を描写し、翻訳をし、他の翻訳を検討することは、時間も苦労もはなはだしく、専門性の高い日本のアカデミズムやジャーナリズムにあって理解されないこともままあったとはいえ、その一つ一つが貴重な勉強になり、得られたものは本当に多かった。幸いそれぞれの分野の専門家からは高い評価をいただいた。

再び荷風に取り組むきっかけになったのは、二〇〇四年秋に日本比較文学会関西支部大会で荷風文学に関するシンポジウムがあり、そのパネラーとして荷風文学と浮世絵美術の関係について発表をしたことによる（貴重な機会を与えてくださった関西支部の方に、御礼申し上げたい）。その後描写の変遷について気になり、まずは図書館でかつて発表した自分の論文をコピーして読み返してみた。お世話になった佐々木雅發先生、中島国彦先生、小林茂先生の学恩が思い出されると共に、当時の限界も目に付くようになった。また全体の見通しがつくようになり、研究の状況の変化や建築や美術の勉強に伴って付け加えるべき部分が次々に出てきた。結果として本書はほぼ書き下ろしになっている。大変な労力を要したが、既発表論文・エッセイ集には出来なかった。あれこれ迷いがちな筆者に、寛大な出版を許して下さった翰林書房さんには本当に感謝している。また勤務先の相模女子大学からは学術図書刊行のための出版助成を戴いた。御礼申し上げる。プライオリティの問題を考慮して荷風に関する拙論を以下に挙げてしめくくりとする。

二〇〇七年一月　パリ国際大学都市イタリア館にて

初出一覧

・「永井荷風「すみだ川」試論」文藝と批評の会「文藝と批評　53号」一九八六年三月
・「『雲』論―「ふらんす」という物語の誕生」早稲田大学国文学会「国文学研究　94集」一九八八年三月
・「荷風『冷笑』の響」早稲田大学国文学会「国文学研究　97集」一九八九年三月
・「『あめりか物語』における「自分」―日記体作品群をめぐって」早稲田大学国文学会「国文学研究　101集」一九九〇年六月
・「「日本人」への帰路―『ふらんす物語』「かへり道」の章をめぐって」『交錯する言語　新谷敬三郎教授古希記念論文集』所収
名著普及会　一九九二年三月
・「荷風『冷笑』の中の時代」早稲田大学比較文学研究室「比較文学年誌　28号」一九九二年三月
・「日本人画家とパリ―永井荷風『ふらんす物語』論」早稲田大学国文学会「国文学研究　108集」一九九二年十月
・「博覧会を見た人―『あめりか物語』「酔美人」より」早稲田大学比較文学研究室「比較学年誌　29号」一九九三年三月
・「彷徨する新帰朝者―永井荷風帰朝後の一年」「ふらんす68巻4号‐69巻3号」白水社　一九九三年四月～一九九四年三月
・「汽車」が運ぶもの―荷風・ゾライズム受容の一側面」「季刊Credo　2号」響文社　一九九四年十二月
・「荷風の自伝的小品―「狐」と「下谷の家」から」早稲田大学国文学会「国文学研究　116集」一九九五年六月
・「荷風における性と表現―帰朝後の翻訳を中心に」「季刊　文学　夏号」岩波書店　一九九六年七月
・「新しい風景の時―永井荷風「小品文」の世界」「季刊　文学　秋号」岩波書店　一九九七年十月
・Un nouveau style de description du paysage — lecture d'un texte bref de Nagai Kafû, in *Japon Pluriel II*, Société française des études japonaises, Piquier, 一九九八年四月
・「『冷笑』―トポフィリアの描写力」「国文学解釈と鑑賞　永井荷風を読む　67巻12号」至文堂　二〇〇二年十二月
・「景観の視学・史学・詩学2　東京歩行術」「10＋1　n°32」INAX出版　二〇〇三年九月
・Nagai Kafû, in *La figure de l'artiste et la question de l'art dans la littérature du Japon moderne*, thèse de doctorat, Institut national des langues et civilisations orientales, 二〇〇三年六月
・La littérature française vue par des écrivains du Japon moderne, in *La Modernité française dans l'Asie littéraire, Chine, Corée, Japon*, Haruhisa Katô (dir.), Presses universitaires de France, 二〇〇四年九月
・「永井荷風の浮世絵研究―ジャポニスムの視座」日本近代文学会「日本近代文学　72集」二〇〇五年五月

注

はじめに

1　半藤一利『荷風さんと「昭和」を歩く』（プレジデント社一九九五年四月、文春文庫二〇〇〇年六月）、川本三郎『荷風と東京　『断腸亭日乗』私註』（都市出版一九九六年八月）『荷風好日』（岩波書店二〇〇二年二月）、東秀紀『荷風とル・コルビュジェのパリ』（新潮選書、新潮社一九九八年二月）、末延芳晴『永井荷風の見たあめりか』（中央公論社一九九七年十一月）『荷風とニューヨーク』（青土社二〇〇二年十月）、東京都江戸東京博物館「永井荷風と東京」展（一九九九年七月）、草森紳一『荷風の永代橋』（青土社二〇〇四年十月）、加太宏邦『荷風のリヨン『ふらんす物語』を歩く』（白水社二〇〇五年二月）等。また江藤淳の『荷風散策――紅茶のあとさき――』（新潮社一九九六年三月）の単行本の帯に「荷風を歩く愉しみを知る。」とあったのも、荷風への一般的な関心を明らかにしていた。

2　新版『荷風全集』刊行開始後に出た雑誌「東京人」の「特集　荷風の散歩道」（一九九二年九月）では、外出中の荷風とそのゆかりの地の写真を多数掲載し、「復刻記事で見る荷風散人の行状記」としておもに「奇人」ぶりに焦点のあたった記事を紹介するなど、荷風の個性的な人生と視覚的イメージとを巧みに結びつけていた。また「ユリイカ　特集永井荷風」（一九九七年三月）では、荷風のイメージの成立に作家側とメディア側の双方から焦点を当てた。実際『日和下駄』の冒頭にあるような洋装に下駄、丸眼鏡にこうもり傘といった外観はフォトジェニックであった。さらにこの二冊の先駆的役割を果たした企画に、市川歴史博物館による展覧会「荷風ノ散歩道」（一九九〇年九月）とそれを受けた「サライ　特集永井荷風の暮らし　不良の小道具研究」（一九九〇年九月二十日号）があった。また「絵のある文芸マガジン」と銘打った「鳩よ！　特集永井荷風　偏奇と孤独の蕩児」（一九九三年二月）も「粋で不良の下町紳士　荷風文学アルバム」というグラビアページを設けていた。個人主義の男性という生き方全般から都市との係わり合いに焦点が絞られてきているようであり、この傾向は江戸東京博物館での「永井荷風と東京」展の企画と、同展をふまえた川本三郎・湯川説子『図説　永井荷風』（ふくろうの本、河出書房新社　二〇〇五年五月）に受けつがれている。

3　新版『荷風全集』の編集方針とそれまでの各全集との相違点については、中島国彦『『荷風全集』の風貌と荷風像　元版全集から新版全集まで』（「ユリイカ」一九九七年三月）に詳しい。

4　空間とそれを捉える感受性の問題、空間と時間との関係についての考察をめぐっては多くの先行研究があるが、本書ではとりわけミンコウスキー、オットー・Fr・ボルノー、クリスチャン・ノルベルク＝シュルツ、イー・フー・トゥアン、モーリス・メルロ＝ポンティ、中村雄二郎、木村敏の著作に負うところが多い。

5　本書では空間や景観を表現する用語は、日本建築学会編『建築・都市計画のための空間学事典』（井上書店一九九六年十一月）、篠原修編・景観デザイン研究会著『景観用語事典』（彰国社一九九八年十一月）、土居義岳監修『建築キーワード』（住まいの図書館出版局一九九九年十二月）等に準じている。

6　これはちょうど井上亜々（一八七八～一九二三年）の編集による『荷風傑作鈔』（桐友散士編、籾山書店一九一五年五月）で、習作時代、外遊時代、帰国後、『新橋夜話』執筆当時の作者の写真を添えて代表作の抜粋などを収録しているその区切り方とも重なる。

7　研究史としては新版『荷風全集』出版前については、南の竹盛天雄との共同執筆『永井荷風　研究史の展望　研究の現状と指針』（『明治大正昭和作家研究大事典』おうふう一九九二年九月）、参考文献目録については「国文学　解釈と鑑賞」の永井荷風特集での中村良衛作成のもの（一九七四年三月）と羅勝會作成のもの（二〇〇二年十二月）を参照されたい。なお今日の批評・研究では見過ごされがちであるが、明治時代の荷風作品に対する同時代評を収録した中島国彦編「荷風作品同時代評」（『日本文学研究資料叢書　永井荷風』有精堂一九七一年五月）は貴重な資料である。

I　ゾライズムの時代あるいはペイザジスト（paysagiste）の誕生

1　荷風の参加していた木曜会という若い文学者の集まりでは、当時荷風が書いていたものは「内容も形式も柳浪式」と見られていたという（生田葵山『永井荷風という男』「文藝春秋」一九三五年十月）。形式というのは会話で内容を構成する手法を指していよう。稲垣達郎は「荷風が、ほかの誰よりも、まず柳浪を身近に感じたということは注目すべきに違いない。それが根本的な文学精神に関してよりも、対話体というような文体や技巧の方にいっそう直接につながったのかもしれない。」と対話体による結び付きを強調している（『永井荷風　幸福のうた』『近代日本文学の風貌』未来社一九五七年九月）。稲垣は岩波書店版第一次と第二次の『荷風全集』の編者でもある。

2　原題は『写実小説はやり唄』で、「叙」での「自然は自然である、善でも無い、悪でも無い、美でも無い、醜でも無い」が、いわゆる自然主義のマニフェストとして読まれた。

3　さらに後年荷風が当時を振り返って述べた言葉「其の頃の私の作品と云へば、凡てゾラの模倣であつて、人生の暗黒面を実際に観察して、其の報告書を作ると云ふ事が、小説の中心要素たるべきものと思つて居た」（『吾が思想の変遷（談話）』「新潮」一九〇九年十月）がゾライズムのイメージを補強したといえる。

4　近年ゾラの研究は没後百年を期に目覚しく発展している。二〇〇二年から翌年にかけてフランス国立図書館で開催されたゾラ展では、小説家やドレフュス事件のゾラのみならず多様な面を広範に取り上げ充実した図録を出版し、本稿でも参照している（*Zola*, Michèle Sacquin (dir.), Bibliothèque nationale de France, Fayard, 2002、簡易本としてMichèle Sacquin et Viviane Cabannes, *Zola et autour d'une œuvre Au bonheur des Dames*, Bibliothèque nationale de France, 2002）。日本でもこれを受けて小倉孝誠・宮下志朗編『ゾラの可能性　表象・科学・身体』（藤原書店二〇〇五年六月）などの研究書、入門書、新たな邦訳として『ルーゴン＝マッカール叢書』（論創社）『ゾラ・セレクション』（藤原書店）等が出版されている。わたしたちは荷風の受容の実態を正確に検討することで、ゾラのやはり見過ごされて来たデリケートな自然描写の妙を読むことになる。

5　松葉一清『ペイザジスト＝風景作家＝を求めて』（『現代建築　ポストモダン以降』鹿島出版会一九九一年十二月）、佐藤美紀『ランドスケープ・アーキテクチュア』（土居義岳監修『建築キーワード』住まいの図書館出版局一九九九年十二月）による。

6　ジャン・ルノアール Jean Renoir（一八九四～一九七九年）脚本・監督の「獣人 La Bête humaine」（1938）は力動感あふれる画面で名作の誉れ高い。

7　野田正穂・原田勝正・青木栄一・老川慶也編『神奈川の鉄道 1872～1996』（日本経済評論社一九九六年九月）による。

8　小池滋「Ⅳ　暴走列車はどこへ行く――ゾラと『野獣人間』」（『欧米汽車物語』角川選書、角川書店一九八二年七月）。この章のゾラの時代のフランスの鉄道については同書と、*Les Grandes gares parisiennes au XIXe siècle*, Karen Bowie (dir.), la Délégation à l'action artistique de la ville de Paris, 1987, *Le Monet et la gare St. Lazare*, catalogue d'exposition, Juliet Wilson-Bareau (dir.), 1998, RMN ; Yale University Press に負うところが多い。

9　ヴォルフガング・シヴェルブシュ Wolfgang Schivelbusch、加藤二郎訳「鉄道の空間と鉄道の時間」（『鉄道旅行の歴史十九世紀における空間と時間の工業化 *Geschichte der Eisenbahnreise : Zur Industrialisierung von Raum und Zeit im 19. Jahrhundert*』(Hanser Verlag, 1977) 法政大学出版局一九八二年十一月)。

10 最初の月刊時刻表『汽車汽船旅行案内』(庚寅新誌社)は一八九四年に創刊され、数年後には多数の月刊誌の「時刻表プラス旅行案内の形態の出版物」が世に出て広く人気を博した(三宅俊彦「第一章 明治時代」『時刻表百年のあゆみ』成山堂書店一九九七年四月による)。

11 ゾラの『大洪水』は松居松葉(一八七〇~一九三三年)が「文藝倶楽部」(一八九六年八月)に翻訳していた。しかし荷風がこの邦訳を読んでいた様子はない。

12 柘植光彦『永井荷風のゾライズム』(「調布学園女子短期大学紀要」一九六九年九月)。

13 宮原信『エミール・ゾラ『獣人』に於ける心理描写の諸相』(「ふらんす手帖 六号」一九七七年十一月)。

14 入江光子『『地獄の花』論』(「文学」一九七二年五月)による。同論では『野心』と『地獄の花』に見られるルーゴン=マッカール叢書の作品の影響を指摘している。その後八木光昭が『初期荷風にみる野心―ゾラ受容を中心に』(「国語と国文学」一九七六年十二月)で、ゾライズムの時期に見られるゾラ作品の影響について細かく論じている。

15 荷風の読んだ英訳は『ラブ・エピソード *A love episode*』(trad. Ernest. A. Vizetelly, Hutchinson & Co., 1895)である可能性が極めて高い。

16 中島国彦『『地獄の花』の位相』(「国文学研究51」一九七三年十月)。

17 原題の *L'Œuvre* は作品という意味だが、一九一〇年に高村光太郎が『制作』の題で一部翻訳してからは(「スバル」二、三、八月)、このタイトルが一般的になっている。荷風は英訳に依っているので『傑作』と題している。

18 『西遊日誌抄』のうちリヨン時代はメモ帳にペンと鉛筆で書かれた記録が残っており、それと発表されたものとを比べると、語句の変更があって『日誌抄』の方がドラマティックになっている。また『日誌抄』で削除によって物語を整えている点があることについては、早くから大野茂男の『『西遊日誌抄』における抹殺と虚構』(「国語と国文学」一九六七年六月)などで指摘がある。

19 前記一九九九年に発表された荷風の家族に宛てた書簡によれば、ハイスクールで英語や仏語を習いながら病気をして一九〇四年六月には静養のために帰国も考えており、さほど充実したものでなかったようだ。

20 末延芳晴「第一章 タコマージャップの壁を乗り越えて」(『永井荷風の見たあめりか』中央公論社一九九七年十一月)。

1 『西遊日誌抄』に、一九〇六年一月十五日ニューヨークで「セントルイスにて相知りたる白瀧幾之助氏を其の画室に訪ふ。」とある。後章でもふれるが、荷風は画家を描く際に白瀧を通じて得た情報を参考にしていたと考えられる。

2 Union Station は Theodore C. Link 設計。一九〇四年の万博開催に合わせて大規模工事がなされた。古典主義復興調の意匠の駅舎に、最新のテクノロジーを備えたマッシヴなプラットホームシェイドが架けられた。なおこの章のアメリカの建築や都市計画、美術一般についての記述は *Encyclopedia of American Art before 1914*, ed. Jane Turner, 2000, Grovie's dictionarieis, inc. に負うところが大きい。

3 末延芳晴「第二章　二十世紀の魔界―セントルイス万国博」（『永井荷風の見たあめりか』中央公論社一九九七年十一月）。

4 単行本『あめりか物語』の「酔美人」の扉に、荷風が友人に宛てて送った三枚の博覧会の絵葉書が載っている。そのうち一枚が美術館を写したものである。同館は閉会後も美術館として使用するために建設された。

5 伊狩章『永井荷風とモーパッサン―その比較文学的考察』（「国語と国文学」一九五四年六月）。

6 吉見俊哉「第五章　帝国主義の祭典」（『博覧会の政治学　まなざしの近代』中公新書、中央公論社一九九二年九月）。以下吉見の引用は同書による。

7 引用及び日露戦争と日本の万国博参加については、伊藤真実子「一九〇四年セントルイス万国博覧会と日露戦時外交」（「史学雑誌一一二編九号」二〇〇三年九月）を参照。

8 Okakura Kakuzo, *Modern Problems in Painting, in Congress of Arts and Science, Universal exposition, St. Louis, 1904,* edited by Howard J. Rogers, A.M., LL. D. Director of Congress. vol. III, Boston & New York, 1906.　本論では『岡倉天心全集　二』（平凡社一九八〇年六月）高階秀爾訳を使用。

9 中島国彦『シカゴの闇、ワシントンの燈火――『あめりか物語』に見る荷風の表現構造』（「日本学14」名著刊行会一九八九年十二月）。

10 黒田清輝『ピュギス先生会見談』（「美術新報」一九一六年八月）。

11 永井荷風『方々へ弟子入した時代』（「文章世界」一九〇九年十月）、『若き反抗心』（「中学世界」一九一〇年五月）。

12 展覧会図録『永井荷風展』（神奈川文学振興会・神奈川近代文学館一九九九年十月）による。

13　三浦篤「第二章　絵画　アカデミズムとオリエンタリスム」（『世界美術大全集20ロマン主義』小学館一九九三年六月）。

14　もっとも友人宛の手紙には、博覧会のロシアのパヴィリオンに日参して同国の女性と親しくなって「国家と個人とはどうしても一致せぬものです」と、日露戦争を意識した感想をこの時点で書いている（西村渚山宛一九〇四年十一月二五日付）。

15　末延芳晴「第一章　タコマージャップの壁を乗り越えて」（『永井荷風の見たあめりか』前掲書）。

16　ポール・ジョンソン Paul Johnson、別宮貞徳訳「第五部　寄り添う群集と金の十字架」（『アメリカ人の歴史Ⅱ *A History of the American people*』（Harper Collins Publishers, 1977）共同通信社二〇〇二年三月）。ジョンソンのローズベルトの全集からの引用による。

17　従来の論文や年譜などで、荷風が始めてモーパッサンの『水の上』を読んだのをワシントン滞在期の一九〇五年八月三日としているものがある。だが、『市俄古の二日』（一九〇五年三月稿）に同書の「カンヌ、四月七日夜九時」からの引用が、『夏の海』（同年七月稿）に「四月十日」の記事に酷似した表現があることから、八月以前に遡るべきである。

18　新版『荷風全集』第三十巻（岩波書店一九九五年八月）「年譜」における再調査による。

19　ジェフリー・アングルスは、一九〇四年十二月二五日付「カラマズー・ガゼット」紙掲載の、荷風が上手な英語で東洋の祭礼について語ったという記事を紹介している（『永井荷風とカラマズーとその時代』「三田文学八四号」二〇〇六年二月）。

20　相磯凌霜との対談「『文学』は母の感化」（『荷風思出草』毎日新聞社一九五五年七月）。

21　ワルク G. Walch 編集の『ワルクの詞華集 *Anthologie des poétes français contemporains*』（Delagrave et Leyde, A.-W Sijthoff, 1906）は、一九〇六年の刊行以来再版を重ねていた。荷風のフランスのル・アーブル港に上陸した折の様子を綴った『船と車』で、同詩集からのジュール・ブルトンの詩の引用がなされていることからニューヨーク時代に入手したと考えられる。同詩集と荷風の訳詩との関係については、及川茂の調査と解説（「付録・『珊瑚集』原詩」『荷風全集』第九巻岩波書店一九九三年五月）を参照のこと。

22　これは『アンリ・ブリュラールの生涯』の出版の過程と関係がある。著者の死後遺稿が篤志家の手によって不完全ながら浄写され、Charpentier 社から一八九〇年に刊行されたが、容易に入手できるものではなかった。ほぼ完全な版本で一般にも読めるようになったのは Champion 版の全集本からで、一九一三年になる。

23　西村渚山は本名恵次郎（一八七八〜一九四六年）。博文館社員で作家、木曜会のメンバーである。

24　元版『荷風全集』第二巻（春陽堂一九一九年六月）では「七月十日の記」。

25　末延芳晴「第四章　鴉片の筒を恋人の如くに引抱え」（『荷風とニューヨーク』青土社二〇〇二年十月）。

26　該当する四月十日の文章は以下の通りである。「その上彼の並外れたそして病的な感受性が、彼を生皮を剥いだような神経過敏の人間に変えて、そのためにあらゆる感覚の刺激が苦痛になるのだ。」

27　川本皓嗣『あめりか物語』解説（岩波文庫、岩波書店二〇〇二年十一月）。

28　ヴォルフガング・カイザー Wolfgang Kayser、柴田斎訳「第五章　構造」「第一節　抒情詩の構造の問題」（『言語芸術作品第二版 *Das sparachliche Kunstuerk, Eine Einführung in die literaturwissenschaft*』（Francke Verlag, 1960）法政大学出版局一九八一年三月）。

29　出版の事情に関して荷風は『書かでもの記』（「三田文学」一九一八年三月、「花月」五月、六月）で「仏蘭西に渡りし年の冬里昂市ワンドオム町のいぶせき下宿屋にて草稿をとりまとめ序文並に挿絵にすべき絵葉書をも取揃へ市立美術館の此方なる郵便局より書留小包にして小波先生のもとに送り出版のことを依頼したるなり」と書いている。その小波に「原稿の校正は誰に頼まうか。」「よろしく先生のよい様にお願ひします」（巌谷小波宛一九〇八年四月十五日付）と書いていることから、校正は作家本人はしていないようだ。

30　ニューヨークとシカゴの建築事情については前記ポール・ジョンソン『アメリカ人の歴史Ⅱ』、ポール・ゴールドバーガー Paul Goldberger、渡辺武信訳『摩天楼　アメリカの夢の尖塔 *The Skysceaper*』（Media Projects, 1981、鹿島出版会一九八八年七月）、*Encycoledia of Americain art before 1914*（前掲書）、及び猿谷要『世界の都市の物語二　ニューヨーク』（文春文庫、文藝春秋一九九九年一月）、小林克弘『ニューヨーク　摩天楼都市の建築を辿る』（丸善一九九九年十一月）、マンフレッド・タフーリ Manfred Tafuri ＋フランチェスコ・ダル・コ Francesco Dal Co、片木篤訳『図説世界建築史第15巻　近代建築（1）』（本の友社二〇〇二年十月）等を参照。西欧と北米の新古典主義建築については鈴木博之・土居義岳「レアリスム時代の建築」（『世界美術大全集21レアリスム』小学館一九九三年十二月）、ロビン・ミドルトン Robin Middleton ＋デイヴィッド・ワトキン David Watkin、土居義岳訳『図説世界建築史　第14巻　新古典主義・19世紀建築（2）』（本の友社二〇〇二年五月）等を参照。

31　中島国彦によれば、荷風は『猟人日記』仏訳のうち一八六二年初版の *Dimitri Roudin, suivi du Journal d'un homme de trop et de Trois rencontres* (Hetzel) を読んだ可能性が高い（中島国彦「二二章『猟人日記』と近代の作家たち」『近代文学にみる感受性』筑摩書房一九九四年十月）。

32 大浦康介『自然から想像力へ』（宇佐美斉編『フランス・ロマン主義と現代』筑摩書房一九九一年三月）。

33 つとに中村光夫（一九一一～八八年）が、荷風がミュッセの主人公などと同じ個性をもつ「フランスのロマン派詩人との生きた血縁を感ずることのできる唯一の「新しい日本人」であつた」と述べている（『荷風とフランス』『評論 永井荷風』筑摩書房一九七九年二月）。ここでそれがニューヨーク時代から生まれつつあったことを確認しておこう。

34 オスマン計画は一八五三年にナポレオン三世にセーヌ県知事に任命された、オスマン男爵 Georges Eugène Haussmann（一八〇九～九一年）によるパリ大改造計画である。これによってパリは十二区から二十区に拡大し、緑地公園が設けられ、中世以来の迷路のような界隈に、広場を中心として放射状に広がる幹線道路が貫通した。

35 富永茂樹「身体から環境へ――文学と都市空間のための見取り図」（『都市の憂鬱　感情の社会学のために』新曜社一九九六年三月）。富永はメルロ＝ポンティの身体図式から敷衍して、「身体＝環境図式」という「自身の存在について、またそれと不可分の周囲の環境について、必ずしも自覚的ではないまでも、しかしたえず描いているある種の地図」という概念を立てている。わたしたちも富永に倣って以後この概念を用いる。尚、同書からは「世紀病」についても参照。

36 住所は Wall Street 63 で、荷風は従弟の永井松三のアパート West115 St. 605, Central Park 106 やフランス人婦人ド・トゥールのアパート West 89 St. に住んだ。いずれもセントラルパークの西の北側にあったので、荷風は通勤の度にマンハッタンを縦断した。

37 単行本『あめりか物語』の挿絵には荷風が送った絵葉書が用いられており、二八階建のパーク・ロウ・ビルディング（設計 Robert H. Robertson, 1896-99）とニュー・タイムズ・ビルディング（設計 Cyrus Eidlitz, 1904）が収められている。どちらもゴシック・リヴァイヴァル風の塔をルネサンス風の建物の上に戴く建築である。

38 キリスト教婦人矯風会は、一八七三年に禁酒を主張する目的でアメリカで結成された。のちに国際的な組織となり、日本では一八九三年に日本基督教婦人矯風会として設立。禁酒・廃娼・平和などをめざした。

39 饗庭孝男『近代の解体　知識人の文学』（河出書房新社一九七六年五月）、桶谷秀昭『天心・鑑三・荷風』（小沢書店一九七六年五月）、磯田光一『永井荷風』（講談社一九七九年十月）などを挙げることが出来る。

Ⅲ 「巴里」という処・『ふらんす物語』より

1 『西遊日誌抄』は雑誌発表目的のために事実の改変がなされたと見做されている。先に挙げた辞職の件も『日誌抄』では「公然と辞表を銀行に出して」だが、清書されていないメモ書きのいわゆる『日誌稿』では「解雇の命を受けたり」とある。姉崎との邂逅についても異国での「恋か藝術か」という孤独な煩悶を強調するべく削除されたのかもしれない。

2 『復活の曙光』が藝術や形而上の問題をめぐって荷風に与えた影響については、松田良一『永井荷風オペラの夢』（音楽之友社一九九二年七月）、永井博『永井荷風と姉崎嘲風（二）』（「金沢大学国語国文」一九九五年二月）などの論考がある。なお黒田湖山（一八七八～一九二六年）も博文館社員で木曜会会員。

3 加太宏邦「おわりにかえて」（『荷風のリヨン『ふらんす物語』を歩く』白水社二〇〇五年二月）。

4 大久保喬樹「三「あめりか物語」「ふらんす物語」」（『夢と成熟―文学的西洋像の変貌』講談社一九七九年十二月）。

5 オテル・スフロについては、画家の中村不折が『巴里消息』（「ホトトギス」一九〇一年十月三十日）で、八階建で十人くらいの日本からの留学生がおり、「下宿料は、間代四十法（十六円）、食料百二十法（四十八円）」であったと書いている。

6 荷風は当時を次のように回想している。「わたくしが明治四十一年の春巴里に居りました時は毎日上田先生と瀧村立太郎君と法学博士松本烝治君の三人連れで遊び歩きました」と回想している（『上田敏氏につき』「改造」一九二八年五月）。実際どれほどの頻度であったかはわからないが、親しくしていたのは確かだろう。平岩昭三は上田敏の家族宛の書簡から、荷風が上田敏に出会ったのが四月下旬頃と推測している（「第三章　洋行の軌跡」『『西遊日誌抄』の世界―永井荷風洋行時代の研究』六興出版一九八三年十一月）。

7 永井荷風の『ふらんす物語』と後述する岩村透の『巴里の美術学生』におけるボエーム文学性については、今橋映子「第三章　日本におけるボヘミアン文学」（『異都憧憬　日本人のパリ』平凡社ライブラリー、平凡社二〇〇一年二月）に作家論の立場からの詳細な調査がある。

8 「光風」は一九〇五年五月から一九〇八年十二月まで発行された白馬会の機関誌である。このタイトルが会員の画風をよく表している。一九〇七年の文部省美術展覧会の開設に伴い一九〇八年に白馬会展が休止するなど、『ふらんす物語』の頃にはすでに活動の勢いは衰え、一九一一年三月に解散した。

9 「フォヴィスム」は、一九〇五年のサロン・ドートンヌ第七室に展示されたマティスなどの画家たちの作品について「フォーブ（野獣）」の名をジャーナリズムが与えたことによる。一九〇七、八年がピークといわれている。

10 藤島武二は一九〇五年九月に、文部省から四年間の外国留学生を命じられて十一月に出発している。前半をパリ、後半をローマで主に過した。有島生馬は美校出身ではないが、藤島の教えを受けている。有島、高村、梅原らはカンパーニュ・プルミエール街のアトリエを集めた建物に住んでいた。

11 「二重の部屋」については荷風が「丁度あれに書いてあるやうに仏蘭西の黄昏の美しいことは、室の中を幻想と現実と錯綜した二重の部屋にして了ふ。」と書いている（『仏蘭西の追懐』「秀才文壇」一九〇九年九月）。ボードレールの語彙でとらえる居室の空間とそこでの心身のあり方への注目は、反動として『帰朝者の日記』での、日本家屋で着物を着てショパンのピアノ曲を弾く我が身に嫌悪感を抱く音楽家の姿に繋がる。なお本書でのボードレールの邦訳は、阿部良雄のちくま文庫『ボードレール全詩集』の一巻『悪の華他』（筑摩書房一九九八年四月）と二巻『小散文詩　パリの憂鬱他』（筑摩書房一九九八年五月）による。

12 『西遊日誌抄』によれば、荷風は白瀧に一九〇五年七月六日と一九〇六年一月十五日に会っている。ワシントン時代の書簡で「白瀧氏より度々君の事を聞きに来ます」（今村次七宛一九〇五年九月十二日付）とあり、交際が続いていたようだ。白瀧は当時桜岡という日本人とニューヨークの150W.65stに住んでいた。

13 白瀧幾之助『皿洗ひ迄した留学時代』（「中央美術」一九二〇年四月）。

14 パリ八区から十区の大通りに関しては Bernard Landau, Claire Monod, Evelyne Lohr (dir), *Les Grands boulevards : un parcours d'innovation et de modernité*, Action artistique de la ville de Paris, 2000 等を参照。

15 加太宏邦「第三部　街を歩く　一　街の表　街の小道具・大道具」（『荷風のリヨン　『ふらんす物語』を歩く』前掲書）。

16 具体例は多くあるが、ここでは荷風とほぼ同時期にパリ留学をしていた画家山下新太郎の書簡などからまとめた、美術史の中田裕子の表現を借りる。「その文面によると多くのヨーロッパへ留学した画家たちが、帰国後陥ったように山下も、湿潤な日本の風土や日本人の身体を対象にして何を描くか、どのように描くかで相当苦闘していたのであろう。」（「山下新太郎―青年の日の留学とその後の画業」展覧会図録『山下新太郎展』二〇〇四年四月）。

17 なお上田敏も同様に「文明の連続」や「古来のトラヂシヨン」が消えずに「進化」していっていることを度々説いている（『滞欧所感』「中央公論」一九〇八年十月等）。パリで話し合って互いに確認したことであったとすれば、なおのこと重要に思われたであろう。

18 原作はミュルジェール Henri Murger（一八二二〜六一年）の『ボエーム生活の情景 *Scène de la vie de Bohème*』（Michel Lévy, 1851）。これは改作版でそれ以前に連載小説と戯曲のかたちで世に出ている。

19 岩村透は一八八八年に渡米。キングストン、ニューヨークで勉強した後九一年に渡欧。パリで一年度を過ごし、イタリア旅行を経て帰国。九九年には東京美術学校で教鞭を取り、一九〇二年教授に就任。〇六年の父の死去に伴い男爵の爵位を継承。自らボヘミアンの画学生ぶりを発揮したとはいえ、彼は常にエリートだった。

20 このカフェを特定するのは難しい。強いて言えば上田敏と出会ったというトゥルノン通り rue Tournon のコンセール・ルージュ Concert rouge はカルティエラタンとしてははずれになるが、荷風は「常連は多く羅典区の書生画工にして時には落魄せる老詩人とも思はる、白髪の翁を見る」（『書かでもの記』「三田文学」一九一八年三月、「花月」五月、六月）と記憶していて、よく似た雰囲気がある。

21 丹尾安典「『朝妝』拾遺考」（「早稲田大学大学院文学研究科紀要第四二集」一九九七年二月）。

22 白馬会の展覧会出品作については、展覧会図録『白馬会　明治洋画の新風』（石橋財団ブリヂストン美術館、京都国立近代美術館、石橋財団石橋美術館一九九六年十月）を参照。

23 芳賀徹『グレーの哀歓』（『絵画の領分　近代日本比較文化史研究』朝日選書、朝日新聞社一九九〇年十月）、荒屋鋪透『グレー＝シュル＝ロワンに架かる橋　黒田清輝　浅井忠とフランス芸術家村』（ポーラ文化研究所二〇〇五年九月）を参照。

24 Henri Guillemin, Introduction et Notice, in *Émile Zola : Œuvres complètes 1*, Cercle du livre précieux, 1966.

25 中村光夫『荷風の青春』（『〈評論〉永井荷風』筑摩書房一九七九年二月）。

26 宮城達郎註『日本近代文学大系二九巻　永井荷風』角川書店一九七〇年十月。

27 一九〇八年三月に金尾文淵堂から刊行された草野柴二訳『モリエル全集』は、中巻の『押付女房』が風俗壊乱により発売禁止となった。

28 市川浩『場所としての自己』（『〈私〉さがしと〈世界〉さがし』岩波書店一九八九年三月）。

29 代表的な見解として加藤周一『物と人間と社会と』（「世界」一九六〇年六月〜六一年一月）を挙げておこう。

30 小森陽一「第六章　東から西へ、西から東へ―永井荷風の歴史-地政学的軌跡」（『〈ゆらぎ〉の日本文学』ＮＨＫブックス839、日本放送出版協会一九九八年九月)。

31 前記『仏和会話大辞典』では ironie に「反語、諷刺」の訳語が当てられている。だが、同時期の多くの仏和辞典では「嘲弄、反語」になっている。

32 阿部良雄による訳と解説(『ボードレール全集Ⅰ 悪の華』筑摩書房一九八三年十月)。

33 井上亜々宛の一九〇九年一月三日付書簡に「「ふらんす物語」はすつかり出来上つた」とある。

34 荷風の滞在時に開通していたパリの地下鉄路線は三本ある。一九〇〇年のパリ万国博覧会のために開通した中央を東西に伸びる現在の一番線、一九〇三年に右岸に二番線、二番線の東西の終着駅の延長に左岸に敷かれた一九〇五年末開通の現在の六番線にあたる路線の三線である。『放蕩』では右岸の二路線をうまく乗りこなしている。パリの地下鉄に関してはJean Tricoire (éd.), *Le Métro de Paris : 1899-1911*, Paris-Musée, 1999 等参照。

35 このあたりの荷風の心境は書簡での「庭の樹木が恐しいほど暗くて僕は妙に気が狂つて行くやうでならぬ。」(井上亜々宛一九〇八年七月二六日付)や「帰国以後はオペラも音楽もなく夜は暗いばかり」(森鷗外宛一九〇八年十一月二二日付)から窺える。

36 パリの再開発についてはAlfred Fierro, *Histoire et dictionnaire de Paris*, Robert Laffont, 1996 ; Pierre Lavedan, Jean Bastilé, *Histoire de l'urbanisme à Paris*, Association pour la publication d'une histoire de Paris, 1993、鈴木信太郎『都市計画の潮流――東京・ロンドン・パリ・シューヨーク』(山海堂一九九三年十一月)などを参照。

37 小倉孝誠「Ⅲ 電気革命」(『19世紀フランス 夢と創造 ・挿絵入新聞「イリュストラシオン」にたどる』人文書院一九九五年二月)。

38 最近では『ふらんす物語』での光り輝くパリのイメージと日本の対比については持田叙子の考察がある(「燈火繚乱」『朝寝の荷風』人文書院二〇〇五年五月)。

Ⅳ 彷徨する新帰朝者

1 代表的な論が前田愛の『廃園の精霊』(改題『『狐』―荷風の原風景』『都市空間のなかの文学』筑摩書房一九八二年十

二月）で、前田は物語中での狐狩りを、「文明開化の実利的・合理的な世界が、江戸空間のなかにたくわえられていたおどろな記憶を抹殺する象徴劇であったということになる」と鮮やかに意味づけている。

2 レフ・セミョーノヴィゴツキー、峯俊夫訳『寓話・小説・ドラマ　その心理学』国文社一九八二年十二月。

3 前田愛をはじめ父親の父性原理と母親の母性原理を対立的に考えて、前者を文明開化の世界の原理、後者を江戸時代に通ずる迷信や伝説に満ちたグレートマザー的なるものに比する見解があった。だが、中澤千磨夫がラカン心理学者の佐々木孝次を援用して述べたように、実は母親は父親も含む家の支配者であったという考え方もある（『出発『狐』の世界』『荷風と踊る』三一書房一九九六年三月）。わたしたちは、この物語で母親は家の中で父親のサポート役として機能していると解釈する。

4 白幡洋三郎「日本文化としてみた公園の歴史」（飯沼二郎・白幡洋三郎『日本文化としての公園』八坂書房一九九三年四月）。

5 相馬御風が荷風の自室で見たヴェルレーヌの胸像は、カリエール Eugène Carrière（一八四九～一九〇六年）の作「ポール・ヴェルレーヌの肖像 *Portrait de Paul Verlaine*」（1891）であった可能性がある。荷風はリュクサンブール美術館でこれを見て「私交の深かつた人の作品だけに、此詩人の肖像を描いたもの、中にも勝ぐれたものだらうと思ふ。」と感想を述べている（『仏蘭西の追懐』「秀才文壇」一九〇九年九月）。荷風のヴェルレーヌへのシンパシーが窺える。

6 磯田光一「第四章　冷笑の構造」（『永井荷風』講談社文芸文庫、講談社一九八九年一月）。

7 ピエール・プチフィス、平井啓之・野村喜和夫訳『ポール・ヴェルレーヌ *Paul Verlaine*』（coll. *Les vivants*, Julliard, 1981）（筑摩書房一九八八年七月）。

8 柄谷行人によれば社会的に無用であることを自覚したものは、翻って自己の内面に眼を向けて内面的になったときに、新たにそれまで注目されなかった風景に引かれるようになる（『風景の発見』『日本近代文学の起原』講談社一九八〇年八月）。

9 東京の市電については林順信『東京・市電と街並み』（小学館一九八三年五月）を参照。

10 初田亨（一九四七年～）「第四章　街衢緩衝を楽しむ商店街」（『繁華街の近代　都市・東京の消費空間』東京大学出版会二〇〇四年四月）での引用による。

11 「メルキュール・ド・フランス」ではニーチェについての評論のほかにニーチェの「この人を見よ Ecce Homo, Comment

on devient ce que l'on est」が十一月十六日、十二月一日、十六日号に翻訳されている。

V 新しい風景の時

1 本章は拙論『新しい風景の時─永井荷風「小品文」の世界』(「季刊 文学 秋号」岩波書店 一九九七年十月)に基づく。その後木股知史編『明治大正小品選』(おうふう二〇〇六年四月)に見られるようにこのジャンルの包括的な研究が進んでいる。

2 短編集『歓楽』の発売禁止については、九月二七日の官報に内務省告示として「右出版物ハ風俗ヲ壊乱スルモノト認ムルヲ以テ出版法第十九条ニ依リ明治四十二年九月二十四日発売頒布禁止及刻版並印本差押ノ処分ヲ為シタリ」とある。「風俗ヲ壊乱スルモノ」というのは『ふらんす物語』と同様の扱いである。

3 城市郎「明治四十二年(一九〇九年)」(『発禁本百年 書物にみる人間の自由』桃源社一九六九年二月)。

4 『ナショナル・ユニオン・カタログ *The National Union Catalogue*』によると、『少女たち』の一八九二年の版の表紙には「著名な作家」と記されている。前記「『ふらんす物語』の発売禁止」では、三月二八日に上田敏らと「世になき詩人マンデスの事」を話したとあり、話題性のある作家であったことがわかる。

5 安成貞雄『カチユール・マンデ逝く』。安成はいろいろなジャンルで活躍した器用な作家としてマンデスを紹介している。この号に荷風は『監獄署の裏』も発表している。

6 古川誠は『恋愛と性欲の第三帝国 通俗性欲学の時代』(「現代思想」一九九三年七月)で、ここで影響を受けたとする田山花袋らの自然主義文学が、「谷崎が述べたように当時の社会では恋愛=性欲の解放を促すものとして認識されていたことは間違いない。」と述べている。そうした文学のあり方を、表現者も官憲も罪、嫌悪、異常、抑圧の領域に閉じ込めたことに対して、わたしたちは荷風の作品が反措定の意義をもったと考える。

7 たとえばヴェルレーヌの『感傷的な対話 Colloque sentimental』を訳す際に(荷風題『道行』「女子文壇」一九〇九年三月)、男性の言葉の Te souvient-il de notre extase ancienne ? を「お前は楽しい/昔のことを覚えてゐるか。」とくだけたものにし、それに応える女性の Pourquoi voulez-vous donc qu'il m'en souvienne ? を「どうして又、そんな事をおき、遊ばす。」と距離を置いた言葉遣いにして vouvoyer と tutoyer の際を出している。

8　椿文哉『接吻年代記』（近代文庫社一九四九年五月）。なお、近代文学における接吻の表現について木股知史の『接吻の現象学』（『〈イメージ〉の近代日本文学誌』双文社出版一九八八年五月）を参照。

9　Jean-Pierre de Beaumarchais, Daniel Couty, Alain Rey, *Dictionnaire des littératures de langue française*, Bordas, 1994.

10　荷風は原題を HUMORESQUE と記しているが、HUMORESQUES が正しい。

11　フランス国立図書館定期刊行物課編集の「一九〇八年のフランスにおける文学生活 *La Vie littéraire en France en 1908*」（Analyse et dépouillement des périodiques Tome I, 1985）による。

12　『音楽大事典　第五巻』（平凡社一九八三年八月）による。『帰朝者の日記』で、令嬢春子が耳を傾けたピアノ曲が「Schumann の Humoresque」であったことは、「をかしき唄」との直接の関連は立証できないが、晴れやかな恋の始まりのイメージを両者ともに誘う点で共通している。また『ふらんす物語』中の戯曲『異郷の恋』で音楽の勉強をする女性が、シューマンの最愛の妻でピアニストであったクララ Clara と同じ名をもつことも考えると、シューマンに荷風が特別の関心を持っていたことがわかる。

13　ここでいう「ユーモア」の姿勢はフロイトが「ユーモア Humor」（1928）（高橋義孝訳『フロイト著作集　第三巻』人文書院一九六九年十二月）で述べる「ユーモア的精神態度」、すなわち大人が子供に対して「子供にとっては重大なものと見える利害や苦しみも、本当はつまらないものであることを知って微笑している」ような態度をいう。これは自身に降りかかってくる苦悩に対してもとりうる態度で、「人々はこの態度を持することによってわが身から苦しみを遠ざけ、自我が現実世界によっては克服されないことを誇示し、堂々と快感原則を貫きとおす」ことが出来るという。

14　飯島吉晴「第一章　笑いのフォークロア」（『笑いと異装』海鳴社一九八五年十二月）を参照。

15　荷風は主幹の瀧田樗陰宛書簡（一九〇九年月不明十三日付）で、郵送の原稿について「万一を気づかひ〇〇を付」すよう頼んでいる。『荷風全集』第二七巻（岩波書店一九九五年三月）の後記では断定を避けながらも、これが『祝盃』である可能性が大きいと見ている。

16　工藤庸子『性・身体・感覚——フランス近代小説を読む』（「季刊　文学　冬号」一九九五年一月）。

VI　日本人藝術家のための空間

1　ラウル・ヴェルレ Raoul Verlet 作「ギ・ド・モーパッサン *Guy de Maupassant*」(1897) *Les Statues de Paris : La présentation des grands hommes dans les rues et sur les places de Paris*, June Hargrove, Albin Michel, 1989.

2　『荷風全集』第六巻（岩波書店一九九二年六月）後記による。

3　拙訳による。ただし次の若林真訳を参照。『アンドレ・ジッド代表作選　第一巻　詩的散文』（慶応義塾大学出版会一九九九年六月）。

4　短編集『歓楽』が、「早稲田文学」編集部より明治四二年の文学界の傑作として「推讃ノ辞」を受けたのは（一九一〇年二月）、こうした当局の処置への反発もあってのことだろう。

5　「文士と八月」というアンケートに「今秋発表すべき稍長き短篇を書き居り候」とあり（「国民新聞」一九〇九年八月九日）、「中央公論」十月号（十月一日発売）掲載であるから、八月中旬には完成したと思われる。

6　『書かでもの記』（「三田文学」一九一八年三月、「花月」五月、六月、十月）による。

7　竹原真が高佐の書である『市街美論』にエミール・マーニュの『都市の美学』との関連性を指摘している（『都市風景美学の一水脈—荷風の『日和下駄』とE・マーニュの『都市美論』』「比較文学三三号」一九九〇年五月）。

8　時間意識の分析の言語については、真木悠介『時間の比較社会学』（岩波書店一九八一年十一月）、スティーブン・カーン Stephen Kern、浅野敏夫訳『時間の文化史　時間と空間の文化・一八八〇—一九一八年上巻 *The Culture of Time & space 1880-1918*』(Harvard Univ. Presse,1983、法政大学出版局一九九三年一月）を参照。

9　『珊瑚集』で最も多く翻訳されている詩はレニエの作であり、一九〇九年の十二月からほぼ一年でなされている。その回顧的な発想に加えて、古語をどのように現代の詩歌に活かすかを学ぶためであったと思われる。『すみだ川』にも『ある青年の休暇 *Les Vacances d'un jeun homme sage*』(Calmann Lévy, 1903) とのモティーフの類似が認められる。荷風は『文藝読むがま丶』（「三田文学」一九一二年九月、十月）で同小説の序文を訳して梗概を語っている。レニエは荷風にとってはロール・モデルという以上に、決して追いつけない理想のような存在であったと考えられる。それは敬愛する森鷗外について書いた文章での鷗外のイメージ「色と響と匂のみ浮立つ黄昏の来るのを待つて、先生は「社会」と云ふ窮屈な室を出で」、「独り静に藝術の庭を散歩する。」、そしていろいろな花を調べて摘むというのが（『鷗外先生』「中央公論」一九〇九年九月）、レニエについての「夕暮大理石の階を下りて中庭の如くに石畳敷きたる花園の方に赴き、数ある泉水の間に立ちて、そが生涯を夢想する」（『文藝読むがまゝ』「三田文学」一九一二年九月）というレミ・ド・グールモン **Rémi de Gourmont**（一八五八〜一九一五年）の引用と酷似しているからである。

10 参考にしているのは瀧亭鯉丈（？〜一八四一年）他『花暦八笑人』一八二〇〜四九年。

11 川本三郎「6　自己分裂という物語」（『大正幻影』ちくま文庫、筑摩書房一九九七年五月）。

12 一九〇〇年前後出版の仏和辞典で「**modernité**」に「近代主義」という **modernisme** の訳語になる語を当てている仏和辞書は見当たらない。「Ⅱ」でみた『仏和会話大辞典』では「現代主義、当代主義」になっている。ただ **isme** には主義主張という意味より何かに関するもの、**-té** にはらしさという意味合いがある。そのあたりでの取り違いがあったかもしれない。わたしたちは『冷笑』での使われ方に即して、「近代主義」という言葉が「近代的でなければならない」という意味を含むものとする。また **modernité** はボードレールやランボーのテクストに現れたものが有名だが、荷風がこれらを眼にしていた様子はない。あくまでもゾラの『制作』からの理解だということになる。

13 中村雄二郎（一九二五年〜）『記憶・時間・場所《トポス》』（『共通感覚論』岩波書店一九七九年五月）。

14 荷風のエッセイ『冷笑につきて』（「三田文学」一九一〇年十月）に「『夜の三味線』の一章は、誰が何と云はうとも、自分だけには兎に角真心から出た文章である。」とある。

15 中村雄二郎『記憶・時間・場所《トポス》』（『共通感覚論』前掲書）。

16 竹盛天雄「変貌するイロニー」（『鷗外　その文様』小沢書店一九七四年七月）。本稿の大逆事件をめぐる鷗外の反応については同書を参照。

17 さらに一九一一年七月号と十月号の「三田文学」が発売禁止になったことにより、編集に制限が生じたことへの反発も『暴君』の執筆を促したと考えられる。

18 『かのやうに』における「歴史」の取り扱いについては、夙に吉田精一が南北朝正閏論を背景にしていると指摘している（吉田精一『森鷗外全集』第二巻解説、筑摩書房一九五九年四月）。

19 鷗外に関しては竹盛天雄が吉田の指摘を踏まえながら、『かのやうに』で紹介されているファイヒンガーの新刊の読書や、山県有朋との会話などから、神の実在を科学的に問うのではなくあるものとして考えるべき態度に鷗外が賛同を示した一件を分析している（「『かのやうに』連作の試み」『鷗外　その文様』前掲書）。

1　この「建築雑誌」での市区改正をめぐる臨時通常会講演での田邊淳吉と武田五一の「演説」については、建築史家の初田亨の「第四章　街衢緩衝を楽しむ商店街」（『繁華街の近代　都市・東京の消費空間』前掲書）でも詳しく取り上げられている。初田は東京勧業博覧会の建物を模した西洋風の建築が新しい店舗のファサードの意匠に応用されたことに対して、「一時的な祭の場を常設化した施設に移し変え」たものであり、明治の終わりには「それがひとつの街並みとして、繁華街につくられるまでになった」と見ている。

2　市区改正事業に関しては藤森照信『明治の東京計画』（同時代ライブラリー18、岩波書店一九九〇年三月）、石塚裕道『日本近代都市論』（東京大学出版会一九九一年九月）を参照。

3　若林幹夫「一章　空間・近代・都市――日本における〈近代空間〉の誕生」（吉見俊哉編『都市の空間・都市の身体』所収勁草書房一九九六年五月）。

4　黒田鵬心が「朝日新聞」や「時事新報」に十一月末に寄稿した『帝都の美観と建築』『人生と建築』、それに答えた徳大寺彬麿と高松政雄の文章『帝都の美観と建築を読む』『建築算展覧会必要』は、「建築雑誌」に転載された。

5　今日「露地」は街中の「路地」と区別して茶庭の用語として用いられており、荷風も重印『荷風全集』第六巻（春陽堂一九二六年十二月）で「路地」の漢字表記に改めているが、ここでは初出での表記に従っておく。なお「露地」の文字が使われたのは桃山以降、「路地」は元禄期以降といわれている（日本建築学会編『建築・都市計画のための空間学事典』井上書院一九九六年十一月参照）。

6　正確を期していえば今日では、浮絵に西欧の遠近法以外の影響が指摘されている。「ヨーロッパ絵画を支配してきた幾何学的遠近法と日本の伝統的な絵画を生成してきた平行遠近法の併存」（岸文和『江戸の遠近法　浮絵の視覚』勁草書房一九九四年十一月）があるという論や、後期浮世絵の「中国伝来の三部構図法とヨーロッパ遠近法をたくみに融合させたもの」に「視点移動の伝統的表現法との併存」（諏訪春雄「六　視形式の特殊性」『日本人と遠近法』ちくま新書、筑摩書房一九九八年八月）をみる論がある。

7　**Tei-san** という筆名は日本語の「亭山」による。東洋美術のコレクターで **Marquis de Tressan** と呼ばれるが、本名は **Georges-Antoine-François-Ludovic de Lavergne**。荷風が参考にした『日本美術に関する覚書』には姉妹編として ***Notes sur*** *l'art japonais : la sculpture et la ciselure*, (Société de Mercure de France, 1906) があり、このほかにも著作をものし、当時はよく読まれていたらしい。しかし近年の日本での欧米各国の日本美術の紹介と受容経緯の研究ではテイザンのものはもれている。

8 石阪幹将『『日和下駄』の思想』(『都市の迷路　地図の中の荷風』白地社一九九四年四月)。

9 岡本哲志「第一章　現代の基層を読み解く（江戸初期）」(『銀座四百年 都市空間の歴史』講談社選書メチエ、講談社二〇〇六年十二月)。

10 川本三郎「4　路地裏の散歩者たち」(『大正幻影』前掲書)。

11 川本の引用にはないが、木村荘八は同書の「両国界隈」の章で、荷風が露地を「屋根の無い勧工場の廊下」と書いているのを受けて、明治時代の路地の繁栄はそのまま「立体的に一つの運動にまとまれば百貨店になる」と述べている。パリのパッサージュと重なるイメージがあるのが面白い。もっとも『すみだ川』などでは賑わいをなくした昼間の姿を遠近法を用いて描いている点に、人や光よりも建築と街路の構成に注目する荷風の当時の関心が窺える。これはわたしたちがすでに見た渡米前の作品の『野心』や『燈火の巷』などと比べても明らかである。

12 芝の徳川家霊廟に関しては阪谷良之進『講演　芝徳川家霊廟附権現造について』(「建築雑誌」一九三二年六月)、田辺泰『徳川霊廟』(彰国社一九四二年十一月)、河合正朝『増上寺とその周辺』(東京都港区教育委員会、東京都港区文化財調査委員会編『港区の文化財　第三集』一九六七年)、伊坂道子編『増上寺旧境内地区歴史的建造物等調査報告書』(境内研究事務局二〇〇三年七月)を参照。引用は阪谷の講演記録による。

13 八木光昭『『すみだ川』から『柳さくら』へ―荷風の浮世絵受容について』(『国語と国文学』一九七八年七月)。

14 各国の画家と画商を中心としたジャポニスム研究については馬渕明子『ジャポニスム　幻想の日本』(ブリュッケ一九九七年九月)、稲賀繁美『絵画の東方　オリエンタリズムからジャポニスムへ』(名古屋大学出版会一九九九年十月)、大島清次『ジャポニスム　印象派と浮世絵の周辺』(講談社学術文庫、講談社一九九二年十二月)、*Le Japonisme*, catalogue d'exposition, Ministère de la Culture et de la Communication et Éditions de la Réunion des musées nationaux, 1988 等を参照。

15 赤瀬雅子「第一章　原風景としての故郷」(『永井荷風とフランス文化―放浪の風土記』荒竹出版一九九八年十一月)。

16 松田良一『『日和下駄』論』(『永井荷風　ミューズの使徒』勉誠社一九九五年七月)。なお松田は帰国直後には否定的に見ていた松の木が、評価の対象になったのを指摘しているが、これは何よりもミジョンが建築に映える松の美を評価した「二章　東京のモニュメント 2 Les Monuments de Tokio」の影響があったと考えられる。

17 菅野昭正『深川へ行きて唄え』（『永井荷風巡歴』岩波書店一九九六年九月）。

18 ゴンクールによれば、北斎が一八二三年に創作した百もの橋を一度に見渡せる空想の風景について述べたもの。

19 森口多里「第三章　明治時代後半期（下）」（『美術五十年史』鱒書房一九四三年六月）。

20 モネのサン・ラザール駅の作品は第三回印象派展覧会（一八七七年四月）に出品した連作などがあるが、所蔵先から荷風が見たのは「サン・ラザール駅の内部 *L'intérieure de la gare Saint-Lazare*」（1877）である可能性が高い。

21 鍵岡正謹が山脇の日記をもとに実証している（鍵岡正謹「第二章　停車場の朝　音律的な絵画美」『山脇信徳　日本のモネと呼ばれた男』高知新聞社二〇〇二年五月）。

22 荷風の『一夕話』での発言が発端になって、同じく座談の輪にいた高村光太郎が《AB HOC ET AB HAC》（「スバル」一九一〇年二月）で口火を切り、いわゆる「生の藝術論争」に発展した。荷風が印象派を好んだのに対して、高村がこれからの美術に表現派のスタイルを望んでいた、その違いが明らかになる。

23 荷風における音楽的な文章へのこだわりについては松田良一『永井荷風オペラの夢』（音楽之友社一九九二年十二月）や真銅正宏の『永井荷風・音楽の流れる空間』（世界思想社一九九七年三月）での考察があるが、本論では荷風の印象派藝術への注目から異なる解釈を提出している。

24 音楽評論家の吉田秀和（一九一三年～）はこの箇所に注目した稀有な人物で、「私にはこの文章をくりかえしよむにつれて、次第に単に北斎を論じたものではなくて、荷風その人を論じた文章をよまされるような気がしてくる。そうして、私の錯覚は、さらに日本の藝術家の多くがこれと同じ類型に属するのではないか、と私に問いかけてくる。」と書いている（『荷風を読んで』『ソロモンの歌』朝日文庫、朝日新聞社一九八六年十月）。ここにある北斎のようになりたくてなりきれないでいるのが、『冷笑』の中谷にも桑島にも紅雨にもなれない荷風であったとわたしたちは見た。しかし日本で西洋藝術に携わるものが、ごく最近まで考えなければならなかったアポリアであったと思われる。

25 劉岸偉『東洋人の悲哀』（『東洋人の悲哀―周作人と日本』河出書房新社一九九一年八月）。

26 Robert Kopp, «Les Goncourt et le chatouillement des sens», in *Regards d'écrivains au musée d'Orsay*, Réunion des musées nationaux, 1992.

27 『ゴンクウルの歌麿伝』の雑誌初出では春画にも触れているが、単行本では『画本虫撰』(一七八八年)の繊細な観察と筆づかいの説明などに置き替えている。

28 代表的なものに紅野謙介『性、大陸、コロニアリズム『あめりか物語』『ふらんす物語』における'intercourse'』(「ユリイカ」一九九七年三月)、小森陽一「第六章　東から西へ、西から東へ―永井荷風の歴史-地政学的軌跡」(『〈ゆらぎ〉の日本文学』前掲書)など。

29 稲賀繁美「第一章　オリエンタリズム絵画と表象の限界　4　文法解体」(『絵画の東方　オリエンタリズムからジャポニスムへ』前掲書)。

30 Ernest Fenellosa, «Review of the Chapter on painting in Gonse's l'Art japonais», James R. Osgood & Com., 1885. 同書はJapna weekly mail(一八八四年年七月十二日)に掲載された長文の批評の単行本化されたもの。

31 美学の神林恒道(一九三八年~)は藤岡の『近世絵画史』について、「藤岡が狩野派を日本のアカデミズムと見なして、これを軸に近世日本絵画の消長を論じようとしたことは明らかである。」と述べ、基本的には岡倉天心の見方をなぞったものと位置づけている(「第三章　「日本美術史」と「東洋の理想」――美術史学の構想」『近代日本「美学」の誕生』講談社学術文庫、講談社二〇〇六年三月)。

32 馬渕明子『一九〇〇年パリ万国博覧会と*Histoire de l'Art du Japon*をめぐって』(東京国立文化財研究所編『語る現在、語られる過去　日本の美術史学100年』平凡社一九九九年五月)。

33 農務省『稿本日本帝国美術略史』(国華社一九〇一年十二月)。フランス語で出版するための原稿といわれる。『稿本日本帝国美術略史』のフランス語版は*La Commission impériale du Japon à l'Exposition universelle de Paris 1900*(trad. Emmanuel Tronqois, Histoire de l'art du Japon, Maurice de Brunoff, 1900)。『稿本日本帝国美術略史』は岡倉天心辞職後部下であった福地復一の指導によって編集され、暁星学校教員のトロンコワによってフランス語になった(フランス語は後に大幅に添削される)。木下長宏(一九三九年~)の言葉を借りれば「もっとも権威ある日本美術史が日本国家の承認の下に公刊された」のであり、「『日本的』という美術的性格のナショナルな意味づけに裏打ちされたカテゴリーの確立が、共同性を獲得した」ことになる(木下長宏「四　『稿本日本帝国美術略史』の公刊」『美術史はいかに書かれてきたか―明治二〇-三〇年代における美術史記述』岩城見一編『藝術/葛藤の現場―近代日本芸術思想のコンテクスト』晃洋書房二〇〇二年三月)。江戸期については第六章になり、そのうち浮世絵関係の解説の占める割合は十五パーセントほどで、これは荷風も参考にしている日本美術史の先駆的著作であるルイ・ゴンスが、北斎を初め浮世絵に多く頁を費やしていたのとはよほど異なっている。

34 馬渕明子『一九〇〇年パリ万国博覧会と ***Histoire de l'Art du Japon*** をめぐって』(『語る現在、語られる過去　日本の美術史学100年』前掲書)。

35 『江戸藝術論』は一九一三年以来の荷風の江戸文化に関する文章をまとめたものだが、中島国彦によれば(「後記」『荷風全集』第十巻岩波書店一九九二年十二月)、一九一四年の段階で浮世絵関係の文章だけで一本にする計画もあったらしく、この時期荷風にとって江戸文化の基本が浮世絵にあったことがわかる。内容は『浮世絵の観賞』(「中央公論」一九一四年一月、執筆は一九一三年一月)、『鈴木春信の錦絵』(「三田文学」一九一四年一月)、『浮世絵の山水画と江戸名所』(「三田文学」一九一三年七月)、『泰西人の観たる葛飾北斎』(初出題『欧人の観たる葛飾北斎』「三田文学」同年十月)、『ゴンクウルの歌麿並北斎伝』(初出題『ゴンクウルの歌麿伝　并に北斎伝』「三田文学」同年九月)、『欧米の浮世絵研究』(初出題『欧米に於ける浮世絵研究の顛末』「三田文学」一九一四年二月)、『浮世絵と江戸演劇』(「三田文学」同年七月)、『衰頽期の浮世絵』(「三田文学」同年六月)、『狂歌を論ず』(「花月」一九一八年七月)、『江戸演劇の特徴』(「三田文学」一九一四年五月)。この他に「浮世絵研究の一節」の副題をもつ『江戸錦絵の時価と室内装飾』(「生活」一九一五年二月)の短いエッセイがある。

36 こうした考え方は根強く、最近でも加藤周一(一九一九年〜)が「要するに荷風の江戸文化というのは、おそらく、一面ではフランスの文化の代用品」と解釈している(『永井荷風』三浦信孝編『10人のフランス体験　近代日本と仏蘭西』大修館書店二〇〇四年三月)。

37 林忠正については木々康子『林忠正とその時代　世紀末のパリと日本美術』(筑摩書房一九八七年三月)、Brigitte Koyama-Richard, *Japon rêvé. Edmond de Goncourt et Hayashi Tadamasa*, Hermann, 2002 を参照。

38 "The bill-collecting", "Ukiyoe", trad. Torao Taketomo, in *Paulownia, seven stories from contemporary Japanese writers*, Duffield, 1918. 及び "Le jardin des pivoines", trad. Serge Elisséev, in *Le jardin des pivoines*, Au sans pareil, 1927.

年表　永井荷風とその時代

荷風の記事については『荷風全集』30巻（岩波書店１９９５年8月）の「年譜」及び「著作年表」を参考にしている。著作に関しては、荷風による執筆年月の記載のあるものを中心に取り上げている。辻惟雄監修『カラー版日本美術史年表』ことに田中修二執筆「近・現代」美術出版社２００２年3月。大川三雄・川向正人・初田亨・吉田鋼市『図説近代建築の系譜　日本と西欧の空間表現を読む』彰国社１９９７年6月。展覧会図録『ジャポニスム展　十九世紀西洋美術への日本の影響』ことにジュヌヴィエーヴ・ラカンブル作成馬渕明子訳「ジャポニスム関連年表」１９８８年。小木新造・前田愛・陣内秀信・芳賀徹・宮田登・吉原健一郎・竹内誠編著『江戸東京学事典』三省堂１９８７年12月。太田博太郎監修、日本建築年表編集委員会編著『図説　日本建築史年表』彰国社２００２年5月。「國文學　明治・大正・昭和風俗文化誌」１９９４年5月臨時増刊号。小田切進編『日本近代文学年表』小学館１９９３年12月。*L'Ecyclopédie de l'art*, coll. *Livre de Poche*, *Librairie générale française*, 1995. *Encyclopedia of American Art before 1914*, ed. Jane Turner, Grovie's dictionaries, 2000.

西暦元号	歳	荷風事項	日本での出来事	フランス・アメリカ等での出来事
１８５２ 嘉永５		8月、永井久一郎（禾原）、尾張国愛知郡に生れる。		パリ、ルイ・ナポレオンが皇帝ナポレオン三世として即位（１８７０年まで）。プシコー、世界初のデパートになる「ボン・マルシェ」を創業。
１８５３ 嘉永６			7月、アメリカのペリー浦賀来航。	パリ、オスマン、セーヌ県知事に任命されパリ大改造に着手。ヴェルディ「ラ・トラヴィアタ」初演。
１８５７ 安政４		6月、久一郎の弟（阪本）釤之助生れる。	歌川広重、この年前後「名所江戸百景」を制作。	パリ、ヴィスコンティとルフュエル設計のルーブル宮新館竣工。ボードレール著『悪の華』刊行。リヨン、テート・ドール公園完成。
１８５８ 安政５			7月～10月、日米修好通商条約、日蘭修好通商条約、日露修好通商条約、日英修好通商条約、日仏修好通商条約締結。	
１８６１ 文久元		9月、鷲津恆、尾張国丹羽郡に鷲津毅堂次女として生れる。		アメリカ、南北戦争（65年まで）。
１８６２ 文久２			1月、森鷗外石見国（現島根県）に誕生。6月、蕃書調所が洋書調所と改称。	ロンドン、万国博覧会に初代駐日公使オールコックの日本美術コレクション展示、好評を博す。

1864 元治元			1月、吉原大火で郭内全焼。	パリ、第一回国民美術協会展覧会開催。ゾラ著『ニノンへのコント』刊行。フランス、労働組合を合法化。
1866 慶応2			1月、薩長同盟成立。	パリ、ゾラ著『私のサロン』刊行、マネの前年発表作「オランピア」を擁護。
1867 慶応3			4月〜11月、パリ万国博覧会に日本（幕府・薩摩藩・佐賀藩）、正式に初出品。	パリ、第二回万国博覧会開催。美術部門に印象派の作品は含まれず。劇場法の緩和により市内にカフェ・コンセール激増。
1868 慶応4 明治元		久一郎、漢学者鷲津毅堂の塾に入る。	9月、明治に改元。	パリ、マネ、エミール・ゾラの肖像画をサロンに出品。帝国東洋語学校で日本語講座を開設。ラブルースト設計の国立図書館竣工。ケンブリッジ、マサチューセッツ工科大学にアメリカ最初の建築学科誕生。
1869 明治2			東京に事実上遷都。	パリ、産業応用美術中央連合で東洋美術展開催。アメリカ、最初の大陸横断鉄道完成。11月スエズ運河の開通式。ニューヨーク証券取引所が現代的な形になる。
1870 明治3		久一郎、慶応義塾を経て、貢進生として大学南校に入る。		普仏戦争勃発（71年まで）。パリ、初の日本公使、飯島直道が着任。ヴァルタール設計のレ・アール市場竣工。
1871 明治4		7月、久一郎アメリカ留学し、プリンストン大学などで学び、73年11月、帰国。	3月、慶応義塾、現在地三田に移転。 7月、廃藩置県。	パリ、3月、労働者政権パリ＝コミューン宣言、5月末、政府により制圧。ゾラ、「ルーゴン＝マッカール叢書」を93年まで発表。ニューヨーク、最初の鉄道駅グランド・セントラル駅竣工。チャイナタウン、リトル・イタリーの移民街できつつある。シカゴ、市街の三分の一を焼き尽くす大火、以後新しいビルディング建築始まる。
1872 明治5			1月、ウイーン万国博覧会の出品規定訳文で初めて「美術」の語が用いられる。 6月、プリジェンス設計の新橋停車場竣工。 9月、新橋横浜間の鉄道開業式典。 12月、太陰暦から太陽暦に移行。この年、	パリ、ビュルティが「文学と芸術のルネッサンス」誌上で「ジャポニスム」という記事連載開始（5月）、同語の初出。

年	年齢	事項	日本	世界
			フランス人医師でコレクターのセルヌッシと美術評論家デュレ来日。	
1873 明治6			5月、ウイーン万国博覧会開催。日本から出品の美術・工芸品好評を博す。	ニューヨーク、セントラルパーク完成。
1874 明治7		久一郎、工部省に出仕。のち文部省に移り、東京女子師範学校教諭兼幹事に就任。	10月、上田敏東京に誕生。 11月、「読売新聞」創刊。 12月、京橋・銀座・芝金杉橋間の道路両側にガス灯点火。	パリ、ナダール写真館で第一回芸術家匿名協会（印象派）展。ガルニエ設計のオペラ座竣工。モンマルトルにアバディ設計のサクレ・クール寺院建設開始、1919年竣工。
1875 明治8			6月、讒謗律・新聞紙条例公布。この年、フランス人美術商ビング来日。キヨソーネ来日、工部美術学校で教鞭を取る傍ら美術品蒐集（約14000点）をする。いわゆる小新聞で「つづき物」と呼ばれる実話小説の連載が始まる。	イギリス、スエズ運河株式会社買収。ニューヨーク、ハント設計のトリビューン・ビル竣工（高さ約80メートル）、同市の第一次高層化始まる。パリ、ガルニエ設計のオペラ座開場。ビゼー「カルメン」初演。
1876 明治9			2月、「大阪毎日新聞」創刊。 5月、上野公園開園。 11月、工部省工学寮に工部美術学校付設（画学科・彫刻学科）。この年、フランス人収集家ギメとレガメ来日。	フィラデルフィア、アメリカ建国百年祭万国博覧会、日本の工芸品蒐集さかんになる。
1877 明治10		久一郎、鷲津恆と結婚、東京市小石川区金富町に住まう。久一郎の甥、永井松三生れる。	1月、西南戦争始まり、9月の西郷隆盛自害により終結。 8月、第一回内国勧業博覧会上野公園で開催。	アメリカ人モースが動物学研究のため来日、日本美術・工芸品の膨大な蒐集をし、のちボストン美術館に売却。ニューヨーク、アスター・プレイスでドレッサー蒐集の日本の美術品等1902点の売立。パリ、モネ、「サン・ラザール駅」連作。
1878 明治11			2月、和田篤太郎、春陽堂創業。 8月、フェノロサが東京大学文学部教授に就任。 この年、合巻式草双紙への形で「毒婦物」が流行する一方、リットン、ヴェルヌ等の翻訳文学が洋装ボール表紙本で登場。	パリ、第三回万国博覧会で日本部門人気を博する。万博後、林忠正はパリに止まり美術商として仕事を続ける。
1879 明治12	0歳	12月3日、永井壮吉（荷風）東京市小石川区に父永井久一郎、母恆の長男として誕生。	1月、「朝日新聞」創刊。 11月、工部大学校造家学科第一期生卒業。	アメリカ、エジソン実用白熱電球発明。フランス第三共和制始まる。

		この年阪本釤之助、内務省に奉職。	この年、音楽取調掛設置され、87年に東京美術学校に組織される。	
1880 明治13	1歳	久一郎、衛生局統計課課長に就任。	横浜正金銀行開設。82年にはリヨンに出張所を置く。	パリ、ゾラ著『ナナ』刊行。ヴェルレーヌ著『叡智』刊行。
1881 明治14	2歳	10月、祖父鷲津毅堂死去。	3月、コンドル設計の上野博物館（のち東京帝室博物館）開館。 10月、農務省主催第一回内国絵画共進会開催、但し洋画排斥。	イギリス、エジプト占領。アメリカ、ビゲロー、モースと共に来日膨大な収集品を持ち帰り、1911年にボストン美術館に寄贈。パリ、美術雑誌「ガゼット・デ・ボザール」にデュレの北斎論が多数の浮世絵挿絵と共に掲載。
1883 明治16	4歳	2月、弟貞二郎の誕生に伴い下谷竹町の母方の祖母の鷲津家に、およそ3年間引き取られる。	1月、工部美術学校廃校。 11月、コンドル設計のルネッサンス様式の鹿鳴館落成式遂行。この年、芝の徳川霊廟一般公開始まる。	パリ、ゴンスの企画で「日本美術回顧展」開催、三千点以上出品。龍池会主催の第一回日本美術縦覧会開催、日本画・古画出品。ゾラ著『ボヌール・デ・ダム百貨店』刊行。ゴンス著『日本の芸術』刊行。ニューヨーク、ブルックリン・ブリッジ開通式。
1884 明治17	5歳	5月、久一郎ロンドンでの万国衛生博覧会事務取扱として来英。	10月、ドイツ留学を命ぜられた森鷗外ベルリン到着、帰国は88年9月。 11月、東京府知事芳川顕正「市区改正意見書」を内務卿に上申。	パリ、スーラ、ルドンらアンデパンダン（独立美術協会）設立。
1885 明治18	6歳	5〜6月、久一郎、国際衛生会議に出席のためにローマに赴き、9月に帰国、衛生局第三部長に補せられる。	2月、尾崎紅葉、山田美妙ら「硯友社」結成。坪内逍遙6月から小説『一読三歎当世書生気質』、9月、文学論『小説神髄』発表。 10月、東京瓦斯株式会社設立。街灯事業発展。 11月、日比谷の鹿鳴館での天長節夜会に千数百名の参加者。仏海軍士官ピエール・ロティも出席。	2月、エドモン・ド・ゴンクール、自宅で第一回「グルニエ」の会を開催、美術愛好家が集う。
1886 明治19	7歳	1月頃、壮吉、小石川区黒田小学校初等科入学。 3月、久一郎、新制度で帝国大学書記官に就任。	4月、造家学会（のちの建築学会）設立し、翌年1月機関紙「建築雑誌」創刊。 7月、東京電灯会社、一般電灯営業を開始。 この年、ドイツ人建築家のエンデとベックマンによる官庁集中計画が推進、一部のみ実現。	パリ、ゾラ著『作品』刊行。5月、モレアス「象徴主義宣言」を発表。ニューヨーク、バルトルディ作「自由の女神」除幕式。グラビア雑誌「パリ・イリュストレ」で2号に渡り日本特集をしゴッホらに影響を与える。シカゴ、最初の摩天楼と言われるジェ

年	年齢	事項	日本	世界
				ニー設計ホーム・ライフ・インシュアランス・ビル竣工。
1887 明治20	8歳	11月、三男、威三郎誕生。	2月、「国民之友」創刊。 6月、二葉亭四迷著『浮雲』第一編刊行。 同月、大橋佐平が博文館を創立。	フランス領インドシナ連邦設立。パリ、装飾美術中央連合で大規模な日本美術展開催。ロティ著『お菊さん』刊行。シカゴ、リチャードソン設計のマーシャルフィールド・ホールセール商店竣工。
1888 明治21	9歳		7月、暁星学校創立。 8月、「東京市区改正条例」公布。二葉亭四迷ツルゲーネフの翻訳を7月、8月『あひびき』、10月～翌年1月、『めぐりあひ』を発表。	パリ、ビングの画廊で大規模な日本版画展開催。モーパッサン著『水の上』刊行。アメリカ、イーストマン、携帯用コダック・カメラ完成、写真の大衆化始まる。ニューヨーク、印象派のコレクションで有名なパリのデュラン＝リュリエル画廊が開設。
1889 明治22	10歳	4月、墨田小学校尋常科第四学年卒業。 4月、久一郎、文部大臣秘書官・地方学事臨時取調委員就任。 7月、小石川区の東京府尋常師範学校（のちの学芸大学）附属小学校高等科に入学。	1月、森鷗外著「小説論」発表。 1月、山田美妙著『蝴蝶』の渡辺省亭による挿絵が、最初の裸体画問題となる。 2月、大日本帝国憲法発布。同月、東京美術学校授業開始。絵画科（日本画）・彫刻科（木彫）・美術工芸科（金工・漆工）設置。 10月、木挽町に歌舞伎座開場。	パリ、エッフェル設計のエッフェル塔竣工。万国博覧会。リッシュ設計のサン・ラザール駅竣工。ロティ著『秋の日本』刊行。シカゴ、サリヴァンとアドラー設計のオーディトリウム・ビル竣工。
1890 明治23	11歳	9月、祖母鷲津美代、クリスチャンとして死を迎える。 11月まで高等科で修業し、同月より神田錦町の東京英語学校に通い、英語と漢学を学ぶ。	2月、森鷗外は東京美術学校美術解剖授業の嘱託となり、また同月「市区改正論略」を発表。 4月、第三回内国勧業博覧会、油彩画も展示。	パリ、国立美術学校で日本の木版画展開催。ゾラ著『獣人』刊行。ピュヴィス・ド・シャヴァンヌ、メソニエら国立美術協会結成。
1891 明治24	12歳	9月、高等師範学校附属学校尋常中学科第二学年に編入学。中学では論語講義を聴き、楽譜を読むことを覚え、岡不崩に絵画を習う。	1月、森鷗外著『文づかひ』刊行。この年、書生間に尺八流行。	パリ、ゴンクール著『歌麿　青楼の画家』刊行。
1892 明治25	13歳	この年度、尋常中学科二学年を再履修カ。	3月、幸田露伴著『五重塔』完結、尾崎紅葉著『三人妻』連載開始等により文学界の紅露時代が1900年頃まで続く。	ニューヨーク、移民の入国審査所、エリス島に移転。
1893 明治26	14歳	1月、久一郎、文部省大臣官房会計課長就任、 11月、金富町の地所家屋売却。	4月、東京婦人矯風会、日本基督教婦人矯風会に発展。	パリ、デュラン＝リュリエル画廊が日本版画展開催。シカゴ、コロンブス記念万国博

年	年齢	事項	日本	世界
			7月、黒田清輝フランスより帰国。	覧会。日本館は久留正道設計「鳳凰殿」で平安以降の美術工芸を展示。ただし洋画家の出品は拒否。アトウッド設計の美術館は閉幕後も開館すべく建設。
1894 明治27	15歳	12月末、壮吉下谷の帝国大学の病院に入院し、お蓮という名の看護婦に憧れる。	8月、日清戦争始まり、翌年4月下関条約で終戦。12月、コンドル設計の三菱一号館竣工、1911年までに「一丁倫敦」と呼ばれる煉瓦造オフィスビル群18棟が建設。 10月、志賀重昂著『日本風景論』刊行。	仏露同盟。パリ、ドビュッシー「牧神の午後への前奏曲」初演。マスネ「タイス」初演。ニューヨーク、日本人商人山中貞次郎が日本美術の店を開く。
1895 明治28	16歳	1月～3月末、壮吉病臥、第四学年再履修。病床で江戸文学などを読む。	1月、文芸雑誌「文藝倶楽部」「帝国文学」、総合雑誌「太陽」創刊。 4月、京都で第四回内国勧業博覧会、黒田清輝「朝妝」が裸体画問題を引き起こす。	3月、ニューヨークの画廊でビング所蔵の日本版画展開催、ボストンに巡回。美術商ビングの画廊「アール・ヌーボー」パリに開店。
1896 明治29	17歳	この頃、荒木可童より尺八を習い、岩渓裳川に漢詩を学ぶ。井上亜々と知り合う。	6月、黒田清輝、久米桂一郎ら洋画団体「白馬会」を結成（1911年3月解散）。9月から黒田は東京美術学校新設の絵画科西洋画科で教える。7月文芸雑誌「新小説」創刊。この年、川上眉山、泉鏡花、広津柳浪らの「悲惨小説（観念小説）」流行。	プッチーニ「ラ・ボエーム」初演。パリ、ゴンクール著『北斎18世紀の日本美術』刊行。
1897 明治30	18歳	この頃、美術学校の洋画科を志望するが、家族に受け入れられず。高等学校入学試験の準備に神田錦町の英語学校に通学。英語は母語話者により学習。 4月、久一郎文部省を退職し日本郵船会社に入社。 9月～11月、上海支店支配人であった父のもとで過す。 12月、神田区一ツ橋の高等商業学校附属外国語学校清語科に臨時入学。	1月、郷里松山で正岡子規が「ほとヽぎす」を創刊。 5月、岡田三郎助が始めての西洋画研究の文部省留学生として渡仏、1902年1月帰国し12月に東京美術学校教授に昇進。	ニューヨーク、モーニングサイド・ハイツに移転したコロンビア大学にマッキム設計のロウ図書館完成。3月、パリ、ゴンクールのコレクション売立。
1898 明治31	19歳	9月、『簾の月』という作品を携えて牛込の広津柳浪を訪れ、教えを乞う。	1月、国木田独歩著『今の武蔵野』（のち『武蔵野』）連載開始。 4月、奠都三十年祝賀会を二重橋前広場で挙行。黒田清輝、東京美術学校西洋画科教授に就任。 7月、この年3月に東京美術学校辞職に追い込まれた岡倉天心他、日本美術院を創	パリ、1月、ゾラ「オロール」紙にドレフュス事件に関して公開状「私は告発する」を掲載しこの記事が元でイギリスに亡命、翌年6月帰国。セルヌッシの遺贈品を集めたセルヌッシ美術館開館。この年から翌年にかけて英仏独露中国分割協定。リヨン、この年から1921年まで小野政吉が横浜

			立。9月、投書・受験雑誌「中学世界」創刊。この年、古社寺保存法制定。	正金銀行リヨン支店長を務める。アメリカ、米西戦争。ハワイ併合。
1899 明治32	20歳	1月、落語家朝寝坊むらくの弟子となる。秋頃から巌谷小波主宰の木曜会に連なるようになる。12月、かねて欠席がちの外国語学校を除籍。	1月、「反省会雑誌」を改題し「中央公論」創刊。	アメリカ、門戸開放宣言により帝国主義的膨張始まる。ニューヨーク、ロバートソン設計のパーク・ロウ・ビルディング竣工。
1900 明治33	21歳	6月、歌舞伎座立作者福地桜痴の門に、榎本破笠の手引で入る。	4月、文芸雑誌「明星」創刊。8月、小杉天外ゾラに影響を受けた小説『初すがた』発表。9月、木曜会主宰者巌谷小波ドイツに洋行し、02年11月帰国。同月夏目漱石留学のため渡英し、03年1月帰国。12月、大橋乙羽『欧山米水』刊行。この年、日本楽器、ピアノの製造開始。	パリ、万国博覧会。人口約271万人。ギマール、この年から13年まで地下鉄入り口の全てを担当。トゥドワール設計のリヨン駅とラルゥー設計のオルセ駅竣工。ニューヨーク、人口344万人、うちイタリー移民は約14万人。シアトル、日本人会発足（会員47人）
1901 明治34	22歳	4月～9月、福地・榎本の入社に伴い、日出国新聞社の雑報欄の助手を務める。9月、暁星学校の夜学でフランス語を学び始める。年末、逗子の別荘でゾラを始めて読む（英訳の『ラテール』『ラブエピソード』）。	7月、農商務省『稿本日本帝国美術略史』刊行。10月、白馬会第六回展で黒田らの裸体画をめぐり検閲騒動（「腰巻事件」）。10月、文芸・投書雑誌「秀才文壇」創刊。	アメリカ、セオドア・ローズベルト第26代合衆国大統領就任～09年。
1902 明治35	23歳	4月、『野心』刊行。『ゾラ氏の故郷』発表を皮切りにゾラに関する文章や翻訳、翻案を発表。5月、大久保余丁町に転居。9月、懸賞小説の等外報酬として『地獄の花』刊行。「跋」がのちにゾライズム宣言と見做される。10月、『新任知事』発表、モデル問題で叔父の阪本釤之助福井県知事から絶交を宣される。	1月、日英同盟協約の調印。1月、小杉天外、小説『はやり唄』の序文でいわゆるゾライズムの提唱と目される。5月、田山花袋『重右衛門の最後』でゾライズム文学に加わる。	パリ、ゾラ、ガス中毒により死去。1月と6月、パリで林忠正の日本美術コレクション1767点を売立。翌年2月に第二部が開催。9月、ニューヨーク、メトロポリタン美術館ハントによる大増築、バーナム設計のフラット・アイアンビル竣工。シカゴ、バーナム設計のマーシャル・フィールド商店竣工。
1903 明治36	24歳	5月、書き下ろしで『夢の女』を刊行。7月、『燈火の巷』発表。9月、『女優ナヽ』刊行。横浜港より渡米。10月、シアトル到着、古屋商店タコマ支店支配人山本一郎方（南タコマ街）に04年5月初まで寄寓し、ハイスクールに通うこともあった。11月、『船室夜話』、『夜の霧』稿、『恋と刃』刊行。滞米中には諸都市の美術館博物館で浮世絵を見て	3月、実績の乏しい市区改正事業を見直し大幅縮小した新設計を公示。6月、藤岡作太郎『近世絵画史』刊行、同月わが国最初の洋風公園の日比谷公園開園。8月、東京発の路面電車になる品川・新橋間に東京電車鉄道会社線開通、翌月東京市街鉄道会社線開通、翌年12月、東京電気鉄道会社線開通。	ニューヨーク、スティーグリッツ「カメラ・ワーク」創刊。ポスト設計のニューヨーク証券取引所竣工。ブロードウエーにバーナム設計のフラット・アイアンビル竣工。初の地下鉄開通。パリ、第一回サロン・ドートンヌ展。ペレ、フランクリン街のアパート竣工。

年	年齢	事績	日本の出来事	世界の出来事
		惹かれる。	10月、第八回白馬会展で裸体画展示用の「特別室」が設置。	
1904 明治37	25歳	5月、『舎路港の一夜』発表。 10月、セントルイス万国博覧会を見て、11月中旬まで近郊のカークウッドの農家に滞在。 11月下旬、ミシガン州カラマズー大学に聴講生として入学、英文学とフランス語を学ぶ。この年の前半は芸術上の変化により多方面の読書をしつつ傾向を変えていった。	1月、島崎藤村著『水彩画家』発表。同月、姉崎嘲風著『復活の曙光』刊行。 2月、岡倉天心が横山大観、菱田春草らを伴い渡米。同月、日露戦争勃発。 5月、佐藤義亮、新潮社創業、「新潮」創刊。 7月、妻木頼黄設計の横浜正金銀行本店本館竣工（ネオバロック様式、煉瓦造）。 12月、日本橋に最初の百貨店の三越呉服店開業。	アメリカ、パナマ運河建設着工。セントルイス、万国博覧会開催。シカゴ、サリヴァン設計のシュレシンガー&メイヤー（現カーソン・ピリー・スコット）百貨店開業、シンプルなシカゴ派の高層ビルの典型となる。ニューヨーク、エイドリッツ設計のニュー・タイムズ・ビルディング竣工。
1905 明治38	26歳	1月、『野路のかへり』稿。 3月中旬、シカゴに遊ぶ。直後『市俄古の二日』執筆。 6月、『酔美人』発表。カラマズーの講座終了後出発。 6月末、ニューヨーク滞在。フランス行きを願って従弟の永井松三に相談。 7月、『夏の海』稿。 7月下旬～10月末、ワシントン日本公使館に勤務、公使館3階に居住。 8月、父から渡仏不賛成の手紙を受け取る。 9月、イデスと知り合う。 11月、ニューヨークで職を探すが見つからず一旦カラマズーに戻る。 12月、『岡の上』脱稿。父の配慮で横浜正金銀行ニューヨーク支店に勤務。永井松三のアパート（West115St.605）やフランス人婦人のアパート（West89St.）に住む。	4月、林忠正帰国。6月、日露講和条約締結。8月、『仏和会話大辞典』刊行。9月、ポーツマス講和条約締結に反対し、日比谷焼討事件が起こる。10月、瀧田樗陰、中央公論社（当時反省社）入社。 7月、大下藤次郎、美術雑誌「みづゑ」創刊。 10月、上田敏『海潮音』刊行。 12月、京浜電気鉄道、品川～横浜全通。この年、絵葉書ブームのピーク。	ロシア第一革命。フランス第一次モロッコ事件。パリ、第三回サロン・ドートンヌにマティス、ヴラマンク、ドランらフォヴィスムと呼ばれる作品を発表。ニューヨーク、スティーグリッツ五番街にギャラリー「291」を開く。アメリカ、急進主義労働団体「世界産業労働者同盟」誕生。
1906 明治39	27歳	5月、『春と秋』浄書、『長髪』稿。 6月、『雪のやどり』清書。 7月、『夜半の酒場』稿。 8月、永井松三の新しいアパート（Central Park 106）に居住。 10月、『おち葉』稿。 11月、『林間』稿。メトロポリタンに出かけてオペラを聴くことが多くなる。	1月、第二次「早稲田文学」創刊。2月、岩村透著「巴里の画学生」を含む『芸苑雑稿』刊行。2月、高村光太郎渡米しイギリスフランスを経て09年7月帰国。3月、東京市電の電車賃値上反対、市民暴動。3月、文芸・投書雑誌「文章世界」、6月、文芸雑誌「趣味」創刊。この年、日露戦争で滞っていた新市区改正事業に急遽取り組む。口語自由詩運動起こる。	シカゴ、建築家ライトのコレクションから広重の版画の展覧会開催。パリ、装飾美術館で日本美術展覧会開催。1914年までに計7回開催。

1907 明治40	28歳	1月、『旧恨』脱稿。再びフランス人婦人のアパートに移る。 4月、『寝覚め』、『夜の女』、『夜あるき』稿。 5月、『暁』稿。 6月、ニューヨーク湾口のスタトン島に避暑。『悪友』稿。 7月、横浜正金銀行リヨン支店転勤の命を受け、渡仏、リヨン着。船中にて『六月の夜の夢』稿。リヨン市で『船と車』稿。 8月、ヴァンドーム街の下宿からリヨン支店に通勤を始める。『ローン河のほとり』稿。 11月、『秋のちまた』稿。11月中旬、マルセイユに遊び、月末『あめりか物語』原稿を巌谷小波に送る。	3月〜7月、東京勧業博覧会。 5月、石井柏亭ら美術文芸雑誌「方寸」創刊。 6月〜10月、夏目漱石『虞美人草』を「朝日新聞」に連載。 9月、田山花袋著『蒲団』発表。 10月、第一回文部省美術展覧会（文展）を上野公園で開催（審査員に鷗外なる）。 11月、上田敏私費（中途から文部省留学生）でアメリカ、西ヨーロッパを歴遊。	パリ、ピカソ「アヴィニョンの娘」完成、キュビスム誕生。サロン・ドートンヌでセザンヌの回顧展。
1908 明治41	29歳	3月、銀行辞職を決意、月末パリに移る。 4月〜5月、パリではルーブル美術館、リュクサンブール美術館、「サロンの油画展覧会」等を訪れる。 5月末、ロンドンを経て讃岐丸で帰国の途につく。 6月、船中で『ADIEU（わかれ）』稿。その他『黄昏の地中海』など『ふらんす物語』は船中で執筆したと考えられる。 7月、帰国、神戸港から東京大久保の父の屋敷に戻る。 8月、『あめりか物語』刊行。 10月、『西洋音楽最近の傾向』稿。この月上田敏の帰国に伴い交友を続ける。 11月、鷗外を始めて訪問。『仏蘭西観劇談』、『狐』、『曇天』稿。 12月、『欧州歌劇の現状』、『放蕩』、『監獄署の裏』、『深川の唄』稿。8月以降、宮武外骨の浮世絵雑誌「此花」等参考に浮世絵について知識を得る。井上亜々と花柳界に遊び、この頃より断続的に数人の芸者や私娼と交情を続ける。	1月、「早稲田文学」で自然主義文学論特集、以後自然主義論盛んに交わされる。 4月〜7月、田山花袋著『生』連載。 9月、帝室博物館内に片山東熊設計の表慶館竣工。 10月、島崎藤村著『春』刊行。 12月、「方寸」系の美術家・作家により「パンの会」結成。	ニューヨーク、フラッグ設計のシンガー・ビル竣工（高さ160メートル）。パリ、劇作家デヌリーの日本・中国美術品を収蔵するデヌリー美術館開館。 ニューヨークでアメリカン・リアリズムの最初の潮流。 パリ、ミジョン著『日本にて』刊行。
1909 明治42	30歳	1月、『ふらんす物語』の編集を終了するも、3月の刊行直前に発売禁止処分。 3月、『春のおとづれ』稿。 4月、『祝盃』、『歓楽』稿。 6月、『花より雨に』稿。 7月、『帰朝者の日記』稿。 8月〜10月、『すみだ川』稿。	1月、森鷗外主宰文芸美術雑誌「スバル」創刊。 4月、人見東明ら自由詩社結成。 8月、森鷗外『東京方眼図』刊行。1910年5月開催の日英博覧会出品のために、芝の台徳院霊廟の建築模型制作。 10月、第三回文展。	パリ、マリネッティ「フィガロ」紙に「未来派宣言」。モロッコに関して独仏協定。ニューヨーク、ル・ブラン設計のメトロポリタン・ライフ・タワー竣工（高さ約200メートル）。

		9月、京都に遊び島原に赴く。『歓楽』が刊行されるも発売禁止処分を受ける。秋、夏目漱石からの依頼で「朝日新聞」に連載をするために逗子の別荘にこもる。 10月、『荷風集』刊行。第三回文展を見学。 11月、『見果てぬ夢』稿。この年から11年秋まで、ほぼ毎月翻訳を発表。	11月、自由劇場第一回試演。 12月、日本橋に田邊淳吉と佐野利器設計の丸善竣工。この年、新市区改正事業により日本橋大通り改良。	
1910 明治43	31歳	2月、「早稲田文学」恒例の「推讃の辞」を受ける。同月、慶応義塾評議員会で荷風の大学部文学科教授就任が決定。 4月中旬、慶応義塾大学で仏語、仏文学、文学評論を担当。 5月、「三田文学」を創刊、主宰。『冷笑』刊行。5月～1911年11月、『紅茶の後』を連載。秋頃、新橋芸者富松の落籍により、やはり新橋の八重次との交情を深めて彼女と歌沢の稽古に通い始める。 7月、『伝通院』稿。 7月～8月『夏の町』稿。 8月、『平維盛（一幕）』稿。 11月、「パンの会」に出席、『秋のわかれ』稿。 12月、『下谷の家（追憶小品）』稿。	4月、武者小路実篤ら文藝美術雑誌「白樺」創刊、11月号はロダン特集号。 5月～8月、幸徳秋水ら26名が大逆罪で逮捕、いわゆる大逆事件。 8月、韓国併合、朝鮮総督府設置。 8月、東京下町に洪水被害。この年、新市区改正事業ほぼ完了。 9月、文芸雑誌第二次「新思潮」創刊。	ニューヨーク、ロワー・イーストサイドは約125万人のユダヤ人の住む世界最大のユダヤ人居住地になる。 メキシコ革命始まる。
1911 明治44	32歳	2月、『霊廟』稿。 4月、『浮世絵の夢（小品）』稿。 3月、胡蝶本『すみだ川』刊行。 7月、胡蝶本『牡丹の客』刊行。 8月、船便で長崎旅行。 9月、『海洋の旅（紀行）』、『日本の庭』稿。 10月、『わくら葉（社会劇三幕）』稿。「三田文学」7月号に続いて10月号が発売禁止処分になり、これ以降塾監局の検閲を経て印刷所に送ることに決定。 11月、胡蝶本『紅茶の後』刊行。同月、西園寺公望主催の「雨声会」に招待され出席。 12月、『暴君（社会劇一幕）』稿。この年から翌年にかけて約三カ月おきに慶応義塾関係の集まりで日本の建築や浮世絵などの話をしたり、実業家と懇談したりする機会があった。	1月、幸徳秋水ら11名死刑。 2月、南北正閏問題起こる。 2月、福岡常次郎設計・顧問辰野金吾の警視庁竣工。 3月、横河民輔設計の帝国劇場竣工。 8月、警視庁、特別高等課設置。この年、カフェ・プランタン、カフェ・ライオン、カフェ・パウリスタ開店。 8月～9月、小山内薫著『大川端』連載。	アンデパンダン展とサロン・ドートンヌでキュビスム大々的展示。この年前後、ドイツにおいて表現主義が隆盛。
1912 明治45	33歳	2月～9月、『新橋夜話』連載。 2月頃、八重次のところで歌沢の稽古を始める。	前年大晦日から元旦にかけて東京市電ストライキ。	フランス、モロッコを保護国化。アポリネール、ドロネー等の抽象絵画を「オルフィ

大正元		3月、竹久夢二宛書簡で画家でないことを恨む。 9月、材木商斎藤政吉次女ヨネと結婚。 11月、胡蝶本『新橋夜話』刊行。 12月末、父久一郎が倒れる。	3月、深川洲崎遊郭で大火。 4月、曾禰中條建築事務所設計の慶応義塾図書館竣工。 7月、明治天皇崩御、大正に改元。	スム」と呼び、翌年、この傾向のドイツの青騎士やイタリアの未来主義との「同時性」を指摘。
1913 大正2	34歳	1月、父死去、家督を相続。翌月、離婚。 1月〜4月、『戯作者の死』連載。 4月、『珊瑚集』刊行。 5月、荷風宅で第二火曜日開催する「三田文学会」で浮世絵のコレクションを披露。 6月、『浮世絵の山水画と江戸名所』稿。 8月、大阪市東区浪華小学校で「ゴンクウルの浮世絵研究」と題して講演。 9月〜14年7月、『大窪だより』連載。 10月、『欧人の観たる葛飾北斎』、『北斎年譜』発表。	1月、森鷗外著『阿部一族』刊行。 3月、黒田清輝、岩村透、森鷗外、中條精一郎国民美術協会設立。 7月、北原白秋著『東京景物詩及其他』刊行。 8月、岩波茂雄、岩波書店開業。	ニューヨーク、アーモリー・ショー前衛芸術家展開催。ギルバート設計のウールワース・ビル竣工（高さ約241メートル）。マッキム・ミード&ホワイト設計のニューヨーク市庁舎竣工。リヨン、ガルニエの「工業都市」計画による鉄筋コンクリート造の家畜市場竣工。ボストン、ハーバード大学に日本文明講座開設。カルフォルニア、排日移民法成立。
1914 大正3	35歳	1月、『浮世絵の鑑賞』、『鈴木春信の錦絵』発表。 2月、『欧米に於ける浮世絵研究の顛末』、『ゴンクウルの浮世絵研究』発表。 3月、『散柳窓夕栄』刊行。 6月、『衰退期の浮世絵』発表。 7月、『浮世絵と江戸演劇』発表。 8月〜1915年6月、『日和下駄』連載。 8月、八重次と再婚し、弟威三郎との間に対立が起こる。	3月〜7月、東京大正博覧会、中條精一郎が第一会場の全体計画をセセッション様式でまとめる。 7月、第一次世界大戦始まる。 10月、高村光太郎著『道程』刊行。 10月、有島生馬など新派の画家たちによる第一回二科美術展覧会開催。 11月、辰野金吾・片岡安・葛西萬司設計の中央停車場（東京駅）竣工、これを以て市区改正事業は完成。	7月、第一次世界大戦勃発、18年11月終結。 8月、パナマ運河一部開通。9〜11月、フランス、ボルドーに遷都。
1915 大正4	36歳	1月、『夏すがた』発行直前の発売禁止処分につき、今後はもっぱら三味線を弾いて暮らす覚悟を語る。「三田文学」の編集兼発行人をやめる。 2月、八重次と離婚。 4月、胃腸の病のため慶応義塾を休みがちになる（翌年2月慶応義塾教授及び「三田文学」編集を辞すことが評議員会で決定）。 5月、『荷風傑作鈔』刊行。 5月中旬、築地に転居。 9月、『すみだ川』刊行。 11月、『日和下駄』刊行。 12月、『新編ふらんす物語』、縮刷小本『冷笑』刊行。	1月、島崎藤村著『平和の巴里』刊行。 4月、徳川家三百年祭、芝増上寺で開催。 7月、江戸記念博覧会が上野不忍池で開催。 12月、東京株式市場暴騰、大戦景気の始まり。	ニューヨーク、デュシャンやピカビアを中心にダダの運動が起こる。 4月、ロンドン協定（伊・英・仏・露）。

史』(日本経済新聞社1994年)。

46 《Matin au Bois de Boulogne》, *L'Illustration*, N° 3354, 8 juin 1907.

47 日露戦争勝利後の団子坂風景、「風俗画報」226号1905年10月。

48 永井荷風『冷笑』(佐久良書房1910年)。

49 「鐘紡会社側面之図」、「風俗画報」臨時増刊「新撰東京名所図会」第13 隅田堤(中)1898年4月。

50 「東京市の一等道路(京橋区銀座通り)」、「建築工芸叢誌」第12冊1913年1月。

51 日英博覧会出品芝公園徳川二代将軍(台徳院)霊廟の模型、「風俗画報」405号1910年2月。

52 Louis Gonse, *L'Art japonais*, Quantin, 1883.

53 山脇信徳「停車場の朝」(焼失、1909年第3回文展出展)、鍵岡正謹『山脇信徳　日本のモネと呼ばれた男』(高知新聞社2002年)。

54 白瀧幾之助「稽古」(油彩・カンヴァス、1897年、東京芸術大学大学美術館蔵)、田中敦『日本の美術8　明治の洋画—黒田清輝と白馬会』(至文堂1995年)。

55 W. von Seidlitz, *A History of Japanese Colour-prints*, W. Heinemann, 1910.

56 亜欧堂田善「両国夕涼図」(紙本銅版、1790年代頃)、展覧会図録『亜欧堂田善の時代』(府中市美術館2006年)。

57 葛飾北斎「冨嶽三十六景　江戸日本橋」(1834年頃、錦絵、墨田区蔵)、展覧会図録『江戸が生んだ世界の絵師　大北斎展』(東武美術館他1993年)。

58 歌川広重「名所江戸百景　廓中東雲」(1857年、錦絵、ホノルル美術館蔵)、展覧会図録『広重 HIROSHIGE』(横浜そごう美術館他1991年)。

59 鈴木春信の「絵本青楼美人合」の一葉、藤澤紫『鈴木春信絵本全集　影印編Ⅰ』(勉誠出版2003年)。

60 昇亭北寿「武州千住大橋之景」(錦絵、1818-30年頃、神奈川県立歴史博物館蔵)、展覧会図録『江戸が産んだ世界の絵師　大北斎展』(東武美術館他1993年)。

61 歌川国芳「東都名所　新吉原」(1831頃、錦絵)、展覧会図録『亜欧堂田善の時代』(府中市美術館2006年)。

62 「東都錦絵数奇者番附」、企画・監修横浜美術館『小島烏水　版画コレクション　山と文学、そして美術』(大修館書店2007年)。

22 Illustration de Paul Avril, éd. de la Société des Bibliophiles contemporains, 1892, in *Album Maupassant*, coll. *Pléiade*, Gallimard, 1987.

23 Illustration d'André Gill, *Nana*, Marpon et Flammarion, 1881, in *Zola*, Michèle Sacquin (dir.), Bibliothèque nationale de France, Fayard, 2002.

24 黒田清輝「朝妝」(1893年、消失)、田中敦『日本の美術8　明治の洋画―黒田清輝と白馬会』(至文堂1995年)。

25 Illustration de Jules-Félix Grandjouan, Guy de Maupassant, *L'Ermite*, 1886, Guy de Maupassant, *Contes étranges et fantastiques*, Athena & Idégraf, 1983.

26 Illustration d'Eugène Lami, *La confession d'un enfant du siècle*, 1906. 宇佐美斉編『フランスロマン主義と現代』(筑摩書房1991年)。

27 Attribuée Philibert Debucourt, *Passages des Panoramas*, Musée Carnavalet, in Jean-Oaul Clébert, *La Littérature à Paris*, Larousse, 1999.

28 荷風が出したリヨンの絵葉書（1908年12月22日付、『荷風全集』27巻（岩波書店1995年)。

29 横浜正金銀行リヨン支店、『横濱正金銀行全史・第六巻』(東洋経済新報社1984年)。

30 Paris, *L'Illustration* N° 3352, 25 mai 1907.

31 Arc du Triomphe, *L'Illustration* N° 3352, 25 mai 1907.

32 Plan de Paris, Eugène Haussmann (dir). *Atlas administratif des 20 arrondissements de la Ville de Paris*, Service Municipal du Plan de Paris, 1868. 福井憲彦監修『革命期19世紀パリ市外地図集成』(柏書房1995年)。

33 パリのオペラ通り写真、「風俗画報」1908年7月。

34 東京勧業博覧会第二会場図、「建築雑誌」247号1907年7月。

35 大久保余丁町写真、「風俗画報」増刊345号1906年8月。

36 市ヶ谷風景、「風俗画報」増刊345号1906年8月。

37 「東京名家名物入　電車案内双六」(1910年)、『古地図・現代図で歩く明治大正東京散歩』(人文社2003年)。

38 「大日本麦酒株式会社ビーヤーホール」、「建築雑誌」272号1909年8月。

39 東京勧業博覧会外国館とそのイルミネーション、「建築雑誌」247号1907年7月。

40 観月橋写真、「建築雑誌」247号1907年7月。

41 喜多川歌麿『画本虫撰』(1788年) の「蝶と蜻蛉」、浅野秀剛『浮世絵ギャラリー6　歌麿の風流』(小学館2006年)。

42 Illustration de Henri Gerbault, *Deux Innocentes*, Marcel Prévost, *Lettres des Femmes*, A. Lemerre, 1905, Bibliothèque nationale de France.

43 橋口五葉作女子学生絵葉書（平版1906年、個人蔵)、展覧会図録『日本の版画I　1900–1910　版のかたち百相』(千葉市美術館1997年)。

44 Illustration de J.-F. Grandjouan, Guy de Maupassant, *L'Ermite*, Guy de Maupassant, *Contes étranges et fantastiques*, Athena & Idégraf, 1983.

45 エドガー・ドガ「カフェにて（アプサントを飲む人）Dans un café dit aussi l'absinthe」。1875-76, huile sur toile, Musée d'Orsay. バーナード・デンバー著、池上忠治監訳『印象派全

図版出典

1　セントルイス万国博覧会日本地区写真、吉田光邦編『図説万国博覧会史　1851–1942』(思文閣1985年)。

2　ゾラ撮影蒸気機関車。*Zola photographe*, Musée-Galerie de la Seita, 1987.

3　「汽車汽船旅行案内」(1894年10月号　庚虎新誌社発行　あき書房復刻版)、三宅俊彦『時刻表百年のあゆみ』(成山堂書店1996年)。

4　「汽車発着略表」、「笑」1909年 9 月。

5　Émile Zola, *La Bête humaine*, Paris, coll. *folio*, Gallimard, 1977.

6　Émile Zola, trad. Edward Vizetelly, *The Monomaniac*, Hutchinson & Co.,1901, Bibliothèque nationale de France.

7　永井荷風『新任知事』、筒井年峰画口絵（石版）、「文藝界」1902年10月。

8　永井荷風『恋と刃』、耕雪挿画、「大阪毎日新聞」(1903年 7 月22日)。

9　丸の内オフィス街写真、今和二郎監修『建築百年史』(有明書房1957年)。

10　ポール・セザンヌ「エスタックの岸壁 *Rochers à l'Estaque*」。1882, huile sur toile, Museu de Arte de São Paulo. バーナード・デンバー著、池上忠治監訳『印象派全史』(日本経済新聞社1994年)。

11　藤島武二「浜辺」(油彩・板、1898年、三重県立美術館蔵)、展覧会図録『藤島武二展』、2002年。

12　自転車に乗るゾラ写真。*Zola*, Michèle Sacquin (dir.), Bibliothèque nationale de France, Fayard, 2002.

13　ロバートソン設計パーク・ロウ・ビルディング、永井荷風『あめりか物語』『おち葉』扉絵（博文館1908年）。

14　シカゴ市内バンビューロン駅、『欧米各国主要停車場図集』(小笠原鈅編纂・刊行1913年)。

15　セントルイスのユニオン・ステーション、『欧米各国主要停車場図集』(小笠原鈅編纂・刊行1913年)。

16　セントルイス万国博覧会主会場風景、吉田光邦編『図説万国博覧会史　1851–1942』(思文閣1985年)。

17　サリバン、アドラー設計オーディトリウム・ビル、マンフレッド・タフーリ＋フランチェスコ・ダル・コ著、片木篤訳『図説世界建築史第15巻　近代建築⑴』(本の友社2002年)。

18　横浜正金銀行ニューヨーク支店、『横濱正金銀行全史・第六巻』(東洋経済新報社1984年)。

19　ワシントン D.C. 透視図、ロビン・ミドルトン＋デイヴィッド・ワトキン著、土居義岳訳『図説世界建築史第13巻　新古典主義・19世紀建築⑴』(本の友社1998年)。

20　ワシントン D.C.「モール」全体配置図、ロビン・ミドルトン＋デイヴィッド・ワトキン著、土居義岳訳『図説世界建築史第13巻　新古典主義・19世紀建築⑴』(本の友社1998年)。

21　エドアール・マネ「エミール・ゾラ *Émile Zola*」。1867-68, huile sur toile, Musée d'Orsay. バーナード・デンバー著池上忠治監訳『印象派全史』(日本経済新聞社1994年)。

作品名

【ま】

【や】

【ら】

索　引

人名

【著者略歴】

南　明日香（みなみ・あすか）

1961年生まれ。早稲田大学第一文学部卒業、早稲田大学大学院文学研究科博士課程満期退学、フランス国立東洋言語文化研究所で博士号取得（日本学）。早稲田大学比較文学研究室助手、日本学術振興会特別研究員（PD）、フランス国立東洋言語文化研究所語学教官を経て、1999年より相模女子大学学芸学部に勤務、現在教授。岩波書店新版『荷風全集』の校異表作成担当。2003年から05年までL'Architecture d'aujourd'hui誌に寄稿。専門は日仏比較文学・比較文化。翻訳書にミカエル・リュケン著『20世紀の日本美術　同化と差異の軌跡』（三好企画）、主要論文に『景観の詩学・視学・史学』『高村光太郎帰朝後の美術時評　翻訳から学んだこと』『まちづくりのエクリチュール　佐藤春夫『うつくしき町』論』等。

永井荷風のニューヨーク・パリ・東京

造景の言葉

発行日	2007年6月5日　初版第一刷
著　者	南　明日香
発行人	今井　肇
発行所	翰林書房
	〒101-0051　東京都千代田区神田神保町1-14
	電　話　03-3294-0588
	FAX　03-3294-0278
	http://www.kanrin.co.jp/
	Eメール●kanrin@mb.infoweb.ne.jp
印刷・製本	アジプロ

落丁・乱丁本はお取替えいたします

ISBN978-4-87737-251-4